KB106967

아 난 존 자 의 일 기

②

아
난
조
자
의

일
기

②

원나 시리 지음
범라 옮김

운주사

원나 시리

미얀마 북부출신의 비구 스님이다. 미얀마 불교의 종교성 원로회의에서 한 동안 활동하였으며, 여러 가지 불교 잡지에 활발한 기고활동을 하였다. 아름답고 간결한 문체로 경전상의 담마를 일반인들에게 알기 쉬운 모습으로 보여주는 능력이 뛰어나다. 현재 집필활동에 전념하고 있다.

범라 스님

해인사 삼선암에서 慧日 스님을 은사로 득도, 봉녕사 승가대학을 졸업하고 8년 동안 선방에 다니다가 1989년 태국 촌부리 위백아솜 위빠싸나 수행센터 창마이 왓람뺑에서 수행하였다.
양곤의 마하시 센터에서 수행과 함께 4년간 미얀마어와 경전 공부를 하였다. 우리나라 최초로 『위숟디 막가(청정도론)』를 번역하였으며, 『초전법륜경·무아경』, 『위빠싸나 빠라구』, 『마하붓다완사』 등의 번역을 통해 테라와다 근본불교를 널리 알리고 있다.

아난존자의 일기 2

초판 1쇄 발행 2006년 8월 25일 | 초판 3쇄 발행 2015년 4월 20일
저자 원나 시리 | 역자 범라 스님 | 펴낸이 김시열
펴낸곳 운주사 (136-034) 서울시 성북구 동소문로 67-1 성심빌딩 3층
전화 (02) 926-8361 | 팩스 0505-115-8361
ISBN 89-5746-168-X 04220   값 28,000원
ISBN 89-5746-166-3 (전2권)
http://cafe.daum.net/unjubooks (다음카페: 도서출판 운주사)

아난존자의 일기

담마의 잔치

'나모 다싸……'라는 소리조차 듣기 싫어하던 형이 ㄱ 교단에 들어
갔을 때 그의 동생들이 크게 반대를 하고 나왔다. 그들의 눈으로
보면 부처님께서 그들의 무리를 무너뜨려서 자기 둥우리를 키우려
는 이로 보였던 것이다.

그래서 형제 가운데서 가장 위 브라만이 화를 내어 씩씩거리며
절에 와서 부처님께 두려움 없이 차마 들을 수 없는 욕설을 하기
시작했다. 그의 이름을 잠깐 동안 '욕쟁이 바라도와사'라고 불렀다.
욕설을 잘하는 덕분에 '욕쟁이 바라도와사'로 불리는 그 브라만이
부처님께 가지가지로 욕설을 계속하였다.

마음속으로 할 수 있는 모든 욕설을 지껄이며 가지가지로 허물하
고 나무라고 협박하였다. 그쪽에서 부글부글 끓고 있었지만 부처님
께서는 아무 말씀이 없으셨다. 우리 모두도 부처님 얼굴만 바라보면

서 가만히 있었다. 그러나 겉으로야 조용하지만 마음속은 조용하지 못했다. 저 지저분한 욕쟁이를 덜미를 잡고서 절 대문 밖에다 집어던지고 싶은 마음조차 들었다.

그러나 나의 마음속 화냄이 바깥으로 나올 시간이 없었다. 마음의 업에서 몸의 업으로 건너갈 시간이 없었던 것이다. 욕설이란 욕설을 모두 사용하고 난 브라만이 다음 새로운 말을 찾고 있는 동안에 부처님의 목소리가 들려왔다.

"오! 브라만이여,

너의 집에 친구나 친척 등 손님이 가끔씩 오는가?"

한편에서 지독하게 극심한 화냄으로 대하였는데도 전혀 반대되는 부드럽고 나직한 목소리였다. 거기다가 넘치듯이 친근함으로 나직하게 물어보자 브라만 역시 딱딱하게 높던 소리를 급히 낮추어서 대답하였다.

"수행자 고따마시여! 예, 가끔 가끔씩 손님들이 오곤 합니다."

"손님들이 왔을 때 먹고 마실 것을 대접하느냐?"

"예, 대접합니다."

"오! 브라만이여, 그 손님들이 받아들이지 아니하면 그들을 대접하던 먹을 것이나 마실 것들이 누구의 재산이 되는가?"

"그들이 받아들여 사용하지 아니하면 손님을 대접하던 먹고 마시는 모든 것은 저의 재산이 됩니다."

"브라만이여! 그 비유처럼 생각하라.

너는 나에게 욕하지 말아야 하거늘 심하게 욕하였다. 허물하지 말아야 할 것을 갖가지로 얽어 묶었다. 거부하지 말아야 할 것을 갖가지로 반대하였다. 너의 욕설을 내가 받아들이지 않겠노라. 그래서 너의 욕설은 나에게 이르지 아니했다. 너의 재산이니 너에게만 있다.”

⚜

욕설하는 데 뛰어났던 그의 머리가 수그러져 갔다. 쳐들었던 교만심이 내려갔다. 절에 올 때는 욕설을 퍼붓지 아니하고는 못 견딜 표정으로 욕설을 퍼부어야만 직성이 풀릴 태도였다. 그러나 지금 욕설을 퍼붓고 난 뒤 가슴이 더 뜨거워졌다.

욕설을 받아야 할 이가 전혀 받아들이지 아니했으니 그가 도리어 가져가게 된 것이다. 하지만 한 가지, 거가 시끄럽기는 했다. 크게 화낸 목소리로 목청껏 떠드는 소리를 부처님이 두 귀로 듣지 않을 수 없었다.

‘귓속을 파고들 정도로 심하게 들렸는데 그 욕설을 받지 않고 어떻게 지낼 수 있겠는가?’ 이러한 중요한 질문을 하지 않았기 때문에 부처님께서 계속하여서 설하셨다.

“브라만이여! 어떤 사람이 욕하는 사람에게 다시 욕을 한다. 얽어 묶인 이에게 얽어 묶음으로 다시 갚는다. 언쟁으로 달려드는 사람에게 다시 같이 싸운다. 그 사람들을 같이 먹는다고 한다. 그러나 나는 주고받고 서로 키우지도 않는다. 그래서 네가 한 욕설이 나에게까지 이르지 않는다. 너의 물건이니 너에게만 없구나!”

욕설을 받아들이지 않는 것은 듣지 않으려고 귀를 막는 것을 말함이 아니다. 욕설로써 갚지 않고 편안한 마음으로만 행하는 것이다. 이러한 법문을 기초로 하여 우리들 교단에 '바라도와사'아라한 한 분이 다시 늘어났다. 법을 들은 다음부터 욕쟁이라는 별명은 떨어져 나갔다.

무지하고 거칠게 욕하던 '바라도와사' 뒤에 다시 욕하러 온 사람 역시 바라도와사 종족이었는데, 그의 적당치 못하며 하지 말아야 할 행동들 때문에 '나쁜 바라도와사'라고 이름 붙였다.

이름 그대로 '나쁜 바라도와사'는 부처님께 거칠고 험하게 욕하였다. 부처님께서는 처음 그대로 가만히 계셨다. 우리들 역시 '다음에 우리 대중이 한 사람 늘어나겠지.' 하는 마음으로 동요하지 않았다. '어느 시간에 어떤 상태로 제도가 되나.' 하고 궁금한 마음으로 지켜보았다.

거칠게 퍼부어 대는 욕설에 부처님께서는 한 마디도 대꾸하지 않으신 채 조용히 계셨다. 그의 형 둘이 왔을 때처럼 비유를 들려 주지도 아니하셨다. 그러자 그 '나쁜 바라도와사'는 용기가 나서 '당신이 졌다. 당신이 졌다'라고 크게 떠들어대었다.

사실은 그 소리가 그를 지게 하도록 만들어 주었다.

"브라만이여! 거칠고 저질스러운 욕설을 하고서 멍청한 어리석은 이가 그것을 이겼다고 생각한다. 사실 승리는 그의 것이 아니다. 지혜로 생각하여 참을 수 있는 영웅의 승리일 뿐이다."

"브라만이여! 어떤 이는 화내는 이에게 다시 화를 낸다. 그렇게 화내는 것은 처음 화낸 이보다 더 저속하다. 화내는 이에게 화냄으로써 다시 원수 갚지 않는 이가 전쟁을 승리로 이끄는 사람이 된다.”

이 가르침 끝에 역시 그 '나쁜 욕쟁이'라는 별명이 떨어져 나간 수행자 한 사람이 늘어났을 뿐만 아니라 조그만 일에도 화를 잘 내는 사람들에게 마음이 조용해지는 약 한 사발이 되었다.

🪷

부처님께 욕설하는 나쁜 불선업만으로 그를 '나쁜 순다리까'로 별명을 붙인 것은 아니다. 순다리까 강 근처에서 제사 지내는 일을 했기 때문에 이렇게 이름 붙였다.

그 역시 부처님, 담마, 상가의 삼보를 존경하는 이가 아니었다. 그들이 모시고 존경하고 제사 드리는 이는 한 번도 본 적이 없는 '내범천'이었다. 그 하늘에 있는 이를 위해서 버터로 밥을 만들어서 제사 지내는 것이 날마다 하는 그의 일이었다.

어느 날 순다리까 종족 풍습대로 순다리까 강가에서 제사 지내고 난 다음 제사 지내고 남은 '버터 밥'을 대접하려고 브라만 한 사람을 찾으려다 부처님께 왔던 것이다.

그러나 부처님인 줄 알아서가 아니었다. 나무 아래에서 물들인 옷으로 머리까지 둘러쓰고 있는 한 사람으로 생각하여서 가까이 온 것뿐이었다. 그때 부처님께서 머리까지 둘러쓰신 것은 두 가지 이유에서였다.

겨울 강바람을 막으려는 것과 삭발한 수행자라면 보기도 만나기도 싫어하는 순다리까가 일찍이 알았으면 멀리 비켜 갔을 것이기 때문이다. 부처님인 줄 몰랐기 때문에 순다리까가 한 손에 제사 지내고 남은 밥을 들고, 한 손에는 물주전자를 들고 가까이 왔다. 가까이까지 왔을 때 부처님께서 머리에 덮었던 가사를 열어서 그를 바라보자,

"오! 머리 깎은 수행자이던가?

오! 머리 깎은 수행자이던가?"

기분 나쁘다는 듯이 중얼거리며 뒤로 물러나기 시작했다. 그때 한 생각이 떠올랐기 때문에 금방 물러가지 않고

"수행자여! 당신은 어느 종족에서 태어났습니까?"

"브라만이여! 종족이나 태생을 묻지 말라. 수행만을 물으라. 장작이란 어느 나무로 만들었든지 다 불탈 수 있다.

네가 낮은 종족이라고 생각하는 이들 가운데에도 지혜 있는 이들이 있다. 고요하여 산란하지 않는 이도 있고 훌륭한 영웅들도 있을 수 있다. 나쁜 불선업을 부끄러워하는 이들도 있을 수 있다."

자기 종족만이 높다고 생각하는 것부터 무너뜨려 주신 것이다. 그러나 이처럼 지혜를 중히 여기는 것을 순다리까가 만족하게 받아들이지 않았다. 부처님께서 겨울의 심한 강바람을 견디며 참고 앉아 계신 것은 그의 제사 지내고 남은 밥을 받기 위해서가 아니었다.

보지도 못했던 대범천(하늘에 있는 천인)에게 이익 없이 제사 지내는 고통에서 구해주기 위해서였다. 부처님께서 받지 아니하셨기 때문에 그 남은 밥을 벌레들이 없는 물에 쏟아 부었다. 버터와 맞지 아니한 벌레들이 죽을까봐 부처님께서 가르쳐주신 것이다.

물에 쏟아 부은 그 밥은 시시 소리를 내며 연기가 일어났다.

보지 못했던 특별한 장면으로 순다리까에게 두려움이 크게 일어났다. 소름이 심하게 일어나서 몸서리가 쳐졌다. 그리하여 부처님을 의지해야만 할 줄 알고서 곁에 앉았기 때문에 제도를 받는 법을 설해 주셨다.

"브라만이여!
너는 제사 지내는 것을 빼어버리고
마음속에 지혜의 불을 밝게 빛나게 해야 한다.

항상 밝게 빛나는 지혜의 불로
언제나 고요하게 머무는 마음으로
아라한이 된 나 붓다는
높은 수행을 행하고 있다."

이러한 가르침으로 순다리까는 바깥에 제사 지내는 것을 버리고 지혜의 불이 밝게 빛나는 아라한이 되어 갔다.

이렇게 바라도와사 형제들이 제도된 것은 부처님 앞에 왔었던 것이 기본이 되어서이다. 올 때는 심한 화냄으로 왔지만 그들의 마음과 일치되는 법문을 듣고서 번뇌에서 벗어나는 기회를 얻었다. 그들 형제들이 부처님 계시는 곳에 와서 제도된 것을 부러워한 나는 나의 공양제자 브라만 한 사람도 제따와나 정사에 오면 좋겠다고 바라게 되었다. 불선업을 지을 때 재빨리 제도될 수 있었던 그들처럼 화라도 나라고 바라기도 했다.

그러나 '싱가라와라' 브라만은 바라도와사 형제들처럼 부처님께 오지도 않고 화도 내지 아니했다. 오전에 한 번 오후에 한 번 목욕하는 것만으로 스스로 만족해하면서 사왓띠 수도에서만 지냈다. 그가 정사로 오지는 않았지만 나와는 가까운 사이였다.

그래서 그에게 연민심이 생겨서 그의 집에 부처님을 모시고 갔다. 싱가와라의 집에 앉아 계실 때 부처님께서 먼저 말씀하셨다.

"오! 브라만이여,

당신은 목욕하는 것으로 불선업을 깨끗이 한다는 생각이 있다고 한다. 목욕하는 것만으로 불선업을 깨끗이 한다고 믿어서 오전에 한 번 오후에 한 번 날마다 목욕하는 일을 한다고 들었다. 내가 들은 대로 사실인가?"

"사실입니다. 수행자 고따마시여."

"브라만이여, 그러한 행으로 어떠한 이익을 얻는가?"

"수행자 고따마시여,

낮에 지은 불선업을 저녁 무렵 목욕하는 것으로 물에 씻겨냅니다. 저녁에 지은 불선업을 오전 목욕으로 씻어냅니다. 이렇게 하여 모든 불선업을 깨끗이 하는 이익이 있습니다."

그의 생각을 공손하게 말씀드렸다. 부처님께서 싱가라와의 목욕하는 행을 경멸하지 아니하고 이 교단 안의 목욕하는 방법 한 가지를 가르쳐 주셨다.

"브라만이여!

지혜 있는 이들의 목욕은 법이라는 연못이다.

그 연못에 계율은 목욕하는 곳이다.

미끄러운 이끼나 때가 하나 없이 깨끗하다.

선한 이들이 좋아하고 칭찬한다.

그 연못에 목욕하는 선한 이들은

몸에 물을 적시지 아니하고

윤회의 저쪽 언덕으로 올라간다."

바라도와사만큼은 올라가지 못했지만 공양 제자 상가라와는 이 교단을 모시고 의지하는 한 사람이 되었다. 앞에서 보았던 브라만들은 마가다국이나 꼬살라국 등에 많이 있다. 그러나 브라만 종족들은 큰 나라에만 많이 있는 것이 아니다. 우리들이 태어난 곳인 사까 종족들의 땅에도 있다.

다른 나라에 사는 브라만들처럼 우리나라에 사는 브라만들도 허풍이나 자랑이 심하다. 다른 이들과 섞이지 아니하고 그들대로 따로 지낸다. 브라만 종족 거부 장자들이 많이 모여 사는 곳은 코마두따라는 큰 동네였다. 그 큰 마을에 관해서 기억나는 것은 어느 비오는 우기를 만났을 때였다.

그날 부처님과 우리 대중들이 코마두따 마을에 걸식하러 갔을 때 마을 한가운데쯤 이르자 빗방울이 굵게 쏟아지기 시작했다.

그때 부처님께서는 잠깐 비를 피하려고 그들이 모임을 가지는 큰 회관의 건물 안으로 들어가셨고 우리들도 뒤따라갔다. 그 건물 안에는 코마두따 마을의 유명한 이들이 모두 모여 있었다. 마을의 일 때문에 모두 모여서 회의를 하는 중이었다.

우리들이 왕자였을 때라면 그들 모두 우리들을 크게 환영했을 것이다. 서로서로 먼저 인사하려고 몰려들었을 것이다. 지금 우리들이 몸을 바꾸지 아니한 채 생애를 바꾸었으므로, 그들은 자리에서 일어나지도 않았으며, 어느 한 사람 인사하지도 않았다.

간혹 얼굴을 돌리는 이도 있었다. 더러는 우리들이 들어오는 것을 좋아하지 않는 표정으로 바라보면서 "머리를 삭발한 저속스러운 수행자들이 회의가 무엇인지도 모르는구나." 하고 제멋대로 떠들어대었다.

그전에 우리들에게 공손히 머리 숙인 것은 우리들이 다스리는 땅 위에 살았었기 때문이었다. 혈통에 대한 우월감, 지혜에 대한 우월감이 얼마나 크든지 간에 사까 종족의 땅에 사는 동안은 사까 종족 앞에서 머리를 숙였던 것이다.

나 자신도 권력을 가진 자로서 그들이 머리 숙여 존경을 표함을 받았었던 적이 있다. 그러나 지금 우리들은 전과 같지 아니하다. 사까 종족의 모든 권력을 버렸다. 나의 것, 나의 소유라고 하던 교만심과 우월감을 버리고 그들 집 앞에 눈길을 내리고 밥을 얻으려고 서 있는 것이다.

그들이 내던 세금 대신 그들이 신심으로 부어 주는 한 주걱

한 주걱의 밥을 모아서 먹고 지낸다. 좋다. 자기 생각대로 스스로 버리고 떠나왔으므로 그들 생각이 바꾸어진 것에 대해서 우리들 쪽에서 마음 다칠 일은 없다.

'세상인심이란 이런 것이로구나.'라고 정신 차리는 것만이 있을 뿐이다. 그러나 오늘 아침은 그들에게 매우 마음이 불편해졌다. 내가 가장 사랑하는 형님조차 모조리 머리 깎은 수행자로 중얼거린 때문이다. 내 마음속에 매우 사랑함이라는 '고의 원인(samudhaya)' 을 이유로 마음이 불편해져서 고통이 점점 커져 갈 때 부처님께서는 그 회의장 안으로 조용히 걸어가셨다.

그렇게 입으로 떠들기는 했지만 그들이 그대로 앉아 있을 수는 없었다. 그전에 공손히 절하여 왔던 그 위력과 지금 조용하니 존경스러운 그 모습, 이 두 가지가 합쳐져서 그 모임의 회장이 자리에서 일어나 비켜났다. 부처님께서는 그 모임의 회장이 앉던 자리에 앉으셔서 그 회의에 모여 있던 브라만 대중 모두를 연민심의 눈길로 거두어서 바라보셨다.

"브라만들이여!
선한 이 한 사람도 포함되지 아니한 모임은
모임의 자격이 없다.
법을 법대로 말하지 못하는 사람들은
선한 이들이 아니다.

탐심, 화냄, 어리석음들을 빼어버려서
그 모든 번뇌가 다할 수 있는
좋은 법을 설할 수 있는 사람만을
선한 이라고 부를 수 있다."

나의 마음속 고통과 가까운 것을 끄집어 내주시는 담마의 보배였
다. 이 보배를 듣고 나서 뻣뻣하게 존경치 않던 브라만들이 부드러워
졌다. 이렇게 부처님께서 담마의 잔치를 여셨다. 뿌라나 까싸빠
등의 유명한 여섯 외도들의 제자들, 니간타(나체 외도)들, 삿짜까
등의 바라도와사, 교만심과 우월감이 지나친 브라만들과 사상 논쟁
을 겨루셨다.

이렇게 바깥의 다른 견해를 가진 사람들과의 논쟁마다 계속하여
승리의 깃발을 날리시는 부처님께서 자기의 교단 안에 껄끄러운
가시 하나는 여러 가지 이유로 그냥 두고 보셨다.

부처님께서 그냥 두고 보는 기회를 있는 대로 이용하여서 그
가시 무더기는 할 수 있는 만큼의 무리들을 모아서 자기편이 되도록
거두었다.

Sagāthāvagga

후회의 서곡

라자가하 성의 웰루와나 정사에는 아름다운 동산과 건물, 맑은 샘과 깨끗한 연못들이 모두 갖추어져 있었다. 깊은 신심을 지닌 신남 신녀들도 라자가하에는 많고 많았다. 그러나 부처님께서는 이 웰루와나 죽림정사에 오래 머무시지 않는다.

걸어서 걸어서, 좋은 계절이면 좋은 대로 이곳저곳 도시로 마을로 다니시며 법을 설해 주어서 이익을 얻을 사람이 한 사람이라도 있으면 가르침을 펴시며 다니셨다. 풍성한 공양거리도, 아름답고 윤택한 동산도 등 뒤에 남겨 두고 떠나신다.

빔비사라(Bimbisāra) 대왕이 부처님의 공덕 은혜를 기리기 위하여서 지어서 보시 올린 정사에 정작 부처님은 오래 머무시지 않고 기대하지 않았던 이들이 쇠붙이에 녹이 슬어서 붙어 있는 것처럼 언제나 머물렀다.

부처님과 상가들께서 법을 펴시려 가는 곳에 대와다따(Devadata)는 한 번도, 어느 때도 따라가지 않았다. 그를 따르는 무리들과 함께 언제나 웰루와나 정사에서만 지냈다.

만약에 여행을 따라나서게 되면 험한 길을 걸어야 하고, 해가 뜨거워도 비가 와도 피하지 못하고 가야 한다. 심한 바람과 물을 만나기도 하며, 또한 변방 한촌에서 아무리 정성을 들여서 준비한 음식이라도 어디 왕이 사는 서울음식에 비할 바이겠는가?

웰루와나 정사는 모든 것이 풍족하고 완전했다. 그리고 그의 오른팔처럼 의지하여 힘이 될 수 있는 신도 한 사람이 있지 않는가? 왕세자 아자따사따는 그의 스승에게 날이면 날마다 와서 예배를 드렸다. 낮에 한 차례, 밤에 한 차례, 하루에 두 번씩 왔다. 올 때는 그냥 몰래 왔다 가는 것이 아니라 앞뒤로 오백 대의 수레를 거느리고 크고 화려하게 거창한 거동으로 행차하였다.

그 오백 대의 수레 위에 낮에는 공양을 가득가득 싣고 왔으며, 오후에는 다른 보시 올릴 물건들과 같이 왔다. 아자따사따 왕자를 완벽하게 자기편으로 만들어 놓은 것이 대와다따에게는 성공의 한 가지였다. 그러한 성공을 아무나 얻는 것은 아니다.

그 혼자만의 선업 공덕이 높아서 얻었던 것이다. 그러나 이러한 성공이 어느 잔치로 머리를 향하고 있는가?

⚜

보시물이 많은 것과 이름을 드날리는 것은 수행자에게는 활활 타오르는 불과 같은 존재이다. 가까이 하면 다치는 뜨거운 불인 것이다. 세간에서 살아가는 것에 불이란 없으면 안 되는 필요한 것이다. 먹고 살아가는 모든 것에 쓰인다.

그러나 불이란 좋은 이익만 가져오는 것이 아니다. 좋은 일도 해 주지만 조금이라도 소홀하게 다루면 집도 솥도 모두 태우는 일도 한다. 살게 하는 일도 하지만 또한 죽게 하는 일도 하는 것이다.

그와 같이 보시가 많이 들어오는 것과 명성이 드날리는 것을 잘 쓰면 약이 되지만 잘못 사용하면 재앙을 초래한다. 잘 사용하는 이들은 얻어진 물건들이 이 교단을 위해서 생긴 것이라고 분명하게 기억한다. 자기처럼 물질이 풍부하지 않은, 같이 지내는 대중들과 함께 나누어서 쓰는 것인 줄 잘 안다.

그렇게 사용하는 데서 그치지 않고 집착을 가지게 되면 하지 말아야 할 쪽으로 기울어져 가게 된다. 그래서 부처님께서 이 네 가지 사사 시주물에 관계되어서 위험이나 원수, 적이 생기지 않도록 사용하고 먹어야 하도록 이렇게 말씀하셨다.

"비구들이여!

털이 긴 양이 가시 넝쿨 속에 들어가면 자기 몸의 털과 가시 넝쿨이 뒤엉켜서 옴짝달싹 못하고 생명을 잃게 된다. 그와 같이 보시 공양물이 많고 이름이 드날리는 것을 탐닉하는 비구는 마을이나 도시로 걸식하는 곳에 가면 자기의 탐착함이 신도에게 엉겨 붙어서 그로 인해 비구의 법을 잃어버리게 된다.

거칠어진다. 모든 병이 다한 높고 고요한 행복 닙바나를 얻지 못하게 되고, 도착하지 못하게 방해가 된다. 그래서 너희 비구들은 공양물이 많거나 이름이 드날리게 되는 것을 원하는 갈망을 빼어버릴 수 있도록 닦아야 한다.

공양물이 많고 이름을 드날리는 것이 자기의 맑은 마음을 막고 덮어씌우지 못하도록 열심히 수행해야 한다."

예전의 전통을 자세하게 잘 아셨기 때문에 부처님께서 미리미리 말씀하셔서 주의를 주신 것이다. 지혜를 함께하여서 말씀하신 것임을 생각해서, 지혜를 함께할 수 있는 이들이 염두에 두어야 하는 일이 되어야 한다.

그러나 그들처럼 귀에 정확하게 들은 법을 가슴에 닿도록 느끼는 이는 아주 조금뿐이다. 귀로 들은 다음 귀에서 끝나버리는 이가 더 많다. 그러한 것이 이 세상에서 항상 생길 수 있는 성품이라고 말하지 말라.

귀에서만 듣고 끝나버린 이들 가운데 어떤 이들은 웰루와나 정사에 그대로 남아 있고 어떤 이들은 부처님께서 전법 여행을 떠나실 때 따라나서기도 한다. 남아 있는 이들은 대와다따의 복덕의 그늘 밑으로 들어가서 그를 의지하고 그를 부러워하였다.

꽃

그러나 그들에게 달리 할 말은 없다. 그들의 뒤를 따라가서 그 편으로 마음이 기우는 이들에 대해서 말할 기회가 있다면 모두 말하리라. 수행한 것이 아직 없었기 때문에 그 두 가지, 공양물과 유명세가 그들의 마음을 가려서 덮어씌우게 된 것이다.

정사에 남아 있던 비구들이 부처님께 여쭈는 보고에서 그들의 본성을 감출 수가 없게 된 것이다. 그들의 목소리, 그들의 몸짓은 저쪽을 부러워하는 눈치가 역력히 드러나기 시작했던 것이다.

부처님께 대와다따의 복덕이 큰 것을 질투할 이유는 절대로 없었다. 이 부처님 교단 안에서 복덕이 가장 크기로 유명한 분, 이 교단에 공덕이 많은 시왈리 테라에게 조차도 그를 위해서 기쁘게 칭찬하셨는데 은혜도 없는 이에 관해서 슬퍼할 일은 없다. 그러나 그를 부러워하고, 그의 길을 따라가고 싶어하는 젊은 비구들이 더 빛나가기 전에 막아야 할 것이다.

🪷

그래서 부처님께서 경책을 하셨다.

"바나나 나무가 자기의 몸을 죽이려고 열매를 맺듯이, 대와다따의 많은 공양과 유명해지는 것은 자기 자신을 죽이는 것이다. 좋은 공덕을 무너뜨리게 하는 것이 된다. … "

대와다따 쪽에서 보면 좋아할 수 없는 단어를 사용해서라도 젊은 비구들의 이익을 위해서 말씀하셔야 했다. 어린 비구들의 걷잡을 수 없이 흔들리는 마음을 깨끗하게 잘라버리도록 확실하게 맺고 끊어 구분하여 보여주신 것이다.

그 가르침을 그날 그 자리에서 처음으로 시작하여 말씀하신 것이다. 그러나 이렇게 말씀하시기 전에부터 대와다따의 무너지는 징조는 벌써 출발점을 떠났던 것이다.

비구가 된 초기에 그는 세간 선정을 얻었다. 다른 이들은 그들이 얻어 놓은 세간 선정을 기초로 하여서 출세간 쪽으로 올라갔다.

그러나 그의 세간 선정은 공양물이 많은 것, 이름을 드날리는 길로만 향해서 달려갔다.

아자따사따 왕자의 도움을 받음으로써 상가 대중을 부처님의 손에서 넘겨받아서 그 스스로가 우두머리가 되겠다고 생각한 그 순간에 그가 얻었던 세간 선정은 모두 사라지고 말았다. 그 일이 생겼을 당시 목갈라나 마하테라께서 부처님께 여쭈었을 때 부처님께서 말씀하셨다.

"목갈라나여, 그 말을 하지 말라. 그 말에 대해서 입을 닫아라. 너의 입에서 이 말이 다른 곳으로 건너가게 하지 말아라. 이 교단에 쓸모없는 그 남자의 그 행동은 앞으로 저절로 드러날 것이다."

이렇게 막으셨기 때문에 대와다따의 속셈을 많은 이들이 알 수 없었다. 있는 척만하고 진짜는 없었지만 꾸미는 능력이 좋아서 그에게 생긴 일을 그와 가까이 지내는 왕자조차도 알지 못했다. 그래서 그의 주변에 있는 무리들도 그전처럼 그대로 우글거렸고 그의 복덕도 아직은 그대로 유지되었다.

꽃

아직도 위력이 넘치는 그의 복력이 그의 나쁜 소원을 끝까지 따라갈 리가 없는 것은 분명한 일이었다. 이쪽에서 입을 조심해서 잘 다스려 두고 있었더라도 그의 업은 그가 향하는 길로 곧장 그대로 치달려가고 있었다.

아자따사따 왕자가 올리는 공양은 그의 무리들이 실컷 먹고 마시고도 남았으며, 남아서 버려지게 되었다. 나라 백성들의 피와 땀을 짜서 만든 세금으로 만들어서 바친 것들을 사용하는 것에 지계의 공덕도, 선정의 공덕도, 지혜의 공덕도 요구하지 않았다.

매우 값이 비싼 그 네 가지 물건들을 쓰기 위해서 있어야 하는 것은 한 가지뿐이었다. 그것은 다른 것이 아니라 오직 대와다따를 믿고 의지하고 따르는 것뿐이었다. 좋은 것만 잘 먹고 마시는 왕궁 안의 사람들과 친밀해지는 기회를 가질 수 있었기 때문에 점점 늘어만 가는 그들의 대중 가운데는 비구니들도 있었다.

그 중에 참견할 때와 아닐 때를 가리지 못하고 끼어들기를 좋아하는 이가 톨라난다(Thullanandha)였다. 그녀가 끼어든 곳마다 어김없이 언제나 문제꺼리가 발생하였다. 사까 왕족의 우빠난다 테라와 남매지간이라고 하면 사람들마다 믿으려고 들었다.

나는 그날 라자가하 성안으로 걸식하러 갔었다. 내 앞에는 마하 사리불 테라를 선두로 하여서 마하 목갈라나 테라, 마하 깟싸나 테라, 마하 꼬티까 테라, 마하 가삐나, 마하 아누루다, 마하 예와다, 마하 우빨리 테라들께서 차례로 가셨으며 라훌라는 내 뒤에 따라오고 있었다.

공양제자의 대문에 이르렀을 때 톨라난다와 내가 마주쳤다. 이 집이 그 비구니의 공양을 보시하는 집이었던 것이다. 보통 가끔씩 들어가는 신도의 집이 아니라 날마다 날마다 빠뜨리지 않고 공양을 올리는 그런 집이었다.

비구니들도 우리들처럼 발우를 안고 다니면서 걸식을 하여서 먹어야 하기 때문에 이 비구니와 마주치는 것이 그렇게 특별한 일은 아니었다. 그러나 그녀의 입에서 나오는 말은 특별하였다.

"신도님, 신도님이 초청하신 분이 진짜 아라한입니다."

그 소리를 들으면서 별로 좋은 뜻으로 하는 말이 아니구나라는 느낌이 들었다. 그 말 뒤에 숨은 뜻이 있을 것이다. 그러나 우리는 누구도 입을 열지 않고 집안으로 들어갔다. 펴놓은 자리에 우리들이 앉을 때까지 집주인 누구도 나오지 않았다. 그 비구니와 무엇인가를 이야기하고 있는 중이었다.

"비구니 스님, 스님 말씀이 일정하지 않군요. 이전에는 대와다따 테라, 꼬고리까 테라 등을 큰 아라한이라고 말하고 사리불 마하테라 님들을 보통 스님들이라고 하더니 지금은 그 말이 반대입니다. 안 보일 때는 보통 스님이라고 하다가 얼굴을 마주했을 때는 아라한 이라고 수시로 바꾸어 말합니까? …… 이후로는 이 집 그림자도 밟지 마십시오."

이렇게 화난 어조로 말을 끝내고 표정을 다스린 다음에야 우리들이 앉아 있는 곳으로 들어왔다. 이런 것으로 미루어 보아서 대와다따의 발걸음을 짐작할 수 있었다.

처음 출가하여 비구가 되었을 초기에 얻었던 선정 신통으로 보고 들은 견문이 성숙되기 전의 아자따사따 왕자를 거두어 둘 수가 있었다. 그 왕자가 보시한 물건들로 견문지혜가 바르지 못한 비구와 비구니들을 자기 밑으로 모아 놓았다. 그러나 대와다따가 이 정도로 만족할 것인가는 모르겠다.

아자따사따 왕자에게서 날마다 5백 대의 수레로 먹을 것이 보내져 왔다. 그런데도 불구하고 성안으로 걸식을 따라나서는 그의 속마음을 드러내 보였다. 왕족의 자제들과 대신들뿐만 아니라 성안에 사는 사람들을 끌어 모으려는 것이었다. 이러한 행동이 그의 마지막 속셈이 드러나는 시간에 터져 나올 것이다.

지금 현재 내가 섣불리 먼저 말하는 것은 적당하지 않다. 멀리 앞날을 내다보시고 부처님께서 닫아 놓게 한 그대로 나는 그저 입을 다물고 있을 수밖에는……

어쨌든지 어떤 비구니 한 사람이 충동해서 보시하게 한 공양을 어느 비구든지 먹게 하는 것은 이 교단을 무너지게 하는 원인이 되므로 부처님께서 이러한 행동을 금하게 하는 것을 계율로 제정하셨다.

"일찍이 사람들이 준비한 것 외에 어떤 비구니가 준비하게 한 공양을 먹는 비구에게 작은 허물(Pācittaya)을 지운다."

이 계율을 정하신 것이다. 이 계율을 정할 때 대와다따는 부처님 앞에 있었다. 이 행동의 증거로서 사실대로 바르게 조사하는 질문을 받아야 했다.

그리고 사실대로 드러내서 참회하여야 했다. 어느 누구도 부처님께서 정해 놓은 계율을 빼어버리거나 거부할 수는 없다. 머리를 숙이고 받아들여야 했다. 그러나 그가 이 계율을 지킬 것이라고는 생각이 들지 않았다.

부처님의 그늘을 의지하여 지내면서도 부처님과 경쟁을 하려는 마음을 가지고 있는 그에게 어떠한 약도 효력을 내지 못할 것이기 때문이다. 부처님 앞에서 조용하게 있었던 것은 부처님의 위력 때문일 것이다. 그를 받쳐줄 힘이 아직 모자란다고 생각해서일 것이다.

그를 도와주는 필요한 힘이 라자가하 왕궁 하나만으로는 부족한 것이다. 라자가하 성안 전체뿐만 아니라 마가다국 전체를 거둘 수 있을지라도 그의 바람이 채위질 리는 없다는 것을 왜 모르고 있을까? 부처님을 존경하고 받드는 이들이 나라마다, 도시마다, 지역마다 널리 퍼져 있어서 그들의 신심이 모두 무너졌을 때라야 그의 욕망이 채워질 것이다.

그리고 설사 부처님의 뒤를 따르는 제자가 한 사람도 없을지라도 부처님께 쉽게 반기를 들 수는 없을 것이다. 붓다란 누가 싫어하고 미워한다고 영향을 받는 위치를 이미 벗어난 존재인 것이다. 그런데도 부처님을 이기고 반기를 들기 위해서 대와다따의 손에 잡고 있는 막대기가 그가 태어난 곳에서도 있었다. 그 가운데 한 사람을 지금 보여 주려 한다. 같이 지내는 대중의 입에서 '사까 왕족의 아들들, 사까 왕족의 아들들' 하고 칭찬하는 소리를 들을 때마다 내 마음속에 자주자주 떠오르고는 하는 한 장면이 단따빠니(작은 막대기)이다.

'단따빠니'라고 부른다고 지팡이 하나 잡고 뒤뚱뒤뚱 걸어가는 늙은이 한 사람이라고 생각하지는 말기 바란다. 그 이름을 받은 이는 나이 스무 살 정도의 젊은사람이기 때문이다.

황금을 입힌 막대기 하나를 흔들흔들거리면서 길 전체를 휘젓고 다니는 이, 일없이 지내는 돈 푼 깨나 있는 집의 아들이기 때문에 그러한 이름이 그를 따라 다니게 된 것이다.

그때 우리들은 우리들이 태어난 곳, 까삘라 성 근처 니조다 정사에 머물고 있었다. 공양하는 일이 끝나면 부처님께서는 정사의 마하와 나 숲으로 들어가서서 한적하게 지내시는 것이 습관이셨다. 마하와 나 숲 속의 나뭇잎이 무성한 그늘에 앉아 계시는 동안 단따빠니가 항상 들고 다니는 황금을 칠한 막대기를 흔들면서 부처님 곁으로 다가왔다. 부처님을 뵈려고 일부러 온 것이 아니라 할 일 없이 발길 닿는 대로 쏘다니다가 부처님을 보고 지나가는 척하고 가까이 간 것이다.

다른 이들이 사까 종족을 부러워하고 있는 때에 그 역시 한 사람의 사까 종족으로 절을 하거나 최소한의 존경도 표하지 않았다. 공손하고 예의스럽게 가야 하는 것도 모르고 뻣뻣이 다가가서는 들고 다니던 막대기를 세우고 그 위에 두 손을 포개 얹어서 턱을 받치고는 부처님을 바라보았다.

소 먹이는 머슴같이 예의라고는 모르는 모습으로 질문을 했다.

"수행자여, 당신은 어떤 습관이 있습니까? 뭐라고 가르치는 습관이 있습니까?"

몸의 태도에 공손함이 없는 것처럼 입에서 나오는 소리 역시 예의 없이 딱딱하고 거칠었다. 무엇 때문에 이처럼 함부로 구는지는 물어볼 필요가 없었다. 라자가하 도시에서 파낸 하수도의 썩은

진창이었다. 누가 무엇 때문에 이처럼 막되게 굴든지 질문하는
이가 있으면 대답을 해 주는 것이 부처님의 법칙이리라.

"단따빠니야! 나 여래는 이 세상에서
어느 누구와도 싸우려는 말을 하지 않는다.
깜마 오욕락의 대상으로 인해서
들쑤시지 않는 마음으로 지내고
담마의 성품에 관해서 전혀 의심이 없으며
크고 작은 생의 여러 가지 모습에 집착이 없는
나 여래에게 어떤 번뇌도 붙지 않는다.
단따빠니야!
나 여래는 이렇게 말하고 이렇게 설하는 습관을 가졌다."

질문을 한 이가 뜻을 알기 위해서 질문한 것은 아니지만 대답하시
는 분은 담마에 대해서 존중하는 마음으로 진지하게 대답하셨다.
만약 단따빠니가 생각할 수 있는 지혜가 있는 이였다면 그 자리에서
대와다따에 관해서 바르게 볼 수 있는 생각을 얻었을 것이다.
"나 여래는 어느 누구와도 싸우려는 말은 하지 않는다."라는
말 속에 그의 스승 대와다따가 포함된 것을 알아야 했던 것이다.
라자가하에서 부처님께서 하신 말씀은 대와다따의 보시물이
많은 것을 불편하게 생각해서가 아니고 그를 일부러 눌러서 이기려
고 한 것도 아니다. 앞으로 다가올 상황들을 미리 내다보시고 하신

말씀이다.

이렇게 부처님께서는 사실만을 말씀하셨다. 어느 누구와도 원한을 삼으려고 하신 것이 아니다. 이 뜻을 단따빠니가 이해하였던가? "멀구나! 정말로 멀구나!"라는 소리만 나올 뿐이다.

부처님께서 이토록 신중하게 진심으로 말씀하셨지만 단따빠니가 빈정대는 심사로 머리를 끄덕거렸다. 그리고는 혀를 내밀고 이마를 찡그리면서 막대기를 흔들흔들하고는 떠나갔다. 그 역시 대와다따처럼 ⋯⋯

※

후회라는 것은 나중에 혀를 끌끌 차야 하는 성품이다. 그러나 시기가 이르지 않았을 때는 그 본성을 드러내지 않는다. 후회의 서곡은 교만의 깃발을 펄럭이는 것에서부터 시작한다.

힘과 위력이 있다. 아자따 왕자의 위력으로 나의 동생의 위력이 마가다 왕궁을 덮어서 지금 내가 태어난 곳까지 이른 것이다. 대와다따는 그가 서 있는 곳에 그냥 서 있으면 좋으련만, 큰형님 부처님께서 얼굴을 돌릴 만한 일을 하는데 내가 어떻게 할 수 있겠는가?

하나씩 하나씩 싹이 트는 후회의 서곡을 고개를 숙이고 그 전주곡만을 듣고 있어야 했다. 입을 다물고 지켜보아야 했다.

Mulapaṇṇāsa

사왓띠 궁전에

앞에서 꼬살라 대왕의 신심이 지극한 모습을 보여 주었다. 지금은 꼬살라 국왕의 왕궁에 내가 드나들었던 모습을 보여 줄 것이다. 사실 한 나라의 왕이 사는 왕궁이란 우리들 수행자들과는 관계가 없는 곳이다. 그보다는 멀리해야 할 곳이다.

나라의 중요한 일이 생겨나는 곳이며, 여러 가지 사정이 얽혀서 매우 복잡한 그런 곳에는 자주 가지 않는 것이 상책이다. 스님들의 전통대로 공양을 받는 것 외에는 오랜 시간 있지 않아야 한다. 그렇지만 어떤 한 가지 일이 발생했기 때문에 나는 그곳을 자주 가야 하는 형편이 되었다.

공양 받는 일 외에도 왕궁 안에 오랫동안 있어야 했다. 그렇게 지내면서 좋은 것들을 만나야 했던 것처럼 나쁜 것들도 별 수 없이 비키지 못하고 만나야 했다. 나의 일생 동안에 만나야 했던

기억할 만한 것들을 기록하는데 좋은 것과 나쁜 것을 모두 드러내야
할 것이다. 좋은 것은 따라서 싸~두로 칭찬해 주고 나쁜 것은
삼가할 수 있도록 하기 위해서이다.

그 사왓띠 왕궁에 내가 가야 했던 이유는 원래 좋은 이유 때문이었
다. 생명을 관장하는 주인보다도 부처님을 더욱 존경하는 아나가미
(아나함) 도과를 얻은 거사 한 사람이 보내 주었기 때문이다.

⚜

그날 부처님께서는 꼬살라 국왕의 동산에 머물고 계셨다. 왕이
소유하는 동산은 나라의 백성들이 누구나 할 것 없이 들어가기를
두려워하는 곳이었기 때문에 사람 소리가 들리지 않아서 아주
조용하였다. 그래서 부처님께서 가끔씩 가실 때 나도 따라가서
자리를 펴 드리고는 하였다.

그날은 나 대신 아나가미 청신사 한 사람이 따라갔다. 그가
겪었던 것을 전해 드리자면, 부처님께서는 그늘이 짙은 한 나무
아래 그가 펴 드린 자리에서 고요하게 앉아 계셨다.

스승과 제자가 담마의 행복을 누리고 있을 때 동산지기가 왔다.
부처님을 친견한 순간 먼 곳에서 예를 드리고는 황급히 자리를
떴다. 그가 돌아가고 한참을 지나서 꼬살라 국왕이 그곳에 나타났
다. 동산지기가 먼저 나타났던 것은 국왕이 보낸 것이리라.

부처님께서 이 동산에 어느 순간에 나타나실지 모르니까 잘
살펴보라고 일러 놓았을 것이다. 그곳에 부처님께서 와 계신다는
소식을 듣고 기뻐서 달려 왔을 것이다.

자기 소유의 동산에서 부처님을 뵙게 되었다고 기뻐서 찾아왔던 꼬살라 국왕이 부처님 가까이에 이르러서는 발걸음 소리를 죽이고 살금살금 가야 했다.

꽃

그런데 부처님 곁에 전에 보지 못했던 사람이 있었다. 그러나 부처님 앞에 앉아 있는 것으로 보아서 불량한 이가 아닐 것이라고 생각했을 것이다. 대왕은 금방 자세를 고쳐서 왕의 위엄을 되찾고 부처님 앞에 가서 공손하게 예배를 드렸다.

꼬살라 큰 나라 전체를 다스리는 이, 온 나라 사람들의 생명을 다스리는 국왕이 자기 곁에 이르렀지만 그는 돌아보지도 않았고 부처님께 향하였던 합장 올린 자세도 무너뜨리지 않았다. 전에 만나지 못했던 특별한 일을 겪은 꼬살라 국왕은 참기 어려웠을 것이다. 국왕의 불편해 하는 기색을 부처님께서도 아셨을 것이다. 그래서 그 화냄을 풀어 주기 위해서

"대왕이시여! 이 청신사는 보고들은 견문이 많습니다. 법문을 많이 듣고 입으로 외웠습니다. 욕망을 없애 버린 아나함 과를 얻은 사람입니다."

이렇게 말씀하시자 꼬살라 국왕이 만족해하는 표정으로 "필요할 때에 청하겠소."라고 했다. 그도 "좋습니다."라고 허락하였다. 그렇게 며칠이 지나가고 어느 날 그 청신사가 어떤 일로 꼬살라 국왕의 왕궁 근처를 지나갈 때 국왕이 그를 보게 되었다.

그의 모습을 잘 기억하고 있던 왕이 심부름꾼을 보내어 그를

불러서 왕궁 사람들에게 법문을 해주도록 맡겼다. 그러나 '필요할 때 청하리라.'고 한 초청을 받아들였던 그가 이 일은 허락하지 않았다.

"대왕이시여! 제가 익힌 것은 모두 부처님께서 가르쳐 주신 것입니다. 부처님께 청하는 것이 적당합니다."

그렇게 이유를 들어서 거절했기 때문에 꼬살라 국왕은 부처님께 머리를 조아리고 여쭈었고 결국 그 일의 책임을 나에게 넘겨주셨다. 그 책임을 받아들인 것은 부처님의 말씀을 존중했기 때문이다. 그러나 왕궁 사람들과 친밀해졌을 때 그들 스스로가 모두 같은 바람으로 청해서 나를 추천했다고 했다.

그들이 모두 한결같이 청을 드려서 꼬살라 국왕이 부처님께 이름을 들면서 청하여 여쭈었던 것이다. 이 교단의 그늘 안에 비구, 비구니, 신남, 신녀라는 기본 네 종류의 대중 모두에게 나는 자비심을 우선으로 하여 교제했다. 나에게서 자비가 가듯이 그 대중들도 나에게 자비를 보냈다. 그 가운데 특별하게 이익을 주었던 분들, 이 교단에 들어오기를 원했던 여자들, 그 비구니 대중들과도 매우 친밀하게 되었다.

그 이익을 준 원인을 찾아볼 때 가장 기본적인 것은 나의 평소 마음 씀씀이 때문에 생긴 것으로 이해되었다. 형님과 매우 가까이 옆에서 지내왔지만 형님처럼 명확하고 굳건한 마음이 나에게는 없었다. 그래서 가슴에 부딪치는 일들을 만나면 내 마음은 굳세지 못하고 흔들흔들 흔들려야 했다.

적당하지 못한 것이 지나쳐서 좁혀지고 늘어나는 사이에서 눈물을 뚝뚝 떨어뜨리고는 했다. 그리고 마하 까사빠 테라 등의 마하테라들처럼 나는 '여자'라고 하면 멀리멀리 삼가는 이가 아니었다. 사람의 역사가 계속되는 동안 억눌림을 받아왔던 이들이므로 더욱 연민심을 가지게 된 것이다.

이렇게 많은 여자들의 마음과 가깝고 그들에게 존중하는 마음으로 대하기 때문에 그들 역시 나에게 자비를 보낸 것이리라. 그 많은 이들이 이 교단의 생애로 들어오도록 해주고 나서부터 나를 더욱 주시하는 것 같았다.

여기에서 대중들이 한 가지 주의해야 할 것이 있다. 여자들에게 내가 크게 잘 보였다고 말하는 것은 지나간 맛을 되새김질하려는 것이 아니다. 또한 이 일을 많은 다른 이들이 부러워하도록 뽐내려고 하는 것도 아니다.

이 일생 동안에 생겼던 이야기들을 기록하는 일이 마쳐질 때 꼭 보여 주어야 할 어떤 일에, 이것이 많은 이익을 주는 근본 원인이 되기 때문에 보여 주는 것이다.

이러한 말을 전제하고 내가 여러분들을 위해서 재미있게 웃어야 할 이야기 하나를 말하리라. 우리들 사문과 관계되지 않은 일 하나를 책임져야 하는 것이어서 웃을 일이라고 하는 것이다. 이 이야기는 첩자의 비밀작전 이야기와 같다.

가슴속에 감추어 두어야 할 이야기 가운데 하나이다. 왕궁 전체가 숨도 못 쉬게 받아야 하는 큰 고통이 나의 순간적인 지혜로 편안해짐을 얻게 되었다.

그 이야기가 생긴 원인은 이러하다. 내가 왕궁에 드나들면서 왕궁 안의 여자들에게 법문을 해준 지 오래지 않아서 대왕이 아끼는 큰 루비 하나가 사라졌다. 그것이 여느 보통 종류의 보석이 아니라 대왕의 머리 상투에 꽂는 큰 루비였으므로 대신들은 더욱 난감해하였다.

왕의 명령으로 왕궁 안의 모든 사람들, 일하는 이들을 모조리 남김없이 조사했다. 한 사람도 지나치지 않고 모두 조사했지만 보석을 다시 찾을 수는 없었다. 자기가 아끼던 보석을 찾지 못한 왕이 물을 때마다 대신들은 왕궁 안에서 일하는 이들을 더욱 닥달하고 괴롭혔다.

내가 왕궁에 도착했을 때 어떤 이들은 병이 나 있었다. 그 물건이 다시 나타나지 않으면 그들 모두가 벌 받을 것을 걱정해서 왕궁 안에 사는 모든 사람들이 죽을지 살지 전전긍긍하고 있었다. 궁 안에 사는 이들은 거의가 왕이 좋아하는 이들로써 그 심한 형벌을 감당할 수 없는 연약하고 부드러운 이들이었다.

그러나 그 일의 종결이 나지 않는 한 그들 역시 안심할 수는 없었다. 쉴 수도 하소연할 곳도 없는 삼사라(윤회)의 바퀴 안에 들어가서 생명을 보존하기 어려울 것이다. 그래서 내가 갈 때마다 즐겁게 웃던 그들의 얼굴이 오늘은 그저 멍하니 혼이 나가 있었다.

내가 생각해 보건대 이 일을 이대로 조사하다가는 다치는 이와 형벌을 견디지 못하여 죽는 일만 남을 것이었다. 훔쳤던 이도 사실이 발각되면 당장 죽을 것이 뻔하기 때문에 그 혼자서 죽느니 차라리 많은 이들과 같이 죽겠다는 심정이었을 것이다.

그래서 순간의 기지를 써서 내가 대왕에게 한 가지 계교를 가르쳐 주었다. 내가 가르쳐 준 대로 의심이 가는 이들에게 진흙덩이들을 주게 했다. 그 진흙덩이를 자기 집에 가지고 가서 하룻밤을 두었다가 아침이 밝았을 때 정해진 장소에 버리게 했다. 3일이나 이 방법을 썼지만 일이 해결되지 않았다.

다시 그 일을 깊이 생각하던 나는 다시 한 가지 방법을 더 만들어야 했다. 이전에는 앞사람의 행동을 뒷사람이 보게 되어 있어서 흙덩이에 루비를 넣어서 던질 수 없었던 것이다. 오늘은 뒷사람이 다른 사람의 행동을 볼 수 없도록 했다. 큰 물항아리를 휘장을 가린 안에 두고 왕의 명령으로 그 항아리에 있는 곳에 들어가서 한 사람씩 손을 씻고 나오도록 했다. 마지막에 그 속을 찾아보니 그 큰 루비보석이 물항아리 안에 있었던 것이다.

그렇게 보석을 찾고 나서 오래지 않아 누가 꼬살라 대왕에게 가장 훌륭한 비단 천 필을 가져다 바쳤다. 그 비단은 매우 감촉이 부드럽고 색깔이 선명해서 찬란하게 빛났다. 그 아름다운 비단 가운데서 500필을 골라서 그의 왕궁에 있는 500명의 궁녀들에게 주었다.

대왕이 아끼는 그들의 아름다움을 왕궁 안에서 보기 위해서 선물한 것인 줄 알았지만 그들은 감히 자기들 몸에 입지 못했다. 상으로 받은 것을 모조리 나에게로 가져왔다. 자기들 소유의 물건으로 담마에 공양 예경했다.

나 역시도 가사가 낡은 스님들을 위해서 그 비단 500필을 모두 보시 받았다. 그 비단 500필을 가지고 절에 돌아올 때 다음 이야기 한 장면이 또 따라올 것을 미리 짐작해야 했다.

※

내가 짐작했던 대로 그날 공양을 마치고 난 시간에 꼬살라 대왕이 정사에 나타났다. 잃어버렸던 루비를 다시 찾았을 때 기운이 나서 싱글벙글하던 얼굴이 지금은 하늘이 곧 무너질 것 같은 기색이었다. 곧 전쟁터에 나갈 싸움 코끼리 같은 표정이었다. 그가 사랑하는 궁녀들이 아름답게 입고 그의 왕궁을 거니는 것을 보려고 한 것이 나 때문에 그만 허사가 되어버렸으므로 그 딱한 이는 참기 어려운 심정이 되었던 것이다.

심한 화를 참지 못하고 달려왔지만 우리 교단을 존중하였던 그는 전처럼 그대로 존경을 표할 수밖에 없었다. 인도 전체에서 가장 큰 나라를 다스리는 만큼 자만도 컸지만 역시 그는 왕이었다. 그래서 화가 많이 났지만 일단 나에게 예배부터 하였다. 그리고는 참았던 분을 하나씩 하나씩 토해 내기 시작했다.

"아난다 마하테라님!

제자의 왕궁 안의 사람들이 큰스님께 법을 듣고 배우고 나서 어떤 물건이라도 보시 올렸습니까?"

"보시했습니다. 대왕이시여! 가사 만들 비단 500필을 보시했습니다."

"그 500필의 비단 모두를 마하테라님께서 보시 받았습니까?"

"받았습니다. 대왕이시여!"

"하지만 부처님께서 두 겹 대가사, 윗가사, 아랫가사, 이렇게 가사 세 벌만 허락하신 것이 아니었습니까?"

"그렇습니다. 대왕이시여, 몸에 직접 입어야 할 것으로 부처님께서 이 가사 세 벌만 허락하셨습니다. 그러나 보시 받아야 하는 것에 제한은 없습니다. 그래서 가사가 낡은 스님들을 위해서 보시 받았던 것입니다."

"그 스님들의 낡은 가사들은 어떻게 합니까?"

"대왕이시여, 두 겹 대가사에서 쓸 만한 천은 골라내어서 윗가사를 깁습니다."

"그 윗가사가 낡으면요? 마하테라님."

"낡은 윗가사에서도 아직 쓸 만한 부분은 아랫가사를 기우는 데 사용합니다."

"그 아랫가사 낡은 것은요?"

"가사 만들기에 모자라는 천은 침대 깔개로 사용합니다."

"침대 깔개가 낡아지면요?"

"그러면 땅에 펴고 앉아서 수행할 때 사용합니다."

"그 깔개가 낡아지면요?"

"그러면 발 닦는 것으로 쓸 수 있습니다."

"발 닦는 것으로도 쓸 수 없을 만큼 낡아서 너덜거리면 어떻게 하십니까?"

"그러면 대왕이시여, 신심으로 보시한 물건들을 쓸모없이 버리게 할 수 없습니다. 발 닦개 낡은 것을 칼로 조각내어 썰어서 진흙에 섞어 풀어서 절의 담벼락이 무너진 곳에 바르면 유용하게 사용할 수 있습니다."

"오! 좋습니다. 마하테라님, 이 나라 사람들 전부가 이러한 방법대로 따르면 좋을 것입니다. 이 교단을 이끌어 가는 비구 스님들께 보시 올린 물건들이라면 발 닦개가 될 때까지 쓸모없이 허비하는 것은 없습니다."

화낸 얼굴이 사라져갔을 때 꼬살라 대왕의 신심이 다시 더 높이 올라갔다. 그래서 왕궁에 남아 있던 500필의 비단도 모두 마저 우리 교단에 올려졌다.

❦

앞에 말했던 것 중에서 좋은 것 반, 나쁜 것 반이 섞여 있는 것을 보았을 것이다. 좋은 것은 행하고 나쁜 것은 삼가기 위해서다. 지금 계속하여 보여드릴 것은 삼가해야 될 것이다.

왕궁에 있는 여자들의 스승으로서 나는 사왓띠 왕궁을 자유로이 출입하게 되었는데, 어느 날 꼬살라 대왕이 사용하는 큰 방에 들어가게 되었다. 대왕은 말리까 왕비와 같이 침대 위에서 자고 있었다.

일찍이 이 사실을 알았으면 난 즉시 돌아 나갔을 것이다. 그러나 그때 나는 생각 없이 불쑥 들어갔다. 왕과 왕비가 자유롭게 즐기고 있는 방에 난데없이 불쑥 들어가 버리게 된 것이다. 들어가 버렸으나 얼른 뒤돌아 나오기 또한 어려웠다. 왕궁 안에서 적당하지 못한 것을 만났으니 어렵지 않겠는가?

내가 들어간 것을 자고 있던 대왕은 보지 못했으나 그러나 왕비가 보고 말았다. 나에게 지극하게 존경심을 가진 그가 얼결에 일어났다. 그래서 미처 다 입기도 전에 옷이 그녀의 몸에서 흘러내리고 말았다.

큰 나라 왕비의 옷이었으므로 매우 부드러웠을 것은 내가 따로 말할 필요도 없으리라. 그리고 그들이 사용하는 방은 다른 어느 누구와도 전혀 관계되지 않는다. 해당되는 시녀들만이 정해놓은 시간에만 들어갈 수 있었다. 청소하고 여러 가지 준비하는 시간에만 가서 일을 하도록 되어 있었다.

그때는 점심 식사를 끝내고 왕과 왕비가 잠깐 오수를 즐기는 시간, 호사로운 이들이 부귀에 취해서 즐기는 시간, 그 시간에 내가 멋도 모르고 들어가 버렸던 것이다. 나를 존경하던 왕비가 어찌해야 했던가? ……

어느 한 가지 일이 생기면 덮어두고는 못 견디는 나는 먼저 부처님께 말씀드렸다. 같이 지내는 대중들에게도 모두 사실대로 말씀드렸다. 그러자 대중스님들이 여러 가지 말로 나에게 비난을 했다.

"왕과 왕비, 둘이서 자는 곳에 일찍이 먼저 알리지 않고 문지방을 넘어갈 만큼 생각 없이 들어갔느냐?"

이렇게 여러 가지로 허물을 탓했다.

✿

부처님께서는 왕궁에 출입하면 얻을 수 있게 되는 허물 열 가지를 설해 주셨다.

"①비구들이여! 왕과 왕비가 함께 있는 곳에 비구가 들어갔을 때 왕비가 비구를 보고 미소 짓거나 비구가 왕비를 보고 미소 지으면 왕의 마음속에 의심이 생긴다.

②일이 많은 왕들은 왕궁의 어느 곳에 들어갔다가는 그 사실을 잊어버리기 일쑤다. 그래서 생긴 임신을 그의 행동이라고 믿지 않고 왕궁에 출입할 수 있는 비구를 의심한다.

③왕궁의 보물이 없어지면 의심을 받는다.

④왕궁의 중요한 비밀이 드러나면 의심을 받는다.

⑤왕궁에 문제꺼리가 발생하면 의심을 받는다.

⑥어느 한 사람의 지위가 올라갈 때 질투하는 이들이 비구를 의심한다.

⑦어느 한 사람의 지위가 내려갈 때 불평하는 이들이 비구를 의심한다.

⑧때가 아닌 때에 전쟁하러 가면 불평하는 이들이 비구를 의심한다.

⑨제 시간에 군대가 행진하는 중에 왕궁에서 돌아가면 비구를 의심한다.

⑩ 왕의 궁전이란 코끼리 소리, 말의 소리, 수레소리로 매우 시끄럽다. 비구들에게 적당하지 못한 오욕 대상들이 많다."

이렇게 열 가지 허물을 보이셨다.

"대관식을 올린 왕과 왕비의 궁전에 먼저 알리지 않고 문을 들어서는 비구에게 적은 허물을 지운다."라고 계율을 정하셨다.

Pācittiya antepura sikkhapada

사까 종족들의 저녁노을

나의 친척들 모두는 왕족이다. 땅과 물을 다스리는 힘이 있는 이들이다. 이 지상에서 그들과 종족이 같은 우두머리 이외에 어느 누구에게도 머리를 숙여야 할 사람이 없다. 그들의 생명을 관장할 이는 어느 누구도 없었다. 자기들의 나라를 다스리는 힘을 온 종족 전부가 모여서 나누어 가지지 않았는가?

그렇다. 조상 대대로 끊임없이 이어져 내려왔기 때문에 종족에 대한 자부심이 높을 대로 높아서 자만심이 휘날리고 있었다고도 할 수 있다. 그러나 그러한 종족에 대한 자부심은 자기들이 다스리는 나라 안에서만 있어야 했다.

자기들의 나라를 넘어서 바깥으로 자존심의 깃발을 드날리다가는 위험을 초래할 수 있을 것이다. 사실 사까 종족의 작은 나라는 가시나무 틈바구니에 끼인 조롱박 같은 신세였다. 규모로 도저히 비교할 수 없을 만큼 크고 강대하고 막강한 군대의 능력을 갖추고 있는 꼬살라 강대국이 자기들 나라와 국경을 마주하고 있다.

나라의 주인 꼬살라 국왕은 전쟁에 대해서 탁월한 능력을 가지고 있었다. 꼬살라국의 수도인 사왓띠 성안에서 오랜 세월을 지내다 보니 두 나라의 다른 점이 분명하게 보였다.

이렇게 무기로써 다스리는 나라 가까이 있는 작은 나라로서 위험을 모르고 지낼 수 있었던 것은 부왕 숟도다나 대왕의 뛰어난 통치, 교제 능력 때문이었다.

그분은 지금 사까 종족의 작은 나라와 온 세상이 보이지 않는 곳으로 가셨다. 그 어른의 자리를 이은 마하나마 왕이 있었다. 그러나 나의 형님이 어른의 자리를 잇고 오래지 않아서 후환이 깨끗하지 못한 방편, 정책 한 가지를 행하고 말았다.

☙

그때 우리들은 여행을 다니다가 까삘라에 도착하기 전에 제따와나 정사에 잠깐 머물러야 했다. 이곳에 도착하면 금방 뒤돌아서 떠날 수가 없다. 정사를 보시한 장자와 그 밖의 신남 신녀들의 남다르게 특별한 신심들을 격려하려면 적어도 한두 달은 지내야 했다.

언제나 제따와나 정사에 머무는 상가 대중과 여행에서 돌아온 우리 대중들이 만났기 때문에 사왓띠 수도의 오전은 가사 자락으로 밝게 빛났다. 특별히 제따와나 정사를 보시한 아나타 장자의 집과 뿍바란마나 정사를 보시한 위사카의 집으로 공양 탁발 나가는 스님네가 대부분이었다.

이렇게 된 것에는 이유가 있었다. 이 장자와 위사카 청신녀는 상가 대중들에게 어느 때이건

① 언제나 항상 기쁘게 환영함

② 지극한 마음으로 존경드림

③ 조심스럽게 자리를 권함

④ 보시할 물건들을 있는 대로 모두 대문을 열어 놓음

⑤ 많이 있으면 많이 있는 대로 보시함

⑥ 좋은 것이 있으면 있는 대로 보시함

⑦ 보시하는 것에 존경심이 있음

⑧ 법을 들으려고 조심스럽게 가까이 함

⑨ 설하는 법을 주의 기울여서 들음

이렇게 상가 대중 스님들께 가까이 해야 할 조건 9가지가 구족했기 때문에 그들의 집에는 항상 많은 가사자락이 밝게 빛났다.

🪷

오래 전에 한참 동안은 빠세나디 꼬살라 국왕도 이 9가지 조건이 구족했었다. 정사를 보시한 창건주들을 부러워하는 마음으로 부처님께 공양 받을 스님들을 청했고, 그 청한 대로 정성스럽게 공양을 올렸다.

그러나 날이 오래 되자 나라의 일이 바빠서 공양 올리는 일에 왕이 직접 와서 준비시킬 수 없었고 왕을 대신해서 준비할 만한 이도 정해주지 않았다.

창건주의 집에서는 이런 일로 걱정할 이유가 없었다. 집안사람 모두와 집에서 일하는 이들이 상가의 크고 작은 일을 처리하기 때문에 금방금방 처리하였지만 왕들의 궁전에서는 그렇게 되지 못한다.

왕이 직접 책임을 맡겨 주기 전에 어떤 일을 하게 되면 법에 의한 처벌을 받게 될까 두려워했기 때문에 스님들이 그냥 빈 발우로 돌아가게 되었던 것이다.

그렇지만 나는 직접 책임을 내려 주신 황금의 얼굴을 가지신 그분의 체면을 지켜야 했기 때문에 어떤 형편이 되든지 날마다 끊이지 않고 가야 했다.

어느 날 공양제자 꼬살라 국왕이 왕궁 어전회의가 일찍 끝나자 공양 올리는 곳으로 왔다. 그러나 상가 5백 명을 위해서 만들어 놓은 음식들은 나의 발우 하나만큼의 분량만 덜어내고 나머지는 모두 그대로 있었다.

내가 생각했던 대로 공양을 끝내고 나서 오래지 않아 꼬살라 국왕이 정사에 도착했다. 그리고 나 외에 다른 상가 대중 스님들이 오지 않는 이유를 여쭈었다.

"부처님이시여!

제자가 날마다 상가 5백 분께 공양 올리겠다고 초대했습니다. 초대한 만큼 음식과 그 밖의 후식도 모두 구족하게 갖추어 놓았습니다. 그렇지만 아난다 테라 한 분만 오셨습니다. 다른 스님들은 저의 왕궁에서 공양 받으려는 생각이 없는 것으로 생각됩니다.

부처님!"

왕의 체면으로 점잖은 척 여쭈려고 노력했지만 그의 목소리는 왕의 교만심으로 불쾌감이 묻어 나왔다. 내가 본 대로 말한다면, 꼬살라 국왕은 마음속 교만심으로 기분 나쁜 것이 당연하지 않느냐 라는 표정이었다.

부처님께 직접 여쭈었던 것이기 때문에 부처님께서 보냈거나 보내지 않았거나 책임지고 와야 하는 것 아니냐는 심사로 당당하게 할 말을 한다는 표정이었다. 그러나 부처님께서는 비구 스님들에게 한 마디의 허물도 묻지 않으셨다. 공양제자의 교만심을 더욱 부추겨 줄까 염려하셨으리라.

"대왕이시여! 상가 비구 대중들이 그곳에 가지 않은 것은 대왕 당신에게 나쁜 마음이 있어서가 아닙니다. 그들과 대왕이 친밀하지 않아서일 것이요."

사실인 원인 한 가지를 듣기 좋게 말씀하시자 왕은 마음속의 교만심의 덩어리가 스르르 무너져 내려서 부처님과 우리 모두에게 만족해서 예배하고 물러갔다. 그리고 싱긋이 웃음 짓던 그 얼굴이 비구 대중들과 친해질 수 있는 방법 한 가지를 생각해 낸 것 같았다.

부처님께서 목적하신 대로 사왓띠에서 까삘라를 향해서 여행을 떠나셨다. 가시는 곳마다, 머무시는 곳마다 편안히 쉬시면서 알아야 할 담마의 감로법을 내려 주셨다.

그러던 어느 날 한 마을에서 꼬살라 국왕의 사절단 일행과 만나게 되었다. 그들은 대왕의 명령에 따라 까삘라 성으로 가는 중이었다.

나와는 가까운 사람들이라서 반가히 인사하면서 그들이 가는 목적을 알게 되었다.

그 방법이라는 것이 바로 부처님과 친척이 되려는 생각이었던 것이다. 정사에서 돌아갈 때 싱긋이 웃던 얼굴이 이것 때문이었었구나!

⚜

부처님을 믿고 존경하는 신심이 넘치는 것도 사실이다. 그러나 존경하는 마음으로 그치지 않고 부처님과 친척이 되고 싶은 데까지 생각한 것은 내가 도저히 긍정할 수 없었다.

부처님과 가까워지는 데는 혈연관계가 되는 것이 중요한 것이 아니라 지혜로써 서로 가깝게 연결되는 것만이 필요한 것이라고 자주자주 말했었다. 그러나 그쪽에서는 자기 계획으로 만족해 하면서 일을 진행하였다.

사까 종족 공주 한 분을 청해서 왕비로 올려놓으면 비구 스님들과 수행자들이 왕궁에 친밀한 마음으로 드나들 것이다. '이 대왕이 서먹서먹하게 낯선 사람이 아니라 부처님과 인척 관계가 된다. 정말로 가까운 사이로구나!'라고 그가 생각한 것이 틀렸다고만 할 수는 없다. 그러나 그런 생각이 현실로 드러나는 것은 나는 생각조차 할 수 없었다. 우리 종족들의 생각을 너무나 잘 알기 때문이다. 사까 종족들이 처음 나라를 세울 때부터 다른 종족들과 피를 섞지 않으려고 서로 남매지간에 결혼하여 왔던 마음이 지금까지 그대로 변함없이 굳게 지켜져 내려왔던 것이다.

무역이나 그 밖의 인간 관계에서는 다른 나라 사람들과 친할 수 있지만 결혼 문제만큼은 자기 종족 바깥으로 절대로 나가지 않았다. 그 다른 종족이 왕족이거나 아니거나 자기들과 합당한 결혼 대상자라고 생각하지 않는 이들이었다.

그러나 그런 일이 지금 목전에 닥치게 된 것이다. 부왕의 자리를 이은 형님 마하나마 대왕이 정책에 능숙하다면 후환이 없는 길을 선택하여서 잘 풀어 나갈 수 있을 것이다.

사까 종족의 어린 공주 한 사람을 주지 않고도 전쟁의 위험을 피해 갈 수 있는 길을 찾을 수도 있을 것이다. 그래도 안 되면 마지막으로 부처님께 발 빠른 사자를 보내서 가르침을 받을 수도 있을 것이다. 교단 안의 일이 아니더라도 친족들과 관계된 일에 부처님께서 그냥 지나치시지는 않을 것이다. 될 수 있는 일이라면 직접이라도 해주실 것이 아니겠는가?

로히니 강물을 원인으로 해서 두 나라 사이에 생길 뻔했던 전쟁을 벗어나게 해 주신 그 일을 형님 마하나마께서 기억했으면 좋으련만, 친족들에게 중요한 일이 생기면 앞에 서 주셨던 부처님께 부탁드리러 오는 어느 한 사람이라도 왔으면 다행일 것을 ……

꽃

한 마을에 들르고 한 마을을 떠나는 여행을 계속하는 동안 나는 어느 누구 한 사람이라도 오기를 기다렸다. 사까 종족의 나라에 들어서면서 내가 바라던 기다림은 허사가 되어버렸다.

그들의 왕이 되어서 일을 처리하던 형님 마하나마 대왕은 와사바카띠야(Vasabha khattiyā)라고 하는 하인의 몸에서 태어난 종을 자기 딸로 만들어서 사왓띠에서 온 사절단들에게 딸려 보냈다는 것이다. 라자가하의 성안에 있는 사까 종족의 아들 한 사람이 고쳐 놓을 수 없는 후회할 일의 씨앗을 뿌리는 동안에, 까삘라 성안에서 나의 친척들은 힘이 강대한 적을 손짓하여서 불러들이는 일을 시작하였던 것이다.

사까 종족들의 저녁노을이 내가 생각했던 것보다 훨씬 더 빨리 오게 될 줄이야……!

Dhammapada aṭṭhakathā viṭaṭupa vatthū

사까 종족의 아들들

앞에서 보여 주었던 대로 사까(Sakkya)는 우리들 종족의 이름이다. 우리 종족의 특별한 공덕을 드러내는 유산이 된다. 땅과 물을 다스리며 왕족으로서의 자존심을 휘날리던 깃발이었던 것이다. 이 깃발은 이전의 조상님들에게서부터 시작하여 우리의 종족들만 휘날렸었다.

그러나 지금은 우리 종족들만이 아니었다. 사까라는 이 깃발을 모든 사람, 모든 종족들이 사용할 수 있는 기회를 얻었다. 이 교단의 생애로 들어오는 사람마다 사까 뿍띠야(사까 종족의 아들들)라는 칭호를 받을 수 있는 기회를 얻게 된 것이다.

이 '사까 종족의 아들들'이라는 명칭을 받는 것은 혈연관계로 된 것을 말하는 것은 아니다. 조상 대대로 어렵게 지켜져 내려온 것은 아니지만 사까 종족과 같은 종족이 된다고 공덕을 드러내려고 사실이 아닌 것을 갖다 붙이는 것도 아니다.

사까 종족에서 태어나신 거룩하신 스승님의 한량없는 큰 공덕을 머리에 장엄하였다는 뜻이다. 이 교단의 지혜, 이 교단의 견해로 자기들도 각자 부처님과 같은 종족이 됨을 드러내서 칭송하기 위해서이다.

그래서 나와 같이 지내는 대중 스님들의 이름 뒤에 사까라는 호칭을 붙이는 것이다. 이 종족에 포함되는 이들의 마음가짐이 어떠하다고 생색내려고 하는 것이 아니다. 그들에게 은혜를 주신 분의 종족 이름이 사까라고 알리는 것으로 족하다. 사까 종족의 이름을 듣고 그들의 머리 위에 존경하여 모시는 것이다.

이렇게 같이 지내는 대중들의 칭송과 부러움을 받는 사까 종족인 나는 여러 가지로 앉고 서기가 심히 어려운 처지가 되고는 했다. 친척 가운데 도저히 감당할 수 없는 비구들이 생겨나서 내 얼굴이 가끔씩 붉어져야 했다.

๛

다른 여러 스님들은 이 교단 안으로 들어오고 난 다음에 사까족의 아들이 된다. 그러나 하타까는 그런 것이 아니었다. 어머니 사까와 아버지 사까 사이에서 태어났기 때문에 태어난 그날부터 그 이름을 머리에 이고 나왔다.

이렇게 '사까의 아들'이라는 이름이 두 번이나 겹친 것처럼 몸과 입과 마음을 잘 다스렸으면 우리에게 자랑스러운 일이 되었을 것이다. 그러나 하타까는 종족의 공덕을 제대로 지켜 나가지 못했다. 그가 가는 곳마다, 이르는 곳마다, 가지가지 말꺼리가 풍성하게 따라다니는 이가 되었다. 그러한 행동 때문에 사까 종족의 아들이라는 공덕의 이름이 경멸하는 이들의 입 끝에 오르내렸다.

우리들이 가장 많이 머무는 곳 사왓띠 성안의 오전은 가사 색깔로 밝게 빛났다. 그러나 그 큰 도시 안에 우리들만 있는 것은 아니었다. 다른 많은 종파의 스승들도 각각 그들의 제자들과 끼리끼리 모여서 지냈다. 그 종파의 스승들을 '때이티(Titthi)'라고 우리들이 불렀다.

이 단어는 발음으로 같은 소리가 나오는 대이티(Ditthi ; 사견)와 혼동하여서 마음 불편해 하지 말기를 먼저 부탁하고자 한다. 이 말은 그들을 낮추어 부르려고 달아 준 것이 아니다. 때이티라는 것은 각자 받아 가지는 법의 성품이어서, 그 법의 성품을 가져서 설하는 이들에게 붙여서 부르는 것뿐이다.

부처님께서는 그들 때이티들과 절대로 관계를 가지지 말라고 막으시지는 않으셨다. 부처님께서도 가끔은 직접 그 스승들이 지내는 곳으로 가셔서 법에 대해서 토론하시기도 하셨다. 그래서 때이티들에게 드나들면서 그들과 관계를 가지는 하타까를 허물하려는 생각은 없다.

달팽이는 그가 지나간 곳마다 자국을 남겨 놓듯이 하타까는 지나는 곳마다 많은 이야기들을 남겼다. 얼굴이 붉어지고 입을 막아야 할 일들이 나무로 지은 오두막만큼이나 쌓였다.

"사까 종족의 아들 하타까가 우리들과 법에 대해서 토론을 하는 중에 이리저리 반대되는 말들을 한다. 먼저 한 말의 허물이 보이면 뒤에 가서 다시 바꾸기를 거듭한다. 좋다고 생각해서 받아들여서 긍정하였다가 뒤에 가서 다시 부정한다. 한 마디로 다음 한 마디의 허물을 덮으려고 한다. 자기 스스로 알면서도 부끄러움 없이 거짓말 하는 허물을 범하고는 한다. 사까 종족의 아들이 무엇 때문에 이처럼 하지 말아야 할 것을 하는가?"

때이티들의 경멸하는 소리, 업신여기는 소리들이다.

※

부처님께서는 설하신 법을 뗏목에다가 비유하셨다.

"비구들이여! 여행을 가려는 한 남자가 넓은 강가에 서서 생각할 때, 그가 서 있는 쪽은 너무나 많은 위험들이 있었다. 그러나 저쪽 언덕은 어떠한 위험도 없이 편안함과 행복이 가득한 곳이었다. 그러나 그 강을 건널 수 있는 배도 다리도 어떤 것도 보이지 않았다. 그 남자는 나무 등걸이나 대나무, 풀 등 구할 수 있는 것은 모두 모아 엮어서 뗏목을 만들었다. 그 뗏목을 의지해서 손과 발로 헤엄을 쳐서 가까스로 저쪽 언덕에 도착했다.

그 남자가 자기가 타고 왔던 그 뗏목을 자세히 바라보면서 '이 뗏목이 나에게 은혜가 너무나 많구나! 이 뗏목을 의지해서 내가 저 넓고 험한 이 강을 건너와서 지금의 위험이 없는 행복함을 얻을 수 있었다. 나는 이 뗏목을 머리에 이거나 어깨 위에 지고 소중하게 잘 모시고 가는 것이 좋으리라. ……'라고 생각했다."

"비구들이여! 그 남자가 그렇게 생각하는 대로 한다면 그 뗏목에게 해야 할 만한 적당한 일을 하는 것이 되겠는가?"

"그렇다고 할 수 없습니다. 부처님."

"비구들이여! 저쪽 언덕에 도착한 그 남자가 강에서 건져 올려놓거나 또는 물에 띄워 놓고 가려던 길을 향해서 떠난다면 그 남자가 그 뗏목에게 해야 할 만한 일을 한 것이 되겠는가?"

"그렇습니다. 부처님."

"비구들이여! 그러하다. 나 여래가 설한 담마는 그 뗏목과 같다. 깜마 욕망, 삿된 견해, 다시 태어나려는 갈망과 집착, 무지, 이네 가지 윤회에 돌아다니게 하는 것들을 건너가야 한다. 거두어 안고 집착해야 할 것이 아니다."

뗏목을 비유로 들어서 부처님께서 설하신 담마를 사실대로 바르게 알면 사마타, 위빠싸나 법에조차 집착을 버려야 된다. 하물며 그 밖에 사마타나 위빠싸나가 아닌 법이랴!

🪷

이 가르침대로 담마라는 것은
윤회의 저쪽 언덕에
건너가기 위한 것일 뿐이다.

길고 짧은 것,
이것저것 가리는 것이 필요 없다.
자기 몸과 마음이
사실대로 바르게 보여주는 법을
법대로 아는 것이 기본이 된다.

자기의 지혜가 깨달을 수 있는 담마를
의지해서 건너간 다음에는
이 담마에 집착할 필요가 없다.
이미 얻은 출세간의 호사를
맛있게 즐기는 일만 남은 것이다.

하타까는 저쪽 언덕에 건너가려고 다른 이들처럼 뗏목을 만들기는 했다. 그러나 그는 저쪽 언덕에 건너가지 못했다. 그렇게 건너가지 못한 것은 뗏목의 허물이 아니다. 자기가 타고 가야 할 뗏목을, 강을 건너가기도 전에 머리 위에 얹어 놓고 있었기 때문에 문제였다.

그 큰 뗏목을 머리 위에 이고 하타까는 모든 정사마다 찾아다녔다. 보고 만나는 비구마다 그 뗏목끼리 경쟁을 했다. 많은 비구들마다 각기 뗏목을 엮어 놓았지만 오직 강을 건너가기 위해서만 사용하려 했기 때문에 그와 경쟁할 이유는 없었다.

그러자 하타까는 제따와나 정사에서 그 때이티(외도)들이 사는 곳으로 건너갔다. 만약 하타까가 부처님의 가르침에 능숙하게 영리한 이였다면 그렇게도 형편없는 몰골로 전락하지는 않았을 것이다. 자기의 담마를 분명하고도 명확하게 보여서 저쪽에서 물어 오는 문제들을 매끄럽게 풀어 줄 수 있었을 것이다.

그러나 하타까는 실도 없이 베를 짜려는 이였다. 비단을 짜려고 억지를 써보아도 가르침에 대해서 어느 한 가지도 제대로 아는 것이 없었지만 공손하게 허리를 굽히지도 않았다.

허리를 굽히지는 않았지만 앞으로 나갈 수도 없었다. 그 나갈 수 없는 길을 억지를 부려서, 엉뚱한 것으로 입을 열고 떠드는 것마다 빈축을 사는 일만 저지르게 되는 것이다. 그러자 '사까의 아들들'이라고 싸잡아서 경멸하는 소리가 터져 나온 것이다.

이렇게 계속 이어서 터져 나오지 않도록 "알면서도 거짓말하면 작은 허물을 지운다."라는 금계 하나가 생겨났다.

꽃

이렇게 사까의 아들 하타까는 어떠한 선정이나 어떠한 신통의 능력 하나 없으면서도 이름을 드날리게 되었다. '사까의 아들'이라는 명예가 두 번이나 겹친 이 가운데 그와 같이 이름이 유명해진 이가 우빠난다 테라이다.

사실 우빠난다는 이름을 드날리는 굉장한 법사였다. 몸은 별로 특별할 것이 없었지만 그의 목소리는 매우 아름다웠다. 그의 법문을 듣는 이마다 다시 더 듣고 싶어할 만큼 감미로웠다. 사실 엄숙하고 의젓한 태도로 설하는 법문은 부러워할 만했다.

이 우빠난다는 많은 '사까의 아들들' 가운데 이 부러운 능력으로 유명해졌는데, 이 능력과 연결되어서 코를 빠뜨릴 일이 생겨났다.

어느 날 사왓띠 성안에서 우빠난다 테라의 법문을 듣고 신심이 우러나온 한 남자가

"마하테라님! 필요한 것이 있으면 말씀해 주십시오. 공양, 가사, 절, 약, 이 네 가지 물건들을 보시하고 싶습니다."라고 여쭈었다. 다른 법사 스님들께서는 조용히 계시는 것으로 받아들이셨다가

실제로 필요할 때에 그런 초청을 한 이의 재산의 힘과 신심의 힘을 잘 헤아려 보고 필요한 만큼 청하신다. 그러나 우빠난다는 그렇지 않았다.

"신자님, 보시하려는 생각이 사실이라면 입고 있는 옷 두 가지 중에서 한 가지를 보시하시오."

여쭌 이의 말이 끝나자마자 그 순간에 보시받기를 원한 것이다. 우빠난다에게 수행하는 것을 배우고 교학을 배우려는 이들이 날이면 날마다 왔었다. 그런데 이러한 종류의 일이 시간에 관계없이 일어나고는 했다.

보시 받는 것에 이것저것 비교하고 생각하거나 가리지 않았다. 어느 한 가지를 원하는 것만이 이유가 되는 것이다. 원하는 그때가 보시 받을 수 있는 시간인 것이다.

"마하테라님, 저는 제 위치의 체면과 위엄을 가지고 있는 사람입니다. 옷 한 가지만 입고 길을 간다면 저에게는 무척이나 망신스러운 일입니다. 그러니 조금만 기다려 주십시오. 집에 돌아가면 지금 입고 있는 것 중의 한 가지이거나 이것보다 더 좋은 것으로 보내드리겠습니다."

적당하고 적당하지 못한 것도 구별하지 않고 보시 받으려고 한 것에 대해 신심을 무너뜨리지 않은 그 장자가 원인과 결과, 전후 사정을 차근차근 말씀드렸다. 그러나 우빠난다가 거절하였다. 마치 사슴이 얼마나 크든지 상관 않고 참새 한 마리를 놓치지 않으려 하는 어리석은 사냥꾼과 같았다. 스승과 제자 두 사람이 세 차례나 서로 힘겨루기를 했다.

스승은 금방 그 자리에서 보시 받기를 원했으나 제자 신도는 잠깐만 기다려 주십사고 여쭈었다. 기다리기는 커녕 하지 말아야 할 소리까지 했다.

"장자여! 보시하겠다고 말한 다음 보시하지 않고 그냥 있는가? 실제로 보시하고 싶지 않으면서 거짓으로 말하는 것이 무슨 이익이 있겠는가?"

이렇게 스승이 옴짝 못하도록 조여오자 그 장자는 손을 들고 말았다. 딱하게도 점잖은 체면의 그 장자가 웃옷 없이 집으로 돌아가야 했다. 그러한 지경까지 이르렀지만 장자의 신심은 무너지지 않았다.

우빠난다의 마음 씀씀이가 낮은 줄은 알았지만 법을 존중하였으므로 그대로 신심을 유지한 것이다. 그래서 길에서 만나는 사람들이 옷을 벗고 오는 이유를 물어올 때마다 간단한 사정만을 이야기하고 좋거나 나쁘다고 구분하거나 비난하지는 않았다.

그러나 그 주변에 있는 이들은 그처럼 조용히 그냥 있지 않았다. '사까의 아들들'이라는 단어를 써서 우빠난다의 행동을 비난하는 소리가 귀를 시끄럽게 했다. 그들은 사람과 법을 나누어서 보는 것과 같았다.

그러자 부처님께서 "친척이 아닌 신남 신녀에게 가사를 청하는 비구에게 '니싸기 빠쌔이띠야(Nissaggi pacittiya)'의 허물을 지운다." 라고 계율로 정하셨다. 정성스럽게 청하여 오는 신심을 그릇되게 사용하지 않도록 막아 주신 것이다.

이 허물은 보통의 작은 허물처럼 참회하고 뉘우치는 것만으로 사라지는 것이 아니다. 보시 받아 놓은 물건을 계율 가르침대로 먼저 버린 다음(대중 소유로 내놓음) 법대로 참회하여야만 그 허물에서 벗어나 편안해질 수 있는 기회를 얻게 된다.

⚘

우빠난다 테라를 원인으로 생겨난 이 금계를 다시 한 번 더 정하셔야 했다. 처음에 정한 것에서 다시 정하실 때 형편에 따라서 어떤 것은 더 단단하게, 어떤 것은 약간 느슨하게 하셨다. 이것이 위나야의 공덕이다.

처음에 그것을 정하실 때 이익을 키우도록 하기 위해서였듯이, 목적한 이익과 반대가 되면 다시 고치게 되는 것이다. 지금도 가사를 도둑맞은 비구, 가사를 잊어버린 비구들을 위해서 필요한 것을 보태서 다시 정하신 것이다.

이것이 '사까의 아들' 우빠난다 테라의 마음을 보여준 것의 한 가지이다. 아닌 것, 적당하지 못한 것을 손으로 발로 억지로 거듭거듭 생각해서 하는 것이 그의 습성이라고 해야 하리라.

습성이라고 하더라도 좋은 것은 하나도 포함되지 않았다. 크고 작은 것 모두가 나쁜 것들뿐이었다. 그의 나쁜 습성을 위니를 간직한 분에게서 하나씩 하나씩 들어야 했다. 사람은 하나이지만 허물은 여러 가지로 많이 생겨났다. 잔치마다 끼어들기로 유명한 육군 비구들을 부러워해서인지도 모르겠다.

기름이 스며들 곳을 찾는 것처럼 우빠난다 테라와 연결되어서 비구 한 사람을 내가 여러분에게 소개해야겠다. 그러나 그가 여러분들에게 새로운 얼굴은 아니다.

❧

부처님께서 왕자였던 시절 산다(Chandha)라는 이름으로 여러분들이 이미 들어보셨으리라. 산다는 우리들과 같은 종족의 사람이 아니며, 권력을 소유한 계층도 아니다. 우리들의 일을 해주는 이들의 종족에서 태어났다. 그러나 싯달타 태자와는 우리들보다 더 가까이서 지냈었다. 그분이 가시는 곳마다 뒤따르면서 모든 시중을 해야 했기 때문이었다.

아노마 강가에서도 그만이 태자와 마지막을 고별했었다. 그분의 명령을 머리에 이고 눈물을 흘리면서 떠나와야 했다. 만나는 것이 헤어짐의 시작이듯이 아노마 강가에서 헤어지는 것 역시 다시 만나기 위한 시작이었다.

도저히 비켜갈 수 없어서 헤어진 그 두 사람이 지금은 이 교단 안에서 다시 함께 만났다. 그 한 분은 우리들의 은혜의 주인이신 분, 그 나머지 한 사람은 우리들과 함께 지내는 산다 비구, 태자 시절에 믿을 수 있는 시중이었던 산다가 지금은 마음 놓고 믿을 수 있는 처지가 아니었다.

부처님의 안거 20년 동안에 부처님을 따라다니면서 시봉하는 비구들 사이에도 그는 끼지 않았었다. 그가 가까이 참여하고 싶지 않아서가 아니라 부처님께서 얼굴을 봐주지 않았기 때문이다. 어느 누구에게도 우선권이나 특권은 없었던 것이다.

세간에 살 때에는 필요한 존재였던 산다가 수행자의 생이 시작되고 나서부터 쓸모없는 존재가 되고 말았다. 스님들에게 적당하지 못한 행동을 일으켜서 자주 말썽을 일으키고 몸으로, 입으로 나쁜 것이란 모조리 범하고 다녔다. 치료할 수 없는 큰 허물을 범하지 않은 것만으로도 그나마 다행이라고 할 만했다.

지금 현재 어떻든지 태자시절에 그분에게 그의 공로가 있었던 것을 생각해서 같이 지내는 대중들이 마음을 길게 하여 참아서 고쳐주고는 했다. 그릇되게 보고 있는 쓰레기더미를 모두가 도와서 깨끗하도록 해주었다. 그러나 산다는 그 고쳐줌을 받아들이지 않았다. 쓰레기를 치워주려고 오는 스님들에게 도리어 욕설을 퍼부었다.

"스님들! 어째서 내가 여러분들이 말하는 대로 고개를 숙이고 받아들일 것이라고 생각하는가? 말하려고 한다면 도리어 내가 여러분들에게 말해야 하는 것 아닌가?

나의 주인이신 그분께서 법을 확철하게 깨달으셨다. 그래서 부처님은 나의 부처님이다. 법이라는 것도 나의 법이다. 가는 곳마다 보시하는 것도 당신들을 위해서 비교해야 할 비유를 들자면 이러하다. 큰 태풍이 불어올 때 산 속이나 숲 속의 나뭇잎이 떨어져서 수북히 쌓인 것처럼, 언덕 아래 웅덩이에 크고 작은 이끼가 모여 있는 것처럼, 그와 같이 모든 종족, 모든 계급에서 이 교단으로 모여왔다."

자기 스스로 왕족의 하인이었던 신분이면서도 다른 스님들을 누르려고 들었다. 세간에서처럼 주인의 위세를 업고 하인이 득세를 한다고 생각하는지도 모르겠다. 그의 말 속에 포함된 것처럼 그의 주인이 스스로 직접 담마를 깨달으신 것은 사실이다.

이렇게 그의 주인이 법을 깨달아서 붓다가 된 것이 그 한 사람만을 위해서인가? 보통으로 생각하는 지혜가 있는 이라면 그가 보여주는 이유가 적당하지 못한 것을 알 수 있다.

그의 주인을 위해서 아무것도 하는 것이 없으면서 그가 하는 일이란 맥박이 높아지는 것뿐임을 알 수 있을 것이다. 눈에 백태가 낀 이는 의사가 치료해서 고쳐 줄 수 있다. 훌륭한 의사만이 백태를 걸어 내고 모양을 선명하게 보도록 해줄 수 있다.

그러나 보지 않으려고 일부러 눈을 감은 이에게는 의사도 어떻게 할 수가 없다. 우리들의 산다 역시 일부러 눈을 감고 있는 이였다. 눈을 감고서도 가고 싶은 곳으로 가려고 하니 가는 곳마다 부딪히는 것이 특별한 일은 아니다.

그러나 그는 이 교단 안에서 혼자서 지내는 이가 아니었다. 함께 피와 살을 나눈 우리 대중으로서 있었다. 서로서로 가르쳐 주고 허물이 있으면 서로 치료해 줌으로써 상가 대중이 발전하고 커질 수 있었다.

※

지금 산다가 하는 행동은 상가 대중을 번영하고 향상하도록 하는 행동이 아니었다. 하루하루 줄어들고 무너지게 하는 것뿐이었다. 이러한 상황을 알기 때문에 말하기 어려운 산다를 부처님 앞으로

보냈다. 부처님께서

"세 번, 세 차례 타일러 주어도 계속하여서 거칠게 행동하면 상가디시사(Saṃghādisisa) 허물을 지운다."라고 계율을 정해서 발표하셨다.

이 허물을 치료하려면 매우 오래 걸리고 책임 역시 크다. 처음·중간·끝, 세 군데 모두에 상가가 도와주어야만 그 허물에서 벗어날 수 있다. 5달 이상 상가 대중의 가장 아래 위치에서 참회하여야 하는 것이다. 그래서 상가디시사라고 이름 붙였다. 이것은 빠라지까 다음으로 큰 범계이다.

이러한 명령을 내렸으므로 산다는 그전처럼 함부로 지껄일 수는 없었다. 그러나 그 역시 우빠난다 테라와 별반 다를 것이 없었다. 이쪽을 막으면 저쪽으로 뚫고 나가는 이였다. 그가 뚫고 나가는 것마다 부처님께서 따라서 막으시는 것이 꾸시나가라의 빠리닙바나에 드시는 침상에까지 이르렀다. 그것은 그 자리에서 이어서 다시 보여 주리라.

다른 비구들이 '사까의 아들들'이라는 호칭을 공덕으로 생각하는 동안에도 그 세 사람은 '사까의 아들'이라는 호칭이 두 번이나 겹쳐서 가장 가까운 처지이면서도 사까의 공덕을 지켜 나가지 못했다. 그러나 그들이 이 교단의 생애에서 완전히 손을 놓쳐버리는 데까지는 이르지 않았다.

그들의 행동을 그들 스스로가 그릇된 줄 알아차리는 순간에 그들 스스로가 고쳐 나갈 것이다. 자기 행동을 자기 스스로 그릇된 줄 알면서도 고칠 기회를 얻지 못하는 이들에게 비교한다면 그래도 그나마 다행이라고 할 수 있을 것이다.

Pārājika kaṇṭa saṃghā disisa

큰 정사의 시체 태우는 막대기

이 교단의 막중한 책임을 지는 비구의 생애에 이르러서도 마음이 고요하게 머물지 못하는 비구들을 부처님께서 시체를 태울 때 사용하는 부지깽이로 비유하셨다.

"비구들이여!

살아가는 것 가운데 사발을 손에 들고 얻어먹는 것이 가장 낮은 일이다. 그래서 마을 사람들이 '그러니 너는 바가지를 들고 남의 문전에서 얻어먹는 일이나 하라.'고 저주를 한다. 그 정도로 저속하고 낮게 살아가는 것을 선한 남자들이 이익이 되는 결과를 바라서 가장 높은 위치에 둔다."

"그들이 발우를 손에 들고 빌어서 살아가는 것은 왕의 위협 때문도 아니요, 강도의 괴롭힘을 받아서도 아니다. 남의 빚을 갚을 수가 없어서도 아니고 전염병 등의 위험 때문에도 아니다. 또한 살아가기 어려워서도 아니다.

사실은 삼사라(윤회)의 모든 위험에서 벗어나는 길을 찾기 위해서이다. '이렇게 수행하는 것이 입태하는 것, 늙고 병드는 것, 죽음, 뜨거운 번뇌, 통곡, 몸과 마음의 고통이라는 모든 위험에서 벗어나는 길을 찾는 것이다'라고 원해서 이 교단 안의 생애로 들어온 것이다."

"처음에 들어올 때 이러한 마음으로 들어왔던 선한 남자들이 교단 안에 도착한 다음에도 세간에 있을 때의 마음과 다르지 않거나 탐심과 화냄을 키운다면, '바르게 알아차리는 지혜(Sati sampajana)'와 함께하지 않고 지낸다면, 마음이 고요하지 않고 태도가 잘 다스려져 있지 않다면, 그 남자는 세간 사람의 부귀도 놓쳐 버린 것이요, 비구의 호사도 완전하게 마음껏 가질 수 없다.

비유를 들자면 죽은 시체를 태우는 곳에 사용하는 대나무 장대는 아랫쪽과 윗쪽은 불에 타고 가운데 부분은 시체물이 묻어 있다. 이 막대기는 마을에서 장작으로 사용할 수도 없고 숲 속에서 초막을 짓는 곳에도 쓸모가 없다.

그와 같이 수행자가 되었으면서도 마음이 고요하게 머물지 못하는 이는 세간 사람의 부귀와 출가 수행자의 호사 두 가지 모두를 잃어버린 것이 된다."

※

앞에서 사까 종족으로, 사까 아들들과 팔짱을 끼고 친히 지내면서도 양쪽편의 이익을 모두 잃어버린 이들을 보여 주었었다. 그 원인이 충분해졌을 때 그들의 행동들을 보여주리라. 예를 들어서 보여준 이들의 그릇된 행을 삼가한다면 나쁜 쪽을 삼가할 수 있을 것이다.

이 교단 안에서 가장 나쁜 무리들을 들자면 육군비구(Sabbaggī)들의 이야기를 듣지 않을 수 없다. 6명의 무리 가운데 맫띠야와 부마사까들을 앞에서 보여 주었었다. 말라의 종족 답바 마하테라께 엉터리로 모함하였던 것이었다. 그들 가운데 마지막으로 보여 줄 이들은 빤두까와 로히따까 한 쌍이다.

그들 둘이 유명한 것은 마른 잎에다가 불씨를 뿌리는 이들이었기 때문이다. 그들은 만나는 스님들마다 싸움을 벌이기 일쑤였다. 상가 대중 스님들이 고요하고 편안하게 지내는 것을 방해하는 이들이었다. 그뿐만 아니라 그들처럼 항상 부글거리고 끓어대는 이들에게 더 부추기는 일도 곧잘 했다.

"스님들, 그 스님에게 스님들이 꿀리는 것이 뭐가 있소? 양보할 필요가 없지 않소. 힘이 있는 대로 모든 스님들께 따져서 도움을 받으시오. 그 스님들보다 스님들의 지혜나 힘이 모자라는 것이 없소. 보고들은 견문 역시 많습니다. 두려워할 필요가 없소. 내가 스님들 편에 서겠습니다."

이처럼 힘을 주고 격려하고 충동하고 자극하여 부추기기를 잘해서 새로운 허물을 끊임없이 생기게 하였다. 대개 조용한 작은 일거리도 걷잡을 수 없을 만큼 크게 불어나도록 만들어 버린다.

그러자 부처님께서 그 두 비구들을 불러서 여러 가지로 나무라고 꾸중함(Tajjaniya kamma)으로 벌을 주도록 명령을 내리셨다.

빤뚜까 한 쌍은 우리들과 함께 제따와나 정사에 같이 있었으므로 그들의 행동은 오래지 않아서 조용하게 할 수 있었다. 그러나 아싸지 와 뿌나바수까들의 행동은 좀처럼 조용하게 할 수 없었다.

그들이 머무는 끼다기리의 큰 마을은 제따와나 정사에서 멀리 떨어져 있었다. 너무 외진 곳이어서 마하 사리불 테라 등의 마하테라 들도 가시는 기회가 좀처럼 없었다. 이러한 상황의 그 마을을 아싸지 들이 일부러 골라서 그 절의 책임을 맡은 것이다.

상가 대중들이 보이지 않는 곳에 가서 일평생을 마음대로 지내려 는 속셈이었지만 그들이 목적한 대로만은 되지 않았다. 까시국의 어느 한 마을에서 안거를 지낸 비구들을 통해서 그들의 소식이 제따와나 정사까지 이르게 된 것이다.

그 비구들이 사왓띠의 수도로 부처님을 뵈려고 오는 도중에 그 마을에 들어가서 걸식을 했던 것이다. 항상 알아차림을 집중하여 자세를 흩뜨리지 않고 눈길을 내려뜨고 걸식을 하고 있었다고 한다.

사왓띠 수도에서 이렇게 단정한 자세로 걸식을 한다면 음식을 얻기는 어렵지 않다. 보기만 해도 신심과 존경심이 우러나오는 모습을 보고 신도님들이 남보다 먼저 공양을 올릴 것이다. 그러나 아싸지들이 머무는 그곳은 그러한 위엄이 넘치는 자세로 걸식을 나간다면 굶주림만 청하는 것이 되었다.

"이 비구를 어떻게 봐야 할지 모르겠구나. 그의 걸음걸이는 걷는

지 마는지 마치 힘이 다 빠져서 곧 죽을 환자 같구나. 그리고 그의
얼굴은 찡그린 것도 같네. 이러한 비구에게 누가 공양을 올리겠는
가?

우리들의 스승님 아싸지 테라께서는 저와 같지 않다. 부드럽고
편안하게 지낸다. 부드럽고 화기애애하게 말씀하신다. 만나기라도
한다면 '어서 오세요, 들어오세요.'라고 웃음으로 반긴다. 저분처럼
딱딱하니 굳은 얼굴도 아니고 가려는 곳에 얼굴을 번듯하게 들고
가신다. 만나면 먼저 인사를 건네기도 하는 그러한 분들에게 공양을
올리는 것이 좋을 것이다.⋯⋯"

끼따기리 마을 사람들이 그들의 스님들과는 너무나도 정반대의
수행자들에게 공양을 올리는 대신 경멸하는 말들만 집집마다 던져
주었다.

그러나 그 마을 전체가 그들 같은 사람들만 있는 것은 아니었다.
비구 수행자들의 수행하는 것과 위의를 바르게 이해하는 이가
한 사람 있었다. 많은 이들을 거슬리지 못해서 그저 조용히 지내기는
했었지만 저렇게 비구 수행자로서의 바른 위의를 제대로 지니는
스님이 나타나기를 기다리고 있었다. 그러던 중에 그의 바람이
헛되지 않아서 한 숟갈의 공양도 얻지 못한, 바라던 그 스님을
집으로 모셔 와서 공양을 올릴 수 있었다. 그러자 말끝에 제따와나
정사에 가시는 길임을 알게 되어서 끼다기리 정사의 복잡한 사정
모두를 황금의 귓전에 여쭈어 주시기를 부탁드린 것이다.

아싸지들의 행적을 모조리 다 펴놓기는 어렵다. 마을 안의 여자

신도들과 어울리려고 생각해서 할 수 있는 만큼의 잔치를 모두 떠벌렸다. 은근히 떠들어 가면서도 네 가지의 가장 큰 허물(빠라지까)에서 비껴나기만 하면 적당하지 못한 것은 남김없이 모조리 범했다고 해도 지나친 말은 아니었다.

이렇게 불건실한 비구들을 다스릴 책임이 누구에게 내려질 것인가? 이 일을 위해서 특별히 따로 선택해야 할 필요는 없었다. 그 객스님이 여쭙는 말을 듣던 대중 스님들이 모두 마하 사리불 테라와 마하 목갈라나 테라를 바라보았던 것이다. 아싸지를 포함한 그 육군 비구 모두를 그분들이 주선해서 비구를 만들어 주지 않았던가? 그래서 부처님께서도

"사리불과 목갈라나여!

너희들이 끼다기리 마을로 가서 그 절에 있는 아싸지와 뿌나바수까에 포함되는 무리들을 모두 그곳에서 쫓아내어라."

자기가 만든 약을 스스로들 마시도록 말씀하신 것이다. 그러나 마하 사리불 테라께서 그 쓴 약을 먹기가 어려워서

"거룩하신 부처님이시여!

그들은 매우 거칠고 잔혹하며 매우 낮은 생각들을 가지고 있습니다. 그들을 쫓아내는 일(pabbājaniya kamma)을 제자가 어떻게 하는 것이 좋겠습니까?"

자기 자신이 낳아서 길러 놓은 망나니 자식을 다스리고 훈계해야하는, 하기 어려운 부모처럼 된 것이다.

"사리불이여! 그러면 비구들을 충분하게 모아서 데리고 가라.

그 빠바사니야 깜마를 진행할 때 이렇게 조직적으로 빈틈없이 행하여라. 아싸지와 뿌나바수까들을 불러서 먼저 자세하게 조사해서 그런 사실을 인정하도록 말해 주어라. 그 행동에 적당한 허물을 거절하지 못하도록 말해주어라.

그렇게 차례차례 행한 다음 상가 대중의 이름으로 그 절에서 쫓아내는 빠바사니야 깜마와싸(pabbājaniya kammavācā ; 절에서 쫓거나게 되는 이유와 결정된 내용을 읽는 것)를 행하도록 하라."

🪷

이렇게 자세하고도 체계적으로 가르쳐 주었기 때문에 그들은 끼다기리 정사에서 물러나야 했다. 그러나 상가 대중의 힘을 거스르지 못해서 받아들인 것이지 그 일을 만족하게 여겨서는 아니었다.

그래서 어떤 이들은 다른 종파의 스승 밑으로 옮겨가기도 했고 어떤 이들은 마을로 돌아가기도 했다. 그 무리들은 그들의 우두머리 두 사람에게 결정된 사실을 알고 있는 상가 대중이 들릴 만한 곳에서 갖은 소리들을 내고는 했다. 하지 말아야 할 것은 모두 찾아내서 실행하는 것 같았다.

좋아해서 하지 말아야 할 것을 행하는 것(Chanda gati), 미워해서 하지 말아야 할 것을 행하는 것(Doda gati), 두려워해서 하지 말아야 할 것을 행하는 것(Bhayā gati), 능숙하지 못해서 하지 말아야 할 것을 행하는 것(Moha gati), 이렇게 하지 말아야 할 것들을 행하도록 여러 가지를 떠들어대고 있었다.

그래서 부처님께서 모든 비구들을 불러 모아서, 사실이 아니고 그릇된 것으로 모함하지 못하도록 상가디시사 13번째 허물 마지막 계율을 자세하게 설하시어서 정하셨다.

이러한 것들은 육군비구들의 일만 육천 가지의 행동 가운데 그 작은 일부분에 해당된다. 이 큰 교단 안에는 계율을 깨끗이 구족하게 지니는 이들도 있지만 그 가운데 쓸모없는 시체 태우던 막대기 같은 이들도 어쩔 수 없이 끼어 있는 것을 보여 준 것이다. 그밖에 다른 이들의 좋은 마음과 신심을 키우게 할 수 없는 것들을 다 보여 줄 수는 없다. 세상이란 어차피 가지가지가 서로 섞여 있는 것이다.

☙

그분의 일생 가운데 가장 중요하며, 나쁘게 변한 일이 생겨나도록 자극한 일 한 가지를 보여야 할 차례이다.

말한 대로 사람들의 신심이 무너질 만큼의 행동들을 막기 위해서 금계를 정하셔야 했다. 어떤 계율들은 느슨해서 거듭 다시 조여야 했고 어떤 것은 너무 빡빡해서 비구들이 지내기가 힘들지 않도록 풀어야 했다.

이렇게 계율들로 방패 언덕을 만들어 주었기 때문에 좋은 비구 스님들은 몸과 마음이 편안하게 지낼 수 있었으나 나쁜 스님들은 지내기가 불편하게 되었다. 그러나 그들 무리들은 이 교단에서 쉽게 물러가지 않았다.

참회하여서도 치료할 수 없는 빠라지까 큰 허물을 범하고서도 절에서 내려가지 않고 그대로 머물러 지냈다. 상가 대중 가운데서만

이 아니라 부처님 앞에서조차 얼굴 부끄러운 줄 모르고 그대로
앉아 있었다.

❦

그날 밤 우리들은 뿍바란마나 정사에서 비구 포살(Sangha
upusatha)을 하려고 모두 모여 앉았다.

대중 가운데는 부처님께서도 앉아 계셨다. 절 건물 전체를 계단
(Sima)으로 정해 놓았기 때문에 계단으로 정하는 일(Khanta saṁ)은
다시 할 필요가 없었기 때문에 모든 상가 대중이 모여 있는 법당에서
포살을 하고는 했던 것이다. 그때 상가 대중의 일, 비구포살을
할 때는 부처님께서 직접 참석하셨다. 부처님께서 직접 가르쳐
주셨기 때문에 따로 어려울 것은 없었다.

그러나 그날 밤의 우뽀사타(비구 포살)는 어떠한 껄끄러운 것이
있었던 것 같다. 초저녁이 다 지나갈 때까지 우뽀사타를 시작도
하지 않았다. 부처님께서 조용히 그냥 계시니 상가 대중 스님들은
기침 소리 하나 내지 않고 그대로 앉아만 있었다.

그래서 내가 자리에서 일어나서 가사를 다시 고쳐 감고 부처님을
향하여 두 손을 높이 합장 올리고 나서

"높으신 부처님이시여!

오늘 밤이 매우 아름답습니다. 초저녁이 이미 지나갔습니다.

상가 대중들이 앉아 있은 지가 오래 되었습니다. 비구들에게
비구포살을 보여 주십시오."

이렇게 여쭈었지만 부처님께서는 여전히 조금도 움직이지 않으

셨다. 이렇게 한 밤중이 지나갈 때 다시 한 번 더 사루었다. 역시 그전처럼 미동도 없으셨다. 밤이 모두 지나가고 먼동이 터오를 때 세 번째로 다시 여쭈었다. 그러자

"아난다여! 대중이 깨끗하지 못하구나!"

라고 하셨다.

부처님께서 말씀하신 대로 "깨끗하지 못한 이가 누구인가." 하고 내가 둘러보았지만 아닌 척하고 지금까지 시치미를 뚝 떼고 그대로 앉아 있는 연극이 훌륭해서 내가 도저히 가려낼 수 없었다.

이러한 일은 나보다는 마하 목갈라나 테라께서 더욱 능력이 있으신 분이다. 부처님께서 말씀하신 다음 오래지 않아서 그에게 가까이 가서

"일어나라. 너를 부처님께서 보셨다. 비구 스님들과 함께 우뽀사타를 할 기회가 너에게는 없다."

모든 상가 대중이 들을 수 있을 만큼 드러내서 말씀하셨다. 그러나 그는 조금도 움직이지 않고 그대로 앉아 있었다.

첫 번째의 말을 이해하지 못하였는가 하고 두 번째 다시 말하였다. 그러나 그는 앉은 자리에서 일어나지 않았다. 세 번까지 말하였는데도 그는 얼굴도 뻔뻔하게 그대로 앉아 있었다.

그러자 원래의 성품이 딱딱하신 그분께서 그 가짜 비구의 팔을 잡아끌어다가 대문 바깥으로 던져버리고 대문 빗장을 잠궈 버렸다. 그리고 부처님께 공손하게 합장을 올리고 사루었다.

"대중이 깨끗해졌습니다. 부처님. 비구들에게 빠띠목카를 보여

주십시요."

"오! 놀랄 만한 일이로구나!

오! 놀랄 만한 일이구나!

목갈라나여! 있을 수 없는 고약한 일이로구나!

이 교단 안에 쓸모없는 그 남자가 팔을 잡혀서 끌려 나갈 때까지 기다리고 앉아 있다니! ……"

너무 고약하여서 부처님께서 탄식의 소리를 하실 만큼 특별한 이였었다. 붓다가 되시고 나서 20번째 안거가 채워지는 그 해, 그 달의 우뽀사타는 부처님께서 마지막으로 참석하신 우뽀사타였다. 그 이후부터 모든 상가 대중의 일에 부처님께서 참석하시지 않으셨다. 상가 한 사람이 모자랄 때 부처님께서 대신하는 것도 될 수 없었다.

부처님께서 계시므로 상가 대중의 일에 방해가 되는 일이 생겨나지는 않았다. 모든 상가 대중의 일은 상가들만이 처리하게 되었다.

빠탄마 보디(Pthama bodhi)라고 부르는 전반부의 20안거에서 뻿시마 보디(Pacchima bodhi)로 부르는 후반기로 건너갈 때 이렇게 기억할 만한 큰 변화의 사건이 생겼던 것이다. 그러나 그보다 두 배나 더 크게 우리들의 가슴을 뒤흔드는 사건이 생겨나고 있었다.

Udāna

Uposatha sutta

여행의 절반을 지나서

이곳저곳의 도시로 마을로 긴 여행을 떠난 것이 수없이 많았다. 부처님의 뒤를 따라서 갈 때도 있었고 가끔은 우리들끼리만 떠날 때도 있었다.

걸어서 걸어서 가는 여행 도중에 그늘이 짙은 산언덕에 이르게 되면 저절로 쉬게 된다. 전망이 아름다운 산언덕이거나 경치가 좋은 숲 속이면 잠깐 앉아 쉬면서 자기가 지나온 여행을 돌이켜 생각해본다. 지금 역시 전망이 아름다운 산언덕의 한 곳에 도착하였다.

우리들이 사는 이 시절은 정명이 일백 년이라고 지혜 있는 이들이 말하고는 한다. 대개 많은 쪽을 따라서 생각하는 이 수명의 단위를 자세히 살펴보면 우리들의 인생여정의 절반을 지나왔다고 할 수 있다. 나이가 50을 넘어선 것이다.

부처님의 안거는 출가하고서부터 세어서 26안거, 모든 번뇌를
다 소멸한 지혜(Āsavakkhaya ñāṇa)를 얻어서 붓다가 되고 난 다음부
터 세어서 20안거가 지났다. 이 20년 동안을 빠탄마 보디라고 우리들
은 부른다.

이 빠탄마 보디의 안거가 채워지는 이 산 언덕 위에서 지나왔던
여행길을 돌이켜 볼 때 먼저 떠오르게 되는 것이 시원하고 아름다운
경치였다.

세간에 살 때부터 여러 종류의 사람들과 교제를 가져왔던 나는
다른 이들처럼 종족에 대한 집착이 지나치지는 않다. 그러나 나의
인생여정에 많은 그늘을 만들어준 친족들에게 항상 고마움을 간직
하고 있다. 형님 싯달타 태자와 함께 깨끗하게 자라도록 키워준
어른들, 부모님들의 자비에 감사의 마음으로 싸두를 부른다.

시간이 지나 어른으로 성장하여서도 나는 항상 부모님과 여러
어른들의 보호를 받아왔다. 내가 무역을 하느라 뱃길로 육로로
여러 지역으로 다닐 때도 기가 죽어야 할 일은 없었다.

아미도다나(Amitodana)의 아들이라고 알기만 하면 만나는 사람
들마다 가까이 와서 친분관계를 유지하려고 하였다. 오다나
(Odana) 형제들의 좋은 명성은 우리 사까 종족들의 지역을 넘어서
서 널리 드날리고 있었던 것이다.

어른들의 그늘을 업고 그럭저럭 지나다가 나의 생애는 큰 고개를
넘게 되었다. 그렇게 된 것은 누구의 노력이나 충동이 아니라 지극하
게 사랑하던 형님과 가까이 지내고 싶어서였다. 그 높으신 형님의

가르침을 펴시는 일을 도와드리려고 한 것이다.

✿

내가 그 높으신 형님을 사랑하고 존경하는 것처럼 형님께서도 나에게 아낌을 보여주셨다. 그분께서 여섯 번이나 막으셨던 대문조차 내가 억지로 열어 주도록 물러나 주신 적도 있다.

이 일로 인해서 형님의 나무람을 받아야 했고, 돌로 만든 일산처럼 존경하던 마하테라분들의 거부함도 받아야 했다. 그러나 나는 슬퍼하거나 마음 상하지 않았다.

나를 거부하시는 마하테라님들, 그분들에게 불만족스러운 마음도 없다. 이 교단의 비어 있던 한 자리를 채웠던 일에 대해서 오늘까지 기뻐하는 마음에는 변함이 없다. 그보다 더욱 기뻐할 일은 나에게 법을 가르쳐 주시는 스승님을 부처님 앞에서 자주 뵙게 되는 일이었다.

이 교단의 많은 제자들 가운데서 제일 먼저 법을 얻으신 분이 인냐띠 꼰단냐 마하테라이신 것은 세상이 모두가 다 아는 일이다. 아버지 부처님께서 초전법륜을 굴려서 태어나게 해준 아들들이 나이가 들어 점점 늙어갔다. 그래서 그 아버님께 아들이 해야 할 책임이나 시중을 계속하여 들어드릴 수 있도록 그의 누이의 아들인 뿐나 테라를 부처님 곁에 데려다 놓고 그분 스스로는 사람들이 없는 한적한 곳으로 가셨다.

삼촌께서 맡겨준 대로 만다니 브라만의 아들 뿐나 테라는 부처님의 시중을 들어드렸다. 여행을 가시는 곳, 걸식하시는 곳에 항상 뒤를 따르면서 크고 작은 일을 돌보아드렸고, 차고 더운물을 제때에 준비하여 드렸다.

삼촌의 말씀을 존중해서만은 아니었다. 그 스스로가 부처님께 지극하고도 크나큰 신심으로 하는 것이었다. 그 지극한 신심은 은혜가 크신 부처님께 은혜를 갚기 위한 것이었다.

그러나 이러한 모습, 이러한 방법만으로 갚아야 한다고 말하는 것은 아니다. 세상의 많은 사람들이 예의스럽지 못한 것을 예의스럽게, 영리하지 못한 것을 영리하도록, 알지 못하는 것을 알도록 이익을 주는 것도 은혜를 갚는 일이 된다.

❦

그밖에도 뿐나(Puñña) 마하테라는 특별하게 뛰어난 법사였다. 그분이 가시는 곳마다 법의 북소리가 크게 울리는 것을 우리들은 자주 들을 수 있었다. 그래서 내가 그 법의 북소리가 끊이지 않고 계속 울리도록 하는 방법을 생각했다. 그 생각은 다른 것이 아니라 부처님께 해야 할 모든 일을 그분이 오시기 전에 내가 모두 미리 완벽하게 해놓는 것이었다.

부처님 앞에서 나와 만날 때마다 그분은 항상 웃음 띄운 얼굴로 나를 자세히 바라보는 것이었다. 내 마음속의 상태를 아시고 자세하고 선명하게 법을 보게 해주셨던 스승님께서는 지금의 나의 마음도 아신 것이리라. 지혜를 함께하셔서 웃음 지으시는 그분을 향해서 나도 공손하게 웃는 얼굴을 보여 드렸다.

그 다음부터 그분은 부처님 앞에 날마다 오시지 않고 법을 설하시는 시간이 아닐 때에만 오셨다. 이러한 시간을 내어서 시중드는 일을 내가 우선으로 하였다. 이렇게 우선으로 하고 우선으로 하는 일이 점점 많아지게 되었다. 가끔은 나가사마 테라도 부처님의 가사와 발우를 들고 따르기도 했다.

그와 같이 나가띠 테라, 우빠와나, 수나카따, 순다, 사가따, 매기야 테라 등도 적당한 대로 시중을 들어 드렸지만 부처님 뒤를 바짝 따르면서 항상 시중드는 이는 없었다.

꽃

그 중에 특별하게 유명한 이가 우빠와나 테라였다. 눈에 뜨이게 커다란 몸 때문에 어린아이들이 그를 코끼리라고 불렀다. 어른이 되어서 별나게 큰 몸에다가 비구계를 받고 조각조각 기워서 보탠 누더기 가사를 걸치니 더욱 크게 보였다.

크고 뚱뚱한 우빠와나 테라도 부처님을 시중할 때는 가볍고 잽싸게 움직였으며, 높은 노력심을 가졌다.

어느 때 부처님께서 배탈이 나셨다. 그때 그분은 잠깐도 쉴 틈이 없이 발우를 메고 바깥으로 나갔다. 정사 안에서는 따끈한 물을 구할 수 없기 때문에 적당한 방법을 기다리려면 시간이 걸릴 것 같았고, 부처님의 병세는 시간을 다툴 만큼 급했다. 그래서 사왓띠 성을 향해서 몸도 마음도 빠르게 재촉하여 떠나갔던 것이다.

떠나갈 때 빨랐던 것처럼 돌아올 때 역시 바람처럼 휙 돌아왔다. 그 뒤에 어깨짐을 지고 따라오는 남자는 스님에 처질세라 숨을 헐떡거리고 좇아왔다. 그가 지고 온 항아리에는 김이 무럭무럭

나는 뜨거운 물이 들어 있었다.

부처님을 위해서 뜨거운 물이 가득한 항아리 두 개가 들어 있었다. 우빠와나는 뜨거운 물을 조금만 남겨 놓고는 모두 목욕탕으로 가져갔다. 부처님께서도 그곳으로 들어가셨다. 한 분의 마음을 한 분이 알아서 입으로 드러내어 말할 필요가 없었다. 여쭙지 않아도 해야 할 일을 해 나가시는 것이다.

더운물을 사용하셔서 온기가 돌아온 부처님께 우빠와나는 다음 한 가지를 더 준비해 드렸다. 발우에 담아 가지고 왔던 설탕 덩어리를 더운물에 녹여서 올린 것이다. 적당한 약을 사용하신 부처님의 배탈은 금방 사라졌다.

그렇게 배탈이 낫은 시간에야 더운물을 보시한 신도, 설탕을 보시한 신도들이 정사에 도착했다. 그는 대위하까라는 브라만이었는데, 이전에 삼보를 믿고 의지하는 이가 아니었다.

우빠와나께서 그 집에 약을 얻으러 갔을 때 존경하는 마음이 생겼다. 그래서 정사에 따라와서 법문을 듣고 삼보를 믿고 의지하는 신도가 되기로 하는 삼귀의를 서원하게 된 것이다. 우빠와나의 간호하는 일로 하루에 두 가지 이익을 얻게 된 것이다.

　　　　　　🪷

법을 전하고 가르침을 펴는 이 여행 전체에 부처님께서는 이처럼 영리하고 지혜로운 제자를 만났듯이 가끔은 영리하지 못한 제자와도 만나게 되었다.

쌀리까라는 도시 근처의 산에서 머무실 때 생긴 일이다. 그때 그분의 시중을 들면서 뒤따르는 매기야는 싼두라는 마을에서 걸식을 하여서 부처님을 시중하여 드렸다.

어느 날 매기야는 끼미까라라는 강이 있는 곳으로 혼자서 길을 걸으려고 나섰다. 그리고 돌아와서는

"부처님, 끼미까라 강둑을 걷다가 그늘이 두텁고 아름다운 망고나무 숲을 보았습니다. 부처님께서 허락하신다면 그 망고나무 숲에 가서 수행을 하고 싶습니다."

부처님 곁에 자기 외에는 다른 비구가 아무도 없는 줄 뻔히 알면서도 조금도 주저없이 여쭈어서 청을 드린 것이다.

"매기야! 잠깐만 기다려라. 나 혼자 있구나. 다른 비구가 올 때까지 기다려라."

앞에 일어날 일을 아시는 부처님께서 그를 위하는 마음이 생겨서 그대로 있으라는 뜻으로 말씀하셨다. 그러나 매기야는 부처님의 말씀이 귀에 들어오지 않았다. 어떠한 것도 그의 마음에 걸리지 않았다.

"부처님! 부처님께는 다시 더 해야 할 일이 없습니다. 저에게는 아직 다 하지 못한 일이 남았습니다. 부처님께서 허락하신다면 그 망고나무 숲에 가서 수행하기를 원하옵니다."

자기의 마음속의 원하는 것 외에 어떠한 것도 생각하지 않았기 때문에 부처님께서 막으시는 것을 세 번이나 거듭 억지로 청하여서 말씀드렸다. 그러자 부처님께서

"매기야, 수행하기를 원한다고 하는 이를 내가 막아서야 되겠는

가? 네가 가야 할 시간을 너 스스로 알 것이다."

막아서 될 수 없는 일이었기에 허락하신 것이다. 허락하시는 말씀 가운데 자기의 일보다 법의 일을 더욱 중요하게 여기시는 마음을 짐작할 수 있다.

억지로 허락을 받은 매기야는 그가 좋아하는 망고나무 숲 속으로 갔다. 가는 동안 그 자리, 그 장소에서 법을 얻지 않으면 안 될 것이라고 굳게 결심을 하고 열심히 노력을 하겠다고 목표를 세웠다. 몇 달이고 몇 년이고 법을 얻지 못하면 이 숲에서 나가지 않겠다고 작정했다.

그러나 그 매기야가 하루가 채 지나기 전에 다시 돌아왔다. 돌아오는 그의 얼굴이 볼 수 없을 만큼 초췌해졌다. 망고나무 전쟁마당에서 그가 어떻게 되었었는가?

🪷

"부처님! 그 숲으로 가서 수행하려고 하는 저의 마음속에 세 가지 생각이 떠올랐습니다. 그 세 가지는 깜마 오욕락을 즐기려는 간절한 생각, 다른 이에게 허물 지으려는 생각, 다른 이를 괴롭히려는 생각입니다. 신심으로 출가 수행자가 되어서 이러한 생각을 하는 것에 저 스스로도 놀라고 있습니다. 부처님."

망고나무 숲 속의 전쟁에서 볼상 사나운 모습으로 뛰쳐나왔던 모습을 그 스스로 와서 여쭈었던 것이다. 스승의 말씀을 듣지 않고 전쟁터에 나간 것이 패배하는 길 외에 다시 달리 더 무슨 길이 있겠는가?

세 번이나 거듭해서 말렸으나 듣지 않고 억지를 써서 떠나간 그 어리석은 제자를 부처님께서는 허물을 탓하지 않으시고 다시 받아들이셨다.

어려움을 만났을 때 의지할 곳을 찾아오는 것도 마다하시지 않았다. 떠난다고 했을 때도 담담히 허락하셨던 것처럼 다시 오겠다고 할 때도 조용히 받아들이신 것이다. 그 다음 부처님께서는 도와 과의 지혜를 차례차례 성숙하게 하는 법(Vimuttiparipācaniya) 다섯 가지를 설하셨다.

① 좋은 도반을 가까이 할 것
② 지계가 구족할 것
③ 법문을 들을 것
④ 지극한 노력을 기울일 것
⑤ 예리한 지혜가 있을 것

이 다섯 가지 중에 첫 번째 것이 가장 중요하다. 그 법이 있는 이에게 나머지 법들도 갖추어져 있음을 말한다. 그 법을 다른 곳에 가서 찾아야 할 필요는 없었다. 그의 곁에 부처님께서 계셨다. 부처님보다 더 좋은 같이 지낼 분이 어디에 있을 수 있겠는가?

비교할 이 없는 좋은 도반과 저절로 만나서 함께 지내면서도 매기야는 그 중요한 기회를 스스로 놓쳐 보낸 것이다. 가까이 곁에 계시는 좋은 도반에게는 얼굴을 돌리고 엉뚱한 곳으로 가서 억지로 찾아다녔던 것이다.

그래서 그가 찾던 법은 만나지 못하고 마음속의 괴로움만 받고 돌아온 것이다. 이것은 매기야의 허물이다. 이미 만나게 된 것을 지나치고 찾지 말아야 할 곳에 가서 찾아다닌 것이다.

법을 보여 주고 가르쳐 줄 수 있는 좋은 도반을 만나지 못한 이는 뽁구사띠 테라처럼 자세히 찾아야 한다. 지금의 매기야는 찾지 않아도 만나게 된 것인 줄도 모르고, 자기에게 당도한 행운을 귀히 여길 줄 모르고 팽개치고 나서 허망한 곳에 가서 금을 캐려고 설쳤던 것이다.

지혜 없는 이는 석탄 캐는 곳에 가서 금이 나오지 않는가 하고 바란다. 좋은 도반과 함께한다면 법을 다른 곳에 가서 찾을 필요가 없다. 좋은 도반에게 여쭈면 닙바나에 이르는 법을 쉽게 얻을 수 있는 것이다.

그러나 매기야는 좋은 도반을 버리고 떠나갔던 것이다. 길을 가르쳐 주는 이 없이 가로 세로 돌아다니다가 닥치는 대로 부딪치고 돌부리에 걸려 넘어져서 무릎이 깨지고 나서야 그나마 정신을 차리고 돌아왔으니 다행이라면 다행이라고 할 수 없다.

돌아온 어리석은 제자를 좋은 도반께서는 용서하고 받아들인 것이다. 크나큰 연민심으로 받아들인 다음에 이어서 설해 주셨다.

"매기야!

닙바나를 체험하려는 비구는 도와 과를 성숙하게 하는 법 5가지에 머물러서 계속하여 4가지 법을 키워야 한다.

탐심(Rāga)을 빼어버리려고 부정관(Asubha)을 닦아야 한다.

화냄(Dosa)을 빼어버리려고 자비(Metta)를 키워야 한다.

생각이나 망상을 끊으려고 수식관(Ānāpāssati)을 닦아야 한다.

나라는 교만심(Māna)을 갈라내려고 무상의 생각(Anicca saññā)을
키워야 한다.

매기야!

무상의 생각이 드러난 이에게

무아의 생각(Anatta saññā)이 머물게 된다.

무아의 생각이 머물 때

'나'라는 교만심을 갈라내어서 던져버릴 수 있다.

나라는 교만심을 빼어버리면

현재에 닙바나에 이르게 된다."

☙

부처님에게서 떠나갔었지만 수행을 하기 위해서라는 일면 번듯한 이유가 있었기 때문에 매기야는 이 정도의 법을 들을 수 있는 기회를 얻을 수 있었고 닦을 수 있는 기회를 얻었다.

나가사말라 테라는 어떤 뚜렷한 이유도 없이 떠나갔었기 때문에 강도의 습격을 받아야 했다. 꼬살라국 이곳저곳으로 여행을 다닐 때 부처님의 뒤를 나가사말라 테라가 따라갔었다.

부처님의 발우와 두 겹 대가사를 가지고 오던 그가 한 곳에서

두 갈래길이 나타나자

"부처님, 왼쪽 길로 가시지요."

이렇게 여쭈었지만 부처님께서 그가 여쭌 것을 받아들이지 않으셨다.

"나가사말라여! 오른쪽 길로 갈 것이다."

닥쳐올 위험을 저절로 아시고 하는 말씀을 나가사말라가 반대하였다. 왼쪽 길을 가려는 소원이 지나쳐서 세 번이나 거듭 여쭈었다. 부처님께서도 세 번을 거듭해서 거절하셨다.

그러자 그는 부처님의 발우와 대가사를 땅에 내려놓고 그대로 떠나갔다. 부처님만을 그대로 남겨 두고 떠나갔던 나가사말라 테라는 그가 그리도 가고 싶어 안달하던 왼쪽 길을 따라갔다. 부처님의 발우와 대가사를 가져가지 않은 그의 걸음은 가뿐가뿐 했다. 그러나 그의 나쁜 업이 매우 고약했다. 한 숲 속으로 들어가자 강도의 무리들과 마주치게 된 것이다.

부처님 앞으로 다시 돌아왔을 때 그의 전신은 온통 흙투성이에다가 발우는 깨어지고 그의 가사는 조각조각 찢어져서 몰골이 말이 아니었다. 스승의 말을 거역한 형벌이었는가 모르겠다.

❧

이러한 사건들을 나의 담마의 은행에 차곡차곡 잘 쌓아서 간직하고 있다. 담마의 은행 창고를 지키는 나는 일생동안 사라지지 않도록 거듭 잘 간수하여야 했다.

다음에 오는 후래인들을 위해서 완벽하도록 대대손손 이어서 잘 전해지는 유산이 되게 해야 하는 막중한 책임을 진 것이다. 그래서 이러한 사연들을 부처님의 금구로 직접 들을 때 그 자리에서 소름이 돋았다.

"부처님이시여! 이토록이나 부처님께 친근한 마음이 없을 수 있습니까?"라고 놀랄 뿐이었다. 오! 일생의 긴 여정의 절반을 이토록 슬픈 마음으로 장식해야 하는가?

Anguttara

Udāna

나의 가장 높은 상

나의 마음을 기쁘게 하고, 웃음을 자아내게 하는 오! 선한 이들이여,
잘 오신 거룩하신 부처님과 함께 모든 제자분들의 잘 오심, 좋은
소문 가지가지를 펴서 여기까지 오는 동안 지금의 이 나쁜 소식
역시 피할 수 없이 들어 있다.

이것이 세상의 이치이다. 이 세상은 좋은 것만 있을 수 없다.
또한 나쁜 쪽으로만 볼 수도 없다. 이 세상과 이별하기 전에는
좋고 나쁜 두 가지 세상 법칙을 만나야 한다.

높으신 부처님께서 세상을 벗어나는 가장 높은 수행의 힘으로
닦아 놓으셨기 때문에 그분의 마음은 좋고 나쁜 두 가지 세상
법칙으로 인해 조금도 동요가 없으셨다. 그러나 그분의 결과 업으로
받은 몸은 이 세상 안에 속했기 때문에 몸에 관계된 세상 법칙을
받아야 하셨다.

나쁜 쪽의 세상 법칙을 받아야 하는 것이 연세와 법랍이 적을 때만의 일은 아니다. 이 이야기들을 지금 금구로 드러내셨다. 다스릴 수 없고 마음대로 할 수 없는 그 몸이, 드러내지 않고 지낼 수 없을 만큼 나빠진 것이 아닌가?

"비구들이여!

지금 나 여래는 나이가 많아서 늙었구나. 어떤 비구들은 길에서 나를 두고 갈라져 가기도 하고, 어떤 비구들은 나의 발우와 가사를 맨땅 위에 그대로 내려놓고 가기도 한다. 나에게 항상 따라다니면서 시중 들어줄 비구 한 사람을 선출하라."

모든 비구들이 고개를 들지 못할 말씀이었다. 장소는 제따와나 정사의 부처님께서 머무시는 응향각(Gandhakuṭi) 근처, 때는 낮이 지나가고 저녁 그늘이 내려오기 전, 남쪽에서 서늘한 바람이 불어오는 우기의 어느 날이었다.

이 자리에는 풀 하나, 쓰레기 하나 없었다. 하얀 모래를 펴놓은 편편한 마당에 비구 스님들은 각자 가져온 작은 자리를 하나씩 깔고 앉아 있었다. 하루 종일 햇볕에 달구어졌던 뜨거운 열기가 올라오는 시간이었다.

그러나 나의 마음은 웃음이 나오지 않았다. 생각지도 않던 말씀을 듣자마자 그 뒤를 따라올 여러 가지 상황을 생각하게 되었다.

의지할 수 있는 법을 단단하게 손에 잡은 이와 그렇지 못한 이의 차이이리라. 적당하게 생각하는 이와 그렇지 못한 이의 차이일 것이다. 듣지 않을 수 없이 들어야 하는 그 소식에 기쁨이 생기지 않는 것은 모두가 같을 것이다. 비구 스님들의 얼굴들이 그것을 증명이나 해주듯이 한결같이 당연한 사실이지만 반길 수 없는 표정들이었다.

"높으신 부처님!

오늘부터 시작하여 제가 살아 있는 동안은 부처님을 가까이서 모시겠습니다."

조용한 대중 가운데서 제일 먼저 일어나서 여쭌 이는 마하 사리불 테라였다. 모든 제자 가운데서 가장 높은 제자의 청을 부처님께서 받아들이지 않으셨다.

"사리불이여, 시중들지 말라. 하지 말라.

네가 있는 곳에서는 언제나 법문하는 소리가 끊임없이 들려온다. 너의 가르침은 나 여래의 가르침과 같다. 그래서 나 여래에게 시중드는 일은 너에게 책임이 없다."

이유를 분명하게 말씀하여서 거절하셨다. 마하 목갈라나, 마하 까싸빠 등의 큰 제자분들께서도 차례대로 모두 거절을 당했다. 그러자 모든 비구들의 얼굴이 한결같이 모두 나에게로 향해졌다. 마하테라들께서 한 분 한 분 일어나셔서 여쭌 다음 아직 여쭙지 않은 이는 나 혼자 남았던 것이다.

그렇습니다. 나보다 안거가 많은 마하테라들께서 여쭙는 동안 나는 그저 조용히 입을 다물고만 있었습니다. 안거가 많은 그분들이 여쭈어서 다 끝났어도 나는 자리에서 일어나지 않았습니다. 나의 태도를 지켜보던 나이 어린 테라들도 각각 일어나서 여쭈었습니다. 모두 여쭈고 모두 거절당할 때까지 나는 그대로 앉아만 있었습니다.

🪷

나는 나의 생각 속에 깊이 빠져 있었기 때문이다.

바라지 않던 소식을 갑자기 듣게 되자 그 충격에 소스라치게 놀라서 몸을 떨었다. '나의 형님께 이리도 불친절하단 말인가?'라고 놀라움을 금할 수 없었으며, 참을 수 없는 슬프고 아픈 마음이 되었다. 이러한 심정으로 바라보자 죽을 때까지 나의 책임임을 분명하게 절감했다.

나이로서는 별반 차이가 나지 않지만 형님과 나의 마음의 성품은 너무나도 차이가 났다. 성숙한 마음가짐과 고요한 태도 때문에 나는 형님을 존경심과 자랑스러운 마음으로 언제나 조심스럽고 지극한 마음으로 대했다. 나이 차이가 많이 나는 형과 아우처럼 내 마음에 느껴졌다.

세상의 생애를 아낌없이 훌훌 던져 버리고 떠나 왔던 것도 형님에 대한 지극한 사랑과 자비의 마음이 그 기초가 되었다. 사랑을 기초로 하여 그분 앞에 왔지만 나는 형님과 언제나 함께 지내지는 못했다. 다른 비구들에게도 기회를 주려는 마음으로, 모든 종류의 사람들과 교제하던 나의 습성으로, 가끔씩은 형님과 떨어져 있었던 것이다. 그러나 이제부터는 떨어지는 일이 없을 것이다.

지금 생각지도 않던 소식을 듣고 가슴을 쓸어내리는 것도 사실이다. 삼마 삼붓다(Sannā sambuddha)라는 이름으로 법의 북소리를 울리시지만 뒤따라 시중드는 이가 한 사람도 없는 처지가 된 것이 정말 슬픈 일이었다.

그러나 이 슬픈 소식, 가슴을 훑어 내리는 소식조차 한편으로 보면 기뻐해야 할 일이 되었다. 이러한 상황에 주의를 기울여서 앞의 여행길을 바라보게 되는 것이 아니겠는가?

❀

"아난다 테라! 모든 비구들이 시중들기를 청하였다. 아난다 혼자만 남았다. 다른 이들처럼 시중 들기를 청하여 보라."

한참동안 내 생각 속에만 헤매이고 있는데 같이 지내는 대중 한 사람의 소리가 그 생각을 끊고 들어왔다. 그러나 그렇게 들어와서 생각을 끊었던 그런 권유에도 불구하고 나는 따로 생각이 있었기 때문에 …….

"여러 큰스님들이시여!

청해서 얻은 부처님의 시자가 무슨 값이 있겠습니까? 제자가 어찌 부처님을 뵙지 않고서 살 수 있겠습니까? 만약 부처님께서 좋아하신다면 '아난다여, 나를 시중들라.'라고 금구로써 표현하실 것입니다."

나는 여러 가지로 생각한 다음 이렇게 여쭈었던 것이다. 이 일은 내 일생 가운데 가장 중요한 일이고, 이 책임은 나의 생애 가운데 가장 중요한 상(賞)이었다. 이 행운과 관계된 것에 이렇게 순간적으로 바른 판단을 내린 나 자신에게 만족했다.

"비구들이여!

아난다에게 다른 이가 권할 필요는 없다. 그의 책임을 그 스스로가 알아서 나 여래를 시중해 줄 것이다."

나의 바른 결정을 부처님께서 증명해 주셨다.

"아난다, 일어나요! 아난다 테라, 일어나십시오! 부처님을 시봉하겠다는 책임을 주시라고 여쭈세요."

부처님께서 받아들이신 것을 알았기 때문에 같이 지내는 대중 스님들이 기쁨에 넘치는 소리로 권유하였다. 그러나 나는 아직 부처님의 시자가 되겠다는 청을 드리지 않았다. 이 책임은 형님의 말씀대로 내가 이미 얻은 것이라 생각되었다.

그러나 그것은 내가 청하려는 소원의 가장 높고 귀한 상 가운데 아주 작은 일부분일 뿐이다. 이 몸의 일평생 가운데 가장 기쁜 마음, 가장 밝은 얼굴로 나는 상가 대중 가운데서 일어났다.

빠두마 연꽃 같은 그분의 두 발 곁으로 조심스럽게 가까이 가서 비구들이 올릴 수 있는 오직 유일한 공양인 두 손을 모아서 부처님의 두 발에 예배 올렸다. 그 다음 곁에 쪼그리고 앉아서

①"부처님! 만약에 부처님께서 얻으신 값이 높은 가사를 주시지 않고 지내신다면 ……

②부처님! 부처님께서 얻으신 좋은 음식을 주시지 않고 지내신다면 ……

③부처님! 부처님께서 거처하시는 간다꾸띠(응향각)에 함께 지내는 기회를 주시지 않고 지내신다면 ……

④부처님! 부처님을 초청하여서 좋은 공양을 올리는 곳에 저를 부르지 않고 가신다면, 부처님을 제자가 모시고 시중들겠습니다."

빼어버려야 할 상 네 가지를 먼저 청하였다.

"아난다여! 이 네 군데에서 어떠한 허물을 보았느냐?"

"부처님, 만약에 이 네 가지의 기회를 제가 얻는다면 말이 많이 생길 것입니다. '아난다는 부처님께서 받은 값이 비싼 가사를 두르고, 언제나 좋은 공양을 먹고 마실 수도 있고, 부처님께서 머무시는 좋은 건물에서 잘 수 있으며, 부처님을 초청하는 자리에는 언제나 따라간다. 그러한 특별한 기회를 얻으려고 시자가 되기를 원했다. 그러한 시자가 무슨 어려울 것이 있겠는가?'라고 질투하는 이들이 말들을 할 것입니다. 부처님."

"아난다여, 좋구나! 그 상 네 가지를 완전하게 모두 가져라."

꽃

"부처님께서 주신 네 가지 상을 기쁜 마음으로 받아들이겠습니다. 그리고 계속해서 여쭙겠습니다.

⑤부처님께서 제자가 초대하여 모시는 곳으로 와 주신다면 ……

⑥만약 멀리서 온 대중들이 도착한 시간에 부처님께 데리고 가는 기회를 얻는다면 ……

⑦만약 제자에게 담마에 관해서 어느 한 가지 의심이 생기면 생기는 그 순간에 부처님께 가까이 갈 수 있는 기회를 얻는다면 ……

⑧만약 제자가 없는 곳에서 설하셨던 법을 정사에 다시 돌아오셨

을 때 다시 설해 주시면, 제자가 부처님을 모시는 시중을 더욱 기쁜 마음으로 하겠습니다."

빼어버려야 할 상 네 가지처럼 청하는 상 역시 네 가지가 되었다.

"아난다여, 이 네 가지에 어떠한 이익이 있는 것을 보았느냐?"

"거룩하신 부처님, 신심이 높은 선한 남자들이 부처님을 뵙는 기회가 없어서 다음날에야 부처님께 공양을 올릴 수 있도록 초청할 수 있습니다.

그 초청에 만약 부처님께서 참석하시지 않으시면, 또 필요한 순간에 대중들이 부처님을 뵐 수 있는 기회를 얻지 못하면, 의심을 풀기 위해서 가까이 갈 수 있는 기회를 얻지 못하면, 여러 가지로 말들이 생겨날 것입니다.

'아난다는 부처님을 어떻게 모시는가? 부처님께서 이 정도로도 그를 생각에 두시지 않는다는 말인가!'라고 많은 이들이 허물을 말할 것입니다. 부처님."

"다음 한 가지가 더 있습니다. 설하셨던 가르침의 어느 한 가지에 대해서 부처님이 안 계실 때 물어 오기라도 한다면, 그때 만약 제가 대답하지 못한다면 저를 탓할 것입니다.

'너는 부처님 뒤를 오랜 세월 동안 마치 그림자처럼 따르면서 시중했다. 그러면서도 너는 이 정도도 모르느냐?'라고 할 것입니다. 이러한 허물을 없애고 기꺼운 마음으로 부처님을 모실 수 있는 이익을 제자가 보았습니다."

"아난다여, 참으로 좋구나! 이 상 네 가지도 완전하게 모두 가져라."

슬프게 들리던 소식으로 시작했던 그 모임은 모두 같이 싸두를 부르는 소리로 그 막을 장식했다.

Sutta mahāvagga

Mahā padāna sutta

키와 그림자

빼어버리는 것 네 가지, 원하는 것 네 가지, 모두 여덟 가지 상을
받아서 나의 새로운 생이 시작되었다. 그전처럼 만났다가 헤어지는
것이 아니고 언제나 그림자처럼 뒤따르면서 모셔야 하는 책임이며
또한 행운이었다.

부처님과 나는 몸은 둘이라고 해야 하지만 마음만은 한 사람처럼
같다고 해야 하리라. 나의 몸과 입은 내 마음의 원하는 대로 행함이
없다. 부처님께서 원하시는 대로 한다. 부처님께서 원하시는 대로
따르기 때문에 나도 매우 만족스럽다.

이러한 것을 일부러 드러내는 것은 내 자신을 칭찬하려고가
아니다. 모든 제자들 가운데 나만큼 부처님과 가깝게 친밀한 이가
없다고 자랑하려는 것도 아니다.

지금 이 말을 듣는 이들과 다음에 다시 전해 듣는 미래 후세

사람들의 가슴에 유산을 주는 것이 된다. 가장 편안한 행복, 닙바나의 축복을 주신 크나큰 은혜의 주인께 우리들이 은혜를 갚는 모습을 본보기로 삼을 수 있는 것이다. 그분이 베풀어준 은혜를 잘 알아서 그 아는 만큼 은혜를 갚는 행복(Kataññūta mangala)을 키울 수 있는 것이 된다.

언제나 받들어 모시고 시중들 수 있는 책임을 받고부터 시작하여 나는 부처님에게서 떨어지지 않고 함께 있었다. 차고 더운물을 필요하신 때에 따라서 적당하게 준비해 드렸고, 좋아하여서 사용하시는 세 가지 종류의 치목도 내가 직접 만들어서 모두 갖추어 드렸다.

피곤하실 때는 팔다리를 주물러 드리고 등이 아픈 증세가 자주자주 일어날 때마다 내가 눌러 드렸다. 이 병은 그전 6년 동안 고행을 하고 얻은 결과라고 생각되었다.

※

부처님께서 머무시는 간다꾸띠(응향각)가 지저분하지 않도록 쓸고 닦는 일도 하고 주변에 풀이 우거지지 않도록 사미들을 시켜서 뽑아내도록 했다. 비구계에 비구가 직접 자기 손으로 풀이나 나뭇잎을 자르는 것을 금한 조항이 있기 때문이다.

이러한 크고 작은 일을 하면서 마시는 물과 씻는 물도 항아리가 비지 않도록 항상 챙겨서 가득 채워 놓았다. 공양 시간이 되면 좋은 음식, 영양이 많은 것으로 준비해 올리고 공양이 끝나면 부드러운 후식으로 여러 가지를 준비했다가 올렸다.

저녁 무렵이면 위니에 허락한 여덟 가지 가운데 그 계절에 적당한 과일로 건더기가 들어가지 않도록 즙을 짜서 올렸다. 허기를 없애는 작용을 하도록 준비하는 것이다.

낮에 가지가지 해야 할 일을 빈틈없이 했더라도 나의 책임은 그것으로 끝이 나지 않는다. 낮의 책임이 끝나면 밤에 해야 할 책임도 계속해야 하는데, 매일 저녁마다 횃불을 들고 부처님께서 계시는 응향각을 9차례 돌아보았다.

이렇게 돌아보는 것은 부처님께 무슨 위험이 있나를 걱정해서 살피는 것은 아니다. 혹시라도 무슨 일이 있어서 부처님께서 찾으시면 금방 대답할 수 있도록, 부처님께서 침상에 들기 전에 내가 먼저 잠자리에 드는 일이 생기지 않도록 하는 것이다.

이러한 것이 내가 은혜를 아는 공덕이다. 가장 수승한 행복을 얻게 해주신 은혜를 갚기 위해서 하는 것이다. 그러나 이렇게 하는 것으로 얼마만큼 은혜를 갚고 다했다고 만족해하는 것은 아니다.

다할 수 없는 무량한 은혜를 나의 힘이 있는 한은, 지혜가 미치는 한은 갚아야 한다. 이렇게 갚을 수 있는 기회를 가진 것만도 행운이요 고마울 뿐이다.

꽃

은혜를 주신 분께 은혜를 갚으려고 정성껏 시중을 드는 것에서 보호하는 일까지 하게 되었다. 우리들이 태어났던 곳, 까삘라 성안의 니조다란마나(Nigordhirammana) 정사에 도착했을 때 부처님의 몸에 열이 나기 시작했다. 그에 적당한 약을 모자람 없이 간병할 수 있어서 오래지 않아 차도가 있었다.

그러나 그 후유증으로 몸의 힘이 많이 줄어들게 되어서 한동안 편안히 쉬시고 나서야 다시 전처럼 좋아지게 되었다. 법을 설하시는 일을 한동안 멈추신 것도 한 요인일 것이다. 그러할 때 나의 형님 마하나마 대왕이 매우 심오한 문제 한 가지를 가지고 와서 여쭈었다.

"부처님! 부처님께서 이전에 법을 설하여 주시기를 '사마디가 있는 이에게 지혜가 생긴다. 사마디가 없는 이에게 지혜가 생길 수 없다.' 라는 가르침을 지금 다시 생각할 때 한 가지 문제가 생겨났습니다.

'사마디와 지혜, 이 두 가지 법이 어느 것이 앞이고 어느 것이 뒤에 있는가?'라는 것입니다. 이 문제를 제자가 도저히 구분할 수가 없으니 부처님께서 결정을 내려 주십시오."

여쭈는 쪽이야 쉽지마는 대답하는 것은 그리 간단하지 않다. 이렇게 어렵고도 심오한 문제들을 구분해서 말하려면 부처님의 가르침이 짤막하게 한 마디로 마쳐지는 것이 아니다.

힘차게 솟구치는 물줄기를 잡아오는 것처럼 위력이 넘치는 가르침 가운데에서도 이 두 가지 법과 관계되는 법, 차례로 거꾸로 생각할 증거를 삼을 본보기들도 있는 대로 따라올 것이다.

몸의 힘이 줄어들었다고 부처님 가르침의 힘이 줄어드는 적은 없었다. 제도할 모든 중생들에게 대 연민심을 함께해서 알게 하려는 바람 역시 어느 한 순간에도 물러남이 없다.

그렇다. 매우 강한 의지, 높은 바람으로 한 구절의 가르침을 내리시면 형님 마하나마의 견해가 깨끗하게 밝아질 것이다. 그러나 나는 그의 쪽만을 따르고 싶지 않았다. 그가 지금 듣지 않더라도 다음에라도 얼마든지 기회가 있을 것이다.

지금 당장 듣지 않는다고 그에게 어떤 손해가 생기는 것은 아니다. 그를 연민히 여겨서 한참 동안이나 법을 설하시고 나면 부처님께서는 힘이 들어서 다시 피곤하시게 될 것이다.

마하나마 왕이 여쭈는 동안 나에게 불쑥 떠오르는 생각으로 한 가지 결정을 내렸다. 그 결정을 내린 순간에 마하나마 왕을 부처님 앞에서 바깥으로 나오게 했다.

그리고는 나의 거처로 돌아와서 실라(계), 사마디(정), 빤냐(혜) 세 가지 법을 닦고 있는 사람과 이미 닦아 마친 이들을 나누어서 자세히 설해 주었다.

❀

이러한 것은 나의 의지, 나의 자비심을 실행하는 일이 되었다. 부처님께서도 이러한 나의 의지와 나의 자비를 틀림없이 생각하실 것이다. 그러나 이러한 의지와 이러한 자비를 행하는 것마다 모두 허락하시지는 않으셨다. 계(Vinaya)와 담마(Dhamma), 이 두 가지로 적당한 일만 허락하시고 적당하지 못한 일은 그 자리에서 곧장 거절하셨다.

그러한 것을 보여 주기 위해서 라자가하 수도에서의 일을 먼저 말해야 하리라. 마가다국을 이곳저곳 다니다가 라자가하에 이르자 부처님께 배가 불편한 병이 생겼다. 이 병은 부처님께 특별한 일이 아닌 것이 아니어서 내가 가끔씩 병구완을 해본 적이 있었다.

꽃

부처님의 그 병을 일순간에 사라지게 할 수 있는 그 죽을 오래 보관할 수는 없었다. 그래서 죽을 보시한 이에게서 그것을 만드는 방법을 자세하게 배워 놓았다. 죽을 끓이는 데 필요한 세 가지 물건을 구하는 것도 어렵지 않았다.

깨와 쌀, 콩들은 부엌마다 있는 물건이었다. 그래서 내가 친밀하게 지내던 어느 집에 들어가서 그 세 가지를 모두 구해왔다. 얻은 것을 부엌에 잠깐 보관해 두었다가 절 안에서 죽을 끓였다. 오로지 부처님의 병을 빨리 낫게 하겠다는 일념으로 계율에 적당한지 아닌지에 주의를 두지 않았다. 나 스스로가 미처 주의하지 못한 것을 부처님께서 지나쳐 보시지 않으셨다.

"부처님, 세 가지를 넣어서 만든 죽입니다. 드십시오."

이렇게 하여 올리자 그 죽이 생긴 사연을 물으셨다. 나에게는 사실대로 바르게 말씀드리는 것 외에 다른 길은 없었다. 그러자 부처님께서는 내가 한 일을 심하게 나무라셨다.

"아난다여, 사용하지 않는 집에 먹을 것을 쌓아 놓는 것은 적당하지 않다. 시자가 사용하는 방에서 요리한 음식은 적당하지 않다. 비구가 직접 만든 것은 적당하지 않다."

이렇게 계율에 적당하지 못한 것을 드러내신 다음

"비구들이여!

이 세 가지에 해당되는 음식은 적당하지 않다. 이러한 것을 사용한 비구에게 작은 허물을 지운다."

비구 대중 모두를 위해서 금계 한 가지를 정하신 것이다. 사용하지 않는 집이란 음식 만들 물건들을 쌓아 놓은 것이고, 요리할 때 위니에 맞도록 짓지 아니한 곳이다.

스스로의 병을 낫게 하는 것보다는 계율을 더욱 중요하게 여기시는 것은 우리 모두가 평생을 기억해야 할 좋은 본보기가 된다. 계율과 관계되어서 이쪽, 저쪽 다른 이들이 허물을 말하는 것을 받지 않도록 하셨다. 한쪽 끝으로 가까워지려는 말이 터져 나오면 조금도 기다릴 것 없이 막으셨다.

✾

그때 우리들은 꾸루라는 나라에 있는 깜마사담마(Kammāsadamma ; 부처님께서 사띠빠타나 경전을 설하신 곳) 마을 근처의 숲에 이르렀다.

그곳은 절은 없었지만 나무 그늘, 대나무 그늘이 두텁고 마실 물이나 씻을 물도 충분했다. 숲이나 산은 아름다웠다.

그래서 부처님과 우리들이 마을에 들어가서 걸식하면서 그 숲 속을 정사로 생각하고 지냈었다. 특별한 일이 없으면 부처님께서는 공양을 드시고 나서 혼자서 잠깐 누워 계셨다. 그때 나는 나의 거처로 돌아와서 모인 대중 제자들에게 경전을 가르쳤다. 그렇게 경전을 가르치고 난 다음의 짧은 순간은 나 혼자만이 소유할 수 있는 시간이 된다. 그나마 그 짧은 시간마저 내가 거처하는 곳을 비질하고 깨끗해진 땅위에 작은 자리 하나를 깔아 놓고, 물항아리에서 물을 조금 퍼서 시원해지도록 팔다리에 끼얹고 나서는 자리에 앉아서 과의 선정(Phala samapatti)에 들어서 지낸다.

그분께서 주신 수행자(Samaṇa)의 호사를 맛있게 즐긴 다음 나는 원인 결과 법(Paṭicca samuppāda)을 생각한다. 많은 이들이 어렵고 깊다고 말들 하지만 나는 이 법이 쉽고도 쉽다. 너무나 쉬운 것이다.

나는 자기가 만났던 것을 숨겨 놓고는 지낼 수 없는 부류에 속한다. 그밖에 부처님, 그분께서 직접 여쭙고 질문할 것이 있을 때마다 드나들 수 있도록 허락해 놓으셨다. 이제쯤은 부처님께서 자리에서 일어나셨을 시간이 되었을 것이다. 그래서 이런저런 것을 그만 생각하고 그분 앞으로 곧장 가서

"부처님, 놀라운 일입니다. 있을 수 없는 일이옵니다.

원인 결과 법이 그 규모가 깊고 깊습니다. 깊은 그늘이 있습니다. 그러나 그 법이 제자에게는 매우매우 쉽고도 분명하게 드러납니다. 부처님."

"아난다여! 그렇게 말하지 말라.

아난다! 그렇게 말하지 말라."

내가 여쭌 말씀을 부처님께서 두 번이나 반복해서 빼어버리셨다. 그 말씀을 듣는 순간 나에게 기쁨이 솟아올랐다. 기쁜 마음을 이어서 다시 놀라움이 생겼다. 나는 만나기도 어려운 이 가르침을 만난 것뿐만 아니라 이 교단 전체를 자세히 볼 수 있는 자리의 책임을 짊어지는 기회를 얻은 것이다.

다른 이들이 어렵고 심원하다고 하는 원인 결과 법을 쉽게 알았다. 이것은 원인 없이 그저 생긴 것은 아니다. 다른 이들보다 매우

특별한 이익을 얻은 것은 크나큰 선업 공덕의 결과라고 해야 할 것이다. 지금 현생에도 좋은 결과를 가져다주는 선업이 세 가지가 있다.

첫 번째 선업은 이러한 선업들을 배워서 취한 것이다. 마하 사리불 등 스승님 가운데 스승님이신 분들에게 교학을 듣고 배웠으며, 여러모로 넓게 의논하고 토론했고 입으로 외웠다.

두 번째 선업은 소따빠띠 팔라, 첫 번째 과(果)에 올라서 성인의 위치에 이른 것이다. 우리들처럼 성스러운 지혜가 깨끗한 이들에게 원인 결과 법은 분명하고 선명해서 어렵지 않다.

세 번째 선업은 가지가지 견문 지식을 익힌 것이다. 이러한 선업을 골고루 갖춘 제자에게 빠때이싸 사목빠다(원인 결과 법)가 어려울 리가 있겠는가?

꽃

부처님의 말씀에 이러한 소리는 포함되지 않았다. 이러한 소리는 포함되지 않았다지만 뜻으로는 칭찬하는 내용이 들어 있었다. 칭찬으로 인해서 기쁨이 솟는 것은 담마를 설하는 법사들 누구에게나 생기는 것이다.

그러나 나의 성품은 오래 머물게 하지 못한다. 내용으로 칭찬하는 소리가 들어 있기는 하지만 한편으로 생각하면 야단치고 나무라는 소리로 들리기도 한다.

어떠한 뜨거움도 받지 않고 그저 시원하고 고요한 행복만이 있는 닙바나의 높은 법을 오직 나의 능력만으로 얻은 것은 아니다.

부처님께서 가르쳐 주신 길을 뽕나(Puṇṇa) 마하테라께 자세히 새겨듣고 소따빠나 위치에 이르게 된 것이다.

소따빠나에 올라섰기 때문에 빠때이싸 사목빠다 법을 쉽게 이해할 수 있는 것이다. 그래서 나에게 가장 큰 은혜를 주신 그분의 앞에 가서 자랑을 한 것이다. 이러한 이를 야단치지 않고 어떤 이를 야단치시겠는가?

야단맞을 일이 한 가지가 더 있다. 다른 여러 가지 일에는 주변 여러분들에게 도움을 청하면서 이 일만은 도움을 청하지 않았던 것이다.

6개월 동안 좋은 음식을 잘 먹고 마신 유명한 격투선수들은 큰 바위를 들어서 공기돌처럼 가지고 놀 수 있다. 그러나 그처럼 힘이 충분하지 않은 이들에게 그 큰 바위는 놀이는커녕 들 수도 없을 것이다. 그와 같이 지혜의 힘이 좋은 나 같은 이에게는 빠때이싸 사목빠다 같은 깊은 법이 선명하게 드러나지만 그렇지 못한 이에게는 법의 성품을 확실하게 알도록, 뒤바뀌어지지 않도록 구분하는 것조차 쉽지 않다. 그런데 내가 그런 사람들을 측은히 여기지 않고 나 혼자만이 기쁨에 들떠서 여쭈었던 것이다.

"아난다여, 빠때이싸 사목빠다 법이 깊고도 깊은 그늘이 있다. 이 법을 세 가지로 나누어서 확실하게 구분하지 못하기 때문에 모든 중생들이 베 짜는 이들의 뒤엉킨 실타래처럼, 새집처럼, 푸석대기 풀 무더기처럼 복잡하게 얽혀서 4악처의 윤회 속을 벗어나지 못하고 돌고 있다."

이렇게 부처님께서 계속하여서 말씀해 주셨다. 이미 알아버린 이에게는 쉬운 법이지만 알 수 있는 기회를 가지지 못한 이들에게는 그 크나큰 윤회의 울타리만큼이나 어렵고 힘들 것이다.

Sutta mahāvagga

청원했던 상 한 가지

날마다 한결같이 고마움을 느끼는 그분에게 나 역시 은혜를 갚고 있다. 빼어버리는 상 네 가지, 청하는 상 네 가지, 여덟 가지 모두를 완전하게 허락해 주셨다.

빼어버리는 상 네 가지로 인해서 간혹 어떤 이들의 허물을 말하는 것에서 벗어날 수 있었고, 청하는 상 네 가지를 얻었기 때문에 내가 알아야 할 것을 시간에 관계없이 여쭐 수 있도록 말씀드린 대로 그 기회를 얻었다.

설하셨던 담마들도 모두 들을 수 있었다. 그보다 더욱 좋은 것은 존경과 신심으로 가까이 오는 수행자들과 일반 사람들을 위해서 내가 이익을 줄 수 있게 된 것이다. 적당한 기회가 되면 내가 이익을 주었던 일 한 가지를 보여 드릴 것이다.

어느 날 오전에 사왓띠 성안으로 걸식을 하러 갔을 때 나는 부처님 뒤를 따라가고 있었다. 그러나 공양제자가 알고 싶은 것을 여쭈었기 때문에 내가 제법 멀리 처지게 되었다. 그때 걸식을 나왔던 많은 비구들이 나에게 다가와서

"아난다 마하테라님! 저희들이 부처님의 법을 듣지 못하고 지낸 지가 한참이나 오래 되었습니다. 청하옵니다. 아난다 테라님, 부처님 앞에서 법을 들을 수 있는 이익을 주십시오."

이렇게 의지하여 오면서 부탁하였다. 그들은 이러한 기회를 얻으려고 사람들이 가기 어려운 먼 곳에서부터 산을 넘고 물을 건너서 지치고 힘들게 걸어왔던 것이다. 어제 저녁 늦게서야 제따와나 정사에 도착해서 부처님을 뵐 수 있었던 것이다.

❧

"비구들이여! 건강은 괜찮느냐? 공양하는 일은 고르며, 앉고 서는 일은 적당한가?"

이러한 안부염려의 말씀도 들을 수 있었다. 먼 곳으로부터 부처님을 친견하려고 오는 이들이 들을 수 있는 인사의 말씀이었다. 대연민심으로 내려주시는 그 말씀을 들음으로써 그 먼 곳에서 왔던 피곤함을 모두 씻어낼 수 있었던 것이다.

그러나 그들이 마음껏 만족하는 데까지는 이르지 못했다. 그렇게 뵙고 싶었던 그분 앞에 이르기는 했지만 아직도 듣고 싶은 법을 듣지 못했기 때문이다.

자기들 마을, 자기들 절에서 떠나올 때 부처님을 뵙고, 법을 듣는 것이 목적이었다. 부처님 앞에 가면 한바탕의 법을 들려주십사

고 여쭈어야겠다고 의논들 했었던 것이다. 그러나 정작 부처님 앞에 와서는 그들이 준비했던 말들은 어디론가 사라지고 말았던 것이다.

시골에서 온 스님들의 사정을 잘 이해할 수 있다. 내 일처럼 생각되고 느껴지기도 한다. 다른 곳에서 온 사람들은 고사하고 부처님 옆에서 떨어지지 않고 지내는 나조차도, 이유 없이 그냥 아무 때나 그분 앞에 갈 수 있는 이는 아무도 없다. 어느 한 가지 할 일이 있어 여쭐 때에나 들어갈 수 있는 것이다. 그래서

"좋습니다. 스님들, 람마까라는 브라만의 작은 암자에 가서 계십시오. 그곳에서 부처님의 금구로써 설하여져 나오는 담마를 들을 수 있을 것입니다."

나에게 의지해서 부탁해 오는 비구 스님들에게 법을 들을 수 있는 장소를 정해 주었다.

"들을 수 있을 것 같습니다……"라고 하는 소리까지도 확실하게 장담하는 것처럼 시골 스님들은 만족해하였다. 그들만을 말하는 것은 아니라 말은 쉽게 하지만 마음속에 정확하게 생각하고 있는 것은 나 자신이다.

람마까 브라만의 작은 암자는 제따와나 정사보다 뽁바란마나 정사가 더 가깝다. 오늘 아침 부처님께서는 제따와나 정사에서 걸식을 나가셨다. 뽁바란마나 정사에 아직 도착하기 전, 그러나 나는 뽁바란마나에 틀림없이 도착하실 것을 미리 알았기 때문에 그 장소에 약속을 해 놓았던 것이다.

미리 알았던 것은 마음속의 어떤 신통이 아니다. 다른 이의 마음을 알 수 있는 지혜(Cetopari ñāṇa)를 나는 아직도 얻지 못했다. 신통을 얻지 못했으면서도 부처님의 마음을 어떻게 알 수 있는가 하면 주의 깊게 익혔기 때문이라고 할 수 있다.

이날 아침 걸식하러 나가시기 전에 부처님께서 자리를 걷으시려는 몸짓을 보이셨다. 이렇게 보여 주시는 것은 뿍바란마나 정사로 옮겨가시겠다는 뜻이다. 그래서 나도 탁발을 나가기 전에 빗자루로 깨끗이 쓸고 쓰레기를 치우고 그밖의 것들을 모두 가지런히 정리해 두었다.

다른 것들도 이런 식으로 짐작하여서 부처님이 원하시는 것을 말씀하시기 전에 모두 미리미리 준비를 마쳐 놓는 것이 나의 습성이 되었다. 가끔은 부처님께서 일찍 자리에서 일어나시어서 몸을 깨끗이 하시고 나서 간다꾸띠(응향각)의 문을 닫아거시고 팔라 사마빠띠(과의 선정)에 들어가 계신다.

그러할 때 부처님께서는 제도할 만한 이를 살펴보시고 나서 걸식하러 나가셨다. 그러할 때 나는

"비구 스님들! 오늘은 부처님 한 분이서만 걸식하러 나가실 터이니 여러분들은 각자 걸식할 준비를 하십시오."

부처님과 함께 탁발을 나가려고 기다리고 있는 스님들께 알려 드린다. 가끔은 부처님께서 간다꾸띠의 문을 반쯤 열어 놓고 선정에 들어가 계신다. 그날은 비구들을 모두 거느리고 걸식을 나가시는

날이다. 그러면 나는 비구 스님들에게 발우와 가사를 미리 잘 준비하라고 말씀드린다.

가끔은 부처님께서 평소에 드시는 것보다 한 주걱이나 두 주걱쯤 더 드신다. 그것뿐만 아니라 경행대 위에서 왔다갔다 거니시기도 한다. 그날은 여행을 떠나실 것이라고 대중 스님들께 미리 알려드린다.

그분 곁에서 지낸 날이 오래 되자 부처님께서 원하시는 것을 내 나름대로 구분할 수 있게 된 것이다. 이렇게 구분하여서 시골에서 올라온 비구들에게 미리 약속을 하게 된 것이다.

약속한 것처럼 제대로 되어갔다. 공양하는 일이 끝나자 부처님과 우리들은 제따와나 정사에서 뿍바란마나 정사로 갔다. 그곳에 도착해서 각자 자기의 방에 들어가서 쉬게 되었다.

해가 설핏해지고 서늘한 바람이 불어오자 내가 기다리던 말씀을 듣게 되었다.

"아난다여, 나 여래가 물을 사용하고 싶다. 뿍바꼬타까 목욕터로 가자."

이러한 말씀을 듣기 전에 미리 목욕의를 준비해 놓았다. 아시라와디 강의 목욕터는 강의 경사가 아주 완만하다. 어른들의 말로는 까싸빠 부처님 당시에 아주 넓고 큰 정사의 동쪽 문이었다고 이 이름을 붙인 것이라고 했다.

아들 손자 대대로 이어서 말할 만큼 이곳은 아름답고 편안한 곳이었다. 강바닥의 모래는 고운 진주알을 펴놓은 것처럼 희고 부드러웠다. 강물은 빠르게 흐르는 곳과는 거리가 멀어서 이곳에서는 느린 속도로 조금씩만 움직인다.

강둑에서부터 부드러운 경사는 어떠한 위험도 주지 않는다. 이 목욕터를 부처님께서 사용하시는 줄 아는 성안의 사람들이 여기에는 오지 않는다. 강바닥의 은빛 모래 위에 이르자 나는 가져왔던 목욕의를 부처님께 올렸다. 그리고 부처님께서 입으시던 가사를 건네받았다. 그 다음은 나에게 크나큰 상이 기다리고 있다고 해야 할 것이다.

햇님은 서쪽 하늘 전체를 붉은 빛깔로 물들이고 있었다. 그 붉은 빛은 하늘을 물들이고도 남은 여력으로 은빛 모래를 황금색으로 바꾸어서 찬란하게 반짝이게 했다. 그 황금색 모래를 지나 속으로 들어가서 강물마저 물들이고는 살랑살랑 물결을 만들어서 다시 하늘로 반사해서 쏘아 보내고는 했다.

하늘과 땅, 강물마저 온통 황금으로 빛나서 어디서부터 시작되었는지 구별이 되지 않았다. 이 황금빛은 햇님이 없으면 있을 수 없지만 그러나 햇빛 자체는 아니다.

모래밭에서 퍼져 나오는 황금빛만으로 이처럼 반짝거릴 수는 없다. 그래서 살랑살랑 금빛으로 일렁이며 살금살금 내려가는 것 같이 되었다. 무슨 이유인가?

물과 해가 아름답게 조화를 맞추어서 표현할 길 없는 아름다운 황금색으로 환한 빛깔의 살색을 지니신 그분을 나는 넋을 놓고 바라보고 있었다. 보면 볼수록 더욱 존경과 함께 마음 편안함을 가질 수 있는 행운을 나는 얼마나 많이 가졌던가?

나의 일생 동안 수도 없이 여러 번을 뵙고 또 뵈었지만 언제나 아쉬움을 가지는 '눈의 대상(Ruparammana)'인 것이다.

보고 또다시 보아도 다함이 없는 그 모습이 강물에서 모래밭으로 올라오셨다. 나는 안고 있던 아랫가사를 그분께 올리고 욕의(목욕옷)를 받아서 물에다가 깨끗이 헹구어 짜서, 짠 그대로 어깨에 걸치고 다시 허리띠를 올렸다.

번갯불처럼 반짝이는 허리띠를 단정하게 매시고 금방 윗가사를 입지 않으시고 몸의 물기가 마르기를 기다리고 계셨다. 그때 뵐 수 있는 모습은 물에서처럼 아름다움이라는 단어로는 모자라는 아름다움이었다.

그러나 이때쯤이면 나는 낮에 약속했던 일을 진행하여야 한다.

"높으신 부처님! 멀지도 가깝지도 않는 곳에 건너다보이는 저 절은 람마까 브라만의 초암입니다. 그의 초암은 아름다울 뿐만 아니라 조용하고 편안한 곳입니다. 그곳에 모여 있는 비구들을 연민히 여기시어 부처님께서 그곳으로 가시면 모두들에게 큰 기쁨을 주실 것입니다."

내가 여쭌 것을 부처님께서 허락하셨다. 허락하지 않으시는 일은 금구를 여시어 분명하게 말씀하시고 허락하시는 일은 이처럼 그저 묵묵히 계셨다.

❧

우리가 도착한 시간에 암자의 문은 닫혀 있었고 절 안에서는 법을 토론하는 소리를 직접 들을 수 있었다. 비구들의 소리가 멈추어지도록 기다려서 부처님께서 기침소리를 내어서 문을 두드리자 비구들이 황급히 문을 열고 부처님을 안으로 모셨다.

기다리기는 했지만 앞에 닥친 행운으로 기쁨에 넘쳐서 예배를 올렸다. 부처님께서는 펴놓은 자리에 앉으셔서 인사말씀을 주고받으셨다.

"비구들이여! 높고 높은 것을 찾음, 낮고 저속한 것을 찾음, 이러한 두 가지가 있다. 비구들이여, 저속한 것을 찾음이란 무엇인가?"

이러한 식으로 말씀하시고 싶으신 것을 질문하는 방법으로 시작하셔서 법을 여셨다.

"비구들이여!

이 세상의 어떤 이들은 자기 스스로 태어남의 성품이 있어서, 자기 스스로 늙고 병들고 죽는 성품, 자기 스스로 뜨거운 걱정, 통곡하는 성품이 있어서 그것을 찾고 있다."

"비구들이여! 태어나는 성품이 있는 것, 늙고 병들고 죽는 성품이 있는 것, 뜨거운 걱정, 통곡하는 성품이 있는 법이 무엇인가?

비구들이여! 아내와 자식들, 생명이 있는 재산과 생명이 없는 재산들이 생기는 성품, 늙고 병들고 죽는 성품이 있으며, 뜨거운 걱정, 통곡하는 성품이 있는 법이다.

이러한 법들에 탐닉하고 빠져서 어리석게 생각하여 집착하는 것으로 담마, 법을 찾는다고 한다. 비구들이여!"

바라고 바라던 비구들이 그 보람이 있는 법을 얻는 순간이었다.

그러한 법의 성품으로 우리들이 얻은 이 몸과 마음과 우리들이 날마다 찾아서 모아 놓는 것들이 모두 우리를 생로병사에 빠지게 하는 법이다.

그러나 그러한 법을 받아들이는 것만으로 저속한 찾음이 된다고 부처님께서 말씀하신 것은 아니다. 그러한 법들에 기꺼이 탐닉하고 탐착하는 것, 정신없이 취하여서 집착하는 것만을 저속한 찾음이라고 하셨다.

달리 말하면 찾아서 얻은 물건들을 사용하는 것만으로는 낮은 부류에 들지 않는다. 사용하는 것만으로는 만족하지 못하고, 사용하는 것을 멈추지 않고 집착하는 것이 바로 낮은 부류에 속한다. 이러한 저속한 찾음을 보여주신 다음 계속하여 설해 주셨다.

"비구들이여! 높고 높은 찾음이란 무엇인가?

이 세상에 어떤 이들은 태어나고 늙고 병들어서 죽는 성품, 뜨거운 걱정, 통곡하는 성품이 있는 몸과 마음의 허물을 순간순간 자세하게 알아서 그 성품에서 벗어나는 고요한 닙바나의 법을 찾는다. 닙바나를 체험할 수 있는 바른 길을 수행한다. 이러한 찾음을 '높고 높은 찾음'이라고 한다."

꽃

이러한 찾음 두 가지 종류를 더욱 분명하게 보이시려고 부처님께서 당신의 생애가 생기는 차례에 관해서 설하셨다. 까삘라왓따의 궁전에서 깜마의 대상락을 즐긴 것과 아노마 강 언덕으로 떠나갔던 것의 찾음 두 가지가 산 본보기가 된다. 그 다음 깜마 오욕락을 따르지 않도록 법을 설하셨다.

가지가 무성한 가르침을 듣고서 시골에서 온 비구들이 만족하여서 싸~두 … 라는 소리를 합창하였다. 그와 동시에 나의 법의 은행에 다시 새로운 재산 한 가지가 늘어나게 되어 기쁜 마음으로 거두어서 저장하였다.

Mūlapaṇṇāsa pasarāsi sutta

형님의 높은 본보기

나의 마음을 기쁘게 하는 오! 선한 이들이여!

　내가 일생 동안 기록한 긴 이야기들을 지루해 하지 않고 여기까지 이어 오는 중에 이제 그 중간 부분에 이르렀다. 부처님의 뒤를 마치 그림자처럼 따르면서 시중드는 모습을 들어왔다.

　이렇게 아주 가까이 머물면서 시중을 드는 가운데 가장 높고 높은 형님 부처님의 가장 귀중한 본보기를 하나씩 하나씩 만나게 될 것이다. 내가 보고 듣고 느낀 것들 모두를 또한 여러분들에게 지금 전해 드리려 한다. 이 산 본보기들을 만날 때마다 나의 마음이 흐뭇해지는 것처럼 여러분들의 마음 또한 흐뭇해지는 기쁨을 누릴 것이다.

🪷

　높고 높은 본보기 가운데 먼저 드러내려는 것은 담마를 지극하게 존중하는 것이다. 그날 저녁, 대중 스님들이 모여서 공양을 하는 큰방에서 난다까 테라의 법문이 있었다. 사까와 골리야 두 군데서 왔던 비구니 5백 명에게 법을 얻도록 설하여 주었던 난다까 테라를 기억할 것이다.

그렇다. 오늘 저녁의 법회 역시 그 유명하신 난다까 테라께서 법문을 설하는 차례였다. 싸늘한 겨울철이라서 공양방은 문들을 모두 꼭꼭 닫아 놓았다. 벽과 문들은 겨울철의 한기를 막아주기에 충분하였다.

그러나 난다까 테라가 법을 설하는 목소리조차 막을 수는 없었다. 문은 닫았지만 난다까 테라의 청아한 목소리는 부처님께서 거처하시는 곳, 간다꾸띠까지 들려왔다. 멀리까지 퍼져 오는 소리지만 희미하게 대강 들리는 것이 아니라 맑고 분명하며 정확하였다.

"아난다여! 법을 설하는 소리가 매우 아름답고 청아하구나. 우리들도 가서 법을 들어보자."

법회가 시작되고 오래지 않아서 부처님께서 말씀하셨다. 법회가 진행되는 공양방에 가까이 갈수록 목소리는 더욱 분명해지고 깨끗하게 들렸다. 여기서 부처님께서는 이렇게 한참 진행되는 법회가 중단이 될까 저어하시는 눈치였다.

문을 두들겨서 열게 하시지 않고 문 밖에 서 계셨다. 아무래도 법회가 끝나면 들어가실 기미였다. 겨울철이었으므로 북쪽에서 찬바람이 씽씽 불어왔다. 추녀 끝에서는 이슬방울도 뚝뚝 떨어지곤 했다.

그러나 우리들은 그 추위의 형벌을 크게 받지는 않았다. 때로는 천둥이 치듯이, 때로는 소나기가 내려 퍼붓듯이, 때로는 산들바람이 살랑거리듯이 넓고도 골고루 시원하게 설하여져 나오는 난다까 마하테라의 법문은 우리 모두를 따뜻하게 싸안아 주는 듯이 법열의 기쁨 속에 흠씬 젖어들게 하였다.

법문에 취하여서 나의 몸과 마음은 추위를 잊었다고 할 수 있지만, 그러나 나의 큰형님께도 이대로 추위를 받게 하고 싶지는 않았다. 어릴 적 왕자 시절부터 호사롭게 자라왔으므로 이 정도의 추위를 감당할 수 없을 것만 같았다. 그래서 살그머니 여쭈었다.

"부처님! 초저녁이 지났습니다. 조금만이라도 쉬셨으면 합니다. …"

안에서 진행되는 법회를 방해하지 않도록, 소리를 내어서 여쭌 것은 아니었다. 몸짓으로 아시게 하신 것이다. 그러나 부처님께서는 미동도 없이 서 계셨다. 그대로 이어서 법문을 설하는 소리를 듣고 계신 것이다.

이렇게 하여서 한밤중도 지나갔다. 이렇게 오랜 시간을 들어도 난다까 테라의 법문은 지루할 사이가 없었다. 바람 부는 바깥에서 듣는 이가 이러할진대 안에서 듣는 이들이야 달리 더 말할 필요도 없으리라. 밤 시간의 법회가 아니었다면 그의 법문을 좋아하는 비구니 대중들도 기쁜 마음으로 들었을 것이다.

한밤중이 지났지만 내가 다시 여쭌 것을 조금도 염두에 두시지 않으시는 것 같았다. 찬바람이나 이슬의 추위보다는 법을 설하는 소리에 집중하고 계셨다. 설하는 이가 설할 수 있는 만큼, 듣는 이 또한 들을 수 있는 만큼 듣는다고 해야 하리라.

내가 세 번째 다시 여쭈었을 때는 멀리 동쪽하늘이 훤히 터오고 있었다. 그러자 마침 법문을 끝맺음하는 소리가 들렸다.

🪷

"난다까여! 너의 법문이 길구나. 너의 법문 끝내는 소리를 기다리느라 나 여래의 허리가 저리구나."

안으로 들어가셔서 펴놓은 자리에 앉으신 다음 하시는 말씀이었다. 이 말씀은 법문하는 시간이 길다고 허물하시는 것이 아니라 이토록 길게 사람들이 지루해 하지 않도록 잘 설하는 것에 대한 칭찬을 하시는 것이었다.

흡족해서 웃으시면서 말씀하시는 모습으로 미루어 보아서 모여 있는 모든 대중들도 그렇게 이해하는 것 같았다. 그러나 칭찬을 받은 난다까 테라는 몹시 부끄러워하였다.

"문 밖에 부처님께서 계시는 줄 알았다면 이렇게 길게 말하지는 않았을 것입니다."

🪷

자기 스스로가 시작해서 설하였던 담마를 지극하게 들으셨던 부처님께서는 자기 스스로가 만들어서 길러 놓은 비구 대중들에게도 정성껏 대하셨다.

그날은 안거가 끝나는 해제하는 날이었다. 상가 대중들이 지난 석달 안거 중 적당하지 못한 허물을 지은 것을 스스로 보았거나, 전해 들었거나 의심나는 것이 있으면 지적해서 고쳐 주기를 대중 스님들이 서로서로 청하는 행사(Pavāraṇā kamma)를 하는 날이었다.

그날 빠와라나를 행하는 곳은 뽁바란마나 정사 안의 큰 법당이었다. 각기 다른 장소에서 수행하던 대중 스님들이 지금 초저녁에 상가의 일, 포살을 하기 위해서 모였다.

상가 대중 스님들이 모여 있는 큰 법당에 조금 남은 햇볕이 점점 줄어들었다. 그러나 불을 켤 필요는 없었다. 햇빛이 비치던 곳에 달빛이 들어왔기 때문이다. 밝고 시원하며 깨끗하게 떠오르는 달빛이 그윽하니 앉아 계시는 그분의 얼굴에 빛을 뿌리며 공양을 올리는 듯했다.

"비구들이여⋯⋯."

동쪽 하늘에서 떠오르는 달님이 법당 안의 달님을 비추어서 서로 겨루고 있을 때 달빛보다 더 부드럽고 아름다운 목소리가 들려왔다.

"너희들을 지금 나 여래가 초청하노라.

나 여래의 몸으로 행한 업, 입으로 행한 업 가운데 적당하지 못하고 경멸스러운 것을 너희들은 보았느냐? 만약 보았거든 말하기 어려워들 하지 말라. 각기 비구 대중들끼리 말하듯이 나 여래에게도 너희들이 말할 기회가 있느니라."

상가 대중들의 빠와라나를 끝냈으므로 부처님께서 당신의 일을 말씀하신 것이다. 이 교단 전체를 시작하여 세우신 분이시지만 '나만이 말할 권한이 있고, 너희들은 모두 나의 아래에 있는 이들이니 나에게 감히 말을 할 것인가'라고 생각지 않으신다.

이 교단을 짊어지고 가는 이들 모두에게 당신과 똑같이 말할 기회를 주시는 것이다.

🪷

여기서 부처님의 초청하심을 다시 생각할 필요가 있다. 세 가지의 업 가운데 몸과 입의 업만을 말하도록 초청하였다. 마음의 업은 남겨 두었다.

'마음의 업은 구분할 수가 없어서 남겨 두었는가?'라고 존경심이 없는 이가 질문할 수도 있다. 이렇게 물어 온다면 물론 대답이 준비되어 있다. 몸의 업(身業)과 입의 업(口業)이 생겨나지 않으면 마음의 업(意業) 한 가지만으로는 어느 사람도 알 수 없는 것이어서 이것은 남겨둔 것이다.

부처님께서 자기와 같은 위치에 두어서 기회를 주었지만 그 기회를 어느 누구도 감히 일어나서 사용하지 않는다. 모든 대중들의 입이 조용하기만 하다. 법당 바깥의 틈바구니에서 울어대는 귀뚜라미 소리만이 그 고요함을 더 보태주고 있었다.

대중들이 입을 다물고 있는 것은 부처님께 지극히 존경하는 마음 한 가지 뿐만은 아니었다. 부처님께서 행하시는 것마다 말씀하시는 것마다에는 어느 한 가지의 경멸할 만한 것을 본 적도 들은 적도 없었기 때문이다. 그러자 모든 상가 대중의 대표로써 마하사리불 테라가 조심스럽게 일어나서 말씀드렸다.

"부처님, 제자들이 부처님의 신업과 구업 가운데 어느 한 가지도 적당하지 못한 것을 보지도 듣지도 못했습니다. 부처님께서는 어느 누구도 설하지 못하는 닙바나에 이르는 담마를, 누구도 같을 수 없을 만큼 능숙하게 설하신 분입니다.

저희들 상가 모두는 부처님께서 가신 길을 그대로 따라갔기 때문에 도와 과를 차례차례 갖추게 되었습니다."

꼬살라 국왕과 처음 만났을 때 그가 부처님께 삼마 삼붓다 부처님이라고 인정하시느냐고 질문했을 때 부처님께서 긍정하신다고 대답하셨다.

네 가지의 성스러운 진리를 스승의 도움 없이, 모든 것을 다 아는 지혜(sayambhūñāṇa)로 스스로 깨달으셨기 때문에 이렇게 긍정하신 것이다. 그러자 꼬살라 국왕이 금방 이해하지 못하여서 당황해 하였다.

뿌라나 까싸빠, 매칼리 꼬살라 등 나이도, 수행한 햇수도 훨씬 더 많은 유명한 종파의 스승들도 삼마 삼붓다라고 스스로를 인정하지 않았었는데 나이도, 수행한 햇수도 훨씬 더 적은 이가 붓다라고 스스로를 인정한 것이다. 여기서 부처님께서는 어려도 존경하지 않으면 안 되는 네 가지 종류를 설하셨다.

그때 사실 있는 공덕을 사실대로 긍정하시고, 사실이 아닌 공덕을 완벽하게 빼어 없애 버리셨다.

"고따마 수행자시여! 고따마 수행자께서는 모든 것을 압니다. 모든 것을 봅니다. 가고 있거나 서 있거나 잠들거나 깨어 있거나 언제나 지혜의 눈이 항상 열려 있어서 남김없이 보는 지혜를 얻었음을 긍정했다고 들었습니다. 제가 들은 대로 사실입니까?"

왓사족에서 태어난 외도 수행자가 여쭌 것이다. 왜살리 수도의 마하와나 숲, 꾸따가라(Kuṭāgara) 절에 머무시면서 왓사가 머무는 곳으로 가셨을 때 부처님께 여쭌 것이다.

전해들은 대로 여쭈었던 것처럼 그가 들은 말은 뿌리가 없었다. 우리 제자들 가운데 이러한 말을 하는 이는 볼 수 없다. '무엇이든지 가릴 것 없이 무조건 다 안다. 언제나 그대로 알고 있다.'라고 하는 말을 가장 많이 사용하는 이는 니간타(Nigaṇṭha)들의 스승 나따뿍 다(Nāṭaputta)이다. 그 나따뿍따의 말을 부처님의 말과 섞어서 하는 소리 같았다.

🪷

"왓사여! 네가 들은 대로가 아니다."라고 사실대로 확실하게 부정하였다.

"부처님, 들은 대로가 아니라면 제가 고따마 수행자의 공덕을 사실대로 바르게 말하려면 어떻게 말하여야 하겠습니까?"

"왓사여! 그러면 이렇게 말하여라. 수행자 고따마는 웨이사 (Vijjā) 세 가지를 구족하게 갖추었다고 말하여라."

사실이 아닌 공덕을 빼어버리고 사실인 공덕을 드러내 주신 것이다. 특별한 지혜(Vijjā ñāṇa) 세 가지는 다음과 같다.

① 전에 있었던 몸의 차례를 기억할 수 있는 지혜(뿍배니와사 냐나, Pubbenivāsa ñāṇa ; 숙명통)

② 업에 맞게 중생들이 태어나고 가고 오는 모습을 아는 지혜(대

바쌔꾸 냐나, Dibbacakkhū ñāṇa ; 천안통)

③ 모든 번뇌를 깨끗이 없애는 아라한 과의 지혜(아라하따 팔라
냐나, Arahatta phala ñāṇa)

꿈

부처님께서는 선한 이들, 함께해도 좋을 좋은 도반을 찾도록
수도 없이 여러 번 설하셨다. 좋은 도반과 함께한다는 뜻을 내가
잘못 생각하였을 때 부처님께서 고쳐 주셨다

이렇게 설하신 것은 선한 이들이 가려는 곳으로 한 발자욱도
떨어지지 않고 붙어서 따라가라는 것이 아니다. 선한 이들이 얻은
진리의 지혜를 자기의 지혜로 옮겨서 특별한 지혜, 특별한 견해를
얻는 것이다.

그렇지 않고 같이 뭉쳐 다니면서 웃고 떠들기를 함부로 하고
지낸다면 부처님께서 허락하시지 않을 것이다. 허락될 수 없는
일이 생긴 것은 사까족 태생인 가따라 비구의 건물이었다.

그곳에 많은 비구들이 가사를 기우려고 모였을 때 나도 마침
그곳에서 도움을 주게 되었다. 자그마한 작은 암자에서 가까이
지내는 친한 스님들과 모였으니 자유롭게 떠들기를 말이 끊어질
사이가 없이 웃고 손뼉치고 하는 중이었다. 마침 알맞은 시간에
부처님께서 들어오셨다.

"아난다여! 비구 수행자들이란 대중들과 같이 즐기고 떠드는
것이 적당하지 않다. 친한 이들과 웃고 떠들고 지냄으로써 선정의
행복과 도의 행복을 얻는 원인은 어디에도 없다."

이러한 등으로 친한 이들과 웃고 떠드는 것의 허물을 보여주시고, 혼자 지냄으로써 얻을 수 있는 이익들을 가르쳐 주셨다.

🪷

허허거리고 웃고 떠드는 것을 좋아하시지 않는 것처럼 사람들의 소리가 시끄러운 것도 부처님께서는 허락하시지 않으셨다. 이러한 것들은 가끔씩 만나게 되는 것으로, 그전에 나기따 테라가 그런 일을 만났었다. 그때 부처님의 시봉을 책임 맡은 이는 나기따 테라였다.

어느 날 잇싸닌가라(Icchāningala) 마을에서 그 지방의 유지 거부 장자들이 좋은 음식을 장만해서 부처님께서 머무시는 곳으로 왔다. 사람들이 많이 모였으므로 정사의 대문 쪽에서 와자지껄 시끄럽게 들려왔다. 그러자 부처님께서

"나기따여, 어부들이 고기 잡을 때처럼 저렇게 시끌시끌 요란스럽게 떠들어대는 이들이 누구인가?"

나기따 테라가 사실대로 말씀드리자

"나기따여! 나 여래는 사람들이 시끌시끌 하는 곳에서는 지내고 싶지 않다. 저렇게 시끄러운 사람들은 나에게 오지 말게 하라."

"나기따여! 선정의 행복, 도의 행복, 과의 행복을 얻지 못하고 먹는 이들은 배설물거리를 먹은 다음 실컷 졸 수 있는 음식의 행복을 즐기며 시끌시끌 시끄러운 무리들과 지내는 것을 즐거워 좋아한다. 그렇지만 나 여래는 선정의 행복, 도의 행복, 과의 행복을 쉽게 얻을 수 있는 그러한 행복을 좋아한다."

이렇게 말씀하시고 공양을 올리러 왔던 이들을 만나지 않으셨다.

🪷

담마를 설하거나 사람들을 가르치는 일이 없으면 부처님께서
언제나 조용히 지내시는 것을 이해할 수 있다. 이미 얻어 놓은
출세간의 행복을 방해하는 잇싸린가라 마을 사람들은 말할 것도
없고 애까 사와까(Agga sāvaka), 가장 큰 제자 두 분조차도 용서하시
지 않으셨다.

그때 부처님께서는 나를 포함한 몇 사람의 제자들을 거느리시고
싸뚜마 마을 근처에 있는 샤샤나무 숲속의 정사에 머무셨다. 싸뚜마
마을은 사까 종족들이 다스리는 구역이었다. 그곳에서 우리들은
조용하게 수행에 전념하고 있었다.

그렇게 얼마 동안 지내는데 마하 사리불 테라와 마하 목갈라나
테라 두 분이서 오셨다. 그분들의 뒤에는 5백 명의 비구 제자들이
따라왔다. 그들 모두가 이제 갓 비구가 된 이들이라서 부처님께서
원하시는 것을 아직 몰랐다.

먼저 있던 스님들과 인사를 하고, 잠자리를 준비하고, 발우와
가사를 제자리에 두는 일들을 조심스럽고 조용조용하게 하지 못하
고 생긴 대로 떠들고 말하고 부시럭거리는 소리로 절 안이 온통
법석거렸다.

부처님의 말씀으로 오래지 않아서 그들 모두는 부처님 앞으로
모여야 했다. 가장 큰 제자 두 사람을 향해서 꾸지람을 내리기 시작하
셨다. 사실을 모두 들으셨지만 분명하게 거듭해서 말씀하셨다.

"비구들이여, 가라. 너희들을 나 여래가 쫓아낸다. 나 여래가 있는 곳에 너희들은 머무르지 말라."

기다리지도 생각지도 못했던 명령을 내리셨다. 부처님께서 사랑하시는 가장 큰 제자 두 사람의 얼굴을 보아서라도 별일이야 있겠는가라고 쉽게 생각하던 어린 비구들은 너무 당황하고 슬퍼서 주저앉고 말았다. 어떤 이들은 눈물을 줄줄 흘리기도 했다.

그 딱한 이들은 모두 부처님을 친견하려고, 법을 들으려고, 멀고 먼 길을 걸어왔던 것이다. 부처님이 계시는 곳에 왔다고 생각하여서 들뜬 마음으로 주의를 소홀히 한 결과치고는 너무나 엄청나게 바뀌어버린 현재의 사정이었다.

부처님께서 원하시는 것을 몰랐기 때문에 방해를 드리고 말았던 것이다. 행하였던 벌을 분명하게 알도록 가르친 것이다. 어느 누구도 그들을 도와줄 수는 없었다. 금구로써 나오는 말씀을 거역할 수 있는 이를 나는 아직껏 어디에서도 만나 보지 못했다.

망연자실하고 있는 그 젊은 비구들의 일이 내 일처럼 느껴졌다. 부처님께서 만족하실 만한 좋은 비유 한 가지를 만날 수 있다면 그들을 도와줄 수 있으련만…….

그러나 그때의 나에게는 어떤 좋은 방안도 떠오르지 않았다. 그 두 분들도 그 스스로들 벌을 받는 형편이니 뭐라고 변명을 드릴 수 있는 처지가 아니었다.

"예, 부처님."

내려진 벌을 공손하게 받아들여서 왔던 길을 다시 돌아가는 수밖에는 없었다. 그 두 분과 뒤따르는 젊은 비구 5백 명은 도착할 때와는 달리 조심스럽게 짐을 챙겨서 살그머니 떠나갔다.

그들이 떠나가고 난 다음 오래지 않아서 싸뚜마 마을의 사까 종족 사람들이 왔다. 그 두 분들에게 생긴 일을 듣고서 왔을 것이다.

☙

수많은 사람들이 왔지만 그들은 부처님이 원하시는 것을 잘 알고 있었으므로 문제가 생기지 않았다. 조용조용 들어와 조용조용 부처님 곁으로 가까이 갔다. 부처님 앞에 이르자 모두 똑같이 예배를 올리고 나서 그 중의 우두머리가 되는 이가 공손하게 두 손을 합장 올리고

"부처님! 부처님께서 그 비구 스님들을 용서해 주십시오. 그 대중들이 돌아오도록 허락해 주십시오. 전에도 격려해 주셨듯이 지금도 다시 격려해 주십시오."

"부처님, 어린 새싹이 물을 제때에 얻지 못하면 시들고 마는 것처럼, 어린 송아지가 어미 소의 젖을 빨지 못하면 여위고 시들어져서 죽고 말듯이, 이제 갓 비구가 된 젊은이들이 부처님을 뵙지 못하면 생겼던 신심들이 시들어져 갈 것입니다. 부처님."

그들이 사루는 말들이 사실 바른 이유가 되었다. 이러한 비유들을 적절하게 인용하여서 부처님께서 만족하게 여기시게 되었다. 이렇게 만족하게 여기시더라도 어느 누가 감히 그 두 분들이 계시는 곳으로 가서 말하지 못하였다. 부처님께서도 가서 불러오라고 시키지 않았다.

그러나 오래지 않아서 그 두 분들이 돌아왔다. 마하 목갈라나 테라의 예리한 마음의 신통력이 자극했을 것이 틀림없다. 가서 부르는 이, 연락해 주는 이가 없어도 그분들이 돌아왔을 때, 부처님께서 물으셨다.

"사리불이여! 내가 비구들을 쫓아낼 때 너의 마음속이 어떠했느냐?"

"부처님, '부처님께서 비구들을 쫓아내셨다. 지금 오직 한 분이서 걱정 없이 과(果)의 선정에 들어가시려는 것이리라. 우리들도 아무 걱정 없이 깊은 선정에 들어가서 지내리라.' 이렇게 생각하였습니다. 부처님."

"사리불아! 걱정 없이 선정에 들어가는 것, 기다려라. 기다려라."

그분의 오른팔이나 다름없이 이 크나큰 교단을 보호하고 거두어 나가는 많은 책임이 있는 마하 사리불 테라를 이렇게 제지하신 다음 계속하여서

"목갈라나여! 비구들을 나 여래가 쫓아냈을 때 너의 마음속이 어떠하였느냐?"

"부처님, 지금 부처님께서 비구들을 내쫓으셨다. 지금 한 분이서 걱정 없이 과(果)의 선정에 들어가서 지내실 것이다. 지금 이 교단 안에 있는 모든 비구들을 제자와 사리불 테라가 그들을 보호하리라 이렇게 생각하였습니다."

왼쪽 팔이신 큰 제자의 대답에 부처님께서 만족하시는 대답으로 싸~두를 부르셨다. 여러 가지 모든 어려움을 지내면서 세웠던

이 큰 교단이 길게 머물 수 있는 것은 목갈라나 마하테라처럼 생각하고 보호해 나가야 할 큰 인물들의 손에 달려 있는 것이 아니겠는가?

Anguttara

Majjimapaṇṇāsa

이 교단의 새싹들

형님의 높고 높은 본보기들을 우리 대중들이 만족하게 들었을
것이다. 나의 일생 동안 이러한 것들을 이야기한 것이 수도 없이
많다. 같이 지내는 대중 스님들에게도 기회를 만나는 대로 말씀드렸
다. 여러 지역마다 신자들에게도 설하여 주었다. 설하였던 지역이
얼마만큼인지 알 수 없다. 그러나 내가 정확하게 기억하고 있는
것이 한 가지 있다. 그것은 다름 아니라 이 사건을 떠올릴 때마다
나의 입에 그 깊이를 알 수 없는 부드러움이 생기기 때문이다.
나의 입이 부드러웠던 것처럼 듣는 여러분들의 귀 역시 기름에
담근 솜처럼 부드럽고 촉촉해질 것이다.

설하는 이와 듣는 이 양쪽 모두가 만족해지는 것에 부드러운
평온함을 지닐 수 있을 것이다.

사부대중 가운데 사자왕처럼 용감하고 의젓하게 계시는 부처님

께서는 특별한 일이 없으면 조용한 곳에서 홀로 앉아 계시거나 조용히 거니시기도 하신다.

이렇게 지내시는 것은 이익 두 가지를 한꺼번에 행하시는 것이다. 그 한 가지는 고요하게 혼자서 지내시는 것으로 현재의 행복을 즐기시는 것이요, 그 다음 한 가지는 미래의 제자들에게도 그분의 행동을 본받게 하려는 것이다.

⚜️

부처님께서 목적하신 대로 부처님의 제자 비구들이 그분의 행을 따라서 행하고는 했다. 숲에서만 지내는 비구들도 있었고 도시나 마을 근처 한적한 곳에 혼자 앉아서 수행하기를 즐기는 제자들도 있다. 그러나 이렇게 여럿이서 어울리지 않고 혼자서 지내는 것만으로 부처님께서 칭찬하시는 것은 아니다.

어떤 이들은 몸은 혼자서 지내지만 그의 마음속은 함께하는 것들이 수도 없이 많다. 어떤 이들은 지난 과거에 만났던 것을 돌이켜 생각하고 좋아하고는 한다. 어떤 이들은 미래를 상상하면서 먹지 않고도 배불러한다. 어떤 이들은 지금 현재 생기고 있는 대상만 지나치게 집착한다. 떼어낼 수 없이 꽉 붙들고 있다.

그래서 부처님께서는 혼자서 지내는 테라를 앞으로 불러서 가르침을 내리셨다.

"테라여! 혼자서 걸식 가고, 혼자서 돌아오고, 혼자서 앉고, 혼자서 경행하는 것을 이익이 없다고 말하지는 않는다. 적당한 만큼은 있다. 그러나 완전하고 구족하게 이익을 키우게 할 수 있는 것이

한 가지가 있다.

그 하나는 지나간 과거를 다시 회상하며 즐거워하지 않는 것, 앞으로 바라는 일을 가지고 먹지 않고도 씹고 있는 것, 현재 당하고 있는 대상에도 지나치게 붙들지 않는 것이다. 집착하고 좋아하는 자기 마음을 충동하지 말고 집착함이 없는 강한 의지로 혼자서 앉는 것, 이렇게 지내는 것이 완전하고 구족하게 이익을 키우며 지내는 것이다."

이렇게 가르쳐 보인 대로 테라존자는 몸뿐만 아니라 혼자서 이익을 키우며 잘 지낼 것으로 생각된다. 이렇게 몸도 마음도 혼자서 지내는 이가 부처님의 아들들인 비구들만은 아니었다. 부처님의 손자들에 유명한 이들도 있었다. 그들 때문에 '그 아버지에 그 아들'이라고 하는 속담이 있는 것인가 보다.

고요하고 행복한 마음으로 지내기 때문에 사마나(Sāmaṇa)라고 인도의 말로 그렇게 부른다. 탄생이라고 하는 것도 이 몸, 피와 살을 말하는 것이 아니라 우리들의 자비로운 자부(慈父)이신 부처 님에게서 얻은 힘으로 비구를 만들어주는 것도 탄생이라고 한다. 비구로써 태어난 것을 말하는 것이다.

우리들이 만들어낸 사마나들이 나이가 찼을 때 우리들과 같이 비구의 생애로 이르러 오게 되는 것이다. 우리들이 사라지고 난 다음 그들이 이 교단을 짊어지고 나갈 것이다. 그래서 비구들의 아들, 부처님의 손자들을 사마나(Sāmaṇa)라고 부르게 된 것이다.

그 가운데서 이 교단의 공덕을 밝게 빛낸 유명한 이가 아씨와라따

(Acīvarata)라고 이름하는 사미였다. 부처님의 행을 따라서 아씨와라따는 웰루와나 죽림정사에서 멀지도 가깝지도 않는 숲에 들어가서 오로지 혼자서 지냈다.

이렇게 지내는 것은 수행을 하기 위한 것으로써, 우리 모두는 그가 원하는 대로 가까이 가는 것을 적당하게 삼가해 주었다. 그 사정을 모르는 객스님들이 오면 아씨라와따가 수행하는 근처로 가지 말 것을 미리 주의를 주고는 했다.

그러나 우리가 막을 수 있는 것은 우리와 같은 비구들뿐이었다. 우리와 같지 않은 아씨라와따의 형제들이나 왕자들은 막기에 적당하지 않았다. 그래서 사야새나 왕자가 하는 거동을 우리들은 그대로 지켜볼 수밖에 없었다.

자기가 있는 곳으로 곧바로 들어왔으므로 아씨라와따는 어쩔 수 없이 손님을 맞아야 했다. 고요하고 편안하게 지내던 시간을 왕자를 위해서 비켜 주어야 했다. 만약 법의 성품을 간직하고 있는 이라면 문제가 될 것이 없다.

설사 법을 설하여 주더라도 이해할 수 있는 이가 아니라면 피곤함과 시간만 허비하고 마는 것이다. 피곤하더라도 법의 길로 들어설 수 있는 원인이 된다면 시간을 보낸 이익을 건지게 되는 것이다. 이렇게 우리들 교단의 짐을 모두가 함께 감당해야 한다고 생각해야 할 것이다.

그러나 그 왕자에 대해서는 이익을 건져 낼 수 있을 것이라고 생각되지 않았다. 부처님께 정사를 지어서 올린 빔비사라 대왕의 아들이지만 사야새나 왕자는 법에 대해서는 귀가 아주 멀리 떨어져 있었다.

작은 왕비에게서 태어났기 때문에 왕위를 바라볼 수 있는 위치는 아니지만 왕자로서의 위세는 가지고 있었기에 주변에 따르는 무리들이 많았다.

그밖에 젊고 준수하게 생긴 외모로 인해서 깜마 오욕락의 흐름에 빠질 수 있을 만큼 빠져 있는 이였다. 우리들이 짐작하고 있는 것처럼 아씨라와따 역시 눈치를 챈 것 같았다. 그래서 사야새나 왕자가 법을 설해 주기를 청하였지만 금방 설하지 않고

"왕자여!

내가 들은 대로, 내가 수행한 대로 법을 설하여 주어서 왕자 당신이 이해한다면 좋을 것이요. 그러나 만약 설하는 만큼, 말해 주는 만큼 이해하지 못한다면 피곤함만 가져올 것이요. 그래서 왕자 당신에게 법을 설하고 싶지 않소."

왕자의 소문을 충분하게 들은 터라 이렇게 거절하였다. 그러나 사야새나 왕자는 거듭 여쭈어서 부탁을 드렸다.

"오! 앗기왜사나 수행자시여!

수행자께서 직접 들었던, 수행자께서 직접 배웠던 법을 설하여 주십시오. 설하시는 법을 제자가 이해할 것입니다."

"그러면 왕자 당신에게 법을 설하여 주리라. 내가 설해 주는 법을 왕자 당신이 이해한다면 좋을 것이요 만약 이해하지 못한다면 조용히 있으시오. 이어서 묻지 마시오."

거절하지 못하고 설하여 주는 대신 이러한 못을 박아서 후환을 없앤 다음 아씨라와따가 법을 설하여 주었다. 그를 종족의 이름으로 '앗기왜사나'로 불렀다. 설하여 주는 기회를 가져서 그가 능숙하게 익혔던 선정에 관한 법을 설하였다.

수행대상(Kasiṇa) 한 가지를 기초로 하여서 마음이 차례차례 고요해지는 모습을 설하여서 선정을 얻는 것에까지 이르렀다. 그러자 사야새나 왕자가 그 사이를 잘라서

"수행자시여! 한 비구가 잊지 않고 수행하더라도 마음이 고요해지는 것을 얻을 수 있는 것은 아닙니다."

라고 여쭈었다. 그가 생각했던 것을 말한 다음 그 자리에서 떠나갔다. 그가 떠나가고 늦지도 빠르지도 않게 아씨라와따가 부처님 앞으로 갔다.

그 날은 사야새나 왕자가 아씨라와따의 법을 하나도 이해하지 못하였다. 그러나 아씨라와따의 그 법문 한 게송으로 인해서 기억할 만한 가르침들을 우리들이 들을 수 있는 기회를 얻었다.

"앗기왜사나! 비유를 들어서 말하겠다. 젊은이 둘이서 손을 잡고 산 아래에 이르렀다. 한 사람은 그 산 아래 그대로 서 있고, 한 사람은 그 산의 정상에 올라갔다.

그러자 산 아래에 있는 이가 '친구여, 산 위에서 보이는 것을 말해보라.'라고 했기 때문에 그 위에 있는 친구가 산 주변의 아름다운 경치와 숲이 얼마만큼 우거졌으며, 들판 전체가 푸른 벼들이 덮여 있는 모습들을 차례차례 말해 주었다.

산 위에 있는 이가 직접 눈으로 본 대로 말해 주는 것을 산 아래에 있는 이가 보지 못했으니 믿을 수 없다고 했다. 그러자 산 위에 있는 이가 산 아래에 있는 이를 산 위로 오도록 해서 피곤을 풀게 한 다음 그가 직접 눈으로 본 것을 다시 말해 보도록 했다. 그가 다시 말한 것이 먼저 말했던 이의 말 그대로였다. 그러자 먼저 왔던 이가

'친구여! 이렇게 아름다운 경치가 있을 수 없다고 말하는 소리를 내가 들었었다. 지금은 이러한 것이 분명하게 있다고 다르게 말하는 것을 들으니 도대체 어느 말을 믿어야 하겠는가?'

'그렇다, 친구여! 선 자리에서 두 가지 말을 하게 되었다. 먼저는 이 산이 가려서 보아야 할 것을 보지 못했었다.'라고 이렇게 두 번째의 사람이 긍정하였던 것처럼 사야새나의 지혜의 눈을 무지의 산이 가려서 막고 있다. 무지의 산은 그 두 친구들의 산보다 훨씬 더 크고 높았다.

깜마의 세상을 벗어나는 법을 깜마 욕망의 대상에서 벗어난 마음으로만이 알 수 있고 도착할 수 있다. 그 법을 깜마 욕망의 늪 속에서 살고 있는 사야새나가 어떻게 알 수 있겠는가?

깜마(Kāma)의 병, 자기 안의 병으로 뜨겁게 들끓어서 쑤시고 있는 사야새나가 어떻게 도착할 수 있겠는가? 깜마의 대상을 즐기려고 찾아다니는 것만을 중요하게 여기고 그렇게 찾아내기를 노력하는 이가 어떻게 체험할 수 있겠는가?

앗기왜사나여! 이러한 비유를 들어서 네가 설하였다면 사야새나

가 너에게 존경심을 가지고 믿어 왔을 것이다. 믿는 태도를 보였을 것이다."

"부처님, 이 비유를 지금에야 들었으니 설해 줄 수가 없었습니다."

가르침의 능력이 갖추어지지 않았음을 솔직히 인정한 아씨라와따가 다음에 사야새나를 만나면 아마도 부분부분 자세하게 설해 줄 수 있을 것이다.

숲 속의 절에서 지내기를 즐거워하는 사미 아씨라와따는 법을 설하는 것으로 아주 유명하게 잘 알려진 것처럼, 아디목다까 사미 역시 진실한 약속을 잘 지키는 것으로 이름이 널리 알려져 있었다. 그는 상깨이싸 테라의 제자이기도 하고 조카가 되기도 한다. 그 두 사람은 혈육이기도 하듯이 업도 역시 비슷했다.

상깨이싸 테라는 그의 전계사 스승님 마하 사리불 테라의 말씀으로 숲에서 지내는 수행을 하는 32명의 비구들과 함께 강도의 습격을 받았다.

세상의 법칙 8가지 바람을 동요함이 없이 참을 수 있는 마음의 능력으로 위험을 막아낼 수 있었다. 또한 자기를 죽이려고 노력하던 이조차 붉은 흙으로 물들인 가사를 입혀서 그의 스승님 앞으로 데리고 올 수 있었다.

그와 같이 조카가 되는 아디목다까 사미 역시 강도의 습격을 받아서 꽁꽁 묶이는 처지가 되었다. 삼촌 되는 이는 흔들림 없는 마음의 신력으로 많은 강도들을 제도할 수 있었다.

이제 조카 되는 이는 흔들리지 않는 진실한 약속으로 인해서 위험에서 벗어나게 되었다.

❦

그의 부모가 있는 곳으로 돌아가던 중에 어느 한 숲 속에서 아디목다까는 강도들과 마주하게 되었다. 어떤 이들은 그를 죽이자고 했다. 어떤 이들은 그를 살려서 돌려보내자고 했다. 그렇게 두 편으로 나누어져서 싸우고 있는 중에 아디목다까는 강도의 우두머리에게 가까이 갔다.

"거사님, 옛날이야기 한 가지를 들려주고 싶소. 옛날에 사냥꾼 한 사람이 창으로 어린 토끼 한 마리를 찔러 죽였습니다. 그때 찢어지는 비명을 지르면서 죽어가는 어린 토끼를 보던 사슴, 노루, 양, 염소, 들소들과 함께 많은 새들도 같이 두려움에 벌벌 떨면서 무서워하였습니다. 도저히 그곳에서 지낼 수가 없어서 그날 밤으로 모두들 다른 곳으로 옮겨갔다오.

그와 같이 이 지역 전체에서도 내가 이 숲 속에서 목이 잘려 죽었다고 모두들 알게 될 것이오. 나를 인정 없이 잔인하게 죽인다면 이 숲으로는 여행자가 한 사람도 지나가지 않을 것이오. 그러면 여러분들의 생명은 끝이 날 것이니 잘 생각해서 주의해야 할 것이오."

아디목다까의 말대로 된다면 양쪽이 모두 이익이 없게 될 것이므로 강도의 우두머리가 놓아 보내라고 명령했다. 그러나

"테라님, 이 숲을 향해서 오는 이들을 만나면 우리들이 있는

것을 절대로 말하지 마십시오. 이 약속을 지키고 원하는 곳으로 가십시오."

"좋습니다. 거사님, 약속한 대로의 약속을 지킬 것을 맹세하겠습니다."

이렇게 약속하고서 강도에게서 벗어났다. 그리고 돌아오는 길에도 이 숲을 지나가게 되었다. 그때는 그 혼자만이 아니었다. 많은 동반자들과 함께였다. 그들 모두 강도들의 손에 잡혀서 갖은 고초를 겪어서 꼴들이 말이 아니게 되었다.

그런데 그 중의 한 여자가 아디목다까의 이름을 수도 없이 부르면서 가슴을 치면서 울부짖었다. 그것을 본 강도의 두목이 그때의 일을 기억하고 이상하게 여겨서 그 여자에게 물었다.

"오! 할머니, 당신은 아디목다까의 이름을 수도 없이 부르면서 우는데 그 아디목다까와 무슨 관계라도 있소?"

그렇게 묻자 노파는 이마의 피를 닦으면서 대답하기를

"저는 아디목다까의 어머니가 되고, 저 사람은 그의 아버지, 그의 삼촌, 형, 누이들입니다."

"오! 놀랍구나! 성인의 높은 행을 수행하는 이들의 행은 너무나 바르구나! 한번 약속했던 맹세를 생각하여서 친부모 형제에게조차 말하지 않고 견디는구나. 오! 정말로 놀라운 일이 아닐 수 없구나!"

이렇게 유명한 이들로 인하여 우리 교단의 수행자들이 많이 늘어나게 되었다.

비유를 잘 들어서 산적의 손에서 벗어났던 아디목다까는 마하
사리불의 가문에서 태어났다. 또한 달리기를 잘하여서 벗어난 사미
도 그 종족에서 태어났다. 이 교단 안에서 뿐만 아니라 혈통이
같은 형제였다.

어머니가 되는 루빠싸리 브라만에게서 싸라, 우빠싸라, 시쑤빠사
라라고 하는 삼형제의 누이들과 우빠때이사(사리불), 우빠새나,
순다, 예와따 등의 사형제가 태어났다. 위로 육남매가 모두 출가하
여 부처님의 제자가 되었다. 이제 그에게는 유산을 물려받을 막내
하나만이 남았다.

그 위로 6남매는 나이가 들어서 교단으로 들어갔다. 어머니와
아버지는 자식들의 마음을 도저히 막을 수가 없어서 할 수 없이
놓아 보내야 했다. 자식들을 많이 보내기는 하였지만 수행하는
스님들께 밥 한 숟갈, 반찬 한 토막 보시하지 않았다. 그래서 위의
형제들이 데리고 가지 않도록 막둥이 예와따를 억지로라도 잡아
놓아야 했다.

자식들을 7남매나 키웠는데 결혼식 한 번도 시켜보지 못한 어머
니는 위의 자식들이 결혼을 하지 않아서 아무 걸릴 것 없이 홀홀
쉽게 떠나갔을 것이라고 생각하였다. 그래서 지금 막내는 그들
뒤를 따라가지 못하도록, 세속의 아들로써 마음을 놓을 수 있도록
묶어 둘 수 있는 결혼을 시키기로 했다.

그러나 지금 예와따는 아직 결혼을 시킬 만한 나이가 아니었다.

그러나 상관없었다. 양편의 부모들이 의견이 일치하면 혼례를 올리게 하는 일은 예전부터 있어 왔던 일 아닌가?

예와따를 완전히 묶어 놓기 전에는 마음을 놓을 수가 없었던 것이다. 이렇게 아직 어린 일곱 살의 예와따는 아무것도 모른 채 결혼식장에 신랑으로써 들어가야 했다. 결혼이라는 것에 대해서 아무것도 모른 채 아무 흥미도 없으면서 새신랑이 된 것이다. 저쪽의 새색시도 나이가 같은 어린아이였다. 예와따와 신분이 같은 가문에서 골라 온 것이다.

덕망이 있는 양가 부모의 준비로 하나씩 하나씩 결혼식 행사가 차질 없이 순조롭게 잘 진행되어 가고 있었다. 마지막 차례로 신랑의 할머니에게 새신랑 각시가 절을 올리는 의식이 남았었다. 이 행사가 이 결혼식의 가장 중요한 의식이었다.

예와따는 이 할머니와 사이가 매우 좋았다. 날마다 이 할머니에게 아침저녁으로 문안 인사를 드리고는 했다. 오늘 행사에서도 전에 날마다 하던 것처럼 쉽게 절을 올렸다. 그러나 이 할머니에 관계되어서 어른들이 하는 한 마디 말을 들은 그의 마음은 갑자기 두려움이 생겼다.

"오! 어린 색시야, 이렇게 절하는 공덕으로 이 할머니보다 오래 살아라."

어른들의 말은 이것뿐이었다. 자기들의 자식들에게 '병 없이 오래 살아라.'라고 축복의 말을 내려주는 것이었다. 행복하기를 원하는 말이기도 했다. 그러나 이 말이 예와따의 귀에 행복을 생기게 하지 못했다.

"할머니보다 오래 살아라."라고 하는 말에 그 어린 색시가 세월을 넘어서 갑자기 할머니로 보여지는 것이었다. 예와따의 할머니는 연세가 일백 세가 넘었다. 그래서 살결은 늘어나서 주름이 줄줄이 늘어졌고, 머리카락은 희어서 빗질을 하여도 제멋대로 위로 솟구치고, 치아는 빠져서 입은 오물오물하여서 발음도 정확하지 않았다.

"맙소사, 저렇게 되라고 하다니 ……"

지금 이 자리에도 자식들이 들어서 안아다가 모셔다 놓은 것이다. 다리에 힘이 없어서 제대로 걸을 수가 없었기 때문이다. 할머니와 어린 색시를 번갈아 바라보는 예와따의 마음은 심하게 울렁거리고 쓰라렸다.

"어릴 때는 아무리 잘 단장하여서 치장해 놓더라도 어느 날은 저렇게 되어버리는구나! 이 몸에는 진정 참으로 좋아할 만한 것이라고는 없구나!

이러한 것을 보고서 나의 형님들이 떠나갔구나. 그래서였구나. 나도 나의 형님들이 가신 길을 오늘 따라 갈 것이다. ……"

어른들이 세간의 행복한 행사에 참석하여 즐거워하고 있는 동안에 어린 신랑 예와따는 출세간의 높은 행복을 보장하는 행사장으로 들어가는 생각을 하고 있었다.

모두들 즐거워서 축복의 인사말을 주고받는 가운데 예와따는 그의 생각대로 행동을 시작하여야 했다. 소꿉놀이 친구들이 있는 마을 골목길로 달려갔다. 그들은 마침 차례차례 달리기 내기를 하고 있었다. 새신랑 옷을 입은 예와따도 전처럼 놀이에 끼어들었다. 그러자 예와따의 달리기 차례가 되었다. 두 번이나 앞서거니 뒤서거니 신나게 뛰었다.

어른들은 두 번은 주시를 하고 감시를 하다가 세 번째에는 저렇게 놀이에 열중하는 어린아이가 무슨 생각을 하겠는가 하고 자기들의 일에만 마음을 쏟았다.

세 번째 달리기를 하고 난 다음 화장실 가고 싶은 표정을 취해서 뒤로 처지기 시작했다. 그리고는 놀이패들을 따돌리고 걸음아 나 살려라 하고 달리기 시작했다. 재빠르게 달리기를 잘하는 예와따는 그의 업에 따라서 마침 누더기 가사를 입은 스님 한 분을 만나게 되었다.

처음에는 갖은 장식을 한 차림이라서 누구의 아들인지 잘 몰라서 스님들이 사미를 만들어 주지 않았다. 그러나 그가 마하 사리불 테라의 막내 동생인 것을 말하자 기쁘게 환영하였다.

"나의 부모님들은 이 교단의 바깥에 있는 분들입니다. 허락을 받고 스님이 되려면 언제가 될지 기약이 없습니다. 그러니 내 동생이라고 말하는 사람이 오면 될 수 있는 대로 재빠르게 스님이 되도록 해 주십시오."

그 비구 스님들에게 마하 사리불 테라께서 전에 미리 당부해 놓은 것이다. 그래서 숲 속에서 지내는 스님들이 얻을 수 있는 소지품을 준비해서 일사천리로 후딱 예와따를 사미로 만들어 주었다.

달리기를 잘하던 예와따는 수행자가 되어서 숲 속에서만 지내는 수행자가 되었다. 다른 이들이 지내는 숲은 열매가 많은 곳이었다. 시원하고 마실 수 있는 맑은 샘물이 있는 곳을 선택하였다. 걸식하는 마을이 멀고 가까운 것도 비교해보았다.

그러나 예와따 사미가 지내는 곳은 그러한 조건이 전혀 없이 돌무더기 산에 골짜기만이 있었다. 우거진 것이라고는 조금씩 조금씩 무더기로 있는 가시나무뿐이었다. 그곳에서 예와따가 수행자의 일을 마치는 것을 보았다.

그래서 막내동생이 숲 속에서 지내는 수행을 하는 것에 가장 높은 칭호, 애따다가(Etadaga)라는 특별한 칭송을 얻을 수 있었다. 이렇게 부처님의 손자들, 이 교단의 어린 새싹들이 우리들의 눈앞에서 계속 이어서 우거지는 숲을 만들 수 있도록 행복을 키우는 큰 나무로 자라고 있었다.

Anguttara

Upalipaṇṇāsa

가사를 입지 않은 비구들

사람 사는 세상에서 도덕적인 계를 잘 지켜서 신심이 구족한 가정을 가진 이들을 부처님께서 희마완따 큰 산에다 비유를 들어서 설하여 주셨다.

"비구들이여! 희마완따 큰 산을 의지하여서 거목들이 다섯 가지 번성함으로 무성하게 우거진다. 그 다섯 가지가 무엇인가 하면 가지와 나뭇잎, 나무껍질, 나무둥치, 알맹이, 이렇게 다섯 가지 무성함으로 우거진다."

"비구들이여! 그와 같이 신심이 구족한 가정을 가진 가장을 의지하여 그 집안의 가족들과 모든 친척들이 다섯 가지 번성함으로 번영해진다. 그 다섯 가지가 무엇인가?

신심(Saddha), 지계(Sila), 견문(Suta), 보시(Caga), 지혜(Paññā), 이렇게 다섯 가지로 번영해진다."

일반세간 사람들에게 설하였던 이 가르침을 우리 출가자들과 연관하여서 취하여도 또한 가능한 일이다.

🌿

희마완따 큰 산을 의지하여서 거목들이 다섯 가지의 번성함으로 무성하게 우거지듯이 법의 왕이신 붓다를 의지하여서 우리 출가자들도 다섯 가지 번성함으로 크게 번성해질 수 있다.

희마완따 큰 산의 거목들은 가지가지 모양의 잎새들을 가지고 있다. 그와 같이 그 높으신 분들의 가르침을 따르는 무리들에도 가지가지 종류의 비구들이 있다. 여러 가지 종족들에서 이 교단으로 모여들었다.

나이로 치면 아디목다까나 예와따처럼 어린 나이에 이 교단에 들어오는 이들도 있다. 라다(Radha) 테라처럼 쭈그러진 토마토, 이빨 빠진 무디어진 칼날 같은 나이가 되어서 들어오는 이들도 있다. 어떤 이들은 다른 종파에서 벗어나와 이 교단에 적당하게 지낼 수 있는지 익혀서 익숙해진 다음에 비구의 생애로 들어오는 이들도 있다.

이렇게 여러 가지 방법으로, 여러 가지 길로 비구가 된 이들 모두 우리들과 같이 지내는 대중이 되었다. 어떠한 길로 어떠한 인연으로 들어왔든지 들어와서는 이 교단의 규범과 목적에 합당하게 지낼 수 있는 이는 누구나 우리들이 받아들여서 같이 안고 살아갈 수 있을 것이다.

이 교단 안에 들어오지 않은 이들이라도 이 교단의 견해로 볼 때 깨끗한 이들은 우리들이 같이 지내는 대중으로서 서로들 존중하고 있다. 계율에 정한 대로의 가사를 입지 않았더라도 비구의 범주에 들 수 있는 이, 그 사람의 일을 보여 주리라.

인연이 되면 이 자리에서 우리들의 견해 한 가지를 말해야 할 것이다.

꽃

비교할 수 없는 위엄과 고상함, 모든 존경을 드릴 수 있는 삼마 삼붓다(Samma sambuddha), 가장 바르게 모든 것을 깨달으신 분의 칭호를 받을 수 있는 것에 다른 원인들도 포함된 것이 틀림없다. 그러나 우리들이 이해할 수 있는 것만을, 또한 기본으로 삼을 수 있는 법들을 골라서 이 세상 전체에 법의 북소리가 울리게 할 수 있게 된 것이다.

이러한 견해가 생겨난 지 제법 세월이 흘렀다. 뿍꾸사띠(Pukkusati)라는 특별한 이와 부처님께서 만나고부터 시작되었다. 그때 나는 항상 시중을 들 수 있는 행운의 상을 얻기 전이었다. 다른 이들이 그때그때의 사정에 따라서 시중을 들 때였다.

그러나 그날 밤 부처님께서 가시는 곳에 비구 한 사람도 뒤따르지 않았었다. 밧가와(Bhaggava)라는 옹기를 굽는 이의 옹기 가마가 있는 곳으로 부처님 혼자서 가신 것이다. 마가다, 그 큰 나라를 여행하시다가 라자가하가 가까운 어느 곳, 아직 웰루와나의 죽림정사까지는 이르기 전의 장소에서 그렇게 혼자서 떠나가셨던 것이다.

특별한 일이 있으면 이렇게 혼자서 떠나시던 일이 있었으므로 우리들은 별달리 이상하게 생각할 필요는 없었다. 마하 사리불 테라 등의 높으신 마하테라님들의 뒤를 우리들은 그저 묵묵히 따라갔을 뿐이다.

밤에는 그저 묵묵히 따라가기만 하던 우리들이 다음날 날이 밝아왔을 때는 이런 말 저런 말들이 끊어지지 않았다. 어제 저녁의 일을 부처님께서 우리들에게 말씀해 주신 것이다. 나 스스로 직접 보기도 했다. 그러나 우리들이 보았을 때 뻑꾸사띠는 이미 살아 있는 이가 아니었다. 성문 밖에 있는 쓰레기더미 옆에 엎어져서 죽어 있었던 것이다.

그는 여기서는 멀고 먼 간다라국(지금의 아프가니스탄, 파키스탄 지역)에서 이 중인도로 오지 않으면 안 되었던 것이다. 부처님을 한 번도 뵙지 않았으면서도 부처님의 공덕을 깊이 믿고 존경하는 이였다.

수많은 재산과 주변 권속들을 단번에 버리고 올 수 있었던 것은 그가 가진 그러한 재산보다 부처님의 공덕을 더욱 존중했기 때문이었다. 부처님의 공덕을 듣는 그 순간에 그 스스로의 깊은 신심으로 그 스스로가 비구가 된 이들 못지않게 일순간에 신심이 돈독해진 것이다.

그의 가사는 우리들처럼 위니에 맞게 기운 것도 아니고 보기에 존중스러운 색깔도 아니었다. 길에서 자주 볼 수 있는 외도 수행자들의 차림새처럼 그저 꾀죄죄한 모양이었다.

이미 살아 있지 아니한 뻑꾸사띠는 밧가와의 옹기 굽는 움막에 먼저 도착했다. 그래서 부처님께서 하룻저녁 쉬기 위해서 그곳에 갔을 때 "부처님, 움막 안에 수행자 한 사람이 벌써 와 있습니다. 그 수행자가 좋다고 하면 제자가 허락하는 것은 어렵지 않습니다." 라고 밧가와가 여쭈었다.

그러자 부처님께서 움막 안으로 들어가셨다. 삼계에 같음이 없는 높고 높은 분이시지만 주인으로서 들어가시지 않고 같은 수행자의 위치로서 편안하도록 먼저 온 수행자에게 예의를 차려서 허락을 구했다. 뿍꾸사띠는 자기와 같은 수행자로 생각해서 쉽게 허락하였다.

"수행자시여! 이 옹기 굽는 움막 안은 넓습니다. 수행자께서는 편안하게 지내십시오."

※

그날 밤 부처님께서는 가부좌로 앉아서 지내셨다. 그분의 자리는 높고 화려한 어떤 다른 것이 아니었다. 옹기 굽는 움막 안에 널려 있는 짚을 그분 스스로 모아서 펴놓고 그 위에 앉으신 것이다. 그 자리 위에서 알아차림을 단단하게 잡고서 앉아 계시는 모습을 그와 같이 앉아 있던 뿍꾸사띠가 매우 만족하게 생각하였다.

"오! 수행자시여, 당신은 누구를 목적으로 수행자가 되었습니까? 당신의 스승은 누구입니까? 어떤 법을 좋아하십니까?"

이렇게 인사를 하면서 질문하였다. 여기서 뿍꾸사띠는 부처님을 자기와 같은 보통 수행자로 생각하고 계속해서 자신의 일을 말하였다.

"수행자시여! 사까 종족에서 탄생한 수행자 고따마라고 있습니다. 그분 고따마 수행자님의 아라한 등의 모든 공덕이 이 세상에 널리 퍼져 있습니다.

저는 그분 고따마 수행자를 목표로 수행자가 되었습니다. 그분께서 나의 스승입니다. 그분이 가르치는 법을 내가 좋아합니다."

"그러면 수행자여, 그분 붓다께서는 지금 어디에 계십니까?"

"여기서 북쪽으로 가면 사왓띠라는 큰 수도가 있습니다. 그분은 그곳에 계십니다."

"그러면 그분을 뵌 적이 있습니까? 만약 뵙는다면 알아볼 수 있겠습니까?"

"수행자시여! 나는 아직 한 번도 그분을 뵙지 못했습니다. 뵙는다고 해도 알아볼 수 없을 것입니다."

처음 인사에서부터 시작하여 주고받은 대화이다. 그렇다. 말하는 소리만 듣고서 깊은 존경심을 가지고 그 스승님의 두 발에 예배드리기 위해서 멀고 먼 거리도 마다 않고 걸어서 걸어서 여기까지 왔던 것이다.

그렇게 뵙고 싶었던 스승님을 뵈었지만 그이는 여느 수행자로만 생각하여서 스승님의 붓다라는 호칭을 아껴두고 그저 수행자로만 부르고 있었던 것이었다.

모르는 이가 그렇게 불러서 사용하더라도 아시는 분, 그의 스승님도 그를 일부러 말리지는 않으셨다.

"수행자여! 높고 높으신 부처님을 존경스럽게 대해야 한다."라고 가르쳐 주시지 않으신 것이다. 그러나 사람으로서는 부처님인 줄 모르는 이일지라도 당신이 제도해야 할 중생에게 법으로서는 알고 보도록 중요하게 여겨서 설해 주셨다.

이러한 것으로 미루어 보아서 부처님께서는 짐작도 비교도 할 수 없는 고상하심으로 담마를 가장 중요하게 여기시는 것을 알 수 있다.

۞

두려움도 어떠한 주저함도 없이 사자왕의 외침처럼 도도하게 법의 사자후를 펴시는 부처님께서 어떠한 이유가 있으면 혼자서 가셨는데 이것은 보통 한 사람의 수행자만을 위해서인 것이다. 그래서 빨리래야까 숲으로 가셨을 때 숲을 지키는 이가 보통 여느 수행자의 한 사람인 줄 여겨서 쫓아내려고 하지 않았던가?

서로 얼굴을 마주하고 가까이서 뵙게 되었는데도 자기가 그렇게 존경하는 부처님인 줄도 모르는 뽁꾸사띠가 부처님이 설하시는 담마에 귀를 기울이다가 스스로 이해하게 되자 말하지 않아도 부처님인 줄 알게 되었다. 그러나 알아차린 그 순간에 그이는 예배드릴 기회를 얻지 못했다. 소낙비처럼 줄기차게 이어지는 가르침이 아직 끝나지 않았기 때문이다.

"수행자여! 한 사람이라고 생각하는 이 몸이 참으로는 여섯 가지 성품만으로 구성되어 있다. 여섯 가지 닿음들의 무더기만이 된다. 열여덟 가지 마음의 느낌만이 있다.

사마디(선정), 위빠싸나 지혜를 잊어버림 없음, 바른 지혜의 진리를 보호함, 아낌없이 버릴 수 있는 수행, 언제나 항상 마음이 고요하기를 원하여 편안하게 수행함, 이러한 네 가지 서원에 머무는 비구에게 갈망, 교만, 사견(Tanha, Mana, Ditthi)이라는 나쁜 법이 생기지 않는다. 원래 고요한 아라한을 '고요한 이'라고 부른다."

이것이 그날 밤 설하신 담마의 대강이다.

여섯 가지 성품이라는 것은 지수화풍 네 가지와 공간(Akasa)이라는 물질의 기본 성품과 인식작용의 성품(Vinnana dhatu)으로 여섯 가지를 말한다. 남자·여자로 부르는 이 몸을 뿌리로 삼아서 자세히 조사해 보면 이 여섯 가지 성품만을 볼 수 있다.

남자, 여자, 살결이 흰 사람, 검은 사람 등으로 구분하는 것은 사실로는 없다. 사실 있는 이가 아니다. 사실 없는 것을 버리고 사실 있는 여섯 가지 성품을, 닿음 여섯 가지와 마음의 느낌 열여덟 가지로 넓게 구분하여 놓은 것이다.

닿음 여섯 가지란 눈, 귀, 코, 혀, 몸, 마음의 성품이라는 여섯 가지 문으로 바깥대상이 부딪혀 올 때 닿아서 아는 마음의 성품이다. 여섯 가지 문으로 대상이 들어와서 만날 때 좋고, 나쁨, 중간이라는 세 가지 느낌의 종류들이 생겨나기 때문에 열여덟 가지 마음의 대상들이 생겨난다.

이러한 마음의 느낌들을 설하여서 마지막에 선정과 닙바나가 있는 곳으로 가르침이 이어졌다. 부처님께서는 뽁꾸사띠가 세간 선정을 아껴서 집착하는 이인 줄 아셨기 때문에

"수행자여! 색계 5선정에서 거듭 올라가서 무색계 4선정을 키우

려면 할 수도 있다. 그러나 그 무색계 선정 역시 만들고 준비해야 하는 법이다. 영원하지 않다. 생겼다가는 사라지는 것이다. 늙고 병들고 죽는 윤회의 고통과 연결되어 있다.

그래서 비구는 윤회의 바퀴를 돌리게 하는 것에 어떠한 마음도 기울이지 않는다. 세상 전부에 보이는 것마다 무엇 하나 집착하지 않는다. 집착하지 않기 때문에 뜨거워질 걱정 또한 없다. 뜨거운 걱정 없이 원래 고요한 마음의 성품을 지금 현생에 얻어서 체험할 수 있다.

이러한 수행체험 지혜(Bhavana ñāṇa)의 최고 정상인 아라하따 팔리에 이르렀을 때 '나에게 생애의 연결이 끊어져 다했다. 부처님의 가르침으로 높고 높은 수행을 해 마쳤다. 이 교단의 가르침으로 해야 할 일들이 저절로 모두 끝났다. 이 닙바나의 법을 체험하기 위해서, 이 닙바나에 자주자주 들어가 쉬는 일, 그 일 외에 달리 해야 할 일은 없다.' 이렇게 사실대로 바르게 알아지게 된다."

꽃

이 가르침이 끝나기도 전에 뽁구사띠는 아나함 도과에 이르는 지혜가 활짝 열렸다. 이렇게 지혜의 꽃이 피어날 때 법을 설해 주시는 분은 다름 아니라 자기가 그렇게 존경하고 뵙고 싶던 스승님 이라고 스스로 알아지게 된 것이다.

그러나 감로법의 소나기가 내리고 있는 중이어서 그분의 두 발에 미처 예배드릴 시간이 없었다. 몸으로 입으로 예배드릴 수 있는 기회를 가지려면 가르침이 끝나도록 기다려야 했다. 이 가르침이 끝날 때 동쪽에서 먼동이 훤히 터오고 있었다.

"수행자여!"라고 부르던 허물을 공손스럽게 참회한 다음 뻑꾸사띠는 이 가르침 안의 비구로 만들어 주실 것을 여쭈었다. 그러나 그에게 위니에 알맞은 발우와 가사가 없었기 때문에 부처님께서 비구를 만들어 주시지 않았다.

알지 못하던 법을 알도록 설해 주실 수 있는 부처님께서 없는 물건을 있도록 해 주시지는 않았다. 기본이 되는 바탕이 갖추어져 있는 것에는 도움을 주시되 기본이 없는 곳에는 부처님조차 도와줄 수 없다.

이렇게 누더기 가사를 만들 수 있는 헝겊을 찾으려고 그 쓰레기더미 있는 곳에 갔다가 어린 송아지를 걱정하는 어미 암소의 뿔에 받혀서 그 자리에서 명을 마친 것이다.

그간의 사정을 사실대로 알게 되었을 때 청신사 청신녀들이 그의 남은 몸을 정성스럽게 화장하여서 기억할 만한 탑을 세웠다. 계단(Sima)에서 수계하지 않았더라도, 위니에 적당한 가사를 수하지 않았더라도 "뻑꾸사띠 테라"라고 우리들 모두가 생각하게 되었다.

❦

그와 같이 가사를 입지 아니하고도 비구의 대열에 들어간 이가 또 한 사람 있다. 뻑꾸사띠를 만난 것은 라자가하였다. 이 사람과 만난 것은 사왓띠였다. 다른 나라, 다른 도시였더라도 만난 시간은 같은 아침 걸식 나가는 시간에 만났다.

그날 아침에 부처님 뒤를 내가 따라가고 있었다. 성안으로 들어가서 집집이 차례로 걸식하고 있을 때 부처님 발밑에 한 사람이 머리를 조아렸다.

그런 사람을 나는 전에 한 번도 본적이 없었다. 그와 같은 종류의 옷차림 역시 한 번도 보지 못했다. 듣지도 보지도 못했을 만큼 그의 차림새는 특이했다. 나무 판때기들을 넝쿨로 엮어서 입은 것이다. 그의 몸은 매우 피곤에 지치고 여위어 있는 것으로 보아서 길고 긴 여행을 온 모습이었다. 그의 모습을 볼 때 바닷가에서 온 것임을 짐작할 수 있었다.

"부처님, 저에게 법을 설해 주시옵소서. 제자에게 긴 세월 동안 이익을 줄 수 있는 담마를 설하여 주옵소서."

나무 판대기를 엮어 입은 이가 부처님의 길을 막고 그분의 두 발에 이마를 대고 법을 설하여 주기를 청하는 것이다. 긴 여행에 지친 몸을 쉬는 것보다 법을 들어 알고 수행하는 것을 더욱 중요하게 여기는 것을 짐작할 수 있었다.

"바히야(Bahiya)여! 지금은 법을 설하는 시간이 아니다. 집집마다 차례로 걸식하고 있는 중이다."

갑자기 나타나서 막을 수 없는 바람 하나만 가지고 법을 청하는 이에게 부처님께서 이름을 부르면서 거절하셨다. 바히야라고 부른 이름은 그의 원래 이름이 아닐 것이다. 바다 근처 바히야라는 나라의 사람이어서 알기 쉽게 그렇게 부른 이름일 것이다. 그러나 부처님의 금구에서 먼저 나온 그 이름을 우리들이 계속 부르게 되었다.

뽁꾸사띠의 일 때에는 법을 설해 주시기 위해서 일부러 옹기

가마의 움막으로 가셨다. 지금은 법을 설하시러 한 걸음도 더 가실 필요가 없이 법을 들으려고 지극하게 원하는 이가 발밑에 엎드려서 기다리고 있다.

법을 듣는 이가 준비되어 있는데 부처님께서 '법을 설하는 시간이 아니다.'라고 하신 것이다. 이렇게 거절하신 것은 설하시지 않으려고 하시는 것인가? 하고 망상을 키울 필요는 없다.

형님과 가까이 지내 왔던 나는 형님의 높으신 마음을 짐작할 수 있었다. 법에 관해서 가장 중요하게 여기시는 것을 이 글을 읽는 대중들은 이미 알 것이다.

그렇게 알게 하고 보게 하려는 연민심을 가지셨으되 지금 거절하는 것은 법을 설하시지 않으시려는 것이 아니라 바히야의 상황을 생각해서 그를 아껴서일 것이다.

그의 몸에 피곤함이 아직 사라지지 않았다. 그렇게 오로지 담마를 알기 위한 소원이 지나치면 그의 알려는 소원이 이루어지지 못한다. 그래서 그의 피곤함도 풀어지게 하고 마음 역시 선정이 고르게 하려는 뜻으로 시간을 끈 것이다.

부처님께서 그렇게 시간을 끌고 있는 동안에도 바히야는 법을 설해 주기만을 거듭 자꾸자꾸 사뢰었다. 첫 번째 거절을 당하자 두 번째 청하였다. 두 번째 거절을 당하자 다시 세 번째 청을 드렸다. 그 세 번째 여쭈었을 때 나의 담마 은행에 저장할 값비싼 보배 덩어리가 늘어나게 되었다.

"바히야, 그러면 이러한 방법으로 수행하라.

보이면 오직 봄, 들으면 오직 들음, 냄새 맡으면 오직 맡음, 먹으면 오직 먹음, 닿으면 오직 닿음, 알면 오직 앎, 바히야여, 이렇게 수행하라."

간략하게 듣기를 원하는 바히야를 위해서 필요한 것만 설해 주신 것이다.

⚜

"보면 오직 봄이라고 관찰하라."고 하는 것은 어느 한 가지 모양을 볼 때 보는 마음이 원래 성품으로 깨끗한 마음임을 말한다. 보이는 대상에 탐심으로 집착하지 말고 화냄으로 허물 짓지도 말고 어리석음으로 허둥거리지도 말라는 것이다.

이렇게 보는 마음에 번뇌가 없다. 원래 깨끗한 그대로의 마음에 번뇌와 함께하지 않은 위빠싸나의 마음만이 생겨나게 하라는 뜻이다.

가장 짧게 줄여서 필요한 것만 설하신 이 가르침에 불결하고 아름답지 못함(Asabha), 고통(Dukkha), 무상(Anicca), 무아(Anatta) 라는 관찰해야 할 네 가지 모두가 포함되어 있다.

어느 한 가지를 볼 때, 이르는 곳마다 계속 이어서 집착하지 않고 보면 그대로 관찰하므로 그 집착이나 탐심·무지가 멈추어질 때 아름답다고 원하는 생각의 집착이 생겨나지 않는다.

사마타(선정) 수행을 하는 것에 부정관을 넣는 것은 이러한 아름답다는 생각(Subha)의 집착을 빼어버리기 위해서이다.

지금 보면서 보는 것으로만 멈출 때, 그러한 생각이나 집착이 생겨날 기회를 얻지 못하기 때문에 부정관 수행으로 따로 수행하지 않더라도 위빠싸나와 같이 저절로 수행하는 것이 된다.

결과가 생기는 곳에 원인을 관찰하는 방법이 되는 것이다. 그와 같이 행복(Sukha), 무상(Nicca), 나(Atta)라는 생각의 집착도 와서 붙을 기회를 얻지 못하기 때문에 고통 등을 관찰하는 수행을 키우는 것도 된다.

이러한 위빠싸나 수행을 세 가지 구분하는 지혜로 나누어서 보면, 보고 들은 지식(Nata pariñña)과 위빠싸나 수행으로 보는 지혜 (Tirana pariñña), 이 두 가지를 볼 수 있게 된다.

보는 마음 한 가지가 생겨날 때마다 궁리하거나 생각하지 않고 오직 보이는 대상, 오직 볼 수 있는 마음으로 관찰할 때 '행하는 이도 없고 시키는 이도 없이 그 스스로의 성품에 알맞게 생겨나는 성품이로구나.' 하고 이해하게 된다. 이렇게 이해하는 것을 '냐띠 빠린냐'라고 한다.

6문에 6종류 대상들을 만나는 것마다 무상의 성품 등으로 관찰하는 이해가 되기 때문에 '띠라나 빠린냐' 역시 갖추어지게 된다.

이 가르침을 설하신 다음 부처님과 우리들은 그대로 걸식을 진행하였다. 걸식이 끝나고 도시를 벗어나자마자 바히야의 숨이 끊어진 몸을 보게 되었다. 뽁꾸사띠처럼 암소의 뿔에 받혀서 죽은 것이다.

"비구들이여, 바히야의 몸을 침상에 얹어서 옮겨오라. 도시 바깥으로 가져가 정중하게 다비하라. 그를 기억할 만한 탑을 세우라. 그는 너희 비구들과 같은 한 사람의 대중이 된다."

가사를 입지 아니한 한 비구를 위해서 내리신 말씀이다. 그렇다. 판때기 조각을 엮어서 입었을망정 바히야의 수행자의 일이 그 자리에서 마치게 된 것이다. 번뇌(낄레사)의 먹이가 되지 않고 네 가지 도의 여정을 단숨에 올라서 아라한의 높은 위치에 이른 것이다. 그가 죽은 다음에 '지혜를 빠르게 얻는 이'라는 특별한 칭호를 주어서 부처님께서 직접 칭찬해 주셨다. 법을 설하는 짧은 순간에만 만났었던 그 바히야의 뒷부분을 제따와나 정사에 돌아와서 듣게 되었다.

※

그의 생애의 대강을 이야기하면, 그는 바다여행을 가다가 풍랑에 배가 부서지게 되었다. 입을 것이라고는 하나도 없었기 때문에 쉽게 구할 수 있는 판자조각을 엮어서 아래만 겨우 가리게 된 것이다.

간신히 사발 하나를 주워서 그 사발을 들고 항구의 집집을 돌며 얻어먹고 지냈다. 거기서 그의 이상한 행색을 보고 사람들이 아라한이라고 부르자 그도 모르게 유명한 이가 되고 말았다. 지금은 판자를 입은 가짜 아라한이 진짜 아라한을 만나서 빠리닙바나에 들게 된 것이다. 이러한 사정은 수빠라까 항구에서 온 그의 제자들에게서 나온 말이다.

Uparipaṇṇāsā dhātu vibhanga sutta

Udāna bāhiya sutta

향기 넘치는 사라수 숲에

희마완따 큰 산을 의지해서 자라고 있는 크고 작은 갖가지 나무들을 말했었다. 지금은 그 많은 나무 가운데 가장 중요한 나무들을 무더기 무더기로 보여드리려 한다. 그 가장 중요한 나무들 중에서도 가장 만나기 어려운 나무의 으뜸가는 나무가 바로 사라나무 숲이다.

그 으뜸가는 사라나무의 거목에 큰 가지가 두 종류 있다. 멀리서 보면 큰 소의 뿔 두 개를 세워 놓은 것과 같다. 그래서 그 사라수나무 숲을 우리 중인도의 말로 고신가(Gosinga) 사라숲이라고 부른다. 그 숲 속에서 제법 오랜 날을 머물렀었다. 우리들은 주변의 적당한 마을에서 걸식하여서 먹었다. 그곳에서 지금 말하려는 일들이 생겨 난 것이다.

고신가 사라나무 숲 속에 절이나 움막 같은 것은 전혀 없었다. 그런데도 오랜 날을 지내게 된 것은 이 사라나무 숲이 두 종류의 즐거움이 있는 곳이기 때문이었다. 사라나무가 가장 많이 무성하게 우거져 있어서 사라숲이라고 하였지만 이 숲 속에 사라나무 한 종류만 있는 것은 아니다.

먹을 수 있는 과일이 열리는 나무, 아름다운 꽃이 피는 다른 나무들도 물론 군데군데 자라고 있었다. 있는 대로의 모든 나무들이 가지끼리 서로 잎사귀들이 엉키어 그늘이 두터워서 지내기에 아주 좋았다.

퐁퐁 솟아나는 샘물과 맑은 연못들도 있었다. 그보다 우리들이 더 좋아한 것은 주변의 마을을 벗어난 조용하고 한가로운 곳이기 때문이었다.

🪷

이렇게 숲 속의 자연적인 상태가 좋은 만큼 그 숲에서 지내기를 즐기는 티없이 맑은 수행자들 역시 그곳에 어울릴 만큼 맑디맑았다. 들판이나 숲이나 모두 아름다운 봄철이어서 부처님께서 처음으로 먼저 이 숲으로 가셨다. 함께 뒤따르는 마하테라들 역시 각각의 공덕으로 널리 이름을 드날리는 분들뿐이었다.

마하 사리불 테라, 마하 목갈라나 테라, 마하 까싸빠 테라들께서도 계셨다. 여기에 따라간 예와따 테라는 마하 사리불 테라의 막내동생이 아닌 다른 이였다. 그래서 그 두 사람을 구분하기 위해서 같이 지내는 대중 스님들이 낀카 예와따라고 이름 앞에 낀카(Kinkha)를 붙여서 불렀다.

위니에 허락한 먹고 마시는 것에 해당되는지 아닌지에 대해서 철저하게 가려내시기 때문에 이렇게 애칭으로 부르게 된 것이다.

위니를 지극하게 존중하기 때문에 같이 지내는 대중 스님들의 존경을 받는 이 마하테라께서 '선정에 드는 것'의 부분에 가장 높은 칭호(Etadaga)를 받으셨다. 다른 마하테라들 역시 특별한 공덕이 커서 모두 유명하신 분들이었다.

이렇게 숲 속도 즐거움이 넘치고 따라간 이들 역시 매우 존경스러운 분들뿐이었다. 그보다 그날 저녁 무렵의 일이 오래오래 기억하지 않을 수 없을 만큼 뛰어나게 아름다웠다.

그날은 상가 대중이 포살을 하는 3월 보름날이었다. 서쪽 숲 위로 붉게 빛나는 햇님이 턱을 걸치고 있었다. 하루 종일의 책임을 끝내는 시간이었으므로 이 지상에 마지막 노을빛으로 하직 인사를 하고 있는 중이었다.

동쪽 숲 위로는 희고 밝은 달님이 떠오르고 있었다. 낮이 다하고 밤으로 건너가는 고즈넉한 시간에 사라꽃의 향기가 신선하게 퍼지고 있었다. 나무 둥치에서부터 나뭇가지 끝까지 모두 꽃으로 만발한 사라나무들이 붉은 가사를 입고 있는 수행자들처럼 함께 환히 빛나고 있었다.

나무 아래는 꽃잎을 뿌려 놓은 카펫트처럼 늘여 놓고 큰 잔치를 준비하는 마당 같았다. 꿀을 모으는 벌과 나비들이 윙윙 소리를 내며 잔치의 흥을 돋우고 꿀과 꽃가루를 마음껏 마시고 나서 내는 소리, 기분이 좋아서 춤을 추는 것 같았다.

일생 동안 잊지 못할 그날, 그 시간에 특별히 존경하는 두 분을 함께 뵐 수 있었다. 두딴가(Dhutanga ; 번뇌를 털어내는 행)를 행하는 것에, 신통을 행하는 것에 첫째가는 특별한 칭호를 얻으신 두 분이시다.

그 두 분은 하루 종일 고요하게 선정에 드셨다가 나오신 것이리라. 그 두 분이 향하는 곳은 부처님이 계신 곳이 아니었다. 내가 있는 곳으로 오시지도 않았다. 마하 사리불 테라께서 계시는 곳으로 머리를 향하고 있었다.

정황으로 봐서 달리 생각할 것은 없다. 담마의 총사령관이신 그분에게서 한바탕의 법문을 듣는 것이리라. 그 두 분 모두는 제자들이 알아야 할 법들을 모두 깨달아 아셨다.

세상일에 대해서는 모르는 것이 있을 수 있으나 담마에 관해서는 그분들이 모르는 특별한 담마라고는 전혀 없었다. 그래서 담마의 잔치가 있으면 그분들이 가시고는 하였다. 수없이 많이 들었던 법이라도 지루함 없이 다시 듣기를 좋아하셨다.

언제나처럼 시간이 있는 대로 천안통으로 지내던 아누룻다 테라도 그분들의 뒤를 따라갔다. 나 역시 예라다 테라들을 동반자로 삼아 법회가 있는 곳으로 가까이 갔다. 우리들이 보이는 곳에 이르자 마하 사리불 테라께서 오셨다.

"어서 오시오. 아난다 테라님, 부처님 곁에서 시중들고 있는 아난다 테라를 환영합니다."

자기보다 법랍이 어린 사람이지만 그분께서는 나의 이름 앞에 테라라는 칭호를 붙여서 반기시는 것이었다. 그러한 것은 마하 까싸빠 테라와는 많은 차이가 난다.

❀

마하 까싸빠 테라께서도 나를 부를 때 테라를 붙여서 부르신다. 가끔 야단치거나 나무라실 때는 '이 어린아이가 길고 짧은 것도 모르는구나!'라고도 하신다.

비구가 되고서부터 시작하여 이러한 가장 낮은 꾸지람을 받은 것이 수도 없이 많았다. 그러나 이러한 꾸지람을 하셨어도 그분에게 한 번도 서운했던 적이 없었던 것도 사실이다.

어느 누구도 부르지 못했던 단어를 써서 '이 어린아이'라고 그렇게 야단하고 꾸지람을 받는 것도 그분과 너무나도 가까운 처지이면서도 그분의 발자국을 따라 그분의 행을 같이 행할 수 없었기 때문이다. 그분과 같이 고요하게 6문을 다스려서 지내지 못했기 때문인 것이다. 여기에 대해서는 다음에 다시 들을 수 있을 것이다.

그와 같이 마하 사리불께서도 '테라'라고 붙여서 부르는 것 역시 나에게 가깝고 친밀하므로 그렇게 높여 주는 것이다. 나에게 친근하게 해주듯이 나 역시 그와 같이 그분들에게 모자람 없이 정성을 다한다. 그분께서 나에게 지극한 사랑을 주시는 것에 분명한 한 가지 이유는 부처님을 시중들기 때문이다.

그와 같이 부처님께서 직접 믿고 의지하실 만큼 지혜가 큰 제자로써 나 역시 의지하고 존경하는 것이다. 그래서 나에게 제자가 되려고 오는 어린 사미나 젊은 비구들을 그분께 보내서 계를 받게도 한다. 그와 같이 그분께 제자가 되려고 오는 어린 사미나 어린 비구들도 나에게 보낸다. 계속해서 우리 두 사람이 서로 주고받는 친밀한 모습을 증거를 들어서 보여주리라.

꽃

어느 때 왜살리 수도에 브라만 한 사람에게 가사 한 벌이 있었다. 그 가사는 보통 가사가 아니었다. 금화 일천 냥에 해당되는 값어치를 가진 가사였다. 비싸고 값나가는 가사를 그 브라만은 다른 이와 다르게 보시하고 싶었다.

네 가지 물건을 올리는 신도들은 부처님의 손에도 올리고 상가에게도 보시한다. 그러나 삼보가 있었으므로 부처님과 상가에는 여태까지 해 보았으니 이번에는 법의 보배에게만 보시하고 싶었다.

그러나 법보(담마야다나)라는 것이 부처님과 상가 대중들처럼 볼 수 있는 대상이 아니기 때문에 그 딱한 이가 보시하기는 어렵게 된 것이다. 그래서 그 브라만은 부처님께 가서 여쭈어야 했다.

부처님께서 말씀하셨다.

"브라만이여! 법의 보배(담마야다나)에게 보시하고 싶거든 법에 관해서 보고들은 것이 많은 비구 한 사람을 골라서 보시하라."

"보고들은 견문이 많은 비구를 가르쳐 주십시오."

"브라만이여! 나 여래가 가르쳐 주기를 원치 않노라. 비구 상가 대중에 가서 물어 보라."

보시 받을 이를 부처님께서 직접 가르쳐 주시지 않고 비구 상가 대중이 선택하도록 넘겨주신 것이다. 그래서 담마의 보배를 공양하려던 가사 등의 공양물이 나의 손에 이르게 되었다. 법의 가르침을 모두 수도 없이 외워서 간직하고 있기 때문일 것이다.

황금 일천 냥의 값어치에 해당되는 매우 부드러운 그 가사를 나의 몸에 걸칠 수가 없었다. 나의 몸에 걸치는 것보다 부처님의 오른팔이신 그분이 사용하시는 것이 더욱 보고 싶었던 것이다. 그러나 한 가지 어려운 것은 니싸기 빠쌔이띠야 금계(허물도 되고 받은 물건도 버려야 하는 계)였다.

비구들에게 위니에 허락해 놓은 가사가 아랫가사(5조), 윗가사(7조), 두 겹 대가사(Ticivari), 비옷가사, 더러움이 묻지 않도록 입는 속옷, 침대깔개, 얼굴 닦는 수건, 필요한 곳을 꿰맬 수 있는 곳에 사용하는 천조각, 이렇게 9종류가 있다.

그 9가지 가운데 서원을 세울 만큼의 가사는 서원을 세워 놓아야 한다. 서원을 세운다는 것은 자기의 물건이라고 자기 스스로 기억하는 것이다. 그러나 지금 받은 가사는 서원을 세워야 할 것이어서 그렇게 하지 않고서는 될 수 없었다.

꽃

그러나 나에게는 서원을 세우고 입던 가사들이 있었다. 서원을 세우지 않고 적당한 곳에 두었다가 사용할 수도 있다. 그러나 나는 이 가사를 사용하기를 원치 않는다. 나에게 좋은 것이 생겨서 그분에게 올린다는 것은 얼마나 흐뭇해지는 일인가!

그런데 그분은 왜살리의 꾸따가라 정사에는 안 계신다. 지금

사깨다(Saketa) 도시에 계시는 것이다. 이 어려움을 풀어 주실 수
있는 분은 부처님뿐이었기 때문에 부처님 앞에 가서 여쭈었다.

"아난다여, 사리불이 얼마나 있으면 돌아오느냐?"

"부처님, 오늘부터 9일이나 10일이 되면 도착할 것입니다."

이렇게 내가 확실하게 대답 올리는 것은 이유가 있다. 그분께서
여행을 떠나실 때마다 나에게 소식을 주시고는 가셨다. 직접 말씀하
실 기회가 없으면 다른 비구를 보내서 알려 주었다.

서로 다른 곳에서 안거를 지내더라도 돌아오는 날짜를 먼저
출발하는 비구에게 언제나 전해 왔었다. 그분은 약속 날짜를 한
번도 어겨본 적이 없다. 그래서 약속된 날을 내가 분명하게 말씀드린
것이다.

그러자 부처님께서

"비구는 가사 일이 마친 까티나(Kathina)* 행사를 제하고 열흘
동안 남는 가사를 가지고 있을 수 있다. 그보다 더 오래 가지고
있는 비구에게는 그 물건을 버려야 하는 허물(빠쌔이띠야)을 지운다."

마하 사리불 테라로 인해서 처음에 정했던 계율을 고쳐서 약간
느슨하게 해주셨다. 서원을 세우지 않거나 그렇게 하지 않은 옷은
모두 계율로서 남는 가사라고 부른다.

---

* 까티나(kathina) : 결제를 한 대중 스님들께 올리는 가사. 인도에서 음력 9월
  15일부터 10월 15일까지 한 달 동안 신도들이 자발적으로 올리는 공양행사로,
  받는 분이나 보시하는 분에게 공양 중에서 가장 공덕이 큰 공양이다.

지금 고신가 사라나무 숲에 법을 들으려고 오는 분들은 이러한
계율을 목숨과 같이 존중한다. 그래서 마하 사리불 테라께서 나에게
먼저 인사를 건네는 것으로 나와의 친밀함을 보여주는 것이다.
그렇게 가깝기 때문에 안거 햇수가 많은 마하테라들보다 먼저
나의 견해를 물으시는 것이었다.

"아난다 테라여!
고신가 사라 숲은 매우 고요하다.
밤은 허물없이 깨끗하게 맑고
사라나무 역시 가지마다
아름다운 꽃이 활짝 피었으며
향기는 부드럽게 날리는구나!
이러한 시간, 이러한 때
이 고신가 사라나무 숲을 어떠한 비구가
그 고상함을 더할 수 있겠는가?"

오늘밤 담마의 잔치는 이 질문으로 시작되었다.
그전에는 항상 깊고 깊은 법의 성품을 그분께서 직접 자세하고도
넓게 구분해서 설하여 주셨다. 아무리 자그마한 부분이라도 그냥
넘기시지 않고 고르게 구분하셨다. 오늘은 한 분이서 설하시는
법회 대신에 법회의 원탁 둥근 자리 하나가 생겨났다.

오는 대로 높으신 마하테라들 모두가 이 법의 잔치에 들어가시게 되었다. 고신가 사라나무 숲의 향기를 아름답게 보태주도록 각자 각자 참여해서 진행하고 있었다. 그 진행의 책임이 먼저 나의 머리 위에 이른 것이다.

그 친밀함 때문에 나에게 우선으로 주었던 책임을 나 역시 공손하고 정성스럽게 진행해야 하리라. 그래서 그분께 두 손을 높이 들어서 합장 올리고

"마하테라님,

고신가 사라수 숲의 고즈넉함을 능가할 수 있는 수행자는 법에 관한 보고 들은 견문이 많은 비구입니다. 아홉 가지 조건을 갖춘 부처님께서 설하신 가르침들을 잊어버리지 않도록 잘 간수할 수 있는 비구입니다.

부처님께서 설하신 가르침이 처음, 중간, 끝의 세 가지가 구족합니다. 문법으로나 뜻이 완전합니다. 무엇 하나 넘쳐서 빼어버릴 것이 없으며 무엇 하나 모자라서 더 채워야 할 것이 없습니다.

부처님께서 설하신 가르침들이 닙바나를 체험하는 것과 세 가지 닦아야 할 것(계·정·혜)을 보여 놓았습니다. 그 가르침을 입으로 외워서 기억할 수 있으며 마음속으로 생각해서 숨은 뜻이나 드러난 뜻을 분명하게 아는 것, 원인과 결과를 지혜로 깨끗하고 선명하게 그리고 정확하게 아는 것입니다.

사부대중이 자세하고 분명하게 이해할 수 있도록 설해 줄 수 있는 것, 말의 진행이 끊어짐 없이 정확하고 고르게 설할 수 있는

것입니다.

법을 듣는 대중들의 마음에 뜨겁게 일어나는 번뇌들이 일어나지 않도록 설할 수 있어야 합니다. 이러한 능력이 있는 비구가 고신가 사라수 숲의 위엄을 능가할 수 있습니다."

그분을 존경하는 만큼 자세하게 여쭌 것이다. 나의 견해를 물으셨기 때문에 나의 수준과 어울리는 법을 대답올린 것이다. 이 말씀을 들으신 높으신 마하테라님들께서도 나의 목적을 이해하실 것이라고 생각되었다.

"그렇습니다. 많은 대중들이 아시다시피 저는 부처님께서 설하신 가르침을 입과 마음으로 옮길 수 있는 사람입니다. 저와 같이 지내는 대중들도 나와 같이 할 수 있기를 원합니다. 가르침들을 입과 마음으로 간직하기 때문에 계율에 적당한 행동, 적당하지 아니한 행동을 자세히 구분하여 나눌 줄 압니다.

크고 작은 허물을 분명하게 구분할 수 있습니다. 모든 가르침을 구분할 수 있어서 지계, 선정, 위빠싸나 지혜에서부터 시작하여 구족하게 따라서 수행할 수 있을 것입니다."

이러한 목적으로 갖추어 말씀드린 것을 그분들도 지극하게 귀를 기울여서 들으셨다. 질문하신 마하 사리불 테라께서도 자세히 기억하시는 모습으로 비쳤다. 그러나 어떠한 판단은 내리시지 않았다. 맞다·그르다라고는 말씀하시지 않으신 것이다. 이 법회가 지금부터 시작되는 것이 아니겠는가.

그 다음 다른 분에게 바꾸어서 다시 질문하셨다.

"예와따 테라! 아난다 테라는 그의 생각을 말씀하셨습니다. 그래서 지금은 예와따 테라의 차례로 질문하겠습니다. 이 고신가 사라나무 숲의 그 고상함을 어떠한 비구가 능가할 수 있겠습니까?"

'지혜에 첫째가는 이'라는 칭호를 받으신 분의 질문에 '선정에 드는 것으로 첫째가는 이'라는 칭호를 받으신 분이 대답하셨다.

"마하테라님,

고신가 사라나무 숲의 고상함을 능가할 수 있는 이는 선정에 드는 습관이 있는 비구입니다. 선정을 기초로 하여서 위빠싸나를 관찰하는 비구입니다. 고요하고 평화로운 숲에 고요하게 앉아서 수행하는 비구입니다. 마하테라님."

같이 지내는 대중 스님들도 각자 그의 방법으로 마음 편하게 지내기를 원해서 사루는 것이리라. 이때도 역시 그분은 예와따 테라의 대답에 대해서 어떠한 판단을 내리시지 않으신 채 아누루다 테라에게 계속하여 질문을 옮기셨다.

"마하테라님!

눈 밝은 남자가 누각 위에서 큰길을 내려다 볼 때 일만 대의 수레라도 분명하게 볼 수 있는 것처럼 천안통의 지혜로 일만 세계를 분명하게 볼 수 있습니다.

이렇게 천안통의 지혜를 얻은 비구가 고신가 사라나무 숲의 고상함을 능히 감당할 수 있겠습니다."

아누루다 테라의 목적 역시 같이 지내는 대중들이 따라 할 수 있도록 하기 위해서일 것이다. 천안통으로 중생들의 생기고 무너지는 모습, 이야기 전체를 보아서 그러한 윤회의 놀음을 싫어하고 두려워하여서 그 윤회의 바퀴에서 벗어난 고요한 행복을 현재 체험할 수 있도록 하기 위해서일 것이다.

아누루다 테라의 다음에는 마하 까싸빠 테라의 차례였다.

"마하테라님들 여러분!

우리 이 교단에는 번뇌를 털어내는 두딴가(Dhutanga) 수행들이 있습니다. 그 많은 수행 가운데 숲에서 지내는 수행(Arannanika dhutanga), 날마다 걸식하여서 먹는 수행(Pintapatika), 누더기 가사만을 입는 빤뚜꾸리까(Pansukulika), 세 가지 가사만 사용하는 서원을 세우고 그대로 행하는 때시와리까(Tecivarika) 두딴가들이 포함되어 있습니다.

이러한 두딴가 수행을 자기 스스로 행하고 자기와 같이 행하는 이들을 칭찬할 수 있는 비구가 이 고신가 사라나무 숲의 위엄을 능가할 수 있습니다. 마하테라님."

부처님을 대신하는 이 분의 목적 역시 이 교단을 위해서일 것이다. 이러한 두딴가 수행으로 네 가지 사사 시주물에 좋아하고 탐닉하는 것을 말리게 해서 남은 번뇌들도 모두 털어 내도록 하기 위해서일 것이다.

세 번째 가는 큰 제자분의 대답 다음에 차례가 된 두 번째 큰 제자도 대답하셨다.

"마하테라님들 여러분, 비구 두 사람이 서로 아비담마 법들을 토론하십니다. 한 분이 묻고 한 분이 답하고, 주고받고 대답합니다. 이렇게 질문을 주고받음으로 인해서 튕겨져 나가거나 뒤로 물러나지 않습니다.

그 두 비구의 담마를 토론하는 소리가 쉬임없이 흐르는 물줄기처럼 그치지 않고 이어집니다. 그러한 아비담마 법을 설할 수 있는 비구가 이 고신가 사라나무 숲의 고상한 위엄을 능히 감당할 수 있습니다. 마하테라님."

이분께서는 사마디의 바라밀 공덕이 가장 높은 정상에 이르신 분이다. 그 사마디의 도움으로 아비담마 지혜가 예리하여서 몸(Rupa), 마음이 머무는 곳(Āyadana), 성품(Dhatu) 등의 아비담마 법들을 자세하게 구분해서 설하실 수 있다.

한 가지 담마와 다른 한 가지 담마를 섞이지 않게, 듣는 이들에게 지혜의 단계가 높아지도록 설할 수 있으시다. 이렇게 대답한 목적은 그와 같이 예리한 아비담마 지혜로 깊고도 미묘한 법의 성품에 깊이 들어가서 노닐 수 있도록 하기 위해서일 것이라고 생각된다.

신통 부분에 있어서 첫째가는 칭호를 받은 그분이 당신의 견해를 말씀드린 다음 이어서 질문하셨다.

"마하 사리불 테라님, 저희 모두들의 생각을 각각 말씀드렸습니다. 그래서 제자가 마하테라님께 여쭙니다. 어떠한 비구가 이 사라나무 숲의 위엄을 능가할 수 있겠습니까?"

담마의 총사령관이신 그분의 차례가 되었으므로 단숨에 여쭌

것이다. 그러자 담마의 총사령관 마하 사리불 테라께서

"오! 여러 테라님들, 고신가 사라나무 숲의 고상함을 능가할 수 있는 비구는 자기의 마음을 자기가 원하는 대로 이끌어가도록 할 수 있는 이입니다.

그 비구는 욕망의 마음이 가는 대로 따르지 않습니다. 비유를 들자면 나라의 주인인 임금이나 큰 대신들은 가지가지 색깔이 아름다운 옷들이 상자마다 가득 있습니다.

그 왕이나 대신이 아침에 한 번, 낮에 한 번, 저녁에 한 번 옷을 갈아입을 때 자기가 좋아하는 옷을 갈아입듯이, 법이 가득한 비구도 아침이거나 낮이거나 저녁이거나 자기가 원하는 사마디로 지냅니다. 세간, 출세간 사마빠띠들도 바꾸어서 들어갑니다. 그러한 비구가 고신가 사라나무 숲의 고상함을 능히 감당할 수 있습니다."

지혜의 바라밀 정상에 이르신 분이므로 이렇게 말씀하신 것이다. 출세간 지혜를 가지신 분들만이 자기 마음을 자기가 원하는 대로 둘 수 있다.

이 높으신 분의 목적도 역시 이전의 마하테라님들과 같은 것이다. 같이 지내는 상가 대중 스님들도 그와 같이 지혜가 예리해지기를 목적으로 하시는 것이리라.

예리한 지혜로 자기의 마음을 안과 바깥의 대상 있는 곳으로 조금도 따라가지 않도록 하고 사마디 한 가지로 지낼 수 있도록 하기 위해서일 것이다.

지금 법을 토론하는 곳에 있는 모든 분들이 각자의 견해를 표현하여 마쳤다. 한 분 한 분이 보는 모습이 다르기 때문에 가르쳐 표현하는 것도 전혀 다르다. 자기들이 많이 익힌 것, 자기들 마음과 어울리는 것을 대답하셨다.

⚜

이 대답들의 맞고 그름을 누가 구분하겠는가? 누가 가려내겠는가? 이 자리에서는 공덕이 가장 높으신 분이 마하 사리불 테라이시다. 그분의 법을 들으려고 우리들 모두 모였다.

그래서 마하 사리불 테라께서 골라서 선택해 주시면 우리들 모두가 만족하게 받아들일 것이다. 그러나 그분께서는 모두에게 옳고 그름을 구분해서 보여 주시지 않았다.

이 법석에 그분 자신의 견해도 드러냈기 때문에 판단하기 어려웠을지도 모르겠다. 그래서 법석에 둘러앉은 모두를 데리고 부처님 앞으로 갔다.

"부처님, 누구의 말이 맞습니까?"라고 여쭈어야 했다.

"사리불이여! 너희들이 드러낸 모든 것들이 자기 원인에 각각 맞는 것들이다."

맞지 않는 것, 그른 것이라고는 없었다. 그래서 우리들의 스승님의 가르침도 들어야 하리.

"사리불이여! 비구는 공양을 마친 다음 고요한 곳으로 가서 자리를 잡고 앉는다. 몸을 반듯하게 세운다. 알아차림을 단단히 거머잡고 이렇게 서원을 세운다.

'나의 마음이 어떠한 대상을 취하지도 집착하지도 말고 번뇌를

완전히 벗어난 곳에 이르기 전에는 이 가부좌를 풀지 않으리라.'

이러한 서원을 세우고 계속하여 앉는다. 이러한 비구가 고신가 사라나무 숲의 위엄을 능가할 수 있다."

이러한 가르침이 자기의 원인을 스스로 미루어 보아서 맞는 가르침이 아니더라도 이 교단 전체 비구들에게 직접 해당되는 가르침이 된다.

이러한 가르침이 보리수 아래 금강좌에 직접 앉으셨을 때 서원 세우셨던 것이므로, 모든 제자 비구들도 그 스스로의 서원을 세우도록 부처님께서 목적하셨을 것이다.

아라하따 팔라에 이르기까지 물러나지 않고 노력하도록 원하신 것이리라. 그러한 목적을 짐작했기 때문에 이 가르침이 고신가 사라나무 숲을 넘어서 널리 퍼지고 있구나!

Mūlapaṇṇāsa mahāgosinga sutta

가장 높은 행복

고신가 사라나무 숲에 있을 때 한 번에 앉아서 아라한이 될 수 있는 곳까지 행할 수 있는 비구를 부처님께서 칭찬하셨다. 그러한 비구만이 고신가 사라나무 숲의 위엄을 더할 수 있도록 감당할 수 있다고 설하셨다.

직접 설하신 가르침에서 얻을 수 있는 대로의 뜻을 가져서 그러한 높은 영웅들이 이 교단 전체의 위엄을 능히 감당해 나갈 수 있는 것이다.

보리수 아래 금강좌에서 직접 본보기를 보여 주셨던 그 길대로 따라갈 수 있도록 우리와 같이 지내는 대중들은 노력한다. 노력한 만큼 여행의 목적지에 도착한 이가 나왔다.

그 중에 어린 스님들도 포함되어 있다. 그들의 얼굴은 앳되다. 앳된 그들의 얼굴을 보면 교만의 표정은 어디에도 볼 수 없이 원래 그대로 깨끗하고 해맑았다. 맑디 맑은 그들의 마음이 그대로 그들의 얼굴에 드러난 것이다.

세속 편에서 보면 깨끗한 그들의 일생에 크나큰 희망을 가질 수도 있을 것이다. 건강하고 젊은 몸, 용감하고 두려움을 모르는 마음으로 장군감이 될 수도 있을 것이다.

나라를 다스리는 일에 능숙해져서 왕이나 대신이 될 수도 있을 것이다. 부모의 무역업을 물려받아서 명성을 날리는 거부 장자가 될 수도 있을 것이다.

다른 많은 이들과 같이 자기 권속을 거느리고 다복하게 지내려고 한다면 그렇게도 될 수 있을 것이다. 그렇지만 세간 쪽에서의 큰 희망을 버리고 이 교단 안에서 사는 생으로 들어왔다.

그분의 황금같은 얼굴을 바라보고 그분의 행동을 따라서 물러나지 않는 힘을 모아서 정상에 올랐다. 그들이 올라간 곳에서 갈애가 없는 법을 얻어서 마음속 깊이 행복해진 것이다.

이렇게 갈애를 벗어난 법과 언제나 함께하여 지내는 우리들은 교단의 목표인 꽃 기둥이 된다. 갈망을 벗어난 법을 체험하여 갈망을 벗어나서 살 수 있는 것이 바로 우리 교단에서 완전하게 줄려고 하는 특별히 높은 상이 된다.

이 특별한 상은 특별하게 높은 지혜를 지닌 이들만이 얻을 수 있다. 그 특별한 상을 얻은 일생 동안 마음 편안하고 가장 행복하게 지낼 수 있다. 그 위치에까지 손이 미치지 않는 이들은 이 상과 관계된 일을 거부하는 일만 찾아내려고 애쓰고 있다.

그렇게 찾아다니는 이가 바깥 단체나 다른 종파의 무리 가운데만 있는 것이 아니라 우리 교단 안에도 있었다. 우리들과 같이 지내고, 같이 먹고, 같이 가고 있는 이 가운데서도 있는 것이다. 그는 다른 이가 아니라 바로 이름을 높이 크게 드날리는 우다이(Udayi) 테라 이다.

우리 교단에 우다이라고 부르는 같은 이름을 가진 이가 세 사람 있다. 부처님께 태어나신 고향 까삘라로 돌아가시도록 아름다운 게송을 지어서 모셔갔던 우다이는 살색이 약간 검었으므로 깔루다 이(Kaludayi)라고 불렀다.

그 깔루다이 테라와 같이 부처님의 좌보처 40분 가운데 들어가는 큰 제자인 우다이 마하테라는 크나큰 공덕을 갖추었기 때문에 마하우다이(Mahaudayi)라고 구분하여서 불렀다.

지금 말하여 보이려는 이는 여기저기 되지도 않게 빠짐없이 끼어들기를 좋아하기 때문에 랄루다이(Laludayi)라고 불렀다. 이 랄루다이의 경망스러운 모습이 위나야 계율 경전에 기록되어 있다. 그는 큰 계율(빠라지까)에 이르기까지는 범하지는 않는다. 그러나 그가 가는 곳마다 여자들과 어울려서 웃고 떠들기를 좋아하였다.

몸과 손으로 닿지 못하도록 계율을 정하자 말로써 닿고 건드리고 는 하였다. 자기 스스로 적당하지 못한 행을 할 뿐만 아니라 다른 비구들에게도 그 나쁜 방법을 가르쳐 주는 일을 하기도 했다.

그의 행동을 막을 수 있도록 상가디시사라는 금계들을 정하셨다.

그 금계를 정할 때 그것을 범한 당사자 우다이를 부처님께서 가지가지 비유를 들어서 나무라고 야단하셨다. 부처님께서 나무라실 때 그는 얼굴을 숙이고 얌전하게 앉아 있어야 했다. 어느 누구와도 얼굴을 대하지 않으려고 고개를 숙이고 앉아 있었다. 그러한 모습을 볼 때 그의 나쁜 습관이 그 자리에서 끝날 것이라는 생각이 들었다.

그러나 우리 모두가 그를 믿지는 않는다. 부딪혀서 당할 때 그 순간만은 기가 죽어서 숙이고 있다가도 신경초처럼 오래 가지 않아서 머리를 쳐들고 다닐 위인이었다. 이전에 금계를 정할 때도 저렇게 머리를 떨어뜨리고 있지 않았던가?

우리들이 생각했던 대로 그 신경초 나무는 오래지 않아서 다시 머리를 쳐들었다. 그때는 여자들과 관계된 것이 아니라 담마의 성품과 관계된 것이었다. 그것도 이 교단 내에서 가장 최고의 목표로 삼는 닙바나와 관계된 것이었다.

우리들 모두가 라자가하에서 지낼 때였다. 부처님과 함께 웰루와나 죽림정사에 머물 때 비구 대중 가운데 마하 사리불 테라께서도 함께했기 때문에 웰루와나 정사에서 날마다 법회를 열었다. 그날 밤 법회에서 마하테라께서는 닙바나의 담마라는 제목을 가지고 설하셨다. 닙바나의 평온하고 고요한 행복에 관한 공덕을 칭송하고자

"오! 여러분들, 이 닙바나는 행복합니다.

여러분들! 이 닙바나는 행복합니다."

라고 여러 번 거듭하여서 말씀하셨다.

여기에서 잔치마다 끼어드는 우다이가 상가 대중 가운데서 일어

나서 질문을 하였다. 사실 말하자면 이러한 법의 성품은 그가 논할 자리가 아니었다. 그의 능력이 미치는 담마의 종류가 아닌 것이다.

닙바나에 관해서 수행(Paṭipatti)이나 수행체험(Paṭivedha)의 장은 그만두고라도 교학(Patiyatti)의 성품으로 말하는 것조차도 그가 할 수 있는 능력 밖의 일이었다. 그런데도 불구하고 상가 대중 가운데서 그는 용감하게 일어났다.

ꕥ

지혜의 공덕으로 첫 번째 가는 제자이신 그분과 가장 깊은 담마를 주고받으려고 가까이 다가간 것이다. 의젓하게 걸어가는 그의 걸음걸이와 싱긋이 웃음 짓는 그의 얼굴은 참으로 이 교단의 영웅 같았다. 사건의 진상을 알 수 없는 어린 스님들의 존경할 바가 될 만큼, 부러워할 만큼 대단한 것 같았다.

그러나 우리들은 그의 성품을 분명하게 알고 있었다. 적당하지 못한 여러 가지 행동으로 적당하게 잘 지내도록 부처님의 걱정을 수도 없이 들었던 그였다. 상가 대중 가운데서 심한 나무람을 받아야 했었다.

그래서 이 교단의 울타리 안에서 그의 이름이 시들하니 빛을 잃어야 했고 그의 명예는 땅에 떨어져야 했다. 그러한 그가 그의 명예를 다시 올라가도록 그의 위엄을 건져 올리려고 노력하는 것이리라. 이렇게 노력을 기울이려고 할 때 오늘의 이 법회가 그에게 기회를 준 것이다. 주어지는 좋은 기회를 놓쳐버릴 이가 아니었다. 그래서 용기를 내었는지

"사리불 마하테라님, 닙바나에 느낌의 성품으로 느낄 것이 전혀 없습니다. 느낌으로 느낄 것이 전혀 없는 닙바나에 행복함이라고 있겠습니까?"

그분의 앞에 두 손을 높이 올리고 공손한 자세로 조목조목 구분하는 질문을 던진 것이다. 높이 올린 합장은 지극한 존경심을 분명하게 보이려는 의도뿐이었다. 그의 속셈은 그의 이 질문으로 그분의 명성을 땅에 던져버리고픈 것이었다.

느낌이라는 것은 행복, 고통, 평등심, 세 가지 종류가 있다. 닙바나에 이 세 가지 느낌으로 어느 한 가지 느낄 것이 없다고 귀에 못이 박히도록 들어 두었던 것이다.

그런데 마하 사리불 테라께서 설법 도중 대중 가운데서 '이 닙바나가 행복하구나!'라고 읊으신 것이다. 지혜제일의 공덕칭호를 지니신 그분이 그때에 그릇되었는가?

상가의 수많은 대중 가운데서 지혜제일 사리불 마하테라의 명성이 땅에 떨어지리라고 기대하는 그의 얼굴은 고소하게 미소 지으면서 기다리고 있었다.

부처님을 대신할 수 있는 분이어서 어느 누구 한 사람도 감히 경쟁하려 들지 않던 그분에게 지금 그 용감한 경쟁자가 승리를 거두기 직전이 아닌가?

이렇게 승리한다면 그의 땅에 떨어진 명예를 다시 거두어서 추스릴 수 있을 것이다. 무너지는 무상의 성품으로 떨어졌던 그의 이름이 이 다음부터 밝게 빛나는 이 교단의 영웅으로써 명성을 드날리게 될 것이다. 그러나 그의 목적이 어느 한 가지 윤곽을 드러내지 않는 것을 어찌하랴!

중요한 지점을 건드렸다고 생각하던 그의 질문이 그분의 어디에도 가서 머물 곳을 얻지 못한 것이다. 딱딱한 대추나무에 가서 쪼아보았으나 대추나무 껍질조차 긁어주지 못한 꼴이 될 뿐만 아니라 딱따구리가 그의 자리가 아닌 곳에 가서 쪼아보는 꼴이 되었다. 그의 자리가 아닌 곳에 가서 쪼고 대추나무 껍질조차 긁어주지 못한 꼴이 되었을 뿐만 아니라 딱따구리 주둥이만 부러지게 될 지경이었다.

"우다이 테라! 닙바나에 느낌으로 느낄 것이 전혀 없기 때문에 행복함이 된다."

생각도 할 수 없는 딱따구리에게 대추나무가 어떠한 일도 하지 않은 채 자기의 군건하고 단단한 성품만을 보여준 것이다.

🪷

우다이 테라가 이해한 행복한 느낌의 성품으로 느끼는 것은 세간의 행복이다. 법수로 말한다면 행복한 느낌을 얻는 것을 말한 것이다. 느끼는 상황으로 행복, 고통, 양극단에 치우쳐 기울지 않는 평등심이라고 세 가지 종류를 구분해 놓았지만 모든 느낌의 그 뿌리를 조사해보면 고통만을 만나게 될 것이다.

그래서 부처님께서 "느낌을 느끼는 모든 것이 고통이다."라고 설하셨다. 그렇다. 고통스러운 느낌을 받는 순간에 고통의 모습이 드러난다. 많은 이들이 원하는 행복한 느낌이라고 하는 것도 사실은 오로지 그 행복함만 느끼는 것은 아니다.

업에 따라서 즐기고 있는 그 순간에도 고통스러운 느낌이 떨어지지 않고 따라다니는 것이다. 우뻬카 왜다나라는 것은 어느 쪽으로도 기울지 않는 것으로 보통사람들이 알기는 어렵다.

그러나 알 수 있는 이들은 그것조차 역시 고통의 성품이라고 이해한다. 이렇게 말하기 때문에 닙바나를 현재 체험하고 있는 도의 지혜, 과의 지혜 안에 이 느낌의 마음이 함께하지 않느냐고 질문하는 이도 있을 것이다.

그러나 내가 말하는 것은 그러한 성품이 아니다. 고통이 소멸한 진리에 해당되는 닙바나에 느낄 것, 취할 것, 얻을 것이라고는 한 가지도 그 어떠한 것도 없는 성품을 보이려는 것이다.

이러한 순냐따(Suññata) 성품을 마음속으로 깊이 체험하는 것만이 닙바나의 행복을 이해할 것이다. 느낌이 없는 완전한 행복은 각기 각자 체험하기 전에는 이런가? 저런가? 의심하여서 이해하기가 쉽지 않다.

☙

그래서 하따까 왕자에게 부처님께서 비유를 들어서 질문을 하여 설하셨던 것이다. 그날 하따까 왕자는 많은 무리들과 함께 우리들이 머물던 나무 아래로 왔다. 그는 태어나는 시간에 부처님 팔에 이르는 기회를 가졌었다.

알라위국의 그의 부왕과 모후들도 이 교단을 보호하는 이들이었다. 그래서 하따까도 어릴 적부터 부처님을 가까이서 모셔왔다.

우리 대중들에게도 자주자주 오곤 했다.

이렇게 부처님과 상가, 두 가지 보배는 늘 가까이서 모셔왔던 그에게 법의 보배와는 매우 낯이 설었다. 그래서 그가 바라지 않던 장소에서 부처님을 뵈었을 때 매우 놀라게 된 것이다.

"부처님, 밤사이에 편안하게 지내셨습니까?"

공손하게 머리를 숙이고 절하면서 입으로 인사를 여쭌 것이다. 그의 인사말에는 놀라운 마음이 잔뜩 들어서 여쭌 것으로 보였다.

"왕자여! 지난밤에 편히 지냈다. 이 세상에 편안히 지내는 사람 가운데 나 여래가 포함된다."

여쭙는 의도를 알고서 부처님께서 적당한 대답을 하신 것이다.

"부처님, 겨울철의 밤은 지나치게 차갑습니다. 음력 1월이 지나고 2월로 건너가는 지금 같은 계절에 안개나 밤이슬도 두텁게 내립니다.

우기에 생긴 소발자국은 지금까지도 발을 디딜 수 없을 만큼 딱딱하고 거칩니다. 부처님께서 앉아 계시는 이 나무의 잎사귀들도 성급니다. 입으신 가사 역시 너무 얇아서 지나치게 시원하실 것입니다. 지나치게 찬 겨울바람 역시 사방에서 몰아치고 있습니다. 그런데 부처님께서는 '지난밤 편안히 지내셨다.'라고 말씀하셨습니다. 이 말씀을 저는 이해하기가 어렵습니다."

부처님께서 누리시는 행복, 재산의 부귀가 함께하지 않는 편안함에서 생기는 행복을 이해하지 못했기 때문에 이렇게 여쭌 것이다.

그러자 부처님께서

"왕자여! 알기 어렵거든 내가 다시 너에게 질문하리라. 나의 이 질문을 너의 뜻대로 대답하라. 이 세상 사람들이 사는 세상에 거부 장자들이 사는 큰 집들이 있다. 지금 같은 겨울철에는 바깥의 찬바람이 들어오지 않도록 있는 대로 창문을 모두 닫는다. 그 집안에는 튼튼하고 푹신한 침상과 의자들도 있다.

왕자여, 손가락 네 개 겹친 길이의 털이 있는 양탄자들, 순전히 흰색의 양탄자들, 갖가지 보석을 치장해 놓은 양탄자들, 행복의 징조가 있는 오소리 털 양탄자들을 줄줄이 펴놓았다.

침대 위에는 화려하게 반짝거리는 보석으로 천정을 장식하고 바깥으로는 밝음을 가져다주는 갖은 향료 기름으로 불을 켜고 그 집주인의 네 명의 부인들이 그가 원하는 대로 시중을 들어준다. 이 자리에서 왕자에게 질문하리라. 그 부귀의 주인이 편안하게 잘 수 있느냐 없느냐?"

"부처님, 그 부귀의 주인이 편안하게 잘 수 있습니다. 이 세상에 편안하게 잘 수 있는 사람들 가운데 한 사람으로 포함됩니다. 부처님."

그에게는 익숙한 일들이어서 하따까 왕자는 생각할 것도 없이 대뜸 대답올린 것이다.

"왕자여! 너에게 다음 한 가지를 묻겠다. 그 부귀의 주인이 탐심으로나 화냄으로나 어리석음으로 인해서 몸과 마음에 뜨거운 불길이 타고 있다면 그 부귀의 주인이 편안하게 잠들 수 있겠느냐?"

"편안하게 잠들 수 없습니다. 부처님."

"왕자여, 탐심·화냄·어리석음 등의 모든 번뇌들을 나 여래의 마음에서 완전히 빼어버렸다. 뿌리째 완전히 뽑아버렸다. 처음 시작하는 실뿌리조차 찾을 수 없다. 그래서 나 여래는 편안하게 지낼 수 있다."

세간의 부귀보다 백 배 천 배 더 넘치는 출세간 부귀를 가르쳐 보이신 것이다. 이 가르침을 듣고 나서부터 하따까 왕자의 마음이 바뀌어져 갔다. 젊은 왕자로서 세간의 호사에 탐닉했었다. 자기보다 많은 부귀를 가진 이들을 부러워했다. 이 가르침을 듣고 나서부터 그의 목적이 바뀌어진 것이다.

뜨거움이 있는 세간 부귀 위에 탐닉하던 집착이 없어졌을 뿐만 아니라 출세간의 부귀인 세 가지 도(道)와 과(果)에로 가까이 간 것이다. 일반 왕자로서도 주변권속이 많던 하따까가 성인 제자(아리냐 사와까)가 되었을 때 더욱 많아졌다.

※

삼보에 관계된 일을 할 때마다 그의 뒤에 500여 명의 제자들이 항상 따라다니게 된 것이다. 이렇게 따르도록 하기 위해서 책임 역시 능숙하게 이행하였다. 재산이 없는 이에게 아낌없이 보시하고, 마음이 거친 이들에게 부드럽고 소탈하게 말하여서 거두어 갔다.

일을 감당하지 못하는 이들에게 몸과 마음을 다해서 도와주었다. 자기 자신은 왕이 낳은 왕족이지만 일반사람들과 같은 위치에서 교제하였다.

이렇게 교제에 있어 네 가지 일로 힘썼기 때문에 하따까 역시 우리 교단의 첫째가는 칭호를 감당하는 한 사람으로써 유명하게 되었다. 알라위국에서 첫째가는 칭호를 감당하는 한 사람이 나타났듯이 발자라는 나라에서 신도 한 사람이 높고 큰 상을 받아서 높은 절벽처럼 매우 두려움이 넘친다고 했다.

이 말은 전해들은 것이 아니라 내 귀로 직접 분명하게 들었기 때문에 말하는 것이다. 두려움이 넘치는 이를 만난 것이 발자라는 나라 안의 우루웰라 깟빠라는 큰 마을에서였다.

그 마을에는 정확하게 결제 안거하는 비구가 일정하지 않기 때문에 튼튼하게 세워놓은 절이라고는 없었다. 스님들이 이를 때마다 임시로 천막 같은 막사 정도나 세웠던 것이다. 그곳은 희마완따 산의 마하와나 숲의 끝이었기 때문에 나무 그늘이나 대나무 그늘이 매우 두터웠다.

날씨 역시 고르기 때문에 우리들이 지내기에 넓고도 시원하였다. 그러나 숲 속의 생활이다보니 부처님께서 따로 지낼 만한 거처가 없었다. 제따와나 정사처럼 간다꾸띠(응향각)같은 건물은 생각도 할 수 없었다.

우리들과 같이 숲 속에서 지내셔야 했기 때문에 그 중에서도 가장 높은 자리를 부처님이 거하시는 곳으로 정했다. 그래서 부처님 께서는 혼자서 자유롭게 지내시려고 마하와나 숲으로 가시고는 하였다. 우리들에게는 돌아오실 때까지 이곳에 있도록 말씀하셨다.

항상 시중드는 책임을 맡고서부터 나는 언제나 부처님의 뒤를 바짝 따라다니고는 했다. 더운물 찬물을 필요하실 때에 즉각 대령하고 팔다리를 만져드려야 했다. 그런데 지금은 이 자리에 그대로 있으라고 말씀하신 것이다. 옆에서 시중드는 이도 없이 혼자서만 떠나가신 것이다.

혹시나 내가 한 일에 허물이나 없었나 하고 돌아보았지만 그분이 좋아하시지 않을 일은 보이지 않았다. 그런데 무엇 때문에 혼자서만 떠나가셨을까?

부처님께서 하시는 일은 언제나 이유 없이 하신 적이 없다. 내 지혜의 힘으로 미리 알지도 보지도 못하는 원인이 있을 것이다. 내 생각에 스스로 만족하고 있는 동안 따뿌싸라는 신도 한 사람이 도착했다.

그는 우루웰라 깟빠 마을에서 이름난 거부 장자였다. 재산이 풍부한 만큼 삼보에 대한 존경심도 또한 대단했다. 보시하는 손이 빈틈이 없을 만큼 보시하기를 즐겼다. 그의 신심은 비구 스님들의 고요한 태도를 뵙는 것이었다. 그러나 자기 몸 안의 모습, 바른 법을 꿰뚫어 볼 수는 없었다.

그래서 "아난다 마하테라님, 제자들이 욕계의 중생들인 만큼 오욕락에 즐거이 빠지고 있습니다. 기뻐하면서 즐기고 있습니다. 저희 제자들에게 그 깜마 욕망의 늪에서 벗어난 닙바나라는 큰 법이 거대한 절벽처럼 몹시도 두렵게 느껴집니다.

이 교단의 젊은 스님들은 깜마 오욕락과 함께하지 않는 고요한 법에 깊이 들어가서 지냅니다. 같은 욕계의 중생들로서 일반사람들과 스님들 사이에 이 닙바나에 관해서 생각하는 것이 너무나 차이가 심합니다. 테라님."

그의 마음속의 생각을 공손하게 여쭈었다. 고통을 두려워하는 대신 고통에서 벗어난 높은 행복의 법조차 두려워하는 것이다. 깜마의 즐거움만 알고 깜마의 욕망을 함께하지 않는 고요하게 즐기는 맛을 보기 전에는 이렇게 두려워할 것이리라.

두려워하지 않아야 할 것을 두려워하는 따뿟싸를 내가 측은하게 바라보았다. 그러나 자세히 생각해 볼 때 그에게 불쌍한 일이 되는 그 말이 나에게는 기쁜 일이 되었다.

"이 자리에만 있어라."라는 명령 때문에 나는 형님과 떨어져서 지내야 했다. 그 명령이 나오지 않았다면 마하와나 큰 숲에서 형님과 같이 있었을 것이다.

어느 가르침 한 가지 정도는 들었을 터이다. 지금은 따뿟싸가 여쭌 말들이 이러한 기회를 줄 것이다. 그래서 그 말을 선물로 가지고 따뿟싸와 같이 마하와나 숲으로 따라갔다.

이렇게 찾아가는 것이 부처님의 말씀을 거부하는 것이 될까봐 가는 걸음이 주춤거려졌다. 그 문제를 나 스스로 풀어서 해결할 수도 있었다. 그러나 부처님께 청하였던 나의 소원인 상 가운데 하나가 어느 한 가지 의심이 생겨서 여쭙고 싶으면 시간에 구애없이 가까이 갈 수 있도록 허락받은 것이 아니던가?

얻어 놓았던 상품을 그날 내가 제대로 잘 사용하였다. 이렇게 사용한 결과 이 교단에 은혜가 많은 가르침 하나가 생겨나게 된 것이다.

따뿌싸가 여쭌 말씀의 선물을 부처님께 올렸을 때

"아난다여! 그 말이 맞다. 나 여래도 삼마 삼붓다냐냐를 얻기 전까지는 그렇게 생각하였었다. '깜마 오욕락에서 벗어난 닙바나가 고요하고 행복하구나!'라고 자꾸자꾸 생각해 보더라도 나의 마음이 번뇌에서 벗어난 곳으로 자유롭게 갈 수 없었다. 든든하게 머물지 못하였다.

그 원인을 찾아보았을 때, 내가 깜마 오욕락을 즐기는 것의 허물을 보지 못했다. 깜마락을 즐기는 것의 허물을 아는 지혜를 거듭거듭 키우지 않았다. 번뇌를 벗어난 수행의 이익과 은혜를 맛보지 못했다. 그 이익을 거듭거듭 의지하지도 않았다. 그래서 나의 마음이 번뇌에서 벗어난 곳에 훨훨 자유롭게 가지 못했다. 단단하게 머물지 못했던 것이다."

"아난다, 그러한 원인을 찾아서 만났거든 번뇌에서 벗어난 곳으로 자유롭게 떠날 수 있도록 해야 한다. 단단하게 머무르도록 해야 한다. 나 여래는 깜마락을 즐기는 허물을 보도록 관찰한다.

깜마락을 즐기는 허물을 보도록 관찰하는 수행을 거듭거듭 키워야 한다. 번뇌에서 벗어나는 조건이 되는 수행의 이익 결과를 취하여야 한다. 그 이익을 자주자주 의지해야 한다."

그 가르침을 듣는 것만으로도 따뿌싸의 두려움이 사라졌다. 그렇다. 깜마락에서 벗어난 닙바나의 큰 법이 크나큰 절벽처럼 두렵게 생각되지 않도록 우리들이 먼저 해야 하는 것은 깜마락을 즐기는 것의 허물을 보는 것이다. 날카로운 칼날 끝에 묻은 꿀방울을 혀로 핥다가 혀가 잘라지는 고통의 진리를 먼저 이해하여야 한다.

4가지 성스러운 진리에서 부처님께서 고통의 진리를 먼저 설하여 놓았듯이, 고통을 고통이라고 자세하게 구분해서 알아야만 둑카에서 벗어날 길을 찾을 것이 아니겠는가?

Anguttara navaka nipātta tapussa sutta

세상사람들의 법

우리들이 사람으로 태어난 것은 만나기 어려운 법 5가지 가운데에 든다. 숫자는 그만두고라도 종류로만도 헤아릴 수도 없는 벌레, 짐승들과 비교하기도 어려운 행운이 이 사람으로 태어난 것이라고 가치를 두어야 한다.

그러나 그렇게 귀중한 값어치를 지닌 인생을 자세히 생각해보면 고통 덩어리임을 보게 될 것이다. 이러한 인생을 시작과 동시에 울음잔치부터 만나야 한다. 시간이 되어서 왔던 길을 되돌아 볼 때에도 울음잔치를 비키고는 볼 수 없다.

강보에서부터 관 사이까지도 울음의 구비를 셀 수도 없이 만나야 한다. 이렇게 울고 통곡하는 것마다 차마 견디기 어렵기 때문에 둑카라고 부른다. 그 둑카라는 것은 어느 누구의 얼굴이라고 봐주지 않는다.

고의 원인(Samudaya sacca)이 있는 동안은 사람의 종류도 가리지 않고, 지위 계급의 고하를 막론하고, 나이가 많고 적음은 상관없이 모두 똑같이 둑카와 만나야 한다. 이렇게 얼굴을 봐주지 않고 누구에나 해당되기 때문에 진리라고 부른다.

진리가 되는 고통의 법을 다시 거듭 나누어 보아서 알면 벗어나는 고통과 알고서도 벗어나지 못하는 고통 두 가지 종류가 있다. 알면 벗어날 수 있는 고통이 마음의 고통이다. 우리들 마음에 자주자주 생겨나는 뜨거운 마음, 저속한 마음, 엉크러진 마음들이 생긴다.

마음의 고통들은 그 스스로 저절로 생겨나는 것이 아니다. 어느 창조주, 어느 신통을 부리는 이가 약 한 알로, 주문 하나로 벗어나게 할 수 있는 것도 아니다. 탐착하는 것 한 가지와 부딪히면 고의 원인의 진리가 생기는 이유가 된다.

고의 원인의 진리라는 지극하게 원하는 갈망 한 가지로 원하는 것마다 고통을 비켜나서는 어느 것도 얻을 수 없다. 그래서 번뇌 업의 모든 고통에서 벗어나려면 벗어나는 곳을 알아야 할 것이다. 벗어나는 곳을 알아서 그대로 수행한다면 마음의 고통에서 벗어나 고요한 행복을 얻을 수 있는 것이다.

지금 와서 생긴 것이 아니라 지나간 전생부터의 갈망으로 얻은 몸과 마음의 결과여서 알기만 하는 것으로는 번뇌에서 벗어난 행복을 얻지 못한다. 뜨거운 열기가 식기 전에는 뜨겁고, 차가운 기운이 있는 동안은 차가운 것이다. 아프고 저리고 갈증나고 허기지고 하는 것이 날마다 고통을 주는 것이다. 이 고통들을 받는 곳이 마음과 관계가 없지는 않지만 그 뿌리는 몸과 관계된 고통들이다.

그래서 붓다와 아라한조차도 몸에 관계된 고통을 제거할 수 없기 때문에 허기를 없애려고 걸식하러 가야 한다. 병이 생겼을 때 적당한 약으로 치료해야 한다. 부처님께서 배탈이 났을 때 우빠와나 테라가 더운물과 설탕덩이를 올리던 모습을 기억할 것이다.

이렇게 결과 업의 고통에서 완전히 벗어나지 못하더라도 벗어날 수 있는 만큼은 벗어날 기회가 있다. 그래서 위니 경전에 건강에 대해서 여러 가지 병을 치료할 수 있는 가지가지 약을 부처님께서 가르쳐 놓으셨다. 이 교단을 짊어지고 나가는 스님들을 위해서 가르쳐 놓았더라도 신도들 역시 이 약을 사용할 수가 있다.

그와 같이 다른 세상 사람들이 고통에서 벗어나게 하는 길도 가르쳐 놓으셨다. 중생세계 전체에서 사람이 지혜로서는 가장 높은 위치가 된다. 그러나 그러한 사람이 자기 한 사람만으로는 설 수가 없다. 얻어놓은 인생을 튼튼하게 하기 위해서 서로서로 도움을 주면서 살아야 한다.

이렇게 사람들간에 관계된 것이 가족이다. 그리고 친지, 친척, 친구 관계가 성립된다. 가족이나 친지, 친척, 친구들과 고르게 화합하여 지낼 수 있도록 해주는 것이 사랑과 자비이다. 사랑과 자비의 마음으로 사람들이 서로가 서로에게 도움을 준다. 보호하고 돌보아 주고 서로 먹을 것을 나누고, 이렇게 하여 자비를 주고받는 관계를 부처님께서 칭찬하시고 격려하셨다.

라자가하 성안에 살고 있는 장자의 아들 신가라에게 여러 방면으로 사람의 책임과 의무를 설하여 주셨다. 그 가운데 부모와 자식간에 부모가 해야 될 책임은, 불선업을 막고, 선업을 짓도록 격려하고 칭찬하며, 어릴 때부터 학문을 가르치고 적당한 나이에 결혼을 시키고, 적당한 시간에 유산을 분배해 주는 일이다.

그와 같이 자식들도 부모님을 잘 받들어 모셔야 한다. 부모님의 가업을 물려받아서 진행하고, 가문의 규칙을 지키며, 유산을 받아 잘 늘려서 보호하고, 돌아가신 부모님을 위해서 선업을 지어서 회향한다. 부모와 자식들의 책임과 의무 다섯 가지씩을 고르게 서로 나누어서 이것들을 양편에서 만족하도록 이끌어 나가면 편안하고 행복한 가정에 속할 수 있다.

양쪽 책임 중에 부모님의 책임 다섯 가지는 부처님께서 달리 특별히 당부할 필요가 없다. 자식들을 사랑하는 나머지 만족한 것보다 더 보태어 사랑한다. 이렇게 부모가 넘치는 사랑을 자식에게 보내지만 자식들은 그렇게 만족하게 자식의 도리를 행하지 못하는 경우도 있다. 그래서 부처님께서 부모 편에서 격려를 해주셨다.

"비구들이여, 브라흐만(천인)이라는 것은 어머니 아버지의 이름이다. 첫 스승도 부모들이다. 부모들이 제일 먼저 공경하고 받들어야 할 높은 천신이며, 가장 먼저 받들어 모셔야 할 공양 받을 분들이다.

왜냐하면 자식에게 있어서 부모는 한량없는 은혜가 크고 크기 때문이다. 어린 자식들을 사람이 되도록 먹이고 씻기고 입히고 가르치기를 힘들어하지 않는다. 특별하게 아름다운 이 세상을 보도록 해주신 것이다."

그래서 이렇게 설하여 주신 것이다. 부모 편에서 내려주신 가르침이다. 많은 이들이 브라흐만 천인이 하늘에서 내려다보고 있다고 생각한다. 밝게 번쩍거리는 몸을 가졌다고 짐작한다. 그러나 이 가르침에서 볼 것 같으면 자기 집에서 이렇게 밝게 빛나는 천인들을 볼 수 있다.

위의 하늘에 사는 브라흐만 천인들이 자비, 연민, 다른 이의 행운을 따라 기뻐함, 평등심이라는 네 가지 법으로 지낸다고 지혜 있는 이들이 말한다. 지금 각자의 집에 있는 브라흐만 천인들도 자식들에게 이 네 가지 법으로 대하고 있다.

학문과 지혜를 가르치는 스승들이 정확한 말로 사람의 지혜를 가르쳐준다. 부모들은 자식들이 겨우 옹알거릴 때부터 한 마디 한 마디 가르치며 기뻐한다. 손가락을 꼼지락거릴 때부터 동작들을 가르쳐준다. 엎드려서 앉을 때까지, 앉고 서고 걸을 때까지 길고 긴 인욕심으로 지켜준다. 그래서 부모들은 자식들의 첫 번째 스승이 된다.

우리들이 가는 곳마다 도시나 마을 할 것 없이 동산이나 연못 근처에 천인들의 사당이 있다. 절의 건물이나 암자가 없을 때 우리들은 그 사당에서 하룻밤씩 머무르기도 한다.

그렇게 모시고 받드는 천신들이 사람들에게 어떻게 은혜를 베푸는지는 모르겠다. 그러나 집에 있는 그 두 분의 천인들은 현재 그 다섯 가지 은혜를 직접 주기 때문에 높고 높은 공양을 받을 수 있는 분들이다. 이렇게 부모의 은혜를 드러내어 보여주는 한편 책임을 이행하지 못하는 이들을 두렵게 하도록 주의를 일깨우는 게송을 주셨다.

"그들 4형제를 낳고서부터 나는 얼마나 기뻐했던가?
그들이 점점 자라는 것을 보고 내가 얼마나 좋아했던가?
그러나 그들의 아내가 원하는 대로 나를 집에서 쫓아냈다.
마치 돼지를 보고 짖어대는 개처럼 되었다.

고약하게 나쁜 귀신들이 아들인 척 나에게 왔다.
마마라고 쫑알거렸다.
그렇게 더듬더듬거리던 네가
죽기 직전의 아비를 잔인하게 내다 버렸구나!

일을 시킬 수 없는 늙은 말을 말구유에서 끌어내듯이,
고약하게 나쁜 아들이 늙은 아비를 집에서 쫓아내어
거리마다, 집집의 대문마다 빌어서 먹네."

"나의 손에 이 지팡이가
아비 말 듣지 않는 네 명의 아들보다 낫구나!

이 지팡이는 나쁜 소나 개도 막아준다.

어두운 밤에 그것을 앞세워서 갈 수도 있고
웅덩이와 구덩이가 있을 때는 의지가 된다.
별안간 넘어졌을 때도
이 지팡이를 의지하여 다시 일어선다."

이러한 뜻의 게송을 지어서 늙은 브라만에게 가르쳐 주었다. 나이가 많아서 늙은 데다가 먹고 마시는 것이 없게 되자 그 늙은 브라만은 지혜 또한 멍청해졌다. 이 짧은 게송도 오랜 날을 걸려서 외워야 했다.

그가 다 외울 때까지 부처님께서도 다시 계속해서 가르쳐 주셔야 했다. 사실 그 늙은 브라만은 재산이 많은 부자였었다. 있던 재산을 그 네 명의 아들에게 모두 주어버렸기 때문에 이러한 처지가 된 것이다.

결혼을 시키자 자기 아내의 말만 듣고 아비를 쫓아내 큰 아들부터 차례로 네 집에서 쫓겨난 것이다. 그래서 남의 집 문 앞에서 빌어먹는 처지까지 된 것이다. 이러한 처지를 생각할 수도 없었던 그 노인은 다행히도 부처님을 뵙게 된 것이다.

부처님께서 가르쳐 준 게송을 겨우겨우 외운 그는 그것을 잘 사용했다. 그의 아들 네 명이 모두 모이는 모임에 가서 이 게송을 외워 보이자 그의 아들 네 명 모두 두려움에 떨면서 아버지를 다시 모시고 받들게 된 것이다.

🪷

한 가족의 울타리 안에서 지내는 것에 부모와 자식들 간의 책임과 의무가 있듯이 부부의 책임 또한 부처님께서 설해 주셨다. 남편이 해야 할 책임은, 아내를 사랑하고 존중하며, 함부로 경멸하지 않아야 한다. 작은 여자를 두지 말고, 재산을 맡기고, 옷과 장식품도 격에 맞게 사주어야 한다. 그와 같이 아내 역시, 집안일들을 충실하게 해내고, 의지하여 오는 이들에게 음식과 필요한 것을 준비해주고, 다른 남자를 보지 말고, 있는 재산을 조직적으로 잘 간수하고, 모든 일에 능숙해야 한다.

이 책임들을 자세히 볼 것 같으면 여자를 낮추거나 업신여기는 것은 전혀 없음을 볼 수 있으리라. 그와 같이 남자에게 특별히 우선권을 주는 것도 없다.

우리 시절의 사정으로는 남자가 돈을 벌기 위해서 바깥으로 나가서 일거리를 찾는다. 여자들은 흐르는 물을 막는 저수지처럼 벌어오는 재산들이 낭비되지 않도록 잘 간수해야 한다. 이렇게 집안의 일과 집 바깥의 일로 구분되는 것은 있지만 책임과 권리로서는 똑같이 기회를 가지는 것이다.

각자의 책임을 다하여 충실하게 지내는 가족이라는 울타리에서 더 나아가 사람들의 교제 지역을 넓혀서 볼 때 스승들을 볼 수 있다. 어떤 이들은 자기 자신이 학문을 배웠기 때문에 자기가 직접 자식들에게 가르쳐 주기도 한다.

그러나 많은 이들이 직접 가르쳐 줄 수 있는 처지가 안 된다. 설사 가르칠 수 있는 능력이 있더라도 다른 일을 하거나 돈과 재산을 버는 일 때문에 시간을 낼 수가 없다. 여기서 자기의 부모와 같은 위치로써 존경하는 스승이 생겨나게 된다.

❧

스승과 제자의 관계에서도 각자의 책임이 있다.

잘 지내도록 가르치고, 학문을 익히도록 가르쳐 주어야 하며, 자기가 아는 것을 남기지 않고 모두 가르치고, 좋은 기술 있는 친구나 전문가에게 맡긴다. 위험을 만났을 때 보호해 준다.

그와 같이 제자도 책임을 다하며 지극한 노력을 다한다. 여행을 가고 올 때 마중해야 하고, 가르치는 교훈을 잘 받들고, 시중을 들어드리며, 가르치는 것들을 정성들여서 배운다.

스승과 제자와의 관계에 있어서도 어느 한쪽만의 우선권은 없다. 양쪽을 위해서 설하여 주신 부처님의 가르침은 양쪽 모두에게 고르게 이익이 되게 하는 것이다. 지혜를 가르치는 이와 배우는 이 모두 자비와 좋은 의도를 가지고 학문과 지식이 커지도록 하기 위해서이다.

❧

우리들 교단에 들어와서 지내기를 원하는 이들에게도 계율에 정해 놓은 것이 있다. 그 가운데 '다른 사람의 하인 되는 이를 비구를 만들어 주지 말라.'라는 규정이 있다.

그 집에 대대로 태어난 하인이거나 돈을 주고 산 하인이거나 전쟁에서 잡혀온 하인, 자기 스스로 돈 받고 하인이 된 이, 자기 마음대로 자유롭게 사는 기회가 없는 이들은 비구가 될 수 있는 기회를 얻을 수 없다.

이렇게 정해 놓은 것은 우리 교단이 사람과 사람끼리 연민심이 없어서 나쁜 소원이나 나쁜 바람을 도와주기 때문이다. 이 교단의 위력이 더 커져서 번성해질 때 우리 교단의 번영을 원하지 않는 사람들의 반대를 삼가기 위해서이다.

그래서 부처님께서 그 두 종류 사람들의 책임을 기억하는 것에 주인과 고용인만큼으로만 설하셨다.

주인의 책임은, 그의 능력에 맞추어서 일을 시키고, 월급을 늦지 않게 주고, 다치거나 병이 들면 치료해 주고, 좋은 음식이 있으면 나누어주고, 적당한 시간에 휴가를 준다.

고용인의 의무는 잠자리에서 주인보다 먼저 일어나고, 주인보다 늦게 자고, 주인의 재산을 훔치는 일을 하지 않고, 주어진 책임을 완수하고, 주인의 공덕을 널리 알린다.

이 가르침을 설하신 곳이 라자가하였다. 그러나 어느 나라, 어느 도시, 어느 마을을 막론하고 이 책임을 각자 능숙하게 이끌어 나가면 주인과 고용인 양쪽 모두에게 이익이 많다. 지금 시대뿐만 아니라 다음 후세에도 이 가르침이 세상사람들의 이익과 번영을 가져오게 할 것이다.

그와 같이 친구간의 서로 교제하는 책임에도 시대와 장소를 가리지 않고 그 본보기를 들 수 있다. 친구끼리 서로 가져야 하는 책임 다섯 가지는 서로 도와주고, 부드럽게 말하고, 이익 있는 일을 행하여 주고, 자기와 똑같은 위치로 대하며, 말에 대한 진실성이 있어야 한다는 것이다.

친구끼리 서로 자비와 우정을 가지고 교제하더라도 만나는 이들마다 좋은 친구와 도반이라고 믿을 수는 없다. 가짜 친구를 삼가고 진짜 친구를 가까이하는 것이 너무도 중요한 일이다.

가지기만 하고 주지 않는 이, 입으로만 칭찬하여서 먹고 지내는 사람, 원하는 것만 말해 주는 이와 나쁜 일을 하도록 유인하는 이, 이 네 가지 가짜 친구를 멀리 피하여야 한다.

그와 반대로 가까이해야 할 진짜 참다운 친구는, 이익을 주는 이, 좋고 나쁜 일에 함께해 주는 이, 이익이 있는 것만 가르쳐 주는 이, 서로에게 만족하고 사랑을 주는 이다.

세상에서의 일뿐만 아니라 우리 출세간을 향하는 교단 안의 생활에서도 이러한 친구는 절대적으로 필요하다.

자기가 위험에 처했을 때 생명의 위험을 막아주는 친구, 자기가 잊어버렸을 때 재산을 보호해주는 사람, 두려워할 때 용기와 기운을 북돋우는 것, 위험을 만났을 때 버리고 달아나지 않는 것, 아들 손자 대대로까지 자비를 보내는 것, 이 다섯 가지를 보내어서 주고받아야 한다. 자비를 자비로 갚는 것이다.

이렇게 좋은 친구의 도움과 보호로 재산이 늘어났을 때 자기 스스로도 재산이 없어지지 않도록 삼가야만 그대로 유지될 것이다.

재산이 망하는 여섯 가지 종류는 술과 약물을 사용하는 것, 때 아닌 때 바깥으로 돌아다니는 것, 축제나 구경 같은 것이 지나치게 많은 것, 노름에 취미를 두는 것, 나쁜 이들과 어울리는 것, 특별히 게으른 것이다. 이처럼 삼가야 할 것을 멀리하고 가까이해야 할 것을 존중해야 하는 것을 자세히 설하여 주셨다.

이렇게 설하여 주신 대로 실천하여서 얻어진 재산들이 주인에게 네 가지 상태로써 행복을 줄 수 있다.

① '나에게 법답게 노력해서 얻은 재산들이 많이 있다'라고 생각하여 흐뭇해지는 행복,

② '법답게 얻은 재산을 나 자신도 사용하고 보시도 한다'라고 생각하여서 생기는 행복,

③ '나는 다른 이에게 빚을 한 냥도 꾸지 않았다'라고 생각하여서 생기는 빚 없는 기쁨,

④ '법답게 노력해서 생긴 재산들이 있어서 허물이 있는 행동에서 벗어났다'고 생각해서 생기는 허물없는 기쁨 등이다.

이렇게 법답게 재산을 얻은 이에게 법답게 얻은 상품 네 가지가 있다. 출세간 행복처럼 영원하게 튼튼한 성품은 없더라도 거칠고 힘든 인생 여정의 피곤함을 걸어온 이에게 잠시 동안 쉴 수 있는 곳이 된다.

서늘한 그늘에서 잠시 쉬어서 휴식을 취한 다음 기운을 차려서 영원하고 튼튼한 출세간 행복이 있는 곳을 향하여 가야 한다.

이러한 성품이 38가지 행복의 조건을 설한 경전 「밍글라 숟따」에 있는 것들도 이미 잘 알 것이다. 그 앞부분에 '나쁜 이들과 어울리지 말고 지혜 있는 이를 가까이 모셔야 한다'라는 등으로 좋은 이, 선한 이의 한 사람이 되기 위해서 지켜야 할 규범을 보여 놓았다. 일반 세상사람으로서 살아가는 규범과 그것을 넘어서 법을 듣고 수행하는 곳으로 방향을 돌려서 올라간다.

마지막에 닙바나를 현재 체험하는 일, 좋고 나쁜 세간 법칙을 감당할 수 있는 아라하따 팔라에 이르기까지 보여준다. 그래서 이 교단을 이끌어서 감당해 나가시는 높으신 마하테라님들께서 "부처님께서 설하신 가르침들이 종류로는 다르지만 닙바나를 체험하는 곳으로 향해서 가는 일 한 가지가 마지막 목표이다."라고 말씀하셨다.

Duddaka maṅgala sutta

새어머니 새아버지

세상사람들이 해야 하는 일들을 보인 것에 부부가 일생을 함께하는
서로의 예의를 보인 것이 있다. 그러나 이 가르침은 부왕과 모후에게
설하였기 때문에 여기에서 모아 한꺼번에 보이리라. 부처님의 부왕
숟도다나 대왕은 왕좌에서 아라하따 팔라를 얻어서 빠리닙바나에
들어가셨다.

마하 마야대위 왕비는 룸비니 사라나무 숲에서 이 세상을 떠났다.
길러주신 어머니 마하 빠자빠띠 고따미가 아직 생존해 있었다.
나이가 많아진 그분은 지금은 어머니의 위치보다는 딸의 위치로서
살아가는 것을 더욱 기꺼워하고 있다.

늙어서 쭈그러드는 몸의 고통도 만나야 하지만 그에게 윤회의
고통을 넘어서게 해준 분에게 은혜도 갚아야 하느라고 바쁘다.
부처님에게서 받은 재산인 죽음을 넘어서는 법으로, 비록 늙고

힘이 없어졌지만 가슴속 시원한 행복으로 어떠한 갈애도 없는 편안함을 즐기고 있다.

이러한 은혜를 주신 아들 부처님께 직접 시중을 들어줄 수는 없지만 마음만은 그보다 더한 것을 해드려도 해드려도 모자랄 만큼 고맙고 대견하다. 담마의 성품으로는 너와 나의 구별이 없음을 똑같이 얻었더라도 세상의 형편으로는 엄연히 구별이 지어져서 각각 다른 곳에 거처해야 하는 것이다.

그래서 마하 빠자빠띠 고따미께서는 부처님을 받들어서 모셔야 하는 책임을 그의 딸들인 비구니들에게 가르침을 내리는 것으로 대신하고는 하였다.

이렇게 부왕 숟도다나와 마하 마야대위 왕비가 아들 부처님이 보이지 않는 곳으로 가셨고, 아직 생존하여 있는 마하 빠자빠디 고따미 역시 어머니라기보다는 닙바나의 깊은 법을 알게 해주신 분의 제자로서의 위치를 더욱 좋아하고 있었다.

🪷

이런 우리 형님에게 새 어머니와 새 아버지가 생겨나게 된 것이다. 아버지의 이름은 나꿀라삐따, 어머니는 나꿀라마따로 그들의 본명은 아니다.

그들이 결혼 초, 아들을 하나 낳았는데 나꿀라라고 이름 붙였다. 그 이름의 뜻은 날다람쥐라는 뜻이었다. 그 짐승은 재빠르고 영리하고 용감했기 때문에 그들의 아들도 그처럼 되라는 뜻으로 나꿀라라고 이름 지은 것이다.

이름을 지어 주는 명명식 잔치가 아들의 이름을 붙여주는 행사였지만 그날부터 그들도 원래 이름보다는 '나꿀라의 아버지, 나꿀라의 어머니'로 불리우게 되었다.

그의 어머니가 아이 아버지의 이름을 부르는 대신 너무나도 사랑하는 아들을 넣어서 부자를 한꺼번에 부르게 된 것이다. 아이의 아버지 역시 아이의 어머니를 그가 사랑하는 아들을 넣어서 나꿀라의 어머니라고 부르자 그 주변사람들도 이 이름을 사용하게 된 것이다. 그들이 사는 곳은 밧가국의 수수마라기 도시였다.

그 도시를 처음 세울 때 악어 울음소리를 들은 것을 원인으로 해서 수수마라기라고 이름했다는 그 도시의 역사가 있었다. 바라나시 도시의 이시빠타나 미가라와나처럼 이 도시 근처 배사깔라 숲도 짐승들에게 위험을 주지 않는 지역으로 정해 놓았다. 그늘이 좋은 그 숲은 우리들을 위해서 지어 놓은 정사도 있었다.

이시빠타나의 미가라와나는 사슴동산으로, 사슴들이 자연스럽게 살 수 있도록 보호하고 먹이를 주는 곳이었다. 그렇듯이 배사깔라 숲에서도 그곳에 있는 모든 짐승들을 잡지 못하게 하고 먹이를 주면서 보호해주는 자연 동물원이었다.

❦

그 도시에 우리들이 도착했을 때 그 두 선남선녀는 나이가 많아서 늙음에 접어든 지가 한참이나 지났다. 두 사람 모두 나이 칠십이 넘어서 그들의 피부는 거칠게 주름이 늘어졌다. 그러나 그들의 마음속 자비는 마르지 않아서 따뜻하니 맑고 고와서 넘쳐흘렀다.

젊은 나이처럼 왕성하지는 않아도 언제나 마르지 않는 샘물처럼 서로에게 향하는 그들의 사랑과 자비가 항상 넉넉하였다. 그러나 우리들이 수행하여서 키우는 높고 고상한 수행(브라흐마싸리야)의 자비는 아니었다. 그렇다고 욕정이 넘치는 깜마락의 종류도 아니었다.

그 두 가지 사이의 가족사랑 같은 것이었는데, 경전에 사용하는 단어로 개하시따빼마(한 울타리 안에 의지하고 사는 사랑)로 부를 수 있을 것이다. 그들 두 사람의 관계를 보면서 가끔씩 우리들은 웃음을 짓고는 하였다. 그들 부부는 사랑이 넘치는 앵무새가 부러워 할 지경이었다.

사실 우리들이 지내는 숲은 그들이 사는 도시와 제법 거리가 멀었다. 우리들처럼 항상 여행하고 다니는 스님들에게는 공양이 끝나고 와서 경행할 수 있는 거리라지만 그들 부부의 나이로는 제법 힘을 들여서 걸어야 하는 만큼의 거리였다.

그렇지만 그 노인은 날마다 우리들이 지내는 숲으로 오곤 했는데 그럴 때마다 노부인도 함께 따라 왔다. 나꿀라와 다른 자식들이 모두 결혼하여서 살림을 차려 나갔으므로 그 둘만이 더욱 같이 다니는지도 모르겠다.

절에 도착하면 우선 그들의 아들인 부처님께 먼저 들어갔다. 처음 뵈었을 때부터 부처님께 아들 같은 사랑과 자비로 대했다. 좋은 음식을 얻으면 부처님께 먼저 올리고 남는 것을 둘이서 나누어 들었다. 그 두 노인네의 부드러운 자비심을 생각했기 때문에 부처님 께서도 아들이라는 호칭을 허락하신 것이다.

새로 생겨난 어머니 아버지가 그들의 아들 부처님에게서 법문을 듣고 난 다음에는 절 안의 이곳저곳을 둘러보았다. 나뭇잎을 쓸어낼 일이 있으면 한 사람이 빗자루로 쓸고 남은 한 사람이 모아진 나뭇잎을 소쿠리에 쓸어 담는다. 풀이 우거져 있으면 호미와 괭이로 뽑아내서 깨끗하게 치웠다.

상가 대중 스님들이 마실 물이 없으면 두 사람이 항아리를 마주 들고 가서 물을 길어다 제자리에 갖다 놓았다. 아들 부처님이 그들의 가슴을 키워주듯이 아들 부처님의 제자들 역시 그들의 심장에 힘을 더해 준다고 했다.

절실한 신심을 가진 아나타 장자와 절 어머니 위사카들이 신심으로 첫째가는 칭호를 받았지만 아나타 장자의 부인이나 위사카의 그 남편은 포함되지 않았다. 이 새어머니 아버지는 그들보다 선업이 두텁다고 할 수도 있었다.

절에 가거나 부처님을 뵈러 가는 것에 두 사람의 의견이 다르지 않는 그들 부부는 만약 특별한 칭호를 받는다면 두 사람이 똑같이 받을 수 있을 것이다.

제따와나 정사를 지어서 보시한 아나타 장자와 뽑바란마나 정사를 지어서 보시한 위사카 절어머니가 신심으로 첫째가는 칭호를 받은 것은 공양, 가사, 절, 약, 이 네 가지 물건을 다른 이들보다 많은 신심으로 아낌없이 보시했기 때문이다. 지금 이 새어머니 새아버지가 첫째가는 특별한 칭호를 받는 것은 공양이나 가사와는 아무 상관이 없었다. 할아버지 할머니들의 부드럽고 신선한 사랑과 자비와만 관계된 것이었다.

"부처님! 제자들 두 사람은 젊은 나이에 결혼하여서 함께 살았습니다. 그때부터 시작하여 서로가 서로에게 진실을 다하였습니다. 서로가 서로에게 반대되는 것은 몸으로는 그만두고라도 마음으로조차 허물을 짓지 않았습니다.

그래서 지금 생애도 저희 두 사람 인생을 죽을 때까지 기쁘게 화합하기를 원합니다. 다음 다음 생의 윤회 가운데서도 언제나 지금처럼 함께하기를 기원합니다. 부처님."

조용조용 흘러나오는 샘물처럼 나오는 그윽한 목소리였다. 아버지가 먼저 여쭤자 어머니 역시 그의 발자국마다 따라갔다. 얼마나 자비롭고 진실한 분들인가!

그 자비와 진실이 넘쳐 나오는 샘물이 흐르는 소리를 듣고서 갑자기 부처님의 가르침 한 구절이 떠올랐다.

"비구들이여,
가장 적게는 손가락 퉁기는 짧은 순간만의 생애라도
나 여래가 칭찬하지 않는다.
비유를 들자면 아주 조금인 적은 양의 배설물도
그 냄새가 고약하듯이
손가락 한번 퉁기는 짧은 순간의 생애라도
모두 고통뿐이다."

그들이 지나치게 사랑하는 아들 부처님께서는 생애라고 하는 것은 아무리 짧더라도 설사 손가락 한번 튕기는 극히 짧은 순간의 생애라도 좋아하지 않는다.

생이라고 얻으면 아무리 짧더라도 모두 고통뿐이라고 정확하게 확정지어서 말씀하신 것이다. 잠깐만 생기더라도 생이라는 것은 고통이 되는 것을 배설물에 비유하셨다.

지금 그분의 어머니 아버지가 이러한 생을 원하고 있다. 금생뿐만 아니라 다음 다음 내생에도 언제나 함께 손잡고 가기를 원한다는 것이다. 그들이 원하는 소원이 그들의 아들 부처님의 말씀과 반대가 되지 않는가?

🪷

"오! 신남 신녀들이여,

아내와 남편 두 사람이 금생에도 일생 동안 웃으면서 함께하기를 원한다면, 다음 다음 윤회에서도 언제나 함께 손잡고 가기를 원한다면, 두 사람 모두 신심이 같아야 한다.

지계를 잘 가지는 것도 같아야 하고, 보시하는 것에도 같아야 한다. 지혜 역시 같아야 한다. 그러한 부부들은 원하는 소원이 구족할 수 있다.……"

그 자리, 그 순간에 생겨난 문제가 그 자리에, 그 순간에 풀어지게 된 것이다. 어머니 아버지에게 설하신 이 가르침이 실제 진리와 명칭으로 진리를 갈라서 구분해 준 것이다.

실제 진리로서 우리들이 얻은 생애는 고통의 진리(둑카 삿짜)이다. 아무리 짧더라도 좋은 것 없이 나쁜 것뿐이다. 부처님의 은혜공덕으로 우리들이 고통의 진리를 고통의 진리로 알게 되었다. 그러나 그 고통의 진리를 우리들이 빼어버릴 수는 없다. 빼어버릴 수 없기 때문에 지혜로 구분해서 그렇게 알아야 할 법인 것이다.

고의 진리를 고의 진리대로 안 다음에는 우리들이 이 진리의 영역에서 명칭으로의 진리가 무너지지 않게 그대로 계속 살아야 한다. 이 세상의 으뜸이신 붓다라는 것은 사실 '명칭의 진리(Samuti sacca)'이다.

우리들의 이 교단에 들어온 비구들도 사목띠 상가(명칭 상가)들이다. 부처님의 명령으로 정해 놓은 비구들이다. 부처님의 명령으로 탄생했기 때문에 부처님께서 정하신 계율을 정성스럽게 따라야 한다. 위니 계율에 있는 대로의 책임 역시 능숙하게 행하여야 한다.

그와 같이 신남 신녀쪽에서도 명칭 진리(사목띠 삿짜)로서 정해 놓은 규범이 있다. 가족의 둥우리처럼 지내야 하기 때문에 행하여야 할 책임이 각자에게 있는 것이다. 이 책임이 무너지지 않도록 잘 실행하여서 부부로써 평생 동안 좋은 길을 같이서 실행하여야 할 것이다.

부처님의 이 가르침은 가정을 가진 이들 모두를 위해서이다. 부처님의 제자로서 들어오지 않더라도 이 네 가지 조건이 갖추어지면 일생 동안 웃으면서 함께할 수 있는 부부들이 될 수 있을 것이다.

이렇게 이 가르침이 명칭 진리(사목띠 삿짜) 영역에서 편안하게 지낼 수 있음만을 가르쳐 놓았다. 이 가르침으로 실제 진리

(Paramatha sacca) 영역으로까지는 말라버려서 갈 수가 없다.

진리 두 가지의 영역을 자세하게 구분해서 이해한다면 두 가지 진리 모두를 반대편이 아닌 친구편으로써 관찰할 수 있을 것이다.

이렇게 새로 나타난 부모들이 그들의 아들 부처님께 첫째가는 이라는 특별한 칭호를 받았다. 그 이유는 다름이 아니라 그들 부부가 세세생생 함께하려는 친밀함을 여쭈었기 때문이다. 이 본보기를 미루어서 생각해 보면 부처님께서 명칭의 진리를 실제 진리와 똑같이 중요하게 여기신 것을 우리들은 알 수 있다.

부처님께 친밀함을 여쭈었기 때문에 첫째가는 칭호를 얻었던 아버지가 친밀함으로 "그의 몸을 '나(아따)'에 섞지 말아라."라는 담마를 듣는 기회를 얻었다.

🪷

우리들이 배사까라 숲 속의 절에 머무는 동안 언제나 오곤 하시던 아버지가 며칠 동안 소식이 끊어졌다. 우리들도 수수마라기 도시로 걸식가지 않고 주변의 마을에서 얻는 대로 만족하게 지냈다. 우리들이야 얻는 대로 만족하게 지냈지만 아버지는 그럴 수가 없었다. 흔들흔들하는 몸을 지팡이 하나로 받쳐가면서 우리들이 있는 절로 천천히 걸어왔다.

그 아버지가 불만족해 하는 것은 경제적인 이익을 위해서가 아니었다. 더구나 깜마 오욕락을 얻기 위해서도 아니었다. 날마다 뵈러 왔던 아들 부처님의 얼굴을 뵐 수 없어서였다.

먼저 얼마 동안은 그의 마음이 원하는 것을 몸이 함께 해주었다.

아들 부처님을 날마다 뵙고 싶어하는 그의 마음이 원하는 대로 그의 몸이 따라주었던 것이다. 마음이 있는 곳에 몸이 있다고 할 수 있었다.

그러나 지난 며칠 동안은 마음이 가는 곳에 몸이 따라주지 않았다. 나이 팔십이 가까워지고 날씨가 갑자기 바뀌는 바람에 그는 침상 위에 누워 있어야만 했다.

아직 죽어야 하는 업이 이르기 전에 그는 자리에서 일어날 수 있었다. 일어났다고는 하나 그전처럼 건강할 수는 없었다. 목욕도 할 수 없었지만 아들 부처님의 얼굴이라도 보려는 일념으로 주춤주춤 걸어서 온 것이다.

"부처님! 제자가 나이가 많고 늙어서 건강하지 못합니다. 자꾸자꾸 자리에 눕게 되어서 날마다 부처님을 뵈러 올 수 없습니다. 마음을 편안하게 해주는 상가 높은 분들도 날마다 모실 수 없습니다. 그래서 제자의 이익을 키우게 할 수 있는 좋은 법을 설하여 주십시오 부처님."

힘이 없는 그의 몸처럼 그의 말소리도 띄엄띄엄 정확하지 않는 발음으로 정성만을 가득 담아서 사뢰었다. 이익을 많게 한다는 그의 목표는 그의 몸에 병이 없기를 바라는 것일 것이다. 건강하여서 날마다 끊임없이 우리들이 머무는 숲 속의 절로 찾아와서 부처님과 상가 대중 스님들을 모실 수 있는 것이리라.

친아들처럼 사랑하여서 의지하여 여쭈어 오는 그에게 아들 부처님이 "그렇습니다."라고 원하는 대로 말씀하셨다.

그리고 "신도님, 이 몸은 언제나 끊임없이 아프고 있습니다. 스치기만 하여도 깨어지는 새의 알처럼 바깥의 부딪침을 견디지 못할 만큼 살결이 얇습니다.

이러한 몸을 가지고서 '내가 건강하다. 내가 튼튼하다. 병이 없다.' 라고 어떤 이가 말한다면 그 순간이 지나 그 다음 어느 순간이거나 그렇게 말한 것은 정신이 나간 미친 이의 행동이라고 생각하는 것 외에 다른 길은 없습니다."

이렇게 말씀해 주신 가운데 기운이 날 말이라고는 눈곱만큼도 없었다. 아버지는 아들 부처님의 신통이라도 바라는 판이었는데…….

그리고 그의 바람은 과연 원할 만했다. 가장 높이 올라간 마음의 힘을 가진 아들이 그 아버지의 병쯤이야 치료해 줄 수 있을 것이라고 믿었을 것이리라.

아버지에게 전처럼 건강하도록 그래서 편히 지내고 자주자주 찾아뵐 수 있을 정도는 해줄 수 있기를, 넘치는 능력의 일부라도 써주실 것이라고 기대했으리라.

그런데 그 무한한 능력을 가진 아들 부처님께서는 그 능력을 사용하시는 것은 고사하고 이 몸의 허물만 적나라하게 드러내서 말씀해 주시는 것이다.

아버지의 지극한 사랑과 자비를 지나쳐 보시는가?

그렇지 않은 것을 나는 잘 알고 있었다. 한꺼번에 말씀하신 그 가르침에서조차 아버지에게 향하는 높고 높은 자비심을 짐작할 수 있었다.

"신도님, 이렇게 수행하는 것이 적당합니다. '몸이란 것은 아프지만 나의 마음은 아프지 말아라.'라고 하는 것입니다."

아들 부처님의 무량한 자비심으로 뭉쳐진 말씀이다. 만약에 아버지의 병을 신통으로 치료한다면 순간 동안은 건강해질 것이다. 그러나 피와 살이 말라가는 늙은이의 몸이 이 병에서 벗어나면 저 병을 다시 만날 것이다. 만약에 모든 병을 일생 동안 생기지 않게 할 수 있다고 치자. 그것은 그 아버지 한 사람만 받는 것이지 다른 사람에게 이익이 될 리는 없다.

지금 설한 가르침은 모든 제자들에게 이익이 많다. 일순간의 병이 사라지는 것 대신에 일평생 편안함이 되는 것이다. 이 가르침의 신통으로 사라지게 하는 병들을 넓게 보면 1,500가지가 있다. 뜨겁게 하고 괴롭히는 번뇌의 모든 병을 잘 치료할 수 있는 가르침을 들은 아버지는 아들 부처님 앞에서 떠나갔다.

전처럼 존경하는 상가 대중 스님들을 위해서 그가 해야 할 일을 찾아가는 것이다. 올 때의 그의 얼굴은 햇볕에 닿은 꽃잎같이 시들어 있었다. 그의 발걸음은 절름 절름거렸다. 그러나 돌아갈 때의 그는 햇볕을 받던 꽃잎에 비를 뿌린 것 같이 되었다. 천천히 걸어가는 모습도 중심이 잡혀서 자신이 있었다. 올 때와는 전혀 다른 모습임을 짐작하신 분이 마하 사리불 테라였다.

"신도님, 신도님의 얼굴이 깨끗합니다. 얼굴색이 환하게 빛나는 보름달빛 같습니다. 오늘 부처님 앞에서 높은 법을 들으셨습니까?"

"마하테라님, 저처럼 친밀한 제자가 무슨 법인들 듣지 않은 것이
있겠습니까?"

마하 사리불 테라의 질문을 이렇게 되받아서 질문한 그는 그의
아들 부처님이 내린 죽지 않는 약의 가르침을 다시 반복해서 말씀드
렸다. 그의 목소리와 그의 얼굴은 생기가 넘쳤다.

웃음 짓는 그의 얼굴에 주름이 늘어졌지만 즐거워하는 모습은
보기에 아름다웠다. 그의 말 속에는 법문을 들은 것뿐만 아니라
부처님과 친밀함을 자랑하려는 기쁨이 배어 있는 것을 눈치챌
수 있었다.

"거사님, 그러면 부처님께 몸과 마음이 아픈 모습과 몸만 아프고
마음이 아프지 않는 모습을 계속해서 여쭈었습니까?"

"마하테라님, 그러한 뜻을 알려고 마하테라님께 일부러 찾아왔
습니다. 이 뜻을 마하테라님께서 설명하여 주십시오."

꧁

질문이나 대답이 매우 절친하였다. 이렇게 친밀하게 주고받는
말로써 거사님이 법을 청하였다. 그분께 이러한 말까지 나왔으니
법회가 진행될 것은 틀림없는 일이 될 것이다.

부처님께서 설하신 가르침을 기본으로 삼아서 자세하게 구분해
서 설하여 주실 것이다. 이러한 것을 아는 거사가 그 윤곽을 드러내
서 청하게 된 것이다. 이처럼 절친하게 가까이서 아껴주는 이들의
자비심을 바탕으로 친밀한 모습을 보는 것으로 인해서 나의 마음속
은 아주 많이 흐뭇해졌다.

나꿀라삐따 신도가 여쭌 것을 마하 사리불 테라께서 넓게 구분하여 이 몸의 오온을 기본으로 두고 설해 주셨다.

"거사님! 그러면 지극한 마음으로 자세히 들으십시오 이 세상에 부처님의 가르침이 넓게 밝혀주고 있지만 어떤 이들은 어둠 속에서 그대로 헤매이고 있습니다.

그들은 부처님과 함께 성스러운 아리야 선한 이들을 눈앞에 분명하게 뵙고 있지만 그러나 그 아리야 성인들께서 얻으신 담마를 보지는 못합니다. 성스러운 이들의 법에 능숙하지 못하고 성스러운 이들의 가르침을 받지도 않고 수행하지도 않습니다.

그래서 이 오온으로 묶어 놓은 이 몸을 '나'라고 하거나 '나의 것'이라고 집착해서 붙들고 있습니다. 이렇게 집착하여서 붙들고 있기 때문에 이 오온으로 묶어 놓은 이 몸이 변하여서 무너져 갈 때 걱정근심으로 통곡하고 탄식합니다. 슬픔이 넘쳐서 마음이 뜨겁게 괴로워합니다. 이것이 몸과 마음이 아픈 모습입니다."

"거사님, 이 세상에 부처님의 밝은 가르침이 널리 밝히고 있어서 부처님의 제자들이 부처님과 함께 성스러운 선한 이들을 몸의 눈과 지혜의 눈 두 가지로 뵐 수 있습니다.

성인들의 담마를 부분부분 능숙하게 구분해서 압니다. 성인들의 가르침을 받아서 실천합니다. 그래서 오온으로 뭉쳐 놓은 이 몸을 '나'라거나 '나의 것'이라고 집착해서 취하지 않습니다.

이렇게 집착해서 취하지 않기 때문에 오온으로 뭉쳐 놓은 이 몸이 변하고 무너져 가더라도 걱정하거나 통곡하여 슬퍼할 일이 없습니다. 슬픔으로 인해서 마음이 괴로워할 필요가 없습니다. 이것이 몸만 아프고 마음이 아프지 않는 모습입니다."

마하 사리불 테라께서 설하신 이 가르침을 나의 지혜로 다시 설명한다면, 우리 몸에 생겨나는 병들은 적당한 약으로 치료할 수도 있다. 치료하기 때문에 편안함을 얻을 수도 있다. 그러나 그 평안함은 고통을 잠깐 쉬는 것에 불과하다. 얼마만큼 고치고 얼마만큼 치료하더라도 그 중에 하나가 잘못되면 병을 얻게 된다. 전생의 복덕이 매우 뛰어난 바꿀라 테라 같은 분은 이름 붙일 만한 병이라고는 앓아본 적이 없을 정도이다.

그러나 늙는 병, 늙는 병만은 피할 수가 없었다. 우리들 일생에 어느 시간에, 어떤 음식 때문에 무슨 병이 생겼다고 자주자주 말들 한다. 그러나 그 뿌리를 자세히 살펴보면 그 시간이 되기 전 그 음식을 만나기 전부터 병의 기초가 시작되고 있다.

32가지 무더기로 만들어 놓은 이 몸이란 모든 병들이 생겨날 수 있는 온상이 아니겠는가? 그래서 이 몸에 병이 생겨나는 것이, 생겨나는 것마다 사라지는 것이 옛부터 내려오는 법칙의 길 그대로 인 것이다.

그 길대로, 그 법칙대로 따라가는 길에 누구를 슬프게 해야 할 것은 없다. 어느 누구를 갈라지게 하려는 의도도 없다. 어느 누구도 더 보아주거나 우선권을 가지는 이가 있을 수도 없다. '나'라는 집착으로 '내가 아프지 말라. 나의 남편이, 나의 자식들이 아프지 말라.'라고 원하여도 무아의 법이 유아의 법으로 한 걸음도 가까이 다가오지 않는다. 무아의 법은 무아라는 그의 성품만을 묵묵히 진행할 뿐이다.

이렇게 무아의 성품 위에 지혜가 깨끗해지면 무더기를 두 장으로 나눌 수 있다. 병을 벗어날 수 있는 무더기와 병을 벗어나지 못하는 무더기로 구분하게 되는 것이다.

나꿀라 아버지에게 부처님께서 설하셨던 대로 살과 피로 만들어진 이 몸을 얻은 이후부터 어느 누구도 병이 없다고 말할 수 없다. 그래서 이 몸이, 이 무더기가 병을 벗어날 수 없는 몸의 무더기이다.

❀

담마를 깨달았다고 해서 병을 벗어날 수 없다.

법을 알지 못해도 벗어날 수 없다.

결과 업의 고통을 똑같이 받아야 하는 것이다.

병을 벗어나는 무더기가 이 물질,

몸과 한 쌍으로 생겨난 마음의 무더기이다.

일찍이 보여준 대로 '나'라는 집착으로 '내가 아프지 말라. 나의 남편, 나의 아내, 나의 아들딸들이 아프게 하고 싶지 않다.' 등으로 원한다면 내가 원하는 대로 따를 수 없다. 내가 좋아하는 대로 될 수 없다.

그때 '나에게 아픔, 나의 남편, 나의 아내, 나의 아들딸에게 생겨난 병들이 마음에서 생겨나기 때문에 마음이 아프다고 하는 것이다.

마음의 무더기 4가지, 즉 느낌, 생각, 의도, 인식작용 이 모두를 한 가지로 묶어서 쉽게 마음이라고 부른다.

'나'라는 견해의 집착으로 인해서 생겨난 마음의 아픔들은 원인이 소멸되어 사라진다. 이렇게 마음의 아픔들이 사라졌다고 병이 사라진 것은 아니다. 생겨나게 한 원인에서부터 시작하여 사라졌기 때문에 생겨나지 않고 그 스스로 사라진 병이 된 것이다.

그래서 마음의 병이 마음을 의지하여 생겨났듯이 사라진 것도 마음에서 사라진 것이다. 이렇게 병이 없어 원래 그대로 깨끗한 마음차례가 병을 벗어난 무더기이다.

병을 벗어나지 못한 몸과 병을 벗어날 수 있는 몸들을 나누어서 구분하는 것이 지혜의 영역이다.

우리들이 담마를 지혜의 눈으로 두 가지 무더기로 나누어서 알더라도 벗어날 수 없는 결과 업의 고통을 완전한 지혜로 참아야 할 것이다.

"내가 아파야 하는가? 나의 아들, 나의 딸이 왜 아파야 하는가?" 등으로 마음의 병들을 키우지 않도록 알아차림을 기울여야 할 것이다. 마음의 아픔이 없이 원래 깨끗하고 맑은 마음 그대로 번뇌에서 벗어난 마음으로 지낼 수 있도록 익히고 닦아야 하는 것이다.

익히고 닦은 것이 성숙되어짐으로써 마음의 병이 사라질 것이다. 이 몸의 무더기가 병의 온상이므로 아프더라도 마음의 무더기는 병 없이 그대로 행복할 수 있을 것이다.

이러한 수행이 없이 하고 싶은 대로 하고 지낸다면 마음의 아픔들이 수도 없이 생겨날 것이다. 마음의 병이 많이 생겨난다고 몸의 병이 줄어드는 것이 아니라, 몸이 아프므로 마음까지 아프기 때문에 그 고통은 두 배, 세 배 더해서 괴롭힐 것이다.

그래서 고통의 생애에서 누구도 벗어날 수 없는 몸의 고통 위에 마음의 고통이 내려오지 않고 편히 지내도록 이 가르침에서 보여주고 있다.

Aṅguttara

Khandha saṅyutta

병이 사라질 때의 약

아들이라는 사랑으로 가까이 오는 아버지에게 그 아들 부처님이
높고 고상한 수행(브라흐마싸리야) 법으로 들려주는 모습들을 앞에
서 말하였다. 그 자비심의 주인공들 이야기를 여기서 거듭 드러내리
라. 그들이 지내는 도시에 이르렀을 초기 그들의 진실과 그들의
사랑을 부처님 앞에서 말씀드렸다.

그들의 사랑이 깜마 오욕락을 지나서 더욱 친밀한 한 집에 사는
가족으로서의 사랑임을 우리들이 짐작했었다. 그 다음 날마다 부처
님께 법을 듣고서 그 두 사람 모두 성스러운 도의 지혜, 바른 안목을
얻게 되었다.

바른 견해를 함께하기 때문에 그들의 사랑이 말라가지도 않았고
그렇다고 줄어들지도 않았다. 자기의 이익과 자기의 좋아함만 집착
하고 아끼는 것을 하지 않았기 때문에 서로를 더욱 사랑하게 된

것이다. 깜마락이 없는 사랑과 자비심으로 친절하게 교제했기 때문에 56년 동안이나 서로에게 진실한 믿음과 사랑을 함께 나눌 수가 있었다.

그 성실하고 지극한 자비심을 갖춘 사랑하는 두 사람 가운데 아내 되는 이의 사랑을 드러내는 기회를 가진 것은 남편이 병이 나고서였다. 이전에 병이 났을 때는 그 스스로 일어나서 억지로 부처님께 갔다가 몸만 아프고 마음은 아프지 말라는 법을 들었었다. 그러나 이번의 병은 그전처럼 며칠 지났다고 회복되지는 않았다. 날이 오래 되고 달이 지났다.

아내가 좋은 의사란 의사는 다 찾아서 치료해 보았지만 남편의 병은 차도가 없었다. 약의 힘보다는 병의 힘이 더 셌기 때문이다. 이 약 저 약을 썼기 때문에 그의 몸은 더욱 지쳐서 하루하루 힘이 줄어들어갔다. 이번에는 다시 일어날 수 없다고 의사들이 손을 내리고는 돌아갔다.

이 말을 들은 딸과 아들들이 눈물잔치를 벌였다. 그러나 아들딸들이 헉헉 서럽게 울더라도 정작 그녀는 눈물 한 방울 흘리지 않고 슬픈 기색조차 없었다고 나에게 말했다.

"그렇게 눈물 한 방울 흘리지 않은 것은 남편을 사랑하지 않아서입니까?"라고 내가 친근하게 묻자

"사랑하지 않아서가 아닙니다. 마하테라님."

그녀가 대답하는 말은 사실이었다. 사랑하는 남편에게 좋은 약을 구해서 제때에 먹이고 환자가 먹어야 하는 음식도 직접 만들었

다. 통증이 줄어들 수 있도록 몸과 마음을 다해서 시중들었다. 그러나 그녀가 아무리 잘 간호하더라도 그 '무너지는 성품'까지 막을 수는 없었다.

그는 그만두고라도 어떠한 의사도 손을 쓸 수 없는 처지가 되었다. 갖은 약이나 좋다는 것은 다 구해와도 별 차도가 없었던 것이다. 일평생 손잡고 왔던 인생의 동반자가 오래지 않아서 잡았던 손을 뿌리치고 갈 것인가?

이러한 처지가 되자 그 아내는 심장을 도려서 바깥으로 던지는 것 같았다. 참을 수 없는 슬픔으로 인하여 가슴 가득 울음이 복받쳐서 한 마디도 할 수가 없었다.

약 가방을 들고 떠나가는 의사 선생님들에게 인사조차 할 수 없었다. 남편에게서 고개를 돌린 아내의 두 눈에 눈물이 가득 고였다. 이 눈물은 브라흐마싸리야의 자비심 때문이 아니었다. 그 자비심 뒤에 숨어 있는 사랑의 갈망(Tanhā), 고의 원인이었다.

※

이러한 성품을 눈치 채고 떨어지기 직전의 눈물을 거두어 들여야 했다. 가슴속의 통증을 힘을 주어 막아냈다. 죽어야 하는 성품을 죽지 않게 하려고 안간힘을 쓰는 애착의 번뇌 때문에 가슴속에 생겨나는 통증을 참기 어려웠다.

생겨나서는 다시 사라지는 것이 정한 이치이더라도 그들의 아픔은 가슴에 남아 있었다. 어떠한 담마로 거둘 수 있더라도 능력을 넘어서는 통증이야 받아야 하는 것, 그 통증 뒤에 새로 생겨나지 않도록, 고통을 받들어 세우지 않는 것만이 그 아픔을 사라지게 하는 길이다.

그러나 지금 그녀의 가슴속에 아픔은 없다. 두 눈에 가득하던 슬픔의 눈물도 스며들지 않는다. 담마의 공덕으로 그녀 스스로 고요하고 평온해진 것이다. 마지막 임종 침대 위에 있는 일생의 동반자에게 편안한 마음으로 가까이 갈 수 있었다.

유명한 의사들의 귀한 약으로도 치료할 수 없는 환자를 치료하기 위해서 남은 것은 진실한 자비의 약만이 있었다. 그래서

"오! 나꿀라 아버지, 임종시가 되어서 죽어야 한다면 집착을 붙들고 죽지 마세요. 집착을 붙들고 죽는 것은 아들 부처님께서 경멸하십니다. 집착 없이 마음 편안하도록 이렇게 생각하세요.

'나꿀라 어미는 내가 죽고 나면 아들딸들이 봉양할 것도 아니고 집 전체를 빈틈없이 다스릴 수도 없을 것이다.'라고 만약 걱정이 되거든 그런 걱정이랑 금방 버리세요.

나는 실 잣는 일에 능숙합니다. 아들딸 자식들을 내가 충분히 먹일 수 있습니다. 집안일을 빈틈없이 다스릴 수 있습니다.

'나꿀라 어미는 내가 죽고 나면 다른 집으로 가서 살 것이다.'라고 만약 생각되거든 그 걱정도 금방 버리세요. 당신이 죽더라도 내가 다른 집으로 가서 남자를 얻어 살지는 않습니다. 우리 두 사람이 함께하여 56년 동안이나 남매처럼 살아왔습니다.

'나꿀라 어미는 내가 죽고 나면 부처님과 상가 대중 스님들을 모시지 않을 것이다.'라고 만약 걱정된다면 그 걱정도 금방 버리세

요, 당신이 죽더라도 나는 부처님과 상가 대중 스님들께 더욱 정성을 다하여 모시겠습니다.

그밖에 저는 부처님의 다른 제자들처럼 높고 깨끗한 지계와 사마디가 구족합니다. 이 교단 안에 도(道)의 지혜, 과(果)의 지혜로서 의지할 곳을 얻었습니다. 그러니 나꿀라 아버지여, 죽을 때가 이르러서 죽게 된다면 집착을 붙들고 죽지 마세요.

집착을 붙들고 죽는 것은 너무나 큰 고통입니다. 집착을 붙들고 죽는 것은 존경하는 아들 부처님께서 경멸하십니다."

환자의 옆에 앉아서 차근차근 말해 주는 사랑이었다. 자비심을 깔고서 하는 말이기는 하지만 나꿀라 아버지에게 기운이 생길 말은 전혀 아니었다.

그가 죽고 나더라도 아내 쪽에서 무너지지 않는 모습만 들어 있다. 살기 위한 어떤 희망도 주지 않고 마음 편히, 몸 편히 죽는 것만 중시하고 있었다. 특별하다고 말해야 할지 모르겠다. 죽는 것만 중점으로 두고 한 이 말들이 나꿀라의 아버지를 염라왕의 입에서 건져 주게 되었다.

그전에 그는 "몸만 아프고 마음은 아프지 않게 하라."는 법문을 들었다. 그 법문 덕분에 요란하던 병의 기세를 참을 수 있었다. 내가 아닌 그 몸속에 내가 들어가서 복잡하게 엉키지 않고 지낼 수 있었다.

이렇게 자기를 위해서는 걱정 없이 지내던 그에게 자기 아내를 위해서 뒷걱정이 생긴 것이다. 한 사람만이 남아서 살 것을 생각하니 걱정이 된 것이다.

누가 걱정하든지, 누구를 위해서 걱정하든지, 걱정이라는 것은 그 사람에게 고통만을 주는 것이다. 그래서 몸이 아픈 중에 마음이 아픈 것을 보태면 약을 쓸 수 없는 지경이 되는 것이다.

그런데 지금 그 아내가 주의를 주는 말을 듣고 마음의 병이 사라진 것이다. 누구를 위하는 걱정 없이 고요한 담마로서만 지내게 된 것이다. 이렇게 마음의 짐이 누르지 않자 몸이 다시 건강해졌다. 먹을 것과 물이 들어가서 다시 건강해진 그가 지팡이 하나만 의지하고 숲 속의 절로 걸어왔다. 그의 아내가 말한 대로 부처님께 여쭈었다.

그러자 부처님께서 친절하고 이익을 주는 법을 보여줄 수 있는 좋은 아내를 얻은 것이 그에게 얼마나 좋은 선업공덕이 있었나를 말씀해 주셨다.

🪷

나꿀라의 아버지처럼 몸의 아픔 위에 마음이 아팠던 이가 우리들 같이 지내는 대중 가운데도 있었었다. 그는 5비구 가운데 아싸지 테라와 법명이 같은 비구였다. 아싸지 테라의 마음병과 나꿀라 아버지의 마음병은 같지 않았다. 나꿀라 아버지처럼 그 아내의 앞날을 생각해서 번뇌할 것은 없었다.

전에는 쉽게 들어갈 수 있었던 세간 선정 사마디를 그 통증 때문에 들어갈 수 없다. 그때 부처님께서는 라자가하의 웰루와나 정사에 머물고 계셨다. 아싸지 테라는 까싸빠 장자가 세워서 보시한 까싸빠란마나 정사에서 지냈다.

아싸지 테라가 그에게 시중드는 비구 한 사람을 보내서 초청하였으므로 부처님께서 그 정사로 가셨다. 그 뒤에 그림자가 따르는 것은 달리 밝힐 필요가 없으리라.

그 절에 부처님께서 들어가셨을 때 아싸지 테라는 침상 위에 있었다. 자리에서 일어날 수 없었기 때문에 누운 채로 존경을 표하였다. 그러자 부처님께서

"아싸지여, 침상 위에 편안히 있거라. 이쪽에 있는 자리에 나 여래가 앉겠다."

이렇게 자비와 연민심으로 말씀하시고 펴놓은 자리에 앉으셨다.

"어떤가? 아싸지여, 병의 통증은 차도가 있느냐?"

"차도가 없습니다. 부처님, 통증이 심해지기만 하고 줄어들지는 않습니다."

부처님의 물으심에 아싸지가 사실대로 여쭈자

"어떠한가? 아싸지여, 너에게 후회의 걱정이나 가슴 편치 않는 것이 있느냐?"

"있습니다. 부처님, 후회의 걱정과 마음 편치 않는 일이 수도 없이 많습니다."

"그러면 자기의 지계를 스스로 마음 놓을 수 있느냐?"

"예, 부처님. 마음 놓을 수 있습니다."

"그러면 무엇 때문에 그렇게 후회의 걱정과 마음 불편함이 생기느냐?"

"부처님 이전에 제가 아팠을 때는 제자가 4선정에 들어서 4선정

사마디로 들숨과 날숨을 고요하게 하여 앉아 있을 수가 있었습니다. 그런데 지금 다시 병이 났을 때는 그 선정에 들 수가 없습니다.

그래서 내가 이 교단 내에 쓸모없는 이가 되었는가?라는 걱정입니다. 그러한 걱정과 후회의 뜨거움으로 마음이 편치 아니합니다. 부처님."

"아싸지여, 이렇게 걱정해서 번뇌로운 것은 세간 선정을 귀한 것이라고 여겨서 비구들의 수행의 가장 높은 것이라고 생각하는 비구나 브라만들에게나 생기는 것이다.

나 여래의 가르침에 이 세간 선정은 중요하게 여긴 것이 아니다. 선정이 비구들의 수행 중 가장 높은 것은 아니다. 위빠싸나와 도의 지혜, 과의 지혜만이 핵심이 된다. 비구들의 수행의 최고 정점이 된다. 그런데 너는 세간 선정을 잃는 것만으로 어째서 후회의 걱정으로 괴로워하느냐? 어째서 마음 불편해 하느냐?"

꙾

이렇게 부처님께서 아싸지 테라에게 격려로 거두어준 다음 이 오온 무더기에 세 가지 특성을 얹어서 분명하게 설하여 주시자 그 자리에서 아라한 한 분이 늘어나게 되었다. 마음의 병이 나았으므로 오래지 않아서 일어나 앉을 일만 남았다.

이렇게 다시 소생하는 약을 직접 체험하였으므로 기리마난다 테라가 병이 난 곳으로 가서 구해주시도록 부처님께 여쭈었다. 그때는 부처님께서 직접 가시지 않고 나에게 대신 가도록 보내셨다.

"아난다여! 네가 가서 기리마난다에게 열 가지 생각들을 설해 주면 금방 일어나게 될 것이다."

이렇게 말씀하신 다음 열 가지 생각(Sañña)의 뜻을 직접 열어서 보여 주셨다. 이 가르침에서 산냐라는 것은 지혜로서 자세히 아는 것을 말한다.

①무상하다는 생각(아닛짜 산냐, Anicca sañña) : 오온이 영원하지 않다는 생각을 분명하게 기억하며 사는 것이다.

②무아라는 생각(아나따 산냐, Anatta sañña) : 오온이 나가 아닌 모습을 분명하게 기억하여 사는 것이다.

③불결하다는 생각(아수바 산냐, Asubba sañña) : 이 몸을 32가지 무더기로 나누어 좋아하고 탐닉할 것이 없는 모습을 분명하게 기억하며 사는 것이다.

④허물이 있는 것으로 보는 생각(아디나와 산냐, Ādinava sañña) : 이 몸에 병이 생겨나서 두려운 모습을 분명하게 기억하여 사는 것이다.

⑤빠하나 산냐(Pahana sañña) : 깜마락을 즐기려는 생각을 빼어 버리려는 생각과, 남을 괴롭히려는 생각이 일어났을 때 그 생각이 더 커지지 않고 멈추도록 함으로써 분명하게 기억하며 아는 것이다.

⑥위라가 산냐(Viraga sañña) : 탐심이 없는 닙바나를 현재 체험함으로써 분명하게 기억하여 아는 것이다.

⑦니로다 산냐(Nirodha sañña) : 위라가 산냐와 같다.

⑧삽바로께 아나비라따 산냐(Sabbaloke anavirata sañña) : 세상 전체에 집착이나 탐착함이 없이 자유롭게 지내려는 것으로 분명하

게 기억하여 아는 것이다.

⑨ 삽바상카래뚜 아니짜 산냐(Sabbasaṁkharetu anicca saññā) : 모든 생기고 사라지는 법이 더럽고 혐오스러운 것으로써 분명하게 기억하여 아는 것이다.

⑩ 아나빠나 사띠(Anapana sati) : 들숨 날숨에 알아차림을 밀착시켜서 생기는 것을 아는 것이다.

❧

이 열 가지 생각들을 부처님께 완전하게 배워서 나는 기리마난다 테라가 있는 곳으로 갔다. 자리에 드러누워 있던 기리마난다 테라에게 부처님께서 가르쳐 주신 것을 하나도 남김없이 설해 주었다.

먼저는 시들었던 얼굴이 비 맞은 꽃잎처럼 생기를 찾아갔다. 몸이 아픈 위에 거듭 내려왔던 마음의 아픔이 치유된 것이리라. 마음의 병이 사라지는 것으로 몸의 수명이 길어지고 병이 없어지는 모습을, 다시 활기를 되찾은 기리마난다 테라가 증명해 준 것이다.

Aṅguttara

정사를 보시한 아나타 장자

부처님의 담마의 가르침의 약을 먹고 다시 소생한 이 가운데 아나타 장자도 포함된다. 부처님과 함께 우리들이 있는 때에는 아나타 장자가 날마다 절에 왔다. 부처님을 친견하고 법을 듣고 상가 대중 스님들을 위해서 필요한 것을 보시하는 것이 그가 날마다 하는 일과였다.

그러나 요즈음에는 이 책임들을 날마다 계속할 수가 없다. 나이가 나이니만큼 거르는 날이 많았다. 한 번은 병이 나서 꽤나 심한 지경이 된 것 같았다.

우리들이 여행을 다니다가 다시 돌아오자마자 그의 심부름하는 이가 와서 마하 사리불 테라께 가서 여쭈었다. 절에 직접 올 수 없는 그에게 마하테라님께서 오셔서 법을 설해 주시기를 청한 것이다. 마하 사리불 테라께서 불렀기 때문에 나는 뒤따르는 비구로써 정사를 지어 보시한 창건주의 집에 따라갔다.

재산이 엄청나게 많은 그였으므로 약이나 그밖의 모든 것들이 모자라는 것은 없었다. 사왓띠 수도에서 가장 유명한 의사들도 그의 옆에 있었다.

그 약과 그 의사들이 그의 몸은 치료할 수 있었다. 4대가 고르지 못한 것을 고르게 되도록 고쳐줄 수 있었지만 마음속에 느끼는 괴로움의 병은 어떻게도 해볼 도리가 없었다. 마음속으로 괴로움을 받기 때문에 마음의 병이라 말하더라도 그 장자의 마음속에 나쁜 소원이라고는 없었다.

제따와나 정사를 세우면서부터 시작하여 삼보를 위하는 일에만 전심전력으로 노력했던 장자는 지금 같이 건강이 좋지 않아서 앉고 서기가 불편할 때 더욱 부처님 뵙기를 원하고 상가 스님들을 의지하고 싶고, 기쁨이 솟는 담마의 가르침을 날마다 날마다 듣기를 원할 것이다.

그러나 그가 원하고 그가 의지하고 싶은 분들이 이 절에서만 자리를 펴고 계시지는 않는다. 다른 나라, 다른 도시나 마을로 다니셔야 한다. 그래서 원하는 재산은 모두 갖춘 그 장자도 이 소원만은 채울 수가 없었을 것이다.

원함이라는 것에 거칠고 저속한 것을 원하는 것만으로 괴로운 것은 아니다. 아주 미세하고 부드럽고 고상한 바람이라도 그에 어울리게 괴로운 법이다. 원함을 충족시킬 수 없는 마음의 병 때문에 유명한 의사들의 뛰어난 재주와 귀한 약재도 그 효력을 다 펼칠 수 없는 것 같았다.

그러한 장자의 마음의 병을 사리불 마하테라께서 부처님이 주신 담마의 약으로 치료해 주었다. 담마의 가르침의 약은 장자의 몸에 있는 입으로 넣어줄 수는 없지만 그의 마음속의 귀에 넣어주어야 했다.

"장자여! 마음을 편안하고 즐겁게 가지십시오. 죽은 다음 4악처에 떨어질 수 있는 걱정이나 근심을 가지는 이는 삼보를 존경하지 않는 이, 자기의 계행이 무너진 이, 사견이 있는 이가 됩니다. 장자는 삼보에 대한 신심이 커서 동요 없이 믿고 있습니다.

부러지지도 않았고 틈도 얼룩도 없이 깨끗한 자기 계행도 있습니다. 바른 견해도 있고, 바른 생각도 있으며, 바른 말도 합니다. 바른 일도 했고 바르게 살아왔습니다. 바른 노력도 있고, 바른 알아차림도 있으며, 바른 선정도 있습니다. 그래서 장자는 죽은 다음 4악처에 떨어질까 걱정 근심할 필요가 없습니다."

꽃

이 약을 사라불 마하테라께서 먹게 한 것도 사실이다. 그러나 실은 그분이 주의를 준 것에 불과하다. 부처님과 상가 많은 대중이 머물 수 있는 대정사를 지어서 보시했던 장자의 마음속에 튼튼하게 자리 잡고 있는 공덕을 드러내서 칭찬한 것에 지나지 않았다. 이 약들을 귀로써 마신 다음 장자는 자리를 털고 일어났다.

우리들이 그곳에 도착하고 나서 병의 절반은 좋아진 것 같았다. 지금 담마의 가르침이라는 약을 의지하자 그의 병이 깨끗이 사라진 것이다. 소따빠나의 공덕이 구족한 이에게는 언제 어느 시간이나 삼보와 떨어질 수 없음을 이해하였기 때문일 것이다.

한 번에 일어난 장자가 그가 사용하던 황금 접시로써 우리 두 사람에게 공양을 올렸다. 공양이 끝나자 마하 사리불 테라께서 공양축원을 해주셨다.

장자의 집에서 돌아온 다음 나는 부처님 앞으로 들어가서 마하 사리불 테라가 설하신 것을 전해 드렸다.

"아난다여, 사리불이 지혜가 있구나! 소따빠띠 도와 과의 조건을 10가지 종류, 10가지 무더기로 구분하여서 설할 수 있는 것은 칭찬할 만하구나."

이렇게 칭찬하는 소리를 나 역시 기쁘게 들을 수 있었다.

제대로의 약을 만나서 건강해진 장자는 날마다 다시 우리들이 머무는 정사로 올 수 있었다. 정사로 오는 중에 가끔은 다른 종파들이 머무는 곳에도 들리고는 했다. 이 교단 바깥사람들과 만났을 때 법의 성품을 토론한다고 했다.

꒰

장자가 그곳에 들려서 주고받는 인사를 하면 그들이

"장자여 대답해 보시오 수행자 고따마는 어떠한 견해가 있습니까?"

"오! 수행자들이시여, 부처님께서 아시는 법을 제가 완전하게 알지 못합니다."

그들의 질문에 장자가 공손하게 대답하였다. 견해가 같지 않고 생각에 차이가 나더라도 세상의 부귀를 버릴 수 있었던 그들을 존경해서일 것이다.

"장자여, 그러면 수행자 고따마의 모든 법을 자세히 알지 못한다면 그것은 그만두고 비구들의 견해를 말해보시오."

"비구 스님들이 깨달아서 다다른 법도 저는 완전하게 알지 못합니다."

그들이 묻는 것마다 장자가 거절만 하였다. 그러나 그들도 손을 내리지 않고

"그만두시오. 그러면 장자여, 비구들의 견해를 자세하게 알지 못한다면 그러면 당신의 견해만이라도 말해보시오."

"수행자들이시여, 저의 견해를 말씀드리는 것이야 어렵지 않습니다. 그러나 제가 대답을 드리기 전에 먼저 여러분들의 법을 듣기를 원합니다. 듣고 난 다음 이어서 저도 대답 드리겠습니다."

※

이렇게 대답한 다음에 그들의 법이 쏟아져 나왔다. 그들 모두가 우리 교단을 치고 들어왔으나 그러나 정작 그들끼리도 서로 화합되지는 않았다.

어떤 이들은 이 세상이 영원하다고 했다. 어떤 이들은 그들과 완전히 정반대로 이 세상이 영원하지 않다고 했다. 이 문제와 같이 그들 무리가 중요하게 여겨서 언쟁을 하는 것은 이 세상의 끝이 있고 없는 것, 영혼(지와)과 이 몸이 같은가? 다른 것인가? 중생들이 죽은 다음 생이 이어지는가? 끝이 나는가?라는 것 등이었다.

이러한 문제 가운데 어느 한 가지를 붙들고 늘어지는 이는 자기가 붙잡고 있는 것만 사실이라고 억지를 써서 우겨댔다. 다른 것은 모두 그른 것뿐이라고 떠들어대고는 했다.

그들 쪽에서 지금까지 중요하지도 않은 것을 중요하게 다루고 있는 생각들을 각각 드러내 보였다. 장자가 역시 약속대로 자기 견해를 드러내 보였다.

"수행자들이시여, 여러분들 가운데 한 분은 세상이 영원하다고 말하였습니다. 그 말을 제가 맞다 그르다 구분하기를 원치 않습니다. 그 스스로 존재하고 있는 세상을 제가 '영원하다, 아니다'로 머리 복잡하게 지내고 싶지 않습니다.

제가 이해한 것은 이렇게 억지로 잡고 있는 것 자체가 그릇된 견해가 되는 것입니다. 법수로 말한다면 삿된 견해라고 합니다. 그 사견을 자기 스스로 맞고 그르다고 생각하는 것이나, 다른 이가 말한 것을 지혜롭게 구분하지 않고 무조건 받아들이면 집착이 생겨납니다.

그 삿된 견해는 언제나 머무는 법이 아닙니다. 그 스스로 생겨나는 법이 없이 위의 두 가지 조건으로 충동 자극해 줌으로써 생겨나는 것입니다.

원인을 의지해서 생겨나는 결과 법입니다. 원인이 있어야만 생겨나는 것이어서 그 삿된 견해가 언제나 있지는 않습니다. 영원하지 않는 성품은 고통이 됩니다. 그래서 그런 견해를 가진 이들은 그 스스로 고통 속으로 들어갑니다."

꧁

세상이 영원하다고 고집하는 이들에게 말한 다음 계속해서 세상이 영원하지 않다고 고집하는 이들에게도 그와 같은 방법으로 말해 주었다.

여기에서 우리들에게 생각할 것이 있다. 이 세상이 영원하다고 고집하는 것도 완전히 그른 견해가 되어서 사견이라고 할 수 있다. 이것을 쉽게 받아들이더라도 다음 한 가지 어려운 것을 만나게 된다.

부처님께서 이 세상의 생기고 사라지는 법 모두가 영원하지 않다고 설하셨다. 그리고 지금 또 한 사람도 이 세상이 영원하지 않다고 말했다. 그런데 그의 견해마저 무엇 때문에 모두 사견의 범주에 넣어버렸는가? 그렇게 생각되거든 지금 장자의 말에서 그 대답을 찾기 바란다.

꧁

이 세상을 영원하다고 하고 싶으면 하고 영원하지 않다고 하고 싶으면 하라. 그 말을 장자가 맞다 그르다 구분하지 않는다. 그 스스로 있는 세상을 영원하다 아니다 하는 일로써 머리 복잡하고 싶지 않다고 한다. 다만 자기가 좋아하는 견해 한 가지만을 고집하여 붙들고 있는 것은 마치 날카로운 비수의 칼날을 잡고 있는 것과 같이 위험한 사견이라고 꼬집은 것이다.

자기의 견해만 맞고 다른 이의 견해들은 절대로 맞지 않다고 하는 말들도 이렇게 꼬집어서 가르친 것이다. 이렇게 영원하지 않는 세상을 영원하지 않다고 집착해서 취하는 나의 견해, 나의 생각, 나의 법 등으로 '나'라는 것 한 가지를 무엇에나 앞에다 놓고 견주는 순간에 사견 안에 포함되어지는 것이다.

그의 말대로 세상이 영원하지 않는 것도 사실이다. 그러나 그 사실 위에 지혜를 함께하지 않는 이상은 그 사실인 법이 구해 주지 못한다. 사실을 붙들고 싸우고 있는 동안 사견의 손아귀에 떨어져 가는 것이다.

그래서 절 창건주이자 성스러운 도의 지혜를 갖춘 부처님 제자인 장자가 사견의 손가락이 보이는 곳을 따라서 보지 않고 손가락질하는 사견만을 직접 보았던 것이다.

손가락이 가리키는 세상이 영원하고 아니고를 머리 복잡하게 생각하지 않고 가리키는 손가락만 보고서 말한 것이다.

❀

이렇게 자세하게 말해 주고 자신이 직접 체험한 고통이 소멸한 곳으로 올라갔던 모습을 그들에게 설명하였다.

서로 견해가 다른 이들에게 자기가 깨달은 법의 성품을 자세하게 설명해 줄 수 있는 창건주 장자를 일백 년 안거를 마친 마하테라에 비유해서 부처님께서 칭찬해 주셨다.

법의 성품에 관해서 견해가 청정한 장자가 사람들과의 관계에 있어서도 깨끗하게 교제하는 것을 말하리라. 아나타 장자의 집은 아름다운 항구처럼 들고나는 사람들이 멈출 사이가 없었다. 무역으로 오는 이들도 있었고 친척으로서 오는 이들도 있었다. 주인으로서의 책임 또한 능숙하였기 때문에 그의 집에 오는 모든 친구나 친척들이 주인에게 만족해하였다.

그러나 그 중에 이 집안에 일하는 이 한 사람을 그들이 만족하지 않게 생각하였다. 그러나 만족하지 못해 하는 것에 어떤 특별한 이유가 있는 것은 아니었다.

부모들이 너무 귀여워서 놀리는 뜻으로 생각 없이 부르는 이름 때문이었다. 그 이름이 깔라까니였다. 그 뜻은 나쁜 사람이라는 뜻이었다. 그러나 깔라까니에게 마음으로 저속한 점은 없었다. 마음이 나쁘지 않을 뿐만 아니라 장자와 어릴 적 친구 사이로 지금까지 그대로 허물없는 사이였다.

마음으로는 나쁘지 않는 깔라까니가 나쁜 업 때문에 안타깝게도 재산이 모두 무너지는 형편이 되었다. 자기 스스로 다시 회복할 수가 없어서 친구에게 의지하러 와야 했다.

아나타 장자도 어릴 적 소꿉친구를 하인으로 취급하지 않고 가족처럼 같이 먹고 같이 지내는 위치로 살았다. 오래지 않아서 깔라까니는 믿고 의지할 수 있는 집안사람이 되었다. 잠깐 와서 머무르는 이들은 깔라까니의 사정을 몰랐다. 그들이 아는 것은 귀에 듣기 곱지 않는 나쁜 이름뿐이었다.

그래서 행운이 없는 이 사람을 집에서 쫓아내라고 말했다. 그러나 장자는 그들의 말을 듣지 않았다. 이름이란 쉽게 부를 수 있게 붙여진 것뿐이며, 그 이름을 지혜 있는 이들은 중요하게 여기지 않는 것만 이야기했다.

그러던 어느 때 장자가 자기의 논이 있는 마을로 여행을 가게
되자 집안일을 깔라까니가 모두 맡아서 하게 되었다. 집주인 장자가
없다는 소문을 듣고 어느 날 밤 강도들이 쳐들어 왔다.

깔라까니는 집주인이 없을 때 그의 책임을 충실하게 이행하느라
밤새 깨어 있었기 때문에 강도들이 휩쓸어 가기 전에 미리 준비되어
있었다. 집에 있는 모든 이들을 지휘해서 강도들을 집에서 몰아내고
잘 방어하였다.

집주인 장자가 없었으므로 쉽게 들어갈 수 있을 것이라는 생각으
로 왔던 강도들이 가졌던 무기들조차 챙길 틈도 없이 모두 버리고
겨우 목숨만 가지고 달아났다.

이렇게 한 사람의 이름이 중요한 것이 아니라 그가 가지고 있는
마음, 그의 능력만이 기본이 되는 것을 장자가 증명해 보인 것이다.

⁂

깔라까니에게 좋은 친구로써 잘 대하였던 장자는 그의 자식들에
게도 역시 책임을 잘 이행하였다. 그에게는 아들 하나, 딸 둘이
있었다. 딸 둘은 부모님의 일을 잘 이어 받을 수 있을 정도로 신심과
지혜가 갖추어졌다.

그러나 하나뿐인 아들은 그렇지 못하여서 누이들과 도저히 비교
할 수도 없었으며 부모의 일을 따르지도 거들지도 않았다. 날마다
그들의 집에는 가사 색깔이 환하게 빛났다. 날마다 법을 설하는
소리도 들었다.

그러나 장자의 아들 깔라는 어느 스님과도 친밀하지 않았다.

이쪽 문으로 스님이 들어오시면 저쪽 문으로 급히 나가고는 하였다. 법문을 설하는 소리조차 그의 귀에는 시끄러울 뿐이었다. 그의 귀에 항상 듣고 싶어하는 소리는 마작패 던지는 소리뿐이었다. 그 소리에 따라서 친구들이 지르는 함성소리뿐이었다.

창건주 성스러운 제자인 장자가 하나뿐인 아들이 즐겁게 노름패를 따라다니도록 허락했는가?

그러나 일부러 허락한 것이 아니라 막을 수도 제지할 수도 없어서 그저 손을 내리고 있을 뿐이었다. 사람들과의 관계나 무역하는 일 등에 자세하고 정확하며 빈틈없이 경영하는 그에게 이 일만은 도저히 마음대로 되지 않았다. 이렇게 되는 것에 전혀 까닭이 없는 것도 아니다.

아들이라는 사랑으로 그것을 덮어두고 있는 것이리라. 막내아들이라고 해서 여러 가지로 원하는 대로 해 주다 보니 나쁜 일에도 도와주게 된 격이 되었다.

이러한 사정을 진작 미리 보았으면 좋으련만 그러나 지금은 그 막내아들이 뼈가 굵어졌다. 뼈가 커진 만큼 그가 익혀 온 습관은 오래 되어서 빼어버리기가 어렵게 된 것이다. 이제서야 그 아들을 억지로 가르쳐서 되겠는가?

고치는 것은 그만두고라도 도리어 그 아버지에게 반항할 것이다. 원래 너무 부드럽게 대한 것은 아이의 어머니 얼굴을 보아서였다. 아들에 대해서 누가 한 마디라도 할라치면 그녀가 한술 더 뜨는 상황이 결국은 이렇게 만드는 데 결정적인 역할을 보태 주게 된 것이다.

아들의 기색이 조금이라도 바뀌면 그녀는 음식이 목구멍에 넘어가지 않아서 안절부절하였다. 장자처럼 손에 쥔 법이 없다 보니 조금이라도 걱정거리가 있으면 참지 못하고 안달하였다. 그녀의 지나친 보호가 아들을 이 모양으로 제멋대로 만들게 됐다고 친척들이 돌아서서 말하고는 하였다.

설사 친척들이 보기도 듣기도 나쁘다고 한결같이 말하더라도 장자는 어떻게 할 수가 없었다. 그 또한 불량한 아들의 허물을 어찌할 수 없는 것처럼 부인에게도 또한 연민심이 어리는 것이다. 그래서 어미도 눈물 흘리지 않고 아들 또한 마음 불편하지 않을 길을 찾아야 했다.

🪷

장자의 지혜로운 생각이 어느 결제 중의 재일 날, 그 윤곽이 드러났다. 우리들이 머무는 정사에 좀처럼 오지 않던 장자의 아들이 그날은 기분 좋게 싱긋거리며 들어왔다.

어른들 아이들 틈에서 다른 이들과 같이 부처님 앞에서 계 지킬 것을 서원했다. 그러나 새로운 지계자 깔라는 오후 법문 시간에는 보이지 않았다. 어느 구석에 가서 자고 있는 모양이었다.

재일 날 계를 지킨다는 것은 아라한 높은 분들의 행동을 따라 하는 것이다.

①다른 이의 생명을 죽이지 않는 것

②다른 이의 재산을 훔치지 않는 것

③저속한 음행을 하지 않는 것

④거짓말하지 않는 것

⑤정신을 흐리게 하는 술이나 약물을 사용하지 않는 것

⑥정오가 지난 이후 음식을 먹지 않는 것

⑦춤이나 악기 등의 구경거리를 보고 듣지 않으며 꽃이나 향수로 치장하지 않는 것

⑧지나치게 높고 화려하며 값비싼 자리에 앉지 않는 것

이러한 수행을 일평생 행하는 아라한 높은 분들의 행동을 따라서 할 수 있는 시간만큼 정해서 일반 세속사람들이 지키는 것을 우포사타라고 한다. 걱정 근심 없이 원래대로 편안하게 지낼 수 있는 아라한 높은 분들의 행복을 따라할 수 있는 만큼 느끼게 하는 것이다.

그러나 장자의 아들은 이러한 행복을 느끼기 위해서 참여한 것이 아니었다. 아버지에게서 돈 백 냥을 얻기 위해서였다. 그렇게 하여 아버지가 준 돈을 그의 무리들과 몽땅 써버리고는 다음 재일 날 다시 왔다.

그러나 오늘은 단지 계를 지키기 위해서만은 아니었다. 법을 듣는 대중 가운데서도 그를 볼 수 있었다. 재일 날 계를 지키러 온 그는 그날 밤도 절에서 지냈다. 아침 먼동이 텃을 때 우리들과 같이 성안으로 따라왔다.

그런데 그의 행동이 올 때와는 전혀 달랐다. 부처님과 대중

스님들께 정성껏 존경하는 표정이었다. 우리들과 같이 따라오는 동안 어느 한 가지 일 때문에 매우 부끄럽고 쑥스러워하는 눈치였다. 그가 부끄러워하던 일을 그의 집에 이르렀을 때 자세하게 알게 되었다.

부처님과 우리 모두가 공양이 끝났을 때 장자가 돈 천 냥이 들어 있는 자루를 들고 와서 그의 아들 앞에 내려놓았다.

"오! 사랑하는 내 아들아, 절에 가서 계를 지키고 법문을 들으면 돈 천 냥을 주겠다고 애비가 말했었다. 지금 나의 아들이 장하게도 그의 책임을 잘 이행하였으므로 자, 천 냥의 상을 준다. 내 아들아 네가 필요한 곳에 사용해라."

참으로 좋은 시간에 장자가 시험해 보는 것이었다. 부처님께서 설하신 법문이 그에게 얼마만큼 효력을 냈는지는 이미 알았기 때문일 것이다.

그전에는 재일 날이 끝나고 집에 돌아가자마자 그의 손에 돈 백 냥을 쥐어주고 나서야 먹을 것을 찾았다고 했다. 그러나 오늘은 아무것도 원하지 않고도 먹는 일이 끝난 것이다.

집으로 오는 동안 자기 아버지가 부처님 앞에서 나에게 돈 천 냥을 주면 어쩌나 하고 걱정했던 것이다. 돈을 받고 계 지키러 다닌다고 창피 당할 것을 두려워하는 그에게 그가 존경하는 부처님 앞에서 이 돈 자루를 도대체 어떻게 처리해야 한단 말인가?

"장자여! 모든 재산과 부귀보다도 백 배 천 배 더 높은 소따빠띠 도와 과의 지혜를 장자의 아들은 이미 얻었소."

장자의 아들이 이러지도 저러지도 못하는 어려움을 부처님께서 말씀해 주셨다. 뜨거움이 없이 편안한 법이 거리의 불량자인 아나타 장자의 아들 깔라의 마음을 충분히 덮어 주었구나!

꽃

불법승 삼보에 더할 수 없는 신심과 친밀함으로 지내왔던 이 교단의 아버지인 그의 공덕은 말로 해서 다 드러낼 수 없을 만큼 많다. 그러나 다른 이야기도 해야 하기 때문에 여기서는 아나타 장자의 전기로써 단원의 막을 내려야겠다. 그러기 위해서 처음부터 다시 거슬러 가자면, 이 장에서 처음에 마하 사리불 테라의 법문을 듣고 병석에서 일어난 모습을 보였었다.

여기에서 우리 대중들에게 날카로운 칼날을 억지로 끌어 잡아서 집착하지 말도록 설명해 주어야 될 것이다. 담마의 공덕으로 장자가 자리에서 일어났던 것도 사실이다. 그러나 거기에는 한계가 있음을 알아야 할 것이다.

그전에 병이 났을 때는 장자에게 생명의 힘이 남아 있었다. 그래서 마음의 병을 치료하자 몸까지 완쾌된 것이다. 그러나 지금 병석의 생명은 겨우 말이나 할 정도였다. 심지도 기름도 모두 다해가기 직전이었다.

그래서 그때에 장자의 집을 방문한 마하 사리불 테라께서 마지막 인사로 성품(Dhatu)으로 설하지 않았던 법을 처음으로 설해 주셨다. 당당하게 흐르는 물처럼 줄기차게 설하신 법문을 간략히 추린다면 안으로 마음이 머무는 곳 6군데, 바깥으로 마음이 머무는 곳 6군데,

인식작용 6가지, 닿음 6가지, 느낌 6가지, 성품 6가지, 오온, 무색계 선정 4가지들과 함께 현재세계와 미래세계까지 포함되었다.

간략하게 말한다면 보는 것마다, 듣는 것마다, 닿는 것마다에 집착을 두지 말고 자유롭게 지내도록 마하 사리불 테라께서 법을 보여서 가르쳐 주신 것이다.

이전의 법문 끝에는 웃으며 즐겁게 끝이 났지만 이번에는 끓어 넘치는 슬픔으로 끝막음을 했다. 법문이 끝나자 장자의 두 눈에서 눈물이 줄줄이 흘러내렸다.

🪷

"장자여! 재산을 두고 떠나가기가 어렵습니까?"

장자에게 만족해하는 말 한 마디 얻으려고 내가 이렇게 묻자 "재산을 두고 떠나가는 것이 어려워서가 아닙니다. 부처님과 마하 테라님들을 모시고 깊은 법문을 들은 지가 여러 해입니다. 그러나 지금처럼 이렇게 여러 가지 법을 부분부분 구분해서 설하여 주시는 법문은 들어보지 못했습니다. 그래서 눈물이 납니다."

장자가 사실대로 여쭈자 사리불 마하테라께서

"장자여! 이러한 여러 가지 법을 널리 구분해서 설하면 신남신녀들이 좋아하지 않습니다. 이 교단 안의 스님들만이 좋아합니다. 그래서 지금에야 설한 것입니다."

"그러면 마하테라님, 앞으로는 일반 세상사람들에게도 이러한 법을 설해 주십시오 세속 사람 가운데도 지혜가 높은 이들이 있습니다. 그들이 듣는다면 이해할 것입니다."

장자의 말을 생각하면서 우리들은 정사로 돌아왔다. 그날 저녁 우리들은 아나타 장자가 명이 다했음을 들어야 했다. 장자가 명이 다했음은 나의 이 기록 역시 끝이 날 시간이 가까워진 것이다. 앞부분은 기쁜 일, 힘이 솟는 것을 마음껏 들었으므로 이제 후반부에는 힘이 떨어지는 것도 피할 수 없이 들어야 하리라. 이 앞에서도 슬픈 일을 자주자주 들었어야 했다.

장자가 유명을 달리했더라도 남은 가족들은 우리 교단을 그전처럼 잘 받들었다. 그러나 그 집을 들어설 때마다 반기던 얼굴을 볼 수 없으니 내 마음 한쪽 역시 텅 비어버린 것 같이 되었다. 어떤 스님들은 눈물을 뚝뚝 떨어뜨리기도 했다. 자기들 모두에게 아버지처럼 보호하고 필요한 것을 아낌없이 채워주던 그의 공덕이 지금 그가 없을 때 더욱 절실하게 느껴지는 것이 아니겠는가?

장자를 위해서 눈물을 뚝뚝 흘리던 이들 가운데 나 역시 포함되었음을 실토하리라. 주고받던 사랑과 자비가 컸던 만큼 내 마음에 닿는 아픔 역시 컸다. 그러나 그 때문에 생겨나는 슬픈 마음을 그를 위해서 설했던 가르침으로 나의 아픔까지 치료해야 했다.

"장자여! 빈틈없이 잘 엮어서 덮은 지붕은 비를 막아줍니다. 서까래나 벽도 보호해 줍니다. 그렇게 비를 잘 막아주기 때문에 썩지도 낡지도 않고 잘 견딥니다.

그와 같이 마음 하나를 잘 다스리면 몸의 업도 막을 수 있습니다. 입의 업도 다스릴 수 있습니다. 모든 불선업을 막아서 삼업이 바르게 머물 수 있습니다. 그렇게 삼업이 모두 청정한 이의 죽음은 깨끗한 죽음입니다.”

　내가 본 것으로는 아나타 장자의 삼업 모두가 허물이 될 것이라고는 찾아볼 수 없었다. 그래서 그의 죽음은 반드시 깨끗하고 선한 죽음이었다. 이 가르침이 나에게는 슬픔을 풀어 주는 한 사발의 약이 되었다.

Aṅguttara

절 어머니 위사카

우리 교단에 제따와나 정사(기원정사)를 보시한 아나타 장자는
이 교단의 아버지 같은 존재였다. 그와 같이 뿝바란마나 동부정사를
보시한 위사카는 우리 모두들의 어머니 같은 존재였다.

보시하고 베푸는 일을 즐거워하는 이들이어서 그들 두 사람
모두 보시로 첫째가는 칭호를 받았다. 그렇게 유명하고 이름을
날린 그들 이름 위에 결혼 상대자들의 이름은 어슴푸레하였다.

여자 남자를 막론하고 갖춘 능력이 있으면 있는 만큼 알려지게
되는 것이다. 제따와나 정사의 아나타 장자와 뿝바란마나 정사의
위사카 절 어머니에게는 같으면서도 다른 점이 하나 있다.

아나타 장자도 우리 앞에 와서 눈물을 흘린 적이 있다. 위사카
절 어머니 역시 우리들 앞에서 통곡한 적이 있다. 그러나 그 통곡은
담마 때문이 아니었다. 그녀가 가장 사랑하던 손녀가 죽었기 때문이

었다.

절 어머니 위사카는 재산이 많은 것처럼 자식들의 이익도 많았다. 그녀가 낳은 아들딸들 모두가 아프지도 않고 건강하게 잘 자라주었다. 아들 10형제, 딸 10형제 모두 20명의 자녀를 두었다. 나이가 차서 그 자식들에게서 태어난 손자들 역시 건강하게 잘 자랐다.

이렇게 아들딸에 손자손녀까지 많이 태어난 그 중에 아들에게서 난 어린 손녀 하나를 그녀의 생명처럼 사랑했다.

그들의 집은 우리 모두의 부모님의 집과 같았다. 다른 집에서 음식을 충분히 받았더라도 그 집으로 가곤 했다. 가끔은 다른 곳으로 걸식하러 가지 않아도 그 집에서 공양하는 일이 마쳐지기도 했고, 공양이 끝난 시간에도 여러 가지 맛의 과자나 빵 등의 후식도 다시 먹을 수 있었다.

위사카 절 어머니가 상가 대중 스님들을 모시는 일에 아들딸, 손자손녀들이 모두 서로 도와주는 것도 사실이다. 그러나 그 모두가 위사카의 마음에 썩 만족스럽지는 않았다.

그 가족 모두가 웅성웅성 신심이 지극하더라도 위사카가 힘을 얻을 만큼의 결과를 보지 못했다. 날마다 하는 일이지만 그가 시켜야만 해냈다.

그런데 한 아들에게서 태어난 어린 손녀는 그들과 달리 뛰어났다. 노력이나 신심이나 좋은 의도가 다른 이보다 좋다고 할 수는 없더라도 일의 결과를 잘 내다보는 것을 그 할머니가 몹시도 아꼈다.

이렇게 영리한 손녀가 하는 것만은 할머니가 만족하다고 했다.

그녀의 모습 역시 어른들이 귀여워할 만큼 예쁘고 날렵했다. 그래서 이 손녀를 할머니가 끔찍하게도 아낄 만했다. 집안의 일도 그녀의 도움을 받아서 처리하지만 바깥의 일도 역시 이 손녀가 있어야 했다.

뻑바란마나 정사에 절 어머니 위사카가 올 때는 다른 손녀손자, 아들딸들은 바뀌어서 따라오기도 하지만 이 손녀는 언제나 빠지지 않고 따라다녔다. 오전에는 먹고 마실 음식들이 따라왔다. 오후에는 마실 음료수 가운데 어느 한 가지나 꽃이나 향도 따라왔다. 올 때마다 이 손녀의 머리 위에 가득 이고 왔다.

이렇게 할머니의 손에서 떠나지 않는 지팡이처럼 원하는 대로 잽싸게 도와주던 이 손녀를 죽음의 왕이 갑자기 데리고 간 것이다. 날마다 보시할 때마다, 부처님이나 상가 대중을 모실 때마다 부처님께 이러한 법문을 수도 없이 들었었다.

쥔 손가락을 펴기 전, 편 손가락을 꼽기 전에 죽어야 하는 것도 수없이 보았었다. 그러나 이렇게 나고 죽는 이들 가운데 그녀가 사랑하는 손녀가 들어 있었다는 것은 한 번도 생각해본 적이 없었다. 손녀에게 묶여진 애착의 끈이 그녀의 지혜를 꼼짝 못하게 묶어버린 것이다.

생겨난 것은 사라지고 태어난 것은 모두 죽어야 한다는 이 법칙을 그전 일곱 살 어린 나이부터 들어왔다. 사실 한 가족의 둥우리에 같이 태어나는 것은 지나가는 여행길의 하룻밤 쉬고 가는 것과 다름이 없다.

여행자들은 시간이 되면 각기 헤어져서 자기가 가던 길을 계속 가야 한다. 만나는 그 순간부터 헤어져야 하는 성품이 바짝 따라다니는 것이다. 그래서 시간이 되어서 자기 앞서 떠나가는 이들을 가지 못하게 하려고 해도 어떠한 방법으로도 막을 수 없다. 막을 수 없는 성품을 막으려는 탐심이 심할수록 그 원하는 것에 비례해서 고통이 커지는 것이다.

그 고통이 생기는 곳에 가려 하기 때문이라고 말하더라도 가려는 이에게 저절로 생기는 것이 아니라, 막을 수 없는 것을 막으려는 번뇌만이 그 기본 원인이 되는 것이다.

이러한 원인을 절 어머니 위사카가 잘 알고 있다. 원하는 번뇌 때문에 고통에 이르는 모습뿐만 아니라 번뇌가 함께하지 않는 것으로 인한 고요한 행복도 그 스스로 체험했었다. 어느 한때 체험하고 나서 그 다음 수행으로 계속 키워나가면 그 고통에서 완전히 벗어날 수 있게 되는 것이다.

그러나 그녀는 수행하는 일을 지나쳐 보아왔다. 수행하는 일 대신에 세상사람으로서 사는 일, 복을 짓는 것에 노력을 기울였다. 그래서 그녀가 깨달은 법이 그녀를 구해주지 못하고 깊은 슬픔과 괴로움을 받게 된 것이다.

가슴속의 뜨거움을 감당할 수 있겠느냐고 전신에 물을 퍼부었다. 머리카락이며 옷이 온통 젖어서 물이 뚝뚝 떨어지고 있었다. 그러한 모습으로 사랑하는 손녀를 화장터로 보냈다. 화장터에서 돌아온 그녀는 집으로 가지 않았다. 집에 가서 그 손녀딸이 걷던 발자국,

그녀가 손때 묻게 만진 물건들을 보게 되면 더욱 기가 막힐 노릇이었을 것이다.

그녀의 고통을 구해 주실 부처님이 계시는 곳으로 갔다. 그녀에게 직접 곧바로 질문하자 정신이 돌아온 것은 그녀에게 선업이 있었기 때문이다. 그 절 어머니 위사카로 인해서 슬픔이 소멸하는 담마 한 구절을 얻었으니 우리들 모두도 행운이 있는 이들이었다.

"위사카여!

머리며 옷을 모두 적셔가지고 무엇 때문에 왔느냐?"

부처님 앞에 이르자 물으신 것이다. 사정을 모두 알고 계시지마는 말을 시작하시기 위해서 서두를 여시는 것이다. 부처님께서 펴준 길을 따라 위사카의 눈물이 쏟아지기 시작했다.

"위사카여, 너에게는 열 명의 아들과 열 명의 딸이 있다. 손자손녀는 더욱 많다. 사왓띠 수도에 있는 사람 수만큼의 많은 아들딸과 손자들을 얻기를 원하는가?"

잊어버린 법이 다시 생겨나도록 부처님께서 질문하신 것이다. 이 질문에 아들딸이 수북하게 많은 집에서 살아왔던 그녀가 대답하였다.

"원합니다. 부처님, 그렇게 많기를 원합니다."

"위사카여! 그러하다면 다시 묻겠다. 사왓띠 수도에서 하루에 사람들이 얼마만큼 죽는가?"

"어느 날은 열 명이 죽고 그보다 적은 날도 있습니다. 그러나 사왓띠 수도에 사람이 죽지 않는 날은 없습니다."

"좋다. 위사카여! 주의하여서 대답하라. 그렇다면 너에게 머리에 물을 뒤집어쓰지 않는 날, 옷이 젖지 않는 날이 있겠느냐?"

"아마도 없을 것입니다. 부처님, 아이쿠, 그렇게 많은 자식이나 손자들을 원하지 않습니다. 부처님."

"그렇다. 위사카여, 좋아하고 사랑하는 이가 많으면 많을수록 고통이 많다. 좋아하거나 집착하는 일이 전혀 없어 원래대로 자유로운 이들은 이 현재 시간에 모든 고통에서 벗어난다. 근심걱정이나 통곡하는 일이 없이 완전한 편안함으로 지내는 이라고 나 여래가 설하노라."

"잘 이해하겠습니다. 부처님."

그전에 체험하였던 번뇌에서 벗어나는 법을 그녀가 다시 돌이켜서 알아차린 것이다. 절 어머니 위사카가 행복하여졌듯이 이 글을 읽는 여러분들도 행복하여지이다.

🪷

뜨거운 번뇌의 고통에서 벗어나기 위해서 버려야 할 법을 절 어머니 위사카가 완전히 깨달은 것이다. 이렇게 깨달았다고 해서 그녀가 낳아서 키워온 아들딸들을 적당한 곳으로 가서 버릴 것이라고 생각지는 말기 바란다.

아들딸 때문에, 손자손녀들 때문에 근심걱정을 얻는다고 말했더라도 아들딸, 손자손녀가 그 원인은 아니다. 그들만으로는 뜨겁게 걱정하도록 누구도 만들어 주지 않는다. 그들에게 애착과 탐착하는 갈망 때문에 뜨거운 고통을 만나게 되는 것이다.

그래서 절 어머니 위사카는 빼어버려야 할 갈망이나 갈애를 능력껏 빼어버리고, 버리지 말아야 할 아들딸, 손자손녀들은 몸에서 떨어지지 않게 잘 길렀다.

부모의 책임으로 고르게 잘 보호하였기 때문에 태어난 자식들과 손자들도 몸과 마음이 모두 건강하게 잘 자랐다. 새로 태어나는 손주들도 병 없이 잘 자라서 건강한 그녀의 자손들이 그 할머니의 공덕을 잘 이어주었다.

건강하고 병 없이 잘 자란 자식이나 손주들이 풍성하게 많은 그녀를 보는 이들마다 부러워하였다. 좋은 행사, 행복을 의미하는 잔치마다 절 어머니 위사카를 제일 먼저 초대하여서 잘 대접하였다. 행운의 행사에 행운이 많은 분을 초대하여서 그들의 자식들도 위사카의 자손들처럼 건강하고 병 없이 오래오래 살기를 축원하는 것이었다.

다른 이들을 위해서 축제행사를 주관하는 위사카가 어느 축제에 갔다가 마음을 불편하게 하는 일을 만났다. 그것은 세간 사람들 때문이 아니라 그녀의 집에 드나들던 우다이 테라 때문이었다. 우다이라고 하면 이런 종류에는 랄루다이인 줄 알기 바란다. 천방지축 아무 데나 끼어드는 우다이가 지금 결혼한 집의 색시와 부모집에 서부터 친숙한 사이인 듯하다. 부모 집에서 남편의 집으로 왔는데 그 랄루다이가 어김없이 따라온 것이다.

색시 부모집과 마찬가지로 이 집 역시 우다이의 공양제자였다.

공양제자가 되어서 스님 한 분이 걸식하러 오는 것을 허물할 것은 없다. 그러나 이 우다이는 좀 지나쳤다. 다른 이들과 같이 집 앞에서 밥을 받지 않고 집 안으로 들어왔다.

집 안에 들어왔더라도 다른 이들이 보이는 밝은 곳에 앉지 않고 결혼한 색시의 곁에만 가서 앉았다. 그리고 그들이 있는 곳은 눈도 귀도 없는 곳이어서 어떤 행동을 하더라도 아무런 제지도 할 수 없는 그런 자리였던 것이다.

적당하지 못한 것을 보면 고치려고 하던 절 어머니 위사카가 우다이 테라에게 여쭈었다.

"마하테라님, 이런 행동은 적당하지 않습니다. 맞지 않습니다. 테라님이 저속한 음행을 원하는 것이 아니더라도, 그러나 존경하지 않는 이들을 믿게 하기 어렵습니다."

좋으려고 하는 말을 우다이가 따를 리가 없었다. 다음에 한 번 더 그 집에 갔을 때도 그와 같은 일을 다시 보게 되었다. 그때는 적당하지 않는 일을 할 수 있는 장소는 아니었다. 그러나 다른 이들이 오해할 수도 있는 자리였다. 위사카가 다시 여쭈었지만 이전처럼 말로 될 수가 없었다.

그래서 절 어머니 위사카는 상가 대중에게 여쭈었다. 스님들이 다시 부처님께 전해드렸기 때문에 범계가 일정하지 않는 금계(아니야타) 두 가지를 부처님께서 정하셨다.

범한 허물을 정할 수 없는 일정하지 않는 이 계율은 오해할 수도 있는 장소에 여자와 같이 있는 비구에게 위사카와 같이 성인의 위치에 오른 이가 보고서 '빠라지까, 상가디시사, 빠쌔이띠야'의 허물 중에 어느 한 가지를 말했을 때 그 말대로 비구가 인정하면 인정한 허물로 결정하는 금계이다.

어느 허물을 범했다고 정확하게 정할 수 없기 때문에 '아니야타 금계'라고 한다. 이렇게 절 어머니 위사카는 이 교단을 도와주고 공양하는 것뿐만 아니라 다가오는 위험들도 능숙하고 영리하게 막아주었기 때문에 이 교단의 어머니로써 적당하다고 우리들이 칭송하는 것이다.

Vinaya

재가법사, 아견이 생기는 모습

꼬살라국 사왓띠 도시에서 이 교단을 돕고 보호해 주는 절 어머니가 있듯이 마가다국 밋시까산따라는 큰 마을에도 그러한 이가 있었다. 그 역시 절을 지어서 보시한 사람으로 다름 아닌 쎄이따 장자였다.

앞에서 절을 책임 맡은 수담마 테라와 쎄이따 장자 사이에 생겼던 일 가운데 쎄이따 장자에 관한 것을 한 구석 보여 주었었다. 지금 때가 되었으므로 그에 관한 것을 완전하게 보여 드려야겠다. 쎄이따 장자는 마하나마 테라의 은혜로 아나함 도과에까지 올라간 이였다.

자기 스스로 출가 생활을 할 수는 없었지만 이 교단을 짊어지고 가는 스님들을 지극 정성으로 모셨다. 마을과 멀지도 가깝지도 않는 암바따까 숲에 정사를 지어서 보시했다.

그 절에 지내는 스님들을 위해서 4가지 시주물로 도움을 드릴 뿐만 아니라 그 스스로도 법을 가르쳐 주는 법사로써 한편으로 법을 전하기도 했다.

❀

좋은 스승님에게서 배웠기 때문에 가르침의 법을 보고 들은 견문이 풍부했다. 자기가 깨달은 법에 대해서 다른 사람이 귀를 기울일 수 있을 만큼 자세하게 말하고 설해줄 수 있었다. 법문과 언설이 좋은 법사로서 그가 가는 곳마다 이 가르침의 씨앗을 널리 퍼뜨리고는 하였다.

그 씨앗에서 싹이 올라오도록 거듭거듭 설하여 주었다. 어린 나무가 튼튼하게 자라도록 가르침의 깨끗한 물을 계속하여 부어 주었다. 이러한 공덕으로 부처님께서 '재가법사에 첫째가는 이'라는 특별한 칭호로써 칭찬하셨다.

그 장자는 마을 안에서만 법을 설하는 것이 아니었다. 적당한 때를 만나면 스님들에게도 법을 설하고는 했다. 법을 설하는 원인은 이러했다.

쌔이따 장자의 농경지들은 암바따까 숲의 저쪽에 멀리 눈이 닿지 않을 만큼 펼쳐져 있었다. 그 농장에서 일하는 이들은 암바따까 숲 근처에 미가빠타까라는 이름의 마을을 이루고 살았다. 쌔이따 장자가 어느 날 낮에 그 마을에 가는 길에 암바따까 숲 속의 절로 들어갔다.

❀

그때 절 안에서 거하는 스님들이 담마에 대해서 토론하고 있었다. 그들이 토론하는 주제는 애착하는 이와 애착 받는 이, 두 가지 법이었다. 이 두 가지 법을 어떤 이들은 문법도 다르고 뜻도 다르다고 했다. 어떤 이들은 이 두 가지 법이 문법만 다르고 뜻은 다르지 않다고 했다.

양편 사람들은 어느 쪽이 더 나은 대답이라고 결정하지 못하고 그 자리에서 뱅뱅 돌고 있었다. 그때 창건주 쎄이따 장자가 그곳에 도착하였고, 비구 스님들에게서 대답이 나오지 않던 그 문제를 장자가 비유를 들어서 설명해 보였다.

"스님들, 예를 들어서 검은 소 한 마리와 흰 소 한 마리를 줄로 묶었다고 합시다. 그때 어느 한 사람이 흰 소가 검은 소 때문에 묶였다, 검은 소가 흰 소 때문에 묶였다고 한다면 그 말을 옳다고 받아들이겠습니까?"

"받아들이지 않겠습니다. 흰 소가 검은 소 때문에 묶인 것도 아니고 검은 소가 흰 소 때문에 묶인 것도 아닙니다."

"테라님들, 이 비유를 이렇게 이해하시기 바랍니다. 눈, 귀, 코, 혀, 입, 몸, 마음이라는 느끼는 성품 6가지가 있습니다. 모양, 소리, 냄새, 맛, 닿음, 담마라는 바깥에서 와서 부딪치는 성품들의 느끼는 성품도 있습니다.

이 12가지 성품 중에 느끼는 성품이 와서 부딪치는 성품 때문에 묶이지 않습니다. 와서 부딪치는 성품도 느끼는 성품 때문에 묶이지 않습니다. 그 느끼는 성품과 와서 부딪치는 성품들이 만나는 것을 원인으로 인해서 생겨나는 좋아하고 탐닉하는 것만이 포박이 되어서 애착이 됩니다.

느끼는 성품과 와서 부딪치는 성품, 이 12가지가 만나서 묶을
수 있도록 좋아하고 탐착함이 바로 그 대상이 되어서 애착
(Saṁyojaniya)이라고 합니다."

"창건주 장자님!

장자님은 깊고 심원한 부처님의 담마에 깊이 들어가는 지혜가
있습니다. 장자님 당신은 사람으로 태어난 이익을 건졌습니다.
이 교단의 가르침을 만난 이익을 건졌습니다."

자기들이 풀 수 없는 문제를 창건주 장자가 성스러운 도의 지혜로
깨끗이 구분하여 주었기 때문에 스님들이 싸~두를 불러주었다.

🪷

암바따까 정사에 머무는 스님들은 신심이 빼어난 장자 때문에
사사시주물이 넉넉했다. 지혜가 뛰어난 법사 때문에 담마에 대한
도움도 받았다. 이렇게 여러 방면으로 의지하는 장자 때문에 가끔씩
은 절에 사는 스님들이 어려움을 만나야 하기도 했다.

다른 이에게 법을 설하고 가르쳐 주기를 주저 않는 법사는 그가
알고자 하는 것이 있으면 질문이 수없이 많았다. 어느 한 곳이라도
분명하지 않는 곳이 있으면 만족하지 않고 자세히 조사하였다.
묻는 것도 장소나 시간을 가리지 않는다. 알려는 것 하나가 마음속에
생겨나면 생긴 그 자리에서 묻는 것이다.

그날 공양 행사는 달마다 보시를 하는 것으로 계단으로 모셔서
올렸다. 숲 속의 작은 초막에 살던 스님들도 전처럼 아무 걱정없이
모여왔다. 장자가 어느 한 가지를 물으면 적당하게 대답해야겠다고

일부러 준비해 놓은 것이 없었다. 몸도 마음도 자유롭게 오는 스님들에게 질문이 기다리고 있었다.

그전에 이 숲 속의 절은 수담마 테라가 책임자였다. 창건주 장자와의 일에 부처님께서 장자의 편에 있었기 때문에 그 딱한 이는 크게 수치스러움을 겪었다.

그러나 그 부끄러움에서 두려움을 느끼고 열심히 수행하여서 비구의 일을 완전히 마치게 되었다. 그는 이 절에 지내면서 병으로 인하여 일찍이 빠리닙바나에 들었다.

✤

지금 그 절의 책임을 맡은 이는 수담마 테라와 달리 조용히 지내는 분이었다. 그 정사에 오는 스님들에게 거처를 정해 준 다음 유능한 법사인 장자는 절 책임자 마하테라께 공손하게 가까이 가서 절을 올린 다음 이렇게 여쭈었다.

"마하테라님, 세상이 영원하다거나 영원하지 않다거나, 세상의 끝이 있고 없음, 생명과 몸이 같고 다른 것, 중생들이 죽은 다음에 다음 생이 연결되고 아니고 하는 등의 갖가지 이야기들이 있습니다. 「브라흐마자라 숟따(Brahajara sutta)」에 부처님께서 설하셨던 62가지 사견들이 있습니다. 이러한 사견들이 무엇 때문에 생겨나게 되었는지에 대해서 설하여 주십시오. 마하테라님."

공양이 끝나자마자 이러한 질문을 만나게 된 것이다. 그 마하테라 께서는 이 질문의 대답을 알고 있었다. 그러나 그 딱한 분은 그것을 설명하는 능력이 없었다.

그의 마음속에 알고 있는 것을 다른 편에서 이해하도록 설명하는 능력이 없었다. 특별히 장자와 같이 유명한 법사가 만족하도록 그가 대답할 수 없었던 것이다. 그래서 그분은 대중 가운데서 입을 닫고 계셨다.

비구들의 계율 가운데 이러한 일들이 생겨나면 법랍이 가장 많은 마하테라가 대답해야 했다. 마하테라가 대답하지 못하거나 대답하기를 원치 않으면 그 아래 테라에게 넘겨 주어야 했다. 그러나 지금의 마하테라께서는 대답도 하지 않고 넘겨 주지도 않아서 의심이 되었다. 창건주 장자 역시 물러서지 않고 두 번, 세 번, 다시 질문하였다.

❦

이러한 처지를 절에 지내는 이들이 머리 숙이고 당하고 있었는데 객으로 온 젊은 스님이 머리를 들었다. 그러나 그는 이 가운데 법랍이 가장 적어서 이 문제를 대답하려면 허락을 받아야 했다. 마하테라께서 허락하자 그의 자리에 돌아가 앉아서 장자를 그의 앞으로 불러서

"거사님, 있는 대로의 모든 사견들이 아견(새까야대이티) 때문에 생겨납니다. 그 아견(我見)이 없으면 그 사견들이 전혀 없습니다."

젊은 객스님 때문에 첫 질문은 그런대로 지나갔다. 아견이라는 구절은 '새까야(Cakkaya)'와 '대이티(Ditthi)'라는 두 단어가 합쳐진 것이다. '새까야'라는 것은 분명하게 있는 오온이다. 그 오온을 '나'라거나 '나의 것'이라고 집착하는 사견을 '새까야대이티'라고

한다.

있는 대로의 모든 사건들이 모두 이 아견 위에서 시작하기 때문에 그 대답에 창건주 장자가 만족했다. 그러나 그의 질문이 다한 것이 아니었다.

"테라님! 그 아견이 생겨나는 모습을 말씀하여 주십시오."

"거사님, 이 세상에 성스러운 분, 아리야 성인들을 가까이 친근하게 모시지 않고, 그 성스러운 분들의 법을 듣지 않는 이들이 '나'가 아닌 이 오온을 '나'라고 하거나 사실로 없는 '나'를 이 오온이라고 하거나 '나'에게 오온이 있다, 오온에 '내'가 있다라고 하는 등 여러 가지로 생각합니다. 이렇게 생각하는 것이 아견이 생겨나는 모습입니다."

"아견이 생겨나는 모습을 설명하신 것에 만족합니다. 그러면 이 새까야대이티가 없는 모습을 이어서 설해 주십시오."

"거사님, 이 세상에 선하신 분, 성스러운 아리야 성인들을 친근히 모시고 성스러우신 분들의 법을 들을 수 있는 기회를 얻는 이들이 '나'가 아닌 이 오온을 나와 연결해서 이것저것 생각을 갖다 붙이지 말아야 합니다. 이러한 생각을 벗어나서 지냄으로써 아견을 벗어날 수가 있습니다."

༄

모든 문제들이 매끄럽게 해결되었다. 그러나 창건주 장자의 질문은 아직 더 남았다. 법으로는 해결이 되었지만 사람으로서의 일이 남았기 때문이다. 그래서

"테라님, 지금 처음 뵙는데 테라님의 법명을 알기를 원합니다."

"이시다따라고 부릅니다."

"테라님, 어느 지역에서 오셨습니까?"

"아완띠라는 곳에서 왔습니다. 거사님."

"그러면 제자가 한 가지 여쭙겠습니다. 아완띠 지역에 제자의 친구 한 사람이 있는데 그의 이름이 이시다따입니다. 서로서로 편지만 주고받았지만 매우 가까운 사이가 되었습니다. 실제로는 아직 만나보지 못했는데 혹시 테라님께서 만나보셨습니까?"

"만나보았습니다. 거사님."

"지금 그 친구가 어디에 있습니까? 테라님."

묻는 것마다 즉석에서 간략하고도 정확하게 대답하시던 그 객스님이 이 질문에만은 대답하지 않고 그대로 침묵으로 일관하고 있었다. 그렇게 침묵하고 계시더라도 장자가 모든 일을 알아차렸기 때문에 말했다.

"그러면 제자의 친한 친구가 바로 이시다따 마하테라님 아니십니까?"

"그렇습니다. 거사여."

"제자가 그렇게 만나 뵙고 싶던 친한 친구를 이렇게 존경스럽게 뵙게 되어서 제자의 기쁨이 몇 배나 됩니다. 저희 밋시까산따 마을에 편안히 머물러 주십시오.

암바따까 숲 속의 절도 지내기 좋습니다. 제자는 테라님께 네 가지 물건으로 도움을 드리겠습니다. 테라님."

"좋은 말씀입니다. 거사님."

창건주 장자가 기쁨에 넘쳐서 여쭙는 것을 이시다따 테라가 천천히 대답하였다. 이렇게 대답하는 단어를 특별히 주의해야 할 것이다.

그날 공양이 끝나자 숲 속의 절에서 지내던 스님들이 다음에도 이런 질문이 나오면 이시다따 테라가 모두 대답해 주도록 책임을 넘겼다. 그런데 이시다따 테라는 어떠한 대답도 하지 않은 채 그날로 떠나갔다고 했다.

"아난다 테라님, 제가 이시다따 테라와 그때 한 번 만나고 다음에는 한 번도 만날 수 없었습니다. 이 지역에서 아주 영원히 떠나버린 것 같습니다. 그분에 관해서 제가 혹 실수한 것이라도 있나 찾아보았지만 알 수 없었습니다. 혹시 적절하지 못한 말이라도 여쭈었나 생각했지만 그런 것은 없었습니다. 그런데 단 한 번만으로 떠나가다니 저로서는 도저히 짐작도 못할 만큼 안타깝습니다."

밋시까산따에 갔을 때 장자가 이렇게 말했다. 그러나 나 역시 자세한 것은 대답할 수 없었다. 애착을 벗어난 이들의 마음의 성품을 짐작해서 대답했을 뿐이다.

✿

나이가 많아져서 옛친구를 마음껏 받들려고 기뻐할 때 그분은 다시 돌아오지 않고 멀리 떠나갔다. 그러나 그것으로 다른 일은 없었다. 옛친구가 떠나가고 오래지 않아서 다른 옛친구가 왔다.

지금 온 사람도 수행자로서 그의 이름은 까싸빠였다. 그러나 우리 교단 안의 수행자가 아니라 옷을 입지 않고 알몸으로 돌아다니는 나체 외도(니간타) 수행자였다.

믿음으로는 산꼭대기와 골짜기 바닥처럼 차이가 났지만 쎄이따 장자가 옛친구에게 얼굴을 돌리지는 않았다. 그가 도착했다는 소식을 듣자마자 까싸빠 수행자가 있는 곳으로 찾아갔다.

"오! 수행자시여, 수행자가 되신 지 얼마나 오래 되었습니까?"

친근한 어조로 반기는 인사를 하였다.

"예, 장자님, 이제 30년이 지났습니다."

친근한 질문에 웃음으로 대답하였다.

"그러면 사람들의 보시, 지계의 선업보다 더 높은 성스러운 지혜(아리야 냐나)와 바른 견해로 닙바나의 행복을 체험하셨습니까?"

옛친구 거사에게서 두 번째의 질문이 나오자 웃음 짓던 얼굴에 주름이 졌다. 질문한 주인공의 얼굴을 그늘진 표정으로 한참 바라보고 나서

"거사님, 내가 사실만을 말할 것입니다. 이 30년을 지내면서 머리 삭발하고 지내는 것, 맨몸으로 지내는 것, 풀잎 빗자루 세워놓는 것(어디 가서 앉을 때 쓰는 풀 빗자루를 쓰고 세워놓는 것) 외에는 어느 한 가지도 손에 잡은 것이 없소."

친밀한 친구에게 있는 대로 허심탄회하게 털어놓는 사실이었다.

"오! 정말로 놀랍습니다."

옛친구의 일에 창건주 장자가 연민심으로 탄식했다. 그러자 그 알몸의 친구가

"거사님, 고따마 수행자의 제자로서 지낸 지가 얼마나 되었소?"

"햇수로 30년이 지났습니다."

"그러면 사람들의 보시, 지계의 선업보다 높고 성스러운 지혜(아리야 냐나)와 바른 견해로 닙바나를 체험했습니까?"

🙚

옛친구의 질문에 따라 직접 자기가 얻어서 즐기는 선정과 함께 출세간의 도와 과를 모두 말하였다. 그리고 이어서

"만약 제자가 수행자보다 일찍 명이 다해서 죽으면 수행자께서 '쌔이따 장자는 이 사람 세상에 다시 돌아오게 하는 애착의 묶임들이 없다.'라고 말씀하시면 그르지 않습니다."

처음부터 쌔이따 장자를 마지막 의지할 의지처로 여겨서 왔기 때문에 이 대답을 까싸빠 수행자가 아주 대단히 만족해했다. 늦기 전에 만났으므로 오래지 않아서 바른 길에 올라서게 되었다. 이전에는 아쌔라 까싸빠(옷 벗은 까싸빠)라고 불리던 이 사람이 지금은 암바따까 숲 속의 위엄을 이끌어가는 아라한 신분이 되었다.

까싸빠 테라와 만났을 때 자기가 원하는 목적으로 정확하게 몰고 가던 것처럼 '법사로서 첫째가는 이'라는 특별한 칭호를 얻은 장자는 부처님보다 일찍 세상을 떠났다. 그가 설하였던 것처럼 부처님께서도 말씀하셨다.

🙚

모든 중생들이 넘지 못하는 길을 따라 갈 때도 장자는 마지막 길까지 가르침을 펴는 일을 감당해 갔다고 하셨다.

"오! 집에서 지내는 모든 이들이여! 모든 친척, 친구들이여! 부처님, 담마, 상가의 세 가지 보배를 믿고 받드십시오. 자기 집에 있는 재산을 계를 청정히 지니는 선하고 높은 분들에게 보시하기 전에는 먹지 마십시오. 먹기 전에 먼저 올리고 나서 사용하십시오."

이것이 아나가미 세 번째 도과를 성취한 법사의 마지막 담마의 게송이었다.

Saḷāyatanavagga

모범을 보이는 신남 신녀

"비구들이여! 신심이 갖추어진 비구는 서원을 세울 때 '사리불과 목갈라나 테라처럼 되기를 원합니다.'라고 발원해야 한다. 나 여래의 비구 제자들 가운데 사리불과 목갈라나가 모범이 되는 비구들이다."

"비구들이여! 신심이 갖추어진 비구니가 세원을 세울 때는 '비구니 케마(Khema)와 우빨라완나(Upalavañña)처럼 되기를 원합니다.'라고 발원해야 한다. 나 여래의 비구니 제자 가운데 케마와 우빨라완나가 모범이 되는 비구니들이다."

"비구들이여! 신심이 갖추어진 청신사들이 좋은 발원을 할 때는 '쎄이따 장자와 알라위 나라의 하타까 왕자처럼 되기를 원합니다.'라고 발원해야 한다. 나 여래의 제자 청신사 중에 쎄이따 장자와 알라위 나라의 하타까 왕자가 모범이 되는 거사들이다."

"비구들이여! 신심이 갖추어진 청신녀들이 좋은 서원을 세울 때는 '콕싸따라와 난다마따처럼 되기를 원합니다.'라고 발원해야 한다. 나 여래의 제자 청신녀 가운데 콕싸따라와 난다마따가 모범이 되는 이들이다."

비구, 비구니, 청신사, 청신녀의 사부대중 가운데 모범이 되는 이들을 부처님께서 말씀하신 것이다. 여기서 주의해야 될 것은 그분들과 같이 되기를 발원만 한다고 되는 것은 아니라는 점이다. '그분들처럼 되기를 원합니다.'라고 발원한 다음에는 그분들이 행하였던 행을 따라서 실천 수행하여야만이 발원한 대로 될 것이다.

그 모범이 되는 이들 가운데 비구, 비구니들에 관한 것을 앞에서 보였으니 다른 분들의 이야기도 널리 보여드릴 생각이다. 청신사 가운데 쌔이따 장자에 관한 것은 다루었으니 이제는 하타까 왕자의 이야기를 거듭 펴 보이리라.

알라위 나라의 앗가라와 사당에서 지낼 때 하타까 왕자의 7가지 공덕을 부처님께서 설하셨다.

"비구들이여!
하타까 왕자는 신심이 있다.
자기의 도덕 지계가 있다.
불선업을 부끄러워하고 두려워한다.

견문이 많고, 보시하는 습관이 있다.

세간, 출세간의 지혜가 충분하다.

이렇게 하타까 왕자는 놀랍게도 있을 수 없는

특별한 공덕 7가지가 구족하다고 기억하라."

정사에서 설하였던 이 가르침을 들은 비구가 그의 집에 걸식하러 갔다가 왕자에게 전해 주었다. 전해 주는 비구는 기쁨에 넘쳐서 말해 주었지만 정작 그 본인인 하타까 왕자는 그저 조용히 듣고만 있다가 말했다.

"마하테라님, 이 가르침을 설하실 때 절 안에 청신사, 청신녀 어느 누구 한 사람이라도 있었습니까."

"왕자여, 청신사, 청신녀는 한 사람도 없었습니다. 모두 스님들뿐이었습니다."

"예, 신남신녀가 한 사람도 없었던 것은 다행입니다."

유명해지려는 마음이 없었기 때문에 이렇게 말한 것이었다. 자기에게 사실로 있는 공덕조차도 이렇게 다른 이들이 아는 것을 원치 않았기 때문에 부처님께서 계셨다면 그의 7가지 공덕에 한 가지를 더했을 것이다.

그 청신사 모범 제자 가운데 한 사람은 거부 장자이고 한 사람은 왕자였다. 그러나 우리 교단에 그들과 같이 상류층 사람에게만 모범이 있는 것은 아니다. 콕싸따라처럼 여종 한 사람도 모범이 되는 기회를 얻었다.

꼬삼비 수도에 부처님을 초청한 이는 꼬사까, 꼭꾸따, 빠와리까라는 장자 세 사람이었다. 그 장자 세 사람 모두 자기 소유의 동산에 정사를 세웠다. 부처님과 그의 제자 상가 대중 스님들에게 모자라는 것 없이 잘 받들어 모셨다.

그들이 마음껏 한 달 한 달 모신 다음 성안의 많은 사람들도 선업을 지을 수 있도록 구역 구역 차례로 공양을 올릴 기회를 주었다. 장자들이 부처님과 상가 대중을 모신 다음 처음으로 모실 기회를 얻은 이들은 꽃장수 단체였다. 직업이 같은 그들은 꽃장수 우두머리 집에 모여서 음식을 장만하였다.

어떤 이들은 부처님을 비롯한 상가 대중들께서 앉으실 자리를 펴고 어떤 이들은 접시를 씻느라고 모두 각자의 책임으로 온 집안이 벌집을 쑤신 듯이 부산하였다.

그때 콕싸따라가 그 집에 도착하였다. 그녀의 주인 사마와디 왕비의 심부름으로 그 집에서 꽃을 사고는 하였다. 그 전날에도 그녀를 반기어서 꽃을 팔던 이들이 그날은 그녀를 쳐다보지도 않았다. 그리고는

"오늘은 당신에게 꽃을 팔지 않소. 부처님과 상가 대중 스님들을 초청하여서 공양 올리려고 준비하느라 바쁩니다. 당신도 남의 하인 신세에서 벗어나려면 우리들과 같이 선업을 지읍시다."

친숙한 사이였던 꽃집주인이 말하자 그녀 역시 기쁜 마음으로 거들었다. 시간이 되어서 부처님과 그 뒤를 따르는 상가 대중 스님들

이 오셨다. 선업을 짓던 이들과 함께 콕싸따라도 몸으로 하는 일로써 선업을 지었다.

공양이 끝났을 때 부처님께서 네 가지 성스러운 바른 진리를 설하시며 자기 몸에 지혜를 밀착하여서 보도록 설하셨다. 콕싸따라도 설하시는 법문을 하나도 놓치지 않고 기억할 수 있었다.

원인이 적당치 않아서 남의 하인 신세가 되었지만 타고난 지혜가 예리하여서 법문을 마치고 축원을 할 때 그녀의 마음속에는 진리를 아는 지혜가 밝아졌다. 소따빠띠 첫 번째 도와 과의 위치에 올라간 것이다.

그 전날에는 꽃을 살 때 넉 냥 어치만 샀다. 가지고 간 여덟 냥 가운데 반을 잘라서 먹은 것이다. 오늘은 돈 넉 냥보다 십만 백만 수천억 배보다 많고 많은 보배뭉치를 얻었으므로 훔치려는 마음이 없어졌다.

⚜️

그래서 그날 왕궁으로 돌아갈 때 가득 안고 간 꽃은 평소의 두 배인 여덟 냥어치였다. 전보다 꽃이 두 배나 많은 것을 본 사마와디 왕비가 그 사정을 묻자 콕싸따라가 사실대로 모두 말했다. 그런데 사마와디 왕비는 여종의 허물을 꾸짖지 않고 부처님께 들었던 법문을 다시 말해 줄 것을 부탁했다.

사람의 마음을 한순간에 깨끗하게 할 수 있는 법에 그녀의 마음이 솔깃해진 것이다. 자기의 주인이 법을 청하였는데도 콕싸따라가 응하지 않았다. 자기의 주인, 자기의 생명을 관장하는 주인을 존중

하는 것도 사실이지만 그보다 더욱 존중하는 은혜를 주신 분이 있었던 것이다. 그래서

"주인님, 법을 들으시려거든 낮은 자리에서 들으십시오. 저는 부처님의 담마를 존중하기 때문에 높은 자리에서 설해야 할 것입니다."

그녀의 말에 동의한 왕비가 높은 침상 위에 깨끗한 자리를 펴주었다. 왕비의 침상 위에 하녀 콕싸따라가 올라가 앉았다. 생명의 주인이 앉는 자리에 두려움 없이 용감하게 앉은 다음 부처님께 들은 대로의 담마를 하나 남김없이 다시 풀어냈다.

하녀들과 주변권속들과 함께 사마와디 왕비는 그 자리에서 소따빠띠 지혜를 얻게 되었다. 콕싸따라는 하녀의 신분에서 벗어나 왕비의 어머니 신분으로 올려주고 부처님께 가서 들은 법을 왕궁에 돌아와서 다시 설해 주는 책임을 맡기게 되었다.

이러한 일이 꼬삼비 수도에 부처님과 우리들이 머무르고 있을 때 생겼었다.

☙

콕싸따라와 한 쌍으로 모범이 되는 난다마따는 「숟따나 니빠따」 빠알리에 있는 「빠라야나숟따나」를 모두 외우는 이였다. 또한 여자이면서도 견고한 마음으로 인해서 그녀의 공덕과 좋은 명성이 더욱 널리 알려졌다.

그녀가 결혼해서 사는 집에 사랑하는 것이라고는 난다라는 아들 하나뿐이었다. 이 하나뿐인 아들을 왕족들이 잔인하게 목을 베어서

죽여 버렸다. 그의 어린 아들이 잡혀 있는 순간, 잡은 다음 괴롭힐 때와 죽이기 전의 시간이나 죽이는 시간, 죽인 다음에도 그녀의 마음은 동요나 두려움이 생기지 않았다.

마음이 뒤집어지지도 않았다. 그녀의 남편이 죽어서 귀신이 되어 무서운 형상을 드러내어도 그녀의 마음속에 동요나 두려움으로 질서를 잃는 일이 없었다.

남편을 만나고부터 시작하여 몸으로 업이 되도록 싸우는 것은 물론 마음으로조차도 그러한 적이 없었다. 부처님의 제자 비구니가 될 때까지 사람들이 행하여야 할 것 가운데 어떠한 것도 허물을 범한 적이 없었다.

출가 전 속가에 살 때 이미 4선정을 능숙하게 드나들 수 있었으며 이겨내야 할 애착 5가지를 빼어버릴 수 있는 아나함 성인제자였다. 이러한 공덕으로 그녀가 지내는 대키나기리 지역에서 사왓띠 수도에까지 그녀의 이름이 알려진 것이다.

난다의 어머니처럼 마음이 굳고 단단하여서 여자들이 본보기를 삼을 만한 이가 까나의 모녀였다. 까나라고 부르더라도 그녀가 눈먼 장님은 아니었다.

나이가 비슷한 남자들이 이 처녀를 보게 되면 멍청하니 정신이 빠져서 장님처럼 되기 때문에, 그를 보는 이마다 멍해지도록 예뻤기 때문에 그런 이름으로 불리워지게 된 것이다. 그래서 그녀의 어머니조차 까나의 어머니라고 부르게 된 것이다.

까나의 어머니는 성스러운 도의 지혜를 얻은 이로서 신심이 지극했다. 어느 날 그녀의 딸이 어머니가 있는 사왓띠 수도로 다니러 왔다. 어머니 집에서 겨우 피곤을 풀고 있는 시간에 남편의 마을에서 전갈을 보내왔다.

사왓띠에 오래 머물지 말고 집으로 빨리 돌아오라는 것이었다. 사람들의 인생을 이해하기 때문에 어머니는 사위 되는 이를 허물하지 않았다.

그가 말한 대로 딸을 돌려보내기 위해서 준비를 서둘렀다. 사위에게 빈손으로 보낼 수 없어서 선물로 보내려고 빵을 굽고 있었다. 다 구워갔을 때 걸식하러 온 비구 한 분이 와서 서 계시므로 선물로 보내려던 빵을 나누어서 보시하였다.

그 스님이 나가고 나자 다음 한 분이 다시 들어왔다. 그 다음에도 그 다음에도 차례로 다시 다시 왔다. 한 분 한 분이서 소식을 알려주어서 그렇게 된 것이다. 그러나 스님을 보면 보시하지 않고 그냥 보낼 수 없었기 때문에 만들어진 빵을 모두 보시하고 한 개도 남지 않았다.

그날은 빵이 없었으므로 그의 딸을 사위에게 보낼 수 없었고 그 다음날도 그의 딸은 가지 못하게 되었다. 사위는 거듭거듭 사람을 보내서 빨리 돌아오기를 재촉했지만 선물이 없어서 갈 수가 없었다. 만드는 빵은 모두 스님들 발우에 들어갔기 때문이다. 이렇게 까나가 돌아오지 않게 되자 그의 남편은 성질이 급해서 기다리지 못하고 새로 색시를 얻었다.

남편에게 버림받은 까나가 울고 있을 때 부처님께서 그들 집으로 걸식을 나가셨다. 퍼놓은 자리에 앉으셔서 까나가 우는 사연을 묻자 그녀의 어머니가 모두 말씀드렸다.

그러자 부처님께서는 까나와 다른 이들에게 힘든 일이 생기지 않도록 "빵을 보시 받는 곳에 두 발우, 세 발우보다 더 받는 비구에게 허물을 지운다."라고 금계를 정하셨다.

까나의 집에 부처님께서 가신 것을 원인으로 해서 까나의 남편이 까나를 다시 오도록 소식을 보내어 간청하였다.

Kāṇā mātā

루비로 된 굴을 진흙으로 닦는 이들

"오, 고따마 수행자여!

이 닙바나의 담마를 고따마 수행자 한 분께서만 알고 계셨다면 이 교단이 완전하게 갖추어질 수 없었을 것입니다. 지금은 이 닙바나의 담마를 고따마 수행자의 제자들도 알고 있습니다. 그렇게 알기 때문에 이 교단이 구족하게 갖추어졌습니다."

우리들과 같이 지내는 왓사곡따 테라가 외도였을 때 여쭈었던 말이다. 이 말을 이어서 계속하여 비구 비구니, 신남 신녀들이 담마를 알기 때문에 이 교단이 규모보다 더욱 구족해질 수 있었던 모습을 자세하게 말씀드렸다.

나의 계사 스님 부분에서도 보여 드렸던 이 말을 여러분께서 기억하실 것이다. 왓사곡따가 여쭌 대로 우리 교단의 큰 별들이 모두 모인 아름다운 밤에는 밝은 보름달이 환하게 빛나듯이 무척이

나 아름답다. 달님이 덩실덩실 떠오르면서 하얀 빛을 뿌리는 주변에서 별들이 장엄을 더해 주고 있다. 그들은 희고 붉고, 노란 빛 등 갖가지 빛을 발하고 있다.

비구, 비구니, 신남, 신녀의 4부 대중 가운데 수행의 지혜가 구족한 제자들이 수없이 많다, 그래서 형님의 광채는 넓은 인디아 전체에 고요하게 빛나고 있다.

이 지상에 부처님의 가르침이 밝게 빛나는 것은 많은 사람들의 이익과 번영을 위하기 때문이고, 그들 모두가 행복해지게 하기 위함이다. 그래서 이 모든 사람들이 우리들과 같이 된다면 좋으련만, 그러나 그러한 나의 바람은 채워지지 않았다. 우리 이 교단의 가르침을 원하는 이들도 있지만 원치 않는 이들도 있기 때문이다.

우리 붓다의 가르침이 이 세상에 널리 퍼져 있다. 그와 같이 다른 스승들의 견해도 이 세상에 널리 퍼져 있다. 그래서 같지 않은 견해들끼리 자주 부딪치는 것을 보아왔다. 가끔은 부드럽게 토론하기도 하고 가끔은 어렵게 서로 견주기도 한다. 이러한 것을 일찍이 제법 골고루 보여드렸다.

그때 서로 견주는 것은 법에 관한 것이었다. 한쪽에서 받아들여서 긍정하는 것을 다른 쪽이 무너뜨리려고 노력하는 것이었다. 지혜와 힘을 모아서 애써보았지만 우리 교단은 돌비석처럼 단단하게 서서 끄덕도 없이 버티어냈다. 그러자 반대되는 편에서 힘이나 법으로 경쟁할 뿐만 아니라 사람에게까지 공격하기도 했다.

"수행자님, 제자가 이러한 말을 전해 들었습니다. 수행자 고따마는 사람을 홀리는 기술이 있어서 그것으로 다른 스승의 제자들을 홀려서 유인해 간다는 것입니다. 이렇게 하는 말은 들은 대로 사실입니까? 저희는 테라님을 모함하기를 원치 않습니다."

받디야라는 릭차위 왕족 한 사람이 물어오는 말이었다. 견해가 다른 종파들의 모함을 전해 듣고 온 것이다. 그 다른 종파의 스승들이 자기 제자나 신도들이 줄어들자 자기들의 모자라는 점을 고치려는 대신 부처님을 걸고서 넘어지려고 비방하여 오는 것들이었다. 그들의 말 속에는 분명 질투심이 들어 있었다.

그때 받디야는 부처님의 제자가 되기 전이었다. 저 스승이 좋은가? 이 스승이 좋은가? 조사해 보고 있는 중이었다. 받디야가 그렇게 알아보고 다닐 때 그의 주변에서는 한 무더기 한 무더기 연이어 우리 교단 안으로 들어왔다. 그러자 다른 스승들의 모함들이 사실인가보다는 의심이 들었다.

그러나 받디야는 그 의심을 마음속에 묻어두지 못했다. 바르고 숨김없는 그의 성질대로 곧바로 부처님께 가서 여쭌 것이었다. 그러한 받디야의 의심을 부처님께서 손가락을 펴서 가르쳐 보이셨다.

"오! 받디야,
너희들은 오너라. 와서 들어라.
전해지는 말만으로, 부모 조상 대대로 내려오는 말만으로,

이렇게 되었다고 하는 것만으로, 경전과 일치한다고 해서,

생각이 나는 대로, 방법을 얻는 것으로,

원인을 생각하는 것으로, 자기 좋아하는 것과 일치하므로,

믿을 만한 이의 말이므로, 존경하는 스승의 말이므로,

그렇다고 무조건 한번에 집착해서 취하지 말라.

이 법들이 허물이 있어 바른 법이 아니라고

너 스스로의 체험으로 직접 알았을 때

그 불선업 법을 빼어버려라."

"받디야! 나 여래의 질문을 네가 좋아하는 대로 대답하라. 어느 한 사람의 마음속에 탐심이 붙어 있을 때 이익과 번영이 많겠느냐, 적겠느냐?"

"많을 수 없습니다. 부처님."

"받디야, 그렇다. 탐심의 마음이 들이닥친 이는 다른 이의 목숨도 죽일 수 있다. 그의 재산을 훔치기도 한다. 다른 이의 아내를 겁탈하기도 한다. 바르지 않은 거짓말을 하기도 한다. 다른 이를 그와 같이 범하도록 유인하기도 한다.

이렇게 하는 것으로 그 사람에게 긴 세월 동안 이익이 없고 고통이 되는 원인이 되지 않겠느냐?"

"고통의 원인이 됩니다. 부처님."

탐심, 화냄, 어리석음 등의 번뇌들도 이런 방법으로 차례차례 묻고 대답하게 한 다음 계속하여서

"받디야, 나 여래의 질문을 이해하는 대로 대답하라. 이 탐심, 화내는 마음, 어리석은 마음들이 선업인가 불선업인가?"

"불선업입니다. 부처님."

"허물이 있느냐, 허물이 없느냐?"

"허물이 있습니다. 부처님."

"지혜 있는 이들이 경멸하느냐, 칭찬하느냐?"

"지혜 있는 이들이 경멸합니다. 부처님."

"이러한 것을 생각하므로 이익이 없고 고통스러움이 생기느냐, 생기지 않느냐?"

"이익이 없어서 고통스러움이 생깁니다. 부처님."

"받디야, 너에게 내가 미리 말하지 않았느냐?

직접, 현재 체험으로 조사해 보고 무조건 한꺼번에 몰아서 생각하지 말라. 이 법이 허물이 있는 불선업이라고 너 스스로 직접 현재 알았을 때 그 불선업 법을 빼어버려라."

이렇게 말씀하시는 것은 그러한 원인 때문이다.

꽃

그 다음 무탐, 화내지 않음, 지혜 등의 선업들도 계속 질문하셨다. 묻는 대로의 모든 질문을 거침없이 대답한 다음 받디야는 부처님께 제자로 받아줄 것을 부탁드렸다.

"받디야여!

나에게 와서 제자가 되라. 내가 너의 스승이 되겠다고 나 여래가 말했었더냐?"

"그렇게 말씀하시지 않았습니다. 부처님."

"실재로 그렇게 듣지 않았으면서도 어떤 수행자나 브라만들이 나 여래를 사실이 아닌 말로 모함을 한다. '수행자 고따마가 사람을 유인하는 기술이 있다. 그 재주로 다른 스승의 제자들을 유인하여 끌고 간다.'라고 말들을 한다."

"부처님, 부처님의 유인하는 기술이 매우 좋습니다. 높고도 거룩합니다. 제자가 사랑하는 저희 친척, 친구들을 이 기술로 유인해 주시면 오랜 세월 행복함이 많을 것입니다. 부처님."

다른 스승들의 제자들이 무더기 무더기로 들어왔기 때문에 문제가 생겼듯이, 이 교단에 보시하는 이들이 많이 생긴 것 또한 사실이 아닌 비방의 소지가 되었다.

❀

"오! 수행자 고따마시여!

수행자께서는 이렇게 말씀하셨다고 전해 들었습니다. '나와 나의 제자에게만 보시해야 한다. 다른 이들에게 보시하지 말라. 나와 나의 제자에게 보시하는 것만이 이익이 많다. 다른 이에게 보시하는 것은 이익이 없다.' 이렇게 전해들은 말대로 사실입니까? 저희들은 수행자 고따마를 비방하기를 원치 않습니다."

왓사곡따가 비구가 되기 전에 와서 여쭌 것이다. 질투하는 이들의 비방하는 말을 전해 듣고 와서 여쭌 것이다. 법(法)이 아닌 사람을 비방하는 것이었다. 무엇 때문에 이런 비방을 하는지도 알 수 있었다.

그러나 부처님께서는 비방하는 이들의 뒤를 따라가지 않으셨다.

비방해오는 말만 의심이 없도록 깨끗하게 밝혀 주셨다.

"왓사여, 그들이 하는 말은 사실이 아니다. 나 여래를 사실이 아닌 것으로 모함하는 것이다.

보시하는 이들에게 가서 막고 방해하는 것은 선업에 위험을 준다. 보시 받는 이에게 공양을 얻지 못하게 방해를 준다. 이러한 것은 다른 이보다 먼저 자기의 이익을 파서 던져버리는 것과 같다. 이렇게 세 종류로 위험을 주고 그 자신에게 방해를 준다."

"왓사여, 나 여래가 설하는 것은 이렇다. 썩은 물웅덩이에서 헤엄치고 다니는 구더기들이 있다. 어느 사람이 그 웅덩이에 물을 붓는다면, '이 물로 이 작은 중생들이 행복하라.'라고 축원한다면 보시하는 것에 이른다. 하물며 사람들에게 보시하는 것이야 무슨 말이 더 필요하겠는가?

이렇게 누구에게 보시하든지 보시공덕이 되지만 기왕 보시한다면 지계가 청정한 이에게 보시하는 것이 이익이 많다고 했다. 지계가 청정치 못한 이에게 보시하는 것이 이익이 많다고 나 여래는 말하지 않는다."

이렇게 명확한 이유를 믿을 만하게 대답하시므로 받디야와 왓사곡따의 의심이 깨끗이 사라졌다. 그리고 그들이 다시 설명을 해줌으로써 듣는 이마다 사실대로 바르게 이해하게 되었다.

🪷

그러나 다른 종파의 사람들은 이 정도로 손을 내리지는 않았다. 보시에 관해서, 제자들이 많고 적음에 대해서, 그들의 모함이 성공하지 못한 줄 알자 다시 다른 것을 생각해냈다. 그들의 생각을 부처님께서는 처음부터 알고 계셨으리라.

그러나 이러한 일을 부처님께서 먼저 끄집어내시는 일은 결코 없었다. 우리들도 그런 것들을 생각 속에 넣어 두지는 않았다. 나 역시 다른 이들에게 의심하는 마음을 키우지 못하는 습성이 있는 것은 여러분들도 이미 아실 것이다.

그래서 제따와나 정사에서 순다리라는 외도 여자가 자주 오곤 하던 일을 우리들이 특별하게 생각하지는 않았으며, 의심의 눈으로 보는 이도 없었다. 사왓띠 수도의 신남신녀들 무리와 같이 정사에 와서 법문을 듣고 가는 것으로만 생각하였다. 우리 교단 안의 사람은 아니지만 이 교단의 가르침의 법문을 듣는 도반이라고 기뻐하는 마음만 키웠던 것이다.

저녁 무렵 대중들과 같이 따라온 순다리는 저녁 어둠이 내리고 법회가 끝나면 대중들과 같이 돌아갔다. 처음 왔을 때 조금 다른 듯하여서 그녀를 기억할 수 있었다. 그러나 그렇게 오는 횟수가 많아지자 다른 이들과 같이 생각하였다.

그러던 어느 날 아침, 시끌시끌하는 소리들이 들려왔다. 그 소리는 제따와나 정사 담장 바깥쪽이었다. 부처님께서 이유를 물으시면 금방 대답할 수 있도록 그 시끄러운 소리가 생기는 쪽으로 가보았다. 제따와나 정사 담장 바깥에는 꽃이 시들면 갖다버리는 곳이 있었다. 개울 옆에 꽃과 쓰레기를 많이 버려서 도랑이 메워졌다. 사람들이 다니지 않던 그 자리에 지금 사람들이 잔뜩 모여 있었다. 사왓띠 도시에서 우리들에게 공양을 올리지 않는 이들과 그들의 스승과 다른 종파들이었다. 그들이 입은 꾀죄죄한 옷들은 검불이나 쓰레기가 잔뜩 묻어 있었다.

내가 도착한 시간은 이미 쓰레기 더미를 휘저은 다음이었다. 미리 준비해온 침상 위에 죽은 시체 하나가 얹혀 있었다. 그리고 그들이 말하는 소리를 미루어서 그 순다리 외도 여자의 시체임을 알게 되었다.

그렇게도 예쁘던 그 젊은 여자가 무엇 때문에 쓰레기 더미에서 죽어야 했는지, 그 무상한 업을 지녔던 그녀를 위해서 연민심을 보냈던 우리들은 다음날 아침이 되었을 때야 그들이 연출한 무대를 알게 되었다.

❁

사왓띠 수도에는 우리 교단을 보지 않으려고 하는 이들도 있었다. 우리들은 부처님의 제자에 맞게 집집마다 거르지 않고 걸식해야 하는 의무대로 가끔은 그들의 집에도 가게 된다. 그러나 우리들이 마음가짐을 고르게 두는 것을 그들은 존경할 줄 몰랐다.

날마다 집 앞에 서 있어도 한 숟갈의 밥도 보시하지 않았으며 어떤 이들은 '미안합니다.'라는 소리조차도 없이 고개를 돌리고는 하였다. 그래서 우리들은 이 집은 빈 정자라고 생각하고 건너서 다른 집으로 갔다.

우리들이 건너뛰던 집들이 그전에는 그러기를 좋아하였는지도 모르겠다. 우리들을 보면 조용히 입을 다물고 침묵하고는 하였다.

그러나 그날은 그 집에 있는 사람이라고 생긴 이들은 모조리 밖으로 나와서 모여들었다. 우리들을 사나운 눈초리로 아래위로 흘겨보았다. 특이한 그들의 행동을 지켜보자니 그들에게서 갖은 욕설과 악담, 저주가 쏟아지며 고함을 질렀다.

"사까 종족의 이 수행자들은 부끄러움도 없구나! 계도 없으며 저속하고 더럽다. 사실이 아닌 말을 지껄이고 저질 행동을 하면서 법답게 수행하는 이, 계를 가지는 이, 마음을 잘 쓰는 이들이라고 떠벌린다. 이들에게는 수행자의 공덕이 없다.

높은 공덕이 무너졌다. 남자가 되어서 여자를 데리고 마음껏 즐긴 다음에 잔인하게도 죽였구나!"

❦

어제의 문제가 오늘에야 답이 나왔구나. 거친 욕설과 고함을 지르는 것에 어떠한 반응도 하지 않은 채 다음 걸식할 집을 향해서 걸어갔다. 성안에서 뵙게 된 부처님께 그 일을 말씀드리자

"비구들이여! 이 소리가 길게 가지 않을 것이다. 일주일이 걸릴 것이다. 일주일이 지나면 저절로 사라질 것이다."
라고 하셨다. 사실 순다리는 우리들에게 명예를 떨어뜨리고 창피를 주기 위해서 칼날을 받은 것이다. 우리들이 머무는 정사에 그녀가 그렇게 뻔질나게 드나들었던 것은 법문을 듣기 위해서가 아니라 그녀의 스승들이 시킨 대로 따랐을 뿐이다.

법회가 끝나고 정사에서 돌아갔더라도 성안까지는 가지 않고 멀지 않은 외도의 처소로 가서 잠을 잤다. 아침이 훤히 밝아서

우리들이 있는 정자를 향해서 보시하러 오는 사람들과 마주치도록 일부러 시간을 맞추어서 내려갔다.

전날 밤에 제따와나 정사에서 지냈던 것처럼 꾸민 것이다. 이렇게 그녀의 스승들이 가르치는 대로 하고 그 상으로 받은 것이 이 죽음이었던 것이다.

외도들이 그 어리석고 예쁜 여자의 시체를 침상 위에 뉘어서 메고 사왓띠 시내의 길이란 길은 모두 돌아다니면서 떠들었다고 했다. 오늘아침 떠들썩했던 이들은 그 순다리가 믿고 의지하던 스승들의 목소리였다. 조직적으로 잘 계획된 일이었다.

우리들이 지내는 제따와나 정사 주변을 조사하겠다고 꼬살라 대왕에게 허락을 구했다고 했다. 부처님을 존경하는 꼬살라 국왕의 문책을 피하려는 술수였다. 그 목적한 규모와 생각은 훌륭했더라도 그들의 행동을 완전하게 덮을 수는 없었다.

청부살인을 했던 이들이 돈을 나누는 과정에서의 불만을 술에 취하여서 떠들었던 것이다. 좋은 마음을 가진 선한 이들은 모두 혀를 찰 일이었던 그 사건이 널리 알려지게 되었다. 사왓띠 수도 전체는 그만두고라도 나라마다 지역마다 퍼져갔다.

우리들뿐만 아니라 부처님의 광채를 일시에 어둡게 하려던 그들의 행위가 부처님의 공덕 명성을 더욱 몇 배나 높이 올라가게 만들었다.

❧

이렇게 생겼다가 사라진 일들을 다시 생각할 때 루비로 된 굴과 돼지들의 이야기가 떠오른다.

숲 속에서 지내기를 즐겨하는 수행자의 초막 곁 루비로 된 굴에 돼지 30여 마리가 살았다. 날마다 그 굴 앞을 지나가는 사자의 모습이 깨끗하고 매끄러운 굴의 벽에 선명하게 비쳤다.

간이 떨어질 만큼 무섭고 두렵게 생긴 사자의 모습이 비칠 때마다 돼지들은 목구멍으로 먹을 것도 마실 것도 넘어가지가 않았다. 피와 살이 마를 지경이었다. 그러자 돼지들은 이 불길한 굴에서 벗어날 길을 모색했다. 근처에 있는 웅덩이로 가서 진흙을 잔뜩 묻혀서 루비로 된 굴의 벽에 문질렀다.

그러나 애써 묻혀온 진흙은 너무나 매끄러운 굴 벽에 묻을 수가 없었다. 오히려 그들의 털로 잘 닦은 셈이 되었기 때문에 굴의 벽이 더욱 깨끗하게 되었다.

이 사실을 돼지들이 수행자에게 가서 여쭈었다. 그러나 그 수행자가 '루비로 된 굴은 진흙으로 문지르더라도 밝은 빛이 사라지지 않는다.'라고 말해 주면서 그들을 쫓아냈다.

❧

그 일이 있은 지도 오래 되었다. 그때 우리들에게 욕설을 하던 이들도 두려움을 느끼고 각자의 편안한 곳으로 들어서는 제도함을 받았다. 그때 루비 동굴을 진흙으로 문지르던 이들은 이 교단 바깥의 사람들이었다.

지금 후대에는 그들보다 백 배나 더 나쁜 이들도 생겨났다. 루비 동굴을 진흙으로 문지르는 것뿐만 아니라 도끼로 쪼아대는 이들도 생겨난 것이다. 더구나 그 정도로 나쁜 이들이 우리 교단 바깥에서 생긴 것이 아니라 우리들의 같은 둥지 안에서 생겨났다.

그것도 피와 살이 같은 종족 안에서 나온 것이다.

❀

나의 마음속에 웃음이 떠오르게 하는
오! 모든 선한 이들이여!
잘 오신 부처님과 잘 오신 모든 제자님들의
가지가지 좋은 소식을 펴오느라
벌써 여행의 절반을 넘어서 후반부에 이르렀습니다.

모든 선한 이들의 마음속의 힘을 키우게 하는
좋은 소식 모두를 골라서 보여 드렸지만
좋은 것 가운데는 나쁜 것도 끼어들었습니다.
나의 대중들은 이런 소식들에 관해서
누구나 좋아할 일은 아닌 줄 알지만,
하지만 피할 수 없이 들어야 한다고 나는 생각합니다.

이 교단 안의 나쁜 소식들 때문에 마음이 편치 않는 여러분들에게 지금 다시 나쁜 소식을 보태야 하나보다. 나 스스로가 여러분에게 불편한 마음을 주고 싶은 것이 아니라 듣는 이들 스스로가 불편해 질 것이다.

그러나 이러한 사실을 숨겨둘 수는 없으며 건너뛸 수도 없는 것이, 나의 일생 동안의 기록이라는 목적에 맞추어 이야기의 차례대로 보여야 하는 것이므로 여러분들은 마음을 단단히 하고 듣기를 바랄 뿐이다.

이 교단을 이끄는 책임에 따라 나의 일생 동안 몸으로 지은 갖가지 업들을 감당했었다. 지금 보여드릴 빠까사니야 깜마(분명하게 지은 업을 널리 알리는 일)도 상가가 해야 되는 일 가운데 포함된다. 이것을 상가 대중 가운데서 나 스스로 냐띠 깜마와싸(결정된 공고문)를 읽어야 하는 데까지 이른 것이다.

명령을 머리 위에 받들어 모시고 진행해야 했다. 다른 업처럼 기운 나고 힘이 솟는 일이란 하나도 없었다. 냐띠 깜마와싸의 결정에 따라서 라자가하 수도를 돌아다니면서 널리 알리도록 하는 책임을 마하 사리불 테라께 부처님께서 명령내리셨다.

그러자 마하 사리불 테라가

"부처님! 제자는 전에 라자가하 성안에서 대와닷따(제바달다)의 공덕을 칭송한 적이 있습니다. '까디의 아들이 신통이 크구나. 위력이 있구나!'라고 다른 사람들이 널리 알도록 말한 적이 있습니다. 그렇게 말한 적이 있는데 지금 라자가하 성안으로 다니면서 뭐라고 알려야 하겠습니까?"

어려움을 여쭌 것이다. 전에 말한 것과 지금 말한 것이 서로 다르다고 사람들이 생각할까봐 그것을 해결하려고 말씀드리는 것 같았다. 그러나 부처님께서 그의 오른팔에게 조용히 쉬게 하지 않으셨다.

"사리불아, 전에 칭송했던 것도 사실대로 칭찬한 것이 아니냐? 지금도 사실대로만 말하여 알려라."

두 가지 말이 되더라도 시간에 따라서는 모두 사실인 것이다. 사실을 사실대로 말하는 것으로 그분의 공덕명성을 다치게 할 수는 없었다. 그래서 상가의 대표로써 널리 알리게 하는 책임을 상가 대중의 결정으로 정하도록 부처님께서 말씀하셨다. 그 결정문 또한 내가 읽어야 했다.

그렇게 상가 대중의 결정문으로 채택한 다음 마하 사리불 테라께서 라자가하 성안으로 들어가셨다. 물론 나를 포함하여서 많은 비구들이 뒤를 따라갔다. 라자가하 수도의 큰길은 빠뜨리지 않고 다니면서 그분은 부처님의 명령을 완전하게 이행하셨다.

"오! 성안의 남녀노소 여러분들!

대와다따의 전의 마음은 다른 한 가지였습니다. 요즈음 마음은 또 다른 한 가지가 되고 있습니다. 그래서 대와다따가 어느 한 가지 행동을 몸으로 짓거나 입으로 짓는다면 그 행동으로 부처님과 담마와 상가가 그를 보지 않을 것입니다. 그 행동은 대와다따만의 행위입니다."

이렇게 라자가하의 모든 사람들이 알도록 선전하였기 때문에 그것이 바로 빠까사니야 깜마(분명하게 지은 업을 널리 알리는 일)이 다. 빠까사니야 깜마를 행하는 곳에 포함되었던 말대로 대와다따의 그전 마음과 지금 마음은 같지 않았다.

보통으로 같지 않은 것뿐만 아니라 동과 서, 남과 북처럼 정면으로 반대되었다. 우리들과 같이 이 교단에 들어올 때 대와다따는 윤회업에서 벗어나려는 것만 목표로 하였다.

윤회에서 벗어나는 것에 도움이 되는 세간 선정을 얻는 것에도 열심히 노력했다. 기초 지혜가 좋았기 때문에 그의 노력도 성공해서 세간 선정 신통으로 갖가지 신통을 보여 줄 수 있는 위치까지 이르렀다.

그 선정 신통을 기초로 하여 다른 대중들처럼 출세간 구역으로 건너갔으면 좋았으련만… 그렇게 되었다면 이 교단을 위해서 명성을 추락시키는 일은 생기지 않았을 것이다. 마음 불편한 일들을 나 역시 입으로 옮기지 않아도 되었을 것이다.

그러나 나의 소원이 충분하지 못해서 듣는 이나 말하는 이 모두가 마음 불편하게 되었다. 이 교단은 출세간을 목표로 향하여 나가지만 세간 선정 신통을 빼어버리거나 천시하지 않는다. 그 자리 각각에 알맞게 위치를 준다.

그러나 그렇게 위치를 준다고 하는 것이 땅 속으로 드나들고 하늘로 날아다니는 선정 신통들을 보여 주는 것이 아니다. 선정 신통을 자랑스럽게 보여서 신남 신녀들에게 네 가지 물건을 보시하도록 홀리게 하려는 것이 아니다.

윤회업을 벗어나는 곳으로 올라가기 위한 보조역할로서만 필요로 하는 것이다.

✼

우리들의 동생 대와다따는 그 선정의 정상에 올랐다. 그러나 기초만으로 만족하고는 갈림길에서 끝으로 내려가버린 것이다. 처음 마음으로 정성스럽게 곧바로 걸어갔으면 그 역시 아리야 성인의 위치에 들었을 것이다.

그러나 그는 마지막 종착역까지 걸어가지 않았다. 선정 신통을 이용해서 생기는 보시물과 유명세만으로 만족해서 지금은 가야시사 도시에 그의 제자 아자따사따(아사세) 왕자가 지어서 보시한 정사에서 건재하게 모여서 지내고 있었다.

왕세자가 세워서 보시한 정사에서 그의 제자 500여 명 정도와 같이 지냈다. 창건주 아자따사따는 라자가하에서처럼 하루에 두 번은 가지 못하더라도 시간이 있는 대로 가곤 했다.

오백 대의 수레에 가득 실은 공양물을 날마다 어김없이 보냈다. 가야시사 도시의 남녀들도 왕자의 위세로 그의 제자가 되어야 했다. 그래서 한술 더 뜬 대와다따는 자기 복덕을 의지해서 교단 전체를 부처님에게서 건네받겠다고 마음으로 허물을 지었다. 그렇게 마음으로의 허물을 짓는 그 순간에 얻어 놓았던 세간 선정 신통이 모조리 사라졌다.

빠까사니야 깜마에 들어 있는 대로 대와다따의 마음이 변해진 것을 그때 보여주었다. 그때 이 사실을 마하 목갈라나 테라가 부처님께 말씀드렸다. 그러나 부처님께서는 그 말이 목갈라나 테라의 입에서 다른 곳으로 건너가지 않도록 막으셨다.

"어느 날 그의 행동이 스스로 드러날 것이다."라고만 하셨다. 그때 말씀대로 지금 그의 나쁜 소원이 점점 커져서 저절로 드러나게 되었다.

🪷

"부처님, 지금 부처님께서는 늙으셨습니다. 연세가 많아지셨습니다. 마지막 나이가 되었습니다. 그러니 부처님께서는 과의 선정에 드셔서 아무 걱정 없이 지내십시오. 비구 대중들은 제가 모두 거느리겠습니다."

교단이 생기고 나서 어느 때에도 들어보지 못했던 말들이었다. 비구, 비구니, 신남신녀 어느 한 사람도 말은커녕 생각도 할 수 없는 말들이었다. 직접 말씀드리는 것은 고사하고 생각하는 것만으로도 소름이 끼치는 일이었다. 말한 자는 그만 두고라도 옆에서 듣는 것조차 부끄러운 일이었다.

그러나 대와다따의 얼굴은 부끄러운 기색이나 두려운 기색이라곤 조금도 없었다. 오랫동안 기다려왔던 큰 대상이라도 받는 영웅처럼 자랑스럽게 기다리고 있었다. 그쪽에서 보고 말한다면 만족스러울 일이었다. 부처님 앞에 있는 대중들이 그전과 같은 스님들만은 아니었다.

그가 가장 자랑스럽게 여기는 아자따사따 왕세자를 비롯한 많은 왕족들도 있었다. 아자따사따의 위세로 금방 큰 자리에 앉은 대신들도 있었고 대와다따를 가까이에서 모시던 그쪽 마을 사람들도 있었으며 비구 대중 가운데서도 그의 공양을 먹고 있는 대중들도 많이 있었으니 그로서는 큰 힘이 있다고 생각한 것이다.

이 한 번의 잔치로 대중의 힘을 보여서 억지로라도 성공을 하려고 준비한 것인가?

그가 준비한 것은 제법 조직적이었으며 빈틈없이 계획한 것이다. 이렇게 특별한 기회를 얻기 위해서 여러 달, 여러 해를 생각하고 준비했으리라. 몸과 마음으로 지극한 노력을 들였으리라. 그러다가 지금 그의 노력들이 그 윤곽을 드러낸 것이다.

그의 소원을 위해서 적절한 시간이 된 것이다. 이러한 기회는 이전의 어느 때도 없었다. 다음 다음에도 이렇게 좋은 기회는 쉽지 않을 것이다. 자기 복력에 알맞게 생겨난 이 좋은 기회를 잡아서 사용하려는 것이다.

𑁦

대중 모두의 눈길이 대와다따의 손에서 부처님의 얼굴로 집중하였다. 모든 귀들이 부처님의 금구에서 나올 소리를 기다리고 있었다. 나 역시 부처님의 오른쪽에서 대중들 쪽으로 향하고 앉아 있었기 때문에 그들의 표정을 자세히 볼 수 있었다.

그 짧은 순간에 나의 마음속은 복잡하게 엉켜들었다. 찰나의 순간이 온 세상에 퍼지는 것처럼 아득히 길게 느껴졌다.

"대와다따, 사리불과 목갈라나에게도 비구 대중들을 넘겨주지 않았다. 너처럼, 너처럼 저속한 이, 다른 이가 뱉어버린 가래침을 주워서 삼키는 이에게 어찌 대중을 넘겨주겠는가?"

그 말씀 끝에 '쯧' 하는 소리가 터져 나왔다. 대와다따를 원하는 많은 대중 가운데서였다. 그 소리와 동시에 대와다따의 두 손이 맷돌에 갈아놓은 연잎처럼 수그러들었다. 희망으로 빛나던 얼굴이 순간에 검어졌다. 그의 눈동자가 부처님에게서 땅바닥으로 떨어지고 대여섯 방울의 눈물도 바닥으로 떨어졌다. 부끄러워서일 것이다. 슬퍼서일 것이다.

그를 존경하는 대중 가운데에서 '저속한 이, 가래침을 주워 먹은 이'라는 말을 들어야 했다. 기다리고 기다리던 큰상 대신에 그에게 아프고 아픈 말만 받아야 했다. '저속한 이'란 말을 직접 하신 것이다. '다른 이가 뱉어낸 가래침을 주워 삼키는 이'는 비유이다.

🪷

세간 신통을 보여서 얻은 재산들은 성스러운 아리야 성인들이 보기에는 뱉어버린 가래침과 같다. 성인들이 혐오하는 것이기 때문이다. 그러한 재산들을 탐닉해서 받아 사용했기 때문에 그런 이름을 붙여주신 것이다.

사부대중 가운데서 창피를 당하고 이익이 없게 된 그가 부처님께 원한을 품었을 것이다. 그러나 그 고요하신 부처님 앞에서야 존경을 아니 드릴 수도 없었다. 그래서 두 손을 높이 합장 올리고 오른쪽으로 돌아서 머리를 땅에 대고 절을 한 다음 떠나갔다.

대와다따의 자리에서 보면 그러한 말들은 원한을 삼을 만큼 심했으리라. 지나치게 잔인하게 느껴졌을 것이다. 그러나 이러한 말들이 부처님께서 이번 한 번만 말씀하신 것은 아니었다.

🪷

깔란다까 장자의 아들 수다나 테라에게도 '도와 과를 얻지 못할 쓸모없는 남자'라고 나무라셨다. 부모들이 원하는 바에 따라 옛

아내와 잠자리를 같이 했던 그의 행동은 금계를 정하기 전의 것으로 첫 번째 금계(빠라지까)에는 해당되지 않았지만 그러나 대중 가운데서 지독한 야단을 맞고 마음이 편치 않았으므로 도과를 얻지 못하는 남자의 생애로 전락하고 말았다.

꼬살라국에서 여행을 다닐 때 같이 다니던 한 비구는 그보다 더 나빴다.

어느 숲 속에서 산불이 심하게 타는 것을 보신 부처님께서 말씀하셨다.

"비구들이여!

비구라고 하면서 비구의 행과 계가 없이 허물이 가득하게 지내는 비구가 부드러운 손과 발을 가진 젊은 여자를 안는 것보다 기세 좋게 타고 있는 저러한 불무더기를 안고 있는 것이 더 낫다."

그리고 계속하여 지계가 없으면서 신남 신녀들의 합장을 받는 것보다 날카로운 칼날로 가슴을 찌르는 것을 당하는 것이 더 나은 모습, 계가 청정하지 못하면서 신남신녀들이 보시한 가사를 입는 것보다 불길이 번쩍하게 달구어진 쇳조각으로 몸을 감는 것이 더 나은 모습을 자세하게 설하셨다.

그 무섭고 두려운 가르침을 듣는 이 가운데 60명의 비구가 피를 토했으며 60명은 환속했다. 나머지 60명은 두려운 마음을 내어서 열심히 수행하여서 아라한이 되었다.

꽃

이 이야기를 다시 돌이켜 생각해 보면 수디나 테라가 마음 불편해

짐, 60명 비구가 피를 토하는 것 등이 부처님 말씀으로 생긴 일이라고 말할 수 없다. 그 두려운 가르침을 들은 다음 늘어난 60명의 아라한들이 이 사실을 분명하게 증명해 주고 있다.

사실 부처님께서 가르침을 펴는 것은 나무를 가려서 선택하는 것과 같다. 목수들이 재목을 고를 때, 매끈하고 곧바른 기둥을 얻는 것을 우선으로 한다. 가지와 줄기를 아끼지는 않는다.

그와 같이 우리 교단이 오래 머물도록 하기 위해서는 깔래까와(삐뚤어진 가지와 같은) 비구들을 아껴서는 얻을 수 없다. 그들을 고쳐서 될 수 있다면 고쳐준다. 그러나 고쳐서 될 수 없을 것 같으면 완전하게 없애야만 하리라. 그래야 지계와 지혜를 가르치는 교단으로써 길게 유지될 수 있을 것이다.

부처님께서는 이익이 없거나 사실이 아닌 것을 말씀하시는 법이 없으시다. 사실이고 이익 있는 말만 마음이 바른 이의 귀에 부드럽게 말씀하신다.

그러나 그렇지 않은 경우가 있다. 만약 강하게 말씀하셔야 할 일이 생기면 누구라도 보아주지 않고 따끔하게 나무라신다. 허물을 범한 이들이 부드러운 말을 들을 수는 없다. 부글부글 끓는 물로 진흙을 부드럽게 할 수도 있고, 소의 오줌은 냄새가 나쁘지만 마시면 병을 사라지게 한다. 그와 같이 심한 말로 교만이 지나친 이를 부드럽게 해준다. 교만의 병이 지나치게 높은 이에게 그 병이 사라져서 평안에 이르도록 하기 위해서이다.

지금 대와다따에게 말씀하신 것도 이러한 목적이 들어 있었으리

라. 다른 한편 그와 같은 이에게는 강력하게 말하지 않으면 안 되었기 때문에 그러신 것이리라.

꽃

빠까사니야 깜마에 대하여 라자가하의 숲에서는 두 가지 메아리가 울려나왔다. 그 한 가지는 '사까 종족에서 태어난 수행자 대와다따의 복력을 질투하는구나!'였으며, 다른 한 가지는 '부처님께서 직접 가르친 법이어서 저속한 행동이 될 수 없다.'는 것이었다.

어떤 무리가 어떤 소리를 하는지 여러분들은 쉽게 구분할 수 있을 것이다. 어떻게 말하든지 대와다따에게 이러한 종류의 말을 다시 할 필요가 없을 것이다. 그러나 지금 행한 빠까사니야 깜마가 지나친 것 아닌가? 패배하고 떠나가는 이에게 거듭 내리는 형벌이 아닌가?

대와다따에게 거듭해서 벌을 주는 것은 사실이다. 그러나 지나친 일은 아니다. 하지 않으면 안 되는 것이어서 하는 것뿐이었다. 다른 비구들에게 닥칠 위험을 미리 막기 위해서인 것이다.

빠까사니야 깜마를 행한 다음 오래지 않아 왕궁에서 터져 나온 일이 있었다. 그 행동을 범한 이는 대와다따와 아자따사따이다.

몹시도 심한 나무람을 듣고 대와다따가 대중 가운데서 고개를 숙이고 떠나갔다. 그러나 그의 머리가 언제나 숙이고 지내지는 않을 것이다. 부처님 앞에서 감히 반대하지 못하여 숙이긴 했더라도 그가 머무는 정사, 그의 구역에 가서는 다시 고개를 쳐들 것이니 말이다. 왕세자인 아자따사따도 그의 정사에 그대로 다닐 것이며,

그를 크게 생각하기 때문에 그 대와다따의 명령을 따라줄 것이다.

✿

그 정도로 의지할 힘이 있는 대와다따가 이번의 실패로 태도를 거두지는 않을 것이다. 대와다따 역시 우리 사까 종족이다. 사까 종족의 교만을 여러분들도 이미 익히 들었을 것이다. 또 적당한 때에 다시 들을 수 있을 것이다.

조상 대대로 내려온 이 교만은 법을 깨달은 이들만이 꺾어 누를 수 있다. 대와다따 같은 이는 그 교만을 더욱 키운 이에 해당된다. 얻고자 하는 상을 억지로 청해서 얻지 못하면 쳐들어가서 빼앗을 이였다.

청하여서 얻지 못하는 상을 그가 어떻게 쳐들어가서 취할 것인가? 쳐들어갈 길이 한 가지 있었다. 부처님께서 모든 상가 대중을 건네주기를 거절했으니 부처님께 해를 끼치려고 들 것이다.

상상조차 하지 못할 말, 설사 그렇게 된다고 하자. 그것으로 그의 소원이 채워질 것인가? 그렇게 될 수는 없다. 설령 부처님이 안 계신다고 해도 비구 대중 모두가 그의 복력 아래로 들어갈 리가 없다. 그들은 이미 얻은 지혜의 힘으로 편히 지낼 것이다.

왕의 명령을 얻는다면 그 비구들을 자기 발밑으로 오도록 불러들일 수 있다고 생각했는지도 모른다. 그러한 일을 꾸밀 수 있고, 의지할 수 있는 이로는 아자따사따 한 사람이 있다.

그러나 지금의 아자따사따는 혼자서 마음대로 하고 다스릴 수 있는 위치가 아니었다. 아직은 왕이 아니기 때문이다. 부왕이 세상을 떠나야 그 자리를 이어받을 수 있는 왕세자의 자리에 있는 것이다. 부왕도 아직은 정정해서 빠른 시일 안에는 죽지 않을 것이다. 부왕이 죽기 전에는 그의 소원이 채워질 리가 없다.

결국은 창건주 빔비사라 대왕이 대와다따의 앞길을 가로막고 있는 이가 되고 있었다. 그 장애를 빼어버리기 위해서 어떠한 생각을 했는가?

☸

왕궁을 지키는 대신의 손에 의해 대와다따의 음모가 발각되었다. 두렵고 무서운 일, 소름이 끼치는 일이 생겼다. 한낮인데도 불구하고 부왕의 거처에 발걸음을 죽이며 접근하던 아자따사따 왕자가 궁궐을 지키는 대신의 손에 잡혔다.

다리 안쪽에 감추어진 날카로운 비수와 함께 대신의 문초가 시작되었고 아자따사따 역시 왕의 혈족답게 사실대로 털어놨다. 또 그를 충동한 이가 바로 대와다따인 것도 사실대로 말했다.

궁궐을 지키는 대신을 통해 이 무시무시한 사건을 전해 들은 문무백관들은 세 가지로 의견이 나뉘어졌다. 어떤 이들은 '대와다따와 아자따사따, 그밖의 모든 비구들을 죽여야 한다.'라고 했다.

대와다따가 비구이니 다른 비구들도 모두 같은 생각일 것이라고 여긴 것이다. 만약에 그 대신의 말이 우세할 것 같으면, 우리 모두는 크나큰 업의 소용돌이에 말려들어 갔을 것이다. 나라의 국왕을 죽이려는 음모는 형벌 중에서도 가장 엄한 형벌이 기다리고 있을 것이 틀림없기 때문이다.

다른 이들은 '대와다따와 아자따사따만 죽이는 것이 적당하다. 다른 비구들을 죽이는 것은 적당치 않다.'라고 했다. 허물 있는 이와 없는 이를 구분한 것이니 그나마 다행이라고 할까. 또 다른 의견은 '누구도 죽이지 말라. 대왕에게 가서 말씀드리고 왕의 명령대로 하자.'고 했다.

마지막 의견을 모두가 받아들였기 때문에 왕자를 부왕 앞으로 데리고 가서 이제까지 생겼던 일들을 모조리 말하였다. 대신들에게서 모든 사실을 듣고 난 대왕은 말했다.

"여러분, 부처님·담마·상가의 삼보님들이 이러한 종류의 행동을 어떻게 하실 수 있겠는가? 절대로 하실 분들이 아니다. 일찍이 부처님께서는 대와다따를 빠까사니야 깜마로 널리 알리지 않았던가?"

이 말을 전해 들은 나는 부처님께서 빠까사니야 깜마를 해야 했던 원인을 분명하게 볼 수 있었다. 앞날을 미리 예견하실 수 있는 지혜에 그저 고개 숙여 합장 예배 올릴 뿐이었다.

빠까사니야 깜마를 미리 행하였기 때문에 대왕을 시해하려고 한다는 역적죄의 칼날에서 우리 모두 벗어나게 되었던 것이다. 그리고 이러한 큰 종류의 업을 다음에 다시는 만나지 않기를 원할 뿐이었다. 우리의 일평생뿐만 아니라 이 교단이 머무는 동안에는 이러한 일이 다시는 생기지 말아지이다.

Cūḷavagga

위대히 왕비가 대답할 수 없는 것

왕궁 안의 복잡한 사정과 얽히고설킨 무성한 소문들이 정사에까지 시끌시끌 들려 왔다. 그래서 우리들은 하루라도 빨리 이 도시에서 멀리 떨어진 곳으로 떠나기를 원했다. 그러나 부처님께서는 여행을 떠나실 기미를 전혀 보이지 않으시니 우리들도 엉거주춤 그대로 지낼 수밖에 없었다.

부처님께서 라자가하를 떠나시지 않는 것은 많은 신남 신녀를 아끼시기 때문일 것이다. 왕궁 안의 끔찍스러운 사건으로 그들의 마음이 얼마나 놀랐으며 두려움에 떨고 있을 것인가?

그나마 부처님이 계시면 마음의 의지처가 될 것이고 믿고 기댈 수 있을 것이다. 그러나 그들 앞에서 자세를 흩뜨리지 않고 서 있어야 하는 우리들은 마음이 편할 수가 없었다. 라자가하 성안과 왕궁 안의 갖은 소문들이 끊임없이 들려 왔기 때문이다.

성공하지 못한 반역의 처벌에 대하여 세 가지로 의견이 갈렸던 신하들은 각각 마땅한 조치를 당했다. 첫 번째 의견에 동의했던 이들은 불운하여 재산과 지위를 모두 몰수당했다. 두 번째 의견에 찬성했던 이들은 지위만 박탈당했으며, 세 번째 의견에 동의했던 이들은 지위가 올라갔다.

그러나 이러한 결정은 왕들의 풍습에 맞지 않았다. 왕들이란 이런 종류의 일이 생기면 어느 누구의 형편을 생각하여 용서하는 경우가 없다. 조금이라도 관계가 되었다면 누구를 막론하고 가장 심하고 무서운 형벌을 내리는 것이었다.

그러나 창건주 빔비사라 대왕은 그 범죄자들에게 형식적으로 조금만 벌을 주는 척했다. 빔비사라 대왕은 다른 왕들과 같지 않았다. 성인의 위치에 드는 소따빤나의 도과를 얻은 이로써, 선한 이로 지내면서 이들을 용서했다고 생각할 수도 있다.

성인의 위치에 든 왕으로써 분명한 허물을 지은 아들, 아자따사따를 죽이지 않고 그냥 두는 것도 있을 수 있다. 그의 모든 위치를 그대로 둘 수도 있다.

그러나 벌을 주자고 생각한 이들의 지위와 재산을 몰수한다는 것은 성인의 법과 관계가 없다. 단지 아들을 끔찍히 사랑하기 때문이었다. 그 끔찍하게 생각하는 아들에게 대신이나 관리들이 허물을 찾지 못하도록 눌러서 보여 주는 본보기였다. 오래지 않아서 그들을 제자리로 다시 올려 주기를 바랄 뿐이다.

넓은 영토를 차지하고 있는 강대국의 왕이면서도 자기의 목숨보다 아들 되는 이가 기죽지 않는 것을 더 중요하게 생각하는 것에 대해 우리들이 놀랄 필요는 없었다. 그는 아들에 관해서 연민스러울 만큼 애착이 심했다.

아들인 아자따사따가 입태하였을 때부터 위대히 왕비는 대왕의 오른쪽 팔뚝의 피를 마시고 싶은 강한 입덧이 생겼다. 너무나 끔찍한 일이라서 왕비는 어느 누구에게도 말하지 못하고 혼자서 끙끙거리며 참아야 했다.

그러나 가슴속의 입덧은 줄어들지 않는 욕구로써 날이 갈수록 심해지기만 했다. 그 심한 욕구를 참아야 하는 왕비는 날마다 피와 살이 말라갔다. 아름답던 자태는 시들어서 떨어진 꽃잎같이 되었다.

이러한 것을 눈치챈 왕이 원인을 묻자 왕비는 '모르시는 것이 좋습니다.'라고 묻지도 못하게 하였다. 그러나 왕은 평생 처음으로 얻은 자식과 사랑하는 왕비, 둘 다 잃을까봐 억지로 조사해서 사실을 알아냈다.

"오! 이 어리석은 왕비여,

그 정도 작은 일로 걱정하다니! ……"

그 말이 끝나자마자 의사를 불러서 황금 칼로 팔뚝을 베어서 떨어지는 피를 황금 사발에 담게 했다. 그리고 물을 타서 왕비에게 마시게 하자 그의 지독한 입덧이 사라졌다.

그러한 사정을 지켜보던 지혜 있는 브라만들이 예언했다.

"이번의 입태는 왕의 원수일 것이다.……"

그 말을 들은 왕비는 장차 아비를 죽일 아들을 낳을 수 없다고 생각해서 낙태를 시도했다. 아무도 몰래 왕궁의 동산에 들어가서 아이가 떨어지도록 했으나 그 끈질긴 생명은 그대로 있었다. 한 번으로 안 되자 거듭거듭 시도하는 것을 왕이 알아채고는 왕비를 항상 감시하도록 했다. 뱃속의 아이를 지울 수 없게 되자 왕비는 아이가 태어나자마자 없애리라고 생각을 바꾸었다.

그러나 그러한 생각조차 눈치챈 왕은 아이가 태어나자마자 왕비가 보이지 않는 곳으로 보내고는 유모에게 키우게 하였다. 그리고 한참 예쁠 때 그 어머니에게 돌려보냈다. 그때는 아들에게 향하는 어머니의 사랑이 커져서 도저히 죽일 수가 없었으며, 하나뿐인 아들로 정성을 다해서 키웠다.

왕자의 이름도 죽지 않고 살아나서 다행이라는 뜻으로 아자따사 따라고 했다. 아기가 태어나기도 전부터 '왕의 원수가 될 것'이라고 점성가들이 예언했기 때문이다. 이러한 것으로 미루어서 대왕은 그 점성가들의 말을 중요하게 여기지 않았던 것이다.

그 아들은 어머니인 왕비의 품안에서 잘 커갔다. 나이가 차자 대왕은 아들에게 어떠한 의심도 없이 다음에 왕이 될 수 있는 왕세자의 자리를 자랑스럽게 주었다. 그렇게 믿고 사랑하던 아들이 지금 그 아버지를 죽이려는 생각으로 실제 행동에 들어간 것이다.

그러나 대왕은 어떠한 허물도 묻지 않고 용서했을 뿐만 아니라 아들의 소원을 들어주기 위해 왕위도 기꺼이 넘겨주었다. 아자따사따는 그 정도로 만족했다. 그가 원하는 왕위 때문에 아버지를 죽이지 않아도 되었기 때문에 기뻐했다. 그러나 좋아하지 않는 이가 있었다.

🪷

"왕자여! 너는 여우를 안에 두고 북을 만든 이가 되었다. 자기 일이 옳은 것 같아도 어느 날에는 고통이 이를 것이다. 북 속에 있는 여우가 오래지 않아서 가죽을 뚫고 나오듯이 너의 아버지도 오래지 않아서 너를 방해할 것이다.

네가 하는 모습을 지켜보다가 마음에 들지 않으면 네 손에서 왕위를 다시 거두지 않는다고 어떻게 장담할 수 있겠느냐?"

"그러면 제가 어떻게 해야 합니까?"

아자따사따가 그의 스승을 믿고서 물었다. 큰 나라의 왕좌에 앉은 국왕 아자따사따이지만 대와다따 앞에서는 어리고 작은 제자일 뿐이었다.

"왕자여, 이러쿵저러쿵 생각지 말게. 무기로써 죽임만이 있을 뿐이다."

"오!……"

스승 대와다따의 가르침을 듣고 아자따사따가 펄쩍 뛰듯이 놀라서 튕겨져 일어섰다고 왕궁 안의 사람들이 말했다. 그럴 것이다. 이전에 왕위를 얻기 위해서 갖은 방법으로 노력했다. 그러나 자기를 죽일 수 있는 권력이 있음에도 불구하고 용서하였고 또 그렇게 원하던 왕위를 넘겨주지 않았는가?

그런 아버지를 다시 또 죽여야 할 이유는 없었다. 아들을 사랑하는 마음으로 왕위까지 넘겨주어서 자기는 그야말로 어린 나이에 왕이 되어서 넓고 큰 마가다국 전체를 다스리게 된 것이다.

그래서 자기에게 크나큰 사랑과 자비심을 베푼 부왕을 위해 왕궁의 제일 높은 곳에 따로 궁전을 만들어 오랫동안 잘 모시리라고 생각했다. 그러한 그의 생각을 스승이 뿌리째 뽑아버렸다.

"제자의 아버지, 부왕은 칼이나 무기로써 죽일 만한 사람이 아닙니다."

스승의 말을 정면으로 거부하지는 못했어도 이러한 표정을 보였지만 쓸모없이 되어버렸다.

"왕자여, 너에게 부왕을 칼로써 죽이라는 것은 아니다. 음식을 끊어서 죽여야 한다."

스승 대와다따의 말이 벼락보다 더 강했기 때문에 아자따사따 왕은 그의 부왕을 묶어서 감옥에 가두었다. 그 감옥은 죽음의 형벌을 받는 왕족들만을 가두는 곳으로 불로 지져서 죽이는 곳이었다. 튼튼한 감옥에 가둔 다음 보초를 몇 배나 더 늘리고, 어머니인 위대히 왕비 외에는 어느 누구도 드나들지 못하도록 엄하게 지킬 것을 명령했다.

❧

위대히 왕비! 그녀가 보는 앞에서 왕이었던 남편을 왕의 사자들이 억지로 잡아 끌어내고 포박을 지워서 도둑을 잡아가듯이 땅바닥에 질질 끌고 갔다. 이러한 광경을 보아야 하는 아내로서의 심정을 어떻게 감당해야 했는지 도저히 남의 일 같이 생각되지 않는다.

대왕과 왕비는 죽어서 헤어지기도 전에 살아서 헤어지게 된 것이다. 높은 왕궁에서 낮은 감옥으로 끌려가 갇힌 창건주 빔비사라 대왕을 위대히 왕비가 뒤따랐다.

부귀도 위세도 모두 없어졌지만 평생을 같이해 온 동반자를 예전처럼 모셔야 한다고 힘을 추슬렀다. 일생 동안, 죽기 전에는 헤어질 수 없다고 생각했다.

이제 하루에 한 번씩만 면회가 허락되었다. 그 작은 기회를 될 수 있는 대로 쓸모 있게 사용해야 했다. 그분이 좋아하는 음식을 황금 사발에 담아서 가슴에 숨겨 가지고 가서 드려야 했다. 그러나 이러한 기회도 오래지 않아서 발각이 났다. 감옥의 문지기에게 이러한 사실을 전해 들은 아들이 가슴속에 아무것도 넣어 가지고 들어가지 말라고 명령한 것이다.

가슴속에 품고 가지 못한다고 그대로 굶어 죽게 할 수는 없었다. 적당한 음식을 머리 장식 속에 넣어 갔다. 그것도 발각되어 제지당하자 나중에는 신발 속에 숨겨 가고, 그것마저 막히자 다른 한 가지를 생각했다.

위대히 왕비는 몸을 깨끗이 씻은 다음 싸뚜마뚜라는 음식을 몸에 바르고, 그 위에 옷을 입고 들어가서 빔비사라 왕이 핥아먹게 했다. 왕위를 아들에게 물려준 대왕의 처지가 먹을 것이 없는 처지가 되었다. 그렇다고 생명의 불을 억지로 끄게 할 수도 없어서 왕비의 몸에 바른 음식을 핥아먹는 신세가 된 것이다.

지극한 사랑의 눈으로 보면 그렇게 해서라도 살리려는 왕비의 사랑이 눈물겹지만 한편으로는 가슴을 짓누르는 무거움을 어떻게 표현해야 할까?

※

그래도 대왕이 죽지 않자 한 걸음 더 조여서 '앞으로는 위대히 왕비를 절대로 출입시키지 말라.'는 명령이 다시 내려졌다.

"오! 대왕이시여!

평생토록 제가 얼마나 많은 은혜를 입었습니까? 그런데도 저는 지금 아무것도 할 수 없습니다. 제가 아비를 죽일 아들이라고 어릴 적에 없애 버리려고 했을 때는 연민심과 자비심으로 막았지요. 지금 그 연민심과 자비심의 은혜를 받고 있지 않습니까? 이제는 제가 대왕님을 뵐 기회가 없습니다.

지금이 당신에게 오는 마지막 기회입니다. 일생 동안 저에게 은혜를 베풀어주신 분, 제가 당신에게 허물 지은 것이 있다면 부디 용서해 주십시오."

위대히 왕비 그 자신은 그만 두고라도, 나에게 이 말을 전해 주는 이조차 말을 다하지 못하고 토막토막 애간장이 녹는 모습으로 전해 주었다.

Sīlakkhandha vagga

시원한 빗줄기처럼

어린 아기인 아자따사따가 음식을 채 씹지 못할 때, 꼭꼭 씹어서 입에 넣어 주어가며 금이야 옥이야 키워 왔던 그 아버지에게 지금은 밥 한 그릇, 물 한 모금조차 마시지 못하게 하였다.

아들이 이러한 행동을 보이기까지 부왕도 그 아들의 허물만을 탓하리라고는 생각지 않는다. 세상 법칙으로 자세히 살펴보면 사실 아자따사따의 허물을 탓할 것도 없다. 그러면 빔비사라 대왕, 그 자신에게 허물이 있는가?

그렇지도 않다. 이러한 일이 생긴 가장 기본적인 원인은 빔비사라 대왕, 위대히 왕비, 아자따사따, 이 세 사람의 허물이 아니다. 그들이 얻어서 즐기던 부귀호사와 권력인 것이다.

이러한 성품을 일찍이 가리켜서 설하였던 가르침이 있다. 그 가르침에서는 깜마 오욕락의 부귀가 한 덩이 고기 조각과 같다고 비유하셨다.

꽃무늬

'독수리 한 마리가 먹음직한 고깃덩이 한 개를 날쌔게 채갔다. 그 고깃덩이를 자기 소유라고 생각하며 맛있게 먹으려고 했다. 그러나 그의 생각대로만 되지는 않았다. 그 고기 조각을 먹으려고 하는 순간에 다른 독수리들이 가까이 왔다.

다른 독수리들은 첫 번째 독수리의 발가락 틈에서 고깃덩이를 뺏으려고 달려들었다. 그러나 첫 번째 독수리가 쉽사리 내줄 리가 없어, 달려드는 독수리들마다 날카로운 부리로 서로 쪼아서 피가 흘렀다. 고깃덩이를 빼앗을 수 없게 되자 다른 독수리들은 독수리가 가진 고기에 달려드는 것이 아니라, 고기를 가진 독수리에게 달려들어 닥치는 대로 쪼아댔다.

고깃덩이 주인인 독수리가 견딜 수 없게 되자 고깃덩이를 놓아버렸다. 모든 독수리들이 그 고기 조각을 따라가자 먼저 주인은 편안함을 얻게 되었다.'

이 가르침을 우리들의 절 창건주인 빔비사라 대왕도 들었을 것이다. 지금처럼 크나큰 고통을 받게 된 것은 고깃덩이를 소유했기 때문이다. 그가 소유했던 고깃덩이는 보통 고깃덩이가 아니었다. 크고 넓고 강대한 군사력을 가진 마가다국 전체를 덮을 수 있는 권력이었다.

사람들의 부귀 가운데 가장 높은 것이 대왕의 부귀였다. 그 권력과 부귀로 인해서 이러한 곳에까지 오게 된 것이다. 빔비사라 대왕이 아들에게 왕좌를 물려줄 때부터 이러한 결과와 법칙을 알아차렸을 것이다. 고깃덩이를 가진 이를 쪼으려고 달려들기 전에 놓아 버린 것이다.

그러나 그의 나쁜 업이 덮쳐서 고깃덩이를 완전히 버린 상태에서 조차 믿지 못하고 다음에 다시 뺏을 것이라고 생각하여서, 그런 형벌을 지금 쓰디쓰게 받고 있는 것이다.

✿

우리들의 창건주가 먹을 것도 마실 것도 없이 굶고 있는 동안 우리 모두는 입을 닫고 있었다. 가는 곳마다 끼어들기를 잘하는 우빠난다조차 입을 다물고 조용히 있었다.

그럴 수밖에 없는 것이, 전에 나라의 일에 끼어들었던 대와다따 한 사람 때문에 모든 비구들을 죽여야 한다는 의견이 있었고, 대왕의 명령이 떨어지기 직전까지 가지 않았던가?

빠까사니야 깜마를 행하였기에 망정이지 부처님께서 미리 막아 놓지 않았다면 지금쯤 어떻게 되었을지는 아무도 장담하지 못할 것이다. 그때는 부처님께서 미리 막아 놓았던 것을 대왕이 이해하였으니 넘어갔다.

그렇게 이해하고 넘어갔던 그 왕의 자리에 지금은 다른 이가 있다. 그에게는 대와다따의 위력만이 절대적인 영향을 미치고 있는 것이다. 부처님의 제자 어느 비구라도 어느 한 패에 닿아 있었다면 국왕의 형벌이 참아줄 리가 없다.

비구 상가라고 해서 동정의 여지가 있을 리 없다. 부처님께 향했던 원한이 제자인 우리들에게 몇 배를 더해서 앙갚음으로 터질 것이다. 또 왕의 스승인 대와다따에게 잘 보이려는 이들도 우리를 살피고 있을 것이다.

우리 쪽에서 여차 하는 낌새만 보인다면 그 순간 왕의 스승인 대와다따에게 올릴 좋은 선물이 될 것이 틀림없었다. 이렇게 왕이 바뀌는 시기에는 자기가 그릇되면 자기 무릎조차 믿을 수 없는 때인 것이다.

이렇게 고약한 시기에도 불구하고 부처님께서는 라자가하에 그대로 계셨다. 웰루와나의 죽림정사에 계시면서 가끔씩 기싸꼭따 산으로 가셨다. 이렇게 라자가하를 떠나시지 않는 것을 그때는 신남 신녀들을 아끼시기 때문일 것이라고 생각했다. 나의 생각이 사실이라고도 할 수 있지만 그러나 완전히는 아니었다.

부처님의 무량한 지혜를 나 같은 제자로서는 짐작도 할 수 없다. 후에 가서 '오! 그랬었구나!'라고 이해할 뿐이다. 절 창건주인 빔비사라 대왕의 소식에만 귀를 기울이고 있던 우리들은 이 교단을 위해서 그가 감당했던 많은 공적을 다시 이야기했다. 상가 대중을 크게 이해하고 용서하던 모습을 다시 상기했다.

우리 상가 대중 스님들이 보름과 그믐에 포살을 행하는 것도 창건주가 여쭈어서이다. 이 교단의 신도들은 보름과 그믐, 여드렛 날, 스무 사흘 날에 모여서 그들이 배운 법을 토론했다. 해야 할 일, 하지 말아야 할 일들을 구분하고 자세히 조사했다.

그들이 모인 곳에는 그들을 믿는 남녀 대중들도 같이 참석하여

들게 되고, 다음날에는 대중이 더 많아졌다. 그들이 토론하고 구분하는 말을 만족하게 여기기 때문이었다.

이 교단 바깥의 풍습을 이 교단 안으로 들여오는 데 아무나 권유했다고 해서 될 수 있는 일은 아니었다. 부처님을 극진히 존경할 뿐만 아니라 매우 친숙한 사람만이 할 수 있는 일이다. 창건주 대왕은 우리 형님이 붓다가 되기 전부터 가까운 이였다.

그래서 이 교단 내에서도 신남 신녀가 깊이 존경하도록 하기 위해서 포살 제도를 만드시도록 여쭌 것이다. 부처님께서도 이 교단 바깥의 풍습이라고 무조건 빼어버리지 않으셨다. 누가 처음 시작하였든지 이 교단에 이익이 있을 것 같으면 받아들이신 것이다.

꽃

보름과 그믐날에 포살을 하도록 허락하시고, 그 계단(Sīma, 계를 받도록 정해진 장소)의 종류도 말씀하셨다. 포살을 해야 하는 것에 관해서 여러 가지를 자세하게 가르쳐 주셨다. 모든 정사의 가장 잘 보이는 중요한 곳에 환하게 서 있는 계단의 건물과 그 건물에서 포살하는 상가 대중 스님들을 볼 때마다 우리는 창건주 빔비사라 대왕을 기억할 것이다.

한 달에 두 번씩 포살함으로써 이 교단이 길이길이 머물도록 이익을 주었던 창건주 빔비사라 대왕은 상가 대중을 깊이 존경하는 자로서 모범이 될 만하다.

어느 날 빔비사라 대왕이 머리도 감고 목욕도 하려고 따뽀다 강(따뜻한 물이 흐르는 강)으로 갔다. 자기가 갔을 때 스님들이 목욕을 하고 있었는데, 왕이 온 것을 알면 스님들이 목욕을 채 끝내지도 못하고 나올까 걱정해서 한 곳에 서서 기다렸다.

그러나 그것을 모르는 스님들은 한참이 지나도 올라오지 않았다. 헤엄치고 물을 튕기며 마음껏 즐기고 있었기 때문이었다. 대왕은 어둠이 내려서야 겨우 목욕을 할 수 있었다.

그런데 대왕은 목욕을 끝낸 다음 그의 왕궁에 돌아갈 수가 없었다. 엄하게 명령을 내려 두었기 때문에 해가 지면 성문을 모두 닫아 버렸던 것이다. 비록 대왕이었지만 성문을 열게 할 수는 없었다. 자기가 내린 명령을 자기가 존중해야 하기 때문이다.

성밖에서 시종들과 밤을 지샌 대왕은 날이 밝자마자 부처님이 계시는 정사로 찾아왔다. 왕궁에 들르지 않고 바로 절을 찾았기 때문에 밤새 밝혀 두었던 향과 초들을 치우기 전이었다. 창건주에게서 그 사실을 듣고 난 부처님께서 목욕하는 계를 정하셨다. 이 금계(Nhā sikhāpāda)는 비구들이 목욕하는 것과 관련해서 정한 것이다.

✿

우리들 창건주 대왕이 목욕할 때 참고 기다려 주었듯이, 먹는 것과 관계되어서도 크게 참아 주었다. 대왕은 자신의 동산에 망고나무가 많이 있으니 원하는 대로 잡수시라고 여쭈었다.

그러던 어느 날, 대왕이 망고를 먹고 싶은 생각이 나서 심부름꾼을 동산으로 보냈다. 그러나 돌아오는 시종의 손에는 한 개의 망고도 없었다. 동산지기의 전갈만 따라왔다.

"비구들이 보이는 대로 어린 열매까지 모두 따서 먹어버렸습니다."

보이는 대로 다 먹어 치운 이들은 잔치마다 이름난 육군 비구 무리들이었다. 그들은 어느 곳이나, 무슨 일이나 자신들만을 아는 이들이었다. 좋은 마음으로 허락한 것을 나쁘게 해석하여 억지로 먹어 치운 그들에게도 대왕은 허물을 묻지 않았다.

"오! 여러분들, 비구 스님들이 먹어 버린 것에는 허물이 없소. 그러나 부처님께서 먹어야 하는 것의 한계를 아는 것을 칭찬하셨소."

그 이상 더 말하지 않았다. 비구들이 보이는 대로 먹어 치운 것은 그들 스승이 가르치지 않아서가 아니고 그 가르침대로 따르지 않은 것임을 구분해서 보인 것이다. 부처님의 제자가 아닌 대신이나 시종들이 우리 교단을 경멸하지 못하도록 지혜롭게 생각해서 막아 버린 것이다.

그 육군 비구들과 같이 빔비사라 대왕의 좋은 마음을 그릇되게 사용한 이가 옹기 굽는 이의 아들 다니야 테라였다. 그러나 그 딱한 이는 삽받기들처럼 잘 먹고 잘 입으려고 한 것이 아니었다. 그가 머무는 절이 부실했고 그로 인해서 생긴 불운 때문이었다.

이시기리(기사꼭따 산 근처) 산 언덕에 있던 그의 작은 절은 세 번이나 부수고 새로 만들어야 했다. 마지막에는 옹기 굽는 기술로 만든 작은 굴같이 생긴 암자도 부처님 말씀에 따라 다시 부수어야 하는 지경이 되었다. 장차 후세 사람들이 따라 할 것을 걱정했기 때문이다.

그것마저 시원치 않자 다니야 테라는 왕의 재목을 사용해 절을 지었고, 그로 인해 왕궁에 불려 가는 일이 발생하였다. 그러나 범죄자로서가 아니라 그를 위해서 재목을 주었다가 벌을 받게 된 재목 관리인을 죽이지 말도록 청원하기 위해서였다.

왕궁을 고치거나 불이 났을 때 사용하기 위해서 준비해 놓은 왕의 목재 창고에 있는 재목들을 다니야 테라가 '대왕이 이미 보시했다.'며 보시 받기를 원하자 재목 관리인이 내어 준 것이다. 훗날 와싸까라라는 대신이 와서 조사할 때 이런 일이 드러나서 목재 관리인이 재판을 받게 된 것이다.

꽃

재목 관리인을 조사한 빔비사라 대왕은 다니야 테라께 공손하게 와서 물었다.

"테라님, 제자의 목재들을 테라님께 보시했다고 한 것이 맞습니까?"

이 교단을 존경하는 대왕이어서 사건을 일으킨 비구에게도 절을 올리고 물었다.

"그렇습니다. 대왕이여!"

"테라님, 제자는 책임 맡은 일이 많습니다. 이미 보시했다고 했더라도 기억할 수가 없습니다. 제자가 기억할 수 있도록 말씀해 주시기 바랍니다."

"대왕이여! 대왕이 왕위 즉위식인 대관식을 올릴 때 '풀, 나무,

물을 사용하시도록 비구나 브라만에게 보시합니다.'라고 말했습니다. 그 말을 기억하십니까?"

대관식을 올릴 때 했던 말 한 마디를 필요한 곳에 끌어다 붙여서 사용한 것이 분명했다. 보통 사람 같았으면 무거운 형벌을 받았을 것이다. 그러나 부처님의 제자 비구였으므로 대왕이 허물을 묻지 않았다.

"테라님, 기억이 납니다. 비구나 브라만 수행자들이 윤회가 없는 곳으로 가는 수행을 하는 동안 사용할 수 있도록 제자가 말한 것입니다. 그 말에서는 베지 아니한 숲 속의 나무들을 말한 것입니다. 테라님은 이 말 한 마디로 목재들을 주지도 보시하지도 않았는데도 사용할 수 있다고 생각했습니다.

이것은 테라님의 허물입니다. 그러나 저와 같은 왕은 자기 나라 안에 있는 비구나 브라만을 벌하지 않습니다. 쫓아내지도 않습니다. 테라님은 가사를 입었기 때문에 왕의 형벌에서 벗어날 기회를 얻었습니다. 다음에는 이러한 종류의 허물을 범하지 마시기 바랍니다."

이렇게 빔비사라 대왕이 마음을 넓게 가져서 결정 내렸어도 성안 남녀노소들의 입방아는 끝나지 않았다. 듣기도 말하기도 거북스러운 이런 행동에 대해서 이러니 저러니 말들을 했다. 그 주인공인 다니야 테라를 경멸하고 허물을 말했다.

부처님께서 그 사실을 아시고 다니야 테라를 불러서 여러 가지 비유를 들면서 나무라셨다. 그리고 다른 이의 재산을 훔치는 것을 막으려고 두 번째 빠라지까 금계를 정하셨다.

꽃

이렇게 사형에 버금가는 큰 죄조차 마음을 너그럽게 가져서 용서해 주는 그 대왕에게도 스스로 지은 나쁜 업은 조금도 비켜나 주지 않고 어김없이 조여 갔다.

생명을 가지고 이 지상에 살아 있지만, 세상 전체와 관계는 단절되었다. 설령 이 세상에 혼자 남은 천애의 고아라 할지라도 한 사발의 밥과 물 한 모금을 청하면 얻을 수 있으리라.

그런데 인도에서도 가장 큰 마가다 대국 전체를 다스리던 빔비사라 대왕은 이제는 가장 가난한 사람만큼의 기회도 없게 된 것은 무슨 운명이란 말인가?

그에게 닥친 업의 결과로 받는 고통은 부처님께서도 직접 구해 줄 수 없었다. 세상의 법칙을 거스를 수 없었으므로…….

비구 대중들도 어떻게 할 수가 없었다. 그렇게 쓰디쓴 업의 고통에서 구해 줄 수 있는 것은 한 가지 법밖에는 없었다. 부처님께 들었던 가르침만이 그에게는 유일하게 의지할 수 있는 길이었다. 먹을 것도 마실 것도 전혀 없었지만 과의 선정에 들어서 생명의 고통을 잊을 수 있었을 것이다. 그렇게 지내다가 그의 아들인 아자따 사따가 마음을 돌리면 다행함을 얻을 수도 있다.

먹을 것과 마실 것이 완전히 끊긴 다음 열흘 정도 지나기까지 창건주 대왕에 대한 나쁜 소식은 들리지 않았다. 그것은 우리들의 희망을 조금씩이나마 키워 주는 것이었다.

그보다 더욱 희망을 걸고 있는 것은 아자따사따 왕의 왕비가 머지않아서 아기를 낳을 것이라는 소식이었다. 우리들이 귀를 기울이고 있던 소식을 오래지 않아서 듣게 되었다.

어린 왕자를 낳았다는 소식과 함께 아자따사따 왕의 가슴에 아버지의 마음이 넘쳐났다. 갓 태어난 아기라서 안고 어를 수 없는 것이 불만일 만큼 큰 즐거움이었다.

첫째 왕자를 낳았다는 소식을 전해 오는 대신 앞에서 왕의 체신을 잊을 만큼 기쁨을 감출 수가 없었다. 아들을 사랑하는 마음이 전신에 넘쳐서 뼛속까지 전율하게 만든 것이다.

왕위를 얻기 위해서 아버지를 죽이려고 생각했던 아들, 부귀와 권력을 탐해서 아버지에게 먹을 것과 마실 것을 끊고 죽음에 이르도록 만든 인간 망나니 아자따사따가 지금은 몸과 마음이 부드럽게 바뀌어진 것이다.

❀

자기를 극진한 사랑으로 키워 준 아버지를 죽이려는 마음으로 얼굴을 찡그리고, 날마다 아버지가 죽었다는 소식을 기다리던 그 마귀의 얼굴이 한 순간에 바뀌었다.

자기의 자식을 낳았다는 소식에 아들을 사랑하는 아비의 얼굴로 바뀐 것이다. 사랑하는데 얼굴을 찡그리고 할 수야 있나? 악한 마음으로 사랑할 수는 없는 일, 그때에서야 우리들이 기다리던 명령이 나왔다.

"오! 여러분, 빨리 가서 아버님을 풀어 드리시오."

아직 얼굴도 보지 않은 아들을 얻었다는 소식에 기쁨이 넘쳐서 자기 아버지를 기억했던 것이다. 자기가 자기 아들을 사랑하듯이 자기 아버지도 자기를 사랑했을 것이라는 바른 생각이 들었던 것이다. 그러나 그의 바른 생각은 늦어 버렸다.

"부왕께서 명이 다하셨습니다."

"풀어드리라."는 명령을 내린 다음 곧바로 감옥지기에게서 온 전갈을 들었다. 그러자 자기가 직접 내렸던 명령이 생각났다. 부왕이 죽음에 이른 것은 먹고 마실 것을 끊어서가 아니었다. 나쁜 중에서 가장 나쁜 방법으로 죽은 것이다.

부왕은 일체의 음식과 물을 끊었어도 쉽사리 죽지 않았다. 담마를 생각하며 경행을 하여서 피와 살이 고르게 균형을 이루어서 건강하게 지내고 있었다. 하나뿐인 아들, 목숨과 바꾸어도 좋을 그 아들이 자기에게 주는 선물일랑 생각지 않았다.

오직 지극하게 예뻤던 모습만 떠올리고는 했다. 그도 힘들면 그냥 걸었다. 현재의 몸과 마음의 상태만 깨끗한 마음으로 관찰하면서 그냥 지내고 있었다.

☙

그러한 소식을 대신들에게서 전해 들은 아자따사따가 걸음을 걷지 못하도록, 경행으로 수행하지 못하도록, 오래 살지 못하도록 가장 잔혹한 명령을 내린 것이다. 계속 경행을 하였기 때문에 건강에 이상이 없다는 보고를 받고서 경행을 하지 못하도록 이발사에게 발바닥을 날카로운 칼로 저며서 흉칙한 모습으로 피범벅이 된

곳에다가 아물지 못하도록 소금을 뿌리게 했다. 그 처절한 고통으로 펄쩍펄쩍 뛰는 두 발을 끌어다가 이번에는 벌겋게 달아서 이글이글 거리는 숯불에 끄스르게 했다.

목숨보다 더 사랑했던 그 아들의 명령으로 당해야 하는 아픔이 이글거리며 자기를 태우는 숯불보다 더 아팠으리라. 더 고통스러웠 으리라. 그런 아들이 바른 정신이 돌아온 것을 알지 못하고 그는 한많은 생을 떠나갔다. 이제 그렇게 끔찍이 자기를 아껴주던 부왕이 없어졌으니 아들 아자따사따가 어디로 가서 울어야 하나?

🪷

어머니 위대히 왕비가 있었다.

마가다국 전체를 다스리는 왕이지만 참으로 슬프고 말이 필요 없을 때 어머니에게 찾아갔다. 어릴 때 슬프거나 억울한 일이 생기면 어머니께 달려갔다. 어머니의 가슴에 얼굴을 묻고 눈물을 한참 흘리고 나면 가슴이 시원해졌다.

위로의 말조차도 필요 없는 지금 역시 지나간 잘못의 후회를 의지할 곳이 없어졌다. 그래서 휘청거리는 걸음으로 어머니를 찾아 갔다.

"어머니, 어머니! 저를 갓 낳았을 때 아버지도 저를 사랑하셨습니 까?"

왜 모르랴만 그 말이라도 해야만 그의 가슴이 터지지 않을 것 같았다. 권력의 힘 때문에, 어리석음 때문에, 어리석은 화냄 때문에 보지 않고 지내야 했던 어머니와 아들이 오랜만에 얼굴을 마주했다.

이런 질문을 조금 일찍 했더라면 이렇게 가슴이 아프지 않아도 되었을 것을!…… 그러나 이미 끝난 일을 누가 있어 다시 고칠 수 있겠는가?

그래서 다른 아버지보다 더 특별했던 부왕의 남다른 사랑을 뒤집어 보였다.

"오! 어리석은 아들아, 네 아버지보다 너를 더 사랑하는 이가 어디에 있었겠느냐? 지금 너의 엄지손가락을 보아라. 흉터가 하나 있지 않느냐?"

"예, 있습니다. 어머니, 이 흉터는 언제 생겼습니까?"

"아들아, 네가 태어나고 돌이 되기 전에 너의 엄지손가락에 큰 종기가 생겼다. 그 생손앓이가 곪느라고 깜짝깜짝 경기를 하면서 기절을 하고 다시 깨어나면 까무러치게 울고는 하였다. 이 넓은 인도 땅에 좋은 약과 좋은 의사가 모두 모여 왔지만 어느 누구도 너의 울음을 그치게 할 수 없었다.

그래서 할 수 없이 부왕에게 데리고 갔다. 그때 부왕은 중요한 나라의 일을 처리하던 중이었다. 사랑하는 아들 때문에 나도 그 집무실에 따라 들어갔다.

어느 누구도 달래지 못하는 너의 울음이 아버지 품에 안겼을 때에는 그치기 때문이다. 고름이 가득한 너의 엄지손가락을 입으로 빨아 주셨기 때문이다.……"

"오! 사랑하는 아들 아자따사따여!

부왕의 가슴에서 울음을 그치는 아들아,

다음다음에도 이 아픔으로 울지 말아라."

"이렇게 부왕이 너의 손가락을 빨고 있는 동안 네 손가락에서
고름이 나왔다. 그러나 고름을 뱉느라고 입에서 손가락이 나오면
찬바람에 닿아서 다시 자지러지게 울었기 때문에 그 고름을 뱉어내
지 못하고 그냥 삼켜야 했다.……"

"오! 어머니, 제가 잘못했습니다.

오! 어머니, 제가 너무나도 크게 잘못했습니다."

…………

어리석은 아자따사따에게 어릴 때 울음을 그치게 했던 그 이야기
는 지금까지 날마다 계속 울어야 하고 통곡해야 일이 되었다.

Sīlakkhandha vagga

성공하지 못한 일들

크게 고약한 일을 계획했던 두 사람 중에 아자따사따는 그가 잘못되었음을 인정했다. 어머니 앞에서 눈물을 흘리고 엎드려 참회하였다. 그러나 그의 스승 대와다따는 지금 더욱 위세가 올라갔다. 그의 제자가 왕이 되고서부터 그는 왕관을 쓰지 않는 왕이 되었던 것이다. 왕궁 안에 있는 대신들이 왕좌 위의 명령보다 절에서 나오는 명령을 더욱 중요하게 생각했다.

　대와다따가 그러한 기회의 힘을 그가 원하는 것을 채우기 위해서 사용하지 않고 지낼 이가 아니었다. 어떻게 어디서 어떤 모습으로 사용하는지 다 말할 수는 없더라도 어떤 한 가지 방법으로 사용할 것이다.

🪷

　아자따사따는 그의 부왕이 왕위를 쉽게 넘겨주었다. 그러나 대와다따는 그의 제자만큼 운이 좋지 않았다. 원하던 상을 얻지 못한 것뿐만 아니라 많은 대중들이 있는 가운데서 "다른 이가 뱉어버린 가래침을 주워 삼키는 이"라고 가장 낮은 꾸지람까지 잔뜩 받은 것이다.

쉽게 왕위를 물려 준 부왕을 죽이도록 시킨 대와다따가 대중 가운데서 구구절절이 망신을 준 부처님께 앙갚음을 할 것은 틀림없는 일이었다. 만족하지 못해서 앙갚음을 하는 곳에 사람들이 알도록 드러나게 하지는 않을 것이다.

많은 사람들이 참지 않는 것도 두려운 일, 그를 깊이 따르는 이들을 데리고 아무도 몰래 비밀스럽게 진행할 것이다. 그래서 나는 부처님께서 웰루와나 정사에서만 지냈으면… 하고 속으로 간절하게 바랐다. 그러나 나의 바람을 부처님께서 따라 주실 리는 없다. 날이면 날마다 웰루와나 정사에서 숲으로 가셨다. 그늘이 짙고 사람들의 왕래가 없는 곳에서 하루 종일 지내시고는 하셨다.

날마다 조용히 가시기 때문에 상가 대중들이 따라갈 기회를 얻지 못했다. 나는 언제나 모시는 시봉을 책임 맡았기 때문에 발걸음마다 따라갈 수가 있었다.

나무 그늘에서 고요하고 평화롭게 앉아서 수행하다가 마실 물이 필요해서 우물 있는 곳을 향해서 걸어갔다. 깨끗하게 씻어 놓았던 발우에 시원한 물을 가득 담아서 돌아오다가 특별한 광경을 보게 되었다. 너무나 놀란 나머지 물이 가득 담긴 발우를 떨어뜨리지 않으려고 안간힘을 써야만 했다.

사냥꾼 한 사람이 부처님을 향해서 화살을 겨누어 조준하고 있었다. 독을 잔뜩 바른 화살촉을 얹어서 줄을 끝까지 당기고 있는 중이었다. 화살을 힘껏 당긴다면 아마도 세 사람 정도는 꿰뚫을 수 있을 만큼 대단히 큰 것이었다.

❀

그런데 독을 바른 화살이 활에서 떠나가지 않았다. 활과 화살뿐만 아니라 사냥꾼의 몸이 온통 굳어 있었다. 화살을 들고 있는 모습이 돌로 쪼아 만들어 놓은 듯한 모습이었다. 그러나 돌로 만들어 놓은 것이 아니라는 것을 나타내는 것은 그의 두려움에 질린 얼굴과 전신에서 흘러내리는 땀방울이었다.

"젊은이여, 이리 오너라. 나 여래를 두려워하지 말라."

부처님께서 그렇게 말씀하시자 그의 손발이 꿈틀꿈틀 움직이기 시작했다. 그리고 나서 부처님께 화살을 쏘아서 죽이려고 왔던 사냥꾼이 활을 집어던지고 부처님 발아래 엎드려서 어리석었던 것을 용서받았다.

왕의 스승 대와다따가 왕의 위세를 이용해서 명령을 내렸기 때문에 온 것임을 말씀드렸다. 기어이 내가 짐작했던 일이 터지고만 것이다.

❀

어찌됐던 부처님께서는 그릇된 줄 알고 참회하러 오는 이들을 용서하시는 습관이 있으셨다. 영리하지 못해서 한때 어리석었던 사냥꾼에게 번뇌에서 벗어나는 법을 앉은 자리에서 깨닫도록 설해

주셨다. 그리고는

"젊은이여!

돌아갈 때는 왔던 길로 가지 말고 다른 길로 돌아가라."

진리를 깨달아서 알고 수행하는 것뿐만 아니라 돌아가는 길까지 당부하는 것이 이상하다고 생각했으나 그 원인이 있을 것이므로 여쭈어 보지는 않은 채 길어 왔던 마실 물만을 올렸다.

물을 올리고 조금 지났을 때 사냥꾼 두 사람이 나타났다. 활이나 화살, 무기를 완전히 갖춘 차림이었다. 그러나 그들은 부처님을 원수로 생각하지는 않는 듯한 표정이었다.

가까이 와서는 공손스럽게 절을 올렸다. 그 사람들에게도 이전처럼 법을 설하여 주셨다. 법의 성품을 깨달은 그 사냥꾼들도

"제자들은 이쪽에서 돌아올 한 사람을 기다리고 있었습니다. 그를 죽이려고 기다리고 있던 중 그가 오지 않아서 저희들이 이쪽으로 온 것입니다. 왕의 스승 대와다따의 명령으로 하는 것입니다. 부처님."

사실대로 여쭙고 용서를 구하는 그들에게도 오던 길이 아닌 다른 길로 돌아갈 것을 가르쳐 주셨다. 대와다따의 계획은 끝이 없었다. 활 쏘는 이에게 부처님을 죽이라고 보냈다. 죽이고 돌아오는 그를 다른 활 쏘는 이가 길에서 기다리고 있다가 죽이도록 감추어 두었다. 범죄가 드러나지 않도록 계획적으로 준비한 것이다. 지금 그 두 사람에게 다른 길로 돌아가라고 가르쳐 주셨다.

이 이야기가 여기서 이 정도로 끝나지 않았다. 오래지 않아서

내가 기다리던 대로 네 명의 활 쏘는 이가 다시 나타났다. 그리고 오래지 않아서 여덟 사람, 다음에 열여섯 사람의 무리가 나타났다. 부처님을 해치기 위해서 이 사람 모두들을 죽이려고 계획했던 것이다.

마지막 무리도 미덥지 못하면 또 다른 방법으로 죽이려고 할 것이 틀림없다. 부처님의 신통의 힘으로 활 쏘는 이들 모두가 생명의 위험에서 벗어났을 뿐만 아니라 번뇌에서 벗어나는 법을 얻게 되었다.

 ❁

산 속에서 생기고 산 속에서 끝난 이 장면을 내가 웰루와나 정사에 돌아와서 같이 지내는 대중 스님들께 알렸다. 그러나 신남 신녀들에게는 금방 소문을 퍼뜨리지 말도록 주의를 주었다. 빠까사 니야 깜마를 행할 때 더러 어떤 이들은 대와다따의 복력을 질투하는 것이라는 소리까지 나왔지 않았던가?

나 이외에는 증명을 할 만한 이가 없는 그 일을 믿는 이는 믿을 것이지만 믿지 않는 이들에게는 불만을 키우는 일만 될 것이다. 그래서 이 나쁜 소문을 삼가고 있는 중에 다른 한 가지가 다시 생겨났다. 그때는 숲 속에서가 아니라 기싸꼭따 산 언덕에서였다.

나무나 꽃들이 볼 만한 것이라고는 없는 민둥산이었다. 누각이나 암자도 없었다. 그래서 오고가는 사람들이 없었기 때문에 시끄럽지 않아서 부처님께서 자주 가시는 곳이었다. 절도 누각도 없었지만 큰 바위 옆이나 절벽 그늘들이 우리들에게 자연적인 수행처로서 의지할 곳이 되어 주었다.

·❀·

그날 저녁 기싸꼭따 산 서쪽 발치 아래 땅이 고른 곳에서 부처님께서 경행을 하고 계셨다. 나는 멀지 않는 샘에서 마실 물을 발우에 담아서 미리 준비하였다. 전에 잠깐 물 길러 간 사이에 활 쏘는 궁수가 왔었지 않았던가?

그래서 이 산 아래에 도착하자마자 마실 물을 미리 준비하였던 것이다. 전에는 조용하고 편안하게 잘 지냈던 그 자리에서 오늘 저녁 무렵에는 갑작스러운 위험이 생겨났다.

지진도 폭우도 폭풍도 없는데 산이 쿵쿵 울리는 소리가 났다. 소리 나는 곳을 쳐다보니 큰 바위 덩이 하나가 빠른 속도로 데굴데굴 굴러 내려오고 있었다. 굴러 내려오는 바위에 부딪치는 것마다 부서져서 이리저리 사방으로 흩어지는 소리 또한 요란했다.

"오! 비켜날 길이 없구나!"

소스라치게 놀라서 탄식하며 부처님 쪽을 바라보았다. 그 바위덩이가 굴러 떨어질 만한 곳에 서 계시는 것이 아닌가? 벼가 백 섬도 더 들어갈 크나큰 바위 덩이가 부처님을 가루로 만들어 버리겠구나!

예상치 못했던 위험을 갑자기 당한 나는 그 자리에 주저앉고 말았다. 그러나 그보다 더 놀라운 것은 일사천리 빠른 속도로 부처님을 향해서 떨어지던 바위 덩이가 대나무 장대 두 개 이은 거리만큼 이르러서 감쪽같이 멈춘 것이다.

그 길목에 있는 큰 바위 두 개 사이에 끼어서 길이 막힌 것이다. 그것들이 내려오는 속도와 덩치가 합쳐서 부딪치는 소리가 온통 고막을 터뜨리는 것 같았다.

굴러 내려온 바위와 박혀 있는 바위가 부딪치면서 부서진 조각들이 사방으로 날아 흩어져 갔다. 그 자리에 그런 큰 덩치의 바위가 있었는지 나는 기억할 수 없었다. 떨어지던 큰 바위를 막아 준 것에만 감사할 따름이다.

그 두 개의 큰 바위 때문에 부처님께서 위험을 벗어나게 된 것이다. 그때서야 부처님의 말씀이 들려 왔다.

"오! 도와 과를 얻지 못한 쓸모없는 남자, 너는 죽으려는 마음으로 나 여래에게서 피가 나오도록 했다. 너는 크나큰 나쁜 업을 지었구나!"

기싸꼭따 산 위를 향해서 말씀하시므로 나도 또한 그쪽을 바라보자 바위 위에 있는 대와다따가 보였다. 다른 이를 시켜서 성공하지 못하자 그 자신이 직접 저지르게 된 것이다. 부처님이 처참한 모습이 될 것을 기다리며 바라보고 있었던 것이다.

부처님의 말씀에 대와다따가 어떻게 했는지 살필 여가도 없이 정신이 후딱 든 나는 부처님 계신 곳으로 달려갔다. 엄지발가락에 바위 조각이 부딪쳐서 피가 나오는 것을 우선 가사자락을 찢어서 감아야 했다.

바위 덩어리가 굴러 내리는 소리에 근처에 있던 비구들이 달려왔다. 부처님을 침상에 모시고 먼저 마다꼭씨 산으로 갔다. 그 다음 부처님 말씀대로 지와까의 망고동산으로 갔다. 오래지 않아서 소식을 들은 지와까가 약을 갖추어서 도착했다.

의사 지와까는 내가 싸맸던 헝겊을 더운물에 불려서 살며시 끌러내고 약을 발라 드렸다. 약을 바른 새 헝겊을 위에다 다시 싸매 드렸다. 그 다음

"부처님, 제자가 성안에 가서 치료하던 환자 한 사람을 마저 치료하고 돌아오겠습니다. 제자가 돌아오기 전에 이 헝겊을 풀지 마시기 바랍니다."

그렇게 말씀드리고는 성안으로 다시 돌아갔다. 의사의 책임을 다하기 위해서였다. 다시 오겠다는 의사 지와까는 해 그늘이 져도 돌아오지 않았다. 그가 돌아오기 전까지는 이 헝겊을 풀지 말라고 했다. 그러나 시간이 지나도 그는 오지 않고 내가 도대체 어떻게 해야 할지 몰라서 쩔쩔매며 어려워할 때 부처님께서

"아난다, 헝겊을 풀어라."

그대로 두라고 다짐했던 것을 지금 당장 풀라고 하시는 것이다. 나는 의사 지와까를 한 사람의 의사로써 존중했다. 그러나 그보다는 부처님 말씀을 그보다 백 배도 더 존중하였다. 그래서 시키시는 대로 헝겊을 풀어내자 멍들었던 곳이 깨끗이 나아져 있었다. 다음날 아침 일찍 지와까가 도착했다.

"부처님, 어제 환자를 치료하다가 늦어졌습니다. 금방 치료하고 온다는 것이 늦어져서 성문이 닫혀 버렸습니다. 부처님 생각에 걱정이 많았습니다.

제가 돌아오기 전에는 풀지 말라고 한 약이 효과가 특별해서

상처를 빨리 아물게 할 수 있는 반면 적당한 시간에 풀지 않으면 약의 기운 때문에 도리어 밤새 뜨거웠을 것입니다. 그 일 때문에 마음을 몹시도 졸였습니다.”

깨끗하게 잘 아문 상처를 보면서 이렇게 기쁨에 넘쳐서 여쭈었다. 놀라운 일이었다. 이 시간에 풀어야 하는 시간이라고 그가 조바심을 낼 때와 부처님께서 풀라고 시킨 시간이 일치하는 것이었다. 그리고 지와까가 계속하여서

“부처님, 어떻습니까? 이 상처로 인해서 부처님께서 심한 통증을 느끼셨습니까?”

“지와까여!
나 여래는 윤회의 여행이 끝난 곳에 도착했다.
뜨거운 번뇌와 걱정을 모두 소멸했다.
몸과 마음에 있는 모든 번뇌에서 벗어나서 지낸다.
모든 방해와 핍박에서 벗어났다.
그러나 나 여래의 몸에 관해서는 통증을 느낀다.
마음으로는 뜨거운 번뇌가 모두 소멸했다.”

자기의 심한 고통을 받는 일에서조차 제도할 모든 중생들에게 법문 한 자락으로 대신하셨다. 지와까의 망고동산에서 깨끗하게 나아서 웰루와나 정사로 다시 돌아오셨다. 그때에는 대와다따의 음모를 스님들이 모두 알게 되었다.

예상치 못하였던 일을 들음으로써 어떤 이들은 놀라움에 떨었다. 어떤 이들은 도저히 참을 수 없어 했다. 어떤 이들은 법의 성품으로 생각해서 두려움을 키웠다. 그러나 모든 스님들이 똑같이 생각하는 것은 부처님께 다시는 그런 위험이 생기지 않게 하는 것이었다.

같은 목적으로 모든 비구들이 모두 모여서 부처님이 계시는 간다꾸띠를 겹겹이 둘러싸고 밤낮으로 지켰다. 한 사람 한 사람이 나란히 서서, 더러는 들었던 법문을 외우곤 하였다.

그들의 소리가 부처님이 계시는 곳까지 들려왔기 때문에 이유를 물으셨다. 내가 그 원인을 모두 말씀드리자 부처님께서는 상가 대중 비구들을 모두 모이게 하셨다.

"비구들이여!
여래는 다른 이의 손이나 무기로
생명을 상하는 일이란 절대로 없다.
그런 기회가 없다.
부처님들은 다른 이의 어떠한 원인으로가 아닌
자기 성품대로 빠리닙바나에 든다."

당신을 위해서 조금도 걱정하지 말기를 당부하시고 모두 제자리로 돌아가게 하셨다.

Dammapada

자비와 물

자기의 복덕을 잘 아시는 부처님께서 설하시기를 어떤 부처님이든지 부처님은 다른 이로 인해서 목숨을 잃는 법이 없다는 것을 자세하게 말씀하셨다. 부처님의 말씀이란 돌에 새긴 것보다 더 튼튼했다.

미래를 예언하신 것마다 모두 정확하게 맞아들었다. 그래서 이 말을 깊숙이 새겨들었던 나이지만 그대로 아무 일도 없었던 것처럼 지낼 수는 없었다. 형님의 발걸음을 바싹 따르면서도 항상 가슴이 두근두근하였다. 그렇다고 내가 형님의 말씀을 믿지 않는 것은 아니었다.

형님께 향하는 나의 사랑이, 나의 자비가 지나치게 컸기 때문이다. 세상에서 가장 높은 부처님을 사랑하는 그런 사람조차도 마음의 피곤함이 없지 않구나!

그날 아침 라자가하 성안 부처님께서 가시는 곳으로 우리들도 역시 바짝 뒤따랐다. 우리들이라고 하면 라자가하 주변에 있는 열여덟 정사에 있는 모든 비구 대중들이었다.

부처님 말씀으로 모두 부른 것이다. 그래서 그 이전보다 오늘 뒤따르는 상가 대중이 더욱 많았다. 라자가하 성안에 있는 신남신녀들이 어제 오후에 정사에 와서 내일은 성안으로 걸식 나오시지 말기를 여쭈었었다. 부처님께 닥쳐올 위험이 있음을 말씀드린 것이다. 그러나 당신의 복력을 믿으시는 부처님께서는 그들이 여쭌 것을 받아들이지 않았다. 그러나 거절도 않으셨다.

"라자가하 성안으로 들어갈 것이다. 그러나 밥을 받지는 말라. 공양 올리려는 신남 신녀들은 웰루와나 정사로 가져올 수 있다. 웰루와나 정사에 돌아와서 공양한다."
라고 말씀하셨던 것이다.

그래서 오늘 아침 라자가하 성안으로 각자 발우를 들고 들어간 것은 걸식하기 위해서가 아니었다. 정말 밥을 받으려고 해도 밥을 얻을 수는 없었을 것이다.

성안 전체가 벌집 쑤신듯이 두려움에 벌벌 떨면서 가는 곳마다 모여서 수군수군하고 집집마다 대문을 걸어 잠그고 창문 뒤에 숨어서 큰길 쪽을 향해서 우리들을 바라보면서 동정만 살피고 있었다. 더러는 지붕 꼭대기에 자리를 차지하고 앉아 있기도 하였다. 오늘 그들에게 참으로 큰 구경거리가 생긴 것이 아닌가?

육지에 사는 중생 가운데 코끼리가 가장 크다. 사람 사는 세상에서는 부처님께서 네 가지 진리를 제일 처음으로 깨달아서 으뜸이 되었다. 크나큰 공덕을 큰 코끼리에다가 가끔 비유하기도 한다. 오늘 부처님이라는 큰 코끼리와 날라기리라는 큰 코끼리가 서로 겨루어서 승패를 가르는 날이었다. 이 사건은 어제 저녁 도시 전체에 퍼졌다고 했다.

날라기리는 아자따사따 왕의 전쟁하는 코끼리였다. 산을 연상할 만큼 몸집이 거대했다. 힘 역시 그를 당할 사람은 물론 다른 코끼리도 어림없었다. 사납고 고약하기로도 나라를 넘어서 맹위를 떨치고 있었다. 사람 죽이기를 파리 목숨처럼 다루었다.

그의 마음내키는 대로 솥뚜껑만한 발로 밟아 뭉개고는 하였다. 빨리래야까 코끼리처럼 영리한 지혜와는 거리가 멀었다. 원래가 거친 코끼리에게 날마다 술 여덟 항아리씩 먹이고 항상 두들겨서, 부수고 밟아 죽이는 마음만 들도록 만들었다.

오늘 같은 전쟁에는 왕의 스승 대와다따가 두 배는 더 먹인 것이 틀림없을 것이다. 지위가 높은 이를 낮게, 낮은 이를 높게 하기를 자유자재로 하는 대와다따의 말을 어느 대신이라도 목이 두 개가 아닌 이상 거절할 수는 없을 것이다.

빔비사라 대왕 시절에는 국왕 스스로가 부처님이 거하시는 정사를 직접 지어서 올렸지만 자기가 원하는 데로 대신들을 권력으로 끌어들이지 않았으며 나라의 백성들도 강제로 끌어 모으지는 않았다. 자기가 좋아하는 법을 따라서 자기가 존경하는 이를 자유롭게 모실 수 있는 기회를 주었다.

❧

라자가하 수도 안에는 우리들 교단을 존경하는 이들도 있었지만 존경하지 않는 이들도 있었다. 존경하지 않는 이들 가운데에도 우리 교단과 관계가 없어서 통상적으로 존경하지 않는 이들과 그들 스승의 말 때문에 미워하는 마음을 가진 이들이 있다.

그 두 번째 무리들의 얼굴들이 오늘 아침 특별히 신나서 웃음을 지으면서 무엇인가를 기다리고 있었다. 그러나 그 웃음 뒤에는 독기가 넘치고 있었다. 우리 형님을 날라기리 코끼리가 조각조각 밟아 버리는 순간을 보려고 기다리는 살기들이었다.

존경하는 신자들에게도 두 종류가 있다. 그 하나는 부처님의 능력을 믿기 때문에 그 고약한 코끼리를 완전하게 조복 받는 모습을 기다리고 있었다. 다음 종류는 부처님을 존경하고 부처님의 능력을 믿는다. 그러나 한편으로는 또한 걱정이 되기도 하는 것이다. 내가 그 당시에 신남 신녀들의 동정을 살필 여유는 없었다. 그 큰 전쟁이 끝나고 나서 우리 신남 신녀들이 자세히 말해 주는 것을 들었을 뿐이다.

❧

갖가지 생각들을 가진 이들이 모인 대중 앞에서 우리들은 점잖은 수행자의 위엄을 갖추고 걸어갔다. 물론 우리들의 앞에는 마음이 강건하신 부처님이 계셨고, 나의 뒤에도 두려움이 없는 많은 스님들이 질서 있게 따르고 있었다. 그런 분들 사이에 있는 나의 심장만은

자비와 물 355

벌렁벌렁 뛰고 있었다.

설마 별일이야 생기겠는가 하면서도 조바심이 나는 것은 어찌할 수 없었다. 그럴 때 왕궁 쪽에서 일순간 크나큰 휘파람 소리가 몰아치듯이 들려 왔다. 어쩔 수 없는 일로 길을 지나가던 이들이 우리들 앞으로 달려왔다.

날라기리 코끼리를 풀어놓은 것이리라. 코끼리가 마구간을 부수어 버리고 뛰쳐나가게 할 만큼 일부러 잔뜩 화를 돋구어서 몰아낸 것이리라. 크게 소리를 지르는 것과 동시에 자지러지게 놀라는 소리도 들리고 자지러지게 울음을 터뜨리는 소리도 들려 왔다.

닥치는 대로 부수고 밟아 뭉개는 우지끈 우지끈 하는 소리가 들렸다. 꼬살라국을 여행 다닐 때 보았던 산불이 타오르는 것과도 같이 무서운 기세로 몰아치고 있었다.

드디어 그 소리가 우리 쪽을 향해서 오고 있었다. 부처님께서는 그 소리가 나는 쪽을 향해서 똑바로 걸어가셨다. 빠르지도 느리지도 않게 평소의 걸음걸이 그대로였다.

소리가 가까워지자 사람들이 지붕 위로 다닥다닥 몰려서 더 많이 늘어났다. 나는 도저히 자세를 그대로 유지할 수 없었다. 가슴을 진정할 수도 없었고 형님의 뒤를 곧바로 따라갈 수도 없었다. 상가 대중의 대열에서 옆으로 비켜나서 앞을 바라보았다. 많은 사람들의 놀라는 소리와 함께 크게 고함을 지르는 거대한 코끼리가 정면으로 다가오고 있었다.

많은 사람들을 찔러서 죽였던 그 코끼리는 엄청나게 큰 상아를 바짝 쳐들고 땅을 울리면서 달려왔다. 그 어금니에 찔린다면 큰 성문 기둥조차 박살이 날 것이다. 되는 대로 좌우로 흔들어대고 두들기며 긴 코를 높이 쳐들고 부채보다 더 큰 귀를 적에게 위협을 주려는 표정으로 바짝 세워서 붙였다.

보기만 해도 간이 떨어질 만큼 흉측스러운 이 짐승은 우리들 쪽을 목표로 정면으로 달려왔다. 나는 자제할 수 있는 힘을 잃어버렸다. 벌렁대는 가슴도 벌벌 떨리는 사지도 기억할 수 없었다. 그 순간 내 마음속에는 오직 한 가지, 이 세상에 가장 존경하는 형님의 안전이었다. 형님의 몸이나 목숨을 지키는 것뿐이었지 내 목숨 따위는 나중 일이었다.

"아난다여! 비켜라. 나 여래의 앞에 서지 말라."

형님의 목소리가 들리는 순간 정신을 차리고 나 자신을 살펴보았다. 오! 이런!…… 일평생 마음으로조차도 아니 꿈속에서조차도 생각지 못했던 일을 지금 저지르고 있는 것이다. 형님의 안전만을 생각하는 일에 떠밀려서 내가 부처님 앞을 막아서고 있지 않은가?

이 교단 내의 어느 누구도 감히 설 수 없는 곳에 서 있는 일을 내가 저지르고 있는 것이다. 평소 같으면 나는 형님의 말씀이라면 고개를 흔들 사이도 없이 따랐다. 단 한 마디의 말씀으로 모든 것을 거의 자발적으로 완수했다. 그러나 오늘만은, 이 일만은 형님의 말씀을 따를 수가 없었다. 형님의 말씀을 따르는 것보다 형님의 안전이 더 중요한 것이다.

눈물을 머금고서라도 형님만은 지켜야 하는 것이다.

"아난다여! 비켜라. 나 여래의 앞에 서지 말라."

형님의 명령이 다시 한 번 더 나왔다. 코끼리는 가까울 만큼 가까워 왔다. 그러나 이번 명령도 나는 결코 따를 수 없었다. 형님에게 직접 곧바로 달려드는 대신 먼저 나부터 죽여라. 만약 형님을 막아 주지 못하더라도 우선 나를 죽이는 시간만이라도 형님은 안전할 것이다.

"아난다여! 비켜라. 나 여래의 앞에 서지 말라."

세 번째의 말씀이 끝나자 나는 내 자리로 갔다. 순간 결정하자마자 내 몸을 누가 집어서 던지는 것처럼 내 자리에 가게 된 것이다.

바로 그때 운이 나쁜, 아기를 안은 여자가 길모퉁이에서 그곳으로 튀어나왔다. 그 불쌍한 여자는 무엇인가 쫓겨서 달아나다가 불쑥 나타난 것이다. 자기의 일이 급박해서 성안의 형편을 미처 살피지 못한 것 같았다. 마침 엎친 데 덮친 격으로 위험을 피해서 달려온 곳에서 무지막지한 코끼리를 만나자 너무나 놀라서 그 자리에서 얼어붙었다.

그 거친 코끼리는 마구간에서 나오고부터 닥치는 대로 부수고 짓밟고 하였지만 그러나 사람들이 모두 숨어버렸기 때문에 아직 한 사람도 죽이지 못했었다. 죽이지 않으면 성이 차지 않는 그에게 지금 바로 밟아 뭉갤 수 있는 꺼리가 하나 나타난 것이다.

코끼리가 그녀를 보고 달려오자 아이 어머니는 가슴에 안았던 아기를 놓쳐 버리고 달아났다. 그녀를 따라가던 코끼리에게 아기 울음소리가 들리자 아기 쪽으로 돌아섰다. 우선 소리 나는 쪽부터 밟아 뭉개자는 생각인가보다.

"오! 날라기리야, 아기에게 가지 말라.

나 여래에게 오너라.

나 여래에게 오너라.……"

코끼리의 잔인무도함에 비례해서 부처님의 목소리는 부드럽고 아름다웠다. 이 세상에서 가장 깨끗하고 가장 아름다운 목소리, 가장 부드럽고 달콤한 사랑과 연민심의 메아리였다.

아이를 곧장 한 발에 눌러 죽이려던 순간 뒤에서 들리는 부드럽고 아름다운 소리에 귀를 쫑긋 세웠다. 그리고는 그쪽을 향해 쳐다보았다. 흘긋 보는 순간부터 그의 얼굴은 다른 쪽으로 도저히 갈 수 없었다.

자석에 이끌리듯이 사랑의 목소리에, 그 모습에 끌렸다. 들어보지 못했던 특별한 목소리, 이전에 결코 보지 못했던 특별한 모습, 목소리가 부드럽고 달콤했던 것처럼 그 모습마저도 눈을 돌릴 수 없게 만든 것이다.

"오! 날라기리야 주의하여라.

거친 일일랑 하지 말아라.

잔인한 일도 하지 말아라.

사람들을 죽이지 말아라.

모든 중생에게 자비심을 키워라."

부처님께서 말씀하시는 뜻을 날라기리가 다 이해하리라고는 생각 들지 않았다. 그러나 사랑과 자비심과 연민심으로 덮어오는 그 목소리를 듣는 순간 치켜들었던 코를 얌전하게 내렸다. 쫑긋하니 세워 붙였던 귀도 부드럽게 늘어졌다. 꼿꼿이 치켜세웠던 꼬리도 온순하게 내렸다.

이 세상에 같음이 없는 자비심과 연민심에 부딪혀서 조금 전에 마셨던 술기운이 사라진 것 같았다. 그 잘난 어금니를 의지해서 못된 짓이란 마음대로 하던 그가 어금니를 땅으로 향하고 한 걸음 한 걸음 걸어왔다. 마치 오랜 날을 시중들었던 빨리래아까 코끼리처럼 부처님의 발밑에 얌전하게 꿇어앉았다.

❁

그러자 그 전대미문의 광경을 목격한 이들이 함성을 질렀다. 지붕 꼭대기에 있던 이들, 집안에 있던 이들이 모두 나와서 거대한 두 코끼리 왕에게로 몰려 왔다.

평소에 이 날라기리를 길들이려면 튼튼한 밧줄과 창과 몽둥이가 있어야 했다. 그러나 지금의 날라기리는 아무것도 필요 없이 오직 사랑만으로 얌전하게 된 것이다. 그 얌전해진 날라기리 머리 위로 가지가지 칭송과 축복의 비가 내렸다.

거친 중생을 얌전하도록 가르친 부처님의 공덕(아눅따로 뿌리사 담마사라티)과 얌전해진 코끼리, 두 분을 칭송하는 것이었다. 이렇게 많은 보배로써 칭송을 받았기 때문에 날라기리에 다나빨라(보시 받는 코끼리)라고 하는 이름이 하나 더 늘어났다.

이 사건을 돌이켜 생각할 때마다 지나치게 잔인함이 넘치는 대와다따를 위해서, 그의 거친 행동에 심하게 두려운 마음이 생긴다. 그와 같이 형님을 위해서 나 자신의 목숨을 버릴 수 있었던 것에 기쁨이 생긴다. 나의 일생 중에 기쁨과 슬픔의 두 가지 느낌을 심하게 겪었던 일 중의 한 가지이다.

Asitinipātta

경쟁하는 부처님

날라기리 코끼리로 공격을 한 것은 대와다따의 모든 총력을 기울인 전쟁이었다. 가장 거칠고 잔혹한 것이었다. 그러나 그 공격으로 그의 생애가 거꾸로 서기 시작했다. 권력의 힘이 어마어마했던 왕의 스승에서 길거리 집집마다 문전걸식하는 신세로 전락하게 된 것이다.

부왕 빔비사라를 죽이도록 충동한 것도 왕궁 안에 있는 몇몇 사람들이 알고 있었다. 활 쏘는 이를 보냈던 사실도 우리 비구 중에서 더러는 알고 있었다. 기싸꼭따 산에서 바위를 굴러 내린 것은 스님들과 의사 지와까 등 몇 사람이 알고 있었다.

이러한 일들을 간혹 어떤 마을이나 성안으로 퍼졌더라도 신남신녀들에게 더 이상 퍼뜨리지 못하도록 단속했었다. 그들이 직접 본 증거도 없이 대와다따가 한창 기세를 올리고 있는 때에 그런 말을 하면 사람들이 믿지 않을 것이고, 그것으로 인해서 다음에 더 나쁜 결과를 만날 수도 있었기 때문이었다.

그러나 지금은 우리들의 말이 필요 없었다. 그 많은 신남 신녀들에게 북을 울리고 성안을 돌면서 알릴 필요도 없었다. 그가 한 일인 줄 세상이 다 알게 된 것이다. 이번의 공격이 길을 터 주어서 그전의 일까지도 모두 드러났고 그것을 누가 나서서 믿으라고 할 필요도 없어진 것이다.

성안의 보통 사람들이 처음에는 왕궁 안의 일일 뿐이라고 멀리서 건너다 보기만 했었다. 동정만 살피고 있었던 것이다. 지금은 모든 사람들이 이 사건의 고삐를 잡고 있는 이가 대와다따인 줄 알아 버렸다. 왕의 권세를 이용해서 부처님을 해치려고 하였던 것임을 분명하게 알았다. 그전에 존경하던 이나 지금 새로 귀의하는 이들까지 모두 의견이 일치하였다.

"저 정도로 고약한 이, 교단의 가시를 대왕이 무엇 때문에 받드는가?"

모두 한 마음이 되어서 함성을 지르기 시작했다. 백성들이 모두 불만을 터뜨리자 아자따사따 편에서 양보를 제안했다. 무성한 소문이 터져 나오고 온 백성이 시끌시끌하고, 그렇잖아도 아비를 죽인 왕이라는 것이 켕기는 판에 더 이상 궁지에 몰릴 수 없으니 양보를 할 수밖에 없었다.

전에는 그를 대단하게 여겼지만 지금은 그가 하는 일을 자세히 알게 된 이상 그럴 수는 없었다. 자기에게 왕위를 옮겨 주는 일이 목적이라고 생각해서 웬만한 것은 지나쳐 보아 왔는데 이제 보니 그것이 아니라 자기가 부처님 자리에 앉는 것이 더 중요한 목적이라고 알게 된 것이다.

🪷

그의 욕망을 채우기 위해서 자기 아버지, 자상하셨던 부왕을 이용하여 밟고 올라가기 위한 초석으로 삼은 모습을 짐작하게 되었다. 그래서 임금에 버금가는 권력이 있던 그를 왕궁에서 쫓아내게 된 것이다.

왕의 권세를 업고 힘을 주던 그의 의지처인 대왕이 쫓아낸 바에야 어디에 다시 붙들고 하소연할 곳조차 없게 된 것이다. 마치 원숭이가 뛰어 놀던 나뭇가지를 놓쳐 버린 신세와 같이 되었다.

그러자 당장 큰 어려움이 닥쳤다. 다른 이 같으면 자기의 입 하나, 자기의 배 하나 간수하기 그렇게 어렵지 않았다. 생기는 대로 얻는 대로 먹으면 그만이었지만 지금 그는 뒤따르는 무리의 배도 책임져야 했다. 그러나 왕궁에서 날마다 오던 오백 수레의 음식이 모두 끝나 버렸다.

세상이 다 알게 된 그 행실 때문에 아무 집이나 들어가서 걸식할 수도 없었다. 까딱해서 잘못 들어갔다가는 몽둥이 세례를 안고 돌아오는 판이었다. 어쩌다가 그 사실을 모르는 이들에게 요행스럽게 한두 집 얻는다고 해도 그것으로는 어림도 없었다. 그보다 고약한 것은 그동안 왕궁에서 보내오던 진수성찬에 입버릇마저 고약하게 변해서 좋은 것이 아니면 영 목구멍으로 넘어 가지 않는 것이었다.

마지막으로 생각해 낸 것이 그나마 남아 있던 신도들에게 이 집에 한 명, 저 집에 두 명 하는 식으로 분배를 하는 것이었다. 그러나 그러한 행동은 이 교단이 무너지기 시작하는 징조였기 때문에 부처님께서 금계 하나를 다시 정하셨다.

"무더기로 음식(gana bhojana)을 먹는 비구에게 작은 허물을 지운다."라고 정하신 것이다. 가나 보자나라는 것은 4사람이나 4사람보다 많은 비구들이 무리로 모여서 음식 5가지 중에 한 가지 이름으로 먹을 것을 청해서 먹는 것이다. 먼저 정했던 이 계율에서 다음에 어려운 사정에 부딪치자 다시 더 보태서 정하셨다.

완전히 실패한 대와다따에게는 엎친 데 덮친 격이 되었다. 나라마다 고을마다 알려진 그 유명해진 사건 때문에 복력과 모든 권력이 동시에 손에서 미끄러져 나갔다.

그 상황에 자기를 따르는 대중들을 간수하기 위해서 만들어낸 궁리조차 계율로 정해서 폐지 당하게 되었다. 이 계율을 기억해야 하는 상가 대중 사이에 대와다따도 포함되었다. 그 정도로 저속한, 그 정도로 잔인한 행위를 범했는데도 그는 아직까지 비구라고 하고 있었다.

그의 행동과 관계되어서 영리하게 살짝 비켜나며 말하기 때문에 대중들이 그에게 허물을 주기가 어렵게 되었다.

❧

빔비사라 대왕의 죽음에도 그가 결정적인 역할을 한 줄 엄연히 알면서도 세 번째 큰 계인 빠라지까로써 그를 문책할 수 없게 되어서 지금도 대중 사이에 끼어 있는 것이다.

사실 대와다따 그 자신도 이 대중 가운데 있고 싶어서 있는 것은 아니었다. 형편이 풀리지 않아서, 기회가 없어서, 누가 눈치를 주건 말건 그저 참고 있는 것뿐이었다. 다시 고개를 들기 전에는 별 수 없이 고따마 부처님의 제자라는 명칭 뒤에 있는 것이다.

어느 날인가 어느 때이건 이러한 것을 벗어나려고 다시 몸부림을 칠 것이다. 기회만 된다면 그 순간에 당장 고개를 쳐들고 말 것이다. 자기 제자, 자기 대중으로 새로 만드는 것이야 누가 뭐라고 하는가? 그러나 이 교단을 나누어 갈라서 다시 세우는 것은 있을 수 없는 일이다.

이 교단의 상가를 갈라내지 않고는 그의 뒤를 따르는 대중을 얻을 수 없다. 아무도 따르는 이 없이 나무 그루터기처럼 그 혼자로 서는 어떤 의미가 없다. 자기를 추종하는 이 없이 일어설 수는 없었다. 그래서 한 번 쏜 화살에 세 마리의 토끼를 얻는 방법을 날마다 궁리했다.

이번에는 그의 욕망을 채우기 위해서 그가 생각했던 방법을 곧장 사용하기가 주저됐다. 왜냐하면 지금까지 생각하고 계획했던 것마다 한 번도 성공의 문턱을 넘어 보지도 못하고 모두 실패로써 막음했기 때문이다.

❋

부처님께 이런저런 방법으로 공격을 해 보다가 도저히 당할 수 없는 공덕과 복력이 자기와는 비교가 되지 않는다고 알기는 했다. 그렇다고 그 그늘 아래서 편안히 지내겠는가?

대와다따 같은 종류는 그렇게 지낼 수 있는 팔자가 아니었다. 그 마음과 그 몸이 생각나는 대로 사는 이였다. 우리 교단 안에서 도저히 그를 위한 희망이 보이지 않자 상가를 갈라내기 위한 일을 다시 계획했던 것이다. 좋은 생각이 떠올랐다고 생각한 그가 어느 날 고개를 쳐들고 부처님 앞으로 갔다.

상가 대중을 그에게 넘겨달라고 청하던 날처럼 가벼운 걸음은 아니었더라도 그의 얼굴은 제법 밝게 빛나고 있었다. 자신이 있음을 자기 자신이 믿는다는 태도였다. 그와 같이 온 이들은 고깔리까, 까따모다까띠싸, 사목따다따라는 우두머리 3명과 그의 그늘에서 벗어나지 못한 어린 스님 500명이었다.

대와다따의 두 손은 부처님을 향해서 합장했다. 기싸꼭따 산에서 바윗덩이를 굴려 내리던 손도 그 두 손이었다. 가장 무서운 오무간업을 지녔던 그 두 손이 지금 다시 오무간업이 되는 허물을 드러내고 있었다.

"부처님! 부처님께서 여러 가지 이유로써 탐심이 적을 것과 쉽게 만족해야 하는 것 등의 이익을 설하셨습니다. 지금 제가 여쭙는 5가지 종류들도 많은 원인으로 탐심이 적어지고 쉽게 만족할 수 있는 것 등의 이익을 가져오게 하는 생각입니다.

부처님, 원하옵니다.

①비구들은 죽을 때까지 숲 속 절에만 지내게 하고 마을 근처 절에서 지내는 비구에게는 허물을 지웁시다.

②비구들은 죽을 때까지 걸식해서 먹어야 합니다. 신남 신녀들이 초청해서 올리는 공양을 먹는 비구에게 허물을 지웁시다.

③비구들은 죽을 때까지 누더기 가사만 입고 지내게 합시다. 신남 신녀들이 보시한 가사를 입는 비구에게 허물을 지웁시다.

④비구들은 죽을 때까지 나무 아래서만 지내야 합니다. 지붕을 덮은 절에서 지내는 비구에게는 허물을 지웁시다.

⑤비구들은 죽을 때까지 고기와 생선을 먹지 말게 해야 합니다. 고기와 생선을 먹는 비구에게 허물을 지우게 해야 합니다.

이 다섯 가지를 허락해 주십시오. 부처님."

"대와다따여, 적당하지 않다. 숲 속 절에서 지내려는 비구는 숲 속 절에서 지내고, 마을 근처 절에서 지내려는 비구는 마을 근처 절에서 지내라. 걸식해서 먹으려는 비구는 걸식하여서 먹고, 초청 받아서 먹으려는 비구는 그렇게 먹어라.

누더기 가사를 입으려는 비구는 누더기 가사를 입고, 신도들이 보시한 가사를 입으려는 비구는 그렇게 입어라. 나 여래는 비구 수행자들이 우기가 아닌 8달 내내 나무 아래서 수행하는 것을 허락한다. 자기를 위해서 죽이는 것을 보고, 듣고, 의심스러움이 있는 것, 이 세 가지를 벗어난 고기와 생선을 사용하는 것을 나 여래가 허락한다."

여쭈었던 다섯 가지 모두를 거절당했다.

※

이 다섯 가지에 포함된 숲 속 절에서 지내는 것, 언제나 걸식해서 먹을 것 등의 수행을 두딴가(Dhtanga)라고 이름해서 부처님께서 직접 칭찬하셨다. 두딴가라는 것은 번뇌를 털어 내게 하기 때문에 좋은 수행이라는 뜻이 있다.

그런 두딴가 수행을 일생 동안 행하였던 마하 까싸빠 테라 같은 분은 너무나도 유명하신 분이다. 그런데 대와다따가 여쭌 것을 무엇 때문에 거절하셨는가?

대와다따가 여쭌 대로 이런 수행을 사실대로 행한다면 욕심이 없고 얻은 대로 쉽게 만족하는 것 등의 많은 이익을 얻을 수 있다. 거기까지는 그가 여쭌 것이 맞다. 그러나 그것은 독 위에 발라 놓은 설탕과 같은 것이다. 독을 보지 못하고 설탕이라고만 생각해서 먹었다가는 고통에 이른다.

그 두딴가 수행을 부처님께서 허락하신 것은 할 수 있는 능력이 있는 이에게만 해당된다. 몸과 마음이 건강하고 튼튼한 이에게만 가능하다. 이 교단에 들어온 이 누구나 그 두딴가를 행하여야 한다고 할 수는 없다. 그렇다면 건강한 이만이 이 교단을 만날 수 있는 이익을 얻을 것이기 때문이다.

그러나 꼭 그런 것은 아니다. 더러 어떤 이는 이 부처님의 가르침을 존경하고 따라 행하고 싶지만 두딴가를 행할 만큼 몸과 마음이 튼튼하지 못하다. 그런 이들에게 두딴가를 행하지 못하면 이 교단 안으로 들어오지 말라고 정해 놓았다면 그들은 이 교단 안으로 들어와서 지낼 수가 없을 것이다. 그래서 그가 청한 것을 모두 거절하신 것이다.

　사실 탐심이 적고, 얻은 대로 쉽게 만족한다는 말의 참뜻을 모르는 이들을 유인할 수 있는 말이다. 매우 심하게 고행하는 것만을 대단하게 여기는 이들을 모을 수는 있다. 그렇게 지나친 한쪽만 모으는 것은 부처님의 가르침을 쉽게 무너지게 하는 원인도 되고 상가끼리 이간질시켜서 패를 가르려는 말도 된다.

　대와다따는 이렇게 청한다면 부처님께서 이렇게 거절할 것이라고 처음부터 알았을 것이다. 전에 그의 청을 거절했을 때는 대와다따의 얼굴은 풀이 죽는 모습이 금방 드러났다. 그러나 거절을 당한 지금의 얼굴은 풀이 죽기는커녕 웃음조차 띄우고 있었다. 이렇게 거절당하기를 그가 기다리던 바 아니던가?

　얻지 못한 특별한 상을 얻은 대와다따가 그것을 요긴하게 사용했다. 많은 이의 이익을 위해서 사용한 것이 아니라 그의 탐심을 채우기 위해서만 사용한 것이다.

❁

　"오! 신남 신녀들이여,

　내가 탐심이 적고 쉽게 만족하는 것 등의 이익을 위해서 고따마에게 다섯 가지 종류를 청했었소. 그 다섯 가지 모두를 고따마가 거절했소. 나는 내가 원했던 대로 수행하고 갈 것이오."

　상가 대중을 분리 이간시키려는 일을 착착 진행하고 있었다. 이러한 목적을 가지고 청했던 그 당시부터 부처님께서 아셨을 것이다. 그러나 금계를 정할 만큼의 시작은 아직 드러나지 않았으니 그대로 지켜보기만 할 뿐이었다.

지금 대와다따의 선전이 충분한 이유가 되었으므로 상가배다까 금계(Samghabhedaka Sikhapada)를 정하셨다. 그것은 상가 대중을 갈라내는 행동을 하는 이에게 다른 비구들이 그렇게 하지 말도록 세 번 충고하는 것이다.

그렇게 세 번 충고하여도 듣지 않고 그대로 계속 행하는 이에게 상가디시사(Samghadisisa) 허물을 지우는 것이다. 그쪽 패에 합쳐서 반대로 거절하고 항의하는 것 때문에 배다나와따까 금계(Bhedanavattaka Skhapada)를 다시 정하였다. 그것은 상가 대중을 이간시켜 나누려고 생각하는 비구의 편을 들어서 항의·거부하지 못하도록 막는 금계였다.

대와다따의 무리들을 원인으로 해서 정했던 그 금계들이 그 사람들을 막지는 못했다. '나쁜 허물을 즐긴다.'라고 하는 위치까지 내려갔으므로 어떠한 계율로도 막을 수 없었다. 부처님께서 가까이 불러서 말렸지만 그는 따르지 않았다.

대와다따가 "아난다여, 오늘부터 시작해서 우리들은 부처님을 제하고 우리끼리 포살할 것이다."라고 말했다. 라자가하 성안에서 걸식하는 나에게 일부러 와서 그 말을 던지고는 가버렸다.

부처님께서도 말리지 못한 이를 내가 뭐라고 말해야 한단 말인가? 내가 해야 할 책임은 이 말을 부처님께 여쭙는 것이 고작이었다.

そ

그날 공양이 끝난 시간에 모든 상가 대중 스님들이 모였다.

마침 포살하는 날이어서 포살 의식하기를 기다리는 중에 드디어 대와다따가 그의 계획을 드러내기 시작했다.

"대중 스님들이여! 우리들이 탐심이 적고, 얻은 대로 쉽게 만족하는 것 등의 이익을 위해서 고따마 부처님께 다섯 가지 종류를 청했습니다.

그런데 그 다섯 가지 모두를 거절당했습니다. 우리들은 우리들이 청했던 대로 수행하십시다. 이 대중 가운데서 이 다섯 가지를 좋아하는 이들은 모두 일어서십시오."

대와다따의 말끝에 500명의 비구들이 일어섰다. 그들은 모두 왓시국의 젊은이들로써 이제 갓 출가 비구가 된 이들로 처음부터 대와다따의 뒤를 따라다녔다. 그렇게 따라나선 이들에게 부처님과 완전히 관계를 끊고 다른 교단을 세우겠다고 말하자 그들 모두가 소스라치게 놀랐다. 두려움에 덜덜 떨면서 생각조차 제대로 할 수 없을 지경이었다.

그러나 대와다따의 열변에 모두 만족해하였다. 그들은 지독한 고행으로 수행하기를 받아들인 것이다. 이 지상에서 이 수행보다 더 높은 법은 없다고 결정한 대와다따의 말에 솔깃해진 것이다. 토끼 한 마리를 보고 자기가 의지하고 살아야 할 숲을 뛰쳐나간 살쾡이같이, 대와다따는 그 500명의 대중을 모아서 상가 대중이 모두 모인 계단(시마)에서 대중을 갈라 나가 따로 포살을 했다. 이렇게 상가배다 깜마(상가 대중을 갈라낸 무거운 업)라는 무서운 죄가 성립되도록 한 다음에 그 대중들을 데리고 가야시사 정사를 향해서 떠났다.

부처님께서 대와다따는 지나쳐 보셨지만 그에게 의지하여서 그가 주는 대로 받아먹고 살아왔더라도 그 어린 비구들을 버리지는 않으셨다. 아직은 모두 부처님의 은혜를 입지 못했기 때문이었다. 아직 지혜가 생기지 않아서 대와다따를 따라간 그 젊은이들을 측은히 여기셨다. 그래서 부처님께서

"사리불아, 그 젊은 비구들에게 너희들이 연민심을 키워야 하지 않겠느냐? 지금 너희들은 그들에게 가서 그 젊은 비구들이 이익 없이 망가지기 전에 구해 주어라."

"알겠습니다. 부처님."

내리신 명령에 따라 그 두 분이 머리를 숙이고 흔쾌히 받아들였다. 사리불 마하테라와 목갈라나 마하테라 두 분을 보고 '너희들'이라고 하신 것이다.

울어야 한다기보다는 웃어야 할 일이라고 해야 할지 모르겠다. 그 두 분이 떠나가고 난 다음 상황을 제대로 알지 못한 비구 한 사람이 엉엉 울었다. 부처님께서 그 이유를 물으시자

"부처님! 사리불 마하테라와 목갈라나 마하테라는 부처님의 첫 번째와 두 번째 가는 가장 큰 제자들입니다. 이 두 분조차 대와다 따의 법을 좋아해서 그 뒤를 따라갔습니다. 부처님."

그가 통곡하는 원인을 말씀드렸다. 부처님께서는 그러한 일은 절대로 있을 수 없다고 그들을 달래야 하셨다. 대와다따의 행동은 통곡했던 그 비구보다 더 웃음을 짓게 하는 것이었다. 우스운 만큼

또한 혐오심도 동반하게 한다.

🪷

사리불 마하테라와 목갈라나 마하테라가 뒤따라서 그곳에 도착하자 기고만장해진 대와다따가

"오! 저기 좀 보아라. 제자들이여!

내가 주장한 법이 얼마나 위대한가? 내가 설한 법을 좋아해서 고따마의 상수제자 두 사람이 나에게로 오지 않느냐?"

그의 대중들에게 만족스럽게 자랑하였다. 그 말을 꼬까리까가 받아들이지 않았다.

"저 두 사람은 반드시 나쁜 바람을 가지고 왔을 터이니 이곳에 들어오지 못하도록 막아야 합니다."

그러나 저만 잘났다고 한창 기세가 올라간 대와다따에게 그것은 귀찮은 소리였다. 그에게 제일 충성하던 이라도 필요가 없었던 것이다.

"그런 말은 그만 두어라. 나의 법을 좋아해서 따라오는 이들을 내가 환영해야지 누가 반기겠는가? 자, 너희들도 일어나서 맞아 들여라."

그렇게 꼬까리까의 말을 제지한 다음 자기 자리 한쪽을 비켜 주었다. 스승을 대신해서 믿을 수 있을 만큼 큰 제자로써 생각한다는 것을 보여 준 것이다.

그런데 스승님이 믿고 존중해서 주는 그 특별한 기회를 두 분이 모두 거절하고 적당한 자리에 각각 앉으셨다. 그러자 저녁 법문

시간이 되어서 대와다따가 생각나는 대로 주섬주섬 법을 설했다.

설하기는 설하되 담마에 관해서 정확하게 알지 못하는 그이니 시작은 했는데 어디로 끝내야 할지 몰라서 자꾸 말한다는 것이 초저녁이 지나 삼경이 되었다. 그러자 대와다따의 법문이 바닥이 나고 말았다. 그래도 눈치는 있어서 할 말이 없어지자 제자에게 넘겨주었다.

"사리불이여! 비구 대중들이 하품이나 졸음도 없이 열심히 법을 듣는구나. 이 대중들에게 법을 말해 주라. 내가 법을 설한 지 오래되어서 등이 아프구나. 누워서 피곤함을 풀어야겠다."

부처님께서 사용하시던 말씀을 따라서 흉내 낸 것이다. 그 스스로를 부처님과 경쟁하여 겨룰 수 있는 부처님으로 생각하며 말한 것이다.

"좋습니다. 테라님."

뒤에 서서 하는 말을 마하 사리불 테라께서 전처럼 돌려주었다. 마하 사리불 테라께서 법문을 시작하자마자 대와다따는 기다렸다는 듯이 두 겹 대가사를 네 번 접어서 침상 위에 깔고 오른쪽 옆구리를 바닥에 대고 코를 골면서 잠이 들었다.

마하 사리불 테라 등 큰 제자들이 법을 설하는 동안 우리 부처님께서도 가끔 누우시기도 하셨다. 그러나 진짜 잠이 드실 만큼은 아니시고 허리의 피곤함을 풀기 위해서 누우시는 것이었다. 그리고는 제자들이 설하는 법에 자세히 귀를 기울이셨다.

경쟁하는 붓다인 대와다따가 그 행동을 따라한 것이다. 그러나 모양만 똑같이 하고 색깔이 다른 것에는 주의를 기울이지 못했다. 색깔이 다르되 모양만 취한다고 그 색깔이 나올 리가 없는 그는 궁리 끝에 얻었던 상가 모두를 잃어버리고 혼자 남게 되었다.

가짜 붓다 대와다따가 잠깐만은 법을 듣는 척하였으나 금방 코고는 소리를 내고 말았다. 그러자 방해자가 없게 된 두 분이 그른 길에 이른 그 오백 명의 젊은 비구들이 바른 길로 올 수 있도록 법을 보여 주었다.

늦기 전에 바른 법을 들은 그들 모두가 진리의 지혜 눈을 뜨고 그날 밤으로 가야시사에서 웰루와나 정사로 돌아왔다.

혼자 남은 대와다따 가짜 부처님께서는 그날 밤을 정말로 편안히 잘 주무셨는지 모르겠다.

Pārajikakaṇṭa

후회의 끝

날라기리 코끼리로 공격한 것은 거칠고 잔혹한 행동의 마지막이었
으며, 지금 가야시사로 갈라져 나간 전쟁은 부드럽게 망가짐의
끝이었다.

가야시사에서 그 밤으로 떠나왔던 이들이 아침이 훤히 밝을
무렵 웰루와나 정사에 도착했다. 떠나갈 때 두 분이었는데 500명
비구를 고스란히 모두 데리고, 그것도 모두 법안을 얻어 흔들림
없는 신심을 가진 이들로 바꾸어서 돌아온 것이다.

나의 일생 가운데 그 두 분 마하테라의 능력에 관해서 기쁨이
솟아나게 한 일이 수없이 많았지만 지금의 그 일에 대해서 나의
느낌은 가장 특별했다. 슬프고 부끄럽고 혐오스러움까지 느껴야
하는 비참함 가운데에서 벗어날 수 있었던 일이어서 더욱 선명하게
와 닿았는가 보다.

다시 돌아온 이들 가운데 꼬까리까 등 세 명의 우두머리는 없었다. 그러나 그들의 위세가 완전히 꺾여진 판이라 다시는 그들에게로 모여드는 이들이 없었다.

500명의 대중을 데리고 오신 두 분 마하테라들께서는 곧바로 부처님이 계신 곳으로 갔다. 그 시간에 나는 부처님께 아침 죽 공양을 올리는 중이었다.

"부처님!

부처님께 청하옵니다. 상가 대중을 나누어 갈라서 나간 이를 따라 갔던 비구들에게 다시 비구계를 내려주시기를 청하옵니다."

영리하지 못해서 한때 어리석었던 이들에게 다른 이들의 의심을 씻어주려고 여쭌 것 같았다.

"사리불이여! 상가를 갈라서 나간 이를 따라간 비구들에게 다시 비구계를 주는 것까지는 필요 없다. 큰 허물이 되기 전의 참회하는 일(톨라싸야, Thullaccaya)만 시키도록 해라."

그들이 지은 허물에 알맞게 치료하도록 말씀하신 것이다. 톨라싸야 허물이란 가장 큰 대계 빠라지까(Parajika), 상가디시사(Samgahadisisa) 허물 다음으로 가장 큰 허물이다.

왓시국에서 출가한 오백 명의 비구들이 상가를 갈라 나간 대와다따의 뒤를 따라갔었다. 만약 다른 비구들이 세 번이나 타일렀는데도 듣지 않고 따라갔다면 상가디시사 허물이 된다. 지금은 그렇게까지는 되지 않았기 때문에 엎드려 참회하는 것만으로 톨라싸야 허물에서 벗어나게 된 것이다.

이 교단의 시작 이래로 한 번도 만나 보지 못했던 큰 일이 생긴 다음 계율에 대해서 밝게 알기로 으뜸가는 칭호를 받는 우빨리 (Upali) 마하테라가 부처님께 가까이 가서

"거룩하신 부처님!

얼마만큼 되기까지가 상가를 갈라내는 일이 되며, 어느 정도까지가 상가를 갈라내는 일이 됩니까? 부처님."

계율에 관해서 가장 큰 책임을 맡은 제자로써 이렇게 자세하게 여쭌 것이다. 계율을 배우는 모든 상가 대중들이 정확하게 이해할 수 있도록, 잘 가르쳐 줄 수 있도록 하기 위해서였다.

위니에 관계된 일로 결정할 일이 생겼을 때 부처님을 대신해서 정확하게 판단할 수 있도록 하려는 것이다. 그러한 계율을 전문적으로 간수하는 큰 제자들에게 자세하게 나누어서 설하신 계경(Vinaya pataka)의 대강을 보겠다.

상가가 두 편으로 갈라지는 것에, 한편에 세 명의 상가가 있으면 상가를 가르는 금이 가는 정도라고 할 수 있다. 아직은 갈라지기 전이라고 할 수 있는 것이다.

한쪽에 네 명씩 갈라진 곳에 아홉 번째의 상가가 어느 한쪽으로 가서 "이것이 담마이다. 이것이 계율이다. 이것이 부처님 가르침이다. 이 말을 들으라. 이것을 취하라."라고 말하면서 자기편을 모은다. 이러한 것 등으로 편을 나누어서 한 계단에서 두 편으로 나누어서 포살을 하면 상가 단체에 금이 가는 것이요, 상가를 갈라 나누는

것도 된다.

비구니, 식차마나, 사미니, 신남 신녀들은 상가를 나누는 일을 할 수 없다. 다만 상가를 갈라지게 하도록 충동 자극시킬 수는 있다. 허물없는 상가 대중이 충분히 있는 계단 안에서 상가끼리 편을 갈라서 포살할 때만이 상가를 갈라내는 허물이 성립된다. 허물없는 상가란 빠라지까 허물에 이르도록 범하지 아니한 보통의 상가 대중을 말한다.

✿

그곳에서 우빨리 마하테라가 계속 질문함으로써 상가를 갈라지게 하는 18가지 종류를 부처님께서 설하셨다. 그 가운데 가장 중요한 것이 법(담마)과 비법, 계율과 계율이 아닌 것들이다.

법이 아닌 것을 법이라고 하고, 진짜 법인 것을 법이 아니라고 싸우는 것, 계율이 아닌 것을 계율이라 하고, 계율을 계율이 아니라고 싸우는 것 등이다. 이것을 다시 자세히 나누면 싸움으로 상가를 갈라지게 하는 18가지 행동이 있다.

이렇게 라자가하에서 생겨났던 큰 사건은 라자가하 그 자리에서 끝이 났다. 그 행동에 관해서 알아야 할 일들도 위니를 맡은 큰 제자분들이 자세하게 설명해 주었다.

이러한 일이 완전히 끝이 났을 때 부처님께서는 라자가하에서 사왓띠로 가셨다. 그제서야 부처님의 목적을 알아차린 나는 놀라움과 함께 이해하게 되었다. 데와닷따의 행동으로 가지가지로 복잡하게 엉켜서 돌아가는 라자가하를 멀리 떠나고 싶다고 먼저 말씀드렸었다.

그러나 부처님의 생각은 그 복잡하게 닥친 사건에서 피해서 멀리 달아난다고 해결될 것은 아니었던 것이다. 복잡하지도 번잡하지도 않는 것을 우리보다 더 좋아하신다. 라자가하에서 해결하지 않으면 사왓띠까지 따라와서 시끄럽게 될 것이다.

대와닷따가 자기편으로 만들어놓은 신도들이 여러 곳에서 살고 있었다. 우리들 사까 종족 안에도 있었음을 먼저 말했었다. 그래서 라자가하에서 생긴 일을 그 라자가하에서 풀어야 했던 것이다. 큰나라 왕의 힘을 의지하고서 한 가지가 끝나면 다음 한 가지로 차례차례 더 심하게 계획한 것을 그대로 모두 받으셨다. 거칠고 잔혹한 모든 원한을 원한으로써 상대하지 않고 지계의 공덕, 사마디의 공덕, 지혜의 공덕으로 이겨낸 것이다.

이러한 문제꺼리들을 깨끗이 해결한 다음, 다음에 다시 이러한 문제가 생겼을 때를 대비해서 자기 대신 해결할 수 있도록 계율을 정해서 담당하는 제자에게 자세하게 말해주셨다. 그런 다음에야 그 라자가하를 떠나서 사왓띠로 가신 것이다.

🪷

제따와나 정사에 돌아온 지 오래지 않아서 가야시사에서 소식이 왔다. 마하 사리불 등 큰 상수제자 두 분이 상가 대중을 이끌고 돌아오던 그날 아침 혼자 남은 자칭 붓다인 대와닷따에게 피를 토하는 병이 생겼다고 했다. 전해진 소문이긴 하지만 그 말이 사실일 것이다.

그 전날까지만 해도 그 넓고 큰 정사에서 그를 추종하는 제자들이 그득하였다. 그를 따르는 세 명의 우두머리 외에 다른 한 명도 남지 않은 그 크나큰 정사에서 텅 비어 있는 허전함이 그의 가슴을 쓸어 내렸을 것이다. 도저히 막을 수도 참을 수도 없는 마음의 고통을 그리고 안 느낄 수 있겠는가?

진짜 붓다였다면 무상의 법칙으로나 생각할 수 있었겠지만 그야 어디 처음부터 참 수행에는 생각이 없었으니 피를 토할 일이었을 것이다.

❁

그 소식 뒤에 오래지 않아서 다시 다른 소식 하나가 들려 왔다. 교만의 깃발을 높이 세우고 내가 생각하면 모두 받지 않고 배기겠는가라고 큰소리쳤던 대와다따가 지금 집게 발가락이 떨어진 가재 같은 신세가 되어서 크게 후회하고 있다는 소식이었다.

그 어리석었던 행동에 대해서 부처님 두 발 아래 엎드려서 죄를 빌고 싶다고도 했다. 자기의 허물을 허물인 줄 알고서 참회를 청하면 이 교단의 전통대로 용서하는 기회를 주는 것이 상례였다. 그러나 대와다따 같은 종류는 정말로 부처님 앞에 이르게 하고 싶지 않았다.

그를 향해서 화내지 않는다고 해도 그와 얼굴을 마주하고 싶지 않는 것 또한 솔직한 심정이었다. 그의 얼굴을 다시 본다면 묵은 상처가 다시 아파질까 주저했기 때문이다.

그러나 대와다따는 나의 바람을 끝까지 따라줄 기색이 아닌가 보다. 그전에도 내가 하지 말도록 원했던 일들을 골라서 하였다.

지금 역시 오지 말았으면 하는 나의 바람일랑 상관없이 이곳으로 온다는 것이었다. 가야시사에서 이곳으로 오는 긴 여정을 그의 발로 오지는 못하고 네 명이 침상에 얹어서 지고 온다고 했다. 무거운 짐에다 무거운 발걸음이니 느리고 천천히 왔다.

그러나 그들의 도착이 늦는 대신 그들의 소문은 무성하게 들려왔다. 내가 그 소문을 부처님께 말씀드렸다.

"아난다, 대와다따는 나 여래를 친견하지 못할 것이다."

부처님께서 앞일을 내다보시고 하시는 말씀일 것이다. 그러나 점점 가까워진다는 대와다따의 소문으로 인해서 젊은 스님들이 술렁거렸다. 어떤 이들은 제따와나 입구에서 멀리 바라보고 서 있기도 했다.

그러다가 들려오는 소식이 있으면 나에게로 쫓아왔다. 내가 원치 않던 대와다따가 지금 제따와나 정사 큰길 입구까지 왔다고 했다. 긴 여행으로 먼지를 뒤집어쓴 그들이 제따와나 입구 연못 근처에서 지고 오던 침상을 내려놓았다고 했다.

그 소식을 가지고 오는 것과 동시에 절 입구에 서서 그의 거동을 지켜보던 이들 입에서 "어! 어!" 하는 소리가 들려 왔다. 큰일을 저지르고 난 다음 후회했던 그는 그 자리에서 생의 끝이 났던 것이다.

※

제따와나 정사의 대문 입구에서 그 일을 지켜보았던 이들의 말에 의하면 갑자기 땅이 갈라지면서 시커먼 불길이 솟아올라 대와다따를 삼켜 버리고는 전처럼 다시 그대로의 땅이 되었다고 했다. 그 대지가 대와다따의 몸을 삼켜 갔지만 그러나 그가 저지른 크나큰 죄업이야 삼킬 수 없었다.

그의 몸은 사라졌지만 그에게서 나오는 썩은 냄새는 아직까지도 코가 아플 정도이다. 이 지상에 부처님의 공덕향기가 넘치는 것과 같이 한쪽에서는 그의 고약한 냄새 또한 계속 퍼질 것이다.

우리 대중들이 참고서 들어왔던 고약한 사건들을 여기서 끝맺음해야 할 것이다. 이 이야기 안에 들어 있던 것처럼 나의 마음을 동요하게 했던 것도 사실이다. 그러나 지금은 그 대와다따에게 미움도 고움도 없다. 좋아하는 마음도 미워하는 마음도 없이, 있는 그대로만 볼 뿐이다. 대와다따의 행동을 확대하려는 의도가 없는 것과 마찬가지로 덮어서 숨기려는 것도 원하지 않는다.

사실을 말하자면, 지금 보여 주었던 것들을 내가 말한다고 해서 대와다따에게 달라진 일은 아무것도 없다. 다만 이 일을 듣는 여러분들이 불선업 짓는 일에 두려움을 느껴서 하지 말아야 할 일을 행한 대가를 그 쓰디쓰게 받아야 하는 회한의 사실을 자세하게 배우도록 드러내 보이는 것뿐이다.

대와다따의 이야기를 거슬러 따라가 보면, 그 역시 처음에는 좋은 이였다. 좋은 마음으로 집을 나와 가사를 입고 우리와 같이 이 교단의 생활로 들어왔다.

출가한 지 오래지 않아서 지극한 노력의 결과로 세간 선정 신통도 얻었다. 그때까지는 출발이 좋았던 그가 뒷길이 잘못된 것이다.

이렇게 보기도, 생각하기도 아름답지 못한 사건이 생긴 원인을 찾아보면 세 가지 이유를 만나게 된다.

① 보시물과 권력에 탐닉한 것

② 선한 이가 아닌 저속하고 비열한 이와 가까이한 것

③ 조금 얻은 세간 선정 신통을 특별한 출세간법인 것처럼 만족해서 중도에서 종점인 줄 알고 주저앉은 것 등이다.

출세간 바른 지혜를 얻기 위해서 기초에 두어야 할 세간 선정 신통을 보시를 받고 권력을 얻기 위한 것에다가 사용했기 때문에 세간 선정 신통마저 사라지게 되었다.

꼬깔리까, 까따모타까띠싸 등 나쁜 비구들과 가까이해서 그의 인생 여정의 구비가 잘못 굽어진 것이다. 여기서 대와다따를 가까이해서 그의 이익을 잃게 된 아자따사따도 역시 잘못된 길을 따라간 이가 된다.

마지막 세 번째가 가장 중요하다. 출세간 지혜를 얻는 마지막 정상에 도착해야만 마음을 놓을 수 있다. 종착점에 도착하기 전에 주저앉은 대와다따처럼 이익이 적지 않은 부처님 가르침을 만났더라도 그 특별한 기회를 두 손에서 미끄러져 잃어버리지 않도록 해야 하는 것이다.

이것이 대와다따가 남겨 준 가르침이다.

Cūḷavagga

이 교단을 후원하는 이

너무나도 큰 오무간 죄업을 실제로 범했던 스승과 제자 두 사람 중에 스승 되는 이는 자기의 허물에 해당되는 과보를 받아야 했지만 살아서 남아 있는 제자 역시 편치 않기는 마찬가지였다. 드높은 황금 궁전 안에서 그렇게 바라던 왕위의 부귀호사를 누리는 데도 마음은 날마다 끊임없이 지옥고통을 받고 있다고 의사 지와까가 말하였다.

왕궁 안에서 거사가 생기던 날 지위가 올라간 사람 가운데 의사 지와까 역시 포함되었다. 오직 병을 전문으로 치료하던 위치에서 나라 일을 의논하고 결정하는 대신의 위치로 올라간 것이다.

🌿

그러나 대신 지와까는 왕궁이 시끄러운 와중에도 그에 휩쓸리지 않고 몸을 낮추어서 잘 넘겨야 했다. 대왕이 그의 스승의 영향

아래 움직였기 때문에 부처님의 성스러운 아리야 제자인 의사 지와까는 위험이 닿지 않는 곳에 멀찌감치 비켜서 있어야 했다.

부처님께 나쁜 짓을 꾸미는 줄 눈치 챘어도 자신의 힘으로서는 어떻게 할 수 없는 처지라서 가만히 입을 다물고 지냈던 것이다. 그가 믿는 것은 오로지 "붓다란 다른 이의 의도로 죽임을 당하는 법이란 없다."라고 하신 부처님의 말씀으로, 그것만이 믿고서 붙들어야 할 전부였다.

지와까의 마음을 눈치 챈 아자따사따 왕도 그 거사에 참여하도록 억누르지는 않았다. 나라를 다스리는 다른 부분의 일만 맡겼다. 주어진 책임을 능숙하게 잘 이행했기 때문에 지금은 아자따사따 왕이 가장 믿고 의지하는 대신 중의 한 사람이 되었다.

우리들은 마가다국 전체를 다스리는 권력자인 아자따사따 왕을 마가다의 주인이라고 불렀다. 그러나 그가 소유하는 지역은 마가다국만이 아니었다. 인가국도 포함되었다. 인가국은 동남쪽에 있었는데 마가다국과 두 나라가 넓게 연결되어 있어서 경제 역시 크고 활발하게 발전 교류하였다. 그래서 라자가하 왕궁에 세금을 바치는 일이 많았다.

단체가 돌아가면서 다스리는 나라가 아니라 죽을 때까지 혼자서 다스리는 왕권정치였다. 이렇게 사람이 사는 세상에서 부귀와 권력의 정상에서 지내고 있었지만 아자따사따 왕은 조금도 행복할 수가 없었다. 그가 범했던 막중한 죄업이 항상 그의 가슴을 짓눌러서 편안할 날이 없었던 것이다.

낮에는 그래도 다행인 것이 나라 일, 왕궁 일을 지시하고 보고받고 하느라고 잠깐씩은 잊을 수가 있었다. 밤에 잠자리에 드는 시간에 그는 지옥의 고통보다 심한 두려움에 떨어야 했다.

그 역시 피와 살로 만들어진 몸이라 시간이 되면 졸음이 온다. 한숨 잘 자고 나면 다른 이들 같으면 몸과 마음이 산뜻해서 다시 활기를 찾아 움직일 수가 있었을 것이다. 그러나 그는 그럴 수가 없었다. 많은 일을 결정하고 지시하느라고 피곤함을 풀려고 눈만 감으면 그 순간에 일백 개도 넘는 무수하게 많은 창들이 날을 번쩍이면서 그의 몸 전체를 찔러 오는 것 같은 고통을 받아야 했다.

잠깐 눈을 붙이는 동안 받아야 하는 고통이란 이루 형언할 수가 없었다. 두려움에 떨면서 고함을 지르기 일쑤인 그에게 왕비가 무슨 일이냐고 묻고는 하지만 그에게는 대답할 말이 없었다.

불선업의 결과로 살아생전부터 받아야 하는 그 허물을, 그 고통을 자기 외는 다른 이에게 알리고 싶지도 말하고 싶지도 않은 것이다. 그러나 그러한 고통의 날이 오래되자 그 역시 그냥 참을 수 없을 만큼 피폐해진 심신을 그가 믿는 지와까에게 이야기했다.

그러한 병이야 부처님 외에 달리 치료할 사람이 없을 것이다. 그러나 아자따사따의 녹을 먹고 사는 지와까는 그런 말을 함부로 입 밖에 낼 수는 없어서 다른 말로 듣기 좋게 대꾸할 수밖에 없었다. 라자가하에 부처님께서 다시 돌아오실 날만을 기다리면서……

지금 그의 바람이 이루어지려는가 보다. 제따와나 정사에서 안거를 끝내시고 천천히 이곳을 향하여서, 다음 달 보름날에 라자가하에 부처님과 상가 대중들이 도착하신 것이다.

그때는 의사 지와까의 요청으로 그의 망고나무 동산에 머물기로 하였다. 뒤따르는 상가가 천이백오십 명이었다. 그날 밤 보름달이 밝게 떠올랐다. 연기도 안개도 구름도 월식도 없는 보름달이 하늘에 둥실 떠올라서 망고 동산 전체를 환하게 비춰 주었다. 고즈넉하고 아름다운 밤이었다.

길이 기억에 남을 만큼 아름다운 그 밤, 달그림자가 비추는 망고 동산에서 좋은 이들과 좋은 가르침, 잊을 수 없는 법문을 들은 것이다. 그 가르침의 기본은 아자따사따 왕의 일이었다.

아자따사따 왕이 밝게 비추는 달빛을 받으며 오백 대의 코끼리 수레를 몰고 조용조용히 왔다. 왕의 행차 때마다 따라다니면서 울리는 갖은 악대들도 소리하나 내지 않고 조용히 따라왔다. 암코끼리가 끄는 수레마다 남자복장으로 차린 궁녀 일천 명이 따라왔으며 밝게 비추는 횃불은 멀리서도 바라보였다.

왕의 행차에 능숙한 지와까의 주선으로 화려하고도 거창한 행렬을 준비한 것 같았다. 망고나무 동산에 있는 정사로 들어오기 전 아자따사따 대왕은 코끼리 수레에서 내려 정사 안으로 들어올 때는 직접 발로 걸어서 들어오는 예의를 갖추었다.

그러나 그가 차린 거창한 행렬을 거느리고 왔던 마가다 대국의 왕은 곧바로 부처님이 계시는 곳으로 들어오지는 못했다. 부처님의 제자, 웰루와나 정사를 지어서 상가에 보시한 국왕이었던 아버지를 죽인 크나큰 허물이 그를 주저하게 만든 것이다. 괜스레 이곳저곳을 기웃거리고 다녔다.

망고 동산의 정사를 지어서 보시한 지와까의 손을 잡고 이 건물, 저 건물을 칭찬하고 다니다가 모든 상가 대중이 모여 있는 큰 법당에 들어가게 되었다. 그때 부처님께서는 가운데에 있는 기둥을 뒤로하고 동쪽으로 향해서 앉아 계셨다.

이 건물 안에 상가 대중이 천이백오십 분이나 있었지만 어느 누구 하나 기침이나 재채기 소리조차 없었다. 손가락 발가락 하나 부스럭거리는 소리도 없이, 달빛과 경쟁이나 하듯이 밝게 타고 있는 등불만이 고요에 고요를 더 보태서 골고루 모여 앉아 있는 대중을 비추어 주고 있을 뿐 ……

나는 부처님의 오른쪽 옆에 앉아서 아자따사따 대왕과 지와까를 조용히 건너다보았다. 더 이상 말이 필요 없는 두 사람이 조심조심 걸어 들어왔다. 아자따사따 왕은 어릴 때부터 그의 부왕을 따라서 웰루와나 정사에 오기를 수도 없이 하였기 때문에 부처님과 잘 아는 처지였다 .

그러나 왕세자시절 대와다따와 가까워지면서 부처님께서 계시는 정사에 발걸음을 끊어버렸다. 대와다따를 따라서 서로의 불선업을 도와주게 되면서부터 부처님과는 서먹서먹한 사이가 되었다. 더구나 그 부처님을 지극하게 모시던 자기 아버지를 죽게 한 지금이야 저절로 뒤가 켕기는 것이었다.

그러나 눈만 감으면 죽기보다 더한 그 고통에서 벗어나고픈 마음으로 주저주저하면서도 지와까를 따라 나설 수밖에 달리 의지할 곳이 없었던 것이다.

부처님 앞에 앉기까지는 하였으나 그렇게 멋쩍고 열적은 처지에 부처님께 나아가서 그 두 발에 예배드리고 문안을 여쭈지 못하고 괜스레 주위를 둘러보고 고요하게 앉아 있는 대중 스님들을 휘휘 둘러보다가

"지금 스님들이 고요하게 앉아 있는 것처럼 내 아들 우다야받다 아기 왕자도 고요하게 지내지이다. ……"

그의 입에서 탄식처럼 흘러나오는 첫마디였다. 그렇게도 고요하게 앉아 있는 스님들을 보자 저절로 존경심이 솟아 나와 자기의 사랑하는 아들을 떠올리며 내는 소리였다. 특별하고 숭고한 장면을 대하자 가장 사랑하는 그 아들이 제일 먼저 생각난 것일 게다.

"왕이여!

빗방울이 높은 곳에 먼저 떨어지더라도

낮은 곳으로 흘러가듯이

왕의 마음도 스님들을 보자

사랑하는 아들 생각이 났는가 보오."

말을 꺼내기 어려워하는 아자따사따 왕에게 부처님께서 말을 건네주신 것이다. 부처님께 직접 여쭙도록 말문을 터 주자 아자따사따 왕의 얼굴이 금새 밝아졌다.

"그렇습니다. 부처님! 어린 아들 우다야받다를 제자가 몹시도 사랑합니다. 고요하고 거룩하게 앉아 계시는 대중 스님들을 뵙자 제자의 마음에 아들이 먼저 떠올랐습니다.

이 스님들의 고요한 모습처럼 내 아들 우다야받다도 저렇게 고요한 모습으로 지내게 하고 싶습니다. 부처님."

말의 시작 단서를 얻었으므로 기뻐서 얼른 대답을 드린 것이다. 앞뒤가 분명하도록 말씀드리는 순간 부처님과 가까웠던 그전의 어투가 다시 살아난 것이다. 어릴 적 자주 찾아뵙던 그때의 마음이 다시 떠오른 것이다.

자기 자신이 가지가지로 허물과 죄를 지었지만 부처님께서 자비심으로 대해 주시는 것을 알자 기쁜 마음과 동시에 얼른 엎드려서 마음 놓고 예배 올렸다. 그리고 나서

"거룩하신 부처님, 부처님께서 허락하신다면 제자가 여쭙고 싶은 것이 있습니다."

"말해 보시오. 대왕이여, 원하는 것이 있으면 물어 보시오."

아자따사따 왕이 질문을 청하자 부처님께서 허락해 주셨다.

"부처님, 코끼리를 타고 말을 타는 등의 전쟁하는 기술을 가진 이들이 있습니다. 이발사, 세탁사, 베짜는 이 등의 기술도 있습니다. 빵 굽는 기술, 꽃장수 등 상술에 능한 이도 있습니다. 그 사람들은 자기들이 가지고 있는 그 기술로 자기 자신도 잘 먹고 잘 입습니다. 부모와 처자식 등 가족들이 먹고 입는 모든 일에 도움을 줄 수 있습니다. 친척이나 친구들을 도와 줄 수도 있고 스님이나 다른

수행자들에게 선업을 지을 수도 있습니다.

이러한 기술들이 금생에 그 기술의 이익을 받을 수 있는 것처럼 이 교단에 들어와서 비구 수행자가 되는 이익도 현재의 금생에 분명하게 보여 줄 수 있습니까?"

"대왕이여! 얻을 수가 있소. 얻을 수가 있는 것을 분명하게 알 수 있도록 우선 대왕에게 먼저 묻겠소. 좋을 대로 대답해 보시오.

비유로, 대왕에게 책임을 능숙하게 이행하는 대신 한 사람이 있다고 합시다. 그 사람이 어느 날 대왕의 부귀와 자기의 처지를 비교해 보아서 그의 생애를 좋아하지 않는 마음이 생겨서 출가하여 비구가 되어서 떠나버렸습니다.

그 사실을 대왕이 알고서 '여러 대신들, 그 사람을 다시 돌아오게 하라. 그전처럼 나의 일을 다시 책임지고 행하도록 하라.'라고 대왕이 말할 수 있겠는가?"

"그렇게 말할 수 없습니다. 부처님, 그 비구에게 제자는 예를 올릴 것입니다. 공양, 가사, 절, 약, 이 네 가지 물건을 보시 올릴 것입니다. 그를 위해서 법에 알맞게 보호를 해 드릴 것입니다. 부처님."

"대왕이여! 그렇게 되면 출가 비구가 된 이익을 금생에 얻었는가? 얻지 못했는가? 대왕은 그것을 어떻게 생각하시오?"

"부처님, 그렇다면 출가 비구가 된 이익을 금생의 현재에 얻은 것입니다. 부처님."

그 외에 계속하여서 세금을 내는 농부의 생애에서 출가 비구가 된 이를 비유로 들어서 질문하자 아자따사따 왕 역시 전처럼 대답했다. 그리고 계속하여 올라가서 부처님의 가르침을 만났을 때 출가 비구가 되어서 작고, 중간이고, 큰 계율들을 완벽하게 잘 가져서 자세를 반듯이 하고 알아차림의 지혜가 구족함, 쉽게 만족하고 선정의 장애(Nivarana)들을 빼어버리고 차례차례대로 선정과 신통을 얻음, 그 위에 마지막 모든 번뇌가 사라진 아라한과를 얻는 데끼지 차례차례를 가가의 비유를 들어서 분명히 알도록 설해 주셨다.

수준이 매우 높은 담마가 되어서 아자따사따 왕이 정확하게 이해하지는 못하였지만 그러나 삼보에 대한 지극한 믿음만은 튼튼하게 굳어졌다. 그래서 부처님이 설하신 담마를 기쁜 마음으로 칭송하고서

"부처님, 오늘부터 제자를 삼보를 극진히 모셔 받드는 제자로서 기억해 주십시오."

부처님의 제자로 받아 주실 것을 여쭌 다음 말하였다.

"부처님, 제자가 담마를 보호하고 법답게 나라를 다스리는 부왕을 왕위의 부귀를 노리는 마음으로 죽게 하였습니다. 어리석어서, 무지해서, 영리하지 못해서 범했던 저의 허물을 용서해 주십시오 다음에는 절대로 삼가하여서 범하지 않겠습니다. 부처님."

"왕이여! 어리석어서, 무지해서, 영리하지 못해서 범했던 허물을 허물인 줄 알고 용서를 구하니 나 여래가 용서하노라.

나 여래의 교단에 허물을 허물인 줄 알고서 법답게 치료하고

참회하면, 다음에는 다시 범하지 않도록 삼가하면, 번영과 행복이 올 것이니라."

그 가르침을 듣고 아자따사따 왕이 돌아갔을 때 부처님께서 "비구들이여! 이 왕은 자기 자신을 죽여 버렸다. 자기가 서 있는 장소를 자기가 망가뜨렸다. 그가 만약 담마를 보호하고 법으로 나라를 다스리는 부왕을 죽이지 않았다면 이 자리에서 소따빠나의 위치에 충분히 올라갈 수 있었을 것이다."

⚜

아버지를 죽인 나쁜 불선업이 많았기 때문에, 아자따사따에게 자세히 설해 보인 가르침을 들었건만 도와 과에 올라갈 수 있는 복은 없었다. 그러나 아주 이익이 없었던 것은 아닌 것이 그에게는 당장의 이익부터 얻었다.

이전에는 아니 어제 저녁까지도 잠깐만이라도 눈을 붙였다가는 그 순간 지독한 고통으로 신음하며 소스라치게 놀라서 소리 지르며 일어나야 했다. 부처님께 가서 진심으로 자기의 허물을 드러내며 참회하고 용서를 구한 다음부터는 밤 시간에 잠들 수 있게 된 것이다.

그 은혜를 갚기 위해서 이 교단을 위한 도움이라면 주저하지 않고 받드는 신심 있는 재가 불자로 바뀐 것이다. 아자따사따 왕이 불법을 펴는 일은 다음에 듣게 될 것이다.

Sīlakkhandha vagga / Sāmañña phala sutta

햇님 왕이 저무는 때

신심이 지극한 아자따사따 왕에게 인사를 한 다음 우리들은 여행을 계속하여서 우리들이 태어났던 곳으로 갔다. 사까 종족 가운데 왜난냐라는 친척들이 모여 사는 사마라는 큰 도시로 들어갔다. 아름다운 망고나무 숲 속에 그들이 세워 놓은 정사에서 한동안 머무르고 있는데 그때에 쑨다 테라가 도착했다.

마하 사리불 테라의 친동생인 쑨다 테라는 빠와라는 도시에서 소식 한 가지를 여쭈려고 온 것이다. 이 시간에 급한 걸음으로 찾아온 쑨다 테라는 나를 구해 준 은인이기도 하였다.

내가 부처님 뒤를 그림자처럼 따라다닌다고는 하지만 어느 시간이고 무조건은 아니었다. 지금 같은 낮 시간에는 내 처소에서 지내야 한다. 부처님께서는 간다꾸띠 안에서 오직 혼자서만 선정에 들어 계시기를 즐기시기 때문이다.

부처님께서도 낮 시간에 과의 선정에 드셔서 현재의 행복을 즐기시는 것처럼 나 역시 선정에 들려면 들 수도 있고 지내 본 적도 있다. 그러나 어려운 것은 나 혼자 즐거이 선정에 들어서 지내는 것보다 부처님 가까이서 지내는 것을 내가 더욱 좋아하는 것이다. 그래서 지금까지도 이 첫 번째 도의 위치에서만 머무는지도 모르겠다.

부처님을 지나치게 존경하는 마음 때문에 하루는 커녕 한나절도 떨어져서 지내는 것을 참을 수 없는 것이다. 지금 역시 나를 구해 줄 이가 온 것이다. 쑨다 테라가 가지고 온 소식을 가지고 부처님께 들어갈 수 있는 기회가 생긴 것이기 때문이다.

"부처님, 제자에게 쑨다 테라가 이렇게 전했습니다. 니간타(나체 외도) 나타뿍따 스승이 얼마 전에 명이 다해서 죽었습니다. 그들의 지도자가 죽었기 때문에 남아 있는 나체 외도 수행자들이 두 편으로 갈라졌습니다.

'내가 할 수 있다. 내가 안다. 내가 행하는 수행이 바르다.'라는 등으로 서로 싸움이 벌어졌답니다. 서로서로 입으로 상대편을 공격 하면서 상대편을 눌러 이기려 하고 있답니다. 부처님."

"사실은 죽은 이야 니간타 나따뿍따 스승 한 사람이지만 그러나 그의 죽음이 나체 외도 수행자 전체에게 옮겨가고 있습니다. 지도자 가 없어졌으므로 스스로들 무너지는 쪽을 향해서 가고 있습니다.

존경을 받아야 할 수행자들이 서로 싸우고 원수가 되고 있으므로 그들을 의지하던 신남 신녀들이 전처럼 그들을 존경하지 않습니다.

부처님."

쑨다 테라가 가지고 온 소식을 자세하게 말씀드렸다.

"쑨다여! 너의 말이 맞구나. 그들의 담마와 위나야(계율)가 있지만 잘 설해 놓은 것이 아니다. 그들의 담마와 위나야가 윤회업에서 벗어나게 할 수 있는 것도 아니고, 마음에 고요하고 편안함을 생기게 하지 못한다.

4가지 성스러운 진리를 스승의 가르침 없이 스스로 깨달은 지혜(Sayambhū ñāṇa)로 확실하게 깨달아서 설한 것도 아니다. 그러한 담마와 위나야를 따라서 행하는 이들에게 이러한 무너짐이 있구나!"

그 소문을 가지고 온 쑨다에게 직접 말씀하셨다. 나체 외도 스승의 개개인 일은 다루지 않고 담마의 관점에서만 말씀하시는 것에 우리들은 주의를 기울여야 할 것이다. 이전에 그들의 법과 수행하는 모습을 잠깐 이야기한 적이 있다.

그밖에 부처님께서는 바르지 않은 법과 규칙을 따라 행하는 이들과 그렇게 하라고 시키는 이 모두 허물이 큰 것과, 바른 법과 바른 계율을 행하는 이와 가르치는 이 모두 선업이 커지는 모습도 말씀해 주셨다. 그리고

"쑨다여! 이 세상에 번뇌를 멀리한 진리인 4가지 바른 법을 스승의 도움 없이 자기 지혜로 확실하게 깨달으신 스승 한 분이 출현하였다. 그 스승은 윤회 업에서 벗어나게 할 수 있는 마음의 고요한 행복을 생기게 하는 법을 잘 설하였다.

만약 그 스승이 제자들에게 법의 성품을 이해하도록 설해 주지 못한다면, 제자들의 수행하는 차례를 분명하게 드러나도록 하지 못한다면, 그 스승이 죽고 난 다음 남은 제자들에게 뜨거운 번뇌가 생길 것이다.

만약 그 스승이 제자들에게 법의 성품을 이해하도록 잘 설했다면, 제자들의 수행 차례를 분명하게 드러내 보여 주었으면, 그 스승이 죽고 난 다음이라도 남은 제자들에게 뜨거운 번뇌가 생기지 않을 것이다."

이렇게 설하시는 동안 스승이라고 일반적인 말을 사용하셨지만, 계속하여 설하심에 그 스승이란 바로 붓다임을 말씀하셨다. 그리고 계속하여서 그 스승이 지금 나이가 많아졌으며 그 스승께 배운 제자들이 여러 가지 방면으로 능력이 갖추어진 제자들이 충분히 있는 것도 말씀하셨다.

"쑨다여! 그렇게 되려면 나 여래가 직접 깨달아서 직접 설한 모든 법을 너희들이 힘껏 유지하고 보존하도록 노력하라. 너희들이 모두 모여서 바른 뜻을 바르게 의논하고, 문법은 문법에 맞게 토론하여서 모두 모여서 외우도록 하라.

한 사람 한 사람 서로 싸우지 말라. 이렇게 외우면 이 가르침이 오래도록 머물 것이다. 이렇게 오래 머물러서 많은 이들에게 이익이 되고 행복함을 가져오게 할 것이다.

그 법이란 무엇이냐?

사띠빠타나(Satipaṭṭhāna 알아차림을 기울이는 곳) 4가지

삼마빠다나(Sammappadhāna 바른 노력) 4가지

이디빠다(Iddhipāda 신통) 4가지

인드리야(Indriya 능력, 태도) 5가지

발라(Bala 힘) 5가지

보장가(Bojjaṅga 깨달음의 조건) 7가지

막간가(Maggaṅga 도의 조건) 8가지들이다."

※

그날 설하신 가르침은 갠지스 강물이 흐르는 것과 같았다. 알아야 할 것들과 따라서 행하여야 할 것을 쉬지 않고 오래도록 설하여 주셨다. 이 정도로 구족하게 널리 그리고 자세하게 설하여 주신 법을 듣지 못한 지가 오래 되었기에 빠와 도시에서 일부러 여기까지 와 준 쑨다 테라에게 고마운 마음이 생겼다.

나체 외도 스승의 죽음에서 시작하여 설하여 주셨던 그 많은 알아야 할 것과 따라 행하여야 할 것 모두를 나는 만족할 만큼 충분히 들었다.

고향에서 다시 사왓띠로 돌아와서는 그 많은 가르침뿐만 아니라 그에 비례할 만큼 많은 감회 또한 느껴야 했다. 그냥 보통으로 느낀 것만이 아니라 놀라움과 두려움과 그리고 참을 수 없는 슬픔을 모두 무더기로 모아서 감당해야 했다.

상가 대중을 넘겨 달라고 했던 대와닷따가 청할 때도 부처님의 연세가 많기 때문이라는 이유를 달았다. 위의 가르침을 설하는 중에서도 부처님 자신이 나이가 많다고 하셨다. 일평생의 마지막

나이에 이르렀다고 하셨다.

그러나 그때는 그렇게 실감이 나지 않았었다. 내 몸 역시 70이 넘어서 늙음의 징후를 보여 주고 있다. 그러나 늙은 노인네라는 마음은 아직 들지 않았다.

내 일생 중에 그런 마음일랑 들어오게 하고 싶지 않다. 나의 건강이 나의 바람을 도와 줄 것이다. 부처님을 따라다니면서 필요한 것을 시중들어 드려야 하는 가운데 나에게 늙음이란 없을 것이다. 이 책임을 처음 맡을 오십대였을 때와 지금과 아무런 차이도 없다.

나이가 늙음 쪽으로 기울어 가지만 나의 건강은 아직도 쓸 만했기 때문이다. 그와 같이 부처님의 건강 역시 아직은 좋은 편이다. 건강하시기 때문에 이처럼 머나먼 여행을 다니실 수가 있는 것이다. 가끔은 뱃병이 나는 것과 오래 앉으셔서 허리가 불편하신 것 외에는 괜찮으신 편이다.

그날 부처님과 나는 위사카가 보시한 뿍빠란마나 정사에 도착했다. 부처님께서는 그날 낮에도 전처럼 혼자서 앉아 계시다가 해가 설핏해진 무렵에야 나오셨다. 그때는 서리가 내리는 겨울철이라서 오후 무렵의 햇볕은 앉아 있기 적당할 만큼 따뜻했다.

부처님께서는 정사의 서쪽 편에 펴놓은 자리에 앉아서 햇볕을 받고 계셨다. 햇살을 직접 받기 위해서 윗가사를 내리고 등 쪽을 햇살 비치는 곳으로 향했다. 이러한 모습은 날이면 날마다 목욕하실 때마다 보곤 하는 모습이었다. 밝게 핀 황금 연꽃처럼 노란 가사를 수하였을 때와는 다른 아름다움이었다. 지금처럼 윗가사를 수하지 않으셔도 그대로 아름다움 자체였다.

거의 날마다라고 할 만큼 나는 부처님의 팔다리를 만져 드렸다. 거의 대개는 가사 위로 주물러 드렸다. 그러나 지금 그대로 맨살 위를 눌러 드리다가 나는 그만 흠칫 놀라고 만 것이다.

형님과 나는 어릴 때부터 가까이서 친밀하게 지내 왔기 때문에 가끔씩 손으로 맨살을 만져 볼 때가 있었다. 그 살결은 어느 한 곳 밀리거나 구김 없이 팽팽하고 단단하면서도 매끄러웠다. 마치 단단한 소가죽을 일백 개의 송곳을 박아서 판판하도록 펴놓은 것처럼 만지는 곳마다 걸리는 것 없이 그대로 미끄러져 내려갔다. 그분의 몸매는 대장부의 자태로 완벽하게 아름다웠다.

키가 훤칠하니 크기로 유명한 우빠난다 테라보다 손가락 네 마디는 더 컸다. 그 긴 몸과 둥근 어깨와 알맞게 살이 붙은 모습은 어디 한 군데라도 모자라거나 넘치는 데가 없었다. 잘 자란 보리수가 키와 넓이가 보기에 아름다운 것처럼 서 있거나 앉아 있거나 단단하신 몸은 언제나 반듯했다.

그러나 오늘은 예전 같지 않았다. 금빛처럼 밝고 환하던 살색은 빛이 나지 않는 것이 늙음의 징조를 보이는 것인가? 오늘 곁에서 자세히 바라보자 변해진 사실을 볼 수 있었던 것이다.

그밖에도 가사에 가려서 전처럼 생각했던 몸 역시 늙음의 징조를 보여 주는 것이었다. 언제나 광채를 발하던 아름다운 눈동자도 오늘은 전처럼 빛나지 않은 것 같았다.

"부처님, 나이에 따라 제 몸이 변해지는 것은 이해합니다. 몸에 늙음의 징조가 드러나더라도 늙음이 스며들지 않는 마음으로 버티고 있습니다. 그런데 지금 부처님의 변해진 모습을 보는 순간 놀라움을 금할 길 없습니다. 두려움이 생깁니다. 거대한 황금 산처럼 튼튼하신 몸에도 늙음의 성품은 벗어날 수 없습니까?

제자가 뵙고 또 뵈어도 싫증남이 없고, 다시 다시 바라보아도 만족함이 다하지 않는 그 황금 장육신이 이렇게 조금씩, 조금씩 바뀌어져 갑니다. 겨울철 햇살의 힘이 줄어들듯이 부처님 육신의 저녁노을이 가까워지고 있습니다!"

그분의 변해진 상황을 자세하게 여쭈는 내 심정은 슬픔을 금할 길 없는 안타까운 마음으로 목소리조차 더듬더듬 흔들리고 있었다. 내가 그렇게 당연한 사실에 동요하고 두려움을 느끼는 반면 부처님께서는 그저 조용히 듣고만 계셨다.

"아난다, 태어난 것은 모두 늙어진다.
건강한 것은 모두 병이 들 꺼리이다.
살고 있는 것은 모두 죽어간다.
이러한 법칙을 누가 있어 건너뛰랴!"

꽃

내가 슬픔으로 떨고 있는 동안 부처님께서는 그저 묵묵히 오는 법칙대로 받아들이고 계셨다. 내가 나의 형님이라는 애착으로 아파하고 있는데 형님께서는 늙고 병들고 죽어야 하는 사실대로 바라보고 계셨다.

그제야 나는 우리들이 태어났던 곳에서 설하여 주셨던 법문을 차례로 거꾸로 외우기 시작하였다. 그 가르침은 알아야 할 모든 것과 행하여야 할 모든 것이 들어 있었다.

그러나 그 중요한 핵심은 부처님이 안 계시는 날에 이 가르침이 오래 전해져서 많은 사람들에게 이익을 주도록 잘 간수하는 것이었다. 서로서로 다투지 말고 의견을 같이하여 서로 존중하고 아름다운 가르침을 잘 전하는 것이다.

해지는 저녁 무렵에 또한 햇님의 저녁노을을 위해서 미리 준비하고 있는 것이다.

Mahāvagga

어머님의 마지막 인사

"좋은 말씀만 하시는 거룩하신 부처님
제자가 부처님의 어미입니다.
또한 부처님께서는 저의 아버지입니다.
선한 이의 담마를 주셨던 부처님,
제자는 부처님의 가르침으로 태어났습니다.

부처님의 아름답고 존경심 가는 그 몸을
제자가 튼튼하게 자라도록 길렀습니다.
제자의 높고 높은 담마의 몸을
부처님께서 잘 자라도록 법을 설해 주셨습니다.

제자가 부처님께 먹여서 길렀던 젖은

잠깐 동안의 배고픔만을 면하게 해 주었습니다.
부처님께서 먹여 주셨던 담마의 젖은
긴 세월 끝까지 허기와 갈증을 풀어 주어서
원래 그대로 편안합니다. 부처님."

어머니 마하 빠자빠띠 고따미께서 그의 아들 부처님께 여쭈고 있는 중이다. 아들 부처님께 자기가 행하였던 은혜보다 그 자신에게 아들 부처님이 내려 주신 크나큰 은혜가 훨씬 더 높고 높은 모습을 자세하게 여쭈는 것이다.

부처님의 공덕은 칭송하고 칭송하여도 끝이 없고 다할 수 없다. 그와 같은 칭송의 소리를 들을 때마다 나 역시 같이 존경심을 내지 않을 수 없다. 나 스스로가 칭송하고 싶었던 그 칭찬을 다른 이가 칭송함으로써 더욱 기쁨이 생기는 것이다. 그러나 이번은 그렇게 기쁨만은 아니었다.

내가 가장 사랑하고 존경하는 형님을 칭송하는 소리인 줄 알지만 그 기뻐해야 할 마음속에 저미는 슬픔이 덮쳐 내리는 것이다. 나에게 기쁜 날도 있었지만 이제 슬퍼해야 할 일들이 겹쳐서 닥치는 것이다.

☙

마하 빠자빠띠 고따미 비구니께서는 비구니들을 위해서 따로 정해진 절에서 떠나오셨다. 그분과 같이 험한 길을 걸어와서 어렵게 이 절집 안에 들어왔던 500명의 사까족의 여인들, 그 비구니들도 함께 온 것이다. 몸도 마음도 같이한 세월과 함께 ……

조용조용 걸어오는 그 아라한 비구니 500명 뒤에는 평소 그들을 존경하고 받들던 신남 신녀들 역시 말을 잊은 채 눈물을 줄줄이 흘러내리면서 무리무리 뒤따랐다.

이러한 장면을 어느 날인가는 볼 것이라고 예상은 하였지만 그러나 이처럼 가슴이 저려 옴을 막상 당하고 보니 더구나 그 많은 신남 신녀들의 소리 없는 통곡소리를 듣는 나의 가슴은 거대한 파도가 몰아 덮치는 것처럼 동요하였다.

잠깐이라도 알아차림을 놓친다면 저들을 얼싸안고 통곡의 파도 속으로 빠져들 것 같았다.

"오! 드디어 오늘이 어머니 마하 빠자빠띠 고따미의 마지막 날이로구나! 마지막 날, 그의 아들 부처님께 와서 마지막 인사를 하는구나!

그렇다. 담마의 성품으로 이해한다면 못할 것도 없는 것이 이때의 어머니 연세는 일백 하고도 이십 세였다. 이 정도로 살았으면 가는 이나 남은 이들이 만족하지 못할 것도 없을 것이다.

그러나 그분께서 아들 부처님께 구구 절절이 여쭙는 말씀을 듣자 유난히도 그분과 친숙했던 나의 가슴이 덜덜 떨려오는 것을 어찌하랴!

"모든 이들의 밝은 태양과 같은 부처님

이 세상에 있는 모든 허물이란

여자들이 짓는다고 말들 합니다.

그래서 여자인 제가 어느 한 가지 허물을 지었다면
가여이 여기시는 연민심으로 용서해 주십시오.
부처님······."

"항상 연민심을 가지고 계시는 부처님,
부처님께 여자들이 출가 수행자
비구니가 되기를 청원하였습니다.
그렇게 청원하던 가운데
어느 한 가지 허물이 있었다면
자상하신 자비심으로 용서해 주십시오. 부처님."

"고요하고 용감한 이들보다
더 높고 거룩하신 부처님,
저와 같이 온 비구니들에게
부처님의 허락으로 가지가지를 가르쳤습니다.
그렇게 가르친 중에 그릇된 것이 있으면
가여이 여기시는 연민심으로 용서해 주십시오. 부처님."

다음에 다시 만날 일이 없었기에 용서를 구할 일이 하나도 남지
않도록 자세하게 청하였다.
　나는 부처님께 청원을 드리는 그 소리가 유명하신 마하테라님께
용서를 구하는 일이라고 느껴졌다. 내가 존경하는 마하테라 가운데

는 여자라고 하면 허물과 함께 보는 분들도 있었다.

여자이면서 출가 수행자가 되기를 청한다는 것조차 허물이라고 보는 이들도 있었다. 그런 분들이 지금 어머니 고따미의 용서를 청하는 소리를 듣고 용서를 하면 다행이련만……

"모든 공덕을 가지고 있는 고따미,
당신에게는 어떠한 허물 한 가지도 없습니다.
그래서 나 여래가 일부러 용서할 일은 없습니다."

부처님의 허락하시는 말씀을 듣고 난 다음 어머니 고따미는 비구 스님들께 다시 인사를 드렸다.

"오! 사랑하는 아들들이여!
이 몸은 나쁜 뱀들이 숨어 사는 동굴과 같습니다.
모든 병들이 머무는 곳입니다.
모든 고통의 무더기입니다.
늙음과 죽음이 노닐 수 있는 장소입니다.

가지가지 더러움이 흘러나옵니다.
이 몸을 지니고 사는 것은 혐오스럽습니다.
이 모든 고통에서 벗어난 곳으로 가고자 하는
저를 용서해 주십시오."

어머니가 작별인사를 하는 중에는 아들 난다가 들어 있었고 손자 라훌라도 있었다. 나 역시 그들과 같이 있었다. 그들과 한자리에 함께 앉아 있어도 그들은 나처럼 눈물을 흘리는 이들이 아니었다. 슬픈 느낌을 받지 않는 이들이었다.

모든 번뇌가 깨끗이 사라진 자리에 동요 없이 그대로 조용하니 앉아 있었다. 그래서 그들은 업의 성품만을 읊어 내었다.

"영원하지 않는 법 상카따 담마(Sankhata dhamma)

파초줄기처럼 알맹이가 없고

요술처럼 사실이 아닌 법,

아지랑이처럼 순간만 머무는

오! 이 법이 혐오스러움구나!"

이렇게만 읊었다. 그러나 나는 그럴 수가 없었다.

"부처님을 기르셨던 어머니조차

지금 마지막으로 떠나가시는구나!

오! 모든 것은 어느 한 가지도

영원하지 않는 것인가?"

나야 그들처럼 담마의 성품을 게송으로나 읊고서 묵묵할 수는 없었다.

"오! 할 수 없는가? 드디어 올 날이 오고 말았구나!"

중얼중얼 한탄하듯이 탄식하였다. 그러자 어머니 고따미께서

"오! 사랑하는 아들이여!
지금 시간에 걱정이나 울음은 적당하지 않구나.
사실을 말하자면
이 무거운 업의 고통에서 벗어나게 되어서
기뻐할 일만 남았구나!

아난다 테라여!
너는 우리 비구니들의 의지처였다.
사랑하는 아들 덕분에 닙바나를 얻었다."

"오! 사랑하는 아들 아난다!
네가 청원 드려 주었기 때문에
부처님께서 우리들이 출가 수행자
비구니가 되는 기회를 주셨다.
사랑하는 아들 아난다여!
슬퍼하지 말아라.
아들이 해준 일은 참으로 많은 이익이 있었구나!"

이렇게 달래 준 어머니 고따미와 우리들의 누이들이 부처님께
예배드리고 돌아가는 길을 부처님과 우리 모두가 꾸따가라

(Kutagara) 정사까지 따라가며 배웅하였다.

어머니와 500명의 비구니들은 자기 처소인 정사로 돌아가서 차례차례 선정에 들어간 다음 빠리닙바나에 들었다. 부처님과 우리 대중들이 모두 각자 자기 처소로 돌아갔지만 대문 입구에 서 있는 나는 그저 망연할 뿐이었다.

어머니와 함께 사까족 왕궁의 500여인들이 이 교단에 들어오기 위해서 멀고 먼 길을 걸어서 여기까지 왔었다. 대문 근처에까지는 왔으나 차마 용기를 내어서 부처님 앞으로 가지 못하고 피가 흐르고 먼지를 뒤집어 쓴 모습으로 울고 있었다.

그러나 지금은 내 차례였다. 그렇게 울던 이들을 맞이했던 내가 지금은 그 자리에 혼자 남아서 울고 있구나!

Mahā pajāpati gotamitheri apadāna

난다와 라훌라의 마지막 예배

이전에 자신을 다스리지 못해서 수치를 당해야 했던 동생 난다는 어머니의 마지막 인사에는 고요하게 대할 수 있었다. 동요 없이 조용한 자세로 세상 법칙을 받아 들였다.

날마다 한결같이 가고 오고 앉고 서고 말하고 먹고 마시는 등 모든 행동을 언제나 잘 다스려서 고요하였다. 그래서 부처님께서 자세를 잘 다스리는 이 가운데 으뜸간다는 특별한 칭호를 주셨다.

그렇게 고요한 태도로써 지내는 동생 난다는 어린 사람들이 길을 잘못 들지 않도록 자주 잘 가르쳐 주었다. 그 자신의 이야기를 교훈 삼아서 당부하였다. 그전의 태도와 지금의 태도는 전혀 반대되는 모습을 가끔씩 게송으로 읊기도 했다.

"적당하게 생각지 못하였기 때문에

전에 나는 자주 아름답게 치장하였다.
내 가슴에 타고 있는 애욕의 불 때문에
내 마음은 고요할 새가 없었다.
부처님의 친동생이면서도
허투루 시간 보내는 이로 유명했었다.

햇님의 권속이 되는 부처님께서
방법을 써서 능숙하게 구해 주셨기 때문에
그제서야 바르게 생각할 수 있었다.
바른 길로 바르게 수행하였다.
깜마 오욕락이라는 진흙탕 수렁에서
닙바나라는 황금의 나라에 올라갈 수 있었다.”

은혜를 주신 분께 은혜를 갚는 일을 동생 난다는 나처럼 형님 곁에서 하지 않았다. 멀리 떨어진 곳에 지내면서 은혜를 갚았다. 형님께서 주신 도과(道果)의 행복을 거듭해서 들어가는 것이 그가 은혜를 갚는 최상의 방법이었다.

그렇게 은혜 갚는 것을 만족하게 여기신 형님께서도 허락해 준 것이다. 그전에는 좋은 비단가사만 골라서 입던 동생 난다가 지금은 백 조각, 천 조각 기운 누더기 가사로 만족하게 지낸다. 그전에는 큰 집 부잣집만 가려서 걸식하던 동생 난다가 지금은 그가 머무는 시골 작은 마을에서 얻는 대로의 밥과 얻는 대로의 반찬으로 만족하게 지낸다. 이전에는 크고 깨끗하고 좋은 자리만 찾아서 앉던 동생 난다가 지금은 그가 머물던 곳의 나뭇잎으로 덮은 작은 초막에서 빠리닙바나에 들어갔다.

설사 비를 막아 준다고 해도 바람은 막을 수 없는 작은 초막,
그 안에 사람이 죽었을 때나 사용할 낡은 침상 하나,
그 낡은 침상에 펴놓은 낡은 목욕가사 하나,
그 옆의 작은 돌 위에는
마실 물을 담아 놓았던 흙으로 빚은 발우 하나,
그의 머리 밑에는 대나무로 만든 목침 하나,
그의 몸에 덮어진 누더기 가사 ……

숟도다나 사까왕의 왕자, 그 아들이 소유한 재산이구나!
어머니 고따미와 아들 난다의 생의 마지막 모습은 각기 달랐다. 어머니가 닙바나에 들 때는 정사 안과 도시 안이 모두 시끌시끌하니 들썩였다.
아들 난다는 사람들이 모르는 숲 속 작은 초막에서 조용하게 명을 다했다. 어머니 때의 시끄러움과 번잡함을 원치 않아서 자기가 빠리닙바나에 드는 것을 어느 누구에게도 말하지 않은 것 같았다. 도시 전체가 떠들썩하게 빠리닙바나에 들었거나 아무도 몰래 떠나갔거나 그 두 분이 아라한 과를 얻어서 빠리닙바나에 든 것은 사실이다.

빠리닙바나(Parinibhana)라는 것은 기름 접시불 하나가 스러지 듯이 조용해진 것이다. 심지도 기름도 다 소진해서 그 불꽃이 동쪽이 나 서쪽, 남쪽이나 북쪽, 어느 곳으로 갔거나 옮긴 것이 아니라 그 자리 그곳에서 태울 꺼리가 다해서 소멸한 것이다.

그와 같이 지난 시간에 그들이 지었던 선업과 불선업들이 번뇌 (Kilesa)라는 동반자가 없어지자 그들의 속력이 사라진 것이다. 아라한으로써 지었던 선업들은 업(Kāma)이라고 할 수 없다.

어떠한 탐심이나 애착, 무지가 없는 이들에게 그것으로 인해서 다시 받아야 할 어떠한 것도 없기 때문이다.

그 두 모자에게 번뇌의 속박이라고는 어느 한 가지도 없었다. 번뇌 없이 원래 깨끗한 마음 그대로 그 선업들이 가르침(담마)에게 은혜를 갚는 것이 된다.

가르침의 열매를 자기들이 먹었듯이 다른 이들도 먹어지이다라 는 깨끗한 의도로 이익이 있도록 실천하였다. 그 두 모자에게는 다음 생이라는 윤회가 없었기 때문에 내생을 아름답게 꾸미기 위해서 준비해야 할 것은 없었다. 어느 누구를 위해서 걱정할 것도 없고 원할 것도 없었다.

자기들을 싣고 있는 그 몸만을 마음 편하게 버리는 일만 있었다. 그래서 그 두 모자의 생의 마지막을 빠리닙바나를 행하였다고 하는 것이다.

❀

이러한 담마의 성품이 포함된 보배경(Ratana sutta)을 나 스스로 거듭거듭 외웠었다. 국경이 세 겹의 성곽으로 둘러싼 왜살리 수도의 큰길을 오고가면서 외웠었다.

이 가르침을 입으로 줄줄이 외우던 내가 언젠가는 담마를 잊어버리고 날개 부러진 새처럼 된 것이다. 그래서 어머니 고따미가 빠리닙바나에 들어 훌쩍훌쩍 울어야 했을 때 친아들 난다가 나를 달래주었다.

달래 주던 그 난다마저 빠리닙바나에 들었을 때도 나는 흐르는 눈물을 막을 수 없었다. 야소다라의 자매들이 빠리닙바나에 들 때는 친아들 라훌라가 울지 않고 내가 울음 잔치를 벌리고는 했다. 원래 인정이 많고 남의 일을 내 일같이 여기는 내 성품도 원인이지만 그보다 솔직한 사실은 나에게는 아직까지 애착의 번뇌가 남아 있었던 것이다.

집착(Samudaya)으로 내가 울 때마다 몸과 마음은 피곤하고 지칠 뿐이었다. 헉헉 흐느끼면서 울 때에는 내가 좋아서 애착을 가졌던 이들이 나에게서 얼굴을 돌리고 떠나갔다. 아무 미련도 애착도 없이 편안한 마음으로, 짐덩이로 가지고 다니던 몸을 던져 버리고 훌쩍훌쩍 떠나 버렸다. 뒤도 돌아볼 것 없이…….

내가 그렇게 슬픔에 빠져 울 때마다 조카 되는 라훌라가 나를 자세히 지켜보고는 했다. 그의 입 끝에서는 한마디의 말도 나오지 않았다. 만약 그의 입에서 말이 나온다면 어떠한 말을 했을까?

입 끝에서는 부처님의 좋은 법을 달고 다니면서 담마의 성품으로 풀어내지 못하느냐고 허물을 짚을까? 아니면 다른 이와 달리 마음에 부딪치는 것이 깊어서라고 연민심을 키울 것인지?

그의 마음은 그만이 잘 알 것이다. 아버지 부처님의 가르침이라는 밝은 햇살에 닿아서 송이송이 피어난 연꽃송이가 가장 높은 위치까지 피어난 라홀라는 다행스럽게 여기까지 잘 온 자기 자신을 바라보면서 여러 번 기쁨의 노래를 불렀다.

🪷

아버지 부처님의 은혜를 거듭거듭 칭송했다. 그러나 나처럼 부처님 곁에서 지내지는 않았다. 그의 아버지 부처님께 청하지 않아도 얻어 놓은 황금 항아리의 유산을 시간이 있는 대로 사용하고 즐기면서 지냈다.

다른 아라한 마하테라들처럼 제자대중을 두지 않았기 때문에 자기 수행으로 자유롭게 지낼 수 있었다. 가장 높은 도의 위력으로 라홀라의 마음에 근심걱정이나 통곡하려는 마음도 없다. 라홀라의 눈에 눈물이 고인 것을 본 적이 없다.

한 가지 다른 것은 내가 서럽게 울 때마다 평소와 달리 나를 깊이 주시하고는 하였다. 어떠한 그늘도 없는 깨끗하고 밝은 그의 얼굴이 변해서 이그러지는 경우는 없었다.

그래서 나를 바라보는 나의 조카가 나에게 허물을 말할 것이라고는 생각되지 않는다. 이 나이, 이 시간까지 눈물을 다스리지 못하는 그의 삼촌을 위해서 연민심이 일어날 뿐일 것이다.

🪷

라홀라는 일곱 살이 되어서야 그의 아버지 얼굴을 볼 수 있었다.

그의 아버지는 출가를 결심한 마음에 사랑하는 아들이 태어났다는 소식을 듣고 잠깐 애착의 그늘에 덮힌 것을 달이 월식에 들어간 것처럼 여겨서 그날 밤으로 성을 넘어서 아노마 강까지 달려갔다.

이 세상 사람 사는 곳에 아버지가 분명하게 있었으면서도 그는 아비 없는 홀어머니 자식이 되어야 했다. 그래서 그의 어머니가 그를 지극 정성으로 아껴서 아버지 몫까지 사랑을 쏟았다.

아비 없는 자식이라는 측은지심으로 할아버지 할머니가 사랑을 더욱 듬뿍 쏟아 주었다. 그래서 그 손자가 사미가 되고 나자 손자를 사랑하는 마음이 피와 살을 지나서 뼛속 골수까지 닿도록 아팠음을 할아버지가 여쭈었던 것이다.

온 왕궁 전체가, 모든 친척들이 라훌라를 특별히 아끼고 귀여워하는 중에 나도 들어 있음을 다시 설명할 필요는 없다. 왕궁에 있을 때 이 어린 조카를 나는 자주 안아주고 업어주고는 했었다.

이 교단에서 만났을 때 그 어린것이 필요로 하는 일이란 모두 정성스럽게 돌보아 주었다 그와 같이 라훌라 역시 나의 사랑을 중히 여겨 주었다. 아라한 그 높은 위치에 이른 지금까지 나에게 극진하게 존중을 다하였다.

나중에 부처님의 시중드는 일을 맡자 나를 더욱 중히 여기는 것을 그 눈빛만으로도 알 수 있다. 부처님께 직접 시중드는 기회를 얻지 못했더라도 나를 위해서 내가 편해질 수 있는 것이라면 아무도 몰래 무엇이나 만들어 주었다.

나의 편안함을 원하는 라훌라는 마지막 이 몸의 짐을 내려놓을 때까지 나에게 정성을 보여 주었다. 어머니 고따미와 야소다라 자매들이 빠리닙바나에 들 때 우리들은 부처님과 같이 있었다. 마지막 시간 부처님과 우리들에게 인사를 하고 갔다.

아들 라홀라가 빠리닙바나에 들 때는 우리들이 볼 수 없는 곳, 욕계천상 두 번째 하늘 따와때인사(Tavatinsa)였다. 그래서 우리들 누구와도 인사를 하지 않고 갔다. 그러나 그의 아버지 부처님에게만은 마음으로 절을 올리고 갔을 것이다. 따와때인사 천상에서 빠리닙바나에 들려는 것을 높은 마음으로 여쭈었을 것이다.

대연민심을 가슴에 품고 보호했던 그 아들이 빠리닙바나에 드는 모습을 평등심 수행(Upekkhā bhavana) 마음으로 깨끗이 바라보셨을 것이다.

🪷

언젠가 내가 그 두 부자를 큰 황금배와 작은 황금배에 비유했던 적이 있다. 큰 황금배를 뒤따르던 작은 황금배가 우리들 눈에서 먼저 사라진 것이다.

사랑하는 이들의 마지막 인사 때마다 가슴을 들썩거리며 울음잔치를 벌이던 내가 지금 조카 라홀라의 마지막 시간은 눈물로 작별인사를 하지 못했다. 이렇게 울보인 삼촌을 사랑하는 마음으로 다시 눈물 흘릴 기회를 생략하게 했을까? ……

Mahāvagga

오른팔이 떨어지는 시간

조카 라훌라가 연민심을 보여서 잔치마다 울음보를 터트리는 늙은 삼촌에게 그나마 그 기회를 주지 않았다. 슬픔이 없는 것은 아니나 꺽꺽 흐느끼는 눈물 잔치까지는 이르지 않은 것이다. 그러나 그날 참고 넘긴 일이 다음에 더 큰 뜨거움을 키워 주었다.

라훌라가 빠리닙바나에 든 곳은 천상 따와때인사였다고 선정 신통 능력을 얻은 이들이 말해 주었다. 마하 사리불 테라께서 빠리닙바나에 드신 곳은 내가 직접 참여하지 못했다. 제따와나 정사에서 멀리 떨어진 그분의 고향 마을이었기 때문이다.

마가다국에 속한 날라까라는 마을이 그분의 태를 묻은 곳이었다. 그 마을에서 그분의 어머니께서는 어린 손주 우빠예와다(uparevata)와 같이 지냈다. 그 어머니가 사는 집이 그분이 태어난 곳이었다.

그분은 선업이 특별했다. 7남매가 모두 아라한이 되신 분의 어머니였다. 쌀라(Cala), 우빠쌀라(Upacala), 띠뚜빠쌀라(Sisupacala)라는 세 분의 따님은 유명한 아라한 비구니였다.

마하 사리불, 우빠때나, 쑨다, 예와다 등, 아들 4형제도 공덕이 뛰어난 아라한들이었다. 그 가운데 세 분은 특별한 칭호(Etadaga)까지 받으셨다.

숲 속에서 지내는 수행으로 유명했던 사미 예와다의 이야기는 앞서 보였고, 지금은 조용하고 편안한 모습으로 언제나 존경을 받는 부분에서 으뜸가는 칭호를 받은 우빠때나 테라에 관해서 보이리라.

큰형님을 따라 출가 비구가 되어서 첫 안거를 지낸 우빠때나 테라는 이 교단을 크게 번성하게 하려는 목적으로 제자 한 사람을 비구를 만들었다. 스승이 2안거, 제자가 1안거인 채 부처님 앞으로 가서 인사를 여쭙자

"오! 쓸모없는 남자여……

너 자신도 다른 이에게서 가르침을 받아야 할 처지에 어쩌자고 다른 이를 가르치려고 생각하느냐? 무리를 지어서 대중이 늘어나게 하는 일이 지나치게 빠르구나!"

제자를 너무 일찍 둔 우빠때나에게 부처님께서 이렇게 나무라신 다음 10안거를 채우기 전에는 계사가 되어서 비구를 만들지 말라는 계목을 정하셨다.

🙏

그때 심하게 꾸지람을 들은 우빠때나에게는 새로운 격려를 받은

것과 같았다. 으뜸간다는 칭호를 받는 기초를 터 준 것이다. 부처님의 꾸지람을 받은 우빠때나는 단단히 주의를 차렸을 뿐 조금이라도 마음 상해하거나 기가 죽지 않았다.

'부처님께서 대중들에게 보이려고 나에게 이렇게 하신 것이다. 보름달처럼 아름다움이 구족하신 그분의 금구로써 나를 칭찬하시도록 해야 하리라. 대중에서 드러내서 칭송하는 말씀을 반드시 받을 것이다.'라고 스스로 다짐했다.

그때의 다짐대로 10년만에 두딴가를 행하는 비구 대중 500명을 데리고 부처님 앞에 다시 돌아왔다. 그전에는 갖가지 비유를 들어서 가지가지로 꾸지람을 내리시던 부처님께서 이번에는 기뻐하시며 반가이 맞아 주셨다.

스승과 제자들이 완벽하게 두딴가를 행하고 있는 비구들을 자세히 살펴보시고 나서

"우빠때나! 너의 대중들이 조용하고 편안하며 존경스러움이 배어 있구나!"라고 그 금구로써 칭찬하셨다.

부처님의 나무람을 들은 비구가 그 허물에서 벗어나는 길은 수행을 구족하게 갖추는 것뿐이다.

우빠때나 테라는 자기 혼자만 구족하게 수행하는 것이 아니라 모든 제자 대중들을 존경스러운 모습이 되도록 잘 가르쳤기 때문에 사만다 빠사디까(Samanta pasadika)라는 으뜸가는 칭호를 받았다. 선한 마음이 있는 이, 지혜 있는 이는 자기에게 말해 주는 것마다 모두 이익을 얻도록 생각할 수 있다. 나의 일생의 기록인 이 긴

이야기를 끝맺음할 때 이 우빠때나 테라의 기쁨의 노래로 마지막을 장식할 것임을 이 자리에서 밝힌다.

꽃

이런 정도로 대단한 아들과 딸들을 낳은 그 어머니를 다른 쪽에서 보면 불운하다고 할 수도 있다. 아라한 7분의 어머니가 되면서도 그 딱한 이는 아직까지 삼보를 믿지 못하는 것이다.

천상에 있는 창조주 브라흐마나를 믿는 집착이 지나쳐서 그 일이 바른지 그른지 구별하지도 않고 그대로 무작정 따라가고 있었다. 태어나서부터 그 길대로만 따라가서 지금 나이가 80이 넘어서 90이 가까워진 것이다. 그러나 그들이 믿고 의지하는 그 브라흐마나 천왕을 어느 때 한번 본 적도 만난 적도 없었다.

브라흐마나는 '높고 높으며 고상하게 지냄'이라는 뜻인데, 그 공덕을 하나씩 나누어 보면 자비(Metta), 연민심(Karuna), 남의 행운을 같이 기뻐함(Mudita)과 어느 쪽으로도 기울지 않는 평등심(Upekkhā)의 네 가지가 있다.

있는 대로의 모든 한량없는 중생들에게 자기 자신과 구별 없이 사랑함, 고통에 이른 중생을 불쌍히 여김, 행복한 중생들을 위해서 기뻐함, 자기가 원하는 대로 될 수 없는 성품을 알아서 슬픈 쪽에도 기쁜 쪽에도 기울지 않고 반듯하고 조용하게 지내면서 수행함, …… 이러한 뜻이 있다. 우리 교단에서는 그것을 브라흐마 위하라 (높고 높이 지냄, Brahama Vihara)라고 한다.

어느 사람이든지 이 네 가지 모두이거나 그 중의 한 가지를 잘 수행한다면 그 사람을 높게 지내는 이라고 한다. 하늘에 있는 브라흐마나 천인을 안경을 끼고 숭배하는 대신 이렇게 자기 자신을 거짓 없고 고상하게 지내도록·노력하는 것이 더욱 이익이 있다.

사리불 마하테라의 어머니는 자기 스스로의 행을 높이도록 수행하는 대신 하늘에 있는 천인이 구해주기를 기다리며 살았다. 그렇게 삿된 견해에 심하게 집착하며 살기 때문에 그녀의 자식들이 멀리 멀리서 떨어져 지내는 것 같았다.

그런데 지금 큰아드님이 그 어머니가 있는 곳으로 가셔서 그 어머니의 사견을 정견으로 바꾸어지게 할 수 있을 것인가?

그리고는 다시 제따와나 정사로 돌아오신다면 얼마나 다행일까 만은 이제 그분의 가심은 다음에 다시 볼 일이 없이 가신 것이다.

🪷

"복덕이 크신 거룩하신 부처님!
부처님의 빠두마 연꽃 같은 두 발에
머리를 숙여 절하는 기회를 얻음으로
이제 저의 소원이 모두 이루어졌습니다.

복덕이 크신 거룩하신 부처님!
제자가 부처님을 뵈올 일은
이제 앞으로 다시는 없습니다.
부처님과 저의 친밀함
이 자리에서 모두 끝났습니다.

제자는 모든 부처님의 전통을 생각하여서
편안한 마음으로
이 몸의 짐을 내려놓을 것입니다.
저는 어머니의 집으로 갈 것입니다.

제자의 몸으로 지은 업, 입으로 지은 업,
마음으로 지은 업에
만약 좋지 않은 일이 있다면
부처님, 부디 저를 용서하여 주십시요."

"사리불이여!
너의 몸의 업, 입의 업,
마음의 업 가운데
나 여래가 좋아하지 않는 일이란
어느 한 가지도 없었다.

사리불이여!
네가 목적한 곳으로
가려면 갈 수도 있구나!"

이렇게 그 두 분이 마지막 인사를 끝낸 것이다. 그분이 말씀하신
모든 부처님의 전통이란, 한 분의 부처님께 두 분의 상수제자가

있으며 그 상수제자 두 분은 부처님보다 2년 먼저 닙바나에 이르는 것이다.

중간 동생 쑨다가 그의 형님의 발우와 가사를 들고, 그분과 같이 지내던 500 비구 역시 그들의 스승과 같이 가려고 준비하고 있었다.

"비구들이여!

너희들의 가장 큰형님을 배웅하여라."

어머니 고따미가 떠나갈 때 입을 굳게 다물고 계시던 부처님이 그분 차례에는 비구들에게 당부하셨다. 전부터 미리 준비하고 기다리던 우리들은 그 말씀이 끝나자마자 일어섰다.

그분 뒤의 오백 명의 비구 외에 정사 안팎에 있던 비구들이 모두 나서서 배웅해 드렸다. 제따와나 그 넓은 정사에 부처님 한 분만이 계셨다.

아나가미와 아라한 이외의 모든 이들이 눈물을 흘렸다. 그 중에 인정 많고 특히나 그분과 우정이 친밀했던 내가 포함된 것은 말할 필요도 없다.

제따와나 정사를 나서서 사왓띠 수도를 지나갈 때 소문을 들은 신남 신녀들이 구름같이 몰려들었다. 성문 근처에는 발 디딜 틈이 없이 많은 이들이 나와서 꽃과 향으로 공양 올리며 눈물로써 마지막 예배를 올렸다.

"오! 신남 신녀 여러 제자들이여!

이 여행길은 어느 누구도 비켜 갈 수가 없는 것이라오.

생기고 사라지는 법칙이 이러하다오.
자기가 얻은 담마를 잊어버림 없이
다시 다시 수행하십시오."

울면서 따라나서는 모든 이들에게 그분은 마음이 풀어지도록
간단히 말씀해 주셨다. 그리고 우리들을 돌아보면서

"여러 수행자들이여!
여기서 멈추시오.
더 이상 계속하여서 따라나서지 마시오.
부처님을 잘 모시는 책임을 부디 잊지 마시오."

혼자 계시는 부처님을 들어서 막으신 것이다. 모두에게 하는
마지막 인사였지만 그것은 나에게 이른 말씀인 것을 내가 왜 모를까.
그분이 나에게 보여 주신 것은 그분의 지혜에 비례한 깊은 자비였다.
그분이 말씀하신 대로 부처님께 향한 염려를 하지 않으시도록
어김없이 따르겠습니다라고 속으로 다짐하면서 그분의 말씀을
듣는 자리에서 발을 멈추고 두 손을 높이 들어 합장 올렸다.
흐르는 내 눈물이야 흐를 대로 흘러내릴 것이다. 우리들의 합장
앞에서 부처님의 가장 크신 상수 제자분께서 떠나가셨다. 그 뒤를
500명의 비구들이 질서정연하게 따라갔다.
그들에 가려서 그분의 모습은 다시 보이지 않게 되었으나 내

마음속에는 그대로 그분을 뵙고 있었다. 그분의 모습이 우리와 함께 제따와나 정사로 돌아오고 있었다. 내가 부처님을 시중들고 있는 시간에도 그분은 언제나 나의 곁에 계셨다.

앞에서도 그분의 공덕을 여러 방면으로 거듭해서 칭송을 드렸다. 지금 부처님의 오른팔이신 상수제자님의 공덕을 다시 칭송하고 싶어진다. 아마도 그때 그분의 모습이 나의 마음을 완전히 사로잡으신 것이다.

그 공덕을 기억하며 이미 가시고 없는 그분을 그리워하면서 아픈 마음이 조금은 사라지는 것을 느꼈다. 지혜로써 제일 으뜸가는 칭송을 받으시는 그분의 가장 뛰어난 점의 한 가지는 언제나 동요 없이 깊고 고요하신 것이다. 그런 점에 있어서 나는 자주 부처님의 꾸지람을 받아야 했다.

⚜

그날 법회에서 마하 사리불 테라께서는 니로다 사마빠띠(Nirodha samapatti, 멸진정)에 관한 법을 설하셨다.

지계(Sila), 선정(Samadhi), 지혜(Paññā), 닦아야 할 그 세 가지를 구족하게 갖춘 비구가 그 사마빠띠에 들 수 있음을 시작으로 해서 법문이 시작되었다. 그렇게 시작한 법문에 방해자가 나타났다. 그가 바로 랄루다이였다.

어디에고 천방지축으로 끼어드는 랄루다이가 이번의 법회도 그냥 넘기지 않고 나선 것이다. 그렇게 나서고 싶다면 담마의 성품이라도 이해한다면 오죽이나 좋으련만, 분명치 못한 것을 원인 결과에 맞추어서 조리 있게 질문이나 하면 다행이런만, 그러나 랄루다이는 내가 그렇게 원한다고 좋게 될 이가 아니었다.

모르는 것을 알기 위해서 묻는 것이 아니라 전쟁을 한판 치루는 데 더 힘을 쏟는 이였다. 전에도 한번 이런 식으로 쳐들고 나오다가 대중 가운데서 톡톡히 망신을 당한 적이 있었다.

그런데도 랄루다이는 도대체 전의 수치를 기억하는 간도 쓸개도 없었다. 생각하는 것마다 정확하게 아는 것이 없어서 자기 말을 들은 대중들이 자기를 크게 존중할 것이라는 억지 생각을 하였다.

지혜 없는 이가 별안간 나타나서 방해를 하더라도 그분의 마음에 언짢아하는 기색 없이 세 번이나 반복해서 자세하게 거듭 설하여 주셨다. 적당하지 못한 방해인 줄 알지만 나는 그대로 보고만 있을 수밖에 없었다.

랄루다이를 막는 일도 그분이 설하는 담마를 뒷받침해 주는 일도 어느 누구도 생각지 못했다. 마지막에는 랄루다이를 얌전하게 굴복시킬 것이라는 믿음으로 모두 조용히 있었던 것이다.

그전에 닙바나에 관한 랄루다이의 질문을 그분께서 자세하고도 정확하게 대답하여 주셨다. 그런데 지금은 이유를 보여서 질문을 한 것이 아니라 그대로 싸움을 걸었기 때문에 법회를 거두고 부처님 앞으로 갔다.

부처님 앞에서도 마하 사리불 테라께서 그 법을 거듭해서 설명하셨다. 그러나 두려운 줄 모르는 랄루다이가 부처님 앞에까지 따라와서 다시 시비를 걸었다. 세 번이나 다시 설할 때마다 세 번이나 다시 시비를 걸자 그 다음에는 그냥 입을 다물고 계셨다.

그러자 부처님께서 랄루다이에게 자기가 알지 못하는 부분에 끼어들어 어지럽게 하지 말라고 주의를 주신 다음 나에게 얼굴을 돌리시고 나서

"아난다! 도대체 어떻게 이런 일이 생기게 할 수 있느냐? 마하테라를 일부러 괴롭히는 줄 알면서도 너희들은 그냥 지나쳐 보다니 괴로움을 받아야 하는 마하테라를 딱하게 여기지도 않는단 말이냐?"

🪷

나보다 더 유명하신 대중들이 많이 있는데도 하필이면 내 이름을 들어서 나무라시자 나는 정신이 번쩍 들었다. 그리고 순간 어리둥절 하여 벙벙하다가 다시 생각하니 그분과 내가 특별히 친밀한 관계가 아닌가?

그런 마하테라께서 괴롭힘을 받는 중에 가까운 사이인 내가 나서서 해결하지 않고 그대로 보고만 있었다니! 그러한 책임 하나 능숙하게 처리하지 못한 꾸지람은 당연히 받아야 하는 것이다.

어쨌거나 그분과 내가 서로 아끼고 존중하는 가까운 사이인 것을 부처님께서도 기억하신다는 것은 다시 생각할 때마다 만족스러운 일이다.

Aṅguttara

오른팔이 떨어지고

그분을 존중하지 않아서 랄루다이가 벌을 두 번이나 받았다. 그러나
그러한 비구들은 부끄러워할 줄 모르는 이였다. 불선업 짓는 것을
부끄러워하는 성품이란, 적당한지 아닌지 구별할 줄 아는 이에게나
해당되지 랄루다이에게는 그러한 능력이란 전혀 없었다. 그보다
더욱 지독하게 벌을 받더라도 그는 부끄러움이라는 말조차 모를
것이다.

🪷

그분은 이 교단에 부처님 다음으로 지혜가 가장 뛰어나신 분이다.
그래서 아주 작은 불선업도 매두 혐오하여 멀리멀리 비켜나서
그림자조차 가까이하려 않으신다. 허물되는 행동은 그만두고라도
잠깐 잊고서 넘어간 책임 한 가지에도 크게 부끄러워하셨다.
　어느 때 그분께서는 사람이 없는 한적한 곳에 가서서 니로다

사마빠띠에 들어가셨다.

상가 대중들과 절 안에서 지내실 때 그분은 날마다 빗자루로 깨끗이 쓸고는 하셨다. 머무는 절 주변을 깨끗이 비질함으로써 같이 지내는 대중들도 마음이 깨끗해진다. 부처님께서는 절 안을 깨끗이 빗자루로 쓰는 것을 자주 칭찬하셨다. 그렇게 아침 일찍 깨끗이 청소하는 이들은 언제나 부처님 가르침을 잘 따르는 이들이었다.

부처님의 가르침이라면 실오라기 하나만큼이라도 어긋나지 않고 따르시는 그분이 어느 날은 청소하는 일을 잊어 버렸다. 숲 속 넝쿨 아래서 혼자 지내시느라 지나친 것이다.

그런데 그분이 계신 곳에 부처님께서 가신 것이다. 가까이 가실 때까지 물론 전혀 알지 못하였다. 니로다 사마빠띠에 들어 있는 중이어서 마음이란 것, 느낌 등이 소멸한 상태였다. 그 사마빠띠에서 깨어났을 때 주변이 어지러운 가운데 부처님의 두 발자국이 선명하게 남아 있는 것을 보게 되었다.

그러한 작은 일에조차 크게 부끄러워하시는 그분은 이후로는 잊어 버리는 일 없이 날마다 끊이지 않고 절 주변을 깨끗이 청소하셨다.

꽃

그 다음 그분께서 숲에서 돌아오실 때마다 밝게 빛나는 얼굴을 뵐 수 있었다. 그 이유를 여쭐 때마다 어느 한 가지 선정에 들었었다는 사실을 말씀해 주셨다. 그렇게 대답하시고 이어서

"아난다 테라여!

이렇게 선정에 들었을 때, 또는 그 선정에서 나왔을 때 '내가 선정에 들었다. 내가 선정에서 나왔다.'라고 '나'를 연결시키지 않는다."

"그렇습니다. 마하테라님,

마하테라님의 마음속에 '나'라는 교만심과 '나의 것'이라는 애착을 빼어 던진 지 오래입니다. 그래서 그러한 생각이 없으십니다. 테라님."

깊은 뜻의 말씀과 들어맞도록 내가 대답을 드린 것이다. 그분께서 뚜까라카따라는 굴 입구에서 조카되는 디가나카에게 「왜다나 빠리가하 숟따나(Vedana pariggaha suttana)」를 설하실 때 모든 번뇌를 말끔히 소멸한 아라한이 되신 그날을 일컬어서 오래 되었다고 대답 드린 것이다.

부처님의 오른팔 큰제자인 그분 스스로 차례차례 선정에 드셨다가 정해진 시간이 되면 그 선정에서 일어나셨다.

그러나 위에 말한 대로 기초가 없이 들으면 귀만 아프고 무슨 말인지조차 이해하지 못할 것이다. 그러나 이 글을 읽는 여러분들은 귀가 시끄러울 것이라고 생각되지 않는다.

🌼

선정(사마빠띠)에 대해서 집착이 없으신 그분이 어느 때인가 이런 말씀을 하셨다.

"비구 스님들이여!

고요한 곳에 혼자 앉아 있을 때 내가 이런 생각을 했습니다.

'이 세상에 어느 한 가지가 변하고 무너진다고 나에게 근심걱정하고 통곡하는 일이 남아 있는가?'라고 내 마음에 물어 보았소. 그러자 나오는 대답이 '이 세상에 어느 한 가지가 변하고 무너진다고 나에게 근심걱정하고 통곡할 일이 없다.'라는 것이었다오."

집착이라고는 모두 사라진 상수 제자분의 집착 없는 담마 한 구절이었다. 그분처럼 집착 없이 지내기를, 그분처럼 편안하고 편안하게 지내기를 당부하시는 말씀이었다.

돌 일산처럼 변함없이 존경하는 그분의 말씀을 내가 이의를 제기할 이유도 거절할 이유도 물론 전혀 없다. 그러나 그 말씀이 얼마만큼 굳건한 것인지 알고 싶은 생각이 났다.

"마하테라님!

거룩하신 부처님께서 무너져 내리시는데 근심걱정이나 통곡할 일이 없으십니까?"

"아난다 테라여!

부처님 그분께서 무너져 간다고 나에게 근심걱정이나 통곡할 일은 없다. 그러나 담마와 함께 하는 두려운 마음이야 일어날 것이다. '복덕과 지혜가 크나크신 부처님조차 이 세상에 태어났으니 사라져야 하는 법칙이구나!

만약 부처님께서 오랜 세월 머물러 계신다면 많은 중생들에게 이익을 주실 것이다. 행복함을 키우게 해 주실 것이다.' 이러한 생각은 할 것이다."

'나'라는 교만과 '나의 것'이라는 집착을 모두 던져 버렸으므로 이렇게 말씀하실 수 있는 것이다.

🪷

　법의 견해로 이렇게 말씀하시던 그분도 지금은 가시고 안 계신다. 그분이 태어났던 그 집에서 그 방에서 피를 토하는 병으로 빠리닙바나에 드셨다. 닙바나에 들기 전 그분의 어머니를 정견을 가진 소따빤나 위치에 오르게 하여 낳아 주신 은혜를 갚으셨다.

　지혜 제일의 밝음을 널리 비추던 그분이 지금은 사리만 남기셨다. 동생인 쑨다 테라가 그분의 발우와 가사, 그리고 물 거르는 주머니에 가득 담은 사리를 발우에 담아서 제따와나 정사로 돌아왔다.

　쑨다는 나의 제자였다. 내가 그의 계사인 것이다. 그래서 쑨다는 부처님께 들어가려는 일로 나의 도움을 청하러 왔다. 부처님께 항상 시중을 드는 책임을 맡은 나는 시간에 관계없이 부처님 계시는 곳으로 들어갈 수 있는 허락이 있었다.

　그러나 어느 한 가지 이유도 없이 그냥 드나들 수는 없었다. 일이 없을 때는 들어오지 말라고 말씀하신 적은 없지만 형님을 좋아하면서도 어려워하는 마음이 함부로 들락거리지 못하게 하였던 것이다. 그래서 쑨다에게서 들은 소식을 가지고 부처님 앞으로 갔다. 오른팔 큰제자의 마지막 소식을 들었으므로 모든 대중들도 우리 두 사람을 따라왔다.

　부처님께서는 쑨다에게서 가장 큰제자의 사리를 손으로 받아 들고 상수제자의 갖가지 능력을 칭찬하셨다. 자기 대신의 자리까지 올려 주었던 큰제자를 마지막 칭찬으로 칭송하셨다. 금구로써 드러내어 칭송하신 게송이 500여 게송이나 되었다.

부처님께서는 칭찬해야 할 공덕을 크게 크게 칭찬하셨다. 그 말씀을 듣는 모든 대중들에게 지혜를 갖추도록 노력하라는 당부이셨다. 그러나 지금 현재의 나에게는 지혜가 커질 조짐이 없다. 그래서

"부처님, 마하 사리불 테라께서 빠리닙바나에 들었다는 소식을 들음으로써 제자의 전신이 무겁고 멍청해집니다. 몸과 마음이 축 늘어져서 사방을 분간조차 할 수 없습니다. 담마를 배우려는 마음, 외워 지니려는 마음조차 사라졌습니다. 부처님."

내가 느껴야 하는 슬픔을 참을 수 없어서 이렇게 여쭌 것이다. 그분께서는 부처님께서 열반에 드신다고 하여도 걱정이나 슬픔이 없이 이 세상의 무상한 법칙에 두려운 마음만 일으킬 것이라고 하셨다.

지금 그분이 가셨는데 나는 생기고 사라지는 상카라 법에 두려운 마음은 내지 못하고 울고 싶은 통곡을 막을 수 없는 것이다. 그러자 부처님께서 연민심의 눈으로 나를 지긋이 지켜보시다가 말씀하셨다.

"아난다! 사리불이 빠리닙바나에 들 때 너의 지계 공덕, 선정 공덕, 지혜 공덕을 가지고 갔더냐?"

"그 공덕들은 따라가지 않았습니다. 부처님, 그러나 마하 사리불 테라는 저에게 법을 보여 주고 가르쳐 주었습니다. 법의 성품을 모르면 알도록, 보지 못하면 보도록, 여러 가지 방법으로 가르쳐 주었습니다. 법을 설하여 주려는 마음이 장하십니다. 같이 지내는

대중을 격려해 줍니다. 그분의 공덕을 잊을 수 없기 때문입니다,
부처님."

"아난다, 너에게 나 여래가 일찍이 설하지 않았더냐?

좋아하고 존경하는 이와 살아서거나 죽어서거나 헤어지는 것,
변해지는 것이라고 주의를 주지 않았더냐?

생긴 성품이 있으면 무너지는 법칙을, 무너지지 말라고 원한다고
얻을 수 없다. 바라지 말아라.

아난다여! 그렇기 때문에 너희들은 자기 자신만 의지하라. 자기
가 얻어 놓은 담마만을 의지하여라."

❧

부처님께서 나의 마음이 편안해지도록 설하여 주셨다. 나에게
크나큰 연민심, 측은한 마음을 가지고 계셨다. 그러나 세상 법칙은
나에게 조금도 우선권을 주지 않았다. 연민심은 커녕 딱하다는
정경도 없을 수밖에……

이 일을 조금 잊을 만하면 그보다 더한 다른 일을 준비하는
것이 세상의 무상한 법칙인 것이다.

Mahāvagga
Cunda sutta

두 팔 모두 이별하다

"비구들이여!

사리불과 목갈라나를 의지하라."

그 두 분은 지혜가 높고 깊었다. 그리고 같이 지내는 대중들에게 물건(Anisa)과 법(Dhamma), 두 가지로 격려해 주셨다.

비유를 들자면 사리불 마하테라께서 낳아주신 어머니와 같다면 목갈라나 마하테라께서는 길러주신 어머니와 같다고 할까?

사리불 마하테라께서는 소따빠띠 과(果)를 얻도록 가르쳐 주셨고 목갈라나 마하테라께서는 위의 도과를 얻도록 도와 주셨다. 좌우 보처 두 팔과 같으신 두 분을 부처님께서 직접 칭찬해 주셨다. 금구로써 드러내 칭찬 받으실 만큼 두 분 역시 능력이 탁월하셨고 이 교단의 임무를 능숙하게 이행해 나가셨다.

마하 사리불 테라께서는 당신에게 와서 비구가 된 이거나 다른 마하테라에게서 비구가 되어서 온 이거나 모두 골고루 도와주셨다. 가사와 발우 등 비구 소지품이 부족한 이에게 갖추어지도록 해주셨다.

재산과 신심이 충분한 신남 신녀들이 많았기 때문에 그분이 말씀하시는 것은 모두 구족해졌다. 필요한 물건이 갖추어진 다음에는 각각에 맞는 수행법을 가르쳐 주셨다.

그리고 병든 비구들을 돌보고 보호해 주셨다. 새로 된 젊은 비구들이 소따빠나 지혜까지 이르게 되면 그 다음은 새로 된 다른 비구들에게도 신경을 쓰셨다.

그만큼의 기초를 갖출 때까지 키워 주었으니 위의 도과는 자기들 복덕 지혜와 노력 여하에 따라서 어느 날엔가는 그들 스스로 얻게 될 것이라는 생각에서였다.

마하 목갈라나 테라께서도 그와 같이 여러 방면으로 도와주고 보호해 주신다. 그러나 그분은 소따빠나에서 만족하지 않으시고 마지막 아라한 도과를 얻을 때까지 밀어 주신다.

부처님께서 자주 설하셨다.

"업의 결과로 받는 생,
업의 결과로 받는 몸을
손가락 한 번 튕기는
짧은 순간만 태어나는 것이라도
나 여래가 칭찬하지 않는다.

아무리 작은 양의 배설물이라도
지독하게 나쁜 냄새가 나듯이
잠깐만 받는 업의 고통이라도
그 고통은 실로 쓰디쓰기 때문이다.”

그렇듯이 업으로 받은 생, 업으로 받은 모든 몸을 거두어서 소멸한 아라하따 팔라(아라한 과)에 이르러야만 만족하셨다. 같이 지내는 상가 대중들에게 아라하따 팔라에 이르도록 이끌어 가는 곳에 그분께서 만났던 체험을 교훈 삼아 가르치셨다.

인생 여정의 한 구비에서 자기가 직접 당했던 심한 어려움들을 드러내 보여줌으로써 그분의 법을 듣는 대중들에게 그런 장애에 걸려서 넘어지지 않도록 주의를 주곤 하셨다.

“여러분들!

아니미따 새도 사마디(Animitta ceto samadhi), 아니미따 새도 사마디라고들 말합니다. 그것이 무엇인가?

그렇게 나 스스로 물어보면 나 스스로 대답이 나옵니다.

이 교단에서 수행을 키우는 비구는 영원(Nicca), 행복(Sukha) 등, 모든 형상이나 징조를 대상으로 하지 않고 ‘그 형상을 벗어나서 위빠싸나 사마디를 키워서 지내야 한다.’ 이렇게 지내는 것을 아니미따 새도 사마디라 합니다.

이렇게 해답이 나오는 대로 나는 영원이나 행복 등, 모든 형상들을 대상으로 하지 않고 그 형상에서 벗어난 위빠싸나 사마디를 키우면서 지내야 합니다."

"여러분들!

이렇게 수행하면서 지내더라도 나의 마음이 영원이나 행복 등의
형상 위를 차례로 따라갑니다. 그러할 때 부처님께서 순식간에
불쑥 나타나셔서 바른 길로 이끌어 주셨습니다.

'오! 목갈라나, 오! 선한 이여!

아니미따 새도 사마디를 잊지 말라.

자기 마음을 아니미따 새도 사미디에만 얹어 두어라.

자기 마음을 아니미따 새도 사미디에만 고요하게 얹어 두어라.

자기 마음을 아니미따 새도 사미디에만 잘 두어라.'
라고 확실하게 가르쳐 주셨습니다.

여러분들! 부처님께서 가르침을 주시고 가시자 나는 영원, 행복
등의 모든 이미지 영상들을 대상으로 하지 않고 아니미따 새도
사마디를 키워서 이미지 영상이라고는 티끌만큼도 없답니다. 원래
그대로 깨끗한 닙바나 법을 현재로 체험하였습니다.

소따빠나 위치에서 차례로 올라가서 아라하따 팔라에까지 이르
렀습니다. 그래서 부처님의 칭찬을 받는 제자로써 신통 으뜸이라는
위치에 걸맞게 되었습니다."

❦

신통(Iddhi pada)을 기초로 하여서 선정 사마빠띠를 자신 있게
설하시는 상수제자께서는 위빠싸나 법도 분명하고 확신 있게 가르
쳐 주셨다. 이렇게 출세간 사마디와 함께하여 오기 때문에 신통제일

이라는 특별한 칭송을 받으신 것이다.

신통제일 좌보처께서 설하시는 위빠싸나에서 기초뿐만 아니라 기초에서 다시 도과의 위치까지 올라갈 수 있는 법, 오타나가미니 (Otthanagamini) 위빠싸나가 되었다.

우리가 사는 이 세상에 부처님의 가르침이 이 정도로 넓게 빛날 수 있었던 것은 그 두 분의 힘이 절대적으로 큰 영향을 끼쳤다. 부처님께서 맨 앞에서 길을 열어 주시고 두 분의 상수제자가 뒤따르는 상가 대중들을 이끌어서 물건과 담마, 두 가지로 도와서 보호하셨다.

이 공덕과 은혜를 내 일생에 잊을 수 없다. 나뿐만 아니라 이 교단을 존경하는 이는 모두 다 나와 같을 것이다. 그러나 이 인간 세상에는 이런 은혜를 모르는 이들도 있었다. 그것도 우리와 같이 지내는 수행자 사마나라는 이름을 가진 이들이었다.

그들 가운데 더러는 참으로 큰 노력으로 심하리만치 열심히 수행한다. 그러나 수행에 앞서 지혜가 함께하지 않았기 때문에 그들이 수행하는 것마다 크게 고통스러움만 있었다. 지나치게 수행하는 것도, 매우매우 지나치는 것만 좋아하는 이만 유인할 수 있다. 지혜가 충분하지 못한 이들만 거두어 둘 수 있다.

지혜가 충분한 이들은 존경스러운 자세와 삼가하는 지계가 있는 이만 존경한다. 네 가지 사사 시주물로 뒷받침해 드린다. 우리 대중들이야 존경스러운 모습과 담마의 법안을 함께 갖추었다.

존경스러운 공적과 계율을 감당해 나가기 때문에 우리 교단이 점점 번성하게 되었다. 이 교단을 책임지고 이끄는 이들 모두가 필요한 물건들이 충분하게 가득하였다.

※

바깥 다른 수행자들은 전전긍긍 먹고 살아간다. 존경스러운 공덕과 지계를 실천할 수 없기 때문이다. 그들이 우리들처럼 구족하고 싶으면 우리들처럼 수행하여야 할 것이다.

우리들 교단으로 들어오지 않겠다면, 달리 사람들이 모르게 수행하는 방법을 바꿀 수 있으면 적당하게 지낼 수도 있을 것이다. 그러나 그들은 고치려는 것은 생각에 없고 그들보다 앞선 이들을 해치려는 것에만 노력을 쏟았다.

순다리라는 여자가 그 쓸모없는 노력으로 칼날의 희생을 받아야 했던 것을 앞서 보였다. 그들의 그러한 노력은 그것만으로 멈추지 않았다. 공덕과 명예를 실추시키려는 것에서 다시 개인 공격까지 심각하게 이어졌다.

그것은 지혜를 얻기 전에는 생각하는 것마다 그르치는 본보기가 되었다. 앞에 말한 대로 이 교단을 번성하게 하는 것은 존경과 공덕을 함께 갖춘 이들만이 감당할 수 있다. 지혜와 함께하여 바르게 수행하기 때문이다.

그렇게 수행할 수 있도록 앞에서 도와주신 두 분께서 바른 길로 가도록 언제나 살펴 주셨다. 바른 길에서 옆으로 미끄러져 가지 않도록 가르쳐 주신 것이다.

이 교단 바깥의 수행자들은 그러한 원인이 보이지 않으면 보도록 노력하는 대신, 그들의 생각, 그들의 궁리만 좋고 다른 것은 모두 그르다고 판단했다.

이처럼 이 교단이 크게 번성해지는 것이 마하 목갈라나 테라가 신통을 보여서 불러 모은 것이라고 한쪽으로만 치우쳐서 생각했다. 다른 이를 자기 생각으로 짐작해서 결정하고 질투하는 것은 복과 보시물이 많기를 원하는 것 때문이라고 우리들의 스승님께서 가르쳐 주셨다.

이시기리 산 옆구리 깔라실다라는 검은 바위 위에서 몸 전체가 조각조각 깨어져서 빠리닙바나에 드셨다. 만일 자기 목숨을 아꼈다면 마하 목갈라나 테라께서 당신의 신통능력으로 비켜 갈 수 있었을 것이다.

여러 무리들과 같이 살인청부를 하여서 먹고사는 사마나곡띠까가 따라오는 것을 미리 아셨기 때문에 두 번이나 비켰다고 했다. 세 번째에는 피하지 않으신 것이 이번에 비켜 나가더라도 어느 때인가는 죽어야 할 것이라고 생각하신 것 같았다.

이 교단을 크게 후원하는 아자따사따 왕이 비밀 감시자들을 보내서 조사하자 이 행동을 저지른 이가 드러나서 그 행동에 버금가는 벌을 줄 수도 있었다. 그러나 부처님의 왼쪽 팔인 그분은 원수 갚기를 원치 않으셨다. 내가 그처럼 공경하던 한 분을 모실 기회가 이제 영 없어진 것이다.

✿

그분께서는 어떠한 방법이든지, 무엇 때문이든지, 죽어야 하는 것은 별로 다를 것이 없다고 할 수도 있을 것이다. 무겁게 지고 있던 짐 덩어리를 내려놓은 것만이 중요하다고 생각하셨을 것이다. 본인께서는 정작 완전한 알아차림으로 생각하셨더라도 나에게는 가슴이 아파 오는 것을 막을 수 없었다.

남아 있는 시신을 거두어 다비를 치르면서 눈물을 펑펑 쏟아야 했다. 정작 중요할 때 구해 줄 수 없는 선정신통에 대해서도 크게 두려운 마음을 가져야 했다.

마가다국 라자가하 근처에 있는 깔라실라 검은 바위 위에서 마하 목갈리나 테라의 시신을 다비하고 나서 우리들은 왓시국의 옥까새라 도시로 여행을 떠나갔다. 전처럼 부처님 뒤에는 많은 비구들이 따랐다. 그전보다 많았으면 많았지 줄어들지는 않았다. 그러나 나의 가슴 한켠은 텅 비어진 것 같았다.

맨 앞에 부처님께서 든든하게 서 계시지 않았다면 나는 여행을 떠난다는 생각이 들지 않았을 것이다. 아리야 성스러운 지혜 중에 나와 같은 위치에 있는 대중들의 얼굴도 시들하니 풀이 죽었다. 전에는 우리들이 모이면 담마에 대한 토론이 벌어졌었다. 그렇지 않으면 서로서로에게 생겼던 좋은 일, 나쁜 일에 관해서 말을 주고받았다. 그러나 지금의 모임은 앞서거니 뒤서거니 빠리 닙바나에 드시는 분들을 속으로 생각하고 있을 것이다.

우리 모두가 아무 말 없이 앉아 있을 때 부처님께서 오시자 모두 새로운 힘이 생겼다. 부처님께서는 모두 입을 다물고 있는 대중 전체를 천천히 둘러보시고 나서

"비구들이여!

사리불과 목갈라나가 빠리닙바나에 들었기 때문에 이 대중들이 텅 비어 버린 것처럼 생각한다. 그들이 있으면 그들이 있는 곳마다 법문소리가 그치지 않는다. 그들이 같이 있으면 걱정할 일이라고는 없다."

𑁍

"전에 전에 출현하셨던 부처님이거나
미래에 출현하실 부처님이거나
가장 높은 제자 두 사람이 있을 것이다.
지금 나 여래의 당시에 사리불과 목갈라나처럼

비구들이여!
상수제자 두 사람은 놀라웁구나!
있을 수 없는 특별한 이들이구나.
그들은 나 여래의 가르침을
털끝하나 어김없이 따랐다.
같이 지내는 대중들의 사랑과 존경,
극진히 모심을 받았다."

"비구들이여!
나 여래는 이 놀라웁고 있을 수 없을 만큼 대단한
나의 두 팔과 같이 의지했던
상수제자 두 사람이 빠리닙바나에 들었으나

두 팔 모두 이별하다 447

그것으로 인해서 근심걱정이나 슬퍼하지 않는다.
그러한 슬픔이 없다는 것을 이렇게 알기 때문이다."

"생겨난 법이 사실이라면
원인이 없지 않은 법이란
무너지는 법이다.
반드시 무너지게 되어 있다.
무너지지 말라고 원하여서 얻지 못하는구나!"

좋고 나쁜 두 가지 세상 법칙으로 인해서 동요함이 없는 공덕
(Tadiguna)을 드러내신 것이다. 나에게도 역시 법을 보여서 설해
주셨다. 다음에 이보다 더 크게 마음에 부딪칠 큰 일이 생겼을
때 감당할 수 있도록 미리미리 주의를 주는 것이었다.

Saḷāyatana sutta

Mahāvagga

꼬살라 국왕의 마지막 날

우리들 사까 종족들은 그들이 다스리는 지역에서 머물러 지낸다. 빠세나디 꼬살라 대왕은 까시(Kasi)국과 꼬살라국 두 나라를 합쳐서 다스렸다. 꼬살라국과 사까국의 경계선이 닿아 있는 것처럼 꼬살라 국왕과 그 친척들의 나쁜 업이 연결되어 있었다.

이러한 나쁜 업이 생겨나도록 꼬살라 국왕이 처음 시작했기 때문에 꼬살라 국왕의 불행한 업을 먼저 보여야 할 것이다. 꼬살라 국왕의 마지막 생을 아름답지 못하도록 마감하게 한 불행한 업은 상인들의 이간질하는 말을 그릇 믿고서였다. 그 오해에 따라 갑자기 행동으로 옮겼기 때문에 생각할 겨를이 없었다.

※

순다리라는 외도 여인의 스승들이 저속한 생각으로 그녀와 부처님 사이를 사람들이 오해하도록 만들게 한 다음 그들 제자인 순다리를 죽였다.

제따와나 정사 시든 꽃을 버리는 무더기 아래 그들 손으로 묻어 둔 다음, 왕궁에 가서 거짓 사실을 알리고 조사해 주기를 청했다. 순다리가 사라진 날 제따와나 정사에서 마지막 보았으므로 그곳 사람들이 의심스러우니 그쪽으로 가서 찾아보겠다고 미리 허락까지 구했다.

앞에서 말한 대로 꼬살라 국왕은 신심이 대단한 사람이었다. 이 교단의 상가 대중들과 친밀하고 싶어서 사까 왕국의 공주 한 사람을 청해서 제일 왕비의 자리에 앉혔다. 그러나 그의 신심은 지혜를 앞세우지 않았기 때문에 이러한 문제가 발생하였을 때 자기가 원하는 대로 억지로 밀고 갔다.

그 외도들이 원하는 대로 제따와나 정사 주변을 찾아보도록 허락을 내렸다. 부처님과 그분의 제자들이 이처럼 저질스러운 일들을 하지 않는다고 생각지 못한 것이다. 그 일이 생기고 얼마 지나지 않아서 나는 꼬살라 국왕과 만났다. 내가 그의 왕궁으로 간 것이 아니었다.

순다리의 죽음으로 사왓띠 도시 내에 갖가지 말들이 떠도는 것처럼 왕궁 안에서도 두 편이 생겨서 서로 시비가 되고는 하였다. 이러한 상태에서 나는 왕궁과는 멀리하고 지냈다. 사왓띠 성안의 신남 신녀들 집에서만 공양을 받아서 먹었다. 이렇게 내가 비켜 갔지만 꼬살라 국왕이 나를 찾아온 것이다.

그날 나는 제따와나 정사에서 뿍바란마나 정사를 향해서 출발했다. 공양이 끝난 시간에는 부처님 혼자서 조용히 앉아 계시기 때문에, 그날 낮에는 해야 할 일이 없었기 때문에, 이렇게 나온 것이다.

그곳에서 지내는 아는 분과 만나서 잠깐 동안 이야기할 요량으로 나선 것이다. 그러나 만나려는 분은 만나지 못하고 시리와다 대신과 만나게 되었다.

"아난다 마하테라님, 빠세나디 꼬살라 대왕이 테라님의 두 발에 예배드리려 합니다. 중요한 일이 없으시면 잠깐만 멈추어 주십시요."

그의 말대로 나는 나무 그늘 한켠에 서서 기다렸다. 한낮에 왕궁을 나온 꼬살라 국왕은 나와 거리가 제법 가까워지자 뿐따리까 코끼리에서 내려서 걸어왔다. 그리고 내 앞에 이르자 공손하게 두 발에 이마를 대어 절을 하였다.

"아난다 마하테라님, 테라님께서 중요한 일이 없으시다면 아시라와디 강 언덕으로 모시고 싶습니다. 저를 연민히 여기시어 저와 함께 같이 가 주십시요."

꼬살라 국왕의 여쭌 것을 내가 말없이 가만히 있는 것으로 허락하자 아시라와디 강 언덕에 있는 그늘이 짙은 나무 아래로 걸어갔다. 떨어진 나뭇잎을 모아 놓은 위에 두 겹 대가사를 네 번 접어서 펴놓아 앉을 자리를 마련하였다.

그래서 꼬살라 대왕이 "마하테라님, 여기 준비된 카펫트 위에 앉으십시오." 하는 말을 거절하였다. 왕의 시종들이 준비해서 펴놓은 카펫트는 대왕을 위해서인 것이다.

각자 자기 자리에 앉고 나서 꼬살라 대왕이

"아난다 마하테라님,

수행자들에게 허물이 될 불선업을 부처님께서 하셨습니까?"

"대왕이여!

모든 불선업을 부처님께서는 행하지 않습니다."

순다리의 일을 일컬어서 묻는 줄 알았지만 나는 묻는 것만 대답했다. 이렇게 묻는 모습을 미루어서 보건대 일부러 모함하여서 거짓말하는 이들의 말에 귀를 기울인 것이 분명하였다.

"아난다 마하테라님, 이번 일의 원인을 제자가 물었던 횟수가 수없이 많습니다. 대답하는 사람들마다 분명치 않게 대답하였습니다. 지금 아난다 테라님의 대답으로 제자가 알아야 할 것이 충분해졌습니다.

영리하지 못하고 지혜 없는 이들이 생각 없이 칭찬하는 말과 경멸하는 말을 제자가 마음 놓고 믿지 않습니다. 지혜 있는 이가 깊이 생각해서 대답하고 칭찬하는 말과 경멸하는 말만 제자가 마음 놓고 믿습니다. 아난다 마하테라님."

남의 이익을 원하지 않는 이들의 말에 순간 쏠려 갔던 꼬살라 대왕이 자기의 명성에 맞게 다시 제자리로 돌아간 것이다. 자기 허물을 자기 스스로 깨달아서 고치려는 이에게 내가 경멸할 이유는 없었다. 우리 이 교단에 큰 도움을 주는 재가신자 한 사람이 바른 견해를 얻게 된 일에 기뻐할 뿐이다.

그때 바른 생각을 돌이킨 꼬살라 국왕을 위해서 기뻐했던 내가 오래지 않아서 그로 인하여 다시 마음 편치 않는 일이 생겼다. 빠세나디 꼬살라 국왕은 그가 다스리는 지역이 넓은 만큼 사람들의 숫자도 무척이나 많은 큰 나라 전체를 다스렸다.

그렇게 다스릴 수 있었던 것은 총사령관 반둘라의 공덕 때문이었다. 그 반둘라 총사령관은 꼬살라국 사람이 아니었다. 그의 부인 역시 그와 같이 말라국의 여자였다. 그래서 꼬살라 왕궁 전체에 그의 종족을 심어 놓은 것 같이 되어서 말리까라고도 불렀다.

말리까라는 이름이 어릴 적 이름이 아니듯이 반둘라라는 이름도 아버지가 되고 나서 얻은 이름이다. 마음가짐이 특별했던 말리까가 아들을 낳은 것에도 매우 남달랐다. 열여섯 번을 연달아서 쌍둥이만 낳아서 32명의 아들을 둔 것이다. 그 아들 서른두 명을 원인으로 해서 반둘라라고 이름 붙인 것이다.

총사령관 반둘라의 아들은 모두 한결같이 아버지처럼 체격도 크고 용감한 이들이었다. 팔 힘이 굉장한 장사들이어서 나이가 차는 대로 그 아버지를 따라서 모두가 군인이 되었다.

그 아버지에게도 많은 수하 장수들이 있었지만 그 아들을 따르는 이들도 많았다. 그래서 왕궁 안에서 모임이라도 있을라치면 반둘라의 대중들이 왕궁 마당을 온통 덮었다고 했다.

어느 날 반둘라 총사령관이 법무대신의 일도 맡게 되었다. 그 특별한 자리를 꼬살라 국왕이 생각해서 정하여 준 것은 아니었다.

현직 법무대신이 판결한 일이 법답지 못해서 어쩔 수 없이 그가 참여하게 된 것이다. 현직 법무대신이 증거가 분명한 일을 그냥 넘기고 뇌물을 준 이에게 승소 판결을 내려 준 것이다.

그러자 반둘라 총사령관이 그릇된 것을 참지 못하고 바르게 판결해야 한다고 그 스스로 직접 자세히 조사하였다. 그리고 증거가 충분하게 나온 재산 주인에게 승소 판결을 내어 주었다. 그러자 장내의 모든 이들이 함성을 지르면서 그의 정확한 판결 능력에 칭찬을 보냈다. 그 소리를 들은 꼬살라 대왕이 법무대신 자리를 그에게 넘겨주었다.

그 두 자리를 맡고 나서 오래지 않아 반둘라의 집에서 공양청이 와서 갔는데 그날 그 집에는 반둘라 총사령관이 없었다. 국경 근처에 반란이 일어났다는 소식을 듣고 아들들과 같이 싸우러 나갔던 것이다. 그래서 부처님과 우리 대중들의 공양시중을 말리까 부인이 모두 진행시켰다. 완벽하도록 잘 준비되어서 우리들에게 모자라는 것이 없었고 모두가 넉넉하였다.

밥이며 반찬도 적당하게 간이 맞게 만들어졌으며 후식까지도 끝낸 다음 나는 공양제자 말리까 청신녀를 바라보았다. 나이가 오십을 넘어서 육십이 가까워진 나이건만 아직도 건강하고 젊어 보였다. 저렇게 튼튼하였으니 서른두 명의 아들을 어른이 되도록 잘 키워서 모두 결혼까지 시켰으리라.

크고 튼튼하게 생긴 몸매지만 움직일 때는 날렵하였다. 목소리 또한 맑고 분명하였다. 고요한 눈동자는 어디에 모자라는 것이 없나 적재적소를 잘 지시하였다. 그렇게 가지가지로 잘 준비된 공양이 끝나갈 무렵 조그만 사건이 생겼다.

별로 대단한 것은 아니고 스님들께 올리려고 버터 항아리를 가져오던 하녀가 넘어져서 항아리가 깨어져 버린 것이다.

"말리까여, 버터 항아리가 깨어졌다고 해서 마음 불편하게 생각하지 말라."

모든 대중의 공양이 끝났을 때 부처님께서 그 일과 연결하여서 말씀하셨다. 말할 만큼의 일도 아니지만 공양제자에게서 말이 나오도록 길을 터 주신 것이다. 그러자 말리까는 옷섶에 넣어 두었던 종이 한 장을 꺼내서 부처님께 펴 보이며

"부처님, 반둘라 장군과 함께 아들 서른두 명이 어느 숲 속에서 함정에 빠져 죽음을 당했습니다. 이 편지를 제가 공양을 올리기 조금 전에 받았습니다. 그러나 공양 올리는 일에 방해가 될까봐 누구에게도 알리지 않고 거두어 두었습니다.

그런데 부처님, 하물며 작은 버터 항아리 하나를 깨트린 일에 마음 상할 리가 있겠습니까?"

※

나쁜 일 가운데에서도 가장 나쁜 세상의 형벌을 묵묵히 견디고 있는 그녀를 칭찬하는 만큼 꼬살라 대왕에게 다시 마음 편치 않아졌다. 그가 솔깃하도록 유인한 이는 다른 이가 아니라 바로 전날에 법무대신 자리에 앉아서 뇌물을 받고 그릇 판결하다가 쫓겨난 이였다. 제자와 아들이 너무나 번성한 반둘라가 왕위를 넘겨보는

것이 걱정되지 않느냐고 모함한 것이다.

　그 다음 말리까 부인은 서른두 명의 며느리들을 불러서 사실을 알리고 그들을 죽인 이들에게 원한을 갖지 말라고 가르친 다음 모두 친정으로 돌려보내고 그 자신도 꾸시나가라 자기 친척들이 있는 곳으로 돌아갔다.

　총사령관의 부인 말리까가 자기 고향으로 돌아 갈 때 왕비 말리까라도 있었다면 꼬살라 대왕을 달래 줄 수 있었을 것이다. 그러나 말리까 왕비는 이제 이 세상 사람이 아니었다. 사랑하던 왕비가 죽고 나서 의지처가 없어져 깊은 슬픔에서 헤어나지 못하던 왕에게 부처님께서 법문을 해주셨다.

　늙고 병들고 죽음, 다함과 무너짐이라는 다섯 가지 성품을 어느 누구도 막을 수 없음을 보여 주셨다. 그 슬픔이 가시고 오래지 않아서 이번 사건이 다시 생긴 것이다.

　말리까 왕비를 그리워하는 것은 그의 업이 다해서 죽었다고 스스로를 위안하며 달랠 수도 있었다.

　그러나 이번 반둘라 장군과 그 아들들 모두는 제명에 죽은 것이 아니었다. 모함하는 말에 귀를 기울인 대왕 자신이 죽인 것이다. 자기의 명령으로 그들 모두 한 날, 한 시, 같은 자리에서 죽은 것이다.

　같이 나라를 다스리며, 친형제처럼 어릴 적부터 친하던 오랜 친구에게 허물을 지은 그때부터 꼬살라 국왕은 어떠한 축제도 잔치도 맛을 잃어버렸다. 어떤 호사도 즐겁지 않았다.

오랜 세월 살아왔던 왕의 일이, 왕궁이 지겨워져서 바깥으로 여기저기 다녔다. 80이라는 그의 나이를 조금도 생각지 않게 된 것이다. 아직 다른 생으로 건너가기도 전에 잘못을 저지른 벌을 스스로 받고 있던 그를 마지막 만난 것이 우리들 고향 까삘라성에서였다.

우리들이 매다루빠라는 마을에 있을 때 부처님을 뵈러 온 것이다. 그는 나가라까에서 계속하여 왔다고 했다. 꼬살라 대왕의 호위를 맡은 총사령관으로 따라온 이는 디가까라야나였으며, 사까족에서 건너간 와사바카띠야가 낳은 위따뚜바(Viṭaṭubha) 왕자도 나이가 차서 군인들과 같이 따라왔다.

※

제따와나 정사에는 부처님 혼자서만 머무시도록 간다꾸띠 건물이 있었다. 그러나 이 마을에는 우리들이 항상 지내던 건물만이 있었다. 그래서 그 가운데 가장 나은 건물을 부처님의 거처로 정하여 드렸다.

부처님께서 계시는 건물로 들어갈 때 꼬살라 대왕은 왕의 징표인, 몸에 걸치며 지니고 있던 다섯 가지 물건들을 디가니까라야나 총대장에게 맡겼다.

이렇게 맡기는 것은 까시국과 꼬살라국이라는 큰 나라 둘을 동시에 맡기는 것과 다름이 없었다. 왕만이 지닐 수 있는 상징인 끝이 뾰족한 짧은 창 모양으로 생긴 칼, 왕관, 하얀 사슴 꼬리털 부채, 하얀 일산과 왕이 신는 황금 신발은 나라를 다스리는 왕이 가지는 징표가 아닌가?

꼬살라 대왕은 이런 뜻을 헤아리지 못했는가 보다. 조금이라도 생각했다면 그렇게 쉽게 내어 맡기지는 않았을 것이다. 그가 너무나 존경하는 부처님 앞에 자랑스럽게 또는 교만스러운 상태로 들어가지 않으려는 것이었다.

그렇지 않으면 부처님 앞에 그 혼자만이 홀가분하게 들어가서 부처님께 자기의 잘못도 말씀드리고 위안이라도 받고 싶었는지도 모른다. 이 다섯 가지 물건이 있는 곳에 대신들과 모든 호위 병사가 머물러 있는 전통이 있었기 때문이다.

디가까라야나 장군은 죽은 반둘라 사령관의 친조카였다. 꼬살라 대왕이 왕의 징표인 다섯 가지 물건을 맡김으로써 충분히 믿는다는 영광을 받았어도 그에게는 별로 기쁜 마음이나 자랑하고 싶은 생각이 없었다. 어느 한 가지 생각으로 정색한 얼굴은 딱딱하니 굳어서 밝지 않았다.

아무 죄도 없는 삼촌과 서른두 명의 형제들을 죽인 왕에 대해서 원한이 맺혀 있었던 것이다. 내가 살펴보는 동안에 디가까라야나 장군은 위따뚜바 왕자가 있는 곳으로 걸어갔다.

까시국과 꼬살라 두 나라를 다스리던 부왕 꼬살라 대왕에게서 아들 위따뚜바를 향해서 걸어가는구나!

그때 꼬살라 대왕은 부처님의 두 발에 그의 이마를 부비고 있었다. 조심스럽게 발가락에 입을 대고 두 손으로는 두 발을 쓰다듬어 드렸다.

"부처님, 제자 빠세나디 꼬살라 왕입니다. 부처님."

거듭 거듭 여쭈었다. 그 스스로 자기의 권력이 그의 손에서 떠나간 것은 짐작도 하지 못하는구나!

"대왕이여!

무슨 이익된 일을 보았기에 이 몸에 그토록 존경을 표하는가? 어째서 그렇게 예의를 다하는가?"

사실을 모두 아시는 부처님께서 전처럼 그렇게 부르시면서 물으셨다. 꼬살라 대왕은 자기가 본 대로 느낀 대로 자세하게 여쭈었다.

부처님의 제자 상가 대중 스님들이 이 교단의 책임을 일평생 책임져 나가는 모습, 스님네들끼리 서로서로 존경하고 지내는 모습, 이 교단의 생애를 좋아하여서 기쁘게 살아가는 모습, 목숨을 관장하는 왕을 대신들이 존경하는 것보다 더 부처님을 존경하는 모습, 모든 지혜를 갖추었다고 하는 이들도 부처님 앞에 와서는 엎드려 예배드리지 않을 수 없는 모습 등에서부터 본 대로 생각한 대로 모조리 엮어서 말씀드렸다.

그의 가슴속에 신심이 넘치는 만큼 여쭌 것이리라. 전 같으면 이 정도로 자세하게 여쭈는 것을 들으면 나 역시 기쁨에 들뜰 것이었다. 그러나 지금 꼬살라 대왕에게 생긴 일을 직접 본 터이라 가끔씩 마음에 안 들기는 하였어도 그가 측은해지는 마음 때문에 도저히 웃음 지을 수 없었다.

그날 저녁 만난 것이 우리들의 공양 제자 한 사람과의 마지막 만남이었다. 꼬살라 대왕이 간다꾸띠에서 나왔을 때 그를 따르던

병사는 한 사람도 없었다. 디가까라나 장군이 남겨둔 여자 한 사람만
있었다.

권력이 떠나버린 꼬살라 대왕은 그 여자를 의지하여 마가다국을
향해서 떠나갔다. 마가다국과 꼬살라국은 국경을 마주했기 때문에
그와 아자따사따 왕은 여러 번 전쟁을 했었다.

그러나 지금처럼 중요한 때에는 피붙이 곁으로 달려갔다. 아자따
사따의 어머니 위대히 왕비는 그의 누이가 아닌가? 그러나 그
조카를 의지해서 왕위를 다시 찾지는 못했다.

긴 여행에, 늙은 몸에, 마음은 지치고 뜨거운 태양과 불어 닥치는
바람, 먹고 마실 것도 왕궁에서 먹던 것이 아니었다. 싸래기 밥에다
가 소금에 찍어 먹어야 했다.

이러한 세상의 형벌을 받아야 했기 때문에 라자가하의 성문
밖에서 차가워진 밤기운을 감당하지 못하고 세상을 떠나갔다고
들었다.

Majjimapaṇṇāsa dhamma cetiya sutta

사까 왕족들의 해지는 시간

꼬살라 대왕의 마지막 날이 사까족들의 해지는 시간이 되었다. 디가까라야나 장군이 왕의 징표 다섯 가지를 가지고 위따뚜바 왕자에게 갈 때부터 일이 이렇게 되어가기 시작한 것이다.

그러나 새로운 왕 위따뚜바가 부처님의 은혜를 생각해서 나의 친척들을 조금은 봐주지 않을까 하고 애써 좋은 쪽으로 생각을 보내려 노력하였다.

와사바카띠야 왕비를 꼬살라 대왕이 사랑하였으므로 그 왕비가 낳은 위따뚜바 역시 편안하고 행복하게 자랐다. 무엇이든지 원하는 것은 모두 얻을 수 있었다.

그러나 일곱 살이 되자 그에게 모자라는 것이 하나 있음을 스스로 알게 되었다. 다른 왕자들은 그들 어머니 쪽의 할아버지 할머니에게서 선물을 받았다고 자랑했다. 그러나 그는 그런 선물을 하나도 받아 본 적이 없었던 것이다.

먹고 마시고 치장하는 것은 그가 원하는 대로 모두 얻었지만 이 점 때문에 친구들에게 꿀리게 된 그가 어느 날 어머니에게 그 사정을 물었다.

"아들아, 아들의 할머니 할아버지는 까뻴라와따 도시에 있다. 이 사왓띠에서 그곳은 너무나 멀리 떨어져 있다. 그러니 너에게 선물을 보내오지 않는다고 기죽을 것 없다."

사실을 말해주기 어려워서 이 정도로 달래 주었다. 어릴 때는 그것으로 만족했던 위따뚜바가 16살이 되자 그보다 크게 원하게 되었다.

"어머니, 할아버지 할머니가 선물을 보내오지 않는 것은 멀어서 그렇다고 치고 이제 나도 컸으니 내가 그분들께 가서 인사를 드리게 해주십시오."

⚜

왕비 와사바카띠야가 뭐라고 대답해야 하나?

나이가 들면서 아들의 마음은 매우 거칠어졌다. 좋거나 나쁘거나 무엇 한 가지를 시작하면 반드시 끝장을 내야 만족해했다. 그래서 이번만큼은 무슨 방법으로도 달랠 수가 없었다. 미룰 만큼 미루어진 일이라 더 이상 안 된다고 할 수 없었다.

그렇다고 그대로 보낸다면 더 큰 일이 생길 터이고, 저쪽에서는 그들의 신분에 대한 자만심으로 절대로 봐주지 않을 것이다. 아니 하늘이 무너져도 결코 …….

자기가 그동안 일국의 왕비로서 얼마나 잘 살았었던가? 이제 그 복이 다하려나.…… 양쪽 문제의 사이에서 생각이 많던 와사바카 띠야가 어쩔 수 없이 아들의 청을 들어 줄 수밖에 없었다.

할아버지, 할머니, 그리고 친척들에게 보낼 선물을 마련해서 딸려 보냈다. 그리고 자기 아들에게 사실을 알리지 말도록 하기 위해서 몰래 발빠른 사람을 미리 보내서 자기 아들이 가는 것을 알렸다.

위따뚜바가 처음으로 외가댁을 갈 때는 금 꽃가지 은 꽃가지를 대동한 것에서 알 수 있는 것처럼 난생 처음으로 가는 어머니쪽 친척에 대해서 자랑하는 마음이 가득해서 의기양양하고 갔었다.

그러나 두 번째 갈 때는 그들의 피로 자기 칼을 씻어 버리겠다고 화가 잔뜩 나서 전쟁 군대를 데리고 쳐들어 간 것이다. 그 큰 나라의 그 많은 병사들로 하여금 우리 작은 사까 종족의 영토를 모조리 짓밟을 것이다.

그러나 이 일에 내가 무슨 일을 할 수 있단 말인가?

위따뚜바가 왕자였을 때 그를 구해 주셨던 부처님께서도 이번에는 이대로 지켜보고만 계시지 않는가!

까삘라에서 돌아올 때 위따뚜바가 여종의 몸에서 태어난 아들인 것을 많은 이들이 알게 되었다. 꼬살라 대왕은 거짓말에 속은 자기 자신이 너무나 부끄럽고 화가 났다.

사까족 공주 한 사람을 청한 자기에게 절대로 다른 종족과 피를 섞지 않는 그들이 여종의 몸에서 태어났지만 모양이 빼어나게 아름다운 와사바카띠야를 사까 공주로 꾸며서 보냈던 것이다. 자기는 그것도 모르고 그를 제일왕비 자리에 앉혀 놓고 얼마나 아껴 주었던가!

그렇게도 깜찍하게 자기를 몇 십 년이나 속이다니!

그러나 부처님의 얼굴을 보아서 군대로 쳐들어가지는 않았다. 그 대신 그 모자를 왕비와 왕자의 자격을 박탈하고 종의 신분으로 만들었다.

그러자 부처님께서 거짓말을 한 사까족도 좋은 것은 아니지만 어머니쪽 핏줄보다 아버지쪽 핏줄이 더 중요한 여러 가지 증거를 설하여 주셨으므로 마음이 누그러진 그가 그 모자를 다시 제 위치로 돌려보내게 했다.

이러한 부처님의 은혜를 생각해서 나의 종족들을 봐주기를 바라는 것이 내 마음의 단 하나 남은 희망이었다. 그러나 이 일에 대해서 나의 바람은 어느 하나도 채워지지 않았다.

애당초 사까 왕족 공주 한 사람을 청했을 때 형님 마하나마 왕께서 왕의 능력으로 잘 처리했으면 좋았을 것을, 뒤탈이 없는 좋은 방법을 찾지 못했으면 부처님께 사람을 보내어서 도움이라도 청했으면 좋을 것이라고 생각했었다.

✤

만약 일이 커지기 전에 여쭈었더라면 부처님께서 당신 종족들의 이익을 감당하셨을 것이다. 로히니 강변의 전쟁 직전에도 친족들을 죽음의 손에서 벗어나게 해 주시지 않았던가?

그러나 이번의 일에는 나의 바람은 이루어지지 않았다. 와사바카 띠야 여종을 진짜 사카 왕족 공주처럼 거짓으로 꾸며서 보냈다. 꼬살라 대왕의 대사가 믿게 하도록 하는 계교에 마하나마 왕이 직접 참여했던 것이다.

사까족들은 하인 신분과는 절대로 한 상에서 밥을 같이 먹지 않으니 같이 식사를 하는 장면을 보거든 믿고 데려오라고 보낸 대사가 옆방에서 보는 동안 마하나마는 와사바카띠야와 한 상에 앉아서 식사를 하는 척 꾸며 보였던 것이다.

사까 왕족의 전통과 그들의 힘을 거스르지 못한다고 사정을 보였으면 다른 길이라도 생겼을 것이다. 그러나 어긋나기 시작한 그릇된 일이 바로 되어지지는 않았다.

다음에 위따뚜바가 태어났을 때도 꼬살라 대왕은 그 기쁜 소식을 마하나마 왕에게 사신을 보냈다. 자기 종족의 이름을 주는 대신 어머니 종족의 이름을 주고자 했다. 그만큼 부처님의 핏줄인 사까 종족을 중요하게 여긴다는 대접을 보인 것이다.

와사바카띠야에게 꼬살라 대왕이 이처럼 존중해 주는 뜻을 우리들 사까 종족들이 받아 주었다면 얼마나 다행이었을까.

한 번의 잘못을 기억하고 다음에는 그릇되지 않도록 조심하고 정성이라도 보였다면 마지막 장면에 가서 할 말이라도 있을 것을……. 그러나 우리 친척들에 관해서 나의 바람은 이루어질 리가 없는 소원이었다.

마하나마 왕은 존경을 표해서 보낸 사자에게 적당하게 말하여서 둘러댔다. 그때 갔던 대신은 귀가 조금 멀었다. 그래서 그가 기억해서 가지고 간 말이 위따뚜바라는 이름이 생겨나게 된 것이다. 왕에게서 태어난 왕족의 피를 받은 위따뚜바는 부왕의 종족 이름도 받지 못하고 어머니쪽 이름도 받지 못한 채, 대충 말하던 가운데 한마디를 엇비슷하게 잘못 듣고 기억하여 가져온 대로 죽을 때까지 그 이름으로 불리게 되었다.

사실 그의 형편에서 보면 가슴이 쓰릴 일이었다. 될 수 있으면 이 일은 여러 사람에게 말하고 싶지 않은 부분이다. 내가 비록 집을 떠나 출가 수행자가 되었다고 하여도 자기 집안, 자기 종족의 허물을 말하고 싶은 이가 어디에 있겠는가?

그러나 내가 나의 일생 동안의 일을 기록하는데 이 일을 빠뜨린다면 빈틈 하나가 생길 것이다. 그리고 다른 사실들도 믿을 수 없다는 생각이 들 것이다. 자기의 치부나 수치는 빼어버리고 잘난 것만 꾸며서 내보였다고 생각들 하지 않겠는가?

내 일생 가운데 내 친척, 우리 종족들도 비킬 수 없이 들어 있어야 할 것이다. 그래서 이 이야기를 듣는 여러 대중들도 적당하지 못한 교만심은 시간이 되기 전에 하루라도 빨리 버리기를 바라는 바이다.

그 잘난 종족, 부처님을 탄생시킨 종족, 너무나 잘나서 그 잘난 교만 때문에 결국은 큰일을 만나게 된 것이다. 시간이 되기 전이라는 말을 내가 특별히 기억해서 넣은 것이다.

나의 종족들이 위에 말한 만큼의 실수에서 그쳤으면 교만을 빼어버렸을 시간이 그래도 남았을 것을, 앞서의 잘못을 그래도 조금은 만회할 수 있었을 것이다. 그래서 그들이 한 일로 죽음까지는 몰고 가지는 않았을 것이다.

그러나 이제 다시는 고칠 수 없는 잘못된 길을 다시 행한 것이다. 위따뚜바 왕자가 난생 처음 만나는 어머니쪽 친척에게 가슴 설레는 기대를 가지고 첫인사를 할 때 그보다 어린 왕자 아기들은 모두 먼 곳으로 보내어졌다.

그래서 그는 예의대로 절만 했지 한 사람의 사까족에게서도 절을 받아 볼 수 없었다. 대국의 왕자가 아무리 친척이라지만 조그만 나라에 와서 몇 날 며칠을 절만 하고 다닌 것이다. 그러나 그 정도는 그나마 탈이 나지 않았다. 이유가 분명하니 마땅치 않아도 참을 만했다.

위따뚜바 왕자가 가장 크게 마음 아픈 장면이 생긴 것은 나라의 일을 의논하는 큰 의사당을 둘러보고 나왔을 때였다. 위따뚜바 왕자가 앉았던 자리를 우유로 씻어 내면서 '종년의 자식이 앉았던 자리'라고 갖은 욕설을 하면서 닦아냈다고 한다.

그때 그의 호위병사 한 사람이 잊고 나온 물건을 찾으러 갑자기 다시 들어갔다가 듣지 말았어야 할 말을 들은 것이다. 이미 엎질러진 물이 되어 버린 것이다. 그 소리를 들은 호위병사가 자기 무리에게 돌아가서 그 말을 퍼뜨렸을 때 위따뚜바 왕자가 어떻게 해야 했을 까?

"내가 왕이 되면 제일 먼저 내가 앉았던 자리를 우유로 닦아 낸 그 자리를 너희 사까족의 피로 씻어 주리라."

그때에 종의 자식이라고 경멸했던 사까족들이 사는 곳으로 지금 그 종의 자식이 전쟁군대를 데리고 쳐들어갔다. 두 번이나 만류해 보았던 부처님께서도 세 번째는 자기 종족들의 불운에서 얼굴을 돌리셨다.

업의 결과라는 무서운 법칙을 누가 있어 막으랴!

사까족들이 우유로 씻어 내던 그 자리를 지금은 종의 자식이 그들의 손가락 피로 씻어내는구나!

Aṅgutara

Mahāvagga

마하나마 형님에 대한 기억

지금은 까벨라와따라는 곳은 이름만 남아 있다. 폐허가 된 옛 도시일 뿐이다. 위따뚜바의 전쟁병사들이 완전히 허허벌판으로 만들어 버렸다. 모든 건물이 무너져서 흙더미로 변했다고 했다. 어쩌다가 살아남은 이들도 죽은 것보다 더 비참했다고 한다.

무너진 벽 틈 사이에서 되는 대로 목숨을 이어가고 있었다. 위따뚜바 군대가 물러갔다고는 하나 그들에게는 더 많은 위험들이 남아 있었다.

산불이 나면 산 속의 절이 모두 타버리듯이, 그런 살벌한 상황에는 먹고살기 위해서 모두 아귀다툼이 되어 강도가 성하고, 그보다 심한 것은 마실 물도 먹을 것도 입을 것도 귀해지자 질병까지 창궐해서 덮치는 것이다.

지금 사까족들의 나라를 다스리는 왕족들은 사라졌다. 먹을 것도 마실 것도 없는 굶주림과 심한 질병들만이 그들을 다스렸다. 전쟁에서 그나마 살아남은 이들은 굶주림과 질병에 모두 무너져 갔다.

옛부터 어른들이 전해 오는 말에 따르면 그곳은 까뻴라 선인이 살던 암자터에 도시를 세웠다고 했다. 까뻴라 선인의 말에 따르면 사자와 호랑이의 위험을 피해서 목숨을 걸고 달아나던 사슴이나 돼지들이 이곳에 이르게 되면 사자와 호랑이에게 도리어 달려들면서 의기양양해진다고 했다.

뱀이나 고양이를 피해서 달아나던 개구리나 쥐가 이 땅에 이르게 되면 도리어 뱀이나 고양이를 위협할 수 있다고 했다. 그래서 가장 높고 평화로운 그 자리에 도시를 세우라고 까뻴라 선인이 가르쳐 주었다.

까뻴라 선인의 초암 자리에 세웠기 때문에 까뻴라와투라고 비석을 세웠다. 그러하던 곳이 지금 이렇게 끝나는 것을 까뻴라 선인께서 보셨을까?

※

우리들의 선조 할아버지 옥까까 대왕에서부터 끊임없이 이어져 다스려 왔던 그곳이 형님 마하나마 시대에 잿더미로 변해 버렸다. 자기 종족들이 끊어지지 않도록, 다른 피를 섞지 않으려고 아들 손자 대대로 노력했던 그들이 지금은 종족의 교만심을 쳐들지 않는다. 그 때문에 지금 그 벌을 단단히 받고 있는 것이다.

그들의 무너지는 장면을 직접 보게 되었다면 내가 어떻게 했을지는 모르겠다. 그 소식을 전해들은 것만으로 가슴이 울렁거리고 현기증이 나면서 슬픔을 금할 길 없어 몹시도 힘이 빠지고 쳐져 버렸다.

형님이 보시지 않는 곳으로 가서 뚝뚝 눈물을 쏟아야 했다. 무엇하나 특별한 것이 있으면 나는 형님께 가서 만났던 것, 보았던 것, 생각나는 의심을 모두 여쭈었다. 그러나 지금 이 일에 관해서는 어느 한 가지도 여쭐 수 없었다. 친척들의 위험을, 목숨을 구하려고 형님께서 두 번이나 노력하셨다.

위따뚜바가 왕이 되어서 제일 먼저 마음에 맺혔던 소원을 이행하려고 군대를 거느리고 까뻴라를 향해서 행진하였다. 그때 부처님께서는 두 나라의 국경 근처 사까족의 나라 한켠의 나뭇잎이 성근 나무 아래 앉아 계셨다.

그러자 싸움 코끼리 등에서 내려온 위따뚜바가 부처님께 예배드리면서

"부처님, 저쪽 편 나무가 가지가 무성하고 잎이 우거져서 그늘이 좋습니다. 부처님께서 계시는 나무는 가지와 잎이 성글어서 그늘이 좋지 않습니다. 그런데 부처님께서는 왜 그늘이 시원치 않은 이곳에 앉아 계십니까?"

"대왕이여! 친척들의 그늘은 시원하다오."

꽃

위따뚜바 왕의 질문에 부처님께서 짧막하게 대답하셨다. 그 짧은 대답 속에 많은 뜻이 함축되어 있었다. 차라리 엎드려서 우리

친척들을 살려달라고 애걸하는 것보다 더 섬뜩하게 와 닿았다. 80이 가까운 노스승님이 그늘이 성근 뙤약볕에 앉아서 자기의 심정을 보여 주고 있는 것이다.

그래서 위따뚜바 왕은 차마 모른 채 할 수 없어서 군대를 돌려서 자기 성으로 돌아갔다. 그렇다고 사까족에 대한 그 처절했던 원한을 잊을 수는 없었다.

성안으로 돌아간 위따뚜바는 도저히 잠을 이룰 수가 없었다. 쓰라린 그때의 원한을 갚고야 말겠다는 생각으로 두 번째 다시 군대를 거느리고 쳐들어갔다가 다시 부처님을 뵙고는 돌아서야 했다. 세 번째에는 부처님께서 과거와 금생의 업으로 받아야 하는 필연의 업임을 보시고 나가서 막지 않으셨다.

나쁜 결과를 만나야 되는 과거 원인들을 빼어버릴 수는 없다. 그러나 과거의 업이 현재 업의 도움이 없으면 이 정도로 크나크게 나쁜 결과를 줄 수는 없다.

만약 이 세상에 만나게 되는 모든 것들이 완전히 과거 업의 결과뿐이라고만 주장한다면 우리 부처님의 올바른 제자라고 할 수 없다. 지금 아무 노력 없어도 무엇이든지 전생업으로 되었다는 사견의 권속이 되어야 한다.

그래서 우리들은 과거업이 원인이라는 것을 없다고도 않고, 전생업에만 미루지도 않고, 현재 생에 좋은 업을 능력껏, 할 수 있는 만큼 모아야 한다.

나쁜 불선업의 결과가 늦추어지기를 기다리는 대신, 나쁜 업의 결과를 머리를 들이밀고 받는 대신, 우리들이 좋은 업을 만들어야 할 것이다. 그래야만 업의 종, 업의 부림이 되는 것에서 벗어나서 나 스스로 업의 주인이 될 것이다.

그래서 내 친족들의 과거업을 내 지혜의 힘으로만은 알 수도 볼 수도 없지만 그 업을 도와주는 현재의 업만은 내 눈으로 분명하게 볼 수 있었다. 자손 대대로 내려온, 남보다 더 우수하다는 교만심으로 저질렀던 것들이 그들의 현재 업이 된 것이다.

🪷

형님 마하나마가 그릇되게 교만심을 세웠던 친척들을 조심스럽게 잘 다스렸다면 지금 같은 나쁜 결과는 만나지 않았을 것이다. 그들을 바른 길로 이르도록 이끌어주지 못했기 때문에 그 역시 같이 빠져 가게 되었다.

이렇게 말한다고 이미 가버린 형님을 내가 경멸한다고는 생각하지 말기 바란다. 친척들의 허물을 형님에게만 미루었다고도 생각하지 말기 바란다. 형님과 그들의 일가들이 생을 거두는 장면에서 이 글을 읽는 여러분들이 한 가지씩 생각하라고 드러내 보이는 것이다.

나라를 다스리는 일에 능하지 못해서 잘못된 일을 만나기는 하였지만 형님 마하나마께서는 법을 믿는 마음에서는 부처님께 직접 칭찬 받으신 분이다.

형님 마하나마는 나라를 다스리는 책임을 이행하는 한편 가족의 경제도 또한 책임져야 했다. 자기 소유의 많은 토지와 일하는 소,

젖 짜는 소들도 길렀다. 자기 소유의 목장에서 나오는 우유로 버터를 만들었기 때문에 벌어들이는 돈도 많았으며, 상가 대중에게도 많이 보시할 수 있었다.

어느 때 기근이 심하여서 힘들었던 상가 대중들을 위해서 넉 달 동안 마음껏 보시 받을 수 있도록 부처님께 청하여서 허락까지 받았다. 부처님의 허락을 받은 상가 대중 역시 버터를 받아서 사용하되 각자에게 적당한 만큼만 사용하였기 때문에 스님들을 위해서 따로 준비한 것이 그렇게 많이 줄어들지 않았다.

그래서 넉 달뿐만 아니라 오래도록 보시할 수 있는 기회를 다시 청하였다. 이렇게 특별한 신심으로 보시했기 때문에 가장 좋은 공양을 올리는 것에 으뜸간다는 칭호를 받을 수 있었다.

부처님을 선두로 상가 대중에게 특별한 신심으로 보시하기를 좋아하던 형님은 그의 마음속에 어떤 한 가지 의심이 들면 지체하지 않고 곧장 부처님께로 왔다.

그렇게 시도 때도 없이 오기 때문에 내가 그의 소매를 잡아서 끌어낼 때도 있었다. 부처님께서 병이 나은 지 오래 되지 않은 때에 문제꺼리를 가지고 왔기 때문이다.

그가 질문한 것 가운데 가장 중요한 것도 그의 미래에 관한 것이었다. 그 미래는 다른 것이 아니라 이생에서 죽은 다음 가야 할 중요한 것이었다. 그의 마음속에 여러 번 느껴야 했던 것 가운데 이 문제를 여쭈었던 것이다.

"부처님, 이 까삘라와따 도시에는 먹을 것이 풍족합니다. 여러 가지 장신구, 입을 옷에서부터 사람들이 사용하는 물건들이 풍성합니다. 사는 인구들도 많고 크고 작은 길도 거미줄처럼 잘 연결되어 있습니다.

이 니조다 정사도 도시에서 멀지도 가깝지도 않아서 조용합니다. 부처님과 상가 대중을 뵈올 수 있어서 제자의 마음에 힘이 솟아납니다. 그러나 저녁이 되면 저는 성안으로 돌아가야 하고 그곳에는 눈도 귀도 조용할 사이가 없습니다.

코끼리 수레, 말 수레들이 골목길에서 달려 나옵니다. 각자의 중요한 일로 달려가는 이들도 있습니다. 그런 순간을 갑자기 닥치게 되면 저는 알아차림을 놓치고는 합니다.

부처님, 담마, 상가의 보배 세 가지를 잊곤 합니다. 그럴 때 만약 제가 죽는다면 어떤 곳으로 떨어질까 하고 생각합니다. 부처님."

그가 만났던 상황을 여쭌 것이다.

사까 왕족들의 선출된 왕의 책임을 맡고 있는 형님이 정사에 부처님을 뵈러 올 때는 어떤 수레도 타지 않고 어떤 호위병도 거느리지 않는다. 평범한 한 사람으로 걸어오곤 하는 도중에 방해꾼들을 만나는 것이다.

그의 질문에 대답하시는 부처님께서 그를 격려하시려고

"마하나마여! 두려워하지 말라.

마하나마여! 두려워하지 말라.

그렇게 죽을 만큼 낮은 죽음이란 너에게 생기지 않는다. 반드시 높고 높은 죽음이 될 것이다. 높고 거룩한 공덕 은혜, 삼보를 깊이 믿고 계율이 깨끗한 성스러운 제자는 닙바나에 기울고 있다. 닙바나를 향해서 가고 있다."

"마하나마여!

비유를 들자면 동쪽으로 기울고 있고 동쪽으로 휘어져 늘어져 있는 나무가 뿌리가 잘라졌을 때 어느 쪽으로 넘어지겠는가?"

"동쪽으로 넘어질 것입니다. 부처님."

"마하나마여! 그렇다. 이 비유처럼 된다. 소따빠나의 공덕 네 가지가 구족한 성스러운 제자들은 닙바나에만 기울어져 있다. 닙바나에만 굽어져 있다. 닙바나에만 숙여져 있다."

형님이 자기의 체험으로 질문한 것에 부처님께서는 성스러운 제자 모두를 들어서 대답해 주셨다. 그렇다. 소따빠나 등 아래 위치에 있는 성스러운 제자들은 보통 여느 시간에는 잊어버리고 지내기도 할 것이다.

잊어버리고 지내느라 가끔씩은 적당하게 불선업도 짓게 될 것이다. 그러나 그들은 자기 지혜로 직접 닙바나의 높은 법을 알아서 체험해 보았기 때문에 도시 전체, 종족 전체가 다 죽어야 하는 처지에 직면했을 때 일찍이 잊고 지냈던 그 닙바나의 법이 있는 곳으로 기울어져 갈 것이다.

그러한 시간에 닙바나의 법 외에 그가 달리 의지할 것이 어디에도 없다는 것을 그들이 기억하게 될 것이다. 그래서 윤회의 깊은 업에서 벗어나지 못하여 죽어야 하더라도 그들의 죽음은 높고 높다고 해야 할 것이다.

귀하고 좋은 공양 올리는 것에 으뜸간다는 칭호를 받았던 그 형님께서도 아리야 성인의 위치에 올랐기 때문에 높고 높은 죽음으로 돌아갈 것이다.

이미 가버린 그분을 위해서 내가 이렇게 위안을 삼는 것이다

Mahāvagga

전쟁과 평화

힘이 강대한 한 나라로 인해서 사까들의 작은 나라가 무너져 버렸다. 그 시간에 또 다른 한 강대국의 힘으로 또 다른 작은 나라를 쳐들어가려고 준비하고 있었다.

이전에는 마가다국과 꼬살라국 두 강대국이 서로 부딪쳐서 싸웠다. 심한 전투가 수도 없이 벌어졌다. 가끔은 꼬살라 대왕이 승리하고 가끔은 아자따사따 왕이 승리를 거두기도 하였다. 그러나 한 나라가 다른 한 나라를 완전히 가루로 만들어 버리지는 못했다. 힘이 비등비등했기 때문이다.

두 나라 사이에 전쟁이 벌어지더라도 꼬살라 대왕과 아자따사따 왕은 친삼촌과 조카 사이였다. 아자따사따 왕의 어머니 위대히 왕비가 꼬살라 대왕의 친누이였기 때문이다.

부왕이었던 마하 꼬살라 대왕 시절에 공주 위대히와 빔비사라

왕의 결혼 선물로 황금 십만 냥의 세금이 나오는 까시라는 마을을 선물로 주었다. 두 나라 국경 사이에 있는 큰 마을이었다.

그때 아자따사따가 왕위의 부귀를 차지하려고 그의 부왕을 잔인하게 죽였다. 부왕의 죽음으로 충격을 받은 어머니 위대히 왕비도 오래지 않아서 명을 마쳤다.

그러자 꼬살라 대왕이

"아자따사따가 부왕과 어머니 왕비까지도 죽인 것이다. 위대히 왕비가 없으니 그를 위해서 선물했던 까시 마을이 아자따사따와는 아무 관계도 없게 되었다."라고 선포하였다.

아자따사따 왕 역시 그 말을 고분고분하게 받아들이지 않았으므로 그 도시를 서로 소유하기 위해서 한바탕 전쟁이 벌어졌다.

❧

그러나 지금 꼬살라 대왕이 죽었으므로 전쟁은 끝났다. 이렇게 꼬살라 쪽에서 전쟁하려는 의도가 줄어들자 마가다국에서 다시 전쟁하려는 소리가 울려 나왔다. 마가다 대국의 아자따사따 대왕의 눈엣가시는 왜살리의 릭차위 종족들이었다.

왜살리 수도를 근거로 한 작은 나라이지만 물품은 풍족하고 또한 큰 나라 틈바구니에서 기죽지 않고 지혜롭게 살고 있는 그들이 얄미운 존재였으리라. 그 조그만 나라보다 비교할 수 없이 크고 넓은 나라에, 비교조차 되지 않는 수많은 군대를 가진 자기를 조금도 존중하거나 굽히는 눈치를 보이지 않는 릭차위들이 아닌가?

왓시라는 것은 릭차위 종족이다. 그들의 윗대 조상 시절부터

이 이름으로 불리워졌다. 그들을 멀리멀리 삼가하라는 뜻이란다. 어린아이들이 함께 놀 때 그 릭차위 아이들은 무엇에나 승리를 거두고는 했다. 갑자기 일이 생겼다 하면 나이에 상관없이 그쪽에서 먼저 치고 때리는 것이다.

그래서 다른 아이들의 부모들이 그 아이들과 놀지 말고 멀리 비키라고 자기 아이들에게 말했다고 한다. 그렇게 조상 대대로 용감하고 지혜를 갖춘 왓시들이 지금에도 역시 용감하게 승리를 거두고는 했다. 그들의 우두머리 외에 어느 누구도 두려워하지 않았다.

그들은 서로 의지하는 것이 흡사 물을 가를 수 없듯이 서로 화합했으며, 그렇게 되기 위해 특별히 노력했다.

🪷

이러한 능력으로 아자따사따의 군대를 두 번이나 이긴 적이 있다. 갠지스 강 어느 항구에 큰 마을이 하나 있었다. 그 마을의 넓이는 1유자나 정도였는데 반은 왓시들의 소유였고 그 반은 마가다국에 속하였다.

그전에 이 마을의 작은 계곡에 값을 매길 수 없는 보배가 강 속에 빠져 있었다. 땅과 물은 다스리는 왕의 재산이었으므로 그 마을의 우두머리들이 그 보배를 지키는 호위병을 두었다. 양편의 왕이 와서 나누어 가지기를 기다리고 있었던 것이다.

그런데 마가다 쪽에서 오기 전에 왓시들이 병사들을 데리고 와서 보이는 대로 보배를 한 개도 남기지 않고 모두 거두어 갔다.

아자따사따 왕이 도착했을 때는 그 자리만 보여 주었다. 많은 군대를 선출하고 이 날, 저 날, 좋을 날을 가려서 출발하였으니 늦어진 것이다.

위엄 있도록 거창하게 잘 차리고 왔지만 늦게 도착하여 헛걸음을 한 왕이 자기의 잘못된 점을 고치는 대신에 먼저 가지고 간 이들에게만 펄펄 화를 내었다. 그러니 이번 두 번째에도 여전히 빈손으로 돌아가게 된 아자따사따의 화냄이 아마도 최고조까지 올라갔으리라.

할 수만 있다면 위따뚜바처럼 밤이나 낮을 기다릴 것 없이 쳐들어 갔을 것이다. 그러나 왓시들은 사까들과는 달랐다. 주저하여 가릴 것 없이 다 말하자면 우리 종족들은 실도 없이 베를 짜려는 이들과 같았다.

큰 나라와 겨룰 수 있는 전쟁의 힘이나 끊임없이 군사훈련을 하는 것도 그들에게는 없었다. 그렇다고 능숙하게 나라를 다스리는 것이나 외교 능력도 익히지 않았다. 자손 대대로 다른 종족과 피를 섞지 않았다는 종족 혈통에 대한 자존심만 높이 쳐들고 지냈다.

그러나 왓시들은 그들과 달랐다. 제대로 실을 가지고 베를 짜는 이들이었다. 코끼리, 말 수레 등에서부터 각종 전쟁기술을 완벽하게 익혀 놓았으며, 큰 나라들만큼 병사의 숫자는 많지 않았지만 그들의 공격 능력은 뛰어났다. 그래서 아무리 큰 나라들이라도 그들을 조심스러워 했다.

끊임없이 군사 훈련을 하였기 때문에 그들의 전의는 매우 높았다. 그래서 아자따사따가 그들을 공격해 들어갈 시간을 늦출 수밖에 없었다. 어느 날엔가는 모조리 무릎을 꿇리겠다는 생각으로…….

✿

왓시국의 많은 이들이 이 교단의 가족이 되었다. 그 두 종족은 업의 결과 역시 비슷했다. 그러나 위따뚜바 때에는 완벽한 군대로서 일을 진행하였다.

어느 날의 원한을 도저히 잊을 수 없어서 병사를 거느리고 쳐들어 갔다가 부처님을 뵙고 두 번이나 돌아왔었다. 그들이 전쟁하는 일에 부처님의 도움을 취하지 않았다.

마가다국의 주인 아자따사따 왕은 그들처럼 하지 않았다. 그는 전쟁하는 일에 부처님의 도움을 받아서 취하였다. 그가 알고 싶은 것들을 그의 대사로부터 받아 오도록 했다.

우리들이 있는 웰루와나 정사에 가르침을 받기 위해서 온 것이 아니라 전쟁하는 방법을 한 가지 얻으려는 목적으로 온 사신이라고 내가 말하려는 것이다.

그 대신이 다름이 아니라 바로 다니야 테라가 집을 지을 때 목재 일이 드러나도록 조사했던 와따까라 대신이다. 마가다국의 큰 나라 안에서 상대가 없을 만큼 지혜 있는 브라만이었다.

그는 우리 교단의 가르침을 따르는 이가 아니었다. 희생물을 사용해서 하늘에 제사지내고 목욕하는 것 등의 행으로 그들이 믿고 의지하는 천상에 이를 수 있는 것만 향해서 가는 이들이다. 그러나 부처님을 극진히 존경하는 아자따사따 왕의 오른팔이었기 때문에 이 교단과 완전히 떨어져서 지낼 수는 없었다. 적당한 평계가 있을 때마다 웰루와나 정사에 오곤 하였다. 부처님과 자주 대화를 나누기도 하였다.

"수행자 고따마시여!

이 세상에서 보고들은 견문이 많음, 갖가지 말들의 뜻을 이해하는 것, 말한 것마다 행한 것마다의 옛 일을 오래 지나더라도 다시 기억할 수 있는 것, 모든 일에 능숙한 것, 이 네 가지 조건을 구족하게 갖춘 이를 높은 남자라고 제자가 기억합니다.

이 말을 수행자 고따마께서 긍정하시고 싶으면 긍정하시고 거부하시려면 거부하십시오."

정사에 와서 부처님께 여쭈는 와따까라 대신의 말이었다. 그의 말투를 보아서도 부처님을 믿고 따르는 제자의 어투가 아닌 줄은 알 것이다.

❀

우리들이 부처님께 여쭐 때는 "부처님" 하고 조심스럽게 부른다. 와따까라 대신은 나라 사람들과 국왕이 직접 존경하는 부처님이라서 존경하기는 하되 그의 스승으로는 생각하지 않기 때문에 고따마 수행자라고 종족의 이름으로 불렀던 것이다.

"브라만이여! 너의 말을 나 여래가 긍정하는 것도 거부하는 것도 하지 않겠다."

자기를 믿지도 존경하지도 않는 이의 말을 부처님께서는 정중하게 대답하셨다. 부처님들께서 믿어주는 것은 출세간 이익과 관계된 말들이다. 그러나 지금 와따까라 대신의 말은 출세간 이익과는 상관이 없다. 세간 이익에만 국한된 것이어서 부처님께서 그 말을 긍정하지 않으셨다.

그와 같이 세간 이익을 위해서 한 말을 출세간 마음으로 보아서 반대하는 것도 적당하지 않다. 그래서 부처님께서 양쪽 모두를 취하지 않고 이 교단 편에서 생각할 것만 말씀하셨다.

"브라만이여!

많은 사람들이 성스러운 지혜(아리야 냐나)와 바른 견해가 생기도록 가르침으로써 많은 이들의 이익을 위해서, 행복함이 풍성하도록 이끌어 가는 것, 나쁜 생각들을 받아들이지 않고 좋은 생각만 키우는 것, 네 가지 선정을 힘들지 않고 쉽고 편하게 얻음, 아라하따 팔라를 현재 체험함, 이러한 네 가지 조건이 갖추어진 이를 높은 대장부라고 나 여래가 생각한다."

이 말을 믿거나 거부하라고 부처님께서 청하지 않으셨다.

그러나 와따까라 대신 스스로가 만족해서 그 말을 긍정하였다. 부처님께서는 이 4가지 조건을 잘 갖추신 분, 대장부라고 칭송하고 돌아갔다.

🪷

지금 다시 그가 온 곳은 웰루와나 정사가 아니라 기싸꼭따 산 위까지 올라온 것이다. 사까족이 모두 멸망당한 전쟁 이후 부처님과 우리들은 라자가하로 왔다.

웰루와나 죽림정사에는 상가 대중과 사람들이 너무 많았기 때문에 이 산의 큰 바위 그늘이 있는 곳으로 자주 와서 앉아 있거나 경행하기도 하였다.

와따까라 대신이 많은 호위 병사들과 수레들을 산 아래에 두고 그 자신 혼자서 올라왔다. 아마도 중요한 일 한 가지를 가지고 온 것 같았다.

"수행자 고따마시여!

마가다국의 주인 아자따사따 대왕이 수행자 고따마의 두 발에 예배드리고, 수행자께서 건강하시고 편안하신지 여쭈었습니다. 그리고 특별히 여쭈려는 것은 왕궁 회의 때마다 '이 정도로 크고 강성한 힘을 가진 우리들이 왓시들을 생선을 저미듯이 완전히 죽여 없애 버릴 것이다.'라고 결의하고 있습니다."

먼저부터 조금씩 비치던 말대로 그의 주인이 직접 보내서 여쭈도록 시킨 것이 분명하다. 그의 주인 아자따사따 왕은 왓시들을 쳐부수어서 묵은 빚을 피로써 갚고자 했다.

그러나 전쟁하는 기술이 뛰어나고 조직적으로 잘 단련되어 있는 왓시들을 무너뜨릴지는 장담할 수 없었다. 능력면으로, 양으로, 그들 쪽이 비교가 안될 만큼 많은 군대가 있다고 하더라도 승리를 쉽게 얻을 수 있을 것이라고 장담할 수는 없었다.

그래서 이 문제의 해답을 부처님에게 가서 찾아내도록 보낸 것이리라. 부처님의 말씀을 들어본 다음에 자기들이 해야 할 일을 하려는 것이다.

자기의 욕심으로 전쟁하는 일에까지 부처님을 연관시키려고 하다니! 부처님의 가르침 어느 가르침에도 다른 이를 괴롭히고 죽이라는 것은 한 단어도 들어 있지 않다. 만약에 다른 이를 죽이고 괴롭히는 일을 절대로 하지 말아야 한다라고 명령한다면 그 말을 들을 것인가?

"아난다여!……"

와따까라 대신의 말에 연관되어서 마음속에 한 가지 한 가지 생각이 떠오르고 있는 동안 부처님께서 부르셨다.

"예, 부처님."

그 브라만이 여쭌 말에 대하여 그와 말씀을 주고받지 않으시고 나에게 말씀하시고 싶으신 것이리라.

"아난다여, 왓시들은 나라를 다스리는 일에 관계된 일로 자주 모임을 가진다고 너는 들어본 적이 있느냐?"

"들어 보았습니다. 부처님."

"아난다여, 왓시들은 전에 행하지 않았던 세금을 거두는 것이나 새로운 형벌을 내리지 않고 어느 한 가지 사건이 생기면 옛 사람들의 전통에 따라 법에 따라 결정한다고 네가 들어본 적이 있느냐?"

"예, 들어보았습니다. 부처님"

"아난다여, 왓시들은 나이 많은 어른을 존경하고 어른들의 말을 잘 따른다고 네가 들어본 적이 있느냐?"

"예, 들어보았습니다. 부처님."

"아난다여, 왓시들은 힘이 센 자들이 억지로 여자들을 뺏어가는 일을 하지 않는다고 네가 들어본 적이 있느냐?"

"예, 들어보았습니다. 부처님."

"아난다여, 왓시들은 자기들 나라에 오는 선한 이들을 기쁘게 맞이하고 그들의 법에 적당하게 보호해 준다고 네가 들어본 적이 있느냐?"

"예, 들어보았습니다. 부처님."

"아난다여, 왓시들이 이렇게 번영하는 조건 7가지가 구족한 시간 동안은 그들에게는 번영만이 있을 것이다. 무너짐이라고는 없을 것이다."

이 말씀으로 미루어 보아서 왓시들에게 가지는 부처님의 자비심을 알 수 있다. 여럿이서 다스리는 작은 나라에서 태어나신 부처님께서 그와 같이 한 왕이 다스리는 것이 아닌, 여럿이서 골고루 의견을 모아서 화합하여 잘 살아 나가는 작은 나라에 이렇게 자비심을 가지는 것을 이해할 것이다.

🪷

위의 말 가운데 전쟁에 관한 것이나 그 방법, 또는 남을 무너뜨리라고 가르치는 말은 전혀 없다. 오직 전쟁으로만 모든 것을 해결하겠다고 기고만장을 부리는 왕에게 싸우지 말도록 멀리 돌려서 말씀하신 것이다.

그렇게 말씀해 주신 부처님의 마음씀을 와따까라 대신은 그가 원하는 뜻만 골라서 잡았다. 그가 골라잡은 뜻을 드러내서 말할 때 나는 등줄기가 써늘해지는 기분이었다.

"고따마 수행자님, 번영하는 법 어느 한 가지로도 왓시들이 번영하고 무너짐이란 생기지 않는데 하물며 그 일곱 가지 모두가 구족한

데에야 달리 더 뭐라고 하겠습니까?

수행자께서 말씀하시는 것을 제가 이해하였습니다. 아자따사따 대왕께 왓시들을 전쟁으로 무너뜨리는 것은 적당하지 않다고 말씀 드리겠습니다. 그들을 다른 방법으로 잘 유인하여서 그들 서로 서로가 갈라지도록 이간시켜서 그들을 무너뜨릴 것입니다."

아무리 바르게 말해 주어도 부처님 말씀을 브라만 대신은 그가 원하는 대로 끌어 잡았다. 그 스스로의 생각대로 붙들고 마치 부처님께서 가르치신 것처럼 천연덕스럽게 이야기하고 있는 것이다. 부처님께서도 나도 뭐라고 막을 수가 없었다.

'나라의 정치란 앵무새와 까마귀라는 속담대로 구분하기가 어렵구나!'라고 두려운 마음뿐이었다.

Mahāvagga

빠딸리 국경 도시

왓시들의 7가지 공덕 조건들은 나라를 다스리는 왕들 모두를 위한
가르침이었다. 큰 나라를 다스리는 왕에서부터 크고 작은 마을을
다스리는 이들까지 이 공덕을 갖추는 것이 매우 중요하다. 그래서
그 7가지 조건들을 '왕들이 번영하는 법'이라고 부른다. '왕들의
번영하는 법'에 이어서 '수행자들의 번영하는 법'도 부처님께서
설해 주셨다. 여러 가지로 자세하게 구분하여서 여러 번 거듭해서
말씀해 주셨다.

그것들을 자세하게 조사해 보면 계, 선정, 지혜들을 볼 수 있다.
이 교단의 기본 골격을 이루는 큰 법이므로 부처님께서 이 정도로
중요하게 여기시어서 설하셨다. 중요한 법이므로 거듭해서 설하셨
다.

그러나 이렇게 이해한 것은 뒤에 가서였고 그때 당시는 설하시는

모습이 특이하시구나라고 짐작만 할 뿐이었다. 무엇 때문에 이렇게 설하셔야 하는가 하고 자세히 몰랐다. 그렇다고 여쭈어 볼 수도 없고 그저 담마의 은행 관리인답게 정확하고 바르게 기억해서 보관하는 것으로 만족했다.

라자가하 도시 주변 모든 상가 대중들에게 거듭해서 이 세 가지 법을 설하신 다음

"아난다여, 가자. 암바라티까 동산으로 가자."

"알겠습니다. 부처님."

내리는 말씀을 듣고 부처님과 나의 가사 발우 등을 준비하면서 같이 지내던 모든 대중들에게도 각자의 소지품을 챙기라고 일렀다. 암바라티까 동산에 있는 왕의 임시 거처에 갔을 때도 계·정·혜, 세 가지 법만을 기본으로 두고 설하여 주셨다.

그곳에서 다시 나란다 도시로 갔다. 우빨리 장자 등 여러 제자들의 공양을 받고 빠와리까 장자의 망고동산에 있는 정사에서 한동안 지냈다.

꽃

그곳에서 다시 빠딸리 마을로 여행을 계속하였다. 빠딸리라는 마을은 갠지스 강 남쪽 강변에 있다. 아자따사따 왕이 다스리는 마가다국 북쪽 지역이었다. 이 마을에는 아자따사따 왕의 힘은 미치지 않았으나 왓시 왕들의 힘은 이 마을까지 이르렀다.

아자따사따 왕의 관리들처럼 왓시국의 관리들도 이 마을에 왔다. 그들이 올 때마다 좋은 집이 있는 이들에게는 고통스러웠다. 오는

관리들마다 집주인들을 억지로 쫓아내고 그 집을 차지하고 지냈다. 집주인들이 집 없는 신세가 되었을 때 그들은 좋은 집마다 차지하고 거들먹거렸다.

한 번 오면 보름도 좋고 한 달도 좋고 실컷 지내다가 갔다. 그렇게 언제나 올 때마다 다르지 않았다. 항상 불안하게 지내던 마을 사람들이 나중에는 한 가지 생각을 내었다.

자기 집, 자기 솥을 가지고 마음 놓고 살기 위해서 마을 중앙에 커다랗게 집을 지었다. 물건을 쌓아 놓기 적당하도록 튼튼한 방과 편안하게 지낼 수 있는 큰 방들을 준비했다.

우리들이 그곳에 도착했을 때 마침 그 건물은 완공한 지 얼마 되지 않은 때여서 신남 신녀들이 부처님을 그곳으로 모셨다. 우리들이 도착한 시간은 해가 질 무렵이므로 그 큰 집 전체에 환하게 불을 밝혀 놓았다.

새 자리와 새 카펫트를 가득 펴놓았으며 마실 물, 씻을 물도 항아리마다 가득가득 채워져 있었다. 갓 세운 새 건물에 부처님과 상가 대중들을 모시고 담마를 설함으로써 행운이 오기를 바랐을 것이다.

부처님께서 먼저 들어가셔서 가운데 기둥을 의지해서 동쪽을 향해 앉으셨다. 우리 모두들은 서쪽 벽을 등 뒤로 하고 차례로 앉았다. 빠딸리 마을 남녀노소들도 동쪽 벽을 뒤로 하고 부처님께 두 손을 높이 모으고 앉아 있었다.

"오, 신남 신녀 여러분들!"

고요하게 앉아서 귀를 기울이고 있는 대중들에게 부처님께서 이렇게 시작하셨다.

"지계가 없는 이, 계를 부러뜨린 이는 잊어버리고 함부로 가벼이 지내기 때문에 많은 재산을 잃게 된다. 지계가 없는 이, 계를 부러뜨린 이는 나쁜 소문이 멀리 퍼지게 된다. 지계가 없는 이, 계를 부러뜨린 이는 많은 대중 가운데 갔을 때 자기 마음이 편치 않아서 얼굴을 번듯하게 들 수 없으며 두려워하게 된다.

지계가 없는 이, 계를 부러뜨린 이는 임종시에 정신을 잃어버리게 되어서 이리저리 허둥거린다. 지계가 없는 이, 계를 부러뜨린 이는 죽은 다음 날 지옥에 떨어지게 된다. 이렇게 계가 없는 이, 계가 부러진 이의 허물이 다섯 가지가 있다."

지계가 없는 이, 계를 부러뜨림의 허물 다섯 가지를 설하신 다음 계를 깨끗이 가진 이의 이익 다섯 가지를 계속하여서 설하셨다. 허물 5가지의 반대가 되는 것으로 이익 다섯 가지가 생긴다.

지계에 관한 말, 이 가르침을 빠딸리 마을 신남 신녀들에게만 따로 구분해서 설하신 것은 아니다. 이 교단을 짊어지고 가는 상가들에게도 관계가 된다. 스님들에게 적당하도록 고치는 것만이 필요하다.

비유로, 많은 이들이 무역이나 농사 등으로 재산을 경영할 때 잊어버리고 허수이 생각하기 때문에 재산이 무너진다. 스님들은 재산이 없기 때문에 재산 대신 신심, 지혜, 견문, 보시, 지혜, 악업을 부끄러워하는 것, 악업 짓는 것을 두려워함 등의 선한 이들의 재산이 무너지게 된다.

이익이 되는 법은 이것의 반대쪽으로 보면 된다. 나머지 허물과 이익도 이와 같이 적절하게 뜻을 취해야 된다. 계율에 관한 가르침을 설하신 다음 부처님께서는 조용한 곳으로 가셨다.

조용한 곳이라고 하나 그것은 제따와나 정사의 간다꾸띠처럼 따로 있는 것이 아니라 가장 높은 자리에 장막을 치고 부처님을 위해서 따로 준비해 놓은 장소일 뿐이다.

그곳에서 하룻밤을 지낸 우리들은 빠딸리 신도시로 갔다. 빠딸리 마을 근처에 세운 그 새로운 도시 역시 빠딸리로 불렸다. 그 빠딸리 신도시는 왓시들이 쳐들어오지 못하도록 방어하기 위해서 지은 계획된 도시였다. 왓시들을 모조리 쓸어버리겠다고 선전하던 아자따사따 왕이 지금 왓시의 원수들을 처음으로 들이받는 것인가?

아자따 왕의 명령으로 그 신도시에 지내는 이들이 와따까라와 수니다 대신이었다. 그 두 사람은 브라만 종족으로서 눈앞에 분명하게 있는 삼보를 넘어서 하늘 위에 있는 대범천을 보지도 못한 채 짐작만으로 생각해서 공양하고 존경하는 이들이었다.

그 두 대신들이 그들 스스로의 존경심으로 부처님을 청한 것이 아니라 교단을 존경하는 그들의 주인이 물었을 때 얼굴을 세우고 대답하기 위해서 모셨던 것이다.

초청한 이가 어떤 생각을 가지고 있든지 중생들의 번영과 이익이 생기게 하는 것이라면 부처님께서 거절하심이 없이 모시는 곳으로 따라가신다. 그 두 대신이 선두로 하여서 준비한 공양을 받아서 사용하신 다음 축원으로 격려해 주셨다.

그 다음 빠딸리 신도시를 지나서 가셨다. 부처님 뒤를 대신 두 사람이 바짝 따라갔다. 부처님과 우리 상가 대중들을 존경해서가 아니라 대문 이름, 항구 이름을 붙이기 위해서였다.

이렇게 부처님께서 나가셨던 성문은 '고따마 성문', 부처님께서 건너가셨던 나루터는 '고따마 나루터'라는 이름이 생겨났다.

Aṅgutara sutta mahāvagga

부처님께서 주신 거울 법문

'고따마 나루터'에서 갠지스 강을 건넌 다음 우리들은 꼬띠따 마을로 갔다. 꼬띠따라는 말은 가장 변두리라는 뜻이다.

옛 사람들의 전해오는 말에 따르면 복덕과 신통이 대단하게 컸던 마하빠나다 대왕이 크나큰 왕궁에서 살았다고 한다. 그 왕궁이 무너질 때 높은 누각의 끝이 이 마을에 떨어졌기 때문에 꼬띠 마을이라고 이름했다고 한다.

꼬띠 마을에서도 부처님께서는 계·정·혜와 4가지 성스러운 진리의 법을 설하여 주셨다. 4성제의 진리를 앞부분에서 자세하고 넓게 구분해서 설한 것은 읽었을 것이다.

『초전 법륜경(Dhamma cakka)』을 설할 때였다.

❀

꼬띠 마을에서 한동안 머문 다음 우리들은 다시 냐띠까 마을로 갔다. 냐띠까라는 말은 친족끼리 사는 마을이라는 뜻이다. 저수지 한쪽을 의지해서 사촌 형제들이 한 마을씩을 이루고 살다가 점점 커져서 이루어진 마을 둘을 모두 냐띠까라고 불렀다.

그 마을에서는 오래 머물 것이 아니었기 때문에 그 두 마을 사이에 있는 임시 숙소에서 지냈다. 벽돌담으로 지어졌기 때문에 우리들에게 비와 바람을 막아 주었다. 그 마을 사람들은 모두 서로 친척이었기 때문에 서로 친밀하듯이 우리 대중들도 그곳에서는 마음 편하게 지낼 수 있었다. 그들은 신심이 튼튼했고 지계 역시 깨끗하였으며 수행도 열심히 하였고 진리의 지혜 역시 밝게 빛났다.

그 다음에 갔을 때 그들이 없다는 소식을 듣자 내 가슴 한켠이 모두 텅 빈 것 같았다. 그들 가운데는 나와 친밀했던 이들이 제법 많았다. 우리 대중 가운데서도 살라 테라와 마하 난다 테라께서 세상을 떠난 지도 제법 한참이나 되었다고 했다.

그 다음 제따와나 정사 창건주의 어릴 때 이름과 같은 수닷따 거사, 좋은 공양과 좋은 반찬 올리기를 좋아하던 수자따 청신녀도 모두 떠나갔다.

꼭꾸따, 까린바, 니까따, 까띠사하, 뚜파, 산뚜타, 받다와 수받다의 차례로 앞서거니 뒤서거니 모두 떠났다. 그들은 나에게 특별한 자비심을 주었던 이들이다. 그와 같이 나의 자비도 그들에게 널리 퍼져 있었다.

그러나 나는 형님과 같이 완전히 깨끗한 자비를 키울 수는 없었다. 자비 뒤에는 애착의 거미줄이 붙어서 따라갔다. 이 애착은 깜마 오욕락의 지역에 있는 사람들처럼 거칠고 낮은 것은 아니다. 매우매우 미세하고 섬세한 것이었다. 이렇게 섬세하고 부드러워도 악처에 가는 것을 뽑아내기는 어렵다.

사실 말하자면 그때 나는 이러한 애착을 떼어버리려는 마음이 없었다. 이러한 애착 때문에 일생 동안 크고 적게 흘린 눈물이 수없이 많으며 '헉헉' 하고 흐느끼면서 울어야 했던 일도 많았다. 그러나 나는 그 고통을 싫증내지 않았다. 혐오할 일이라는 지혜가 생겨나지 않았던 것이다.

일체 모든 애착을 아무리 작은 뿌리라도 남김없이 떼어버리라고 설하신 가르침을 수도 없이 들었다. 적당한 시간마다 나도 이 법을 전해서 설하여 주기를 여러 번 하였다.

나에게서 법문을 듣고 모든 애착을 남김없이 끊어낸 이들도 많다. 그러나 나만은 가는 곳마다 애착의 거미줄이 줄줄이 얽혀 있었다. 애착 때문에 항상 마음 아파해야 하는 내가 이 가르침에서 위안을 얻으려고 부처님께 들어갔다. 냐띠까 마을에서 명을 마친 이들의 이름을 들어서 그들이 간 곳을 여쭈었다.

그러자 부처님께서는 그들 모두가 아라한이 되어서 빠리닙바나에 들어간 쌀리야 테라와 함께 성스러운 지혜 아리야 냐나를 차례차례 얻어서 그에 맞게 빠리닙바나에 들어간 사실을 한 사람씩 이름을 들어서 말씀해 주셨다.

절친한 사이였던 이들의 이야기를 듣고 나서 내 마음은 위안을 얻게 되었다. 돌아간 이들 때문에 슬퍼했던 것에서 그들이 얻은 출세간법을 생각해서 기쁨으로 바뀌었다.

&

그보다 더욱 기쁜 것은 부처님께서 주신 거울 담마를 볼 수 있는 기회를 얻은 것이다.

"아난다여, 어느 한 사람이 죽었을 때마다 나 여래에게 와서 그 사람이 간 곳을 묻는 것은 그렇게 좋은 일이 아니다. 놀랄 일도 아니다. 이렇게 물을 때마다 대답해야 하기 때문에 나 여래의 몸이 피곤하다.

그래서 너희들 모두를 위해서 거울 담마를 내가 줄 것이다. 담마의 거울에 드러나는 대로 자기 스스로 살펴보고, 자기의 상태를 자기 스스로 결정하라. 자기 스스로 악처의 문을 닫은 소따빠나가 되었다고 말할 수 있을 것이다.

아난다여, 그 담마의 거울이 이러하다. 이 교단 안에 있는 성스러운 제자(아리야 사와까)들은 부처님의 공덕에 동요함이 없이 깊이 믿는다. 담마의 공덕, 상가의 공덕에 동요 없이 깊이 믿는다. 성인들이 좋아하는 다섯 가지 죄를 범하지 않도록 잘 다스려 보호한다. 이것이 나 여래가 주는 담마의 거울이다."

이 가르침은 소따빠나를 처음에 두고서 설하신 것이다. 위의 도과를 얻은 성스러운 이들도 원한다면 자기의 위치를 말로 보여 줄 수 있다. 비구, 비구니들에게도 계율에 반대되지 않는 한도 내에서 말할 수 있는 기회가 있다.

부처님의 공덕을 동요함이 없이 깊이 믿는다는 것은 부처님의 공덕 모두를 한 개도 남김없이 완벽하게 존경할 수 있다는 것이 아니다. 부처님의 공덕은 부처님과 같은 특별한 이들만이 완벽하게 존경할 수 있다.

그래서 제자들은 자기 마음에 계합될 수 있는 것, 자기 지혜가 미칠 수 있는 공덕만을 깊이 믿을 수 있다. 부처님의 무량한 공덕 가운데 성스러운 제자들마다 손이 닿을 수 있는 공덕 하나가 붓다 공덕이다.

붓다라는 존재는 4가지 성스러운 진리를 스승의 도움 없이 스스로의 지혜로 바르게 깨달은 것이다. 고통, 고통의 원인, 고통의 소멸, 고통의 소멸에 이르는 길, 이 네 가지 진리에 도의 지혜로써 현재 체험하는 진리가 소멸의 진리이다. 소멸의 진리를 체험함으로써 남은 진리들에도 해야 할 일을 모두 알아지게 된다.

이렇게 소멸의 진리를 체험한 성스러운 제자는 부처님을 보지 못했더라도 자기의 지혜로써 뵐 수 있음을 얻게 된 것이다.

자기가 체험하려는 고요한 성품, 조용한 소멸의 성품, 닙바나 법이 지난 어느 때 삼마 삼붓다 부처님께서 직접 체험한 법이구나! 이 법으로 인해서 자기 마음속의 고요한 행복을 얻은 것처럼 거룩하신 부처님의 마음은 이보다 더 고요하고 편안하였구나!

이렇게 이해하는 지혜가 붓다 공덕을 존경하는 것이며, 더 나아가 자기 스스로 직접 깨달아 얻는 담마 공덕(Sandiṭṭika dhamma guṇa) 역시 계속하여 존경할 수 있다. 그리고 다른 공덕들도 지혜의 힘이 미치는 만큼 존경할 수 있는 것이다.

성인들이 높이 여기어 좋아하는 5계를 지키는 것이 도의 조건이
되는 지혜가 될 수 있도록 「브라흐만 삿짜 숫따」에 이렇게 가르쳐
놓았다.

"오, 외도 수행자들이여!

이 교단에 높은 행을 하는 이들은 어떤 중생들이든지 죽이지
않는다고 한다. 이렇게 말하는 것은 바른 것이고 잘못된 것이 없다.
그렇게 말한 대로 중생들의 생명을 죽이는 것을 삼가함으로써
'내가 수행자'라고 하거나 '내가 높은 이'라고 하는 교만에 떨어지지
않는다.

'다른 이의 지계보다 나의 지계가 더 높다.'라고 하거나 '다른
이의 지계보다 나의 지계가 더 낫다.'라고 하는 교만이 없다. 바르고
사실인 소멸의 진리를 자기 스스로의 지혜로 깨달았기 때문에
중생들을 연민히 여겨서 죽이는 것을 삼가하는 수행만 힘써 행한
다."

이 가르침은 아라한들의 수행담을 설해 놓은 것이다. 그러나
적당하게 취하면 소따빠나의 사람도 얻을 수 있다. 아라한에게는
갈망, 교만, 사견이라는 교만 세 가지에서 벗어났다.

소따빠나 사람도 사견이라는 교만에서 벗어났다. 그래서 5계를
지키는 것에 '내가 소따빠나이므로 삼간다'라는 등으로 '나'라는
집착이 포함되지 않는다. '나'를 앞세워 '나'를 위해서 이익이 많게
하거나 '나'를 위해서 4악처에서 벗어나도록 한다는 집착이 붙어

있지 않다.

자기가 계를 무너뜨리면 아파해야 할 중생들을 불쌍히 여겨서 삼가는 것은 있을 수 있다. 그밖에 소따빠나 사람들의 4악처의 문을 닫아 버린 것에 관해서 주의해야 할 것이 있다.

혹 어떤 이는 소따빠나가 되면 무엇을 하던지 악처에 떨어지지 않는다고 말한다. '악처에 떨어진다고 집착해서 잡고 있으면 틀림없이 악처에 떨어질 것이다.'라고 아시반따가 뽁따 촌장에게 부처님께서 설하셨다.

무엇을 하든지 악처에 떨어지지 않는다고 하는 이도 역시 한 가지 사견에 집착하는 것이 된다. 중요한 것은 떨어진다고 집착하거나 떨어지지 않는다고 집착하거나 '나'라는 집착이 들어 있으면 사견과 함께하는 것이 된다.

그래서 소따빠나 사람이 악처에 떨어지지 않는 것은 '나'라는 사견이 떨어졌으므로 악처에 이르게 하는 나쁜 업을 짓지 않기 때문에 악처의 문을 닫은 것이 된다.

이렇게 '나'를 받아들이지 않는 성스러운 지혜로 잘 간수하는 지계를 아리야 성인들이 좋아하고 존경하는 지계라 한다.

Aṅguttara

승리한 이들을 이길 수 있는 여자

냐띠까 마을의 신남 신녀들과 만족할 만큼 지내고 나서 우리들은 다시 왜살리 수도로 여행을 계속하였다. 해가 설핏한 오후에 왜살리 수도 근처에 도착했기 때문에 성안으로 들어가서 꾸따나가라 정사에까지 갈 필요가 없었다. 숲이 무성하고 지내기에 괜찮을 동산 하나가 길옆에서 기다리고 있었다.

나는 이 동산 근처에 여러 번 가본 적이 있다. 갈 때마다 항상 풍성한 그늘과 물이 있었고 계절 따라 피고 지는 꽃과 열리는 열매들만 달랐다. 물과 흙이 비옥하여서 심은 과일나무 꽃나무마다 주렁주렁했다. 지금 같은 우기 안거 중에는 물이 풍족했기 때문에 숲이 더욱 울창하였다.

이 동산을 암바빨리 동산이라고 주인의 이름을 따서 불렀다. 암바빨리는 왜살리 수도에서 한동안 유명했던 여자였다. 그녀의 모습은 예쁘고 아름다웠으며 목소리는 다시 더 듣고 싶을 만큼 맑고 고왔다.

그러한 바탕 위에다가 나비처럼 아름답게 춤을 잘 추어 미모에다가 재주까지 겸비하였던 것이다. 천상의 음율처럼 악기를 잘 다루면서 그 아름다운 목소리를 보태서 노래를 하면 듣는 이마다 넋을 놓았다.

그녀의 미모와 춤솜씨에 따라 취해야 했으며, 그녀의 노래 소리를 듣는 이마다 그 운율의 파도에 빠져갔다. 나이가 제법 많아져도 그녀의 위력은 조금도 떨어지지 않았다. 젊은 아가씨에게 이렇게 특별한 재주까지 있었기 때문에 좋은 점도 있었지만 나쁜 점도 있었다.

좋은 면은 그녀의 노래와 춤과 미모로 인해서 많은 사람들의 사랑과 흠모를 받았다는 점이다. 또한 사는 생활도 풍족하였다. 다른 한편은 이렇게 뛰어난 것을 모두 갖추다 보니 그녀를 시기하는 이들도 많았다.

그녀를 바라보는 대중 가운데 같은 여자들과는 별로 문제가 생길 일이 없었다. 그들에게는 암바빨리의 아름다움을 부러운 시선으로 바라보고, 아름다운 악기 소리를 음미하는 것만으로 일이 끝날 수 있었다. 그보다 조금 지나면 부러움과 질투 정도였다.

그러나 그녀의 대중 가운데 왕족들이나 거부 장자들은 그것만으로 만족하지 않았다. 그녀의 모습이나 보고 춤이나 노래를 듣고 보고 즐기는 것만으로 만족할 수 없었다. 그 아름다움과 그 소리의 주인을 모두 소유하고 싶어했다.

왜살리의 젊은 왕족 자제들마다 모두 그녀를 얻고 싶어서 갖은 선물과 힘으로 다투어 다가왔다. 창 솜씨, 칼 솜씨, 활 솜씨 등 남자들이 해야 할 능력을 배울 때도 그들은 좋은 스승을 선택하였다. 누구에게도 지고 싶은 마음이 없었으므로 열심히들 노력했다. 용감하기로 유명한 젊은 청년들은 모두 훌륭한 기술들을 가지고 있었다.

그들이 그러한 능력으로 그때까지 나라의 이익을 위해서 노력하던 목적이 지금은 서로서로 그녀를 얻기 위한 목적으로 바뀌자 나라의 일이 위태하게 되어졌다.

자기 나라, 자기 종족의 번영과 이익만 원하던 마음이 여자의 마음을 사기 위한 것으로 바뀐 것이다. 그러자 나라의 중요한 일을 결정하던 지도자들이 모여서 비상 회의를 열고 명령을 내렸다.

"암바빨리와 어느 누구도 결혼하지 못한다. 암바빨리는 릭차위 왕족 모두에게 해당될 수 있는 기녀가 되어야 한다."

그 소리를 들을 때는 주저앉아서 울음을 터뜨렸던 그녀가 나중에는 스스로의 살길을 찾아야 했다. 너무나 아름다운 미모와 재주로 인해서 자기 몸을 자기 마음대로 할 수 있는 기회를 잃어버린 그녀는 될 대로 되라는 식으로 포기도 하였다.

자기가 사랑하는 이와 같이 살 수 있는 기회를 잃은 그녀에게 나라에서 조금은 동정해 주었다. 그녀와 하룻밤 지내려는 이는 황금 50냥을 주라고 정해놓은 것이다. 한 냥으로 한 가족이 하루를 살 수 있는 때에 50냥은 무척이나 많은 돈이었다.

나라의 명령으로 자기 몸을 밑천으로 살아야 하는 그녀는 그 일에서 생긴 돈을 이익이 있도록 잘 사용했다. 상가 대중 스님들에게 가사, 발우 등 필요한 것마다 모두 보시하기를 즐겨했다. 부처님의 재가 제자로써 교단을 위해서 여러 가지 도움을 주었듯이 성안의 많은 사람들을 위해서도 좋은 일을 많이 했다.

지금 우리들이 도착해서 머무는 동산도 성안 사람들이 쉴 수 있는 공원으로 만들어서 잘 꾸며 놓은 것이다. 이 교단과 세상사람들의 이익을 위해서 애쓰는 암바빨리는 좋은 어머니였다. 이런 종류의 일을 하는 이들은 자식 낳는 것을 원하지 않았다. 할 수 있는 한은 삼갔다. 원하지 않는 자식을 할 수 없이 낳아야 될 경우 남자들의 흥미를 잃지 않게 하려고 태어나자마자 갖다가 버리고는 한다. 우리들의 의사로써 유명한 지와까는 이렇게 버려진 이였다.

암바빨리는 처음부터 자기 뜻으로 하는 일이 아니었기 때문에 남자들이 원하는 것을 생각지 않고 아들 하나를 낳았다. 낳은 다음에도 자기가 직접 키웠다. 지금 그는 위말라 꼰단냐라는 법명으로 수행자가 되었다.

위말라 꼰단냐는 우리들과 같이 여기 오지 않았다. 수행의 끝에 아직 이르지 못했기 때문에 어느 숲 속에서 수행중이다. 수행의 끝에 도달한 다음 그의 어머니를 이 교단 안으로 모시고 싶다고 했다.

'그의 소원이 이루어지이다'라고 나는 격려의 말을 해주었다.

숲 그늘이 우거진 동산에 자리를 잡고서 부처님께서 알아차림을 단단하게 하는 법을 설하였다. 몸, 느낌, 마음, 법의 4가지에 알아차림을 강하게 밀착시켜서 키워 나가도록 하는 것이다.

이 가르침을 설하시고 오래지 않아서 동산의 주인 암바빨리가 도착했다. 그녀가 타고 온 수레는 호화롭게 장식되었으며 같이 따라온 이들이 타고 온 수레도 비싼 보석으로 잘 치장되었다. 여행에서 돌아오자마자 우리 일행이 도착했다는 소식을 듣고 급히 달려온 것 같았다. 나이가 들어서 조금 변하기는 하였어도 아름다운 여인의 자태를 그대로 풍기고 있었다.

부처님의 재가 제자 암바빨리는 동산 입구에 그녀가 타고 온 수레를 세워 놓고 부드러운 맨발로 걸어왔다. 상아보다 더 고운 손을 모아 합장하고 부처님의 발에 예배 올렸다. 자리에 앉은 그의 일행들에게 부처님께서 가르침을 내리셨다.

두려워해야 할 불선업을 삼가고 해야 할 선업 공덕을 기쁜 마음으로 행하도록 설하여 주셨다. 공손하게 법문을 듣고 난 암바빨리가

"부처님, 내일 낮 상가 대중들과 함께 저의 집으로 오셔서 공양하시기를 초청합니다. 부처님."

부처님께서는 조용히 침묵으로써 그 공양청을 받아들이셨다. 암바빨리의 수레들이 동산 입구를 떠나고 오래지 않아서 다른 수레들이 몰려왔다. 그때 온 이들은 왓시 왕자들이었다.

두 나라 국경 사이의 보배를 아자따사따 왕보다 먼저 가져갔던

이들이 이번에는 암바빨리보다 늦은 것이다. 뒤에 도착한 이들이 "여러분들, 여자 한 사람이 우리들을 이겼습니다 그려, 여자 한 사람이 우리들을 이겼습니다."

이렇게 한탄의 소리들을 중얼거리듯이 신음하였다. 그들을 이긴 여자는 암바빨리 외에 다른 이가 될 수 없을 것이다. 모든 왓시 왕자들에게는 그의 몸 전부를 저당 잡혀야 했던 암바빨리가 그의 주인들에게 어떻게 승리를 했는가?

🌿

"비구들이여, 욕계 두 번째 천상 따와때인사 천인들을 보지 못했으면 저기 릭차위 대중들을 보라. 릭차위 대중들을 거듭거듭 자세하게 보라. 저 릭차위 대중들을 따와때인사 천인들과 똑같다고 생각하고 보아라."

부처님의 말씀으로 이어져 가던 내 생각의 줄이 끊어졌다. 어떤 릭차위들은 살색도 옷도 그의 장신구도 모두 노란색이었다. 어떤 릭차위들은 살색도 옷도 그의 장신구도 모두 빨간색이었다. 어떤 릭차위들은 살색도 옷도 그의 장신구도 모두 하얀색으로 아름답게 치장하였다. 원래의 살색에 자기가 좋아하는 색으로 치장한 것이다.

전에 부처님께서는 보고 듣고 하는 등에 좋아하는 이미지를 취하지 말라고 설하셨다. 그런데 오늘은 릭차위 왕자들을 거듭 보라고 하셨다. 따와때인사 천인들과 같다고 칭찬하셨다. 이렇게 칭찬하는 것은 그들이 오늘 특별하게 아름답도록 치장해서인가라고 누가 묻는다면 그것은 아닐 것이다.

릭차위들의 아름다움을 칭찬하는 것은 부처님께서 전에 설하셨던 가르침을 빼어버리는 것이 아니라 다른 원인 한 가지가 있어서일 것이다. 그 이유를 나중에서야 나 스스로 이해하게 되었다. 부처님께 법문을 듣고 난 릭차위들도 내일 오전 공양하러 오시도록 여쭈었다. 그러자 부처님께서

"릭차위들이여!

기녀 암바빨리가 내일 오전 공양 초청을 한 것을 나 여래가 이미 허락하였다."

"여러분들! 한 여자가 우리 모두를 이겼습니다."

부처님의 말씀을 듣고 난 릭차위들 모두가 신음 소리를 내었다. 공원에 처음 들어올 때도 한 여자에게 승리를 뺏겼듯이 지금 역시 승리를 뺏긴 것이다.

마가다 대국의 군대에게도 승리의 깃발을 거침없이 흔들던 릭차위들이 지금, 그것도 자기들이 놀이감으로 여기는 한 여자에게 깨끗이 승복당한 것이다.

일생 동안 그들이 하는 것마다 머리 숙이고 따라야 했단 암바빨리가 오늘 오후 그들의 수레와 길에서 마주쳤을 때 길을 비켜 주지 않았다. 평소 같으면 수레에서 내려서 피해 주어야 했는데 오늘따라 너무나 당당한 그녀에게 왜 길을 비키지 않는지 묻자 그녀가 당당하게 그리고 자랑스럽게 대답하였다.

"내일 오전 부처님을 모실 수 있는 승낙을 받고 가는 내가 왜 길을 비키겠습니까?"

다음날 오전 부처님과 우리 상가 대중 모두는 암바빨리의 집으로 갔다. 부처님께서 맨 앞에 조용하나 당당하게 가셨다. 승리한 이들을 다시 이긴 이 암바빨리가 부처님과 우리 대중에게 정성스럽게 공양을 올리고 나서

"부처님, 제자의 이 동산을 부처님을 선두로 한 상가 대중께 보시 올립니다. 부처님."

값비싸게 사용했던 아끼던 그 동산을 황금 주전자로 물을 부으면서 보시하는 의식을 끝냈다. 이 소문을 아들 되는 위말라 꼰단냐 테라가 들었다면 기쁜 마음으로 축원하였을 것이다.

Ambapālitherigāthā

Mahāvagga

●

왤루와 마을에서의 마지막 안거

나의 마음에 기쁜 웃음을 짓게 하는 오! 모든 선한 이들이여! 잘 오신 거룩하신 부처님과 함께 크고 작은 제자분들의 잘 오시고 가시는 모습, 가지가지 좋은 소식들을 써 내려 오는 중 유명하고 잘 알려진 큰 제자분들의 마지막 부분도 드러났다.

이제 다시 나의 챙명보다 존경하는 형님의 생을 거두는 모습도 보여야 할 것이다. 이 생을 거두는 장면을 보여드려야 하는 나와 들어야 하는 대중들에게 기쁨이 생길 일은 없다. 마찬가지로 같이 슬퍼해야 할 것도 없다.

마하 사리불 테라께서 빠리닙바나에 들었을 때 부처님 말씀처럼 무상의 두려움만 느낄 뿐이다.

"복덕과 지혜가 크나크신 부처님조차 무상의 법칙에 따라서 빠리닙바나에 드시는구나!"

라고 담마의 법칙이 어김없다는 사실을 확인할 뿐이다.

❀

그러나 그때 나는 이렇게 담마의 성품으로만 내려놓을 수 없었다. 사랑과 사랑, 존경과 존경, 그보다 더한 단어로도 모자랄 만큼 사랑하고 존경했던 형님을 가까이서 모시는 일 외에 어떠한 것도 중요하게 느껴지지 않았다.

나에게는 형님의 얼굴을 항상 뵐 수 있는 기회를 얻는 것으로, 모든 것이 그것만으로도 충분했다. 나에게 '부처님 곁에 지내면서 그 정도로 담마와 멀던가?'라고 말하더라도 받아들일 것이다. 부처님께 집착을 가지므로 나에게 법은 참으로 거리가 먼 것이었다.

이것을 분명하게 드러내자면 조금은 뒤로 거슬러 가야 할 것이다. 다른 비구들은 이 오온에 무상, 고, 무아의 세 가지 성품을 위빠싸나 지혜로 관찰하여서 아라하따 팔라까지 이르렀다. 그들이 얻은 아라하따 팔라를 부처님 앞에 와서 기쁘게 여쭈었다. 그들을 부러워해서 나도 부처님께 담마를 청하였다.

부처님께서도 이 오온을 기본으로 하여서 무상한 것, 고통스러운 것, 무아의 성품들을 부분부분 자세하게 볼 수 있도록 설하여 주셨다. 이 가르침을 기초 기본으로 삼아서 나중에 나의 아라한 과의 지혜가 성숙해졌다.

그러나 부처님께서 현존해 계실 때에는 아라한 과의 지혜를 얻지 못했다. 그렇게 얻지 못했던 것은 부처님께서 수행하지 못하도록 막으신 것도 물론 아니다. 그러나 담마가 나의 가슴속에 오래오래 머물지 못했다. 한 번이나 두 번쯤 생겼다가는 사라졌다. 부처님을 시중들어야지 하는 걱정하는 마음이 담마가 머물지 못하도록 쫓아 낸 것이다.

🪷

가까이서 시중들기 때문에 부처님 육신의 늙음의 특징들이 하나하나 드러나는 것을 볼 수 있었다. 가고 오고, 앉고 서고 하는 것이 느려지는 것을 보면서 가슴이 뜨끔하고 놀라기도 한다. 다른 이 같으면 머리가 희어지고 치아가 빠지며 힘이 없어서 허리가 굽어질 것이다.

그러나 부처님께서는 나이로 인해서 늦어지는 것 외에 혐오스러운 부분이라고는 전혀 없었다. 몸으로나 입으로나 모자라는 것은 전혀 없었다. '늙었지만 늙었다고 말할 수 없다'라고 하는 말처럼 연세가 많아졌어도 존경스러움과 고상하고 거룩하심은 그대로 전신에 흘러 넘쳤다.

그것은 두 가지 이유가 있어서일 것이다. 첫째, 부처님의 육신은 특별하게 크고 또한 건장하시다. 그래서 사자왕이나 큰 황소에 비유해서 나라시하(Narasiha), 나라뽕가와(Narapungava)라고 부르기도 한다. 건강하고 튼튼한 대장부의 공덕을 갖추신 것이다. 대장부 영웅호걸의 기상을 드러내 보여 주신다.

이 정도로 이 교단이 번성해지는 데 그러한 대장부 상도 또한 중요한 역할을 한 것이다. 부처님 모습만 뵈어도 깊이 존경하고 의지할 수 있는 분인 줄 알아서 여러 종류의 모든 사람들이 의지하러 모여들었다.

🪷

이러한 기초 위에 먹고 마시는 것, 행주좌와를 적절하게 균형을 맞추시고 과(果)의 선정에 드시는 것은 또한 도움이 되었다. 그래서 부처님께는 병이 적었다. 자리에 누울 만큼의 병은 없었다. 가끔씩 배탈이 나는 것과 많이 앉았을 때 허리가 당기는 정도였다.

이러한 상황이라면 일백 세가 되더라도 별다른 병 없이 건강한 모습을 뵐 수 있을 것이다. 나 역시 그때까지 시중들 수 있을 것이다. 그러나 형님의 몸은 나의 바람을 채워주지 않았다.

'나 자신이 번뇌에서 완전히 벗어남을 늦게 받더라도 좋으니 형님의 건강이 좀 더 오래 유지되어지어다.'라고 이런 정도로 원하고 바라더라도 나의 바람과는 상관없이 진행되어 갔다.

암바빨리의 망고나무 동산에서 다시 웰루와나라는 작은 마을에서 우기 안거를 하게 되었다. 이 작은 마을, 작은 초암에서 부처님과 나, 둘이서만 안거를 시작하였다. 그 안거 중 그 작은 초암에서 나는 가슴이 찢어질 만큼 큰일과 부딪치게 되었다.

형님의 건장한 대장부의 체격을 가진 그 몸에 설사하는 병이 생겨서 점점 야위어 갔다. 모든 피와 살이 모두 설사로 빠져나가는 것 같았다. 좋다고 생각되는 음식을 모두 올리고, 치료가 될 것 같은 좋다는 약은 모두 올렸지만 마치 도랑물에 쏟아 붓는 것과도 같이 되었다.

라자가하를 떠날 때 같이 따르던 대중 스님들은 왜살리 주변의 정사들이 있는 곳으로 가서 안거하였다. 이 웰루와나 작은 마을에는 제대로 된 벽돌로 지은 튼튼한 건물이 없었으며, 모든 비구들이 적당할 만큼의 음식을 얻을 수도 없었다.

그렇다면 다른 큰 마을이나 도시에까지 왜 보내지 않았는가? 보낼 수 없는 이유가 있다. 그때 그 안거가 마지막 안거가 될 것이라고 나는 아직 생각하지 못했던 것이다. 나는 공양하는 일과 약에 관한 일로만 마을에 가곤 했다. 가사를 씻을 때만 우물 있는 곳에 갔다.

그러나 그 짧은 시간에도 나의 마음은 부처님 곁에만 맴돌았다. 다른 일이 없으면 부처님 발치에 앉아서 가사를 깁고는 하였다. 내가 가사를 기울 때는 한쪽 끝을 발로 누르고 탄탄하게 무릎을 받치고서 내 식대로 기웠다.

스님들의 가사를 마가다국의 들판을 본보기로 해서 깁도록 내가 먼저 준비했었다. 그래서 나는 깁는 일에 취미가 있었다. 그렇게 하다 보니 어느새 능숙하게 되어서 부처님 가사를 기울 때는 나의 지혜 능력껏, 솜씨 능력껏 아름답고 편안하도록 깁고는 하였다.

부처님의 가사를 기울 때는 지극한 정성과 존경으로 한쪽 끝을 발로 누르고 깁지 않는다. 다른 한 스님에게 잡게 한다든가, 아니면 사미 한 사람에게 잡고 있도록 한 다음에나, 그도 아니면 한쪽 기둥에 매어 놓고서 깁고는 하였다.

그러나 그 안거 중에는 어느 한 번도 해보지 않았던 행동을 하였다. 가까이 있는 스님도 없었고 마을에 가서 사람들의 도움을 받기도 뭣하고, 걸어 놓기 적당한 곳도 없었기 때문에 부처님의 목욕가사를 깁는 동안 한쪽 끝을 발로 누르게 되었다.

이 일생 동안 이 몸으로 딱 한 번 행하였던 그 행동을 나는 알아차림 없이 행하고 말았다. 부처님께서 목욕하는 일이 생기기전에 미리 준비해 놓아야만 한다는 급한 마음 때문이었다. 그러나 이 일로 인해서 나는 한동안 곤란을 당했던 모습을 적당한 때에 다시 보일 것이다.

부처님의 발치에 앉아서 행여 좋아지려나 … 좋아지려나 … 하고 기다렸지만 어떠한 것도 별 이익이 없었다. 처음 시작했을 때보다 나아지는 기미는 보이지 않고 점점 더 심각해지는 것이었다. 부처님께서는 점점 더 심해지는 증세를 한 번도 거부하시지도 않으셨고 신음소리조차도 없으셨다. 벗어나지도 떼어내기도 전의 업의 결과로 받은 몸의 고통을 고요하게 겪고 계셨다.

이렇게 시중든 지가 며칠이 지났는지 기억할 수도 없다. 날짜는 그만두고라도 가끔은 방향조차 구분할 수 없었다. 가르침을 배우려는 마음, 외우려는 마음도 없다.

나의 마음속에는 부처님의 병이 덮쳐서 누르고 있었다. 그 병의 아픔을 부처님께서는 몸으로 겪고 계셨지만 나는 마음으로 아픔을 느끼고 있었다고 해야 할 것이다. 나아지는 기미가 보이지 않아서 편치 않는 마음에 한 가지 조금은 안심되는 것이 '상가 대중 스님들에게 마지막 말씀은 없으시니 부처님께서 빠리닙바나에 들지는 않으실 것'이라는 위안이었다.

나의 바람대로 부처님께서는 조금씩 회복되는 기색이 보였다. 라자가하처럼 지와까 같은 안심할 만한 의사도 없고 특별한 약도 쓰지 못했는데 서서히 회복되고 있는 것에 놀라면서도 또한 기쁨이 었다. 내가 본 바로 이 정도로 심각했던 상태의 환자가 일어나는 일은 없었기 때문이다.

지금 같은 특수한 상황은 아마도 부처님의 팔라 사마빠띠(phala samapatti)의 능력 때문일 것이다. 이 몸을 사용할 일이 남아 있어서 생명(jivitindri)이 끊어지지 않도록 과의 선정에 드신 것이리라.

기온이 적당한 어느 날 오후에 부처님께서 바깥으로 나오셨다. 이 마을에서 안거를 시작하고 처음으로 바깥으로 나오신 것이다. 힘없는 발을 한 걸음 한 걸음 옮기시어서 펴놓은 자리에 앉으셨다. 절 옆에 있는 편편한 바위 위에 부처님께서 앉으시도록 내가 미리 자리를 준비해 놓았던 것이다.

일어서고 앉고 할 수 있게 된 부처님을 뵙게 되자 나는 너무 기뻤다. 만족한 기쁨이 아니라 병마가 심각했을 때의 슬픔에서 벗어난 정도였다고 해야 하리라.

"아! 부처님! 제자가 부처님의 편안하심을 뵙고 있습니다. 건강하심을 뵙고 있습니다. 그러나 조금은 무거운 듯합니다.

부처님께서 편치 않으셔서 저는 수행을 할 수도 사방을 분간할 수도 없었습니다. 그러나 한 가지 안심한 것은 상가 대중 스님들에게 마지막 말씀을 당부하시지 않았으니 부처님께서 빠리닙바나에 드시지는 않을 것이라는 생각이었습니다."

부처님께 차마 여쭈지 못했던 것을 지금 안심하고 모두 말씀드렸다. 나로서는 기껏 마음 놓고 여쭈고 있었지만 부처님께서는 그대로의 자세로 고요히 앉아 계셨다.

"아난다, 무엇 때문에 상가 대중들이 나 여래에게 집착하느냐? 나 여래는 사람도 안과 바깥을 두지 않지만 담마 역시 안과 바깥을 두지 않고 알아야 할 것은 모두 설하였다.

나 여래에게 스승의 몫으로 남겨 놓은 법이란 없다."

나와 둘이서만 있었지만 상가 모두를 지칭해서 말씀하셨다. 모든 상가 대중들도 부처님께서 일백 년 동안 아무 병고 없이 건강하게 머무시기를 원하기 때문이다.

바깥 다른 스승들은 그들이 생각해 놓은 법을 일생 동안 가르쳐도 가장 중요한 비밀을 스승의 몫으로 남겨 두었다. 임종 직전에 가장 가까운 제자에게 말해 주고는 간다. 그러나 부처님께서는 이렇게 비밀을 남겨 놓은 법이란 없었다.

"아난다. '나만이 상가 대중들을 이끌 것이다. 나만을 상가 대중들이 언제나 의지하리라.'는 집착이 있는 사람만이 남은 대중에게 어느 한 가지를 당부할 것이다.

나 여래는 그러한 집착이 전혀 없다. 그래서 그러한 나 여래가 상가 대중과 관계되어서 어느 한 가지를 당부하는 것이 적당하겠느냐?"

집착이 없으므로 어느 한 가지 당부할 것도 없음을 말씀하시고 스스로 행복한 모습으로 이렇게 말씀하셨다.

"아난다여, 지금 내가 늙었구나!

웰루와 마을에서의 마지막 안거 517

여기 저기 금이 간 상다리를 여기 저기 묶어서 사용하는 것과 같다. 이제 나이가 80이 되었다.

아난다여! 어느 때 모든 형상이나 이미지를 생각지 않고 생각과 느낌이 사라진 마음의 고요함에 이른다. 그때 나 여래의 몸이 매우 편안하구나."

"아난다여! 그래서 자기 자신을 의지하고 머물러 지낼 섬으로 여겨서 의지하라. 담마를 머물러 지내는 섬으로 의지하라. 다른 것은 어느 것도 의지하지 말라."

사람을 의지하는 것보다 담마를 의지하는 것을 중시하라고 가르치신 것이다. 겨우 회복된 뒤라 짤막하게 설하신 그 가르침이 이 교단 전체에 가장 중요한 가르침이 되었다.

Mahāvagga

가슴이 쿵쿵 뛰던 그날 하루

그해 음력 정월 보름날은 나의 일생 가운데서 가장 심하게 가슴이 뛰던 날, 가장 두려웠던 날이다. 그날의 일들을 지금 나의 대중들에게 말하여 준다면 모든 것이 정확하게 제대로 진행되어 갔다고 생각할 것이다.

그러나 실제로 그날 일을 당하게 된 나의 마음속에는 어떠한 차례도 준비도 정확한 것은 없었다. 안과 밖으로 마음속에 있는 모든 느낌들이 뒤섞여서 범벅으로 울렁이고만 있었다.

그렇게 울렁이는 가운데서 한 가지 뚜렷한 것은 내가 지극히도 존경하고 사랑하는 형님뿐이었다. 나의 눈앞에 있거나 보이지 않는 곳에 있거나 나의 형님은 나와 떨어지지 않는다. 나의 마음속에 언제나 깊숙이 자리하고 있는 것이다.

형님의 몸에 병의 통증이 심하게 괴롭히고 있는 동안에 나는 의지할 곳이 없었다. 다행히 차도가 있어서 일어나시기는 하였지만 다음에 다시 이런 일이 생길 것이라는 생각에 가슴속이 콩콩 뛰었다. 그러나 웰루와 작은 마을 근처에 있던 초암에서 이곳으로 옮겨 올 때까지 그 병은 다시 생기지 않았다. 과의 선정에 들어 계시기 때문일 것이다. 우기 안거가 끝나고 길도 들판도 아름다운 때에 우리들은 웰루와 마을에서 출발하였다.

안거 중에 떨어져 있던 대중들이 다시 만나서 전처럼 형님 뒤에 차례로 줄지어서 따라왔다. 가는 곳마다 연세가 많던 마하테라님들과 비구니들께서 세상을 떠났다는 소식을 연이어서 들어야 했다. 예전부터 친밀하게 지냈던 분들과 다시 만나서 반가워하는 한편 이미 가신 분들을 생각하면서 숙연해지기도 하였다. 사람마다 만나면 헤어지게 되어 있는 세상 법칙이 사랑과 애착이 지나친 나를 더욱 무겁게 덮어 누르는 것이었다.

슬픔과 기쁨, 두 가지 느낌을 차례로 느끼면서 도시와 마을을 지나갔다. 많은 날들이 지나갔다. 나의 마음을 가장 놀라게 하는 날이 온 것이다.

그날은 부처님께서 왜살리 수도로 걸식을 나가셨다. 우리 대중들도 부처님 뒤를 따라갔다. 우리들이 오기를 미리 기다리고 있는 선남선녀들이 좋은 공양을 서로 다투어 올렸다.

정사에 돌아와서 공양하는 일을 마쳤을 때 부처님께서

"아난다여, 자리를 가져와라. 낮 동안의 피곤을 풀기 위해서 앉을 수 있도록 짠빠라 사당으로 가자."

"알겠습니다. 부처님."

나는 말씀하신 대로 지체없이 준비를 끝냈다. 이 교단이 생기기 전에 조상 대대로 모셔 왔던 천신에게 제사 지내는 사람들이 라자가 하 수도 주변에도 있었고 이 왜살리 수도 주변에도 있었다. 그들이 정성스럽게 모시는 천인들의 사당을 좋은 자리를 골라서 잘 지어 놓았다.

사당 주변에는 우물과 연못도 있었으며 잘 우거진 나무가 무성한 숲이 둘러져 있는 아름다운 동산이었다. 부처님 가르침이 번성해지 자 천신들을 모시는 일들이 줄어들기는 하였지만 세워 놓았던 사당들은 쓸모 있게 사용되었다.

마음 편안하고 경치가 좋은 그 사당들이 우리들에게는 수행할 수 있는 암자처럼 사용되어지고는 하였다. 많은 대중들이 항상 지내기는 어렵더라도 한두 사람이 지내기에는 충분하였다.

고요하고 또한 시원한 바람이 잘 들어오는 사당 안에 자리를 펴 드린 다음 나는 한켠의 낮은 곳에 앉았다. 시간이 있을 때마다 우러러 뵈옵던 부처님을 다시 우러러 뵙고 있는 중에 부처님께서 "아난다!" 하고 부르셨다.

다른 때 같으면 지체 없이 "네, 부처님!" 하고 대답 올렸다. 그러나 그날은 어떻게 되었는지 모르겠다. 형님이 부르시는 소리를 귀로 들으면서도 나는 대답을 하지 않고 형님의 얼굴만 멍하니 바라보고 있었다. 나의 대답이 나오지 않아도 부처님께서는 그대로 계속 말씀을 이어 가셨다.

"아난다여, 왜살리 수도는 아름답구나. 이 우대나 사당 역시 편안하고, 고따마까 사당도 좋고, 사땀바 사당도 고요하다. 바호뿍따 사당도 좋고, 따란다 사당도 좋고, 싸빠라 사당도 좋구나."

왜살리 수도 주변에 있는 숲과 그늘과 물이 있는 사당으로부터 말씀을 시작하셨다. 그 사당들에서도 적당한 때에 지내본 적이 있다. 그런 곳에서 지낼 때마다 이러한 서두로써 시작하셔서 어떤 말씀을 내리셨다. 말씀하시는 것마다 귀로 들을 수는 있었다. 그러나 나의 지혜는 깨어나지 않았고 사태를 분별할 수 있는 능력도 생기지 않았다. 나 자신도 알 수 없는 어떤 힘이 나의 생각과 입을 막아 놓은 것인가?

"아난다여, 어떤 한 사람이 신통(Iddhipāda) 네 가지를 잘 키웠다. 수도 없이 여러 번 거듭 익혔다. 미리 잘 매어 놓은 수레처럼 언제고 달릴 수 있도록 준비되어 있다.

두 발을 내릴 대지처럼 크게 의지할 수 있고 잘 운용할 수도 있다. 그런 사람들이 원한다면 정명이 다할 때까지나 아니면 그 가까운 시기까지라도 지낼 수 있다."

※

우리들의 현재 정명은 100세라고 지혜 있는 이들이 말하였다. 그보다 더 오래 사는 이도, 그보다 못 미치게 사는 이들도 있었다. 그러나 수명이 길고 짧은 이들을 골고루 평균을 내어서 보면 그들의 수명이 100세 안팎이었다.

소원(Chanda), 마음(Citta), 노력(Viriya), 지혜(Vimamga)의 4가지

로 신통들을 잘 수행하여 키운 이들이 만약 어느 한 가지 병으로 인해서 정명까지 채워서 살 수 없더라도 수행하여 왔던 신통으로 인하여 정명을 채울 때까지 살 수 있다고 말씀하신 것이다. 그러나 정작 이렇게 이해한 것은 나중이었다. 나의 마음속에 깊은 슬픔이 사라지고 생각이 다시 돌아가기 시작했을 때 대답이 나온 것이다.

사실 이 세상에서 신통 네 가지를 가장 잘 수행하신 분은 바로 부처님이 아니신가? 그러므로 정명 백세까지 살 수 있다는 것은 부처님을 말하는 것이 아니겠는가?

그러나 그때의 나에게는 지혜가 생겨나지 않았다. 이렇게 깊고 깊은 뜻을 드러내는 것은 그만두고 분명하고도 정확하게 말씀하신 것조차 짐작을 못하고 있었다.

※

"아난다, 나 여래는 신통 4가지를 잘 익혀 왔다. 여러 번 수도 없이 많이 익혀 왔다. 미리 잘 준비해 놓은 수레처럼 되어 있다. 나 여래는 원하는 정명까지 또는 그 정명 가까이까지라도 지낼 수 있다."

얼마만큼 알기 쉽게 말씀하셨는가!

"아난다, 나 여래가 정명을 채우도록 머물기를 네가 당부하라."라고 말씀하시지 않은 것뿐이었다. 그러나 나는 조금도 눈치채지 못하였다. 수많은 가르침을 입으로 외우고 구별해서 설하여 왔던 나의 두 입술이 떨어질 수 없게 된 것이다.

내 마음에 어떤 것이 덮어 씌워서 생각할 수 없도록 막아 버린 것 같았다. 나의 주변에 보이는 모두를 마치 햇님 전부를 가린 일식이 덮어씌운 것처럼 생각되었다.

"아난다여, 너는 가려는 곳으로 가라."

내가 멍하니 있는 동안 부처님께서 분명하게 집어서 내동댕이치는 것 같았다. 내 일생 동안 이 몸으로, 이 한 번 들어야 했던 것이다. 그분이 원하는 것이라면 모두 미리 알아서 모자라는 것 없이 준비해서 시중들던 가운데 이렇게 쫓겨날 때까지 있어 본 적이 없었다. 필요한 것마다 해야 할 일들이 끝났으면 나 스스로 적당한 때에 나왔던 것이다.

그러나 지금은 알아야 할 지혜가 제자리에 없었기 때문에 금구로써 드러내서 내보낸 것이다. 그 말씀에 나는 어떠한 다른 의견도 말씀드릴 여지가 없었다. 다시 말씀드려서 측은히 여겨 주실 것을 말씀드려 볼 마음의 여유도 없었다.

그분 곁에서 시중들고 있는 동안에 크나큰 병사들을 대동하고 온 그렇게 대단한 왕들도 있었다. 돌아가면서 나라를 다스리는 이들도 왔었고 위력이 넘치는 지혜가 있다는 브라만들도 왔었다. 금빛 은빛으로 찬란하고 번쩍이게 꾸민 거부 장자들도 왔었다. 그들의 힘을 모두 모아 놓더라도 내가 적당하지 않다고 생각했을 때 나를 부처님 앞에서 물러가도록 할 수는 없었다.

그러나 지금 그분의 단 한 마디로 나는 부처님 앞에서 떠나와야 했다. "알겠습니다. 부처님" 하고는 그분 곁에서 물러 나왔다. 말씀을 어길 수가 없어서 나왔지만 형님께 필요한 일이 생기면 대답하고 달려갈 수 있을 만큼의 거리를 골라서 기다리고 있었다. 그때 나는 가고 오고 움직이게 하는 기계 하나를 달아 놓은 인형 같았다. 몸과 입은 움직이더라도 사태를 파악해서 아는 마음이 포함되지 않았다. 한 나무 그늘 아래 앉을 때까지 나는 그저 멍 하니 있었다.

그렇게 멍청하게 앉아 있은 시간이 얼마나 지났는지, 갑자기 들려오는 땅이 진동하는 소리에 깜짝 놀라서 정신을 차렸다. 땅이 울리는 소리와 동시에 대지가 앞뒤 좌우로 빙빙 돌고 흔들리기 시작했다. 눈이 부실 만큼의 번갯불이 번쩍번쩍 하는가 하더니 그 뒤를 이어서 천둥소리가 귀 고막을 갈라놓는 것 같았다.

그 요란스러움에 깜짝 놀란 내가 그제서야 제정신이 살아나는 것 같았다. 알아차림이 다시 나에게로 돌아오는 것 같았다. 그래서 나는 전처럼 부처님 앞으로 갔다.

"부처님! 놀라운 일입니다. 전에 본 적이 없는 특별한 일입니다. 이 대지 전체가 심하게 진동하고 흔들리고 있습니다. 너무나도 심합니다. 너무나도 두렵습니다.

소름이 끼치고 머리끝이 쭈뼛거립니다. 때 아닌 때에 번쩍이는 번갯불이 눈을 뜨지 못할 만큼 부시게 빛납니다. 번갯불을 뒤따라 천둥소리도 귀를 찢을 만큼 크게 울립니다. 이렇게 천지가 진동하는 이유를 말씀해 주십시오. 부처님."

그때의 상황은 내가 여쭌 말씀보다 지나친 것은 아니었다. 사실 너무나 두려워서 말씀 올린 것이다. 숲 속, 산 속에서 생긴 일, 부처님이 보이지 않는 곳에서 생긴 일이라서 두려운 마음이 더

컸었나 보다. 내 일생 가운데서 겪어 보지 못했던 특별하게 가슴이 섬뜩해진 그 사실을 여쭈었을 때 그보다 더 섬뜩한 사실을 듣게 되었다.

"아난다, 이제 오래지 않아서, 오늘부터 석 달이 되면 나 여래가 빠리닙바나에 들 것이다. 이 싸빠라 사당에 앉아 있는 동안에 나 여래는 알아차림이 분명하게 깨끗한 지혜로서 생명 아유상카라(Āyusankhara)를 버렸다."

부처님께서 다시 말씀해 주시는 가운데 모든 이유가 분명해진 것이다. 한참을 자세하게 말씀해 주셨지만 나의 심장에 닿는 요점은 그런 말씀이셨다. 그 말씀으로 웰루와 마을에서 겪은 아픔이 다시 되살아났다. 그때는 상가 대중에게 알리지 않고는 부처님께서 빠리닙바나에 들지 않으실 것이라고 조금은 마음의 여유를 가지고 있었다.

그러나 지금은 그 남은 한 가닥의 희망도 모두 사라졌다. 부처님께서 빠리닙바나에 드시는 날짜까지 자세하게 말씀하신 것이 아닌가! 아유상카라를 버린 것이 아닌가!

'아유상카라'라는 것은 팔라 사마빠띠(과의 선정)에 드시는 것을 말한다. 생명이 끊어지지 않도록 고치고 준비할 수 있는 능력 때문에 그 이름을 붙인 것이다. 사실은 웰루와 마을에서 겪은 그 병은 목숨을 잃을 수 있을 만큼 심각했었다. 그러나 부처님께서는 과의 선정에 들어가셔서 그 병을 밀어냈다.

그 다음에도 계속하여서 팔라 사마빠띠에 들어가서 그 병을 막아내셨다. 그 병을 막을 수 있는 팔라 사마빠띠를 오늘부터 앞으로 석 달까지만 들 것이며, 그 이상 더는 들지 않겠다고 결정하신 것이다.

이것을 '아유상카라를 버림'이라고 우리들이 이해하는 것이다. 그렇게 버리지 않으면 부처님께서 정명 백세까지 계실 수 있다. 네 가지 신통을 가장 잘 키우셨던 부처님께 팔라 사마빠띠에 드는 일은 어려운 일이 아니었다. 그런 사실을 전에 한 번 말씀해 주신 적이 있다.

그때 이런 기억이 떠올랐다면 얼마나 좋았으랴! 그러나 지금도 늦지 않았다. 지금이라도 여쭈면서 통사정을 드린다면 가능할 것이다. 그래서 엎어졌다가 일어난 것처럼 허겁지겁 애원을 하기 시작했다.

"부처님!
많은 이들의 이익을 위해서,
많은 이들의 행복을 위해서,
세상을 불쌍히 여기시어서
복덕이 크신 부처님께서
정명을 채우실 때까지 머물러 주십시오.
좋은 말씀을 하시는 부처님께서
정명을 채우실 때까지 머물러 주십시오."

"아난다여,

지금에야 나 여래에게 와서 청하지 말라.

지금은 청할 때가 아니다."

크나큰 바람을 가지고 여쭌 것을 부처님께서 분명하게 거절하셨다. 그러나 나도 그 정도로는 손을 내릴 이가 아니다. 얼마나 어렵고 어려웠던 일들도 꼭 얻어낼 때까지 여쭈었지 않았던가?

한 번으로 안 되면 두 번째 다시 여쭐 것이다. 두 번까지 거절하신다면 다시 세 번째 여쭐 것이다. 그러나 이번은 부처님께서 전처럼 말씀하시지 않으시고

"아난다! 너는 네 가지 도를 확실하게 깨달은 나 여래의 깨달음의 지혜(Bodhi ñāṇa)를 믿느냐?"

"예, 믿습니다. 부처님."

"아난다. 그렇게 믿는다면 어째서 나 여래를 세 번씩이나 괴롭히느냐?"

다른 것으로 바꾸어서 질문하시기에 힘이 나서 대답 올렸으나 부처님께서 한 마디로 결정하는 그 말씀에 나는 풀이 죽어버렸다.

"부처님, 어떤 한 사람이 네 가지 신통을 잘 키워서 수행하였습니다. 수도 없이 거듭하여 익혔습니다. 미리 잘 준비해서 매어 놓은 수레처럼 되었습니다.

두 발을 디딘 대지처럼 의지할 수 있습니다. 잘 머물러 있습니다. 그 사람이 만약 원한다면 정명을 채울 때까지도 그 가까이까지도

살 수 있습니다."

"나 여래는 4가지 신통을 잘 키워 왔다. 수도 없이 여러 번 익혀 왔다. 잘 매어 놓은 수레처럼 준비되어 있다. 두 발을 내린 대지처럼 의지할 수 있다. 잘 머물러 있다. 나 여래가 원한다면 정명을 채울 때까지 또는 그 가까이까지 살 수도 있다라고 이렇게 말씀하시는 것을 제자가 부처님께 들었습니다. 부처님."

아무것도 잡을 것도 의지할 것도 없게 된 마지막에 일찍이 말씀하셨던 그 말씀만을 중얼중얼 정신없이 중얼거리고 있었다.

"아난다여, 그렇게 말한 대로 틀림없이 될 것이라고 네가 믿었느냐?"

"예, 믿습니다. 부처님."

"아난다, 그 정도로 자세하게 보여 주었는데도 너는 짐작도 눈치도 못했다. 나 여래에게 청하는 말을 한 적이 없다. 만약 네가 믿었던 대로 그때 청하였다면 두 번은 거절했을 것이다.

그렇게 여쭈어서 청하지 않은 것은 너의 허물, 너의 실수이다. 아난다, 그러한 징조를 보이는 말을 이 자리에서만 내가 말한 것이 아니다. 라자가하 수도 주변에서도, 왜살리 주변에서도 여러 번 말했었다.

그 정도로 자세하게 비추어 보였는데도 너는 눈치 채지 못했다. 만약 네가 믿은 대로 그때 청하였다면 두 번은 거절했더라도 세 번째는 나 여래가 받아들였을 것이다. 그렇게 여쭈어 청하지 않은 것은 너의 실수, 너의 허물이다.……"

모두가 나의 허물, 내 실수가 되었다. 내가 가장 믿고 존경하고 사랑하는 형님, 아니 삼계에서 가장 높으신 그분의 일에 나의 실수, 나의 허물이라니……

나의 허물이라니……

나에게 자비와 연민심이 크셨던 부처님께서 나의 허물만 한 줄에 꿰어서 말씀하시는 것은 나를 괴롭히거나 허물하려고 하시는 마음은 절대로 없었다.

부처님께서 빠리닙바나에 드신다는 사실 때문에 정신없이 걱정에 빠져 있는 나에게 위안을 주시려고 돌려서 쓰다듬어 주시는 것이리라.

"아난다여, 너에게 나 여래가 일찍이 설해 주지 않았더냐?

사랑하고 좋아하고 존경하는 이와 살아서 헤어지거나 죽어서 헤어지거나 결국은 헤어져야 하고 변해 버린다고 주의를 주지 않았더냐?

생긴 것은 모두 사라지는 무더기인 것을 사라지지 말라고 애원한다고 얻을 수 없다. 붙들고 늘어지지 않는 것이 좋다."

이렇게 법으로써 달래주시는 그분의 높은 연민심을 보여 주셨다. 마하 사리불 테라께서 빠리닙바나에 들 때도 이 법을 들었다. 어머니 고따미 때에도, 그리고 지금 다시 듣고 있다.

좋아하고 존경하는 분과 헤어질 때마다 이 법을 다시 생각해야 할 것이다.

"아난다여, 나 여래가 아유상카라를 놓아 버렸다. 이날부터 앞으로 석 달이 되면 빠리닙바나에 들 것이라고 틀림없는 말을 하였다. 더 살려는 욕심으로 인해서 나 여래가 그 말을 다시 거둘 리는 없다. 토해서 뱉어 낸 음식을 다시 삼키는 일은 없다."

비켜서 될 수 있는 일이 아닌 성품임을 사실에 맞도록 적당하게 생각하도록 설해 주신 다음, 틀림없이 빠리닙바나에 들어갈 것임을 거듭 보태서 변할 리가 없음을 보여 주셨다.

"아난다여, 꾸따가라 정사로 돌아가자."

"예, 알겠습니다. 부처님."

꾸따가라 정사에 돌아왔을 때 부처님 말씀으로 왜살리 주변에 있던 상가 대중을 모두 모았다. 대중이 모두 모이자 내가 펴드린 자리에 앉으신 부처님께서

"비구들이여!

지계, 선정, 지혜, 이 세 가지를 닦아야 한다.

보다 높은 이 교단이 긴 세월 동안 머물 수 있도록 나 여래가 직접 확실하게 깨달아서 설해 놓는 담마를 잘 배워서 의지하라. 여러 번 거듭해서 익혀야 한다.

그렇게 하는 것이 이 교단을 오래 머물게 하면서 많은 사람들에게 이익이 될 것이다. 행복함이 될 것이다. 세상을 연민히 여기는 것이다. 그 법들이 무엇인가?

사띠빠타나(Satipaṭṭhāna 알아차림을 기울이는 곳) 4가지
삼마빠다나(Sammappadhāna 바른 노력) 4가지
이디빠다(Iddhipāda 신통) 4가지
인드리야(Indriya 능력, 태도) 5가지
발라(Bala 힘) 5가지
보장가(Bojjaṅga 깨달음의 조건) 7가지
막간가(Maggaṅga 도의 조건) 8가지
모두 37가지 보디 빼키야(Bodhi pakkhiya),
도와 과의 지혜를 생기게 하는 법이 된다."

부처님 가르침을 길게 머무르도록 할 수 있는 점을 말씀하신 다음 계속하여서 당부의 말씀을 이어 가셨다.
"비구들이여, 주의하여서 잘 들으라. 지금 너희들에게 중요한 법, 생기고 사라지는 모든 법(Sankhara), 그 모든 법들이 무너지는 성품이 있다.
이러한 법칙을 잊어버리지 않는 알아차림이 너희들에게 구족하도록 잘 이끌어 나가라. 멀지 않은 날, 오늘부터 앞으로 석 달이 되는 날 나 여래가 빠리닙바나에 들 것이다."
숲 속에서 대지가 술렁술렁 진동하듯이 모여든 많은 상가 대중들도 그 순간 술렁이기 시작하였다.

Sutta mahāvagga

나의 실수들

내가 감당해야 할 슬픔을 달래 주기 위해서 형님께서 나의 허물을
차례로 말씀하시어서 나의 실수들을 드러내어 보여 주었다. 형님의
목적대로 나는 내가 실수한 점들을 스스로 살핌으로서 슬픔에서
조금은 벗어나기도 하였다.

　나는 형님께 시중드는 책임을 하나도 빠뜨리지 않고 진행하여
왔다. 그러는 중에 시간이 나면 내가 실수한 점들을 다시 돌이켜서
생각하였다. 부처님의 무량한 공덕 가운데 즐거운 소리(Natthidava)
나 우스개 소리(Natthirava)를 하지 않는 두 가지 공덕이 들어 있다.
웃고 즐기거나 놀리려고 말하는 것이 없음, 알아차림을 놓치도록
말하는 것이 없다는 뜻이다. 말할 때마다 생각 없이 실수나 허물을
저지르는 그러한 실수가 없으신 부처님의 특별한 공덕을 칭송하는
것이다.

그래서 부처님 외에는 말하는 것으로 인하여서 실수가 있는 것이다. 행동을 하는 곳에서도 그와 같이 실수할 수가 있을 것이다. 그런 사람들 가운데 나 역시 포함된다. 세상사람들이 사는 방법대로 결혼하고 자식 낳고 사는 모든 것을 버리고 스스로 법을 찾는 외도 수행자들이 옛날부터 있었다. 그 중에는 여자 수행자도 있다.

우리 부처님 가르침을 따르는 교단이 출현하기 전에 그들의 위세는 대단하였다. 우리 교단이 번성해지면서 비례로 그들 교단의 세력이 위세가 많이 줄어들게 되었다. 먹고 입는 것마저 부족할 지경이 되었다. 그러나 한 가지 안타까운 것은 그렇게 어렵게 지내면서도 그들의 견해는 버리지 못하는 것이다.

자세히 살펴보면 그들의 형편이 딱하게 되었다. 불쌍하기도 하고 헛웃음이 나오기도 하는 것은 그들이 절대적으로 꽉 잡고 있는 견해가 우리들의 무아견(Anatavadi)과는 전혀 반대가 되었다. 견해가 다르다 보니 우리들의 허물 한 가지를 보면 신이 나서 떠들기를 좋아하였다.

그러나 그들은 배를 채우는 일을 위해서 우리들이 지내는 정사 입구로 오곤 했다. 우리가 지내는 꾸따가라 정사에는 공양하는 일이 끝나면 먹을 것들이 남기도 했다. 남는 음식을 내일 먹기 위해서 저장하지 못하도록 금계가 정해졌기 때문에 모두 갖다가 버리든지 아니면 얻어먹는 이들에게 나누어 주었다.

그때 남는 음식을 처리하는 것은 나의 책임이어서 먹고 남은 빵들을 꾸따가라 정사 입구로 날라갔다. 날마다 그 시간에 와서 차례대로 줄지어서 기다리고 있는 그들에게 빵을 하나씩 나누어 주었다. 나는 그렇게 남은 음식을 나누어 줄 때, 여자나 남자를 구별하지 않는다.

줄지어 기다리는 이들 모두 빠지지 않고 얻어 가기를 바랄 뿐, 그러나 어떻게 해서 알아차림을 놓쳤는지 모르겠다. 한 사람에게 하나씩 나누어주는 가운데 젊고도 불쌍한 외도 여자에게 빵을 두 개나 주게 되었다. 일찍이 입이 험하기로 소문난 외도 여자들이 나와 그 젊은 외도 여자를 그냥 지나쳐 보겠는가?

그때의 일을 연유로 해서 옷을 벗고 지내는 나체 외도와 다른 이교도들에게 먹을 것을 주지 말라고 부처님께서 계율을 정하였다.

※

계속하여서 나의 실수한 점들이 계경에 기록되어 있다. 한때 나는 우리 대중들과 함께 목욕탕에서 목욕을 하고 있었다. 항상 부처님 시중드는 책임을 맡은 나는 다른 이들처럼 마음 놓고 오랫동안 목욕탕에 있을 수 없었다.

적당하게 땀이 가실 만큼으로 목욕을 끝내고 나서 횟대에 걸린 가사 중에 나의 가사라고 생각되는 한 벌을 입고는 목욕탕 바깥으로 나왔을 때 나는 내 가사가 아닌 것을 알게 되었다. 그래서 급하게 다시 돌아가는 중에 가사 주인이 나오다가

"아난다 테라, 어째서 나의 가사를 입고 있습니까?"

"마하테라님, 저의 가사라고 잘못 알고 입었습니다."

나보다 법랍이 높으신 분이어서 공손하게 대답드렸다. 사실

여쭌 대로 내 마음속에 공손하지 못한 마음은 들어 있지 않았음을 맹세할 수 있다. 그러나 잠깐 알아차림을 놓친 것이 이름에 먹칠을 하게 된 것이다.

내가 얻은 으뜸가는 칭호 5가지* 중에 알아차림이나 기억이 좋은 점에 으뜸간다는 칭호도 들어 있는데 이것으로 인해서 틀림없이 말거리가 생겨날 것이다.

어쨌든 가사 주인 스님의 마음속에 있는 의심을 없애는 것이 중요했다. 그래서 가사 주인과 곁에서 같이 있는 스님을 청하여서 부처님 앞으로 가서 자세하고 사실대로 모두 여쭈었다. 그러자 부처님께서 "비구들이여! 자기 물건이라고 생각해서 다른 이의 물건을 잠깐 착각한 이에게 허물 지우지 않는다."라고 결정 내려 주셨다. 알아차림을 놓쳐 버린 다음 생긴 한 가지는 두 번째 빠라지까 큰 계와 관계되었다.

그때는 내가 모함을 받은 것이 아니라 모함한 이가 되었다. 나의 모함을 받은 이는 잇사까 테라였다. 왜살리 수도에서 잇사까 테라의 4가지 물건을 시주하는 신도 장자가 죽었는데, 남은 재산을

---

* 아난다 존자의 제일가는 칭호 다섯 가지 : 부처님께서는 이 다섯 가지를 아난다 존자가 제자 중에서 가장 으뜸이라고 칭찬하셨다.
　①보고 들은 견문이 부처님 제자 중에서 제일 많은 것
　②한 번 들은 것은 잊어버리지 않는 것
　③지혜가 빠른 것
　④노력이 으뜸인 것
　⑤시자를 가장 잘 하는 것

아들 하나가 분명하게 있는데도 전혀 그 재산을 받지 못했다. 장자의 모든 재산을 조카가 물려받은 것이다.

그 재산을 조카되는 이가 허비하지 않고 물려받은 재산을 밑천으로 장사를 하였다. 밑천과 능력이 풍족했기 때문에 그의 장사는 날로 번창하였다. 재산이 늘어나는 만큼 교단의 수행자와 가난한 이들에게 보시 또한 남보다 많이 하고 또한 신심이 극진하였다. 죽은 장자의 아들은 그와는 전혀 반대였다.

유산을 한 푼도 받지 못한 그는 매우 가난했다. 처음부터 삼보를 받드는 이가 아니었으므로 보시하는 것은 다시 말할 것도 없었다. 그러는 중에 장자의 아들이 재산의 일로 내가 있는 정사에 왔다. 유산에 관계되는 법을 물어온 것이다.

"테라님, 아들과 조카 두 사람 가운데 어떤 이가 아버지의 유산을 받을 만합니까?"

말소리만 들어도 그는 벌써 상대편에 대해서 불만이 가득한 것을 알 수 있었다. 그러나 그의 마음 상태가 어떻건 유산에 관한 것이니 사실대로 바르게 말해야 했다.

유산에 관해서 조상 대대로 내려오는 전통이 있었기 때문에

"신자님, 아들이 아버지의 유산을 받아야지요."

"그렇습니다. 아난다 마하테라님, 세상 이치로나 전통으로 바르게 말하더라도 잇사까 테라께서는 제가 받아야 할 유산을 조카되는 이만 받아야 한다고 결정했습니다. 테라님."

내가 한 말 한 마디를 꽉 붙들고서 잇사까 테라를 힘껏 내리친

것이다. 이 유산에 관한 일에 잇사까 테라를 일어나지 못하도록 쳐버리면 모든 일이 그가 원하는 대로 될 것이었다. 그렇더라도 나는 누구의 얼굴이라고 우선권을 줄 수는 없었다. 뿌리와 가지를 구분할 지혜가 없었다. 들어서 아는 대로 어떠한 사실 위에 바탕을 두고 사실대로 바르게만 말할 뿐이라고 생각한 것이다.

"신도님, 그게 사실이라면 잇사까 테라는 스님이 아니지요."

비구계의 두 번째 큰 계율에 해당됨을 분명하게 말했다. 그러고 나자 내 마음속에 의아심이 들었다. 내가 보아 왔던 잇사까 테라는 물건에 관해서 욕심이나 애착의 눈으로 보는 이가 아니었다. 보시할 수 있는 이들에게 가까이 가서 섞이는 이도 아니었다. 그런데 유산 분배하는 일에 어째서 조카 편에 들어서 처리하고 결정했을까?

내가 생각하기 어려워하고 있을 때 잇사까 테라가 나에게로 왔다. 아마도 죽은 장자의 아들이 내 말대로 자기가 차지할 유산을 잇사까가 잘못 처리했다고 떠들고 다녔기 때문일 것이다.

"아난다 테라님, 나의 행동을 테라님께서 직접 결정하여 주십시오."

마음 쓰기를 넉넉하게 하던 잇사까 테라가 자기의 생사문제를 나에게 모두 맡겨 버리는 것이다. 자기를 이 교단생활 안에서 떨어져 나가도록 말한 사람에게 덤덤한 마음으로 맡겨 주는 그런 마음이 작은 것이라고는 할 수 없었다.

일찍이 내가 갑작스럽게 불쑥 해버렸던 말은 잇사까가 보이지 않는 곳에서였다. 우리 두 사람 사이에 했던 말이었다. 그러나 그 말이 상가 대중 전체에 퍼져 갔다. 그 말을 계율에 맞게 다시 처리해야 할 것이다. 자세하게 조사해서 만약 잇사까 테라가 조카 되는 사람 편에 붙어서 친밀함 때문에 하지 말아야 할 것을 했다면 내가 말한 대로 비구 자격을 박탈해야 할 것이다.

그러나 만약 다른 이유가 있다면 내가 한 말은 법적으로 절차를 거쳐서 정중하게 사과하고 거두어야 할 것이다. 사실은 의의를 제기한 사람이 계율을 결정하는 것은 적당치 않다.

그러나 그 행동의 본인이 꼭 해야 한다고 나에게 넘겨주었으니 또한 거절할 수도 없게 되었다. 그래서 나는 계율을 결정하는 법상에 올라가야 했다. 정작 법상에 올라가게 되자 나는 의의를 제기한 이가 아니라 고발당한 이가 되어 갔다.

❧

"아난다 테라, 재산의 주인이 남긴 유언대로 처리한 비구에게 무슨 허물을 지워야 적당한가?"

많은 상가 비구 대중 가운데서 나에게 질문한 것이다. 그분은 바로 계율에 있어서 가장 잘 안다는 으뜸가는 칭호를 받은 우빨리 테라였다. 잇사까 테라의 비구의 생애가 죽느냐 사느냐의 중대한 일이었기 때문에 우빨리 테라가 그 사건을 도와 주어서 진행하게 된 것이다.

'테라님, 어떠한 허물도 지울 수 없습니다. 적게 말하더라도 작은 허물조차 될 수 없습니다."

법상 위에 앉아서 공손하게 대답하였다. 그러자 우빨리 테라가

나의 실수들 539

계속하여서

"아난다 테라, 이 잇사까 테라는 물건 재산 주인 장자가 유산을 누구에게 주라고 당부한 대로 그 조카에게 유산을 준 것입니다."

이미 떠난 장자는 삼보를 극진하게 받들던 신심이 지극한 이였다. 그의 많은 재산을 물려받을 이는 아들과 조카 두 사람 뿐이었다. 그의 아들은 허랑 방탕하여서 일하기를 싫어하고 놀고 쏘다니기만 좋아하였고 조카는 삼보를 믿어 착실하게 일하는 이였다.

그래서 자기 아들에게 물려주면 재산이 모두 쓸모없이 소비될 것을 걱정한 재산의 주인 장자가 성실하고 신심 있는 조카에게 물려주면 재산도 늘어나고 삼보에 보시할 것도 믿을 수 있었으므로 삼보를 받드는 이에게 유산을 주도록 유언한 대로 따라서 조카에게 유산을 준 것이다.

사실이 모두 명백하게 드러났으므로 나는 법상에 계속 앉아 있을 필요가 없었다. 생각 없이 함부로 말했던 것을 대중 가운데서 정중하게 거두어들여서 사과드리는 일만 남았다.

어떠한 바른 법을 원하더라도 구석구석 자세하게 조사하여 잘 생각하지 않고 함부로 쉽게 결정하면 그릇될 수 있다는 본보기가 되었다. 위의 계율 부분에 있어서 지혜롭지 못하여 허물을 지었듯이 선정 부분에서도 능숙하지 못했기 때문에 실수를 한 적이 있다.

그러나 그때 실수한 이가 나 혼자만이 아니었다. 야도자 일행들도 모두 실수로서 시작되었다.

"아난다, 어부들이 고기를 잡을 때 시끌거리듯이 저렇게 시끌벅
적 떠들어대는 이들이 누구인가?"

조용함을 좋아하시는 부처님께서 물으시게 되면 그들이 틀림없
이 벌을 받을 것이다. 시골 벽지에서 지내다 온 이들이라서 간다꾸띠
부처님 거처까지 그들의 떠드는 소리가 들리는 것이리라.

"부처님, 야도자 테라와 500명의 비구들이 부처님을 뵈려고 제따
와나 정사에 도착했습니다. 객스님들과 인사를 주고받고 자기 숙소
를 정하고 소지품을 제자리에 챙기느라고 이런 소리들이 나오는
것입니다. 부처님."

말씀이 계셨으므로 내가 직접 본 대로 말씀드렸다. 야도자 테라들
을 도와서 일이 적어지도록 그들 편에서 서서 별 일이 아닌 듯이
축소하여서 말씀드린 것이다. 그러자 나의 축소 의도는 제대로
책임을 다하지 못하였다.

부처님께서 그들 모두를 앞으로 부르신 다음

"비구들이여, 너희들을 나 여래가 쫓아낸다. 너희들은 내 곁에서
머물지 말라."

야도자 테라들을 도우려고 드린 말씀을 받아들이지 않으시고
모두 쫓아낸 것이다.

"예, 부처님."

그들은 부처님 말씀대로 공손하게 머리 숙여 절을 올리고 떠나갔
다. 부처님 앞에서도, 보이지 않는 곳에서도 한 마디 핑계도 변명의
말도 하지 않았다.

나와 함께 정사에 있던 이들은 그들을 보내면서 마음이 즐겁지 못했다. 그러나 그들은 쫓겨난 명령조차 공손하게 받아 모시고 기쁜 마음으로 웃으면서 떠나갔다. 나는 참으로 특이한 일이구나라고 생각할 수밖에 없었다.

제따와나 정사에서 특별했던 그 장면의 대답을 꾸따가라 정사에서야 보게 되었다. 부처님께서 사왓띠 수도에서 다시 왜살리로 여행을 떠나서 꾸따가라 정사에 도착하셨다.

"아난다! 왓구무다 강 언덕에 나의 제자 비구들이 지내는구나. 그들이 있는 곳은 달과 해가 높이 솟은 것보다 더 밝게 빛나는구나. 그들이 지내는 곳은 매우 아름답다. 왓구무다 강 언덕에서 지내는 비구들에게 사람을 보내서 그들을 불러오너라."

부처님께서 직접 쫓아냈던 비구들을 부처님께서 다시 부르시는 것이다. 이러한 상황을 생각하고서 야도자 테라들이 웃으면서 떠나갔었구나!

부처님의 명령을 선정 신통을 얻은 비구 한 사람이 맡아 주었기 때문에 오래지 않아서 야도자 테라 일행이 도착했다. 제따와나 정사에 왔을 때는 시끌시끌하던 그들이 이번에는 너무나 조용했다. 그들의 얼굴은 편안하여 잘 안정되어 있었다.

고요하다 못해 존경스러움이 넘치는 500명의 비구들이 부처님의 두 발에 이마를 대어 절을 올리고 고요하게 앉아 있었다. 그들을 일부러 불러오게 하신 부처님께서도 인사 말씀조차 없으시다. 스승과 제자가 모두 조용하니 앉아 있었다. 그들이 앉아 있는 시간은 잠깐이 아니었다.

🪷

오후 해질 무렵부터 앉아 있던 것이 초저녁이 모두 지나갈 때까지 그대로였다. 그들 일행이 모두 말없이 침묵하고 앉아 있더라도 나는 그대로 있을 수 없었다.

먼 여행에서 도착한 비구들에게 도움을 주지 않고는 도저히 가만히 있을 수 없었다. 그래서

"부처님, 밤이 고요하고 아름답습니다. 지금 초저녁이 모두 지나 갔습니다. 멀리서 온 객스님들에게 부처님께서 인사 말씀을 내려 주십시오. 부처님."

가사로 한쪽 팔을 단정하게 감고 두 손을 올려 모아 합장 올리고 공손하게 말씀드렸다. 그러나 부처님께서 어떠한 대답도 없을 뿐만 아니라 객스님들 쪽에서도 그대로 고요하기만 하였다. 마치 스승님 과 제자들이 침묵하기 경쟁이나 하듯이……

그래서 다시 한밤중이 다 지나갔다. 나 혼자 견디지 못하여서 다시 여쭈었지만 처음과 다를 것은 없었다. 밤이 모두 지나가고 먼동이 터 올랐다. 세상이 뿌옇게 밝아지고 있었다. 그래서 세 번째 다시 여쭈었을 때

"아난다, 나 여래와 함께 이 비구들 모두가 4선정을 기초로 하여서 아리하따 팔라 사마빠띠에 들어가서 지냈다. 출세간법을 수행하는 비구들에게 나 여래가 출세간법으로 인사한 것이다. 이러한 사실을 네가 알면서도 세상의 말로 인사하도록 권하였구나. 세 번이나

피곤함을 받은 것이 아니냐?"

조용조용 말씀하실 때 사실을 알게 되었다. 야도자 테라들은 부처님께 쫓겨난 다음 왓시국으로 가서 왓구무다 강 언덕 작은 초암에서 지냈다고 했다.

그렇게 지낼 때 우두머리가 되는 야도자 테라가 그를 따르는 비구들에게 부처님께 오해가 없도록 가르쳤다.

"여러분들, 부처님께서 우리들을 쫓아낸 것은 우리들의 이익을 위해서입니다. 우리들을 연민히 여기시어 쫓아낸 것입니다. 그래서 부처님께서 만족하게 여기는 방법으로 우리 모두들 잘 지냅시다."

그렇게 가르쳐 준 대로 서로 어울리지 않고 혼자씩, 혼자씩 앉아서 몸과 마음이 있는 곳에 알아차림을 밀착하여서 열심히 수행한 결과 그 안거가 끝나기 전에 모두 세 가지 특별한 지혜를 갖춘 아라한들이 되었다.

어부 집단에서 태어난 야도자 테라는 부처님의 말씀을 사실대로 바르게 그 뜻을 잘 취하였다. 바른 뜻을 알아차린 것처럼 지혜 역시 가장 높은 곳에 도착했다.

사까 종족에서 나와 남이 다 알도록 유명하게 된 나는 분명하게 눈에 보여 주는 징조도 눈치채지 못했다. 나의 이러한 실수 때문에 이 세상에 20년이나 일찍 부처님을 놓쳐 버리게 하다니…….

Udana yasoja sutta

머물렀던 왜살리

왜살리 수도의 오전은 너무나 아름답다. 그고 웅장하고 아름다운 건물들, 큼직한 대저택들이 길 양편에 나란히 있었다. 건물마다 집집마다 자기 소유의 널찍한 정원과 연못을 갖추었기 때문에 운치가 있었다. 그 도시의 대형 건물이 7,777개가 있었으니 큰 대저택들 또한 그 정도 있을 것이라고 말했다.

그것은 처음에 그 도시를 세우고 났을 때의 기록이니 지금은 그보다 두 배 이상은 늘어났을 것이다. 크고 작은 거리에는 갖가지 피부색으로 단장한 릭차위 왕족들이 각자의 수레를 타고 오고 간다. 숲에서 목재를 싣고 들어오는 수레와 사고파는 물건들을 가득 실은 수레와 사람들을 길마다 볼 수 있다.

전에 이 도시에 세 가지 재난이 일어났다. 3년이나 내리 가뭄이 들어서 굶주림과 병이 창궐하자 도둑이 들끓으며 민심이 사나워졌다. 굶주림이 심하자 계를 지킬 수도 없이 훔치고 뺏는 일이 생겨났다. 그보다 지나서는 피가 흐르도록 죽이고 강탈하는 일도 생기고 영양분을 제대로 보충하지 못하자 갖은 질병이 생겨났다.

지금은 그러한 것은 흔적도 없다. 나이가 30세 이전의 사람들에게 그러한 이야기는 옛말일 뿐이었다. 번성하고 아름다운 그 도시에 우리는 전처럼 걸식하러 갔다.

부처님 뒤에 많은 상가 대중들과 함께 나도 따라갔다. 선남선녀들도 전처럼 걸식하러 나오셨나보다라고만 생각하였다. 그러나 사실 그때의 걸식은 전처럼 똑같이 들어간 것이 아니었다. 전 같으면 정사로 돌아와야 했다. 그날은 성안에 있는 선남선녀들 집에서 공양을 끝내고 그들 모두에게 축원을 해주신 다음 그 성에서 떠나왔다.

북쪽 성문에서 부처님께서 잠깐 멈추셨다. 큰 코끼리가 자기가 떠나온 숲을 몸 전체를 돌려서 바라보듯이 부처님께서도 왜살리 성안을 몸을 돌려서 바라보고 계셨다.

"아난다여!

이번에 나 여래가 왜살리 성을 마지막으로 보는 것이다."

성안을 자세히 바라보시면서 하시는 말씀이었다.

이 도시를 처음 세울 때부터 건물과 많은 집들이 점점 늘어나서 세 겹의 성벽으로 둘러막은 왜살리, 따와때인사 천인들에 비유되었던 릭차위 왕족들이 모여 돌아가면서 다스리는 곳이다.

곳곳에 연못과 우물이 있고 아름다운 동산과 공원이 군데군데 있어서 넉넉함을 도와주고 있는 마음 개운한 곳, 세 겹의 성곽을 돌면서 내가 직접 보배경을 독송하여서 삼재를 물리쳐 보냈던 곳, 그 왜살리에서 부처님께서 마지막으로 머무시는 것이다.

그 아름답고 풍성하던 곳을 부처님과 우리들이 다음에 다시 올 수 있는 기회는 없었던 것이다. 생명 아유상카라를 놓아버린 다음에 지나가는 곳마다 도시마다 마을마다 부처님께서 마지막으로 보시는 것이었지만 어느 한 곳도 일부러 돌아서서 보시는 일은 하지 않으셨다.

그런데 지금 왜살리 성만은 일부러 돌아서서 굽어보시면서 추억을 말씀하시는 것이다. 부처님께서는 모든 중생들을 아들 라훌라와 매한가지로 연민히 여기고 사랑하신다. 누구라고 더 예쁘고 더 미운 일이 없다. 그런데 왜살리만 유난히 돌아보시며 감회에 젖는 것은 무엇 때문인가?

형님과 같이 왜살리 수도를 한동안 바라보면서 이런저런 생각을 하고 있는 것은 이유가 있다. 릭차위 왕족들에 관해서 부처님께서 설하여 주셨던 가르침 한 구절이 생각났기 때문이다. 왜살리 수도 근처 꾸따가라 정사에서 이 가르침을 설하여 주셨다.

꽃

"비구들이여, 지금 릭차위 왕족들이 나무베개를 베고 잔다. 학문을 배우고 좋은 스승을 찾아 모시기를 게을리 하지 않는다. 그러한 릭차위들을 마가다 대국의 아자따사뚜 왕이 쳐부술 길을 찾을 수 없다. 그들을 이길 수는 없다.

다음에 릭차위들이 칼이나 창 쓰는 법을 익히지 않아서 팔다리가 부드럽고 연약해질 것이다. 부드러운 솜털이 생기고 솜 넣은 베개를 베고 해가 높이 솟을 때까지 잠자리에서 일어나지 않았을 때 마가다 국의 아자따사따 왕이 그들을 모조리 쳐부술 길을 얻을 것이다. 성공을 얻으리라."

이 가르침을 일찍이 설하셨다. 부처님께서 말씀하신 대로 그때의 릭차위들은 매우 열심히 노력을 쏟아서 활 쏘는 솜씨, 칼과 창을 다루는 기술을 모두 능숙하게 익혔다. 날마다 쉬지 않고 열심히 훈련했다. 나이가 성숙해진 릭차위들은 먼동이 훤하기 전에 잠자리에서 일어났다. 배웠던 전쟁하는 기술을 부지런히 연습하고, 학문을 익히고 끝난 다음 세수를 하고 아침을 먹는 곳으로 갔다.

아침이 끝나면 학교로 가서 각자 학문이나 기술을 배우고 닦는다. 그리고 점심식사가 끝나면 한숨 쉬게 되는데, 피곤을 풀기 위해서 잠깐 누웠더라도 마음 놓고 자는 것이 아니라 나무토막 위에 누워서 잠깐 쉬다가 돌아눕게 되면 아래로 떨어져서 저절로 일어나게 되었다.

오후에 역시 열심히 배우고 익힌 다음 저녁을 먹고 나서 계속 읽고 외우고 연습하다가 밤이 늦어서야 잠자리에 든다. 그래서 릭차위 남자들이라면 모두 건강하고 체력이 강했다.

전쟁하는 기술에 대해서 매우 용감했던 그들이 지금은 건장한 체력을 가지는 대신, 여자처럼 솜털이 보송보송하여서 예쁘게 단장하는 쪽으로만 기울어져 갔다. 무술 연마하는 것보다는 먹고 입는 일에 더 흥미를 가지게 되었다.

그때 설하셨던 가르침을 오늘 다시 생각해 보면서 그들의 종말을 보는 것 같아서 가슴이 싸늘해진다.

"아난다여, 가자. 반따 마을로 가자꾸나."

"알겠습니다. 부처님"

부처님의 말씀으로 머릿속에 굴러가던 생각들을 끊어 버리고 대답을 한 것이다. 형님 뒤를 내가 바짝 따라갔다.

반따 마을에 도착했을 때 부처님께서는 사성제의 진리에 관한 법을 설하셨고, 계·정·혜, 세 가지에 관한 법을 이어서 설하셨다. 마지막 시간이 가까워졌으므로 중요한 담마를 거듭 설하시는 것이었다.

⚘

그 마을에서 한동안 지내다가 하터 마을로 갔다. 그 다음 암바 마을, 삼부 마을을 지나서 바가 도시에 이르러서는 사람마다 생각해야 할 법 마하빠대사 담마(Mahapadesa dhamma) 네 가지를 설하셨다. 마하빠대사 담마라는 것은 부처님을 비롯한 공덕이 크신 분들을 가리켜서 하는 말이다.

부처님을 목표로 해서 말하고, 상가를 가리켜서 말하고, 마하테라들을 지칭해서 말하는 것이다. 그 중에 첫 번째 마하빠대사 법을 예로 보이자면

"비구들이여! 어떤 한 비구가 '이 법을 부처님에게서 들었다. 듣고서 기억했다.'라고 만약 말하거든 그 비구의 말을 생각 없이 긍정한다거나 부정하지 말고 그 말을 자세히 생각해 보고 부처님께

서 설하신 가르침과 잘 계합되는지 살펴보아야 한다.

탐심을 빼어버리는 것인지 아닌지 비교해 보아야 한다. 비교하고 조사해 보아서 만약 부처님 가르침과 다르거든, 탐심 등을 빼어버리는 법이 아니거든, '그 법이 부처님이 설하신 법이 아니다. 그 비구가 생각하는 것뿐이다.'라고 확실하게 결정해야 한다.

만약에 부처님이 설한 가르침과 계합이 되거든, 탐심 등을 빼어버리는 원인이 되거든, '그 법이 부처님께서 설하신 것이 사실이다. 그 비구가 사실대로 바르게 기억해 놓은 것이다.'라고 확실하게 결정해야 한다."

그밖에 상가 등을 지칭해서 말한 것에도 이와 같이 하라고 설하셨다.

Mahāvagga

마지막 재가 제자들

오늘이 음력 4월 14일, 내일이면 이 교단 역사에 가장 중요하게 기억할 날이 될 것이다. 80년 전, 4월 보름에 부처님 전신 싯달타 태자가 태어났다. 45년 전 4월 보름, 삼마 삼보디 냐나(무상 정등 정각)의 지혜가 꽃핀 날이었다.

내일 아침 먼동이 트는 시간에 형님의 연세가 정확하게 80이 채워질 것이다. 형님께서 아노마 강가에서 혼자 수행자가 된 해부터 세어서 51안거가 지났다. 삼마 삼보디 냐나를 얻고부터 세어 가면 45안거가 된다.

생명 아유상카라를 놓아 버린 시간부터는 정확하게 석 달이 채워질 것이다. 4월 보름날, 수요일, 미래인들에게 특별한 날이 될 것이다. 그날 부처님 공덕을 특별히 생각하여서 선업을 지을 것이다. 미래인들의 특별한 날을 나는 가슴에 정면으로 대하고 있어야 했다.

일찍이 분명하게 밝혀 놓은 대로 내일이면 형님의 생애가 끝을 맞게 될 것이라고 알고 있다. 그러한 사실을 감당해야 하는 시간에 내 가슴은 울렁거리지 않을 수 없었다.

"아난다, 가자. 빠와 도시 쪽으로 가자."

"예, 부처님."

동요 없는 고요한 목소리 때문에 동요하던 가슴을 진정시켜서 지체 없이 대답 올리고 부처님의 가사와 발우를 안고 뒤따라야 했다. 마지막 시간이 다가왔으므로 내 뒤로는 많은 대중들이 길게 줄지어서 따라왔다.

❦

아무 근심 걱정 없이 수행에만 열중이던 아누루다 테라조차 이 비구 대중의 대열에 나란히 따라왔고, 마하 까싸빠 테라께서는 먼 곳에서 이쪽을 향해서 오고 있을 것이다. 빠와 도시에는 우리들에게 연못도 연꽃도 준비되어 있었다.

빠와 도시에 살고 있는 금 세공사 순다는 부처님을 처음 뵙고 법문을 듣자 소따빠나 지혜가 드러난 이로 그의 망고 동산에 정사를 지어서 상가 대중에게 보시하였다.

해가 설핏해지는 오후 무렵에 우리들은 그곳에 도착했다. 같이 간 모든 상가 대중들에게 숙소나 잠자리가 부족한 것은 별 문제가 아니었다. 적당한 기후와 동산에 있는 나무 밑은 스님들의 수행 도량이 되기에 충분하였다.

그곳에 도착한 지 오래지 않아서 정사를 창건한 순다가 그의 가족들과 같이 와서 예배 문안을 드렸다. 모든 대중과 함께 부처님께 내일 오전 공양 올리기를 말씀드렸다. 아마도 순다가 마지막 공양 제자가 될 것이다. 마지막 날이 되는 4월 보름 아침 순다의 집에 갔을 때 특별한 음식 한 가지를 보게 되었다.

보통으로 올리는 공양보다 특별하게 준비되어진 것은 돼지고기로 만든 음식이었다. 모양과 색깔, 냄새로 미루어 보건대 숟가락으로 건드리기만 하여도 허물어질 것 같이 잘 익혀진 것임을 알 수 있었다. 삼귀의를 하는 신도이니 허물 세 가지가 없는 고기를 찾아서 요리했을 것이다.

"순다여, 돼지고기로 만든 음식을 나 여래에게 올려라.

다른 음식들을 상가 대중들에게 올려라."

공양상 앞에 앉으시자 부처님께서 말씀하셨다. 순다가 말씀대로 올렸다. 특별하게 준비한 음식을 부처님께서 직접 드시기 때문에 그는 기뻐서 어쩔 줄 몰라 하는 모습이었다. 가족들도 따라서 벙긋벙긋 웃음을 참지 못하였다.

너무 어리지도 늙지도 않은 돼지 한 마리를 모두 요리하였기 때문에 부처님 혼자서 드시고 남았다. 전 같으면 이렇게 특별한 음식을 올리면 나머지는 모두 상가 대중들에게로 내려 보내셨다. 그러나 지금은 어느 누구에게도 보내지 않으셨다.

"순다여, 남은 돼지고기 요리를 구덩이를 깊이 파고 묻어라. 천인들이 천상의 영양분을 잔뜩 넣었기 때문에 이 음식을 먹으면 나 여래 외에 어느 누구도 소화시키지 못한다."

공양제자 순다에게 땅을 파고 묻어야 하는 이유를 말씀해 주셨다. 이 빠와라는 도시는 니간타 뿍따 나체 외도 스승이 세상을 떠난 곳이어서 그를 깊이 존경하는 이들도 많이 있었다.

그 니간타의 제자들이 우리 교단의 허물 말하기를 좋아하였기 때문에 '수행자 고따마는 자기가 못다 먹은 음식을 제자에게 주는 것도 원치 않는다.'라고 그들이 말하는 기회를 남기지 않으려고 말씀해 주신 것이다. 순다가 남은 돼지고기 요리를 땅에 묻고 나서 부처님 발밑에 공손하게 와서 앉았다.

부처님께서 공양이 끝나고 공양 축원을 해주셨다. 그리고 우리 모두 그의 집을 떠나 망고나무 동산의 정사로 돌아왔다. 절에 돌아오자마자 부처님께 남아 있던 병이 갑자기 터져 나왔다. 설사뿐이 아니라 피까지 흘러나왔다. 이번에는 나 혼자가 아니었기 때문에 시중드는 책임을 다할 수 있었다.

아누루다, 우빠와나 등의 테라들이 모두 도와주었다. 돕는 이들이 모두 손과 발이 일치되어서 준비가 제대로 되어 갔지만 설사하는 병은 나아지는 기세가 없었다. 지금 금방 생명을 거두어 가나 보다라고 생각될 정도였다.

✿

여기서 후세 미래인들의 귀가 복잡하지 않도록 내가 당부할 말을 하고 넘어가야 할 것이리라. 금 세공사 순다의 돼지고기 요리를 잡수신 다음 부처님께서 설사하는 병이 생겼다고 내가 말했다.

이렇게 보여준 것은 내가 만나고 보고들은 것을 이 글을 읽는 대중들이 자세하게 알게 하려고 기록하는 것이다.

시간상으로 가까운 것만을 이야기한 것이지 순다의 돼지고기 요리를 드셨기 때문에 병이 다시 도졌다고 하는 것은 아니다. 사실 이 병은 오늘 생긴 것이 아니라 웰루와 마을에서 안거하는 중에 얻은 것이다. 그때의 상태가 심각하였지만 빠리닙바나에 드실 시간이 아니어서 그 병을 과의 선정(팔라 사마빠띠)의 힘으로 막아 놓으셨다.

그러나 지난 정월 보름날에 그날부터 석 달이 되면 팔라 사마빠띠에 들지 않으시겠다고 아유상카라를 놓아 버린 대로 오늘 그 팔라 사마빠띠에 들지 않고 지내시기 때문에 막아 놓았던 병세가 심히게 드러난 것이다.

둑을 막아 놓았던 봇물이 막았던 돌이 없어지자 콸콸 소리를 내면서 속도껏 쏟아 내리는 것 같았다. 그 음식 때문에 설사병이 생긴 것이 아니다. 사실은 그 음식은 병을 막아 주는 한 가지 약이었다.

성스러운 제자(아리야 사와까)로 도의 지혜를 얻은 순다가 부처님께서 빠리닙바나에 드실 것이라는 사실은 이미 알고 있었다. 그러자 빠리닙바나에 드시는 것을 막으려고 약처방이 적힌 책에 있는 대로 약이 되는 음식으로 요리를 한 것이다.

만약 그 음식을 드시지 않았다면 그 자리에서 일어나실 수 없었을 것이다. 그때 약이 되는 음식을 드셨기 때문에 그나마 그 정도의 힘을 쓸 수 있었다. 그래서 빠와 도시에서 4분의 3 유자자나 떨어진 꾸시나가라까지 걸어서 가실 수 있었다.

🪷

설사가 조금 멈출 때 가셔야 했기 때문에 한낮의 뜨거운 햇살을 받으면서 걸어야 했다. 그러나 부처님께서 "꾸시나가라로 가자."라고 하시면서 떠나가셨기에 아무도 막을 수 없었다. 전처럼 그저 부처님의 뒤를 묵묵히 따라갈 밖에……. 마지막 장소로 정해 놓으신 곳으로 걸어가시는 뒤를 천천해 따라갔다.

병으로 인해서, 더위로 인해서 더디고 느린 속도로, 그보다 더 무거운 마음으로 걸어야 했다. 그러다가 어느 숲 속의 그늘이 짙은 나무 아래 이르자 걸음이 멈추어졌다.

"아난다, 이 나무 그늘에 두 겹 대가사를 네 번 접어서 펴라. 내가 몹시 피곤하구나. 잠시 쉬어야겠다."

다른 이와 같지 않는 힘과 마음으로 가득하였지만 오늘은 피곤하다고 하시는 것이다.

"아난다, 나 여래를 위해서 마실 물을 길어 와라. 내가 목이 마르구나. 물 마시기를 원하노라."

마른 나뭇잎을 모아서 그 위에 펴놓은 두 겹 대가사 위에 앉으셔서 다시 말씀하셨다. 전 같으면 "예, 알겠습니다. 부처님." 하고 그대로 이행할 터인데 이번에는 그렇게 하기가 쉽지 않았다.

"부처님, 조금 전에 지나온 작은 개울은 물이 넉넉지 못합니다. 조금 전 500대의 수레가 지나가서 물이 모두 흙탕물이 되었습니다.

수레바퀴들이 모두 휘저어 놓았기 때문입니다.

조금 앞에 가꾸다 강이 있습니다. 그 강물은 달고 시원합니다. 그 강에 이르거든 물을 드십시오. 부처님, 몸이 시원하도록 물을 사용할 수 있을 것입니다."

형님의 심한 병을 생각해서도 흙탕물을 올릴 수는 없었기 때문에 전에 해본 적이 없는 거절을 하게 된 것이다. 내가 여쭌 것을 부처님께서 받아들이지 않으셨다.

물을 드시고 싶다고 계속 말씀하셨다. 두 번, 세 번이 되자 나는 발우를 안고 작은 개울로 갔다. 이럴 수가! 도저히 있을 수 없는 놀라운 일이었다. 부처님의 크나크신 공덕이구나!

조금 전 그 많은 수레들이 뒤집어 놓은 흙탕물이 지금은 조금도 흐리지 않고 그대로 깨끗이 흐르고 있었다. 깨끗하고 시원한 물을 기쁘게 발우에 담아 와서 부처님께 올렸다. 몸 전체에 수분이 모자랐으므로 내가 올린 물을 한참이나 드셨다.

🪷

그 나무 아래서 쉬는 동안 마지막 가사를 올리는 이가 왔다. 그는 꾸시나가라의 말라 왕족에서 태어난 뿍꾸사였다. 그 말라족들은 우리 사까 종족들처럼 돌아가면서 나라를 다스리는 책임을 맡았다.

그 책임자는 왕이 되어서 국가 일을 집행하는 곳에 항상 지내야 했다. 나라를 다스리는 책임을 맡지 않았을 때는 각자의 일, 각자의 생업에 종사했다. 지금 온 뿍꾸사도 나라를 다스리는 책임자의 차례가 아니어서 오백 대의 수레에 사고 팔 물건을 가득 싣고 빠와 도시에서 떠나왔다.

뽁꾸사는 처음부터 부처님과 가까운 이가 아니었다. 알라야 깔라마라는 외도 수행자를 존경했는데 그 역시 보통 사람이 아니었다. 세간 선정을 이미 얻은 이여서 가끔씩 선정에 들어가서 고요하게 지내기를 즐기는 이였다. 그래서 뽁꾸사가 나무 그늘에 앉아 계시는 부처님을 뵙자마자 그의 스승 생각이 나서

"오! 부처님, 놀라운 일입니다. 있을 수 없는 특별한 일입니다. 수행자들은 고요한 선정 사마디로 지내십니다. 그전에 알라야 깔리마 수행자께서 길 옆 나무 그늘에 앉아 있을 때 한 사람이 그에게로 가서 물었습니다.

'수행자님, 이 자리에서 수레 500대가 지나간 것을 보았습니까?'

'보지 못했소.'

'그러면 소리를 들었습니까?'

'듣지 못했소.'

'그러면 주무셨습니까?'

'잠을 잔 것이 아니오. 나의 옷 위에 먼지가 잔뜩 쌓인 것으로 보아서 이 자리 옆으로 많은 수레들이 지나간 것을 알 수 있소.' 라고 했습니다."

자기 스승의 세간 선정을 가장 높은 것으로 여겨서 마음 놓고 자랑했다. 부처님께서는 알라라 깔라마의 세간 선정을 경멸하지 않으셨다. 도와 과의 지혜를 얻는 기초가 되는 것임을 여러 번

설하셨다.

🪷

그러나 지금같이 심하게 피곤하신 때에 기초가 되는 선정을 칭찬하시지 않았다. 그래서 모든 사마빠띠 가운데서 가장 높은 니로다 사마빠띠(멸진정)를 설해 주셨다.

아뚜마 도시 근처 벼를 늘어놓은 마당 옆에서 니로다 사마빠띠에 들어 있는 동안 소낙비가 쏟아지고 천둥 번개가 친 것을 전혀 듣지 못했던 것을 말씀하셨다.

그러자 뿍꾸사가 세간 선정과 그 위에 성인들이 들 수 있는 니로다 사마빠띠의 다른 점을 이해하기 시작했다. 그리고는 부처님 앞에서 삼귀의를 다짐하였다. 이어서 그의 일꾼들에게

"가서 큰 잔치가 있을 때 내가 가끔씩 입던 황금 비단옷을 가져 오너라."

라고 명령하고 그들이 도착하자

"부처님, 제자를 불쌍히 여기시어 이 옷을 받아 주십시오."

라고 하면서 올렸다. 부처님께서는 받지 않으신 채

"뿍꾸사여! 이 한 벌은 나에게 보시하고, 한 벌은 아난다에게 보시하라."

부처님의 말씀 때문에 나는 갑자기 헤~ 입을 벌리면서 놀라고 말았다. 항상 시중드는 책임을 맡을 때 이렇게 주는 것을 하지 말도록 청을 드렸었다. 그것을 부처님께서 잊으실 리는 없었다. 그런데 부처님께서 당신께 올린 황금비단 한 벌을 어째서 나에게

주시는가?

마지막 시간에 뿍꾸사를 격려해 주기 위해서일 것이다. 한 벌을 부처님께 올리고 한 벌을 나에게 보시함으로써 상가에 올린 것이 된 것이다. 그래서 한 자리에서 보배 두 분에게 보시하게 된 뿍꾸사에게 이익이 많도록 해주신 것이다.

❀

그밖에 내가 시중들었던 책임이 오늘로써 끝이 나게 되어서 책임이 끝난 기념으로 주신 것이리라. 그래서 말씀대로 나는 그가 올리는 비단가사를 보시 받았다. 뿍꾸사가 돌아가고 나는 비단 두 벌을 모두 부처님께 덮어 드렸다.

황금이 황금끼리 서로 빛을 다투듯이 환하게 빛나고 있었다. 불꽃 없이 환하게 밝은 숯불처럼, 바깥으로 빛이 나가지 않은 채 안에서 환하게 빛나고 있었다. 너무나 아름다웠다. 그 사실을 나의 마음에 묻어두지 못했기 때문에 입을 열어서 여쭈자

"그렇다, 아난다여! 그렇구나, 아난다여!
같음이 없는 삼마 삼보디 냐나를 얻었던 날 밤,
몸을 남기지 않고 완전하게 빠리닙바나에 드는 시간,
이 두 가지, 두 번의 시간에
나 여래의 몸이 매우 깨끗하구나!
환하게 빛이 나는구나!
다른 시간보다 더욱 특별하구나!"

부처님께서도 내가 여쭌 것을 도와주셨다.

삼마 삼보디 지혜를 얻었을 때는 내가 뵙지 못했다. 지금 마지막 시간은 뵐 수 있게 된 것이다. 지금 단 한 번만 뵈었어도 그 두 번을 모두 뵌 것처럼 존경해서 다할 수 없을 만큼 되었다.

❀

이미 얻으신 닙바나의 법을 대상으로 해서 마음이 더없이 깨끗하기 때문에 이렇게 그 육신까지 특별하게 아름다움을 말하게 된 것이다. 이러한 사실을 말씀하신 다음 부처님께서는 가꾸다 강 쪽으로 가셨다.

가꾸다 강에서 깨끗하고 달고 시원한 물을 마시고 씻으셨다. 목욕을 끝내고 나서 강 언덕에 올라갔을 때 부처님의 뒤에 마하 사리불의 동생 순다 테라가 따라갔다.

될 수만 있다면, 할 수만 있다면, 내가 부처님 뒤에 바짝 따라가고 싶었다. 강 언덕 말고 숲 속에 두 겹 대가사를 펴 드리고 싶었지만 그러나 나는 한 몸으로 두 가지 일을 동시에 할 수는 없었다. 부처님께서 강둑으로 올라가셨을 때 나는 부처님의 목욕가사를 물에 헹구어서 깨끗이 빨아야 했다.

내가 급히 올라갔을 때 부처님께서는 누워 계셨다. 나 대신 순다가 두 겹 대가사를 펴 드렸다. 부처님께서는 사자왕처럼 오른쪽 옆구리를 땅에 대고 아래 무릎을 약간 굽힌 위에 윗다리를 쭉 뻗쳐서 놓았다. 아래 발보다 위쪽 발이 조금 깊게 넘어갔다. 무릎끼리 발목뼈끼리 부딪치지 않도록 놓은 것이다.

오는 도중에 피곤하셔서 앉아서 쉬었다가 지금은 누워서 쉬시는 것이다. 그러나 이 자리에서 계속 누워 계실 것이 아니라 아직 더 가야 할 길이 남았다. 그래서 잠깐 눈을 뜨시고

"아난다, 금 세공사 순다가 그의 공양을 들고 나 여래가 빠리닙바나에 든다고 슬퍼하거든 네가 이렇게 말해 주어라

'순다여!
당신은 행복하구려! 선업의 복이 많구려!
당신의 공양을 드신 부처님께서 빠리닙바나에 드셨다.
같음이 없는 삼마 삼보디 냐냐를 얻은 날!
남은 몸이 없이 완전하게 빠리닙바나에 드신 날!
이 두 날에 올린 공양의 이익은 같다.
다른 때의 공양보다 이익이 크고 크다!'

'순다여!
수명이 길고, 모습이 아름답고
건강하고, 권속이 많고
천상에 가는 원인이 되는 큰 선업을 지었구려!
이렇게 설하시는 가르침을
부처님 앞에서 내가 직접 들었다오.'
이렇게 말하여서 순다를 달래 주어라."

당신의 병보다 마지막 공양 제자의 마음 편하기를 바라시는
대 자비심의 주인이던가!

Mahā parinibbāna sutta

꾸시나가라 사라쌍수에서

나의 마음을 기쁘게 하는
나의 기쁨을 키우게 하는
오! 모든 선한 이들이여!
잘 오신 부처님의 출현
가지가지 좋은 소식을 펴서
여기까지 왔으니
이제 그 마지막 부분에 이르렀습니다.

나와 함께 여러분들이
끝을 마치고 싶지 않다고 하더라도
거부할 수 없는 담마의 법칙이
마지막을 가리키고 있습니다.

까꾸다나 강변 망고나무 동산에서 잠깐 휴식을 취한 다음 부처님께서는 다시 걸어가셨다. 이라와디 강을 건너서 보이는 길을 따라 걸어서 꾸시나가라 사라나무 숲에 도착했다.

우리들의 스승님, 은혜로운 그분께서 자기 스스로 확실하게 깨달은 네 가지 진리의 높은 담마를 지혜로써 건네주기 위해서 여행을 하셨다.

넓고 넓은 인도 전역을 발로 걸어서 다니셨다. 여행과 여행으로 걸어서 길로만 다니실 만큼 건강하시고 튼튼하시던 몸이 점점 줄어들었다. 부서지지 않도록 여기저기 얽어서 묶어 놓고 사용하되, 가는 금 사이로 물이 새는 항아리처럼 되었다.

지금 이 낡은 항아리가 마지막 장면으로 천천히 천천히 옮겨가고 있었다. 룸비니 아름다운 사라나무 숲에서 시작하여 걸어왔던 길고 긴 여행이 꾸시나가라 사라나무 숲에서 끝맺음을 하게 되었다.

사람들을 위해서 쉬지 않고 계속하였던 여행이므로 지금은 당신이 좋아하시는 숲 그늘에서 휴식을 가지시는 것이다. 서쪽 산 끝에서 해가 숨어들 때 우리들은 드디어 그 꾸시나가라의 사라나무 숲에 도착했다. 숲의 중앙에 빈자리가 있었다.

🌿

그곳에는 사라나무 두 그루가 남과 북으로 나란히 서 있었다. 주변의 큰 나무들 사이에 아직은 여린 모습으로 크게 자라려고 힘을 뻗치는 중이었다.

두 나무는 가지가 서로 엇갈려서 꽃봉오리와 나뭇가지와 줄기들이 가운데로 모아져 있었다. 이 자리, 이 장소에 도착하기 위해서 나와 순다가 부처님을 양쪽에서 도와서 부축하여 가야 했다. 준비되어 있는 한 쌍의 사라나무 가운데로 이르자 한 걸음 한 걸음 걷던 걸음이 멈추어졌다.

"아난다, 두 그루 사라나무 가운데 북쪽으로 머리를 두고 작은 침상을 펴라. 나 여래가 매우 피곤하구나. 누워야겠다."

"예, 알겠습니다. 부처님."

말라 왕족들이 앉아서 쉬던 작은 침상을 부처님께 펴 드렸다. 금은이나 루비 보석도 없었다. 바람과 햇볕에 항상 펴 놓았던 작은 나무 침상이 삼계에 같음이 없으신 부처님께서 마지막 누워 계시는 침상이었다.

이 작은 침상을 펴 드리는 것이 내가 부처님께 해 드리는 마지막 일이었다. 보잘것없는 작은 나무 침상 위에 삼계에 같음이 없으신 부처님께서 오른쪽 옆구리를 대고 누워 계신다.

누워 계시는 중에도, 완전 알아차림과 함께 계시더라도, 시간이 되면, 시간이 되면 다시 일어나실 것이라는 생각이 있는 것은 아니다. 이 한 번의 누우심은 다시 일어나지 않는 누우심이다. 형님께서 두 눈꺼풀을 닫았을 때 나는 그제서야 주변을 돌아보았다.

동쪽에서 보름달이 사라나무 위로 얹어 왔다. 남은 햇살과 달빛이 사라나무 숲을 덮어서 고즈넉한 아름다움을 더해 주었다. 모든 사라나무들은 나뭇가지 끝에서부터 온통 나무 전체를 뒤덮어 피어서 만발하였다.

작은 눈, 봉오리, 만발한 꽃들이 땅 위에 뿌려져 있었다. 여름의
한 가운데인 이달 보름날은 사라나무 꽃이 피는 시기가 아니었다.
말리화가 그 향기를 뿜어내며 온통 흐드러지게 피고 떨어지고
하였다. 아마도 이때를 기다려서 피게 된 것이 즐거운 듯이⋯⋯.

사실 그 나무들이 지금 여는 잔치는 즐거운 잔치가 아니라 곧
빠리닙바나에 드실 부처님께 마지막 공양을 올리는 것이리라. 참을
수 없는 슬픔을 꽃으로 피워서 눈물 대신 떨구는 것이리라. 바람이
살랑살랑 지나가며 하얀 슬픔을 뚝뚝 떨구어 냈다.

🪷

준비된 사라 꽃들과 함께 하늘에서 만다라화 꽃들도 천천히
떨어져 내리고 천인들의 꽃과 향들이 숲 전체에 퍼져 갔다. 하늘의
북, 하늘의 거문고 소리, 천상의 부드러운 음률이 고요하고 아름답
게 그리고 슬프게 내려왔다.

나의 일생 중 가장 마음에 부딪쳐 오는 예배 행사가 이미 시작되었
나 보다. 전에 보지 못했던 특별하고도 가장 가슴 저린 잔치가
이미 진행되고 있었다.

"아난다,
이 정도로 특별하고 특별한 예배 행사도
나 여래를 참으로 존경하는 것이 안 된다.
예배하는 것에 이르지 못한다.
의지하고 받드는 것이 되지 못한다."

감았던 눈과 입을 동시에 여셨다.

나의 이름을 들어서 말씀하셨지만 이 가르침은 모든 제자들에게 이르시는 말씀이었다. 그래서 부처님의 말씀을 모든 제자들이 조용하게 듣고 있었다.

그전에는 보시 공덕을 부처님께서 특별히 칭찬하셨다. 지극한 신심으로 보시한 한 송이 꽃은 그 공덕의 한계를 알 수 없는 무량한 이익을 얻을 수 있음을 말씀하셨다. 그런데 지금 마지막 시간에 재산과 물건으로 보시 예배함을 빼어버리시는 것이다. 무슨 이유가 있는가?

우리 출가 대중들이 교단을 이끌어 가는 책임을 감당하는 중에 필요한 물건들이 갖추어져야 함은 물론 필요하다. 필요한 만큼 선남선녀들도 능력껏 보시한다.

그러나 보시하는 것에만 중점을 두면 계·정·혜를 닦는 쪽에 힘을 쓰지 않게 된다. 재가 쪽 뿐만 아니라 출가 쪽에서도 지혜를 높이는 일보다 신심 쪽을 더 중시하게 될 것이다. 관계되는 신도들을 모아서 예배 보시하는 행사만 거듭거듭 진행하기를 좋아하게 될 것이다.

'너보다는 내가' 하는 경쟁심으로 교만심을 겨루고자 노력할 것이다. 지혜를 갖추지 않고 신심만으로 4가지 물건으로 예배 공양 하는 것만 높이 사게 되면 이 교단이 하루에 죽 한 끼 먹는 짧은 시간이라도 제대로 머문다고 말할 수 없다.

제따와나 정사처럼 큰 정사를 지어서 보시하는 선업도 물론 중요하다. 그러나 법답게 수행함이 없으면 이 교단이 잘 머물 수가 없다. 그래서 물건으로 크게 행사를 열고 예배함을 부처님께서 빼어버리고 가장 좋은 길을 가르쳐 보이시는 것이다.

"아난다여! 출가 제자, 재가 제자 누구를 막론하고 출세간 법 9가지를 자기 능력에 따라 수행하고, 모든 번뇌를 소멸한 닙바나에 적절하게 고요한 마음으로 편안하게 수행한다면 그 사람이 나 여래를 가장 존경 예배하는 것이 된다. 그래서 너희 대중들도 그렇게 수행하라."

마지막 시간이 가까웠으므로 이 교단이 오래 머물게 할 수 있는 가장 좋은 예배 방법을 가르쳐 보이신 것이다. 이 담마를 설하시는 동안 우빠와나 테라가 부처님 앞에서 두 손을 모으고 고요하게 우러러보고 있었다.

부처님께서 20안거가 되기 전, 이 테라도 부처님 시중을 들었었다. 이분은 원래 몸이 크고 장대하였다. 그래서 가깝게 지내는 이들이 코끼리라고 애칭하기도 하였다. 몸도 크신 분이 입는 가사는 항상 백 조각 천 조각 기운 누더기 가사만 입었다.

그 큰 몸에 조각조각 기운 가사를 입고 부처님 앞에 앉아 있으니 큰 집채가 가린 것처럼 뒤쪽 대중들은 부처님을 뵐 수가 없었다. 그래서 부처님께서 그를 정면에서 비켜 앉도록 말씀하셨다.

우빠와나가 비켜 주었기 때문에 모든 대중들이 부처님을 잘 뵐 수 있었을 것이다.

✿

그러나 가슴 한 구석에 아쉬움이 들었다. 전후에 생겼던 일들이 복잡하게 얽혀졌다. 전 같으면 여러 지역으로 흩어져서 각자 지내던 스님들이 1년에 두 번씩 부처님께 왔다. 결제 전에 한 번, 결제 후에 안거가 끝나고 한 번 와서 뵙는다.

결제 전에는 수행하는 방법을 받아 가지러 오고, 안거가 끝나면 그동안 수행하였던 특별한 법에 대해서 말씀드리러 오는 것이, 그렇게 부처님을 뵈러 오는 스님들 모두가 나의 마음의 힘을 부쩍부쩍 키워 주는 분들이다.

그래서 나는 크고 작은 분들을 가리지 않고 자비심을 가지고 맞이하여서 발우와 가사를 받아 드리고 자리를 펴 드리면서 그분들이 필요한 것들을 도와 드린다.

나의 자비심이 그분들에게도 전해져서 여러 지역에서 오는 스님들도 나에게 웃음으로 대해 준다. 우유와 물이 섞이듯이 몸과 마음이 서로 일치된다. 그런 스님들로 인해서 내 가슴속에 슬픔이 생겨나는 것이다.

"부처님, 그전에는 여러 지역에서 머물던 스님들이 1년에 두 번씩 부처님을 뵈러 왔습니다. 저의 마음의 힘을 키워 주는 그분들을 제가 만날 수 있는 기회를 얻을 수 있었습니다. 그런데 부처님이 안 계시면 그런 기회를 얻을 수가 없을 것입니다."

내가 느끼는 대로 말씀드리자 부처님께서 연민심을 가지고 들으시고는

"아난다여!

신심을 갖춘 선한 이들이 가서 볼 만한 곳, 두려움의 지혜를 키울 수 있는 장소가 네 군데가 있다.

그 하나가 나 여래가 태어난 룸비니 사라나무 숲, 삼계에 같음이 없는 무상 정등 정각(삼마 삼보디 냐나)을 얻은 마하 보리수, 첫 법륜을 굴린 이시빠따나 미가다와나(녹야원), 그리고 지금 마지막 빠리닙바나에 들어가는 꾸시나가라 사라쌍수이다.

아난다여!

미래 후세에 신심이 갖추어진 비구, 비구니, 신님, 신녀들이 이 네 곳을 참배하려고, 두려움의 지혜를 키우려고 올 것이다. 이 네 곳에 세워 놓은 탑을 참배하고, 탑 주변을 깨끗이 하는 일을 함으로써 많은 이익을 얻을 것이다.

이 네 곳을 참배하러 오는 어느 한 군데서 기다리면 그들을 만날 수 있을 것이다."

가슴이 미어지는 슬픔 가운데서도 그나마 다행스러운 일을 말씀해 주셨다. 그러한 대자비, 대연민심으로 나에게 더 많은 날을 보호해 주신다면 얼마나 좋을 것인가?

Mahā parinibbāna sutta

황금산이 무너지다

햇님의 남은 빛이 점점 사그러져 간다. 그 자리에 은빛 달빛이 대신해서 퍼지고 있다. 사라나무 전체를 덮어서 핀 꽃들이 은가루를 뿌려 놓은 듯이 달빛 아래 온통 하얗게 피어나고 있었다. 그러나 그 은빛들도 침상 위의 황금산만은 은빛으로 바꾸어 놓지 못하였다. 온 세상을 하얀빛으로 뒤덮은 달빛 아래 부처님과 황금가사 모두가 금빛으로 찬란하게 빛나고 있었다.

달빛으로 인해서 색깔을 바꾸지 않는 황금산이라도 무상의 법칙만은 거부할 수 없었다. 머지않아 아니 곧바로 이 하룻밤으로 사라져 갈 것이다.

항상 살펴 주시던 자비심의 눈도 이제 아주 감아 버리실 것이다. 나에게 가르침을 내려 주시던 자비스러운 그 입술도 이제 다시는 열지 않으실 것이다. 그 눈이 아주 닫히기 전에 나에게 중요한 일 하나를 여쭈어야 하리라.

그것은 여자들에 관계된 일이다. 여러분들이 기억하는 것처럼 나는 여성분들과 친분이 많은 사람이었다. 여러 곳에서 오는 여성들과 친분이 많은 것은 나의 생에 이익이 많았다고 할 수 있다. 인간의 역사 가운데 억압을 받은 일이 많은 여성들을 중시하여 나와 같은 위치가 되도록 노력하여서 그 이익을 받게 했기 때문일 것이다. 나와 같이 지내는 대중 가운데서도 그 일을 긍정적으로 대해 주는 이들도 있었지만 부정하는 이들도 있었다.

형님께서 계시는 동안은 이러쿵 저러쿵 들쳐 나오지 않을 것이지만 내 앞에서 단단히 서 주시는 분이 계시지 않을 때는 그들의 생각을 보여 올 것이다. 그래서 그 일에 관해서 지금 미리 해결해 놓아야 할 것이다.

"부처님, 여성들에 관해서 제자들이 어떻게 대해야 합니까?"

지금 여쭌 일이 나만의 일이 아니라 우리 상가 모두의 일이 되어서 대중적으로 여쭌 것이다.

그러자 연민심의 눈과 자비의 금구로서 말씀하셨다.

"아난다여, 보지 말고 지내라."

이 교단의 비구들에게 가장 마음이 놓이는 방법을 가르쳐 주셨다. 그러나 그 가르침을 여느 때고 따르기는 어려울 것이다. 부처님을 참배하러 오는 여자들을 보지 않는 일은 그렇다치고 걸식하러 가지 않을 수는 없는 일, 우리들에게 공양을 올리는 이들은 모두가 여자들이지 않는가?

"부처님, 어쩔 수 없이 만나고 보게 될 때는 어떻게 해야 합니까?"

"아난다, 말하지 말고 지내라."

말을 하다 보면 그 말속에 근본을 보이기 때문에 말하지 않고 지내는 것이 가장 좋은 방어가 된다. 그러나 그 방법 또한 항상 사용할 수는 없다. 어떤 여성들은 공양을 올리고 날짜를 묻기도 하고 공양을 올리고 나서 계 받기를 원하는 이들도 있다.

법을 설하여 주기를 청하는 이도 있고 모르는 문제를 질문하기도 한다. 스님들에 관계되는 다른 일들을 말하기도 한다. 그럴 때 우리들이 그냥 침묵으로만 지낼 수는 없다. 각자의 공양제자들에게 할 수 있는 만큼 이익이 되도록 해야 할 것이다.

"부처님, 어쩔 수 없어서 말해야 할 때 어떻게 해야 합니까?"

"아난다, 어머니 연배는 어머니처럼, 누이의 나이 또래는 누이로, 딸과 같은 나이는 딸처럼 생각해서 알아차림을 잘 챙겨서 말해야 한다."

🪷

양쪽 극단을 벗어난 방법을 허락하신 것이다. 허락하신 것을 자세하게 기억한 다음, 남아 있는 부처님의 육신에 관해서도 생각해야 하기 때문에

"부처님, 부처님의 남아 있는 육신을 어떻게 다비해야 합니까?"

"아난다여! 나 여래의 육신을 마지막 예배 공양하는 것에 대해서 너희들이 걱정하지 말라. 아라하따 팔라에까지 이를 수 있는 것만 노력하라.

나 여래를 존경하는 지혜 있는 왕들과 지혜 있는 브라만들과
지혜 있는 장자들이 많이 있다. 그들이 나 여래의 육신을 다비할
것이다. 마지막 예배 공양 행사를 치를 것이다."

그 다음 다비하는 차례와 함께 남은 사리(Dhatu)들을 탑으로
만들어 모시는 일까지 자세하게 설하셨다.

✤

여기에서 내가 여쭈어야 할 일은 다했다. 여쭐 것과 듣고서
기억함으로써 나 스스로를 다스려 왔던 자제심도 힘이 다했다.
줄기차게 흘러내리는 눈물을 다스릴 수가 없었다. 그래서 부처님
앞에서 살그머니 빠져나왔다.

차마 형님 앞에서 헉헉거리고 울다가 걱정을 드리고 싶지는
않았다. 부처님 등 뒤쪽에 있는 작은 후원 사립문 뒤쪽으로 갔다.
사람들이 모두 부처님께만 모여 있어서 그곳은 보는 이가 없었다.
그래서 그 작은 집의 사립문 곁에 있는 나무에 기대어 참을 수
없었던 울음을 터뜨렸다.

"나는 아직도 닦아야 할 것이 남은 사람이다.
위의 도과를 위해서 아직도 해야 할 일이 남았다.
그런데 나를 항상 편안히 여기시고 언제나 자비롭게 가르쳐
주시는 부처님께서 이제 곧 빠리닙바나에 드시는구나!
내일부터 나는 누구에게 세숫물을 올려야 하나?
누구의 발을 씻겨 드려야 하나?

누구의 침상을 정리해야 하나?

누구의 가사와 발우를 거두어야 하는가? ……."

내 마음속에 있는 대로 모두 끄집어내어 가면서 하나씩 하나씩 붙들고 서럽게 서럽게 울었다. 만약 나에게 기회를 준다면 나의 울음은 그칠 날이 없을 것이다. 울고 싶은 마음대로 모두 울어도 울어도 다할 수 없을 것이다.

이 생각으로 울고, 저 생각에 울고, 울수록 울어야 할 일이 더 많이 기다리고 있었다. 그렇게 마음껏 울고 있는 나에게 비구 한 사람이 왔다. 부처님께서 나를 찾으신다는 것이었다. 눈물을 대강대강 거두어 훔치면서 급히 따라갔다.

※

"아난다! 그만해라. 붙들지 말아라. 울지 말아라.

너에게 나 여래가 일찍부터 설하지 않았더냐?

좋아하고 존경하는 이와 살아서 헤어지든지

죽어서 헤어지든지 언제인가는

어느 때인가는 반드시 헤어져야 한다.

변하고 바뀌어지는 것이라고 주의를 주지 않았더냐?

생기는 성품이 있는 것은 무너지는 것이다.

무너지는 성품에게 무너지지 말라고 원하여서 얻지 못한다.

얻지 못할 것을 원하는 것은 고통을 만드는 것이다.

아난다, 너는 나 여래에게
오랜 날을 자비심으로 시중들었다.
몸으로, 입으로, 마음으로…… 이 세 가지 업으로
자비심을 가지고 보살펴 주었다.
하는 일마다 이익 있기를 바라는 마음으로 하였다.
몸과 마음을 다해서 앞과 뒤가 한결같은 정성으로
시중해 주었다. 다른 이와 비교할 수 없을 만큼
자비심의 힘이 컸구나!"

"아난다여!
너는 선업을 지은 사람이다.
수행을 노력하면 오래지 않아서
모든 번뇌가 다한 높은 아라한이 될 것이다."

같음이 없는 자비심으로 나를 달래 주셨다.
그 다음 모든 대중들에게 말씀하셨다.

"비구들이여!
과거 과거에 출현하셨던 부처님들께나 미래에 출현하실 부처님
들께 지금 나 여래의 시중을 든 아난다 같은 시봉이 있을 것이다.
그러나 아난다보다 더 넘치는 시자는 없을 것이다.

비구들이여!

아난다는 여러 가지 일을 감당해 나갈 수 있다. 5온과 6근, 12처 등의 담마의 성품에도 능숙하게 잘 알아서 잘 전해 준다.

이 시간은 비구들이 부처님을 모실 시간이다.

이 시간은 선남선녀가 부처님을 모실 시간이다.

이 시간은 왕과 대신들이 부처님을 모실 시간이다.

이 시간은 외도와 외도의 제자들이 부처님을 뵙기에 직당한 시간이다. 이렇게 잘 구분할 수 있었다.

비구들이여!

아난다는 놀라운 공덕 네 가지를 갖추었다.

그것이 무엇인가?

비구 대중들이 아난다를 친근히 하여 보기만 하여도 기뻐한다. 만약 아난다가 법을 설한다면 그 법을 듣고서 기뻐한다. 아난다를 보기만 하여도 아난다의 법을 듣는 이마다 싫증 없이 더 보고 더 듣고 싶어한다.

그와 같이 비구니, 선남선녀들도 아난다를 볼 때마다, 아난다의 법을 들을 때마다 싫어함 없이 더 듣고 싶어한다. 이렇게 사부대중 모두가 자비심을 키우기 때문에 아난다의 4가지 공덕이 구족하다."

❀

내가 자비심을 가지는 것과 같이 나에게 자비심을 돌려 주시려고 이렇게 드러내서 칭찬해 주시는 것이다. 나의 슬픔이 가셔지도록 치료해 주시는 것이다.

같음이 없는 자비심의 힘으로 치료해 주시므로 나의 슬픈 느낌은 많이 줄어들었다. 그러나 내가 극진히 존경하고 사랑하는 형님에 대한 사랑만은 현재 금방 떼어 버리고 싶지도 않고 떼어 버릴 수도 없다.

오랜 세월 붙잡고 있지는 않더라도 하루 이틀을 더 잡아 두고 싶다. 그래서

"부처님, 언덕과 웅덩이가 많은 이 작은 도시에서 빠리닙바나에 들지 마십시오. 싼빠, 라자가하, 사왓띠, 꼬담비, 바라나시라는 크고 큰 도시에서 빠리닙바나에 드소서.

그 큰 도시에는 재산이 많은 왕들과 브라만들 장자들이 있습니다. 부처님을 특별하게 존경하는 그 재가 제자들이 부처님의 육신을 마지막 예배 공양하는 의식을 치를 것입니다. 부처님."

"아난다여, 그렇게 말하지 말라. 예전에 '마하 수다싸나'라는 전륜성왕이 있었다. 법을 보호하고 법으로써 왕이 되었다. 4천하 전부를 다스렸다. 나라와 지역, 도시들을 평화롭고 아름답게 만들었다. 이 꾸시나가라 작은 도시가 그 마하 수다싸나 전륜성왕의 꾸따와 띠라는 수도였었다.……"

이러한 등으로 꾸따와띠 대수도의 크고 튼튼하며 풍성했던 모습을 말씀하셨다. 과거를 보시는 특별한 능력을 가지신 분의 지혜에 드러나는 그 큰 도시는 과거의 일이어서 현재의 우리들 눈으로는 볼 수가 없다.

보통사람들은 잡아서 볼 만큼 능력이 미치지 못한다. 여기저기 손가락으로 가리켜 줄 것이 없다. 그러나 과거의 옛 수도로 인해서 나의 미래 일 하나가 끝이 나버렸다.

"아난다여! 가거라. 꾸시나가라 도시로 들어가서 말라의 왕족들에게 이렇게 말하라.

'오! 와시타의 선남자들이여!

오늘 저녁 마지막 밤에 부처님께서 빠리닙바나에 드실 것이다. 와시타 선남자들이여! 갑시다.

우리들의 지역에서 부처님께서 빠리닙바나에 드시는 마지막 시간에 뵙지 못했다고 후회하지 않게 합시다. 마음 불편하게 하지 맙시다.' 이렇게 말하라."

"예, 부처님 알겠습니다."

나의 바람이 사라지는 순간 부처님 말씀에 따라 꾸시나가라 도시로 들어갔다. 말라족들은 마침 의사당 내에서 회의를 하고 있는 중이라서 그 자리에서 일이 끝났다. 내 쪽에서 전하는 책임이 끝나자 그 순간 말라들 쪽에서 술렁술렁이기 시작했다.

내가 못다 울다가 멈춘 울음 잔치를 그들이 다시 시작하게 된 것이다. 엉엉 서럽게 우는 이, 중얼중얼 신음하는 이, 눈물만 글썽이는 이 등, 많은 사람들과 나는 사라나무 숲으로 갔다.

아마도 내 친구 로사가 있었다면 그들 앞장에 섰을 것이라고 내가 생각했다. 소문을 전해 듣고 따라온 이들과 말라 대중들이 가득 모여들었다.

그들이 한 사람씩 예배를 드린다면 이 하룻밤으로 끝나지 않을 것이다. 그래서 친척끼리, 친구끼리 무더기 무더기로 모아서 예배를 올리도록 준비했어야 했다.

그 자리에서도 내 마음의 습성이 다시 드러났다. 먼저 예배하도록 한 무더기씩 예배드리는 일에 여자들에게 먼저 예배하도록 우선권을 준 것이다. 밤 시간이니 여자들에게 늦어져서 위험이 없도록 배려해 준 것이다. 그런 배려로 인해서 다음 어느 시간에 나에게 문제가 생긴 사실이 기다리고 있었다.

어찌했건 나의 진행으로 말라들의 예배가 끝이 났다. 하늘을 바라보니 달이 바로 머리 위에서 비치고 있었다. 초저녁은 지나고 밤의 한 가운데로 접어들고 있었다.

우리 형님 부처님을 위해서라면, 만약 내가 할 수만 있다면, 저 달을 더 이상 서쪽으로 가지 못하도록 일평생을 잡고 있으라고 해도 할 수 있을 것이다.

Sutta mahāvagga

마지막 제자

이 교단의 가장 고요한 열매를 처음 먹어 본 이가 '인냐띠 꼰단냐 테라'이다. 처음으로 법안을 얻어서 담마를 깨달았기 때문에 인냐띠 (Aññāsi)라는 칭호를 붙여서 부르게 된 것이다. 그러나 그분은 거의 결정적인 순간에 부처님을 버리고 떠나갔다.

첫 제자와 마찬가지로 마지막 제자도 스승님을 떠나간 이였다. 그가 떠나간 햇수는 아마도 40년 이상이나 되었을 것이다. 나의 친구 로사 왕자로 인하여서 부처님께서 꾸시나가라 도시에 가신 적이 있다. 그 친구가 가고 없는 뒤에도 나는 여러 번 갔었다.

선남선녀 제자들도 수없이 많았다. 수밧다(Subhadda)는 꾸시나 가라 도시에서 항상 지낸 이였다. 그러나 그는 우리와 떨어져서 살았다. 그 역시 다른 이들을 가르치는 외도 수행자여서 교만심 때문이었는지도 모르겠다. 그렇게 오랜 세월 떨어져서 지내던 수밧다가 오늘 저녁 사라나무 숲으로 찾아온 것이다.

고요하게 앉아 있는 대중 스님들 앞으로 두려움도 없이 휘적휘적 걸어왔다. 수밧다 외도가 오는 것을 다른 이보다 먼저 본 사람이 나였기 때문에 급히 일어섰다.

부처님 앞에까지 오기 전에 막으려고 한 것이다. 내가 분명하게 거절하였는데도 그가 거듭 부처님을 뵙게 해주도록 청하는 것이었다.

"오 아난다 테라님, 삼마 삼붓다 부처님이란 이 세상에서 아주 드물게만 출현하십니다. 저의 스승님에게서 제자가 이렇게 들었습니다. 그렇게 드물게 출현하시는 부처님께서 오늘 저녁 마지막 시간에 빠리닙바나에 드신다는 소문을 들었습니다.

그런데 저에게 이런 의심이 생겼습니다. 이러한 의심을 풀어 줄 수 있는 분은 수행자 고따마께서만이 할 수 있다는 생각이 들었습니다. 그러니 아난다 테라님, 제가 부탁드립니다. 제가 부처님을 뵙도록 해주십시오."

그에게는 중요한 일일 것이다. 그러나 이런 시간에는 어떠한 이유도 중요한 것이 될 수 없다. 그 어느 누구에게도 이 시간에 부처님을 뵐 수 있는 기회를 줄 수 없다.

부처님께서는 그토록 심한 통증을 가지시고도 4분의 3 유자나의 거리를 걸어오셨다. 초저녁 전부를 말라족들의 예배를 받으시느라고 시간을 보냈다. 이런 정도로 피곤하신 부처님을 내가 보호해 드려야 한다. 저런 외도들이 찾아와서 아무 소리로 저렇게 떠들고 있지 않는가?

산빠 도시의 갓가라 연못 근처에 머물 때 이리저리 둘러대는 말을 하기로 유명한 외도 한 사람과 만난 적이 있다. 그의 이름은 옥띠야였다. 그 옥띠야가 흥미 있어 하는 것은 '이 세상이 영원한가? 영원하지 않는가?' 하는 질문이었다. 그 문제를 부처님께 가지고 와서 여쭈자 부처님께서

"이 문제는 나 여래가 대답하지 않겠다."

옥띠야는 이렇게 대답할 것이라고 짐작하고 나서

"그렇다면 수행자 고따마께서 대답할 수 있는 문제가 있습니까?"

"옥띠야, 중생들의 때 묻은 마음을 깨끗이 하도록

근심걱정을 넘어서 살 수 있도록,

몸과 마음의 고통을 소멸하도록,

출세간 도의 지혜를 얻을 수 있도록,

닙바나를 체험할 수 있도록 나 여래가 법을 설한다.

네 가지 높은 진리를 나 여래가 직접 깨달아서

깨달은 대로 설하노라."

옥띠야가 존경심도 없고 알려는 마음도 없이 그저 허물을 잡으려고 경멸하기 위해 집어던지다시피 한 질문인 줄 아시면서도 부처님께서는 또박또박 분명하고 정확하게 가장 필요한 사실만 대답하셨다.

대답이 나오지 않는 문제들을 가지고 지껄이기만 소일 삼는

대신 현재 직접 이익을 줄 수 있는 법만을 설하여서 주의를 주신 것이다. 그러나 그런 종류의 인물들은 정작 중요한 문제에는 흥미가 없이 상대편의 말꼬리만 잡고 늘어지는 일만 머리에 가득하다.

"수행자 고따마시여! 중생들의 더러운 마음을 깨끗하게 되도록 법을 설하신다고 하면, 그렇다면 고따마 수행자가 법을 설하면 사람들 모두가 제도됩니까? 아니면 반만큼 입니까? 그도 아니면 삼분의 일은 제도됩니까?"

그의 목소리가 뻑뻑하니 그의 마음을 나타내고 있다. 잔뜩 공격하고 싶은 심정 그대로 한 편에서 정성스럽게 대답하여 주는 말의 그 뜻은 필요 없고 말꼬리를 잡고 빙빙 돌려 붙이는 일만 중요하게 여기었다.

이렇게 물으면 꼼짝 못하겠지 하는 심사로……. 그러나 그가 오늘은 그리 운이 좋은 날이 아닌가 보다. 그보다 더 교묘하게 말꼬리를 돌려대는 이조차 꼼짝 못하게 하신 적이 있는 부처님이 아니었더냐?

그러나 지금 옥띠야의 말에 부처님께서 대답하지 않으셨다. 다른 사상을 앞에 놓고 질문했기 때문에 그냥 침묵하신 것이다. 부처님을 입을 다물도록 한 줄 알고 옥띠야가 힘이 났다.

'가장 어렵고 높은 질문을 내가 묻자 고따마 수행자가 대답을 못하고 말았다. 대답할 능력이 없다.……'

이렇게 생각한 것이다. 그러나 나에게는 그를 미워하는 마음은 나지 않았다. 이러한 그릇된 생각, 그릇된 견해로 그에게 이익이

생기지 않는다. 고통만 키울 수 있는 일이다. 그래서 그를 딱하게 여기는 마음에 내가 도리어

"옥띠야, 이 자리에서 비유 한 가지로 당신에게 말하고 싶소. 이 세상에 기본 지혜가 있는 여러 사람들은 비유를 들어서 이야기해 주면 그 말하려는 뜻을 이해한다오.

그 비유가 이러하지요.

한 나라의 국왕에게 국경 근처에 한 도시가 있고 그 도시의 주변 성곽이 매우 튼튼합니다. 성벽의 기초도 튼튼하고 성문의 기둥들도 튼튼합니다. 성문은 단 하나만 있고 그 도시의 성문지기는 지혜가 있고 영리합니다.

아는 얼굴만 들여보내고 모르는 얼굴들은 들여보내지 않습니다. 그 성문 지키는 대장이 그 국경 도시 성곽 주변을 돌아볼 때 고양이 한 마리 나갈 수 있을 만큼의 구멍도 볼 수 없었습니다. 그러나 그 성문지기 대장에게 이 도시에 중생들이 이만큼 들어가고 나갔다고 생각지는 않지요.

'몸이 분명하게 있는 중생들이 이 도시에 들어가고 나간다면 이 대문으로만 들어가고 나갈 것이다'라는 지혜가 생겨난다."

"옥띠야, 그 비유대로 부처님께서도 중생 모두를 제도했다거나 그 반을 제도했다거나 삼분의 일을 제도했다고 걱정을 들여서 세어 가면서 기억하지 않는다.

윤회의 수레바퀴 안에서 앞서 제도한 이와 지금 제도하는 이와 미래에 제도될 그 모든 사람들의 마음을 더럽게 하고 지혜를 생기지

못하게 하는 장애 5가지를 빼어버리고, 사띠빠타나(알아차림을 기울이는 곳) 4가지로 마음을 잘 두어서 보장가(깨달음의 조건) 7가지를 바른 길로 수행하여 닙바나로 건너가게 하신다.

이러한 것만을 부처님께서 깨달으신 지혜로 설하여 주신다. 옥띠야, 너는 처음 질문할 때부터 사람, 중생이라는 집착된 소견으로 여쭈었다. 그 다음에도 그 문제만을 바꾸어서 물었다. 그래서 부처님께서 대답하지 않은 것이다."

☙

지금 역시 옥띠야 같은 사람이 다시 온 것이다. 부처님의 담마를 듣더라도 쉽사리 그가 집착하는 소견을 버리지 못할 것이다. 그 소견을 버리도록 하려면 말씀을 많이 하셔야 할 것이다. 그렇게 되면 지금처럼 피곤하신 뒤에 더 힘드셔야 할 것이다. 그래서

"수반다여, 들어오지 말라.

부처님을 괴롭히지 말라.

지금 부처님께서는 매우 피곤하시다."

억지를 쓰면서 계속 청하는 수반다를 내가 매몰차게 거절하였다. 그 역시 고집이 대단했다. 내가 그렇게 분명하게 거절하였는데 쉽사리 돌아서지 않고 다시 한 번 더 청하였다. 나 역시 거듭해서 거절했다. 세 번째 거절했을 때

"아난다여, 수반다를 막지 마라. 나 여래 앞으로 들어오게 하라. 그가 묻고 싶은 것은 나 여래를 괴롭히려는 것이 아니다. 그가 알고 싶은 것을 공손하게 여쭈고 싶은 것이다. 그의 질문을 나

여래가 대답해 주면 빨리 깨달을 것이다."

안쪽에서 부처님께서 말씀하셨다.

"수받다, 안으로 들어가시오. 부처님께서 직접 허락하셨소."

그에게 길을 터주고 나 역시 따라갔다. 고집을 세워서 기어코 부처님 앞에까지 온 그는 공손하게 예배드린 다음 그가 알려는 문제를 여쭈었다.

"부처님, 뿌리나 까사빠 등 유명한 여섯 스승들이 있었습니다. 그들의 제자 역시 많았으며 이름을 드날리고 각자의 견해들은 듣기 좋도록 설하여 주었습니다.

많은 사람들이 선한 이, 좋은 이라고 기억합니다. 그 여섯 분의 스승 가운데 어느 분의 법이 윤회를 벗어나게 할 수 있고, 어느 분의 법이 윤회에서 벗어나게 할 수 없는 것입니까?"

꽃무늬

실제 중요한 시간에 와서 중요한 질문을 한 것이다. 그의 질문도 옥띠야의 질문처럼 대답할 수 없는 종류에 해당된다. 옥띠야의 질문 역시 사람, 중생이라는 집착이 포함되었다. 지금 질문에도 사람이나 종파의 성품이 들어 있는 것이다.

그의 질문을 사실대로 대답한다면 '누구의 법도 윤회에서 벗어날 수가 없다.'라고 해야 할 것이다. 그러나 그런 대답은 전혀 이익이 없다. 그래서 부처님께서

"수받다여, 그만 해라. 너의 질문들은 그대로 두어라."

라고 막으신 다음

"수받다여, 도의 조건 8가지가 분명하게 없으며, 그 가르침 안에 소따빤나라는 첫 번째 도의 위치의 이른 수행자도 없고, 사가따가미라는 두 번째 도를 성취한 비구도 없으며, 아나가미라는 세 번째 도를 성취한 비구도 없고, 아라한이라는 네 번째 도를 성취한 비구도 없는 곳에서는 윤회를 벗어날 수 없다.

8정도가 분명하게 있는 가르침에서만이 그 4종류 비구를 모두 얻을 수 있다. 나 여래의 이 가르침 안에는 8정도가 분명하게 있다. 그래서 그 4종류 비구들도 분명하게 있다.

다른 견해 가운데에서는 4가지 도를 얻을 수 있는 위빠싸나를 관찰하고 있는 중인 4사람, 도에 이른 4사람, 과에 이른 4사람, 이 12종류 비구들이 없다.

나 여래의 가르침 안에 분명하게 있는 비구 12사람들이 자기들이 얻은 법을 다른 이들에게도 능력껏 가르쳐서 건네주기 때문에 그렇게 잘 지낸다면, 모든 번뇌가 다한 아라한 성인이 이 세상에서 끊어지지 않을 것이다."

꽃

그리고 계속하여 29세에 출가하여 수행하였던 모습, 50년 넘게 수행자로써 지내 온 모습도 설하여 주셨다. 비록 늦게 오기는 하였으나 때마침 부처님의 가르침을 공손스럽게 받아들인 수받다가 그의 세월 평생 지고 다니던 것을 내려놓게 되었다.

그러자 수받다가 비구를 만들어 주기를 청하였다.

"수받다여, 다른 견해에 젖어서 수행했던 이가 이 교단에 비구되

기를 원하면 넉 달 동안 상가 대중이 가르치는 지시대로 하여야
한다.

옛 습관을 버리고 이 교단의 규칙에 알맞게 지낼 수 있는 연습을
하여야 한다. 그러나 사람마다 다르니 그에 알맞게 처리하는 것도
있다."

"부처님, 넉 달 동안 행을 익혀야 한다면 그렇게 하겠습니다.
넉 달이 지났을 때 스님들이 저를 비구로 만들어 줄 것입니다.
부처님."

부처님의 말씀을 수받다가 만족하게 대답 올렸다. 그러나 그가
넉 달 동안이나 기다릴 필요는 없었다.

"아난다, 그의 마음이 지금 한창 신심이 넘치고 있으니 그를
지금 비구로 만들어 주어라."

그러한 말씀에 따라 나는 그를 한쪽으로 데리고 가서 머리를
물에 적셔 주었다. 32가지 몸의 부분을 나누어서 수행하는 법
(Tacapancaka Kamma tthana)을 일러주면서 그의 머리카락을 깨끗이
잘라냈다. 구불구불 엉켜서 복잡한 수염도 모두 밀어내고 가사
한 벌을 구해서 삼귀의를 하면서 내려 주었다.

모든 일이 끝나자 부처님 앞으로 데리고 갔다. 미리 준비된
대로 그에게 비구를 만들어 주었다.

🪷

"오! 아난다 테라님, 행운 중의 행운입니다.

부처님 앞에서 제자가 되는 의식을 할 수 있었던 것은 가장

행복한 선물입니다."

새로 된 비구 수받다가 나에게 고마움을 마음껏 표현하였다.
그들 외도들의 풍습으로 스승 되는 이가 곁에 있는 제자에게 새로운
제자를 맡기는 것은 그만큼 믿을 수 있다는 증거를 보이는 것이었다.
지금도 부처님께서 수받다를 나에게 맡겼기 때문에 수받다가 나를
더욱 존경하는 표정이었다.

부처님께서 그렇게 힘든 여행을 걸어서 여기까지 오셔야 했던
이유 중의 하나가 이 마지막 제자와 만나는 것이었구나!

Aṅguttara Mahāparinibbāna sutta

마지막 말씀

마지막 제자 수받다에게 법을 설해 주느라 조금 남았던 힘마저 모두 다했다. 그렇지 않아도 설사하는 병으로 피와 살이 빠진데다가 이제 더욱 수척해지신 것 같이 생각되었다. 얼마만큼 살이 여위어졌더라도 살색은 바뀌지 않고 환하게 빛나는 황금색으로 밝게 빛나고 있었다. 특별하게 아름다웠다.

눈을 감고 있는 그 얼굴은 고요하고 마냥 평화롭기만 하였다. 우리 모두가 잊어버릴 수 없는 광경이었다. 하늘 위에서 온밤을 하얗게 밝혀 주던 달님이 점점 서쪽으로 기울어져 가고 있었다. 부처님의 등 뒤쪽에서 바라보다가 만족하지 못하여서 이제 정면으로 얼굴을 향해서 비추어 주고 있었다. 서쪽으로 기울어진 달님은 더욱 크고 아름다운 것 같았다.

하늘에 있는 달님이 더 아름다운지, 침상 위에 누워 계시는 달님이 더욱 아름다운지 모르겠다.

꽃

이 시간은 세간 별자리를 보는 이들의 계산으로는 4월 보름이 지난 다음 날이라고 할 것이다. 그러나 우리 교단의 전통으로는 하루가 바뀌는 시간을 한밤중(밤 12시)이라고 생각하고 먼동이 완전히 밝아야 다음날로 친다.

그래서 동쪽이 훤히 밝아 오기 전에는 아직 4월 보름날로 계산한다.

"아난다, ……"

보아도 보아도 싫증남이 없는 그 얼굴이 조금 움직여서 나를 불렀다. 그리고 감았던 눈을 뜨셨다.

"예! 부처님."

곁에서 항상 대기하고 있는 상태였기 때문에 지체없이 대답을 올렸다.

"아난다, 나 여래가 빠리닙바나에 들고 나서, 나 '여래가 설해 놓은 법들이 스승의 위치가 아니었다. 나에게 스승이 없다.'라고 만약 생각되거든 그렇게 생각하지 말도록 나 여래가 설하리라. 나 여래는 담마와 위나야(계율)를 너희들을 위해서 나 대신 설해 놓았다.

나 여래가 너희들에게 법의 성품도 설해 놓았고 따라 지켜야 할 규칙과 위나야도 정해 놓았다. 그 담마와 위나야가 너희들의 스승이 될 것이다."

분명하게 현존하여 계실 때 설해 놓으신 담마와 정해 놓은 규칙과 계율들이 우리와 함께 미래에 올 모든 이들을 위해서 길을 가르쳐 보인 것이라고 말씀하셨던 것이다.

🪷

계율에 관해서 부처님께서 자세하게 정해 놓으셨다.

'이것이 가벼운 허물, 이것이 무거운 허물, 이것이 참회하여서 치료되는 허물, 이것이 참회하여도 치료되지 않는 허물, 이것은 세상 법칙으로 허물이 되는 것, 이것은 금계로써 허물이 되는 것이다. 이 허물은 한 사람에게서 없앨 수 있는 것, 이 허물은 비구 두 사람이나 세 사람에게서 없앨 수 있는 것, 이 허물은 상가에게서 없앨 수 있는 것' 등으로 분명하게, 현존하여 계실 때 자세하게 구분하여 놓으셨다.

일곱 종류의 허물을 구분할 때 생기는 원인에 알맞게 결정하고 앞에서 하던 전통대로 따라 하도록 하였다.

🪷

법의 성품에 관해서도 사띠빠타나, 삼마빠다나 등 깨달음을 얻도록 도와주는 법(보디빼키야 법)들을 경전 가르침대로 가지가지로 구분하여서 설하였다.

5온(Khandha), 12처(Ayatana), 18계(Dhatu) 등 아비담마 법도 설하였다. 이 정도로, 이렇게 많은 스승들이 있으므로 우리들이 기가 죽을 필요가 없음을 말씀하신 것이다.

🪷

그밖에 상가에 관해서 고쳐야 할 것이 있었기 때문에

"아난다! 오늘날 비구들이 서로를 부를 때의 호칭은 크고 작은 이의 구별이 없다. 나 여래가 빠리닙바나에 들고 난 뒤에는 그렇게 부르지 말라. 안거 법랍이 많은 비구는 안거가 적은 비구에게 법명이나 종족 이름으로 부를 수 있다. 법랍이 적은 비구는 법랍이 많은 비구에게 '반때(큰스님)' 하고 불러야 한다."

이렇게 말씀하시기 전에도 나는 법랍이 많은 분에게 공손하게 반때라고 불렀었다. 그러나 크고 작은 이 구별 없이 한가지로 부르는 경우가 많았기 때문에 이렇게 정하신 것이다. 그래야만 어린 사람들이 법랍이 많은 분들에게 공손하게 대할 것이다.

그밖에 원인에 맞게 정해 놓은 계율도 상가의 뜻대로 잘 운영하도록 넘겨주셨다.

"아난다! 상가 대중들이 만약 필요하거든 작은 소소계(Khuddānu-khuddaka Sikkhapada)들을 빼어버려도 된다."

이렇게 말씀하셨을 때 내가 주의를 가지고 듣고서 그것을 여쭈었다면, 내가 존경하는 마하테라님들이 나에게 허물을 물을 때 한 가지쯤 줄어들었을 것이다.

아마도 미래 교단에 어떠한 것은 바뀌어졌을 것이다. 그러나 가슴이 미어지는 슬픔에 짓눌려서 나에게 주어진 기회를 제대로 취하지 못했다. 그래서 나중에 첫 번째 상가야나(결집)가 끝나고 내가 존경하는 마하테라님들께 호된 나무람을 받아야 했다.

❧

미래 교단을 위해서 말씀하신 대로 자기 마음대로 하고 대중들의 충고를 받아들이지 않는 한 비구의 일도 당부하셨다.

"아난다, 나 여래가 빠리닙바나에 들었을 때 산다 비구에게 브라흐마나 형벌을 주어라."

여기에서 말하는 산다는 바로 싯달타 태자 시절 어릴 때부터의 하인이었다. 그만이 싯달타 태자가 성을 넘어서 출가할 때 깐따까 말과 함께 성 밖으로 모시고 나갔다.

아노마 강변까지 모시고 갔던 것이다. 그럴 정도로 태자와 가까웠던 것만 가지고 다른 이의 충고에도 아랑곳없이 함부로 구는 이가 되었다.

"나의 주인께서 크나큰 법을 깨달으셨다. 그래서 부처님은 나의 부처님이다. 담마라는 것은 나의 담마이다."라고 거칠게 고집하면서 누구의 가르침도 충고도 아랑곳없이 한 마디 하면 두 마디 이상으로 대꾸하여 도저히 어쩔 수 없는 이가 된 것이다. 그에게 주는 브라흐마나 형벌의 뜻을 여쭈었다.

"부처님, 브라흐마나 형벌을 어떻게 주어야 합니까?"

"아난다, 산다가 말하거나 말거나 상가 대중들이 그에게 말하고 가르치는 일체를 하지 말고 돌려놓아라."

산다의 교만을 치료하기 위해서 쓴 약을 산다의 손에 넘겨주신 것이다. 도저히 말로 가르칠 수 없는 그에게 조금도 우선권을 주지 않았지만 부처님의 자비가 그에게 넘치는 것이었다. 그래서 중요한 순간에도 잊지 않고 그의 일을 당부하신 것이다. 이러한 말씀을 내릴 때 산다는 대중 가운데 없었다.

나의 주인이라는 집착으로 그 혼자 얼마만큼 교만을 부려도 그에게는 조금의 특권도 주어지지 않았다. 상가 대중들이 충고할 때마다 끽끽거리고 항의하면서 원한을 삼았기 때문에 복바사 (Bubbaca)라는 상가디시사 금계 하나를 참회하는 중이었다.

자기와 얼마만큼 가깝거나 얼마만큼의 이익을 주었더라도 상가 단체가 튼튼하게 머무는 데 방해가 되면 훈계를 해서 눌러야 하는 것이다.

그래서 산다는 지금 꼬담비의 고띠따란마나 정사에 있다. 다른 비구들은 소식을 듣고 부처님 계신 곳으로 따라 왔지만 그는 부처님 앞으로 오지 못했다. 그와 같이 힘이 거친 몇몇 비구들과 같이 그 정사에 묶여 있었다.

자기와 가까웠던 주인의 마지막 시간에 뵐 수 있는 기회를 얻을 수 없을 만큼 그의 허물은 컸나 보다.

❀

"비구들이여!

부처님, 담마, 상가의 세 가지 보배들과 4가지 도과(道果), 위빠싸나 수행에 대해서 두 가지 생각이 든다면, 이런가 저런가 의심이 되거든 비구들이여, 그렇다면 나 여래에게 너희들이 물어라.

'부처님 앞에 있었으면서도 내가 여쭤지 않았구나.'라고 뒷날에 후회하지 말라."

부처님께서 모든 비구들에게 질문하기를 청하였다. 그러나 아무도 일어나지 않았다. 두 번째 거듭 청하여도 마찬가지였다. 세

번째 다시 청할 때

"비구들이여!

나 여래를 존경하기 때문에 감히 묻지 못하거든 각자 친한 비구들끼리 서로서로 말하라."

라고 바꾸어서 말씀하셨다. 이렇게 말씀하셨지만 상가 쪽에서 어떤 소리도 나오지 않고 모두 침묵하였다. 그래서 내가

"부처님, 부처님과 담마와 상가의 산보와 네 가지 도과, 위빠싸나 수행에 어느 한 비구도 두 가지 생각이 없습니다. 그런가 저런가 하는 의심이 없다고 믿습니다. 부처님."

"아난다, 너는 믿는 것만 여쭐 수 있다.

이 자리에서 나 여래의 지혜로 구분해서 안다. 나 여래에게 있는 상가 대중 안에 2가지 생각, 의심이 있는 이는 전혀 없다. 이 비구들 가운데 가장 아래에 있는 이가 소따빠나이다."

모두 아라한들이 더 많은 대중 가운데 내가 부처님과 가장 가깝다. 그러나 공덕으로는 가장 낮은 편이다.

어떻든지 간에 부처님을 위해서 크게 걱정하고 지내느라 다른 이보다 늦어진 것에 대해서 나는 만족할 수 있다.

꿈

이제 밤이 다 가려 하고 있다.

달빛은 사라나무 가지에 걸려서 마지막으로 부처님 얼굴에 향그러운 빛을 뿌려서 공양하고 있었다. 이제 곧 동쪽하늘에서 햇님이 부처님의 마지막 얼굴을 뵈려고 올라올 것이다.

"비구들이여!
너희들에게 나 여래가
마지막으로 당부하노라.

생기고 사라지는 법(상카라)들은
무너지는 성품이 있다.
잊어버림 없는 알아차림으로
여러 가지를 구족하게 행하라."

이것이 부처님의 마지막 말씀이었다. 45년 동안 설하였던 모든
담마를 이 말로써 묶어서 설하신 것이다. 처음의 구절은 귀를 기울이
도록 하신 말씀이다. 두 번째 구절은 남김 없는 바른 성품을 가르쳐
보인 것이다.

고치고 준비해서 생겨난 모든 상카라 법들은 틀림없이 무너지게
되어 있다. 이 세상에 무너지지 않고 언제나 영원하게 머무는 상카라
법이란 절대로 없다.

아주 짧은 순간만 생긴다고 하더라도 그 작은 시간에도 무너지는
쪽을 향하고 있다. 생긴 다음 금방 무너지는 것들뿐이다. 무너지는
법은 남김없이 무너진다. 다시 돌아오는 법이란 없다. 원인들이
모였을 때 생겨나는 것뿐이다.

이것이 윤회인 것이다. 윤회법에서 벗어나서 생겨남이 없는
것, 생겨남이 없기 때문에 무너짐이 없는 닙바나의 법을 각기 직접

체험할 수 있도록, 닙바나를 얻기에 적당한 수행을 행하여야 할 것이다.

편안한 성품이 있는 닙바나에 어울리는 편안한 마음의 성품을 키워야 할 것이다. 고요한 성품이 있는 닙바나에 어울리는 마음을 길러야 할 것이다. 이러한 수행을 잊어버림 없이 수행하도록 세 번째 구절에 가르쳐 놓았다.

부처님의 마지막 말씀의 뜻을 해석하는 중에 부처님의 들이쉬고 내쉬는 호흡이 소멸되어 갔다.

Mahā parinibbāna sutta

가장 행복한 곳, 닙바나

"아누루다 테라님! 부처님께서 빠리닙바나에 드셨습니까?"

들이쉬고 내쉬는 숨이 사라지는 모습을 보자 놀라서 황급하게 물었다. 6명의 사까 왕족이 출가할 때 같이 왔었지만 아누루다는 나보다 많이 앞섰다. 또한 시간이 있을 때마다 선정을 키웠기 때문에 그의 태도는 항상 고요하고 침착하였다.

나와 앞서거니 뒤서거니 출가하였지만 법랍이 20년쯤은 차이가 나는 것 같았다. 그래서 나는 항상 그에게 조심스럽게 대하였다.

"아난다 테라님!

부처님께서 아직 빠리닙바나에 들지 않았습니다. 니로다 사마빠띠(멸진정)에 들어 계십니다. 나도 부처님을 따라 선정에 들었습니다. 첫 번째 선정에서부터 차례로 들어가서 무색계 4선정에까지 들어갔다가 나는 그 선정에서 나왔고 부처님께서는 그 선정에서 일어난 다음 니로다 사마빠띠에 들어가 계십니다."

아누루다 테라가 그의 형님에게 생긴 사실을 설명해 주었다. 선정 신통을 수도 없이 능숙하게 익혔기 때문에 이렇게 자세하게 설명해 줄 수 있을 것이다.

니로다 사마빠띠에 들어가 계시면 들이쉬고 내쉬는 호흡이 멎는다. 모든 인식작용과 느낌이 소멸한다. 그러나 잠깐 동안 죽은 것은 아니다. 마음은 소멸히였지만 몸은 살아 있기 때문이다.

니로다 사마빠띠에 들기 전에 서원 세운 시간이 되면 들이쉬고 내쉬는 숨이 다시 생겨나는 것이다. 다른 인식작용과 느낌들이 다시 생겨난다.

아누루다 테라의 설명으로 부처님께서 니로다 사마빠띠에서 일어나신 것을 알았다. 그래서 들이쉬고 내쉬는 호흡이 다시 생겨났다. 그러나 감은 눈은 다시 뜨시지 않았다.

니로다 사마빠띠에서 일어나셨지만 선정 사마빠띠를 위에서 아래로, 아래서 위로 차례로 올라갔다가 내려왔다가 하신다고 했다. 비교할 수 없이 멀고 먼 여행을 떠나는 아버지가 그의 어린 자녀들을 차례차례 사랑스럽게 껴안아 주면서 인사하고 있는 것과도 같았다.

들이쉬고 내쉬는 호흡으로 고요하게나마 움직이던 몸이 내쉬는 호흡으로 한 순간에 갑자기 터져 나오는 진동소리에 나는 깜짝 놀라고 말았다. 그 진동소리를 시작으로 대지 전체가 빙글빙글 기우뚱기우뚱 흔들리면서 요란한 진동소리를 냈다.

비라고는 그림자도 보이지 않았는데 터져 나오는 번갯불들이

요란하게 번쩍거려서 눈을 부시게 하였다. 번갯불만큼 천둥소리
또한 고막을 울렸다. 그 색깔, 그 소리, 그 광경에서 부처님께로
눈을 돌리자 들이쉬고 내쉬던 호흡이 조용히 멎어 있었다.

밖에서 느껴지는 모든 광경들이 나의 마음속 느낌에는 미치지
못하였다.

☙

"아난다, 지금 네가 무엇을 할 수 있느냐?
네가 얼마만큼 울음을 터뜨린들,
얼마만큼 애원한들 원래의 법칙을 막을 수 있겠느냐?

아난다, 눈물을 그쳐라.
태어날 때와 같이 따라온 죽음으로 끝이 난 것이 아니냐?
아난다, 눈물을 그쳐라.
너희들이 계속하여서 머무시게 하려는
탐심의 번뇌로 인해서 걱정하고 통곡한다.
정신을 잃고 흐느낀다.

부처님께서는 모든 번뇌가 사라져서
마음의 고통이 생기지 않는다.
생기면 사라지는 법칙을 어느 번뇌로도
어떤 애원으로도 막을 수 없다.
이러한 성품을 알았으면 마음 느긋하게 가지고

업의 무더기를 놓아 버릴 수 있다.

지금 달아 놓은 업의 무게 위에
원하는 번뇌가 다하게 하듯이
미래에 생길 업으로 받은 몸에게도
원하고 기다리지 말게 하라.
이러한 바람이 없다면
생을 마감하는 것을 빠리닙바나라고 부를 수 있다."

같음이 없는 형님을 대신해서 중간형님인 아누루다 테라가 나에게 담마로써 차근차근 달래 주었다. 걷잡을 수 없이 쏟아지는 눈물을 갑자기 멈추지는 못하더라도 존경하는 담마의 법음으로 조금은 나아지는 것 같았다.

내가 정신을 차리고 아누루다 테라와 이야기할 정도까지 되었을 때 동쪽 하늘을 붉게 물들이면서 언제나 무심한 밝은 해가 솟아올랐다.

Mahā parinibbāna sutta

두 발에 이마를

아침에 날이 밝았을 때 나는 꾸시나가라 도시에 다시 한 번 더 들어가야 했다. 부처님께서 빠리닙바나에 드셨음을 알리기 위해서였다. 이 대중 가운데 마하 까싸빠 테라께서 계셨다면 그 책임을 직접 나에게 주셨을 것이다.

마하 사리불 테라와 마하 목갈라나 테라께서 안 계신 다음에는 그분께서 단단하게 서 계시지 않았는가? 그러니 그 큰 제자분은 부처님 생존시에는 도착하지 않았다. 그래서 그분 대신 아누루다 테라가 나를 보낸 것이다.

지난밤처럼 꾸시나가라 도시에 사는 선남선녀들에게는 다시 한 번 더 울음잔치가 벌어졌다. 꽃과 향으로 부처님께 예배올렸다. 두려움을 게송으로 엮은 노래를 갖은 악기로 공양하였다.

어떤 이들은 임시 막사를 짓고 어떤 이들은 상가 대중이 임시 머물 집을 지었다. 일찍이 이 일에 대해서 의논이 끝났으므로 각자의 책임대로 순조롭게 진행되어 갔다. 이런저런 일로 하루가 지나가고 다비해야 할 일은 다음날로 미루었다.

다음날 역시 예배 올리느라고 시간이 다 지나가고 다시 다음날로 미루기를 7일이 지나갔다. 그날은 말라족의 우두머리들이 다비를 해야겠다고 결정하였다. 그래서 힘이 센 말라 왕족 남자 8명이 깨끗이 목욕재계하고 새옷으로 갈아입고 나서 부처님 육신 곁으로 가까이 가서 다비장으로 모셔 가기 위해서 침상을 들었다. 그들의 계획대로라면 꾸시나가라 남쪽 성문을 나가서 그 자리에서 다비를 하기로 하였다.

그러나 아누룻다 테라의 지시로 그 계획을 취소하고 북쪽 성문으로 시내로 들어가서 도시 중앙에서 다시 동쪽 문으로 나갔다. 도시의 가장 위쪽에 있는 장소, 말라 왕족들이 축제 때 사용하는 마꾸따 반다나(Makuta bandhana)라는 건물로 모셔 갔다.

길 전체를 꽃을 뿌리면서 공양하는 이, 갖은 악기로써 애도하는 이 등, 도시 전체가 시끌벅적하였다. 말라 왕족들의 지도자 둘이 부처님의 육신을 축제 행사장에 모셔 놓고 부드러운 솜과 새 천으로 한 겹씩 싸기 시작하였다.

그렇게 싸기를 수도 없이 한 다음 기름을 담아 놓은 황금관에 모셨다. 그 위에 황금관 뚜껑을 덮고 전단향 장작더미 위에 올려놓았다. 이 정도라면 부처님 육신을 다비할 준비가 거의 된 것 같았다.

그러나 도저히 불이 붙지 않았다. 다비를 하려고 거듭해서 노력을 기울였지만 아예 시작도 되지 않았다. 아마도 마하 까싸빠 테라를 기다리시는 것인가 보다. 가장 큰 제자가 예배를 드린 다음에 다비가 시작될 것 같다.

부처님께서 빠리닙바나에 드신 지 7일이 지났다. 지난 7일 동안 특별한 일들이 많이도 생겼다. 마하 까싸빠 테라께서는 선정 신통을 너무나도 능숙하게 얻으신 분이다. 때문에 이곳에 오시지 않을 분은 결코 아니다.

현존해 계시는 부처님을 뵙지 않더라도 빠리닙바나에 드신 육신에 예배하기 위해서 도착하실 것이다.

내가 기다리던 대로 마하 까싸빠 테라께서는 빠와 도시에서 오셨다. 500명의 비구들이 뒤따라 왔다. 어떤 이들은 얼굴이 헬쓱하고, 어떤 이들은 눈물을 뚝뚝 흘리고, 어떤 이들은 가사에 먼지가 풀썩풀썩 떨어졌다. 아마도 오는 도중에 부처님께서 열반에 드셨다는 소식을 듣고 길에서 주저앉아 뒹굴며 울다가 오는 모양이었다.

마하 까사빠 테라가 이 교단에 들어오던 날 부처님께서 4분의 3 유자나까지 나가서 마중하셨다. 가까이 온 제자에게 담마의 감로수를 부어주시면서 환영하셨다. 지금 역시 그 큰 제자를 전단향 장작더미 위에서 마중하고 계셨다.

제자의 예배를 받으시려고 두 발을 내밀어 기다리고 계셨다. 마하 까싸빠 테라가 500명의 비구를 데리고 전단향 더미로 곧장 걸어가셨다. 각자 두 손을 높이 합장 올리고 전단향나무 더미를 세 번 돌고 나서 부처님의 두 발에 이마를 대고 마지막 예배로서 공양 올렸다.

꽃

같이 따라온 500명의 비구들 모두 예배를 끝내자 전단향 더미가 스스로 동시에 훨훨 타올랐다. 부처님 육신을 불길이 타고 난 다음 황금관을 열고 들여다보니 사리가 가득 담겨 있었다.

말라 왕족 우두머리가 그 양을 말로 되어보자 8말이나 되었다. 재도 숯도 하나 없이 황금관 가득 사리만 빛나고 있었다. 그 보석같이 빛나는 사리를 꾸시나가라 도시의 의사당으로 모시고 가서 7일 동안 성대하게 예배 공양 올렸다.

다른 왕들이 뺏어가지 못하도록 의사당 주변을 겹겹이 병사들을 풀어서 지키게 하였다. 부처님 사리를 그들만이 예배 올리려고 하는 것 같았다. 부처님을 다비하는 일에 걱정하지 말도록 말씀하셨기 때문에 우리 모두가 이 일에는 참여하지 않았다.

오래지 않아서 이 소식을 전해들은 아자따사따 왕이 그 큰 나라의 군대를 거느리고 행진하여 왔다. 잘 단련되고 용감무쌍한 릭차위들도 앞서거니 뒤서거니 왔고 그 뒤에 우리 사까족들 역시 도착했다.

그 뒤에 알라까빠 도시에서도 그의 무리들과 같이 부처님 사리를 얻기 위해서 왔고, 가장 가까웠던 빠와 도시의 말라 왕족들이 마지막에 왔다. 꾸시나가라 작은 도시를 겹겹의 군대들이 에워싸고 있었지만 말라 왕족들은 죽음을 무릅쓰고 결코 양보하지 않았다.

"우리들이 사는 곳에서 우리들에게 합당하게 생긴 보배를 누구에게도 나누어줄 필요가 없다."

이렇게 완강하게 거절하였다. 바깥에서 온 이들도 자기들이 평소 존경하고 모셨던 부처님 사리를 얻지 못하고는 절대로 물러가지 않고 전쟁이라도 불사하겠다고 선전포고를 하였다.

그러자 각국의 왕족 자재들을 가르치던 지혜로운 '도나'라는 브라만이 전쟁하려는 이들 모두를 달래서 사리를 8등분으로 고르게 나누어주었다.

왕과 왕족들이 그에게서 학문을 배웠었기 때문에 그의 의견을 모두가 따랐던 것이다. 사리를 모두 나누어 분배한 다음 자기 몫의 사리를 얻지 못한 그는 사리를 담아서 나누던 황금사발을 그가 모시고 예배하도록 청하여서 가지고 갔다.

사리 분배가 다 끝난 다음에 도착한 모리야 왕족들은 사리가 하나도 남지 않았기 때문에 전단향 무더기에서 남은 숯덩이들을 주워 갔다.

Sutta mahāvagga

상가결집을 준비하게 된 원인

담마와 위나야를 대신 남겨 두고 우리 모두에게서 얼굴을 돌리고 떠나가셨다. 그 부처님을 이제는 어느 누구도 뵐 수 없다. 이 세상 이 시대에 삼마 삼붓다 부처님께서 출현하셨다가 가셨다는 말만 할 수 있을 뿐이다.

부처님을 대신하여 의지할 것을 남겨 두었으니 기가 죽을 필요가 없다고 거듭거듭 설하셨다. 자기 자신만 의지하라고 주의를 주셨다. 그러나 나는 풀이 죽지 않을 수가 없다. 나는 형님의 그림자가 아니었던가?

키가 가는 곳마다 떨어질 수 없이 뒤따르던 이 그림자가 이제 누구의 뒤를 따라야 한단 말인가?

❧

담마와 위나야를 의지하라고 부처님께서 말씀하셨다. 그 말씀은 의미로는 맞았다. 뜻이 좋더라도 뜻을 완전하게 드러내는 것이 중요하다. 나는 부처님께서 가르쳐 주신 모든 법을 입으로 줄줄이 외워낼 수 있다.

부처님께 직접 배운 것과 사리불 마하테라께 전해 듣고 배운 것 모두 기억할 수 있는 것도 사실이다. 그러나 이렇게 배우고 기억하는 것이 나 혼자만은 아니다.

비구들마다, 비구니들마다 배웠다. 나처럼 완전하게 모두 다는 아니더라도 한 구절 두 구절 자기 능력껏 기억하고 외워 놓았다. 이렇게 한 구절 두 구절 듣고 나서, 신심이 생겨서 이 교단으로 들어온 것이 아니겠는가?

이 교단 전체의 가장 높은 목표는 위목띠(Vimutti)라는 닙바나를 체험하는 것 한 가지이다. 그 한 가지 중요한 일을 성취하도록 부처님께서 여러 가지 방법으로 채색하여서 설하여 주셨다. 몸(Rupa)으로 설하여 주면 제도될 이들에게는 5온을 기초로 두고서 자세하게 구분해 주셨다.

마음이 머무는 곳(Āyatana)으로 제도될 이들에게는 12처를 자세하게 나누어서 설해 주셨다. 법을 듣는 이들의 마음 상태의 수준을 보아서 그에 적합하도록 설하신 것이다.

가끔씩은 그 사람의 지혜의 능력을 모아서 담마의 깊고 옅은 것을 비교해서 설하실 때도 있었다. 한 가지 법에도 그 상황에 따라서 여러 가지 방법으로 설할 때도 있었다. 여러 가지 방법으로 설하셨기 때문에 여러 종류의 사람들이 닙바나를 얻는 것도 사실이다. 그러나 그 여러 가지 가르침을 붙들고 가끔씩 서로 상반되게 해석하여 부딪치게 될 때도 있었다.

❀

우다이라는 같은 이름을 가진 세 사람 중에서 아무 데나 끼어 들기 때문에 랄루다이라고 이름 붙은 이에 관한 것을 말한 적이 있다. 그 랄루다이가 어느 활 쏘는 사람과 다툼이 벌어졌다. 그들의 다툼은 느낌에 관해서였다. 그들의 질문으로 랄루다이가 행복, 고통, 평등심의 느낌 세 가지가 있다고 대답했다.

그러자 상대가 그것을 거부하고 행복과 고통 두 가지 느낌만 있다고 했다. 평등심 느낌(upekkha vedana)은 고요한 성품이 있기 때문에 행복한 느낌에 속한다고 이유를 들었다.

느낌 두 가지와 세 가지로 다툼이 생기자 어느 누구도 양보하지 않고 양편 모두가 부처님께서 이렇게 설하셨다고 하면서 고집을 세워서 우기고 있었다. 그 사실을 내가 부처님께 여쭈자

"아난다, 활 쏘는 이와 랄루다이가 주고받고 서로 도와 줄 만한 데도 그러지 않고 다투고 있다. 나 여래가 그 원인에 맞게 느낌 2가지로 설한다. 느낌 3가지, 4가지, 5가지, 6가지도 설한다. 느낌 18가지도 설하고 36가지도 설하며 108가지도 설한다."

원인에 알맞게 설하였던 느낌들을 드러내 보여 주신 것이다. 그 느낌 가운데 5가지는 행복, 고통, 기쁜 상태, 화나는 상태, 평등심 이라는 인드리야 5가지로 나누어 놓은 것이다.

눈, 귀 등 6문에 생기기 때문에 6가지 느낌, 그 6가지에 기쁨,

슬픔, 중간 3가지 대상으로 곱하면 느낌 18가지, 느낌 6가지, 화나는 느낌 6가지, 평등심 느낌 6가지들을 깜마 오욕락을 의지하는 것과 그것을 벗어나는 것으로 나눈다. 그래서 36가지 느낌이 되고, 그것을 과거, 현재, 미래로 곱하면 108가지가 된다.

그렇게 느낌 여러 가지를 설하시고 나서 그 느낌에 관계되어서 생기고 사라지는 모습을 계속하여 설하여 주셨다.

❦

"아난다, 이렇게 그때의 원인에 알맞게 설해 놓은 담마들을 토론하는 곳에 한 사람의 말을 다른 이가 거부하면, 서로 긍정하지 않으면, 비교할 수 없으면 싸움이 생길 것이다. 서로 입으로 싸우게 될 것이다.

만약 한 사람의 말을 다른 사람이 받아들일 수 있다면, 긍정하고 비교할 수 있다면, 적당하고 아름답게 지닐 수 있을 것이다. 우유와 물처럼 잘 조화되어서 지닐 수 있을 것이다."

부처님께서 생존해 계시는 동안에도 이렇게 더러 다투는 일이 생겼던 것처럼 다음 미래에는 이보다 더욱 심해질 것이다. 부처님의 금구로써 직접 들었다고 해도 그 사람의 수준에 따라 하신 말씀을 가지고 자기가 들은 것만 옳다고 고집하는 일이 생기는 것이다.

설하신 법문의 뜻을 사실대로 바르게 이해하였다면 다행이지만 직접 들었더라도 그 내용을 그릇되게 기억하고 있다면 서로의 주장이 달라서 부처님의 제자이면서도 서로 다른 것을 말하게 될 것이다.

보가 도시에서 마하빠대사 법 4가지를 부처님께서 설하셨다.

어떤 사람이 부처님 등 어느 누구에게서 들었다고 하더라도 그 법이 부처님께서 설하신 담마와 계합이 되고, 탐심 등 번뇌를 소멸하는 것이 되는지 아닌지 자세히 조사해 보도록 가르치셨다. 그러나 어떤 것이 부처님께서 설하신 법이라고 많은 이들이 의견을 같이해서 자세하게 기억해 놓지 않으면 절마다 다른 게송, 마을마다 다른 쌀이라고 할 만큼 될 것이다.

부처님의 담마가 아니면서도 진짜인 것처럼 할 수도 있을 것이다. 그래서 우리 교단 모두가 모범을 삼을 기준이 되는 담마를 단단하게 정해 놓아야 할 것이다. 계율 역시 자세하고 정확하게 기억해 두는 것이 필요하다. 그래야만 미래의 이 교단이 제멋대로 흩어지는 위험을 막을 수 있을 것이다.

미래의 위험을 막으려고 한다 해도 그러나 나 혼자의 힘으로 어떻게 할 수 있겠는가? 이 일은 이 교단 전체와 관계되는 중요한 일이니 부처님이 안 계시는 때 상가 대중을 덮을 수 있는 공덕이 크신 분이 선두가 되어서 진행하실 것이다.

❦

"아난다 테라님, 마하 까싸빠 테라께서 오늘 저녁 모임에 오시도록 초청하셨습니다."

나 혼자서 의지할 분을 찾고 있던 중에 의지할 분께서 초청하였기 때문에 기쁘게 따라갔다. 모임의 장소에 비구 마하테라들께서 가득 모이셨다. 뒤에도 계속 모여들고 있는 중이었다. 꾸시나가라 작은 도시에 온 지 제법 날이 지나갔다. 나와 같이 온 비구들은 보름이나 되었다.

부처님 육신을 예배하기 7일, 다시 사리에 예배하기가 7일이 지나고 오늘이 15일째가 된 것이다. 마지막 예배행사에 참석하고자 각각 흩어져 있던 비구들이 모여들었다.

이토록 많은 비구들에게 이 정도의 공양하는 일은 이 작은 도시로서는 벅찬 일이었다. 그나마 선남선녀들의 큰 신심으로 잘 지내왔다. 그래서 내일은 각자의 인연 있는 곳으로 떠나갈 것이다. 떠나기 전 모두 뵐 수 있게 되어서 다행인 것이다.

"여러 대중 스님들……"

모두 모였을 때 마하 까싸빠 테라께서 모임의 시작을 주도하셨다. 전 같으면 모임이 있을 때 가장 높은 자리에 부처님께서 앉아 계시는 것을 뵐 수 있었다. 오늘은 부처님 대신 그분을 뵙게 된 것이다. 모든 대중을 덮을 수 있을 만큼 그분의 목소리 또한 힘이 있었다.

"여러 대중 스님들!

부처님 육신을 마지막 예배하기 위해서 나는 빠와 도시에서 꾸시나가라로 오는 길을 따라 오고 있었습니다. 내 뒤에는 500명의 비구들이 따라오고 있었고 한낮의 뜨거운 햇볕을 피해서 나무 그늘 아래 앉아서 잠깐 쉬고 있었습니다.

그때 나체 외도 한 사람이 천상의 꽃인 만다라 꽃을 꼬챙이에 꿰어서 일산처럼 쓰고 꾸시나가라 쪽에서 왔습니다. 나는 부처님께서 빠리닙바나에 드신 것을 이미 알았지만 그러나 뒤따르던 비구들에게 알리지 않았었습니다.

그러나 그때는 알려 주어야겠다고 생각해서 그 외도 수행자에게 자초지종을 묻자 꾸시나가라의 부처님께서 빠리닙바나에 드신 곳에서 주어 왔다고 대답했습니다.”

“여러분들! 뒤따르던 비구 가운데 더러는 부처님을 뵈었던 이, 더러는 아직 뵙지 못한 이들도 있었습니다. 아직 뵙지 못한 이들은 부처님을 뵈려고, 이미 뵈었던 이들은 다시 뵙기 위해서 멀고 힘든 여행길을 아무런 불평 없이 따라왔는데 외도 수행자의 그 말을 듣는 순간 술렁술렁 동요하게 되었습니다.

울음을 터트리는 이, 목 놓아 통곡하면서 땅바닥에 몸부림치는 이들도 있었습니다. 여러분들, 내가 외도 수행자에게 물었을 때 그렇게 될 줄 미리 알고 있었습니다.

그러나 부처님 다비장 앞에서 이런 소란이 벌어진다면 많은 대중 스님이나 재가자들 가운데서 적당한 일이 되지 않을 것입니다. ‘다른 이들에게 마음을 편하게 하도록 법을 설해 주어야 할 분들이 지금 그 자신들의 마음도 다스리지 못하고 아녀자들처럼 엉엉 울고 있다.’라고 사람들의 경멸을 받을 것입니다.

그러나 그 숲 속에서는 보는 이들이 없었기 때문에 마음껏 울 수 있도록, 그래서 내가 그 자리에서 물었던 것입니다. 나쁜 소식을 처음 들었을 때는 놀라지만 다음 두 번째 들었을 때는 견딜 수 있는 것입니다.

여러분들!

부처님께서 빠리닙바나에 드셨다고 들었을 때 어떤 이들은 담마로써 해결할 수 있습니다. 생겨난 모든 것은 무너지는 법칙이라고 생각할 수 있습니다. 이렇게 우는 이는 울고, 담마의 법칙이라고 생각하는 이는 그렇게 각자의 능력대로 하고 있을 때 아뚜마 도시에서 비구가 된 수받다가 순간 불쑥 일어났습니다.

'여러분들, 그만하세요. 걱정하지 마세요. 울 것도 없소. 이제 수행자 고따마의 손에서 우리 모두 시원하게 벗어났소 그 고따마는 우리들에게 가지가지로 까탈스럽게 굴었소.

이것은 너희들에게 적당하고, 이것은 너희들에게 적당하지 않다 라고 여러 가지로 들볶았었소 이제야말로 우리들이 좋아하는 대로 마음껏 하고, 하기 싫은 것은 하지 않고도 지낼 수 있소.' 라고 수받다가 기쁨에 넘쳐서 떠들었습니다."

마하 까사빠 테라의 여행 이야기를 흥미 있게 듣고 있던 대중 모두가 "쯧쯧" 하고 탄식하는 소리가 들려 왔다. 부처님께서 자기를 시중들던 비구가 버리고 떠나가던 모습을 말씀하실 때와 같이 되었다.

가까이 앉았던 대중들이 수받다를 둘러싸고 바라보자 그가 고개를 푹 숙이고 말았다. 그의 말로 인해서 까싸빠 마하테라께서 얼마만큼이나 가슴이 아프셨겠는가?

🪷

다른 이들이 슬프게 울고 있는 동안 그는 연신 싱글벙글 웃음떤 얼굴이었다. 이것저것 하지 말거나 하라고 잔소리하던 이가 없어졌다는 기쁜 표정이었다. 오랫동안 참아 왔던 것을 토해 냈을 것이다. 그러나 부처님께서 안 계시더라도 그분을 대신할 분이 있다는 사실을 그가 미처 생각지는 못했을 것이다. 설사 그러한 사실은 들었더라도 마음속에 꽁 하고 묶어 두지 않으면 그 충격도 사라질 것이다. 그런 사실을 들어야 하는 대중 모두가 안으로 뜨거운 불덩이를 만난 것 같이 느꼈던 그 일이 결과로는 선업의 기초가 되기도 했다.

부처님께서는 필요 이상으로 누르지는 않으셨다. 범한 만큼만 눌러 주고 다음에는 그렇게 하지 말도록 막아 주셨다.

부처님께서 그 상가 대중 천이백오십 명의 비구와 같이 꾸시나가라에서 아뚜마 도시로 가셨다. 그때 아뚜마 도시에서 정사 책임을 맡고 있던 수발다 테라가 자기가 있는 도시에 부처님께서 오셨을 때 우유죽을 공양 올리려고 노력했다.

그러나 그와 같이 늦게 출가한 이가 자기 복력만을 의지할 수는 없었다. 그는 세속에 있을 때 재주있는 이발사였었다.

이 교단의 책임을 지고 있는 비구가 속인들의 머리와 수염을 손질해 주는 기회란 없다. 그의 두 아들은 아버지의 유산을 잘 물려받았다. 사미가 되었지만 지금 같은 일에 그들이 익혀 놓은 기술을 사용한 것이다.

그래서 두 아들에게 사실을 전부 말해주고 시내로 보냈다. 어린 두 사미들은 영리했고 말을 부드럽게 잘하였다. 사람 관계에 능숙하였고 이발하는 기술도 능숙하였다. 그래서 집집마다 그들에게 일거리를 주었다. 이발하려는 이와 하지 않으려는 이, 모두가 그들을 불러서 시켰다.

일한 값으로 쌀, 기름, 소금 등 먹을 것들을 주었다. 그들이 가져간 자루로는 모자라서 수레로 실어 날랐다. 그렇게 며칠이 지나자 수받다의 절에 먹을 것들이 산더미처럼 쌓였다. 그때 부처님께서 아뚜마 도시 가까이에 이르셨다. 그 도시 근처 마을에서 하룻저녁 지내게 된 것이다.

부처님께서 오신다는 소식을 들은 수받다가 마을로 달려갔다. 가사를 대강 걸치고 집집마다 가서 사람을 모아야 했다. 큰 솥단지, 주걱, 국자, 절구통 등을 모으느라고 정신없이 분주했다. 그래서 그날 저녁 그의 절에는 불을 환히 밝히고 솥마다 정성들여 우유죽을 만들어서 한밤이 되기 전에 솥마다 부글부글 끓기 시작했다. 버터, 꿀, 고기, 생선 등에서부터 갖은 과일과 채소 등 좋다는 먹을 것은 모두 넣고 맛있는 죽을 끓였다.

그래서 그곳에서 만드는 맛있는 음식냄새가 우리들이 묵고 있는 곳까지 퍼져 왔다. 아침이 밝았을 때 부처님께서 아뚜마 도시로 걸식하러 가실 차비를 하셨다. 대중들도 각자 가사와 발우를 준비하고 있었다. 그때 수받다가 가사를 허리에 동여매고 부처님 앞에 한쪽 무릎을 꿇었다.

"부처님, 제자의 아침죽 공양을 받아 주십시오."

그렇게 여쭈는 동안 다른 이들처럼 두 손을 모아서 합장을 올릴 수도 없었다. 주걱과 국자를 한 손에 하나씩 들고 쫓아왔던 것이다. 너무 마음이 급한 나머지 손에 들고 있던 것을 놓을 새도 없이 달려 온 것 같았다.

이로 미루어 보건대 그 자신이 직접 요리사가 되어서 음식을 만들다가 온 것임을 알 수 있었다. 그러나 법을 한 가지 설하시려면 금계 한 가지를 설하시기 전처럼 질문을 하셨다.

"비구여, 그 죽이 어디서 생겼는가?"

수받다가 사실대로 말씀드렸다. 그러자 부처님께서 여러 가지로 나무라시면서

"비구들이여! 비구에게 적당하지 않은 요리하는 일은 하지 말아야 한다. 만약 하게 되면 작은 허물(Dukkata)을 지우게 한다.

이발사였던 비구는 머리 깎는 이발 기구 자루를 만지지 말라. 만지게 되면 그 역시 작은 허물을 지운다."
라고 금계를 정하셨다.

그 다음 수받다의 죽을 누구도 받지 못하게 하시고 아뚜마 도시로 걸식하러 가셨다. 그때부터 수받다가 불만을 가지게 되었을 것이다. 그쪽에서 보면 그럴 것이다.

"여태껏 애써 모아 놓은 것을 우리들 부자지간에 먹으면 일생 동안 먹고도 남을 것이다. 그것을 모두 요리하였으니 오래 가야 일주일이면 모두 상해 버려서 못 쓰게 될 것이다.

수행자 고따마는 가지가지를 모두 아는 지혜가 있다면서 왜 나에게는 자비심이 없는가? 만약에 이렇게 보시 받지 않을 것이면

미리 좀 알려주었으면 오죽 좋으랴! 지금은 모두 망해 버렸다. 수행자 고따마 때문에 내가 모조리 망해 버렸다."

그러나 부처님께서 현존하며 계실 때는 그러한 소리를 감히 할 수 없었다. 부처님의 위력에 입을 다물고 있었다. 그러나 오랜 세월 참았던 것을 오늘 모두 털어놓았다. 마음껏 터뜨려서 떠들었던 것이다. 그래서 지금 상가 모임을 갖게 된 것이다.

Sutta mahāvagga

시간이 되기 전에 막아야

상가의 큰 지도자이신 마하 까싸빠 테라께서 법에 대한 두려움
(Dhamma saṁvega)을 느꼈던 모습을 계속하여 말씀하셨다. 모든
상가 대중들도 중대한 일이었으므로 조용히 귀 기울여서 듣고
있었다.

"여러 대중 스님들이여!

수받다의 말을 들으면서 나는 담마에 대한 크나큰 두려움을
느꼈습니다. 오! 황금빛으로 찬란하게 빛나는 부처님께서 오늘까지
분명하게 계셨다. 그런데도 이 교단을 망가뜨릴 장애가 지금 벌써
생겨나는구나!

부처님께서 직접 깨달으신 법을 고구정녕하게 설하여서 세워
놓은 이 교단에 이처럼 빨리 장애가 나타나다니 두렵구나! 놀라웁구
나! 이 불선업이 날로 더 커져서 저와 같은 이들이 생겨나면 오래지

않아서 이 교단이 무너져 갈 것이다.

여러분들, 그때 나는 이렇게 생각했습니다.

'만약 이 늙은 비구의 가사를 벗기고 속복을 입혀서 그가 가고 싶은 대로 가라고 쫓아내면 여기저기 말들이 많을 것이다. 부처님의 다비가 끝나기도 전에 그 제자들이 서로 적당하지 못한 일을 하는구나라고 우리 교단을 시기하는 이들이 경멸의 말을 할 것이다. 그래서 지금 내가 참아야 하리라.

부처님께서 설하여 놓으신 담마는 아직 줄에 꿰지 않은 꽃과 같다. 줄에 꿰지 아니한 꽃들은 바람 한번 불어 닥치면 모두 흩어져 버리듯이 저속한 이들 때문에 길게 이어져야 할 금계들이 하나씩 둘씩 사라질 것이다. 부처님께서 설하신 가르침들이 하나씩 둘씩 무너질 것이다.

이렇게 사라지고 변질되는 것이 마치 약뿌리의 효능으로 몸을 감추던 귀신들이 약의 효능이 사라지면 그들 모두 무너지듯이, 우리 부처님 가르침이나 제자들도 모두 무너져 갈 것이다.'

그러니 부처님 가르침을 많은 이들이 같이 모여서 외운 다음 굳건하게 정해 놓읍시다. 그래야만 줄에 꿰어 놓은 꽃타래처럼, 줄에 꿰어 놓은 보석처럼, 이 교단이 오래도록 튼튼하게 머물 것입니다."

"좋습니다. 마하테라님."

마하 까싸빠 테라께서 말씀하시는 것을 상가 대중 모두가 일시에 동의하였다. 그릇 되었을 때는 잘못하였다고 하더라도 지금 바르게 보게 된 수받다도 눈물을 뚝뚝 떨구면서 긍정하였다.

나 혼자 생각했던 일을 마하 까싸빠 테라께서 앞장서서 진행하였으므로 무척 기쁘다. 사실 이 책임은 그분이 가장 적격자였다. 이러한 책임을 이 시간부터 감당하도록 부처님께서 직접 책임을 맡긴 것처럼 되었다.

어느 누구도 직접 맞이하는 법이 없으신 부처님께서 마하 까싸빠 테라 한 분만은 4분의 3 유자나까지 가셔서 맞아들이셨다. 부처님께서 부처님의 가사와 마하 까싸빠 테라의 가사를 바꾸어서 입으시기도 하셨다. 손가락으로 달을 가리키면서 비유를 들어 주셨다. 당신과 같이 비유해서 칭찬하셨다.

"까싸빠여! 비구들을 내가 가르치듯이 너도 가르쳐라.

비구들에게 나 여래가 설하듯이 너도 설하여라."

라고 하시면서 이 교단을 세 번이나 넘겨주셨다. 그때 칭찬하시던 모습과 지금의 상황을 살펴보면 부처님의 목적을 짐작할 수 있다.

꽃

"여러 대중 스님들! 우리와 같은 부처님 제자들이 충분하게 있으면서 이러한 불선업이 이 교단에 퍼지게 하지 맙시다.

좋지 않은 이의 법이 더 커지기 전에,

선한 이들의 법이 더 어두워지기 전에,

나쁜 이들의 수행이 더 커지기 전에,

좋은 수행이 더 어두워지기 전에,

법이 아닌 이들의 힘이 커지기 전에,

담마 편의 힘이 줄어들기 전에,
좋은 행이 무너진 이들의 힘이 커지기 전에
좋은 행을 지키는 이들의 힘이 줄어들기 전에
이러한 시간에 담마와 위나야를 우리들이 모여서
상가야나(Sangayana 모여서 외움)를 가집시다."

"좋습니다. 까싸빠 마하테라님."
마하 까싸빠 테라의 말씀에 대중 모두가 거듭해서 동의하고
긍정하였다.

☙

이렇게 상가야나(結集)를 열어야 하는 일을 상가 대중 모두가
같은 마음으로 원했다. 그 다음 그렇게 모여서 외우는 일을 감당할
만한 사람을 선택하는 책임도 그분께 모두 맡겼다.

그래서 그분께서 가장 중요한 일을 위해서 가장 중요한 분들만
골라서 선출하였다. 범부, 소따빠나, 사가다가미, 아나가미는 그만
두고 아라한 가운데서도 모두 고르는 것이 아니라 삼장(Sutta,
Vinaya, Abhidhamma)에 대해서 전문적으로 능숙해야 되고, 특별하
게 구별해서 아는 지혜(Patisambhida ñāna) 네 가지를 얻어야만
하고, 능력과 위력이 커야만 선택받을 수 있었다.

이렇게 상가야나 행사에 참여할 수 있는 499명을 선출하였다.

상가야나에 참석할 분 500명이 일시에 같이 외울 수 있도록 자리가 준비되었다. 그러나 마하 까싸빠 테라께서는 그 중에 한 사람이 모자라게 하셨다. 이렇게 모자라게 한 것은 골라야 할 사람이 없어서가 아니었다.

그곳에 선택받기에 합당한 자격이 있는 분들은 너무나 많이 있었다. 그런데도 500명이 채워지도록 고르지 않고 한 사람의 자리를 남겨 놓은 것은 나를 위해서일 것이다. 나에게 기회를 주기 위해서일 것이다. 그렇다. 상가야나라는 것은 부처님의 담마와 위나야를 모두들 모여서 외우는 행사인 것이다.

그렇게 모여서 같이 외우기 전에 먼저 담마와 위나야를 정확하게 통일해야 할 것이다. 시간과 장소와 함께 듣고 기억하는 사람까지 정확하게 기록해야 할 것이다. 그런 일을 하는 곳에 내가 없고서는 될 수 없다. 이러한 일은 부처님 뒤를 항상 그림자처럼 따라다닌 이만이 완전하게 감당할 수 있을 것이다.

꽃

그러나 나는 아직 닦아야 할 것이 남아 있다. 그래서 그분께서 선택하기에 어려움을 겪고 있는 것이다. 그러나 한편에서 보면 상가야나 행사를 위해서 가장 적합한 자리를 감당할 수 있는 사람은 나이다. 나를 선택할 수 없는가? 할 수도 있다.

그러나 그러한 이유로 그분께서 선출하지는 않을 것이다. 그분과 나는 더 없이 친밀하기 때문에 다른 이가 비방할 일은 삼가하실 것이다. 그래서 나를 위해서 딱 한 자리 남겨 놓았다. 그리고 더 이상 고르지 않고 가만 계셨다. 그 빈자리를 다른 이들이 선출하도록 남겨 놓고 기다리시는 것이었다.

"마하 까싸빠 테라님, 아난다 테라는 아직 닦아야 할 번뇌를 끝내지는 않았지만 따르지 않아야 될 일은 하지 않습니다. 좋아하고 미워하고 어리석고 두려워해서 하지 않아야 될 일을 할 사람이 아닙니다.

아난다 테라는 부처님께 많은 가르침을 배워 가졌습니다. 그러니 아난다 테라를 선출하십시오. 까싸빠 마하테라님."

이렇게 상가 대중들이 모두 선출해 주기를 말씀드려서 상가야나 행사에서 같이 외울 수 있는 이(Sangitikaraka) 500명 가운데 마지막에 내가 포함되게 된 것이다.

Cūḷavagga

돌아오는 길, 아름답지 못한 여행

상가야나에 참석할 500명을 선출한 다음 상가 지도자 마하테라들께서 상가야나를 결집할 장소를 물색하였다. 인도 전역에 있는 나라마다 도시마다 부처님 가르침이 멀리 퍼져 있어서 그 지역마다 우리들이 하는 일을 환영하고 받아들일 것이다.

그러나 우리들은 검과 힘, 활과 화살을 잘 생각해서 비교해 보아야 했다. 신자들도 기뻐하고 우리들 일이 순조롭게 마쳐지도록 생각해야 했다. 부처님께서 마지막 부분에 항상 안거하셨던 사왓띠 수도를 먼저 생각하였다.

그러나 그곳은 될 수 없다. 선남선녀들의 힘은 완벽하더라도 나라를 다스리는 왕이 튼튼하지 못했다. 꼬살라 국왕과 반둘라 총사령관이 없고부터 나라 전체가 조용하지 못했다. 왕이 자주 바뀌는 때는 좋은 시절이 아닌 것이다. 그래서 부처님의 사리를 청하러 오는 무리 가운데 꼬살라국은 포함되지 않은 것이다.

사왓띠 수도 다음으로 우리 부처님 법이 가장 번성한 곳이 라자가하였다. 라자가하 수도 역시 왕이 바뀌었다. 그러나 마가다국은 왕이 바뀐 지 제법 오래 되었으므로 조용해졌다. 아직은 젊은 왕이기는 하여도 견문이 넓은 대신들이 있었다.

수니다와 와따까라 두 대신의 도움으로 아자따사따 왕이 마가다 대국을 잘 다스렸다. 그래서 우리 담마의 수레바퀴를 권력의 힘으로 도와주기를 바랐다. 그밖에 라자가하 주변에는 큰 정사가 18개나 있었다. 걸식할 수 있는 집들도 넉넉했고 성안에도 성 주변에도 우리들의 공양 제자들이 차례차례 무리 지어서 많았다. 이러한 조건이 잘 갖추어졌기 때문에 라자가하 수도를 선택하였다.

그 다음 라자가하 수도 안팎에는 상가야나에 참석하는 500명 외에 다른 이들은 안거하지 못하도록 결정하는 내용(Kammavaca)을 대중들이 의견일치로 정하였다. 이렇게 결정한 것은 걸식하기 어려울까 걱정해서가 아니었다. 상가야나 행사를 차질 없이 순조롭게 성공하기 위해서였다.

해야 할 일이 많으므로 여러 달 많은 시간이 걸릴 것이다. 상가야나 행사 중에 만약 생각이 같지 않은 이들이 들어와서 섞이게 되면 반쪽이 되어서 무너질 것이다. 그래서 그런 위험들을 막기 위해서 미리 방어하는 것이었다. 미리 준비하는 일을 끝내고 나서 우리들은 각자 꾸시나가라를 떠났다.

마하 까싸빠 테라와 마하 아누루다 테라께서 상가 대중을 반씩 나누어서 이끌고 라자가하로 가셨다. 나는 남아 있는 한 달 반 동안의 시간을 사왓띠에 가고 싶었다. 제따와나 정사에 가서 그리움을 달래고 싶었다. 그래서 나의 제자 비구들과 함께 사왓띠 수도를 향했다.

❀

그전 같으면 이렇게 길을 나설 때마다 내 앞에는 언제나 부처님께서 든든하게 서 계셨다. 그러나 지금 내 앞에는 아무도 없다. 내 앞에 아무도 없으니 나 자신이 대중을 이끌어 가는 이가 된 것이다.

할 수 없어서 맨 앞자리를 차지했지만 이대로 갈 수가 없다. 전처럼 부처님 가사와 발우를 모시고 가자. 그렇게 결정하자 나의 마음이 안정되는 것 같았다.

❀

이 여행을 시작할 때는 마음속 근심을 털어 버리자고 생각했다. 그러나 실제로 여행을 시작하였을 때는 목적과 같지 않았다. 내가 도착하는 곳마다 울음잔치만 늘어났다. 예전의 내 앞에 우뚝 서 가시던 부처님을 뵙는 대신 부처님의 가사와 발우를 보는 순간 모두 울음을 터뜨렸기 때문이다.

부처님께서 빠리닙바나에 드신 다음에는 틈틈이 사람들에게 법을 설하여서 달래 주어야 하게 된 것이다. 계속하여 만나게 되는 울음바다는 사왓띠 수도에서 가장 크게 벌어지고 말았다.

사왓띠 성안에서부터 제따와나 정사까지 울면서 따라나선 선남 선녀들이 줄을 이어서 도착하자 절에 남아 있던 나이 많은 비구들이 마중하면서 다시 눈물잔치가 벌어진 것이다.

제따와나 정사에 우리들이 도착하자 모든 이들의 생기가 다시 살아난 것 같다고 했다. 그도 그럴 것이 부처님과 우리들이 마지막으로 떠나가고부터 닫아 놓았던 부처님 처소, 간다꾸띠 건물이 내가 도착하자 열려지게 된 것이다.

간다꾸띠 안에 들어간 나는 먼지와 거미줄을 털어 내고 빗자루로 깨끗이 쓸었다. 부처님께서 사용하시던 침상이며 의자를 바깥으로 들어내서 털고 닦고 한 다음 으레 놓였던 제자리에 다시 놓았다. 그리고 부처님의 가사와 발우를 조심스럽게 제자리에 모셔 두었다.

그러자 점점 늘어나는 대중들에게 법을 설해주며 그들과 나의 서러움을 달래야 했다. 길을 떠나 이곳에 도착하기 전까지도 나는 선두를 책임져야 하는 상태로 기운을 내야 했다. 제따와나 정사에 도착하고서도 따라 들어온 선남선녀들 앞에서 고요한 척하는 태도를 보여야만 했다.

간다꾸띠 부처님 처소를 청소하고 여러 가지 일을 할 때도 무엇이라도 할 것이 있었으므로 나는 그저 인형처럼 움직였다. 밤이 되어서 부처님 혼자서 쉬시는 시간, 일어서야 하는 시간, 마실 물을 한 그릇 올리곤 하던 시간, 그 시간에 나는 그저 아무렇지도 않은 척할 수가 없었다. 부처님께서 사용하시던 침상에 머리를 숙이고 마음껏 울어야 했다.

※

부처님께서 빠리닙바나에 드시고 나서부터 한 번도 제대로 잠들 수가 없었다. 피곤에 지쳐서 깜박 잠이 들었다가도 금방 다시 깨어났다. 깨어날 때마다 지난 일들이 생각나서 가슴이 매어 왔다. 허전한 마음을 달랠 길 없어서 잠자리에서 일어났을 때 그리움의 메아리가 목을 막아 왔다.

도저히 참을 길 없는 마음을 달래려고 밤새 경행하였다. 걷고 또 걸어서 몸과 마음이 지칠 대로 지쳤지만 여기저기 걷다가 보면 날이 밝아지고, 다시 낮이 되면 찾아오는 대중들에게 해가 지도록 손님 대접을 해야 했다.

이렇게 잠도 먹을 것도 제때 제대로 하지 못하자 내 몸이 견디지 못하였다. 이보다 조금 지나면 풀썩풀썩 쓰러질 일만 남았다. 그래서 제대로 자지도 먹지도 못하자 변비가 생겨서 약을 먹었다. 그렇게 설사하는 약을 먹고 났을 때 재가제자 한 사람이 공양청을 왔다.

"아난다 마하테라님, 뚜디 마을의 수바 도련님이 마하테라님의 건강하심을 여쭈었습니다. 그의 집에 오셔서 공양을 드십사고 청하였습니다."

공양 제자 대신으로 사왓띠 수도의 젊은이가 와서 여쭌 것이다. 제따와나 정사에는 드나드는 이가 많았기 때문에 말을 하기가 쉽지 않다. 법문 한 자락 자세하게 듣기도 쉽지 않기 때문에 그의 집으로 초청하여서 묻고 싶고 알고 싶은 것이 있을 것이다. 공양 제자가 중요하게 초청하였을 때 나는 설사하는 약을 먹었으므로 받아들이기도 거절하기도 어려웠다. 그래서

"젊은이, 오늘은 적당한 시간이 아니구나. 오늘은 설사하는 약을

조금 마셨다. 시간이 된다면 내일이면 갈 수 있을 것 같구나."

나 스스로 다스릴 수 없는 성품 때문에 어정쩡하게 대답했다. 마신 약 덕분에 다음 날 아침이 밝기 전에 일이 끝나서 뱃속이 텅 비어졌다. 날이 밝아 공양 제자 집에서 모시러 왔을 때 새따국에서 출가한 비구 한 사람을 뒤따르게 하고 따라갔다.

수바 젊은이는 그가 머물던 친구 집에서 우리 두 사람에게 훌륭한 음식을 올렸다. 그 다음 내가 기다리던 대로 그가 알고 싶은 것을 묻기 시작했다.

"아난다 테라님, 테라님께서는 부처님의 시중을 들었습니다. 그래서 부처님께서 칭찬하시는 제자들이 행하여야 할 법을 테라님께서 아실 것입니다. 그 법을 설하여 주십시오. 마하테라님."

그 수바 젊은이가 여쭌 것은 그가 알려고 하는 질문일 수도 있다. 부처님께서 빠리닙바나에 드셨으므로 부처님께서 설하셨던 법이 사라졌는지 아닌지 조사하려는 것일 수도 있을 것이다.

그래서 이 교단에서 가장 필요한 계·정·혜의 세 가지 공덕을 자세하게 설하였다. 부처님께서 설하신 대로 토하나 빠트리지 않고 모두 설해 주셨다. 법문이 끝나자 수바 젊은이의 신심이 더욱 튼튼해진 것을 알 수 있었다.

여기까지 나의 여행은 성공적이었다. 이 교단의 공덕을 널리 펼 수도 있다. 그러나 성공 또한 생기고 사라지는 (상카라) 법이어서 언제나 항상 얻을 수는 없다. 성공 다음에 실패 또한 오는 것이다. 그러나 나의 실패는 지계 공덕을 잃은 것이 아니다.

친족들의 멸망을 실패로 부를 필요도 없다.

내 뒤를 따르던 젊은 비구들과 비구 될 이들이 속가로 돌아간 것이다. 결제하는 날까지 시간이 남았기 때문에 라자가하에 곧바로 들어가지 않고 옛 제자, 옛 신도들에게 잠깐 들어가는 동안 이 일을 만난 것이다.

이 어린 비구들이 아직 신심이 튼튼하지 못한 것을 보았기 때문에 부처님께서 직접 나에게 주의를 주셨다. 마가다국에서 마지막 떠나기 전에 안다까 웨닌다 숲에 도착했을 때이다.

"아난다, 오래지 않아서 이 교단에 들어오는 어린 비구들에게 다섯 가지 법을 잘 의지하도록 네가 말해 주어야 한다. 그 다섯 가지가 무엇인가 하면

① 계율이 깨끗할 것

② 인드리야 6문을 잘 간수할 것

③ 말이 적을 것

④ 숲 속 절에서 지낼 것

⑤ 바른 견해를 얻을 것, 이 다섯 가지 법이다."

이렇게 미리 주의를 주셨기 때문에 나 역시 할 수 있는 만큼 자주 설해 주었다. 그들이 알아듣도록 여러 가지 방법으로 말해 주었다.

그러나 왕에게 올릴 그릇을 구웠으나 익기도 전에 끝나 버린 것처럼 이 교단에 들어올 때부터 그들의 목적을 부모에게서 듣고

알았다. 사실 이 어린 비구나 사미들이 이 교단에 들어온 것은 그들의 뜻이 아니라 부모들의 계획된 속셈에서 준비된 것이었다. 그들의 목적은 부처님을 자주 뵙는 기회를 얻는 것이었다.

'아난다 테라가 부처님의 시중을 들고 있으니 필요한 곳마다 부처님을 모실 수 있는 분에게 그들의 자식들을 맡겨 놓으면 가까워질 것이고, 그러면 그들 있는 곳으로 부처님을 자주자주 모실 수 있을 것이다.'라는 목적이었다.

그들의 목적대로 내가 부처님을 모시고 대키나기리 그들이 사는 마을로 자주자주 갔었다. 이제 그들이 존경하며 모시고 싶던 부처님께서 빠리닙바나에 드셨으니 목적은 끝났다.

어린 사미 30여 명이 환속하여 돌아간 것이다. 그들은 반짝반짝 깎은 머리에 벙글벙글 웃는 얼굴로 자기들 고향으로 돌아갔다. 처음부터 다리가 시원치 않은 사발이 넘어진 것이다. 내가 돌아오는 여행길은 아름다운 일이 없었다.

마하 까싸빠 테라께서 이러한 사실을 알면 어떻게 나무라실 것인가?

Nidānavagga

머리털이 흰 어린아이

나와는 너무나 친밀한 관계인 마하 까싸빠 테라께서 상가야나 500명을 선출하면서도 나만은 그분이 직접 선출하지 않으셨다. 그분과 나 사이에는 이야기가 많을 만큼 서로 친밀한 사이였다. 나의 머리가 온통 허옇게 될 때까지 그분의 마음에 들지 않는 일이 있을 때마다 '이 어린아이가……'라는 말을 먼저 하고 야단을 치시는 습관이 있으셨다.

※

꾸시나가라 사라쌍수에서 부처님께서 말씀하신 대로 나는 비구니와 선남선녀들의 사랑과 존경을 받는다. 그러한 것은 부처님의 시중을 들기 때문이기도 했다. 그리고 나의 원래 성품 때문이기도 했다. 나의 습성은 나에게 관계되어 오는 모든 이들에게 내 힘껏 도와주기를 원한다.

나는 나에게 도움을 받으러 오는 이들마다 그들에게 적절한 도움을 주고 싶었다. 그래서 내가 있는 곳에는 사람들이 끊임없이 줄지어서 찾아왔다. 그 이유로 그분의 나무람을 자주자주 받아야 했다. 대중 가운데서 나무람을 받으면 부끄러운 것도 사실이다. 그러나 참지 못할 만큼까지 되지는 않았다.

그분의 자비를 잘 알기 때문이다. 그분께서는 그분처럼 나에게도 시원하게 번뇌에서 벗어난 곳에 지내면서 수행자의 호사를 즐기게 하기를 원했다. 그러나 나 아난다는 마하 까싸빠 테라가 될 수 없었다.

사실 그분은 이 교단의 크나큰 영웅이요 대장부이시다. 부처님께서 당신과 같은 자격을 주실 만큼 대단하셨고 또한 능력도 있으셨다. 이 교단 전체에서 산 모범이 되었다.

신도들에 대해서 집착을 두지 않았다. 누구누구라고 기억해 두지 않기 때문에 만날 때마다 새로운 얼굴이었고 그래서 부처님께서 하늘에 지나가는 달에다 비유하셨다. 그분께서는 출가하자마자 갖가지 두딴가를 모두 수행하여 왔다. 이렇게 하게 된 것은 부처님의 가르침 때문이었다.

너무나 준수하게 생긴 모습에다가 젊고 건강하였을 뿐만 아니라 지혜 또한 특별하게 뛰어났기 때문에 자칫 자만심에 빠질까 당부하게 된 것이다. 그러나 그런 두딴가도 나이가 젊을 때는 괜찮지만 나이가 많아지자 부처님께서 그 큰 제자를 웰루와나 정사로 불러서 이렇게 말씀하셨다.

"까싸빠여, 이제 너도 나이가 많아졌구나. 늙어진 것이다. 거친 베로 짠 누덕누덕 기운 가사는 너무 낡았고 너무 무겁다. 그러니 선남선녀들이 보시하는 좋은 가사를 입어라. 그들이 초청해서 올리는 공양도 먹고 내 곁에서도 지내라."

부처님께서 직접 이렇게 말씀하실 만큼 그분의 가사는 낡고 무거웠다. 갓 출가하고 부처님 가사와 바꾸었으니 얼마나 낡았는지에 대해서는 말할 수도 없다. 빨지 않고 때가 묻어서 무거운 것이 아니라 부처님께서 주신 가사여서 그분이 지극하게 존중했기 때문이다.

떨어져서 구멍이 날 때마다 갖가지 색의 실로 꿰매었다. 꿰매다가 모자라는 곳은 갖가지 천으로 기웠다. 원래 짰던 실보다 꿰맨 실이 더 많을 정도가 된 것이다. 대충 생각하면 두딴가를 그만 두라고 이렇게 말씀하시는가 하고 생각할 수도 있다.

그러나 그것은 아니다. 만약 그렇다고 해도 마하 까싸빠 테라가 거절할 리는 없다. 부처님께서 원하시는 것을 알아서 한 마디에 따를 것이다. 그러나 이렇게 말씀하시는 것은 대중 가운데서 그분의 공덕을 드러내시려는 것이다.

두들기지 않고 그대로 두었던 잠잠하던 큰북이 소리가 울려 나오도록 한번 쳐 보이신 것이리라. 부처님께서 울려 보신 대로 그 큰북이 순간에 소리를 내었다.

"부처님, 제자가 오랜 날을 숲 속 절에서 지냈습니다.

걸식만으로 먹고 지냈습니다.

누더기 가사를 입었습니다.

세 가지 가사만 입었습니다.

탐심이 적음, 쉽게 만족함, 4부 대중이 없는 곳에 지내고 4부 대중과 어울려 섞이지 않은 공덕을 갖추었습니다. 그 공덕들을 다른 이들도 구족하게 갖추도록 칭찬하는 습관도 있습니다. 부처님."

🪷

부처님께서 하시는 말씀을 직접 거절하지 않고 공손하게 돌려서 여쭙는 모습은 높이 사서 닮을 만한 것이었다. 부처님께서도 제자가 여쭙는 것을 받아들이고 나서

"까싸빠여, 이러한 공덕 가운데 너는 어떤 이익을 보았느냐?"

"거룩하신 부처님, 이익 두 가지를 보았습니다. 자기 스스로 현재 편안하게 지내는 것과 다음 미래에 올 후세인들을 연민히 여겨서 모범을 보여주는 것의 두 가지 이익을 보아서 언제나 수행하게 된 것입니다. 부처님."

복잡하게 집착함이 없이 깨끗이 일어나서 원래 그대로 깨끗한 마음으로 지내는 것이 수행자들의 행복이다.

마하 까싸빠 테라께서는 부처님 앞에서 지내는 것보다 그 행복을 더욱 높이 사는구나! 그분과 나 사이에는 이렇게 차이가 난다. 그분은 부처님 앞에서 지내는 것보다 조용한 곳에서 수행자의 행복을 누리는 것을 더욱 높이 여긴다.

나는 수행자의 행복을 즐기는 것은 그만두고 부처님 앞에서

지내는 것에 더 만족한다. 나에게는 오고가는 사람이 문전이 비좁게 시끌벅적하다. 부처님께 시중드는 책임을 맡아서 진행하는 시간에는 선남선녀들과 친하게 지내기 때문에 수행하는 쪽에 빈손이 되는 것은 나의 허물이라고 해야 할 것이다.

내 허물을 나 스스로 알기 때문에 그분이 야단을 내릴 때마다 머리를 숙이고 그저 받아들여야 했다. 그분의 자비심을 속속들이 알기 때문에 내 마음속에 꼬부라진 생각은 전혀 없다. 그러나 불쑥 튀어나온 비구니 한 사람 때문에 얼굴 뜨거운 일이 생겨났다.

여기 내편에서 조금 생각해 보아야 할 일이 있다. 비방을 받으신 분은 돌산보다 더 존경하는 스승님 한 분이고, 그분을 모함한 이는 나의 제자 비구니, 그 스승과 그 비구니 제자 사이에 내가 얼마나 얼굴 뜨거워졌는지 짐작이나 해보게 하고 싶다.

내 일생 가운데 다음에 다시 한 번 더 말하기 어려운 일 한 가지였다. 말하기에 얼굴 뜨거운 일도 숨기고 싶지 않다. 오래지 않아서 나의 이 몸이 사라져 갈 것이다. 그러나 그분의 생애 한 구비에서 생겼던 일은 사라지게 하고 싶지 않다. 그래서 그때의 일을 숨김없이 드러내리라.

앞에서 보였던 대로 나의 제자 어린 사미 30여 명들이 환속하여서 돌아갔다. 들어올 때부터 그들의 생각은 따로 있었다. 그러나 제자가 시원치 않은 것은 모두 스승의 책임이어서 마하 까싸빠 테라께서 나를 불러서 나무라셨다.

"아난다여, 부처님께서 '비구 네 사람이 음식을 청하여서 먹지

말라. 먹으려면 세 사람은 허락한다.'고 하셨다. 이렇게 시작한
것에 어떠한 이익을 목적으로 하였는가?"

그분의 원래 성품대로 부드럽고 다정하게 시작하였지만 그것
역시 나무라기 위하여 시작하시는 말씀인 줄 짐작되었다. 그러나
그분을 존경하기 때문에 물어 오신 것을 자세하게 대답해 드렸다.

"마하테라님, 계가 없는 비구들을 훈계하기 위해서, 계가 깨끗한
비구들을 편안하게 하기 위해서, 나쁜 바람을 가진 비구들이 무리를
지어서 상가를 거스르지 않게 하기 위해서, 선남선녀들을 연민히
생각해서, 이러한 이익을 목적으로 세 명의 비구가 음식을 청하여서
먹을 수 있도록 계를 정하셨습니다."

나는 틀림없이 야단치실 줄, 나무라실 줄 알면서도 중요한 일이어
서 자세하게 대답 올렸다. 상가를 이간시켜 갈라내지 못하도록
바라서 음식에 대한 계율(Ganabhoohana sikkhapaka)을 만들게 된
것을 일컬어서 여쭌 것이다.

⚜

아자따의 공양이 끊어지자 대와다따가 자기 무리를 계속 거두어
두기 위해서 자기 신도들 집에서 음식을 청해서 먹었다. 다른 비구들
처럼 발우를 안고 가서 밥을 받아서 먹은 것이 아니라 그를 따르는
비구들과 같이 이집 저집 다니면서 '공양을 올리시오' 하고 입으로
청하여서 먹고 마시는 것을 '공양을 청해서 얻어먹는 것'이라고
할 수 있다. 그러한 행동을 막기 위해서 부처님께서 음식에 대한
금계(가나보자나 식카빠다)를 정하신 것이다.

이러한 과거 원인들을 그 목적과 함께 자세하게 여쭈었지만 그분께서는 용서하시지 않았다. 처음 생각하셨던 대로 단단히 나무라시는 것이었다.

※

"아난다, 부처님께서 그러한 목적으로 정해 놓으셨는데 너의 행동은 그 목적과 반대가 되지 않느냐?

자세도 가다듬지 않고, 음식 먹는 것도 한계를 모르고, 자고 싶은 대로 실컷 자고, 어린 사미들과 같이 돌아다니면 이 우기에 심어 놓은 어린 벼들을 밟아서 신도들만 괴롭히게 된다.

아난다여, 너의 대중들이 특별하게 무너지는구나!

안거 한 번, 안거 두 번을 지내니

어린 사미들이 제멋대로 무너져 가는구나!

오! 이 어린아이가 아직까지도 한계를 모르다니!……"

"존경하는 마하테라님, 저의 머리털이 모두 희어졌습니다. 지금까지도 '이 어린아이'로 부르는 것을 벗어나지 못합니까?"

"아난다여, 이 어린 비구들과 함께 오고 가는 것으로 그들과 무엇이 다른가?"

"존경하는 마하테라님, 다를 것이 없습니다."

모두 사실이니 내가 긍정할 수밖에 없었다.

그전처럼 지금도 내가 머리를 수그리고 모두 받아들여야 했다. 그러나 이것은 자기 허물을 자기가 다 아는 것이니 그나마 다행이라고 할까?

⚜

대와다따의 무리에 참여했던 툴라난다 비구니가 지금은 나의 제자가 되었다. 그의 스승이 무너진 다음 나에게 의지하여 온 것인데 대와다따의 제자 노릇을 하기는 했어도 큰 허물이 없었기 때문에 내가 가엽게 여겨서 받아들였다.

그러나 그녀의 이름에 툴라난다가 들어 있는 것처럼 그녀의 몸도 마음도 거칠었다. 그녀의 마음에 들지 않으면 그대로 거칠게 함부로 말하기도 했다. 몸도 크고 거세게 생겼지만 입 역시 그에 못지않게 함부로 지껄였다.

그녀의 거친 몸과 마음과 입 때문에 금계가 많이 정해졌다. 내가 완전히 긍정하였기 때문에 마하 까싸빠 테라의 꾸지람이 그만하고 끝이 났다. 그러나 사람들의 소문은 사람끼리 전해주기 때문에 그 말이 툴라난다 비구니 귀에까지 갔다. 그는 나중에 들어왔기 때문에 마하 까싸빠 테라와 나와의 친숙한 관계를 자세히 몰랐다.

그분께서 마음에 들지 않을 때마다 이렇게 심한 소리까지 하시면서 나무라는 것을 들어보지 못했다. 그래서 그 소리를 듣자 그녀의 가슴이 쓰렸던가 보다.

"어머나! 때이티 산도 가보지 못했던 마하 까싸빠 테라가 지혜 있는 아난다 마하테라께 어린아이라고 야단해도 되는 법이 어디에 있단 말인가?"

⚜

생각 없이 이것저것 떠들어댄 말이었다.

그녀가 말한 대로 마하 까싸빠 테라께서는 때이티 산에 가신 적이 없다. 그러나 그 말이 그 자리에서만 끝이 난 것은 아니었다. 그녀의 목소리가 원체 거칠고 컸으니 마하 까싸빠 테라 귀에까지 안 갔겠는가?

"존경하는 마하테라님, 어리석은 여자를 용서하시고 참아 주십시오."

제자가 부실하면 스승 머리가 나쁘다는 말대로 어리석은 제자 때문에 내가 이렇게 용서를 구하여야 했다.

"아난다여, 그만해라. 지혜 없이 함부로 떠들어대는 말을 허물하고 싶지는 않다. 그러나 때이티 산에 가보지 못했다는 소리만은 해명해야겠다.……"

그렇게 시작해서 마하 까싸빠 테라께서 부처님께 오기까지의 이야기를 해주셨다. 부모님이 억지로 권해서 결혼했으나 결혼 생활에 두 사람 모두 흥미가 없어서 남매처럼 지내다가 부모님이 돌아가시고 각자 수행자가 되어서 두 길로 헤어지던 이야기, 그 다음 라자가하와 날란다 사이의 4분의 3 유자나 떨어진 곳의 바투뾱따까 보리수 아래서 부처님께서 마중 나와 주신 모습 등을 자세하게 말씀해 주셨다.

그렇게 말씀해 주시고 나서 오래지 않아 입이 거칠던 톨라난다는 이 교단에서 떨어져 나갔다.

☙

이 정도로 이야기하면 마하 까싸빠 테라와 비구니들의 사정을 여러분들이 대강 짐작할 것이다. 그분께서는 사부대중이 없는 한적한 곳에 지내시기를 좋아하셨다.

여자라고 하면 더욱 멀리 피하셨다. 그분은 조용함을 좋아하시는 성품이어서 그분을 이해하지 못하는 더러의 비구니들이 그분을 대단치 않게 여기는 경우도 있었다. 그저 사람들을 멀리하고 숲에 지내는 한 비구 정도로만 생각했다.

부처님께서 아유상카라를 버리시고 났을 때 나의 허물을 차례로 드러내서 보여 주셨다. 그 가운데 지금의 실수 역시 포함될 것이다. 툴라난다 비구니로 인해서 문제꺼리가 크게 생겼던 일이 있고 나서 오래 되지 않아서였다. 그런데 마하 까싸빠 테라께 비구니들의 절에서 법문 초대를 하였다.

그러자 그분께서

"아난다여, 아난다 테라가 가시오. 당신은 일 많은 사람이고 그것을 좋아하지 않소?"

그렇게 말씀하시면서 두 번이나 거절하셨다. 일이 많은 사람이라는 것은 부처님께서 빠리닙바나에 드시고 나서 슬퍼하는 선남선녀들이 무리무리 지어서 나에게 왔기 때문이다.

여자라고 하면 멀리 돌아서 가시는 그분에게 나 역시 세 번째 다시 초청하였다. 세 번까지 청하자 그분도 거절하지 못하고 내 얼굴을 보아서 허락해 주셨다. 비구니 처소에 가서도 기억할 만큼 산뜻하게 법을 보여서 가르침을 내리셨다.

그분의 성품이 이리저리 섞이는 것을 좋아하지 않지만 원인에 알맞게 이 교단의 책임을 능숙하고 분명하고 이끌어 나가셨다. 그 법회 끝에 바라지 않던 난데없이 문제를 제기하는 것과 부딪히게 되었다.

"될 수 있는 일이기나 한 것인가?

숲에서나 지내는 마하 까싸빠 테라가 지혜 있는 아난다 테라 앞에서 법을 설하는 것이 도대체 적당한 일인가? 바늘 만드는 이에게 바늘 장사가 바늘 팔러 온 것과 같지 않는가?……"

그전에 한번 문제를 일으킨 이는 톨라난다, 오늘 다시 문제를 만든 이는 톨라띠싸, 그녀 역시 톨라난다처럼 몸도 마음도 거기다가 입까지 거친 이였다. 그녀 역시 나의 제자이니…….

❀

"아난다, 너와 나 두 사람 중에 누가 바늘 만드는 이이고 누가 바늘 장사가 되느냐?"

어리석은 제자 덕분에 내 머리 위에 떨어지는 호된 꾸지람을 받았다.

"마하테라님, 참아 주십시오. 어리석은 여자입니다."

어리석은 이들 때문에 문제가 생길 때마다 거듭 머리를 숙이고 용서를 구해야 했다.

"아난다, 그만두어라. 내가 참아야지.…… 상가의 성품만은 내가 거듭 말하고 싶지 않다.

'아난다는 부처님께서 당신을 대신하라고 칭찬했던 마하테라를 막을 수는 있다. 그러나 비구니 한 사람은 막지 못하는구나! 그

비구니와 싫어하거나 좋아할 것이다.'라고 상가 대중들이 너를
생각하지 않도록 하라."

그렇게 '생각하지 않게 하라.'는 말에 나는 소스라치게 놀라고
말았다. 인간의 역사에서 존중받지 못하는 처지들, 측은하게 여겨서
나 스스로가 그들을 이 교단에 들어올 수 있도록 하였기 때문에
비구니 교단이 생겨났었다.

그 가운데 비구니, 그 사람이 공덕과 지혜가 높으신 마하테라님께
함부로 허물을 지었다. 그 두 사람 모두 자기 허물에 따라서 이
교단에서 떨어져 나갔다. 이러한 생기고 사라지는 파도들이 어느
상황까지 부딪쳐 갈 것인가?

Nidānavagga

권력의 힘과 담마의 힘

라자가하 수도 주변에는 큰 정사가 18개가 있었다. 정사마다 가사 색깔이 환하게 빛났었다. 그러나 부처님께서 빠리닙바나에 드시고 난 다음 그 큰 정사에는 스님들이 없이 텅 비게 되었다. 부처님께서 빠리닙바나에 드시는 꾸시나가라로 무리무리 따라갔기 때문이다.

지내는 이들이 없자 절 건물들이 많이 파손되었다. 비가 오고 개미가 집을 짓고, 삼보를 믿지 않는 이들이 일부러 와서 허물고 하는 통에 망가지게 된 것이다.

그래서 안거를 시작하고 나서 한 달 가량은 이곳저곳을 보수하고 고치고 짓고 하였다. 이렇게 크고 많은 건물들을 우리들 힘만으로 수리하는 일은 무리였다. 그러나 아자따사따 왕의 도움으로 한 달 안에 마무리가 되었다. 목수와 일꾼, 목재와 벽돌 등 필요한 물건과 인력을 모두 보내 주었던 것이다.

전에는 어리석어서 잘못을 범하였더라도 지금은 아자따사따 대왕이라고 사람들이 불렀다. 나이가 성숙해지면서 보고 들은 견문과 경험으로 나라를 잘 다스려 나갔다. 「사만냐팔라 수따 (Samannaphala sutta)」법문을 듣고 마음 편하게 먹고 잘 수 있게 된 것이다.

담마의 은혜를 실제로 체험하고 나서부터 부처님께 신심이 지극한 이가 되었다. 범부 가운데서 부처님을 존경하는 마음이 아자따사따 왕을 따를 이가 없었다. 그래서 부처님께서 빠리닙바나에 드셨다는 소식을 듣고 세 번이나 기절할 만큼 그의 신심은 극진하였다.

부처님의 은혜로 과거 잘못의 형벌에서 조금은 벗어날 수 있었다. 그래서 이제는 불법을 널리 펴고 법을 수호해 주는 왕이 된 것이다. 그러나 과거 잘못했던 형벌의 파도가 지금까지 와서 몰아치고는 했다.

※

아완띠 나라의 옥새니 수도에 싼다빤소다 왕은 부왕과 친한 친구였다. 싼다빤소다 왕에게 생긴 병을 의사 지와까를 보내서 고쳐준 다음 두 왕은 더욱 친해졌다. 황금판 두 쪽을 연결해 놓은 것처럼 가까운 사이였다.

그래서 부왕이 별 이유도 없이 죽었다는 소식을 듣자 싼다빤소다 왕은 참을 수 없었다. 원래 성질이 불같이 급하고 참지 못하는 성격인데다가 친한 친구의 나쁜 소식을 접하자 더욱 화가 치밀어 올랐다.

"네가 나의 가장 가까운 친구를 죽이고 왕이 되려고 했겠다. 나의 친구에게 얼마나 가까운 친구가 있었는지 분명하게 알게 해주겠다."라고 선전하였다.

그 소리가 나온 지 제법 시간이 흘러갔다. 그러나 왕들에게 시간이란 결코 종잡을 수 없는 것이었다. 서로 죽이고 죽는 상황의 전쟁에서는 죽느냐 죽지 않느냐만이 필요한 것이었다. 일찍이 형편이 되지 않아서 전쟁하러 쳐들어오지 못했더라도 여건이 주어지는 날에 그가 쳐들어올 것이다.

그래서 아자따사따 왕은 이 교단의 막중한 일을 도와주는 한편 수도를 완벽하게 방어하는 일에도 주의를 게을리 하지 않았다. 도시를 둘러싼 성벽 전체를 튼튼하게 고쳤다.

우리들이 라자가하 성안으로 걸식하러 갈 때마다 성곽 주변에는 여러 가지 수리 공사로 시끌시끌한 것을 볼 수 있었다. 어느 날 아침 걸식하러 갔을 때 시간이 조금 이르기에 성벽 주변 공사하는 곳으로 들어가 보았다.

공사 대장 고빠까 목갈라나 브라만이 있는 곳으로 내가 들어가자 술렁술렁 시끄럽게 맞이하면서 자리를 펴 주었다. 그리고는 낮은 자리에 앉아서 그가 알려던 문제 한 가지를 시작으로 질문하기 시작하였다.

"아난다 마하테라님, 고따마 수행자처럼 삼마 삼붓다 부처님이 될 수 있는 공덕이 갖추어진 비구 스님이 계십니까?"

부처님께서 빠리닙바나에 드신 지 오래지 않았기 때문에 그의 마음속에 흥미 있는 것을 질문한 것이다. 나라를 다스리던 일국의 왕이 죽고 나면 새로운 왕이 등극하는 것처럼 빠리닙바나에 드신 부처님 자리에 어느 비구 한 사람이 부처님으로 올라갈 것이라고 생각하는 것 같았다.

※

그 다음 한 가지는 마하 까싸빠 테라께서 주도하여서 상가야나(결집)를 진행한다는 소식에 대해서 그가 마음에 들지 않아 하는 것 같았다. 마하 까싸빠 테라께 부처님께서는 부처님과 같은 위치에 두어서 격려해 주셨다. 세 차례나 이 교단 전체를 넘겨주셨다. 이 교단의 미래에 가장 중요한 영향을 미칠 상가야나 행사도 그분이 주도하시는 것도 사실이다.

그러나 마하 까싸빠 테라는 부처님의 크나큰 제자 중 한 사람이었다. 자기 책임을 완수할 줄 아는 제자로써 해당된 임무를 진행하는 것뿐이었다.

그렇지만 무거운 허물을 가볍게 할 수는 없다. 가벼운 허물을 무겁게 할 수도 없다. 가볍고 무거운 것에 관계되어서 정해 놓은 금계를 가리켜 보여서 훈계할 수도 있다. 모든 일은 상가의 대표로서 상가의 동의대로 진행하는 것이다.

"브라만이여! 그렇게 될 수 있는 비구는 한 사람도 없소. 부처님께서는 열리지 않았던 도의 길을 열어주셨소. 설하지 않았던 도의 길을 설하셨습니다. 도의 길에 능숙하십니다. 나와 함께 크고 작은 모든 제자들이 부처님께서 열어 놓으신 도의 길을 따라서 걸어가는 이들입니다."

그의 생각대로가 아닌 것을 내가 자세히 설해 주었다. 고빠까 목갈라나 브라만과 이렇게 주고받는 사이에 와따까라 대신이 왔다. 그와의 대화 내용을 듣고 나서 그 역시 다시 물었다.

"아난다 테라님, 부처님께서 안 계시면 부처님 대신 의지하고 받들어 모실 비구를 정해 두셨습니까?"

"그렇게 정해 둔 비구란 한 사람도 없소."

나 역시 앞서와 같이 대답했다. 그러나 와따까라 대신이 그 정도로 만족하고 물러날 리 없다. 그것을 다른 방법으로 돌려서 질문했다.

"아난다 테라님, 부처님께서 정해 두지 않았다면 상가 대중이 정해 놓은 비구가 있습니까?"

"상가 대중이 정해 놓은 비구도 없습니다."

"아난다 테라님, 그러면 마하테라들께서 동의해서 추대해 놓은 비구가 있습니까?"

"마하테라들께서 동의해서 추대해 놓은 비구도 없습니다."

부분부분, 조목조목, 묻는 것마다 내가 모두 없다고만 대답했다. 그러자 와따까리 대신이 물었다.

"아난다 테라님, 그렇다면 테라님들께서 이처럼 의지하고 모실 것도 없으면서 어떻게 서로서로 고르게 화합할 수 있습니까?"

그에게는 참으로 생각하기 어려운 것을 묻는 것이다. 니간타(나체 외도)의 나따뿍따 스승과 각자 붓다라고 스스로 지칭하던 6사외도

의 스승들 모두가 부처님보다 나이가 많다. 그래서 그들 모두 부처님
보다 일찍 세상을 떠났다.

지도자가 죽고 나자 남은 제자들이 대나무 묶음이 풀어지듯이
모두 흩어지게 되었다. 같은 스승의 제자끼리 서로서로 싸움이
벌어졌다. 그러나 우리들은 그들과 반대였다. 부처님께서 빠리닙바
나에 드시고 나서도 상황이 전혀 무너지지 않았다. 부처님이 계실
때와 다름없이 그대로 유지되었다.

"이 세상에 같음이 없는 복덕과 지혜를 갖추신 높고 높은 부처님
께조차도 죽음의 왕이 두려움 없이 가까이 했구나! 하물며 너와
나 우리 보통 사람들이야 무슨 말이 더 필요하랴!"

이러한 두려움으로 상가 대중 모두가 분명하게 수행에 전념하였
다. 와따까라 대신이 이렇게 드러내어 물었을 때 여직까지의 질문이
'이것 때문에, 이것을 묻고 싶어서였구나!'라고 내가 이해하였다.
나 역시 이 사실을 마음껏 대답하고 싶었기 때문에 이미 대답이
줄서서 기다리고 있었다.

"브라만이여! 우리들에게 의지할 것이 없는 것이 아닙니다. 의지
할 것이 있어서 모두 고르게 잘 화합할 수 있는 것입니다."

"아난다 테라님,

부처님을 대신하여 의지하고 모실 비구가 한 사람도 없다고
조금 전에 말씀하셨습니다. 그리고 지금 와서는 테라님들이 의지할
것이 없는 것이 아니라고 다시 말씀하셨습니다. 테라님의 말씀은
앞과 뒤가 맞지 않는 것과 같이 되었습니다. 제가 어떻게 이해해야

하겠습니까?"

"브라만이여! 우리들이 의지할 것은 사람이 아닙니다. 부처님께서 설해 놓으신 계율입니다. 보름과 그믐, 재일 날마다 그 구역 안에 있는 모든 상가 스님들이 모입니다.

한 사람에게 다른 한 사람이 범했던 잘못에 대해서 참회하고 용서합니다. 그 모임에서 자기가 범했던 실수나 허물을 드러내서 인정합니다. 드러낸 허물을 계율과 법에 적당하게 부처님께서 훈계하신 대로 치료합니다. 이렇게 계율과 담마를 의지하기 때문에 우리 모두가 화합하는 것입니다."

중요한 순간에 도착한 대신 앞에서 상가 대중의 공덕을 분명하게 드러내서 칭찬할 수 있었으므로 나에게 기쁨이 넘쳤다.

❀

내가 잘 화합하는 상가의 공덕을 칭송하고 있는 중에 상가 대중 스님들이 각자 발우를 들고 차례로 성안으로 들어왔다. 날마다 걸식하는 차례대로 나 역시 상가의 대열 안으로 들어갔다. 나보다 안거 횟수가 많은 분들의 뒤에 서서 따라간 줄은 아자따사따 왕의 궁전 앞으로 갔다.

왕궁을 지키던 병사들이 우리들을 보자 모든 대문을 활짝 열어젖히고 공손하게 맞이하면서 엎드려서 절하였다. 우리들은 왕궁의 큰 회의장으로 들어갔다.

아자따사따 왕 자신이 낮은 자리에 앉아서 예배를 한 다음 이렇게 오시게 된 이유를 여쭈었다. 그러자 상가의 지도자이신 마하 까싸빠

테라께서

"대왕이시여! 대왕의 도움으로 정사의 건물을 고치는 일이 빨리 끝나게 되었습니다. 이제 곧 상가야나 행사를 시작해야겠습니다."

"좋습니다. 마하테라님.

마하테라님께서는 상가의 일을 마음 놓고 진행하십시오. 도움을 필요로 하는 일에는 제자의 권력의 힘이 있습니다. 담마와 위나야가 바르고 정확하게 머물게 하기 위해서는 마하테라님들의 담마의 힘이 있어야 할 것입니다.

마하테라님, 제가 해야 할 일이 있으면 말씀해 주십시오."

"대왕이시여! 상가야나에 참석해서 경전을 결집해야 할 스님들을 위해서 앉을 것을 준비하는 것입니다."

"좋습니다. 마하테라님, 어느 장소를 골라 놓으셨습니까?"

"대왕이여. 왜바라(Vebhara) 산의 중턱에 있는 굴 안에서 거행하는 것이 적당합니다."

"예. 곧 준비를 하겠습니다. 마하테라님."

이렇게 스승과 제자가 일치되어서 함께 진행하였으므로 상가야나를 거행하는 장소가 곧 만들어지게 되었다. 권력의 힘, 담마의 힘에서 힘이라는 말은 필요한 일을 만족하게 감당할 수 있는 능력을 말한다.

✿

날짜를 서둘러 만들었지만 아자따사따 왕의 복덕 능력과 삼보의 복력으로 행사장은 아름답고 위엄 있게 만들어졌다. 기둥과 벽,

계단과 회의장소 배치가 아주 규모 있고 질서정연하게 잘 배치되었다. 벽과 기둥마다에는 꽃과 꽃넝쿨을 감아 주렁주렁 늘어뜨려서 치장하였다.

왕궁의 화려함과 위엄을 능가할 만큼 거창하게 장엄한 것이 마치 각종 새들이 연못가에 내려왔다가 날아오르는 것처럼 눈 닿는 곳마다 황홀할 만큼 빠짐없이 잘 단장되었다.

천정에는 각종 보배 꽃넝쿨로 더러는 감겼다가 들어가고 나와서 다음 칸으로 건너가고 하는 모습이 아름다운 중에도 아름다움의 지극한 조화를 이루었다.

편편하고 고르게 잘 다듬은 바닥에는 값을 매길 수 없는 비싼 카펫트를 깔아 놓고 그 위에 500여 개의 자리를 마련했다. 이 교단을 지극하게 존중하는 제자인 왕으로써 스님들께 어울리는 자리를 정성을 기울여서 마련한 것들이었다.

상가야나를 거행하는 장소의 남쪽 벽에 붙여 북쪽으로 향해서 상가 대중의 지도자(마하 나야까) 스님들의 자리를 마련했다. 그 큰 방의 가운데서 북쪽을 향해서 법상을 차려 놓고 그 법상 위에는 코끼리 상아로 만든 둥근 부채를 마련해 놓았다.

상가 마하나야까 마하테라와 법상의 사람이 질문자(Pucchaka), 대답자(Visajjaka)로서 진행하여야 할 것이다.

이 교단을 존경하는 제자 아자따사따 왕의 선업으로 상가야나(상가결집)를 진행하는 장소가 준비되었다. 모든 것이 잘 갖추어졌다. 준비가 끝난 드넓은 장소를 자세히 둘러보다가 구족하지 못한

점 한 가지가 불쑥 떠올랐다. 그것은 다름이 아니라 바로 나의 비구 수행자로써 해야 할 일이 아직 끝나지 않은 것이었다.

Bāhiranidāna

내가 번뇌에서 벗어난 법

뽕나(puṇṇa) 마하테라의 은혜로 나는 처음으로 바른 견해를 얻었다. 나와 너라는 사견을 붙들고 이리저리 생각하여 끝이 없는 의심의 종에서 벗어나게 되었던 것이다.

그러나 나는 성스러운 지혜의 차례에서 소따빠나라는 가장 낮은 위치에 있었다. 위의 도과를 얻기 위해서 해야 할 일이 남은 이(Sikkha puggala)였다.

나와 같이 지내는 대중들은 첫 번째 바른 견해를 얻은 다음 오래지 않아서 수행자의 일을 마쳤다. 얻어 놓은 바른 견해를 기초로 하여서 계속해서 수행하였기 때문이다. 나는 소따빠나 위치에서 40년 이상이나 그 자리에 서 있었다.

부처님께서 계실 때는 부처님 시중드는 책임에만 마음이 가 있어서 수행하지 못했다. 그리고 부처님께서 빠리닙바나에 드시고 난 뒤에도 아직까지 여행을 끝내지 못한 것이다.

꾸시나가라에서 떠날 때도 사왓띠에 가서 선남선녀들에게 전후 사정을 말하고 숲 속 작은 초막으로 가서 편히 지내면서 수행이나 하려고 생각했었다. 아직 끝마치지 못한 수행자의 일을 그곳에서 끝내야지 하고 작정하였다. 그러나 나의 목적은 이루어지지 않았다. 선남선녀들을 연민히 여기는 내 습성 때문에 어렵게 된 것이다.

내가 가는 곳마다 부처님을 그리워하는 이들의 울음잔치가 벌어지고 말았다. 나를 보자 울고 싶은 마음, 그리움을 하소연하고 싶은 마음이 터져 나오는 것 같았다. 일생 동안 그들에게 인정을 베풀어서 친절하게 지내 온 처지에 슬퍼서 넘어질 만큼의 그들을 두고 얼굴을 돌리고 떠나갈 수가 없었다.

그들이 마음을 편안히 갖도록 법을 설하여 주고 달래 주어야 했다. 이러한 이에게 담마의 일, 수행자의 일이 늦지 않으면 어떤 이가 늦겠는가?

선남선녀들을 연민히 여겨서 달래 주고 법을 설해 주느라 두 달 반이 지나갔다. 오늘은 7월 보름이 지나고 4일이나 더 지났다. 내일 아침 일찍 상가야나 대중이 모두 모여서 드디어 결집이 시작되는 것이다. 미래 불교를 위해서 초석을 다져 놓아야 하는 것이다. 그러나 나는 그 위치에 오를 수가 없다.

수행하는 일에 그렇다·아니다라고 말할 입장이 아닌 것이다. 그러나 오늘 저녁에는 들어가지 않으면 안 된다. 상가결집에 참여하는 다른 아라한들과 같이 되도록, 아니 반드시 되어야만 하는 것이다. 그렇게 되도록 노력해야만 한다.

🪷

선남선녀들을 딱하게 여겨서라고 하는 말은 핑계이고 사실은 나 자신이 물렁하고 어눌한 것뿐이다. 낮에는 사람들과 이야기하고 법을 설하느라고 시간을 보냈다고 하더라도 밤에라도 수행하면 되는 것이다. 그래서 내가 존경하는 스님들이

"여러분들! 여기 있는 스님들 사이에 오고가는 한 비구에게서 쿰쿰한 냄새가 묻어납니다."

이렇게 옆으로 건너 돌려가면서 말하였다. 쿰쿰한 냄새라는 것은 번뇌가 깨끗이 끝나지 않은 것을 말한다. 번뇌가 남았기 때문에 수도 없이 울어야 했던 나의 일을 여러분들이 기억하실 것이다. 그래서 그 말이 향하는 곳이 나 외에 다른 이가 될 수 없었다. 어떤 이들은 이렇게 돌려서 말하지 않고 직접 말하기도 하였다.

"아난다 테라, 내일이면 상가야나가 시작될 것입니다. 아난다 테라는 아직까지 닦아야 할 것이 남아 있습니다. 위의 도과를 얻기 위해서 해야 할 일이 있습니다.

해야 할 일이 남아 있는 중간에 상가야나 모임에 들어오는 것은 적당하지 않습니다. 잊지 말고 노력하세요."

이렇게 말하여 주는 분들에게 내가 불평한다고 생각하지는 말기 바란다. 은혜를 끼쳐 주신 분들에게 고마움을 느낄 뿐이다.

🪷

왓시뽁따 테라는 이보다 훨씬 심하게 말씀하셨다. 꾸시나가라에

서 사왓띠로 오는 동안 왓시뿍따 테라께서 지내시던 작은 마을에서 잠깐 머물렀다. 그분은 6가지 신통을 모두 얻으신 아라한이셨다. 릭차위 왓시 왕족이었기 때문에 우리 대중들은 그분을 왓시뿍따로 친밀하게 불렀다.

그 작은 마을에 이르렀을 때 따라간 비구들을 모두 왓시뿍따 테라께 맡겨 놓고 숨어서 지내는 수행을 하려고 준비했다. 그러나 성공하지 못하였다. 찾아오는 대중들에게 법을 설해 주느라고 낮이나 밤이나 조용할 새가 없었다.

그것을 볼 수 없었던 테라께서

"고따마 종족에서 태어난 아난다 테라, 사람들이 없는 숲으로 들어가시오 고요하고 행복한 닙바나의 법을 마음속에 잘 놓아두시오. 위빠싸나와 도의 수행을 키우시오.

잊어버림 없이 지극한 정성을 기울이세요. 찾아오는 사람들과 시끌시끌 떠드는 것이 당신에게 무슨 이익이 있겠습니까?"

찾아오는 이들과 이것저것 말이 많았으므로 '떠벌이'라고 별명 붙인 것이다. 다른 이들에게 법을 설하는 것도 좋지만 그보다 먼저 내 자신의 출세간 이익을 자세하게 취하라고 당부하셨던 것이다. 내가 존경하는 분들이 바짝 조여 오면서 주의를 주셨기 때문에 집착과 연민의 생각들을 모두 끊어 내고 웰루와나 정사 한쪽 구석에 있는 수행하는 작은 처소로 갔다. 나의 제자들이 준비해 준 작은 집은 수행하기에 아주 적당하였다.

그 작은 집 대문 입구에는 마실 물항아리와 씻을 물항아리가 하나씩 놓여 있었고 그 암자 마당에는 경행대가 깨끗하게 비질되어서 말끔했다.

집안에는 침상 하나가 놓여 있었다. 그러나 나는 오늘 밤 침대에 누울 만큼 마음이 한가롭지 못했다. 밤새 경행수행이라도 해야 할 판이 아닌가?

✿

소따빠띠 팔라를 체험하기 위해서 부처님께서 4가지 조건을 설하여 주셨다.

① 선한 이들을 가까이 모시는 것

② 선한 이들의 법을 듣는 것

③ 적당하게 생각하는 것

④ 닙바나에 적당하게 수행함,

이러한 네 가지 조건이 갖추어졌기 때문에 나는 소따빠띠 팔라를 체험할 수 있었다. 지금 소따빠나에서 위의 도과에 올라가는 것에 어떤 조건이 필요한가?

부처님께서 따로 설하여 주지 않으셨다. 소따빠띠를 얻기 위해서 설하신 네 가지 조건만이 위의 도과를 얻기 위해서 거듭 설해 놓으셨다. 이 네 가지 조건이 갖추어지면 아리하따 팔라까지 구족할 수 있다는 뜻이다.

부처님 뒤를 그림자처럼 따라다니면서 시중을 들었기 때문에 나는 선한 이들과 같이 지낸 적이 많다. 선한 이들의 법을 들었을 뿐만 아니라 입으로 모두 외울 수 있는 이가 되었다. 세간과 출세간 양쪽 모두를 적당하게 생각할 수가 있다.

이렇게 앞부분 조건들이 모두 갖추어졌으나 닙바나에 이를 수 있는 적당한 수행이라는 조건 한 가지가 모자라는 것이다. 이 밤에는 그 빈자리의 모자라는 점을 잘 채울 수 있을 것이다.

걷고 서고 앉고 눕는 네 가지 자세 가운데 눕는 자세가 졸음이나 혼침과 가깝다. 아무리 주의를 기울여서 집중하더라도 시간이 지나면 살짝 잠 속으로 들어가기가 쉽다. 그것에 비하면 앉는 자세가 더 나을 것이다. 그러나 이 자세 역시 졸음을 벗어날 수가 없다. 조심해서 앉아 수행하더라도 시간이 지나면 *끄떡끄떡* 흔들리게 된다.

그래서 앉는 것보다는 서 있는 것이 더욱 마음 놓을 수가 있다. 그러나 가장 좋은 자세는 걷는 수행이 될 것이다. 지금 같이 중요한 시간에 부처님의 가르침 하나가 기억났다.

'가슴속에 박혀 있는 창을 뽑아내듯이, 머리에 붙은 불을 끄듯이, 아니 그보다 더 중요하게 여겨서 수행하라.'고 하신 가르침을 일찍이 따랐다면 지금쯤 나는 아라하따 팔라의 즐거움을 누리고 있었을 것이다. 그러나 지금이라도 그 아라하따 팔라를 얻기 위해서 쉬지 않고 노력해야 하리라.

내가 있는 초막 주변에 새소리마저 잠이 들어서 적막할 만큼 조용해졌다. 둥근 보름달에서 조금 줄어들기는 했지만 하늘 높직이 떠서 세상을 비춰 주고 있는 달밤 아래 하얀 모래 위에서 경행을 하노라니 발밑의 모래 감촉과 모래가 밀려나는 소리까지 들려왔다.

크고 작은 모래까지 구별할 수 있을 만큼 고요하고 밝은 밤이었다. 그와 같이 나의 행동 모두에 남김없이 알아차림을 밀착할 수가 있었다.

내려놓은 발을 들어서 앞으로 옮기고 아래로 천천히 내려놓음, 다시 반대쪽 발을 들어서 앞으로 내려놓음, 이렇게 모든 동작에 알아차림이 비켜나지 않고 정확하게 말착하였다.

※

여러 가지 이유와 핑계 때문에 수행하는 일과는 멀리하여서 지내 왔지만 참으로 해야 한다고 결심한 이상 한 치도 물러날 수는 없었다. 피곤한 줄도 몰랐고 졸린다는 생각을 할 사이도 없었다. 몸의 움직임에 알아차림을 밀착하여서 몸을 관찰해도 마음이 완전하게 집중되었다.

달이 서쪽으로 갔는지, 달빛에 나무 그림자가 장소를 바꾸었는지 그런 것은 눈에 들어오지 않았다. 오로지 몸의 움직임에 정확하게 알아차림을 붙여서 관찰할 뿐이다.

내 일생 가운데 이렇게 오랫동안 이렇게 열심히 오로지 한 마음으로 집중 관찰한 적이 없었다. 지금같이 지극하게 노력해 본 적이 없다. 이와 같이 지극한 노력을 들여야만 수행의 맛을 만날 것이다. 이러한 수행으로 자기가 원하는 아라하따 팔라를 틀림없이 얻을 것이라고 기뻐하였다.

몸과 마음이 가뿐하면서 기운이 났다. 이렇게 계속하여 수행하다 보니 먼 곳에서 닭 우는 소리가 들리고 달이 서쪽으로 기울어져

갔다. 아마도 조금 지나면 먼동이 틀 것이다. 밤새 걸었던 걸음을 멈추었다.

아라하따 팔라를 이 밤 안에 얻어야겠다는 집착이 붙은 수행을 지금 거두어 들였다. 내가 반드시 얻어야겠다고 목표했던 아라하따 팔라는 얻지도 이르지도 못했다. 아리하따 팔라는 그만두고 사가다 가미 팔라에조차 오르지 못했다.

이렇게 된 것은 무엇 때문인가? 어디서 무엇이 잘못되었나? 이렇게 몸에 대해서 관찰하는 수행(Kāyagatāsati)으로 우리 대중 가운데 아리하따 팔라에 이른 분들이 수도 없이 많다.

이 수행은 모든 아리야 성인들이 건너가는 항구와 같은 것이었다. 그런데 이 수행으로 내가 아리하따 팔라, 아라한 과를 얻지 못하는 이유가 무엇인가?

꽃

"아난다, 너는 선업을 지은 사람이다. 수행한다면 오래지 않아서 모든 번뇌가 사라진 높은 아라한이 될 것이다."

부처님께서도 마지막 시간에 이렇게 말씀해 주셨다. 부처님의 말씀은 어긋나거나 그릇된 적이 없다. 내가 만약 수행하여도 얻지 못할 것이라면 '수행한다면 얻을 것이다.'라는 그러한 말씀이 없었을 것이다. 말씀대로 밤새도록 수행하였다.

그런데 무엇 때문에 얻지 못하는가?

걸음을 멈추고 차례차례 떠오르는 생각들을 정리하고 내 마음의 모습을 자세하게 다시 돌아보았을 때 잘못된 점을 발견하였다.

'아뿔싸! 노력이 지나쳐 산란하게 되었구나!'

❀

"아누루다 테라!
'나는 물러나지 않는 노력으로 수행하였다.
잊어버림 없고 알아차림도 분명했다.
몸에 고통도 없고 평안하였다.
마음은 한 대상에 잘 머물러 있다.'
이렇게 생각하는 것은 산란함이 생긴 것이다."

수행을 열심히 하였지만 법을 얻을 수 없던 아누루다 테라에게 마하 사리불 테라께서 이렇게 말씀해 주셨다. 이러한 사실을 일찍이 말한 적이 있다.

나 역시 다시 아누루다 테라처럼 된 것이다. 그러나 이번에는 마하 사리불 테라께서 직접 와서 길을 가르쳐 주신 것이 아니라 그분 대신 그분의 말씀만이 의지가 되었다.

'나의 노력이 지극하구나! 나의 마음이 고요하게 머문다.'라고 하는 생각조차 산란한 방심이 되었다. 산란함과 함께 자기의 위빠싸나를 자기 스스로 아끼고 집착하는 성품이 알지 못하는 사이에 포함되었던 것이다.

이 교단 안에서 절을 보수하고 대중을 시중들어 주는 이들의 애착이 수행에서 벗어나는 여행, 수행을 방해하는 장애가 된다. 위빠싸나를 좋아하고 애착하는 것도 그와 같다. 그 애착을 버리기 전에는 아라하따 팔라는 얻을 수 없다.

꾸루 나라의 깜마 사담마(kammasadamma)라는 마을에서 부처님께서 설하셨던 「아넌사 삽빠야 숟따나(Ānenja sappāya suttana)」에 이러한 것을 가르쳐 주셨다.

선남선녀들에게 애착하는 생각 때문에 나의 수행자의 일이, 수행이 마쳐지는 것이 늦어졌다. 사랑하고 존경하는 분들과 헤어져야 할 때마다 눈물을 쏟으면서 울어야 했다.

이러한 것들이 원인이 되어, 고의 원인(Samudaya) 때문에 고통과 만나게 되는 것이다. 지금 역시 내가 위빠싸나를 애착하는 생각 때문에 밤새도록 고통을 받은 것이다.

그래서 고통을 생기게 하는 고통의 원인을 제거해야 하리라. 내가 신남신녀들에게 집착하면서 감겨 오는 수행에 대한 애착은 무엇으로 빼어버려야 하겠는가?

이 법으로 저 법을 다시 빼어버리더라도 그 법의 감김을 받아야 할 것이다. 중도 수행(Majjima paṭipadā)을 곧바르게 걸어가지 않고 양쪽 극단의 길을 따라가면 가는 걸음걸음이 점점 헤어나지 못하고 감겨들게 될 것이다.

그래서 나는 집착도 없이, 떼어 내려는 생각도 없이, 노력이 지나쳐서 산란함도 넣지 않고 원래 그대로 고요한 마음으로 발 씻는 항아리 곁으로 걸어갔다. 바가지로 물을 떠서 발을 씻은 다음 건물 안으로 들어가서 제자들이 준비해 놓은 침상으로 갔다.

❀

마음도 놓아 버리고 몸도 놓아 버리고 누우려고 두 다리를 땅에서 들었다. 머리가 베개에 닿기 전, 발이 침대에 닿기 전, 막 누우려고 하기 직전에 내 일생에 가장 특별한 일이 생겨나고 말았다. 이러한 상태를 행주좌와 중 어디에 넣어야 하는가?

걷는 것도, 서 있는 것도, 앉아 있는 것도, 누운 상태도 아니었으니 그 4가지 상태를 벗어난 짧은 순간에 나의 모든 탐심과 일체의 번뇌가 모두 소멸한 닙바나의 높은 법을 분명한 지혜로 깨달아 얻은 것이다.

노력과 사마디의 균형 있는 위빠싸나의 은혜로 나는 아라하따 팔라를 체험한 것이다.

"그 아라하따 팔라의 행복이 어떠합니까?"라고 어느 누가 물어 온다면

"직접 체험하고 만나야 이해할 것이다."라고 해야 하리라.

그러나 내가 좋아하는 여러분들을 위해서 조금이나마 이해할 수 있도록 노력해 보이리라.

일생 동안 아니 세세생생 윤회하면서 바라고 원하고 탐하던 모든 번뇌들 때문에 고통스러웠다. 그러나 지금 그 번뇌의 큰 짐을 내려놓았다. 벗어났다.

그래서 '몸도 마음도 가뿐하고 즐겁다. 이렇게 모든 고통에서 벗어난 것이 행복이다.'라고 할 수 있는 것이다.

Pārājikakaṇṭa aṭṭhakathā

상가야나 결집 큰잔치

음력 7월 스무 날, 장소는 왜바라 산 중턱 굴 안의 비도 바람도 막을 수 있는 넓은 방, 이 교단을 존중하는 재가 제자 아자따사따 왕이 공양하는 일을 모두 책임 맡았으므로 상가야나(Saṅghāyanaā) 결집하는 스님들 500분께서는 걸식하러 나갈 필요가 없었다. 그래서 이 교단 역사에 가장 중요한 모임을 아침 일찍부터 시작하였다.

상가 대중의 지도자 마하 까사빠 테라께서 마하테라의 자리에 거룩하게 앉아 계셨다. 나와 우리 500대중들은 각자 자기 자리에 앉았다. 그러자 마하 까싸빠 테라께서

"대중 여러분! 담마와 위나야, 두 부분 중에 어느 부분을 먼저 상가야나 결집을 해야 하겠습니까?"

그러자 법랍이 많으신 한 분께서

"마하 까싸빠 테라님! 위나야 계율은 이 교단의 생명입니다.

계율이 있어야 이 교단이 머물 수 있습니다. 그러니 위나야 계율을 먼저 결집합시다."

이러한 의견이 한결같았으므로 위나야를 먼저 결정하여 외우도록 정하였다. 그 다음 위나야 계율 부분에 대해서 책임을 지고 대답할 사람이 필요하기 때문에

"여러 상가 대중 스님들! 계율 부분에 대해서 대답할 이를 누구에게 책임을 주어야 하겠습니까?"

"마하 까싸빠 테라님! 우빨리 테라에게 책임을 주어야 할 것입니다."

"여러 스님들, 위나야 계율에 대해서 대답할 일을 아난다가 할 수는 없습니까?"

"할 수 없어서가 아닙니다. 부처님께서 현존하여 계실 때부터 우빨리 테라가 계율을 익혀 왔기 때문에 계율에 대해서 가장 잘 아는 으뜸가는 제자라는 칭호도 받았습니다. 그래서 우빨리 테라에게 책임을 맡기는 것입니다."

상가 대중이 선택한 것은 옳았다. 우빨리 테라는 그 책임을 완벽하게 끝낼 수 있는 능력이 있었다. 나의 일생 동안의 일을 기록하는데 틈틈이 우빨리 테라 이야기를 한 적이 있다. 그 중에 유명한 법사이신 꾸마라 까싸빠의 입태한 일에 관해서 우빨리 테라의 결정 내리던 모습도 기억할 것이다.

그 다음 잇사까 테라의 유산 분배하던 일에도 우빨리 테라가 들어서 결정을 내렸다. 죽은 재산 주인의 유언대로 나누어준 것을

내가 사실을 모르고 함부로 비방했을 때 우빨리 테라가 자세하게 처리해서 우리 두 사람 모두를 편안하도록 구해 준 적이 있다.

첫 번째 대계 빠라지까 허물에 관계된 결정을 우빨리 테라가 부처님 대신 결정을 내려 주셨다. 그 비구는 옛 아내와 합치는 일을 했던 것이다. 실제로가 아니라 꿈속에서였다.

그런데 그 비구가 계율에 대해서 잘 알지 못했기 때문에 속복으로 갈아입고 바누깟싸 항구로 갔다. 그의 업에 따라서 우빨리 테라와 길에서 만나게 되었고, 우빨리 테라는 꿈속의 일로 빠라지까 큰 계를 범한 것이 아니라고 설명해 주었다.

이러한 행동에 대해 부처님께서 결정 내린 것은 없었다. 그러나 우빨리 테라는 자기가 배운 대로 계율에 대한 방법을 기초로 하여서 정확하게 결정하기 어려운 일들을 사실대로 바르게 결정할 수 있었기 때문에, 부처님께서 대중 가운데서 칭찬하시면서 계율에 대해서 가장 잘 아는 으뜸가는 이(vinayadhura etadagga)라는 특별한 칭호를 내려 주셨다.

☙

우빨리 테라가 출가 초기 숲 속으로 들어가서 수행하기를 청하는 허락을 해주시도록 부처님께 말씀드렸다.

그러나 부처님께서는 그 청을 허락하지 않으시고

"우빨리야! 나 여래가 당부하노라. 대중 가운데 지내면서 위나야 가르침을 배우라. 숲 속에 가서 지내는 것은 위빠싸나 수행 한 가지만 하는 사람이 될 것이다.

상가 대중 안에서 지내는 것은 위빠싸나 수행(Vipassanadhura)과 경전 수학(Gantha dhura), 두 가지 모두가 구족해서 오래지 않아 아라한이 될 것이다. 계경(Vinaya pataka)에 용감하고 정확하게 결정할 수 있는 지도자가 될 것이다."

이렇게 말씀하시면서 막으셨다. 혼자서 행복한 것보다 상가 대중의 행복함을 원하셨던 것이다. 미래를 내다보시고 이렇게 말씀 하셨던 대로 우빨리 테라는 상가 대중에게 편안함을 가져다 주었으며 계경을 가르쳐 주면서 상가를 보호해 줄 수 있는 위치가 되었다. 아라하따 팔라까지 이를 수 있었다.

지금도 그가 배워 놓은 계경대로 상가를 도와줄 수 있게 될 것이다. 그가 맡은 책임을 완벽하게 해낼 수 있도록 상가 지도자 마하테라께서 말씀하셨다.

"여러 대중 스님들! 스님들께서는 나의 말에 귀를 기울이십시오 여러분들에게 적당한 시간이 되었다면 내가 우빨리 테라에게 위나야 계경에 관해서 질문할 것이요."

마하 까싸빠 테라께서 질문자로서의 당신의 위치를 상가 대중에게 알린 것이다. 그와 같이 대답해야 할 이도

"상가 대중 여러 스님들! 스님들께서는 저의 말에 귀를 기울여 주십시오 상가 대중 스님들께 적당한 시간이 되었다면 제가 마하 까싸빠 테라의 위나야 계경에 관한 질문에 대답하겠습니다."

상가 대중 앞에서 대답하는 이로서 자기 자신을 드러내 보인 것이다. 그리고 나서 우빨리 테라는 자기 자리에서 일어나서 가사를

고쳐 입고 법랍이 많으신 마하테라 여러분들께 두 손을 합장 올리고 고개를 숙인 다음 법상으로 올라갔다.

고요하고 의젓하게 가부좌로 앉아서 상가야나의 부채를 잡았다. 우빨리 테라의 자리가 준비되자 질문자이신 분이 질문을 시작하였다.

"우빨리 마하테라여!

첫 번째 대계(빠라지까 식카빠다)를 어느 곳에서, 어느 사람을 원인으로 하여, 어떤 행동 때문에 정하게 되었습니까?"

질문자의 질문에 대답하는 이, 우빨리 테라가 그에 알맞는 대답을 올렸다. 그 첫 번째 대답에서 첫 번째 빠라지까 금계가 생겨나게 된 원인을 모두 말하였다.

왜살리 수도와 멀지도 가깝지도 아니한 깔란다 마을에서 장자의 아들 수디나가 부처님께 와서 법문을 듣고 출가하기를 부모님께 말씀드렸으나 거절당하고 일주일을 굶고 나서 허락 받고 비구가 되었다.

비구가 된 수디나가 두딴가를 행하는 모습, 부모집에 걸식하러 갔을 때 부모가 금은보석을 보이면서 속퇴하기를 권하여도 듣지 않자 전 아내를 곱게 단장하여 들여보내면서 대 이을 자손 하나만 남겨 달라고 부탁하는 모습, 그런 행동을 분명하게 금지한 것이 없었고 그 행동의 허물을 보지 못했기 때문에 그의 옛 아내와 합방을 하였던 것, 그것이 부처님께 알려져서 부처님께서 첫 번째 대계를 정하셨던 모습을 자세하게 여쭈었다.

그때 우빨리 테라가 여쭌 차례대로 상가야나에 참석하신 분들 모두가 증명을 해서 스승과 제자가 받아들여서 차례대로 이어서 가르치도록 정하였다.

그 다음 질문자께서 처음 정했던 것과 나중에 다시 정한 것들, 허물이 되는 모습과 허물이 되지 않는 모습들을 계속하여 질문하였다. 대답하는 이, 우빨리 테라가 묻는 대로 조금도 머뭇거림 없이 자세하게 대답하였다.

이렇게 하여서 7종류의 비구 계율을 정리하셨다.

① 빠리지까(Pārājika) 4가지

② 상가디시사(Sanghādisisa) 30가지

③ 아니야따(Aniyata) 2가지

④ 니싸기 빠쌔이띠야(Nissaggi pācittiya) 30가지

⑤ 숟다 빠쌔이띠야(Suddha pācittiya) 92가지

⑥ 빠띠대사니(Pātidesani) 4가지

⑦ 새키야(Sekhiya), 기본 선정(Adhikaraṇa samatha) 7가지들도 자세하게 묻고 대답하였다.

그밖에 그 계율들에 관계된 상황들을 자세하게 구분하고 의논한 다음 이것이 「비구 계율(Bhikkhu Vibhanga)」이라고 정하고 그것을 모두 같이 외웠다.

이렇게 많은 이들이 같은 생각으로 동의하고 증명해서 같이 외우는 것을 상가야나라고 한다.

그 7종류를 자세하게 해석하면

①큰 계를 범하면 비구 자격을 박탈당한다.

②처음 허물을 드러낼 때와 마지막 참회가 끝날 때 상가 대중 20여 명이 있어야 한다.

③의심스러운 행동에 대한 계율(계목이 결정되고 나면 그에 합당하게 정해진 것의 계율에 따라 참회한다.)

④범한 계율에 따라 그때 받은 물건을 버리고 참회 법에 따라 참회해야 한다.

⑤, ⑥행주좌와, 음식 등에 관한 계율

⑦그 당사자에게 직접 훈계 충고함으로써 끝나는 것

비구들에게 관계된 계율을 상가야나로 결집하고 나서 비구니에게 관계된 계율도 묻고 대답하고 자세하게 조사하고 구분하여서 이것을 「비구니 계율」이라고 결정하였다.

그 다음 「마하 왓가(Mahā vagga)」, 「줄라 왓가(Cula vagga)」들도 구분해 놓는 「칸다까(Khandaka)」들과 「빠리와라(Parivara)」 빠알리들을 상가야나 결집하였다.

계경(Vinaya paṭaka)을 완전히 결집한 다음 우빨리 테라가 코끼리 상아로 만든 부채를 제자리에 다시 놓았다. 법상에서 내려와 마하테라 큰스님들께 합장 올리고 자기 자리로 돌아갔다.

🪷

그러자 마하 까싸빠 테라께서

"여러 대중 스님들! 나의 말에 귀를 기울여 주십시요.

상가 대중 여러분에게 적당한 시간이라면 내가 아난다 테라에게 담마를 물을 것입니다."

질문자로서 계속하여 자기 자신을 기억하게 하시는 것이다. 나 역시 나의 자리에서 두 손 합장 올리고 나서

"상가 대중 스님 여러분!

상가 스님들께서는 저의 말씀을 들어 주십시요. 상가 대중 스님께 적당한 시간이라면 제가 마하 까싸빠 테라께서 하시는 질문의 담마를 대답하겠습니다."

대답하는 이로서 나 자신을 드러낸 것이다.

그런 다음에 가사를 단정히 입고 법랍이 더 많으신 마하테라님들 께 두 손을 높이 들어서 합장 올린 다음 법상으로 올라갔다. 이미 얻은 아라하따 팔라의 위력이 있었으므로 자세를 고요하게 하려고 특별히 주의할 필요가 없었다. 원치 않은 실수나 걱정이나 두려움이 전혀 없었기 때문에 나의 몸과 마음이 고요하고 산뜻하였다.

대답자로서의 상징인 코끼리 상아로 만든 부채를 집어 들었다. 내가 자세를 갖추었을 때 질문자이신 마하테라께서 담마 부분을 묻기 시작하셨다.

꽃

"아난다 마하테라여!

「브라흐마 자라 숟따(Brahama jala sutta)」를 어느 장소에서, 어떤 사람을 원인으로 하여서, 어떠한 행동 때문에 설하셨는가?"

"마하테라님,

날란다 도시와 라자가하 수도 사이에 있는 암발라티까 동산의 왕의 소유 건물에서 수삐야 외도와 브라흐마다따라는 젊은이들을 원인으로 하여서 칭찬함과 경멸함이라는 행동 때문에 설하였습니다."

질문하시는 마하테라의 질문을 줄여서 대답한 다음 「브라흐마 자라 숟따」가 생겨나게 된 모든 원인을 자세하게 말하였다. 나의 일생 동안의 기록 가운데 수삐야의 스승과 제자에 관한 것을 들었을 것이다.

❧

경전(Piṭaka)으로 세 가지인 부처님 말씀을 무더기 니까야(Nikāya)로 모으면 다섯 종류가 된다.

① 디가니까야(Dighanikaya)

② 맛지마까야(Majjimakaya)

③ 상윳따까야(Saṁyuttakaya)

④ 인곳따라까야(Anguttarakaya)

⑤ 콕다까까야(Khuddakakaya)

처음의 디가니까야 안에 ① 실락칸다 왓가(Silakkahandha vagga), ② 마하 왓가(Mahā vagga), ③ 빠띠까 왓가(Patika vagga)의 세 무더기가 있다.

「브리흐마 자라 숟따」는 그 왓가 가운데 첫 번째가 되기 때문에 마하 까싸빠 테라께서 첫 번째로 질문하신 것이다. 그 다음 그 왕가 가운데 남은 경전, 남은 왕가, 남은 니까야들을 하나도 남김없이 계속하여 질문하셨다.

나 역시 장소, 목표로 하는 사람, 설하게 된 원인들을 자세하게 사루어 말씀드렸다. 그때 내가 말씀드렸던 차례대로 다음 미래에도 이어서 가르치고 배우도록 상가야나 결집 참석자 모두가 기억하며 외우셨다.

7월 그믐날 시작하였던 상가야나 행사를 우리들은 날마다 진행하여 갔다. 이 교단의 재가 제자 아자따사따 왕의 도움으로 우리들 모두 걸식해야 할 걱정을 하지 않고도 미래에 이 교단이 길게 머물 수 있도록 힘과 정성을 쏟아서 진행할 수 있었다.

담마의 실력 뒤에 권력의 힘으로 보호해 주었기 때문에 안과 밖의 방해가 전혀 없었다. 날마다 존경과 신심을 더하여서 뵈러 오는 신남 신녀들이 더욱 더욱 늘어갔다.

지나간 날짜와 결집되어진 경전들을 도표로 그려 가면서 대조해 보니 이 상가야나 결집하는 행사가 7개월은 족히 걸릴 것이라는 대답이 나왔다

Cūḷavagga

편한 마음으로 승복하다

미래 이 교단의 기초를 튼튼히 하기 위해서 진행하는 일이 거의 끝이 가까워졌다. 나의 제자들 대대로, 대중 여러분들의 아들 손자 대대로 이어서 이 행사를 기억하게 될 것이다.

이 세상에 이 교단이 머무르는 시간 동안은 이 행사의 공덕을 중히 여길 것이다. 이 정도로 공덕이 크고 이 정도로 위력이 큰 이 큰 행사의 가장 중요한 자리에서 내가 책임을 맡아야 하는 기회를 얻은 것이다. 이렇게 책임을 받아서 감당하여 진행할 수 있었던 기회를 얻은 것은 마하 까싸빠 테라의 은혜 때문이다.

빠띠삼비다 냐나(Paṭisambhida ñāṇa 부처님께서 설하신 담마의 뜻과 문법의 뜻을 완전하게 아는 특수한 지혜)를 얻은 아라한들 사이에 내가 들 수 있도록 생각해 주신 것이다.

이렇게 생각해 주시는 것은 나에게 두었던 그분의 은혜 때문이다.

언제나 보내 주었던 자비 때문이었다. 그러나 그 자비를 받아야 하는 나에게는 언제나 편안할 새가 없었다. 가끔은 옆구리도 등도 조여 오는 상황과 만나야 했다.

이 교단이 오래오래 머물게 하기 위해서 그분께서는 나에게 적당한 자리를 주셨다. 그러나 이 교단이 오래 머무는 데 방해를 준다고 생각하는 일에는 나에게 조금치의 우선권이나 얼굴을 봐주지 않았다. 내가 머리를 들지 못할 만큼 눌러 버리시는 것이었다.

❧

이 일을 여러분들에게 말해야 할지 말아야 할지를 생각해야 했다. 혹시라도 그분을 잘못 생각하게 될 소지가 있기 때문이다. 그러나 내가 말하는 것을 자세하게 듣고 나면 그분의 바른 의도를 지혜로써 이해하리라 믿는다.

그래서 유명하고 성대한 상가야나 결집 행사가 끝나고 사람들이 잘 알지 못하는 일들을 이야기하다가, 상가야나 결집하는 도중 잠깐 쉬는 사이에 그 틈을 타서 내가 한 가지 사실을 알려 드렸다.

사실 그 말은 이 상가야나가 시작되기 전에 알려 드려야 하는 것이었다. 계경 부분에 관계되었기 때문에 계경을 결정하기 전에 알려드려야 했다. 그러나 내가 잊어버렸다가 「마하빠리닙바나 숟다」를 자세히 조사해 볼 때 이 말이 기억난 것이다.

뒤늦게 생각난 그 말을 알려 드려서 무슨 이익이 있겠는가? 이익이 있거나 없거나 그것은 그때의 일이고 부처님께서 당부하셨던 말씀을 그냥 지나쳐 볼 수는 없지 않은가? 그래서

"마하테라님, 부처님께서 빠리님바나에 드시기 직전에 '아난다, 상가 대중이 원할 때는 아주 작은 소소계(쿡다누 쿡다까 금계)들을 빼어버려도 된다.'라고 말씀하셨습니다."

상가야나 결집 대중 모두가 들을 수 있도록 여쭈었다. 계경(위나야 삐따까)을 이미 모두 결집하였지만 아직 결집 행사가 끝이 나지 않았으니 여러 대중이 원한다면 고칠 수 있는 기회도 있었다.

'쿡다누 쿡다까 금계'란 그때의 상황에 따라서 정하셨던 아주 작은 금계들이다. 그 작은 것들을-어떤 분들은 빼어버리자고 강하게 주장하셨다. 미래 상가 대중들이 먹는 것과 지내는 것에 좀 더 편안하게 하려는 목적이었다.

그러나 그 작은 계들을 어떤 것이라고 자세하게 정하기가 어려웠다. 그래서 그분이 나에게 물었다.

"아난다 테라, 어떤 어떤 것들이 소소계라고 네가 부처님께 여쭈었더냐?"

"미처 여쭙지 못했습니다."

나 역시 사실대로 말씀드렸다. 그러자 상가야나 결집 대중들에게서 의견이 분분하였다. 그 소소계를 여러 가지로 집어냈다. 어떤 분들은 큰 계 4가지 외에는 모두 소소계에 넣어야 한다고 했다. 어떤 분들은 큰 계율에 상가디시사 13가지도 넣자고 했으며 아니야따 2가지도 큰 계에 넣기를 원했다.

어떤 이들은 니싸기 빠새이띠야 금계 30가지도 큰 계에 넣어서 정하기를 원했다. 어떤 분들은 숟다 빠쌔이띠야 90가지까지 큰 계에 넣기를 원했으며, 어떤 분들은 빠띠대사니 금계 4가지까지 큰 계에 넣기를 원했다.

이렇게 여러 종류, 여러 가지로 정하려 했기 때문에 부처님의 말씀을 드러내기 어려웠다. 내가 정신을 차리고 여쭈어 두었더라면 현재 계목의 일부가 바뀔 수도 있었을 것이다.

그러나 한편으로 이 상황을 잘 다스려 나갈 수 있는 마하 까싸빠 테라가 계시는 것을 잊지 말아야 할 것이다. 여러 가지 생각이 서로 다른 상가야나 결집 대중들을 그분께서 잘 다스려 나가시지 않는가?

🪷

"여러분들, 상가 대중 여러분들은 나의 말에 귀를 기울이십시오. 우리들의 계율은 세간 사람들도 알고 있습니다. 어떤 것이 사까 종족 수행자들에게 어울리지 않는 것이라고 알고 있소. 만약 우리들이 소소계들을 빼어버린다면 많은 사람들의 입에 오르내릴 것입니다.

'제자들에게 고따마 수행자가 정해 놓은 계율이 오래 머물지 못하는구나! 불이 탈 동안 분명하게 있던 연기처럼 짧은 순간에 사라지는구나! 그들의 스승이 있을 때는 계율대로 수행하다가 스승이 빠나닙바나에 들자마자 계율대로 수행하지 않는구나!'라고 많은 사람들의 멸시를 받을 것입니다.

만약 상가 대중 여러분들에게 적당한 기회가 있으면 상가 대중은 부처님께서 정하지 않으신 것은 정하지 말고, 부처님께서 정하신

것은 빼어버리지 말고, 부처님께서 정하신 대로만 지키고 행하여
갑시다. 이것을 알리는 바입니다."

✿

크고 작은 일을 할 때에는 이렇게 알려주는 것이다. 정해진
것을 냐따(Nata)라고 한다. 지금도 이 교단 역사 전체에서 가장
큰일 한 가지를 하려는 것이다. 그 일을 할 때 의견을 정하고 그
결정문을 낭독하는 것을 깜마와싸(Kammavaca)라고 한다.

자세하고 구족하게 원인, 진행, 결과, 확정한 것을 낭독하는 말이
라는 것이다. 크고 작은 일을 할 때에 차례대로 먼저 이렇게 정하여
서 알려주면 생각이 같지 않은 이들이 다른 의견을 제시할 수도
있다.

그러나 자기가 제시한 의견이 다른 대중들의 동의를 받지 못하면
쓸모없이 된다. 그때는 자기 생각이 다르더라도 가만히 있어야
한다.

여기에서 제시하여진 말을 확정하도록 마하 까싸빠 테라께서
결정문을 읽으셔서 널리 알렸다. 상가 대중의 지도자 마하 까싸빠
테라의 대중을 잘 다스리는 능력 때문에 의견이 많던 일 하나가
잘 처리되었다.

이 교단 안의 생활에 들어와서 지내려면 정하여진 계율대로
마음에 존경심을 가지고 따라서 행하여야 한다. 이 문제가 해결되자
다음 문제가 생겼다.

"아난다 테라, '어떠어떠한 것이 소소계(쿡다누 쿡다카 식카빠다) 입니까?'라고 네가 부처님께 여쭈지 않았다. 이렇게 여쭈지 아니한 것은 너의 허물이다. 그 허물을 인정하느냐?"

나 자신 너무나 존경하는 마하테라들께서 한결같이 나에게 질책하시는 것이다. 그분들의 얼굴을 한 분, 한 분 차례차례 둘러보았다. 그 얼굴들은 나에게 언제나 자비를 보내 주시던 얼굴이다. 그분들의 입에서 나를 칭찬하는 소리가 차례차례 나왔었다.

그런데 지금 그 입에서 나를 비난하는 말씀이 나온 것이다. 그분들의 얼굴이 굳고 딱딱하지는 않았지만 이미 단단히 결정되어진 표정이었다. 부처님께서 원하시는 것을 가장 잘 짐작하던 내가 마하테라들과는 서먹서먹해지는 것이다. 내가 사왓띠를 떠날 때부터 이런 준비가 있었을 것이다.

그러나 나에게 해야 할 일이 있었기 때문에 말하기가 쉽지 않았다가 이제 내가 그 말을 끄집어냈으니 준비한 대로 모두 의견일치가 되었을 것이다. 그러하신 마하테라 가운데 나에게 조금이라도 동정하는 기회를 주신 분은 아무도 없었다.

마하테라님의 자리를 건너다보았지만 뵐 수는 없었다. 부처님과 같은 위치로서 존경하였던 그분은 앞만 바라보고 계셨다. 작은 계율을 빼어버리자는 의견을 막으신 그분은 나에게 조여 오는 마하테라들을 막아 주는 일은 하지 않으셨다.

그래서 이 차례 역시 마하테라께서도 의견이 같았을 것이다.

이전 같았으면 이러한 상황을 만나면 나는 '헉헉' 하고 울음을 터뜨렸을 것이다. 나에게 이렇게까지 할 수 있느냐고 마음의 고통을 받았을 것이다. 그러나 지금 울어야 할 눈물은 없다. 키워야 할 마음의 고통도 없는 것이다.

'어느 것, 어느 것' 하고 구분해서 묻지 않은 것을 허물이라고 해도 7종류 허물 어느 한가지와도 관계되지 않는다. 그러한 행동에 어느 허물을 지을 수 없다. 이 사실을 마하테라께서 모를 리가 없다. 틀림없이 다 알고 계신다.

그런데도 허물이라고 하기 때문에 내가 부정하기도 긍정하기도 어렵게 되었다. 너무나 존경하는 마하테라님들의 말씀이니 내가 거부하기는 너무 어려웠다. 그렇다고 그 행동을 허물 한 가지라고 할 수도 없었다.

나 자신이 내 마음을 가장 잘 알고 있지 않은가?

그때는 부처님께서 빠리닙바나에 드시는 시간이었다. 부처님과 헤어지는 것만의 생각으로 슬픔으로 덮여서 자세히 구분하여서 여쭐 정신이 없었던 것이다.

부처님이나 상가를 존경하지 않아서가 아니다. 그러면 허물이 아닌 것을 허물이 아니라고 분명하게 부정하여야 하는가? 그것도 될 수 없다. 내가 부정한다면 이 자리가 아마도 두 부분으로 갈라질 것이다. 나를 힐책하는 마하테라들께서 절대로 물러서지 않을 것이다.

그렇게 되면 지금 진행중인 일이 볼품없이 다 일그러져 갈 것이다. 와따까라 대신 앞에서 칭송했던 만큼 그에 비례해서 부끄러움을 얻게 될 것이다. 나의 일생 가운데 가장 어려운 상황이 되었다. 다른 이들과 관계된 일이라면 마하테라 여러 분들이 원하는 대로 따르는 것은 나에게 어렵지 않다.

그러나 지금은 부처님과 관계된 일이다. 부처님을 너무나 존경하였기 때문에 슬픔에 싸여서, 그 슬픔이 박혀서 자세하게 여쭈는 것을 잊어버린 것이다. 그러면 부처님을 좋아하고 존경하는 것조차 허물이 되는가?

어찌됐건 나는 이 교단의 짐을 지고 나가는 수행자의 한 사람이다. 이 교단 전체의 초석이 되는 상가 안에 포함되어 있다. 그래서 상가의 얼굴을 세워 주어야 할 것이다. 지금 현재 있는 상가 대중과 사방에 있는 상가 대중들을 생각해야 할 것이다.

그밖에 한편으로 부처님께 존경하는 마음이 허물에 포함되지 않도록 주의시켜야 할 것이다. 그래서 내가 생각하고 생각하여 이렇게 여쭈었다.

"상가 대중 여러분들!

제가 슬픔에 빠져서 여쭙는 것을 잊어버렸습니다. 부처님과 상가를 존경하지 않아서가 아닙니다. 그래서 그 행동을 저의 형편으로는 허물이라고 볼 수 없습니다. 그러나 여러분들을 존경하므로 허물이라고 인정합니다."

마하테라들과도 반대가 되지 않고 부처님을 존경하는 마음도 허물에 포함되지 않도록 조심스럽게 주의를 기울여 여쭈었다. 이렇게 내편에서 편한 마음으로 승복했기 때문에 마하테라님들께서도 만족해 하셨다.

상가 마하나야까 대지도자이신 마하테라께서도 나에게로 얼굴을 돌려 주셨다. 나를 어린아이처럼 야단치시던 그분이 지금 고요한 태도로 나에게 고개를 끄덕여 주셨다.

🪷

"아난다 테라, 너는 부처님의 목욕가사를 발로 누르면서 기웠다. 이렇게 깁는 것은 너의 허물이다. 그 허물을 인정하느냐?"

처음 문제 한 가지가 끝나는가 싶자 그 다음 문제가 바짝 따라왔다. 사실 그 일도 허물은 아니다. 그때 부처님 발치에는 나 혼자뿐이었다. 병이 나신 부처님 시중을 드느라 부처님의 목욕가사를 그때 상황에 따라서 빨리 기워야 했다. 그러나 어찌했건 그 행동도 내쪽에서 승복하지 않으면 마음 불편한 것이다.

"상가 대중 여러분들!

한쪽에서 잡아 줄 한 사람의 비구도 없었기 때문에 저 혼자서 형편 되는 대로 기워야 했기 때문입니다. 부처님을 존경하지 않아서가 아닙니다. 그래서 그 행동을 저의 편에서 보면 허물이라 볼 수 없습니다. 그러나 여러분들을 존경하기 때문에 허물이라고 인정하겠습니다."

두 번째도 다시 마하테라님들이 원하는 대로 따라서 말씀드렸다. 그러나 그분들이 준비한 것은 아직 끝나지 않았다.

"아난다 테라, 꾸시나가라 사라나무 숲에서 여자들에게 먼저 부처님을 뵙게 했다. 그들이 엉엉 울어서 부처님께 그들의 눈물을 떨어뜨리게 했다. 이렇게 눈물이 묻게 한 것은 너의 허물이다. 그 허물을 인정하느냐?"

나에게 허물을 물을 때 여자들과 관계된 일이 포함된다. 나는 여자들과 친숙하였으므로 절대로 가까이 가지 않는 마하테라님들의 마음속에 의심이 있는가는 모르겠지만 그러나 나 역시 나의 계율을 마음 놓고 믿고 있는 것이다.

"마하테라님, 여자들이 한밤중까지 숲 속에 있지 말라는 뜻으로 그들에게 먼저 부처님을 뵙는 자비를 주었습니다. 세상사람 행동을 저의 처지로 보면 허물이라고 볼 수 없습니다. 그러나 마하테라님들을 존경하기 때문에 허물이라고 인정합니다."

✿

사실대로 여쭈면서 세 번째 다시 승복하였다.

오늘밤은 잘못을 긍정해 주고 모두 져 주는 날이 되었다.

"아난다 테라, 부처님께서 자세하고 알기 쉽게 넌지시 비쳐 보여 주었는데도 정명을 채울 때까지 머무시도록 청하지 않았다. 그렇게 여쭈지 않은 것은 너의 허물이다. 그 허물을 인정하느냐?"

"대중 스님 여러분들!

그때 뜨거운 걱정으로 울어야 하는 번뇌의 마라가 막았기 때문에 여쭈지 못했습니다. 부처님께서 정명을 채울 때까지 머물지 못하게 하려고 해서가 아닙니다.

그래서 그 행동을 제 처지로서 허물이라고 볼 수 없습니다. 그러나 여러분들을 존경하므로 허물이라고 인정하겠습니다."

이 허물이 다시 한 번 더 생겨난 것이다. 부처님께서 직접 이렇게 허물하지 않았던가?

그러나 부처님의 목적은 나의 슬픔을 들어 주시려고 것이었다. 지금 마하테라들께서 허물하시는 것도 나를 일부러 괴롭히려고 하시는 것은 아니다. 분명한 이유가 있어서 분명하게 서서 허물을 묻는 것이다. 그분들의 의도는 뿌리가 곧 드러날 것이다.

🪷

"아난다 테라, 부처님께서 직접 깨달아서 설해 놓은 이 교단에 네가 여자들에게 비구니가 되는 허락을 얻어내도록 억지로 노력했다. 이렇게 노력한 것이 너의 허물이다. 그 허물을 인정하느냐?"

옳구나! 앞에 허물을 물었던 것이 모두 이 일 때문이었구나! 여자들에게 비구니가 되는 허락을 부처님께서 여섯 번이나 막으셨으나 내가 꼭 얻어 내어서 열어 주었다. 이렇게 열어 줌으로써 많은 여자들의 존경과 사랑을 받았다.

그러나 이 교단을 이끄시는 지도자 위치의 마하테라님들께서는 나의 행동과 생각이 다르셨다. 그러나 부처님께서 허락하신 것이 되어서 어떤 비판도 할 수 없었다. 이제 부처님께서 계시지 않은 때에 이 일을 다시 드러낸 것이다. 내가 열어 주었기 때문에 그 대문으로 많은 여자들이 무리무리 들어왔다.

부처님의 아들들처럼 그들도 부처님의 딸들로서 이 교단의 위엄을 이끌어 나갈 수 있었다. 으뜸가는 칭호를 받은 이들, 선정 신통을 얻은 비구니들도 생겨났다. 이러한 것을 마하테라들께서도 잘 알고 계실 것이다.

자기들과 같이 이 교단의 가르침의 열매를 먹을 수 있는 기회를 얻는 것을 기뻐할 것이다.

그런데 상황이 같지 않구나! 부처님께서 계시는 동안 그 딸들을 자세하게 잘 다스려 거둘 수 있었다. 여자들의 약한 점을 아시는 만큼 우리들보다 더욱 많은 금계들을 정해 주셨다.

그들이 따로 서 있는 기회를 주지 않고 우리들의 가르침을 받아야 했고, 그들 스스로 비구니를 만든 다음 비구 상가에 와서 다시 한 번 더 계를 받게 했다.

어머니 마하 빠자빠띠 고따미께서 비구, 비구니를 구분하지 말고 법랍대로 존경하도록 여쭈었지만 부처님께서 허락하지 않으셨다. 여러 가지로 우리들의 지도를 받아야 했다. 그 정도로 다스려도 가끔은 그 본성을 드러내지 않았는가?

❀

부처님께서 부처님과 같은 위치로 올려 격려해 주셨던 그분께 똘리난다와 똘라띠싸가 이것저것 함부로 말하기도 했다. 바늘 만드는 이에게 바늘 장수가 와서 바늘 판다고 하지 않았는가? 때이티(외도)에까지 못 가보았던 이라고 제멋대로 비방하였다.

그때 "아난다, 그만 두어라. 내가 참아야지. …… 상가의 성품만은 내가 거듭 말하지 않겠다. 아난다, 너는 부처님께서 부처님 대신으로 칭찬하신 마하테라를 막을 수는 있으면서, 그런데도 비구니 하나는 막지 못하는구나! 그 비구니와 미워한다거나 좋아한다거나 할 것이라고 비구들이 너를 생각하지 않게 하라."

그렇게 말씀하셨다. 말씀하신 만큼의 상황은 아니었더라도 이 사건이 나의 책임인 것은 분명하다. 그들을 이 교단에 들어오도록 내가 억지를 써서 들어오게 했다. 그분께 함부로 떠들어댄 이들도 모두 나의 제자 비구니들이었다.

이러한 것들이 '이 어린아이'라는 말로 불리운 이유가 되었다. 그러니 그 일에 관해서 나에게 허물하지 않으면 누구에게 허물을 묻겠는가?

⚜

지금 현재 그 입이 거칠던 톨라난다와 톨라띠싸는 이 교단에 없다. 그러나 나중에라도 그들과 같은 이들이 나오지 않는다고 할 수 없다. 우리 쪽에서 봐주면 봐줄수록 생겨날 것이다. 입만 거칠 뿐 아니라 원하는 대로 어리석은 일을 만들도록 이끌어 가는 이도 있었지 않았는가!

꼬삼비 도시 고띠따란마나 정사에서 지낼 때였다. 신도 한 사람이 와서 여쭈기를, 비구니 한 사람이 지금 병이 났는데 테라님 뵙기를 원한다고 전하였다.

그래서 그들이 지내는 정사로 갔다. 비구니 대중들에게 법문을 해주는 책임을 맡은 나는 그곳을 드나들 수 있는 허락이 있었다. 내가 그곳에 갔을 때 다른 이들은 나올 수 없고 아프다는 이 혼자만 구석 침대에서 이불을 둘러쓰고 누워 있었다.

상황을 둘러보고 사실을 눈치챈 나는 멀지도 가깝지도 않은 곳의 의자 위에 앉아서 그녀에게 법문을 했다.

"오! 누이여, 이 몸이란 음식 때문에 생겨났소. 음식을 의지해서 생긴 몸이 음식에 애착하는 것을 버리는 것이 적당하오.

이 교단의 수행자가 걸식하여 공양을 들 때 적당하게 마음을 기울여서 먹어야 하오. 힘을 키우기 위해서가 아니오.

몸의 균형을 이루어 담마를 생각할 수 있을 정도로만 먹고 마셔야 하오. 이렇게 고르게 얻은 음식을 의지해서 음식에 애착함을 버려야 하오."

"오! 누이여, 이 몸은 갈망 때문에 생겨났소. 갈망을 의지해서 갈망을 빼어버려야 하오. 이 교단의 한 수행자가 아라한이 되었음을 듣고 알았을 때 '나는 언제 그와 같이 되려나?'라고 원해야 합니다.

그렇게 원한 다음 바른 길로 수행하여서 아라한이 되었을 때 아라한이 되려는 갈망이나 애착을 떼어버릴 수 있습니다."

"오! 누이여, 이 몸은 교만 때문에 생겨났소. 교만을 의지해서 교만을 빼어버려야 하오.

이 교단의 한 수행자가 다른 수행자가 아라한이 되었다는 소리를 듣고 '부처님의 똑같은 제자로서 그는 아라한이 되었다. 나는 무엇 때문에 아직까지 되지 못했는가?'라고 자존심을 세워야 합니다.
그 자존심으로 바르게 수행하여서 아라한이 되었을 때 세웠던
자존심과 교만을 빼어버릴 수 있습니다."

"오! 누이여, '이 몸은 음행으로 생겨났다. 그 음행의 기초부터
시작해서 빼어버려야 한다.'라고 부처님께서 말씀하셨습니다."

애착에 따라서 어리석음을 펴기 전에 법문을 듣고 나에게 애착하
던 그녀가 바른 견해를 얻었다. 그가 허물을 드러내서 참회하였기
때문에 나도 만족하게 받아들였다.

※

이러한 상황으로 이 교단의 미래에 대해서 마음이 무거울 것이리
라. 이러한 일을 미리 내다보시고 부처님께서 여섯 번이나 막으셨을
것이다. 그렇게 막으신 것을 내가 억지로 청하여서 열어 주었다.

사실 마하테라께서 짐짓 비구니 교단을 없애려는 마음은 아니었
다. 툴라난다 같은 종류의 일이 더 이상 생겨나지 않도록, 더 이상
막지 못할 일이 더 이상 생겨나지 않도록, 더 이상 막지 못할 일이
생기기 전에 다스려 놓으려는 목적일 것이다.

그래서 그들 모두의 대리로 그들의 일을 해주는 이를 눌러 놓으려
는 것이리라. 허물할 만하여서 허물한다고 하여도 마하테라들께서
나에게 갑자기 말하는 것은 아닐 것이다.

그래서 중요하지 않은 일에서부터 시작하여 필요한 일을 말하려
고 하신 것이리라. 나에게 자비심을 가지고 내 처지를 생각하신
것이다. 이렇게 둘러서 알았더라도 그분들의 말씀을 거부할 수는

없다.

그러나 내쪽에서도 억지로라도 청해서 해줄 만한 사람이었으므로 청을 드린 것이었다. 그래서 양편 모두 다치지 않도록 내가 이렇게 말씀드렸다.

"상가 대중 스님들이시여!

마하 빠자빠띠 고따미는 부처님을 친어머님처럼 길러 주셨습니다. 어머니가 돌아가시고 나서 그 스스로 직접 젖을 먹여서 커가도록 길렀습니다. 그래서 어머니 고따미와 여자들에게 이 교단에 들어오도록 허락 받으려고 노력했던 것입니다.

그래서 그 행동을 제 처지로서 허물이라고 볼 수는 없습니다. 그러나 마하테라 여러분들을 존경하므로 허물이라고 인정하겠습니다."

Cūḷavagga

마음 편안해지이다

나의 마음에 기쁨을 생기게 하는
오! 선한 이들이여!
잘 오신 거룩하신 부처님과
모든 제자분들의
잘 오신 좋은 소식 가지가지를
제가 모두 열어서 보여 드렸습니다.

이제까지 펴서 열어 보였던 모든 장을 이제 여기서 거두려고
한다. 내 일생 동안 기록한 긴 이야기들을 참고 들어 준 여러분들에
게 이제 마지막 인사를 해야겠다. 이렇게 길고 긴 이야기를 들어오느
라 지루했으리라고는 생각지 않는다.

삼보에 관해서 이야기하는 것을 나 역시 피곤하다고 생각지

않기 때문이다. 다음 일백 년을 다시 더 이야기하더라도 끝나지 않을 것이다. 그러나 살아 있을 날이 다했다. 오늘 해가 지는 순간에 나의 긴 윤회 여정은 모두 막을 내릴 것이다.

살아 있는 날짜를 세어서 여러분에게 적당한 이야기들을 골라서 보여 주었다. 신심과 지혜 두 가지를 고르게 키울 수 있는 이야기들에 특히 중점으로 두어서 보인 것이다.

지금 이렇게 말하는 동안에도 해가 서쪽으로 기울어져 간다. 서쪽 산자락의 그늘이 내가 있는 작은 마을 위로 점점 내려오고 있듯이, 죽음의 그림자도 나의 몸을 덮어 오고 있다. 그러나 말해야 할 것이 남았기 때문에 모두 모아서 말해야겠다.

앞에서 보여 왔던 상가야나 결집하는 장면에 뿌라나(Purana) 마하테라가 오는 이야기가 들어 있지 않았다. 꾸시나가라에서 상가야나 결집하는 일을 의논할 때 결집하는 대중 500명 외에 다른 이들은 라자가하에서 안거하지 말도록 정하였다.

❀

그러나 결집하는 일이 안거가 끝나고도 계속되었기 때문에 우리들이 있는 곳으로 뿌라나 마하테라가 왔다. 대키나가라 마을에서 라자가하 수도로 온 것이다.

그분께서는 제자 500명을 거느린 유명한 아라한이셨다. 테라의 명성을 존경하는 상가 결집 대중들이 그분을 결집하는 곳에 오시도록 초청했으나 그분은 거절하셨다.

"여러분 마하테라들께서 담마와 위나야를 상가야나 결집하는 것은 너무나 좋은 일이요. 그러나 우리들은 부처님 앞에서 내가 직접 들은 대로, 들은 그대로만 행할 것이요."

그분은 그분의 생각을 분명하게 말씀하셨다. 우리들의 상가야나 행사를 막지도 않고 밀어주지도 않으려는 뜻이었다. 그분처럼 우리들도 부처님께 모두 직접 들은 것이다. 다른 이들도 많거나 적거나 들었다. 설하신 분과 담마는 다르지 않지만 듣는 이가 다른 것처럼 기억하는 것이 다를 수도 있다.

생각이나 견해가 다를 수도 있는 것이다. 그래서 기억과 생각, 견해가 다르지 않도록, 그릇되지 않도록, 우리들 상가야나 대중이 모여서 결집하는 것이다. 모여서 외우고 일치하도록 하는 것이다. 그러나 뿌라나 테라는 우리들이 정한 것을 거부하지도 않고 그 스스로 펴겠다고 했다.

부처님 생존 당시의 제자이기 때문에 그의 생전에는 그릇되거나 잘못되지 않을 것이다. 그러나 그와 같은 능력이 없는 훗날의 제자 시절에는 어떻게 되겠는가?

같지 않고 점점 다른 것들이 생겨나면서 교단에 서로 경쟁하는 무리들이 생겨날 것이다.

🪷

어찌했건 나의 책임은 끝이 났다. 우리 시절에 내가 할 수 있는 만큼은 모두 감당했다. 미래의 일은 미래 사람들이 책임질 것이다. 이 교단 전체가 갈라지지 않고 한결같이 머물 수 있도록 우리가 세웠던 초석들을 참아서 마음 편하게 승복해 주는 화합의 풀로 잘 뭉쳐 놓았다.

그 초석 위에 거듭거듭 쌓아 올린 건물들도 참음과 화합으로 잘 뭉쳐 놓아야 할 것이다. 참음이라는 화합이 없으면 조각조각 부스러질 것이다. 나의 출가 제자, 재가 제자들에게 대대로 이어져 가기를 특별히 당부하고 싶다.

7월 스무날 시작한 상가야나 결집 행사가 다음해 2월 보름날 완전히 성공적으로 끝났다. 상가야니 결집행사가 끝나기 전 나는 부처님께서 일러 주셨던 것 한 가지를 다시 말씀드렸다.

산다를 위해서 남겨 주신 브라흐마나 형벌이다. 이 일에 대해서 자세하게 여쭈어 두었기 때문에 어려움은 없었다. 말씀하신 대로 진행하는 것만 남았다.

그 일에 대해서 마하테라들께서 나에게 책임을 주셨기 때문에 나는 산다가 있는 꼬삼비 꼬띠따람마나 정사로 가야 했다. 내가 간 이유를 안 산다가 와서 예배하였다.

"산다여! 상가 대중이 너에게 브라흐마나 벌을 주라고 보내서 내가 온 것이다."

도착하자마자 필요한 일을 말해 주었다.

"아난다 테라님! 브라흐마나 형벌이란 어떤 것입니까?"

"산다여, 지금부터 앞으로 네가 말하고 싶은 대로 말하라. 너에게 어떤 스님도 말하지 않으며, 충고도 하지 않고 막지도 않는다. 이렇게 벌을 주는 것이다."

산다에게 내가 사정을 모두 말해주자 산다가 풀썩 땅 위로 넘어졌다. 그에게 어느 누구도 약을 주지 않는다는 말이 마음에 닿은 것이다. 이렇게 말하면, 이렇게 느낄 것이라고 짐작은 했었다. 그러나 그에게 자비와 연민심을 두신 부처님께서 주신 약이니 피할 수 없어 만난 것이다. 갑자기 이런 벌을 받은 약이 반드시 이익 있는 효과가 있을 것이다.

꼬띠따란마나 정사에서 모든 비구가 주는 어떠한 것도 약도, 친구도 되지 않았기 때문에 산다는 바라나시로 갔다. 나는 상가 대중이 맡겨 준 책임을 끝냈지만 산다의 앞날이 걱정되어서 그대로 꼬띠따 정사에 계속해서 머물렀다.

내가 바라던 대로 오래지 않아서 산다가 꼬띠따 정사로 돌아왔다. 바라나시 근처 미가다와나의 사슴동산에서 첫 법문을 설하신 곳에 지금은 큰 정사가 생겼다. 산다는 녹야원에 가서 건물마다 다니면서 인사를 했다. 그에게 브라흐마나 형벌을 준 것을 알기 때문에 어느 누구도 그에게 말대꾸를 해주지 않았다.

못된 짓도 말리는 이가 있어야 할 맛이 나지, 잘하거나 못하거나 도대체 아무도 상대해 주지 않자 처음에는 심심하였다. 그러나 날이 오래 지나자 도대체 할 일이 없게 되었다.

그래서 그가 법문 설해 주기를 나에게 수차례 청하였기 때문에 그것만은 자세하게 설해 주었다. 할 일도 살맛도 나지 않자 수행이나 하게 된 것이다.

"아난다 테라님, 제가 법을 청했을 때 마하테라께서 오온과 생기고 사라지는 상카라 모든 법의 무상의 성품과 모든 법의 무아의 성품을 설해 주셨습니다.

마하테라께서 설하여 주신 대로 이해합니다. 그러나 생기고 사라짐이 모두 멸한 닙바나 법을 체험할 수는 없었습니다. 뜨거운 번뇌와 집착들이 생겨났습니다. 이 법들이 무아라면 나라는 집착이 어째서, 왜 일어납니까?

4성제의 진리를 확실하게 깨달은 이라면 이러한 애착이 생길 수 없습니다. 그래서 저에게 이해하도록 설하여서 보여 줄 수 있는 테라님께 돌아온 것입니다.”

산다의 말을 생각해 볼 때 산다는 지금 원인과 결과를 아는 지혜(Paccayapariggaha ñāṇa)로 원인법과 함께 거두어서 생각하지 못하고, 생기고 사라지는 상카라 법만 위빠싸나로 관찰한 것이다. 그러나 산다뿐만 아니라 위빠싸나 지혜가 여린 이들도 산다처럼 될 것이다.

담마를 따라가다가 물에도 들어가지 못하고 모래에도 올라가지 못한 배 같은 처지인 산다에게 삼장 가운데 적당한 법을 찾아보다가 깟싸나 테라에게 설하여 주신 법문을 보게 되었다.

“깟싸나여! 법의 성품을 언제나 머물게 한다는 것은 한쪽 극단이 된다. 전혀 없다고 하는 것 역시 한쪽 극단이 된다. 그래서 나 여래는 그 양 극단을 가까이하지 않고 바른 중도 법만 보여준다. 빠띠짜 사무빠다(Paṭicca samuppada, 원인 결과 법)를 설하여서 원인 결과가 끊어지는 닙바나 법을 아는 데까지 나 여래가 설한다.……”

부처님께서 설하신 가르침으로 내가 도와주었기 때문에 산다는 모든 번뇌를 멀리 빼어낸 아라한 지위까지 이르렀다. 그러자 산다가 나에게 와서 상가 대중이 자기에게 내린 브라흐만 형벌을 거두어 줄 것을 청했다.

"산다여! 네가 아라하따 팔라를 체험하게 하기 위해서 이 벌을 준 것이다. 지금 너 스스로 직접 아라하따 팔라에 이르렀으니 그 벌은 저절로 사라진 것이다."

🪷

상가야나 결집행사에 관한 일을 모두 끝내고 나서 나는 천천히 큰 도시를 지나갔다. 마음을 편안하게 해주는 로히니 강변의 작은 마을에서 편안히 지냈었다. 40여 년을 이곳에서 지내 왔으나 이 마을 주변에 나의 비구니 제자들은 없었다.

마음이 가는 곳에 몸이 갈 수 없는 늙어진 시간에 뜨거운 걱정이 없는 높은 담마의 행복을 잡고 있기 때문이다. 이 큰 법을 체험하고 고요한 행복을 즐기면서 이러한 법을 주신 은혜로운 분을 기억한다.

오늘은 그분이 보이신 모범을 따라서 닙바나로 따라갈 것이다. 형님과 아우가 만날 것이다. 그렇게 만나기 전에 나에게 은혜를 주었던 절 창건주 한 사람을, 내가 왜살리 수도 근처에 있는 배루와 마을에 머물고 있을 때 만났다.

아타까나가라 도시에서 살았기 때문에 그를 다사마라고 불렀다. 그들 도시에 살고 있는 거부 장자들을 풍족한 재산으로 서열을 따져 보았을 때 열 번째가 되기 때문에 다사마라고 이름한 것이다.

그 다사마 장자가 빠딸리뿟따 도시 꼭꾸타라마 정사에서 소식을 전해 듣고 나에게 와서 아라하따 팔라에 이르는 수행방법을 물었다.

세간 선정을 차례차례 얻는 모습에서부터 시작하여 닙바나까지 이르는 모습, 수행했던 사마타와 위빠싸나에 애착이 있으면 아나가미만 될 수 있다는 것, 애착이 없으면 아라한이 되는 것 등을 자세하게 설해 주었다.

그러자 다사마 장자가 기쁨에 넘쳐서 왜살리와 빠딸리뿟따에 있는 모든 상가를 초청하여서 공양 올렸다. 한 분에게 가사 한 벌씩 올리고 나에게는 세 벌을 올렸다. 나를 목표로 큰 정사를 지어서 보시했다.

나와 이 교단을 위해서 은혜가 많았기 때문에 이 사실 역시 기록해 보이는 것이다. 이 교단과 직접 관계가 없는 나라의 일은 내가 널리 보일 필요를 느끼지 않는다. 사왓띠 수도에는 누가 왕이 되었는지 알고 싶지 않다.

❀

라자가하의 이 교단의 제자 아자따사따 왕을 그의 아들 우다야받다가 죽이고 나서 왕이 된 것, 와따까라 대신이 왜살리 전체를 무너뜨린 것, 모두가 나에게 무상의 두려움을 일깨울 뿐이다.

왜살리가 무너지기 전 우리들의 암바빨리가 그의 아들 스님 위말라 꼰단냐에게 사사 시주물을 보시하던 신도에서 출가 비구니가 된 것도 들었다.

죽어서 무너지는 위험과 윤회의 위험, 이 두 가지 위험 모두에서 벗어났기 때문에 나는 기쁨이 넘쳤다. 자, 이렇게 말하다 보니 서쪽 산머리에 해가 반쯤은 이미 내려갔구나!

지금 이 시간에 그동안 나에게 도움을 주었던 신남신녀들에게 마지막 인사를 해야겠구나. 해가 떨어지는 순간 나의 몸이 로히니 강의 허공으로 올라갈 것이다. 허공에서 나의 수명이 끝나고 나의 몸은 스스로 불이 나서 모두 타게 될 것이다.

남은 사리가 강변 양쪽으로 고르게 나누어져서 떨어질 것이다. 그것은 내가 양쪽 강변에 사는 신남 신녀들에게 고르게 자비심을 보내는 증거를 보여주리라.

✿

나의 마음을 기쁘게 하는
웃음을 짓게 하는
오! 모든 선한 이들이여!
오! 모든 제자들이여!
오! 신남 신녀들이여!

애착하지 말라.
울지 말라.
일찍이 부처님께서 설하여 주시지 않았던가?

좋아하고 존경하는 이와
살아서 헤어지거나
죽어서 헤어지거나 헤어져야 한다.

변해지고 바뀌어진다고 주의를 주지 않았더냐?
생기는 성품은 무너지게 되어 있는 것을
무너지지 말라고 애원하여도 얻지 못한다.
비키지 못하고 죽어야 하므로 ……

죽어야 하더라도
나의 죽음 또한 높다고 해야 하리라.
높은 죽음처럼 삶 또한 높았었다.……

이러한 사실을 마하 사리불 테라의 제자 우빠새나 테라가 이렇게
말하였다.

"오! 나는 행복하구나! 나는 행복하구나!
번뇌에서 멀리 떨어져
사성제의 바른 진리를 스스로 깨달으신
삼마 삼붓다 부처님이 나의 스승님이다.

잘 설해 놓은 이 교단에 나는 출가비구가 되었다.
나와 같이 지내는 대중들도 계율이 청청하다.
선한 이들의 마음이 있다.
나 역시 모든 계율이 구족하고 깨끗하다.

나의 마음은 고요하다.
한 가지 대상만 있다.
나는 모든 번뇌가 다한 아라한이다.
신통공덕 역시 크고 크다.
나의 삶은 너무나 높구나!
나의 죽음 또한 너무나 고상하구나!"

"나의 마음을 기쁘게 하는
마음속 웃음을 떠올리게 하는
오! 모든 선한 이들이여!
오! 모든 제자들이여!
오! 모든 신남 신녀들이여!

우빠새나 테라와 같이
너희들 역시 이 귀한 보배와 만났을 때
자기 생을 자기 스스로 기뻐하게 하라.
만족하게 하라.

이 교단의 가르침으로
이 교단의 깨끗한 지혜를 얻으라.
모두모두 마음 편안하라."

Udāna pāḷi

팔리어 용어풀이

가나보자나 식카빠다 음식에 대한 금계
가루나 연민심
가루담마 공경법
간다꾸띠 응향각
깜마 업, 일
깜마 오욕락 사람이 원하고 좋아하는 모양, 소리, 냄새, 맛, 감촉들을 즐기는 것
깜마와짜 정해진 사실을 공표함
꾸살라 선업
낄레사 번뇌
나따 계율
냐띠 상가의 공고문
냐띠 깜마와짜 계단에서 결정된 공고문
니간타 나체 외도
니로다 사마빠띠 멸진정
니사야 의지하고 가르쳐 주는 스승
닙바나 모든 번뇌의 소멸, 열반
담마 가르침, 진리, 법
담마 대이타나 법에 관한 일
담마쩨까 초전법륜
담마야다나 법보
담마와디 법의 견해
대바쩨꾸 냐나 천안통

대이타 사라나 가마나 바른 견해로 의지함

대이티 사견

독까따 작은 허물

두딴가 번뇌를 털어내는 행

둑카 고

둑카 삿짜 고통의 진리

둑카띳싸 고의 진리

둑카랙칸나 고의 특성

때이티 외도

루빠 몸

마하 크고 위대함

막가 도

막가 냐나 도의 지혜

막간가 도의 조건

맫따 자비

무디따 기쁨

밋시마 빠띠빠다 중도 수행

반때 큰스님

발라 힘

보장가 깨달음의 조건

브라흐마싸리야 높고 고상한 수행

브라흐만 색계 천인

빅쿠 비구

빠까사니야 깜마 분명하게 지은 업을 널리 알리는 일

빠때이싸 사목빠다 원인 결과 법

빠띠사라니야 깜마 참회하고 용서 구하는 일

빠띠삼비다 냐나 부처님께서 설하신 담마의 뜻과 문법의 뜻을 완전하게 아는
　　특수한 지혜

빠라지까 가장 큰 허물, 큰 계율, 큰 계

빠리닙바나 몸과 마음이 완전하게 닙바나에 든 상태

빠바사니야 깜마와싸 절에서 쫓겨나게 되는 이유와 결정된 내용을 읽는 것

빠쎄이띠야 작은 허물

빠와라나 자자(自恣)

빠타위 다뚜 흙의 성분

빠탄마 보디 전반부의 20안거

빤냐 지혜

뽁갈라 대이타나 사람에 대한 일

뽁배니와사 냐나 숙명통

뽁빠란마나 동부정사

뻿시마 보디 후반기

사가다가미 사다함

사가다가미 팔라 사다함 과

사까 뽁띠야 사까(석가) 종족

사띠 알아차림

사띠 삼빠자나 지혜로 잘 아는 것

사띠빠타나 알아차림을 기울이는 곳

사마내 사문

사마디 선정

사마빠띠 멸진정

사목띠 삿짜 명칭 진리

사목띠 상가 명칭 상가

사무다야띳싸 고의 원인의 진리

사얀부 냐나 모든 것을 다 아는 지혜

산냐 생각

삼마 삼보디 냐나 세상에 같음이 없는 큰 지혜(무상 정등 정각)

삼마 삼붓다 모든 것을 다 아시는 바른 깨달음을 얻으신 분

삼마까만다 바르게 행함

삼마대이티 바르게 봄

삼마빠다나 바른 노력

삼마사띠 바르게 기억함

삼마사마디 바르게 머무름

삼마상까빠 바르게 생각함

삼마아지와 바르게 생명을 이어감

삼마와싸 바르게 말함

삼마와야마 바르게 노력함

삼사라 윤회

삽받기 육군비구

삽빈뉴 냐나 모든 것을 아는 지혜

삿따지와 마노 중생 마음

상가 수행자의 모임

상가디시사 빠라지까 다음으로 큰 범계

상가배다 깜마 상가 대중을 갈라낸 무거운 업

상기까 상가 대중 물건

상카라 생각의 구성

새까야대이티 아견(오온을 '나'라거나 '나의 것'이라고 집착하는 사견)

새디 탑

소따빠나 수다원

소따빠띠 팔라 수다원 과

숟다 경전

시마 계단(계를 받도록 정해진 장소)

식카빠다 금계

실라 계, 계율

싸~두 착하구나(선재)

아까사 다뚜 허공의 성품

아꾸살라 불선업

아나가미 아나함

아나가미 팔라 아나함 과

아나따 무아

아나따 산냐 무아라는 생각

아나빠나 까마타나 수식관

아니가미 아나함

아니야따 범계가 일정하지 않은 금계

아닛짜 무상

아닛짜 산냐 무상하다는 생각

아디나와 산냐 허물이 있는 것으로 보는 생각

아따 나, 유아

아라하따 막가 아라한 도

아라하따 팔라 아라한 과

아리야 성인

아리야 냐나 성스러운 지혜, 성인의 지혜

아리야 사와까 성스러운 제자

아빠다나 왜다니야 깜마 그 상가를 존경하지 않아도 되는 일

아뽀 다뚜 물의 성분

아수바 아름답지 못함, 혐오스러운 것

아수바 까마타나 부정관 수행

아수바 산냐 불결하다는 생각

아유상카라 팔라 사마빠띠(과의 선정)에 드는 것. 생명이 끊어지지 않도록 고치고
　　준비할 수 있는 능력 때문에 붙여진 이름

애따닷가 가장 첫째가는 사람

왜다나 느낌

왤루와나 죽림정사

우빠사야 전계사

우뻬카 평등심

우뽀사타 비구 포살

웨이사 지혜

위나야 계율

위나야 삐따까 계경

위빠싸나 특수하게 자세히 알아차림

윈냐나 인식작용

유자나 거리 단위로, 1유자나는 대략 7~12km

이디빠다 신통

인드리야 능력, 태도, 자세

자나 선정

제따와나 기수급고독원

지와 생명

캇디야 왕족

쿡다누 쿡다까 금계 소소계(그때그때의 상황에 따라서 정하셨던 아주 작은 금계)

팔라 과

팔라 냐나 과의 지혜

팔라 사마빠따 과의 선정